# НИКОЛАЙ БРЕДИХИН

# МАЛЕНЬКИЙ ЛОХ-НЕСС

ePressario Publishing
Монреаль, 2016 г.

# МАЛЕНЬКИЙ ЛОХ-НЕСС

*избранные произведения*

## Николай Бредихин



ISBN: 978-1-988228-02-0

# МАЛЕНЬКИЙ ЛОХ-НЕСС

*повесть*

*Все персонажи и события в данной повести являются вымышленными. Любое сходство с реальными людьми, живыми или ныне покойными, является случайным и не входило в намерения автора.*

# ДЕЙСТВУЮЩИЕ ЛИЦА

Капитан Рублев; он же бывший командир подлодки Александр Павлович Румянцев; он же Палыч; он же мафиози Нептун.

Василий Колобов, бывший старпом той же подлодки, друг капитана Рублева; он же господин Нижинский.

Евгений Русанов, друг Василия Колобова и капитана Рублева; он же господин Копьев.

Павел Аверкиевич Жогин, редактор газеты «Нижнекопьевская правда».

Валентин Попокин, фотокорреспондент той же газеты.

Лида Попокина, его жена.

Бизнесмен Виктор Маслов; он же бандит по кличке Витя Шампур.

Михаил Айзенбаум, редактор газеты «Нижнекопьевская пчела».

Валерий Витальевич Дронов, главарь местной мафии по кличке Дрон.

Дмитрий Проценко; он же Митя Процент, ближайший советник Валерия

Дронова.

Жора Иорданский, бандит, один из самых значительных авторитетов города Краснорецка.

Нюрка Сысоева, она же Сысоиха, банщица, любовница Валерия Дронова.

Витька Сысоев; он же Витек, незаконнорожденный их сынок.

Юрий Денисович (в народе Деникинович) Уткин, глава местной администрации.

Безымянный директор Дворца юного техника.

Борис Гридин; он же Боря Гнида, директор музыкального училища, бывший работник городской администрации.

Людмила Озерецковская; она же миссис Ривер-Озерецковски, любовница Бориса Гридина.

Алексей Конобеев; он же Леха Конобей, заместитель Юрия Уткина.

Родион Касьянович Славкин, заведующий отделом культуры, в прошлом директор местного краеведческого музея.

Какой-то бывший учитель истории.

Иван Иванович Пандюрин, главврач местной больницы.

Евгений Ободин, местный хирург.

Гудалин, начальник городских спасательных станций.

Профессор Линев.

# ГЛАВА ПЕРВАЯ

*В которой рассказывается о том, как объял землю Русскую хлад и глад, как братки-разбойнички шалят, а купцу-молодцу от них и деться некуда.*

— Ну и что дальше? — Вася Колобов поднял голову от карты и, так и не дождавшись ответа от друга, продолжил: — Не хочу выглядеть дятлом, но, в сотый раз, напоминаю — я тебя предупреждал. Теперь полный тупик. Прямо поедешь — на основной костяк бригады нарвешься, у них автоматы и гранатомет, у нас с тобой ничего, кроме гаечных ключей — трясли на каждом перекрестке. Справа и слева — молодняк. Эти похуже даже, вообще отморозки. Приехали, Палыч. Да ты не молчи. Они нам на раздумья и пяти минут не дадут, сразу начнут сближаться. И ни на что не надейся — «гадобэдэдэшников» больше не будет, они свое дело сделали — остригли тебя до мяса, теперь придут люди, которые возьмут все, в том числе и твою жизнь. Сматываться надо, сматываться, Саша. Оставлять машину, груз и «делать ноги». Я, во всяком случае, был с тобой до конца, но сейчас ухожу.

– Ты знаешь, сколько я должен? – тихо спросил Румянцев. – Мне один черт умирать: что сейчас, что потом. Уж лучше сейчас. По крайней мере, может, семью не тронут. Как ты считаешь, оставят они их в покое?

Колобов нехотя пробурчал, пожав плечами.

– Это, смотря у кого занимал. А то деятели такие найдутся, что счетчик на несколько лет включат, весь выводок твой в рабство возьмут. Им все равно с кого получать, лишь бы получить.

Оба какое-то время молчали, затем Румянцев выключил фонарик, освещавший карту.

– Ну а если назад, в город обратно? – осторожно поинтересовался он.

– А, ну там точно «Га-ды бэ-дэ-дэ». Откуда вещички? И вправду, откуда?

Приборы, деталюшечки разные, о-о-чень интересные, цветного металла чуть ли не с тонну! Большая часть этого добра, конечно, внезапно куда-то подевается, но и того, что останется, вполне хватит, чтобы и тебя и ребят, которые тебе его сосватали, надолго в «места не столь отдаленные» упрятать.

— Да не о том я, — с досадой оборвал Колобова «Палыч». — Помнишь, мы мимо проезжали, Женьку Русанова вспомнили, даже колебались, не заехать ли к нему в гости? Ну, так почему бы и не заехать? Гараж у него будь здоров какой, да и коттедж метров на двести квадратных полезной (!) площади, наверняка найдется, где переночевать. Если, конечно, мужик не «ожлобел».

Колобов даже заерзал на сиденье от возмущения.

— Ага, «ожлобел»! Это, скорее, ты надумал в жлобы податься, да вот не судьба, рылом не вышел. А я с Женькой и переписываюсь, и открытками обмениваюсь регулярно, в гостях даже несколько раз бывал. Зачем вот только ты друга подставить хочешь? Непонятно. Со мной заодно?

Румянцев криво усмехнулся.

— Ну, без тебя, во-первых. Ты же, как мне помнится, сбежать хотел? А во-вторых, почему подставить? Просто навестить.

— Так они нас все равно отследят, неужели не понимаешь? — разозлился Колобов. — За ночь отыщут. А тогда уж каюк не двоим, а вообще всех в доме, от мала до велика, вырежут.

— Ну, это как сказать, — скептически покачал головой Румянцев и снова осветил карту, — пораскинь мозгами, если вот так, а тут так махнуть, сколько бы ты дал мне форы?

— Максимум пять часов.

— Хорошо, ну а если мы машину по пути где-нибудь бросим, а груз на Женькиной «Газели» перевезем? Есть ведь у него «Газель», с памятью у меня все в порядке? Тогда сколько времени?

Колобов не выдержал, вспылил.

— Сколько, сколько! Палыч, ты как был, так и остался козлом упрямым. Отвечаю: сколько ни дай, финал неизменен.

— За козла ответишь? — беззлобно поинтересовался «Палыч».

— Ладно, пусть ты будешь «морским козлом», устроит тебя?

— Это еще что за зверь? — удивился Румянцев. — Есть такой?

— Ну а как же! Ты как раз и по знаку Зодиака — Козерог, помесь морского козла и козла, поднимающегося в гору. Так вот всегда нахрапом и берешь.

Русанов не подвел, во всяком случае, «козлом» не оказался. И лежа на диване, Румянцев долго ворочался с боку на бок, не в силах понять, где же он допустил столь роковую ошибку? Вроде бы все было десять раз рассчитано-пересчитано, а сколько ни примеривал, отрезал все равно наперекосяк. Вышел в отставку, командир подлодки хренов, пенсии, как водится, не хватало, а детей-внуков наплодил сверх меры. Решил подзаработать: занял деньги и подался к друзьям в Мурманск – нежданно-негаданно в родном городишке подвалил заказ на всякую металлическую дребедень. Стоп, вот здесь, по всей видимости, и была «подстава», с самого начала было задумано его грабануть. А теперь еще неустойку придется платить, что подвел заказчика. Эх, всех он подвел своей наивностью: сунулся в то, в чем ни уха, ни рыла не смыслил. Васю Колобова, закадычнейшего своего друга, под дуло автомата подставил, теперь вот Женьку со всей его семьей. Черт, как эта проклятая сухопутная-беспутная жизнь ломает людей! Неужели конец их морскому братству?

Редактор местной газеты «Нижнекопьевская правда» Павел Аверкиевич Жогин лениво просматривал снимки, представленные ему фотокором Валей Попокиным.

– Ну вот, опять чернуха да порнуха, – по

привычке нудил он. – Неужто, нельзя дать народу чего-нибудь чистого, светлого? Ты посмотри, что тут у тебя: интервью с владельцем казино «Марс» известным бизнесменом-бандитом Витюшей Масловым по кличке Витя Шампур, прозванным так за свою особую, пламенную, любовь к прекрасному полу. Что это, Валя? Реклама, не скрытая, а нарочитая, наглая реклама. Он хоть и бандит, пусть платит. Правда – она во все времена дорого стоила, что изменилось теперь? Или вот еще – фото митинга коммунистов. А кому и на кой хрен, спрашивается, они сейчас нужны? Нет, ты знаешь, какая перед нами поставлена сейчас основная, глобальная по своим масштабам, задача?

– Конечно, – угодливо поддакнул Валентин. – Включение родного и обожаемого Нижнекопьевска нашего в Золотое кольцо России, старинных русских городов.

– Вот-вот, – оживился, воспрянул даже от

своей сонливости, Жогин. – Чем мы хуже, скажем, того же Суздаля или Ростова Великого? Да наш город чуть ли не на полвека старше Москвы. Сейчас все силы брошены на создание достойного образа нашей «малой родины», а ты мне харю какого-то Витьки Шампура, которая в объектив не влезает, хоть и масляная, суешь. Или коммунисты. Да не может быть в достославном старинном русском граде каких-то вшивых коммуняк. Про-сто не может быть.

Валя Попокин действительно на попа никак не тянул, как по духу своему, так и в силу весьма хилого телосложения. Так, попок. Но ведь попок! Причем тут «простое русское слово», смешнее которого Илья Ильф и Евгений Петров якобы ничего не знали на свете? Работа в редакции вообще у Вали не задалась. Образования соответствующего у него не было, взяли его из простых фотографов, да и пришел он, когда все значительные, хлебные, места были давно уже обсижены. А он очень любил писать, да и с одних только снимков прокормиться было совершенно невозможно. Вот и рыскал он с утра до вечера в поисках самой захудалой работенки. Однако все сметало «простое русское» невезение. Да вот и пить Валя не умел – еще одно весьма досадное качество. А пили в «Нижнекопьевской правде» не то чтобы по-черному, но от души, то есть, просто-напросто не просыхали. Нет-нет, в рабочее время ни-ни, разве что одному редактору было положено, однако вход в его кабинет в таких случаях охраняли, как Оружейную палату или что там еще есть из национальных достояний? Ах, да – Алмазный фонд! Но вот в пятницу... а кто в наше время свят? Ну а в праздники, в праздники, понятие «отчего дома» для «нижнеправдинцев» вообще не существовало. Коллектив «горел» на работе. Где пил, там и спал, где ел, там... в одно мгновение решались все, копившиеся месяцами, вопросы. Ну а Валя… Валя («Не орел! Совсем не орел!») после первой же рюмки впадал либо в жуткое занудство, либо в легкую агрессию. Получал соответственно, даже от женщин. Ну и в вопросах секса, что тоже немаловажно, действовал как петушок: налетал с пылом с жаром, но больше чем на две-три минуты его обычно не хватало.

«Ладно, ладно, я еще вас удивлю, – как обычно бормотал про себя после подобных редакторских разносов Валентин. – Вот уйду к Мишке Айзенбауму, попляшете без меня».

Конечно, никаких шансов попасть в «Нижнекопьевскую пчелу», появившуюся в городе сразу же на гребне перестройки и завоевавшую бешеную популярность, у Вали Попокина не было, там работали профессионалы не чета ему, да и зарабатывали вдвое, а то и втрое больше. И тем не менее Мишка, который в не столь отдаленные времена выше должности спецкора заводской многотиражки ни о чем и мечтать не смел, как-то, уже будучи важным барином, на совещании у местного главы похлопал Валю по спине со словами: «Ну что, Валентин, как дела? Растешь на глазах. Талант у тебя, талант!» Что позволило «простому русскому парню» предположить, что Миша спит и видит его в своей редакции, и что он, Попокин, может в любой момент запросто к нему перебежать. Чего на самом деле, разумеется, и в помине не было.

Жена сразу по Валиному виду поняла, что муж в очередной раз подвергся редакторской порке. А стало быть, все выходные будет где-нибудь пропадать. Ладно, Бог с ним, может, свадьба подвернется или похороны, хоть немного денег подзаработает. Однако на сей раз, Валя удивил ее, заявив, что отправляется на рыбалку. «Рыбалка, на кого? Какая-нибудь выдра, камбала, вобла сушеная?», — вертелась в голове Лиды Попокиной мысль, но проверить ее не было никакой возможности. Встать в такую рань и тащиться за мужем по темноте – после подобных сексуальных фантазий можно было смело записываться в пациенты местной психушки, которая была единственной в городе, но, по странному стечению обстоятельств, среди всех больниц носила номер 6.

– Ты там, если поймаешь чего, не выбрасывай, Соньке будет разнообразие в меню, – решила все-таки поддеть Валю жена, собирая ему харч с вечера. На что Попокин важно кивнул, хотя оба прекрасно знали, что кошка Сонька шарахается в сторону от речной мелкоты, как от автомобильных выхлопов.

Валера Дронов, соответственно своей фамилии носивший вполне приличную кличку Дрон, главарь местных «блатарей», недоуменно взирал на кучу металлолома, доставленную ему его ближайшим советником (читай: консильери, как у сицилийцев) Митей Проценко (Митя Процент) и раздумывал, какую козу сделать своему не в меру ретивому консультанту.

— Ну что, Митя, попал?

— А в чем проблема, Валерий Витальевич? — попытался прикинуться дурачком верный Митя.

— Ну как же, послали парня «туда, не знаю куда», думали, не привезет он «то, не знаю что». А он привез, слышишь, привез! И с долгом полностью расплатился. Это как понимать? И на кой хрен, скажи, мне теперь эти железяки? В металлолом сдать?

Процент не сдавался, намерен был сражаться до последнего.

— Железяки я продам, с прибылью, не извольте беспокоиться.

— Кому? Японцам? Взамен Северных территорий?

— Да нет, клиент уже имеется, солидный, со Старого Арбата, хлам этот пойдет под видом кое-чего, что удалось вынести с подводной лодки «Комсомолец». Глядишь, заказов вообще будет, хоть отбавляй, по меньшей мере, на год вперед.

Дрон уже не знал, то ли ему «врезать по лицу» Проценту, то ли расхохотаться. Да хрен с ним, с Митей, пусть хоть свои деньги выкладывает. И все-таки прокол, явный прокол.

Уже в бане, с парилкой, по-русски, все эти сауны – дребедень финскую, Дронов напрочь отрицал: сердце посадишь, особенно по пьяному делу, и не заметишь как, Валерий тщательно восстанавливал в памяти ход событий, постоянно морщась, так как не нравилось ему, очень не нравилось то, что в последние два года происходило. Раньше все было просто: поделили город на части, которые, собственно, испокон веку были: зачем, скажем, мальчику с Репенки пылить по Рабочему поселку? Действительно, зачем? И пылил мальчик обратно, уже утираясь кровавыми соплями. Но просто так, из принципа. А тут закрутились большие деньги, не надо было ни воровать, ни даже отбирать – сами давали. Благословенное было время. И не хлопотное: и «деревянные», и «зеленые» денежки со всех сторон притекали, прокручивались в пирамидах, банках. Канары, Багамы – отдыхали, сколько душе было угодно и не с кем попало. И дела шли прекрасно, как по маслу, мог бы большим человеком стать. Вон, скажем, Жора Иорданский (не кликуха, фамилия!), один из самых значительных авторитетов в Краснорецке, такими фигурами двигает. А трясется, как осиновый лист. Пожаловался как-то ему, Дрону, при встрече в Москве: «Эх, Валера, и куда меня понесло, никого нет своих, никому я там не доверяю. Таракана убили, Яшка Хорек со мной отказался ехать и, между прочим, не прогадал. Ну а ты как? Некоронованный царь в нашем родном Нижьекопьевске? Ладно, за заботу о матери, брате спасибо. Если что понадобится, только дай знать. Ребята у нас хоть и не сибиряки, а и Белке и Стрелке сразу оба глаза навскидку свинцом заплююꙮт».

Что ж, в жизни все может пригодиться, ни от чего нельзя отказываться. Любую неприятность лучше всего упредить, чем потом расхлебывать. Киллер из Краснорецка — это очень хорошо, хотя сам Жора не вызывал у Дрона никакого почтения. Интеллигент — одно слово! Сынок директрисы самой большой в городе комиссионки, вдруг пошедший по плохой дорожке. Иконки, иностранцы, потом церкви, музеи. Его сподручный, Таракан, прозванный так за свой маленький рост и шустрость, в любые пещеры «алмазные» без мыла пролезал.

— Еще парку, Валерий Витальевич? — уважительно спросила Нюрка Сысоева, лучшая в городе банщица.

По первому зову прилетела она, запыхавшись, из Осенок, за пятнадцать километров, из первого и до сих пор не превзойденного в городе «помывочного» комплекса, радостная, сияющая. Даже перед такой – поблекшей, раздобревшей Сысоихой не мог устоять Дронов, исходил потом, слюнями. И сейчас со сладостным предвкушением перевернулся на спину. «Поддай, поддай, Нюра, парку!»

Поговаривали, что и сынок Нюркин Витька – сын Дрона, да ведь, что называется, слова к делу не пришьешь. Во всяком случае, именно Валерий спас Витька от первой ходки к «хозяину» и даже дал ему «работу» – в хорошую «бригаду» определил.

Потом, в бассейне, никто Дрона не тревожил, это были его лучшие часы. Лишь насладившись полностью прохладной в меру водичкой, он нажимал кнопку, вызывал братву либо девок молодых, ярых, либо просто халдейку с хавкою, то бишь официантку с дорогой, изысканной жратвой.

# ГЛАВА ВТОРАЯ

*О золотом колечке, царском крылечке, колоколах, звонящих из-под земли, индейском вожде, нижнем копье и прочих милых русскому сердцу седой старины преданиях.*

Юрий Денисович Уткин, глава местной администрации, со скукой взирал из президиума на собравшуюся в конференц-зале разношерстную публику. Большой зал, под стать хорошему кинотеатру, был не просто полон, люди стояли в проходах, сидели на ступеньках. Ничего подобного здесь уже лет двадцать как не наблюдалось. «Господи, сколько же их еще осталось! Как только не вымерли!» «С кем вы, мастера культуры?» Действительно, с кем и с чем? «Как живете, караси?» – «Ничего живем, мерси!» Это ведь про вас теперь. Неужели еще придет то время, когда с вами вновь считаться придется? А ведь считались когда-то. Жданов, Суслов, Сталин, умнейшие люди. Да и сейчас, на Западе, попробуй-ка с «этими» не поделиться. Мозги, они всегда мозги, если им что-то не дать, сами возьмут либо такое устроят – чертям тошно станет. Где же у здешних-то «мастеров» мозги, может, совсем другим местом думают?

Этот вопрос даже несколько тревожил Уткина. «А сдюжат ли?» Лица, где испитые, где недокормленные. Вот директор Дворца юного техника (умопомрачительное словосочетание!) сидит в истертых до дыр джинсиках. Никаких других брюк у него нет – это Уткину доподлинно известно. И выхода никакого – премировать брюками неудобно, а дашь деньгами – либо проест с семьей, либо не удержится, самолично пропьет. Есть, конечно, и люди вальяжные, с двойными и даже тройными подбородками, но это «свои». У «этих» мозги, действительно, в нужном месте. Хотя опять же, интересно, о чем думают? Тот же Боря Гридин, вор каких мало на ниве «народного» образования, зачем, спрашивается, нужно было ему ехать в служебную командировку в

Бельгию с любовницей? Особый шик?

Уткин рассеянно слушал доклад своего зама Конобеева. «Оказана честь»… «однако предстоит пройти тщательнейшую аттестацию»… «готовы ли мы? Каждый должен себя спросить: «Готов ли я?»… «появится возможность не только несравненно приукрасить наш город, но и создать дополнительные рабочие места, очень много столь необходимых нашему городу рабочих мест для рабочих рук». Ну, насчет «несравненно приукрасить» – это, без сомнения, перл, но в остальном Леху Конобея учить – только портить. Дальше предстояло Уткину самому выступать, после чего он рассчитывал потихоньку, сославшись на занятость, смыться, однако кое-что на сей раз его удерживало. Буквально, речь заведующего отделом культуры, бывшего директора местного краеведческого музея Родиона Славкина. Быстро сориентировавшись в новых веяниях, Родион издал на средства, выделенные его отделу, книгу под названием «Нижнекопьевские сказания», в которой переврал все, что только можно из местных преданий, однако его «открытия» в корне меняли издавна сложившиеся представления о «городе трех рек». Уткин недаром распорядился пригласить на совещание даже пенсионеров «культурников», дабы знать заранее, что можно было использовать из «достославных» «открытий», а что отнести на счет фантазии автора.

Реакция была на редкость бурной. Однако, приглядевшись, Уткин заметил, что оппонентов у Славкина было не столь уж много, просто страсти вспыхнули сразу и разгорелись не на шутку. К счастью, за спиной крикунов, похоже, никто не стоял из врагов самого Уткина, что было для него немаловажно. Многие, очень многие в городе считали затею с Золотым кольцом предвыборным трюком Юрия Денисовича, но никто даже не подозревал истинных его намерений: друзья Уткина еще по партийному цеху настойчиво звали его в Москву. Уже и должность была ему приготовлена, и площадка для будущего взлета. Но уезжать следовало на коне, достигнув пика в местных масштабах. Даже жену Уткин не посвящал в свои планы, однако на коне или просто на личном автомобиле в Москву он точно отбыть собирался.

— Нижнепрокопьевск, какой может быть Нижнепрокопьевск! Причем тут Прокопьевский монастырь? — особенно эмоционально выступал какой-то бывший учитель истории. — Сменить название родного города, название, которому девять веков! Это профанация! Истинная профанация! И зачем?

Юрий Денисович понял, что заму с возникшей ситуацией не под силу будет справиться, решил самолично вмешаться в разгоревшийся спор.

— К сожалению, у нас нет сейчас достаточно времени, чтобы вдаваться в подробности, но, судя по энтузиазму, который мы наблюдаем в зале, равнодушных к столь долгожданному и чрезвычайно важному моменту в истории нашего города здесь нет. Хочу особо отметить, что инициатива такой важной чести для нашего родного Нижнекопьевска исходит не от местных органов, а конкретно из Москвы и, естественно, согласована со всеми инстанциями, вплоть до Института истории при Академии наук Российской Федерации. Упоминаний и в летописях и в мемуаристике о нашем граде, как вы знаете, предостаточно, вопрос лишь в том, насколько привлекательной мы представим нашу «малую родину» для огромного числа туристов, в том числе и иностранных, в проекте-обосновании, который разрабатывается сейчас администрацией. Что построить, как организовать – тут трудностей нет, мы к этому шли, сами не подозревая о том, целых десять лет. Но сущность, историческое значение, роль в современной культурной жизни России – без вас, собравшихся в этом зале, такой вопрос нам точно не охватить. Поэтому предлагаю продолжить все-таки дебаты по книге Родиона Касьяновича, но очень коротко, избрав в заключение специальный комитет при подготовительной комиссии, который бы особо занялся исторической и культурной частью того проекта, о котором я уже упоминал.

Как и предполагал Уткин, дальше выступления следовали достаточно умеренные: Нижнепрокопьевск, почему бы и не Нижнепрокопьевск? Ведь именно в таком варианте упоминалось дважды (!) название города в летописях, причем самых ранних. Ошибка переписчиков? Ой, ли? А почему бы и не наоборот, дальнейшие упоминания не считать подобной ошибкой?

Капитан второго ранга Румянцев в подводный флот попал по мечте. Начитался в свое время Жюля Верна, Григория

Адамова, Александра Беляева. Да и кто из старшего поколения не бурчал себе под нос популярнейшую песню: «Нам бы, нам бы, нам бы всем на дно…»? «Там бы, там бы, там бы» вина и водки довелось капитану Румянцеву выпить немерено. А сейчас сидел он со своим стариннейшим другом старпомом Васей Колобовым и размышлял, хватит ли одной бутылки для столь ответственного решения, или все-таки стоит новую открыть.

– Не, не, Палыч, – отмел его сомнения Колобов. – Мне точно хорош! Уже не ходок по этой части. Да и чего решать? В прошлый раз уже обо всем переговорили. Я «за», Женька тоже. Будем считать, что принято единогласно. Ты меня, кстати, извини, что я тебя тогда «жлобом» назвал, я понимаю, здесь совсем в другом дело.

С тем и отбыл Василий в родную обитель, жене под бок, а капитан Румянцев в который раз уже долго размышлял, не слишком ли большое дело он затеял, по маленькой бы лучше, по маленькой – по маленькой всегда верней. Но вот как раз по маленькой-то на сей раз и не получалось.

Юрий Денисович задумчиво крутил пальцами авторучку. Он как никто другой понимал, какие выгоды сулило его родному городу драгоценное «золотое колечко». Но и прослыть посмешищем на всю Россию, явив миру новоявленный город Глупов, такого для родного Нижнекопьевска Уткин совсем не желал.

Он еще раз внимательно перелистал злополучные «Сказания». Некоторые из них были знакомы ему с детства. Легенда о подземном ходе, тянувшемся из местного Кремля через Волгу до самого Прокопьевского монастыря, насколько она была вероятна? Совершенно невероятна. Однако чем объяснить столь чудодейственные успехи в обороне родного города, которые всегда сопутствовали нижнекопьевцам? Только один раз был город покорен – татарами, но против той орды всякое сопротивление было бесполезным. Собственно, что интересного могло быть для туриста в этом ходе? Если, к примеру, не только найти его, но и восстановить? А очень интересно. Своего рода аттракцион ужасов. Да наверняка там и клады замурованы, где же еще их было прятать? Ну, насчет названия города – давняя закавыка. Ведь ни Верхнекопьевска, а уж тем более Среднекопьевска на много верст вокруг никогда и в помине не существовало, почему же именно Нижнекопьевск? Изощряясь в фантазиях, доходили даже до предания о древнем индейском вожде по имени Нижнее Копье, от которого, де, в силу необычайной его плодовитости индейской и пошло практически все население здешних краев. Но как могло занести в такую даль этого вождя треклятого в доколумбову-то эпоху? А может, все-таки копи, а не копье? Тогда уж точно ничего постыдного. Добывали здесь руду либо уголь, были и

Верхние копи, да быстро выработались. Хорошее, солидное объяснение, зачем же старца Прокопия сюда приплетать? Монастырь-то в его честь гораздо позже был заложен, да и пещера памятная, в которой тот святой жил, опять же, весьма далеко от сих мест находится. Одна лишь зацепка – миф о чудовище-ящере, которое вроде как с древнейших времен в здешних водах обитало, и с которым Прокопий вел переговоры, сумев окончательно его укротить.

«Все-таки, как ни крути – копи. Научно, логично, какого рожна им еще надо? – с гордостью за свою сообразительность подумал Юрий Денисович. – Тоже мне, краеведы хреновы, до такого простого варианта не могли дотумкать. Пусть теперь попробуют мне эти копи не найти!»

Валерий Дронов тоже, как депутат, присутствовал на встрече с интеллигенцией города, проводимой Уткиным, однако «конференция» произвела на него гнетущее впечатление. «Козлы! Ох, козлы! Мозги с голодухи совсем истончились. Простых вещей не могут придумать. Профессионалов-лохотронщиков что ли подключить? Те такое закрутят!» Однако местный патриотизм все же глубоко сидел в Дронове. Как не поверить в то, что усвоено с самого детства? Подземный ход к Прокопьевскому монастырю! Вот где деньжищи: иконы, утварь ценная! Любой пацан памятных послевоенных лет мог бы через толщу времен в Нижнекопьевске стать миллионером. Старинных книг, монет, поделок всяких без счета вращалось в городе, купить их можно было за сущие гроши. Что говорить о серебряных рублях, полтинниках сталинских, да только откуда у пацанов тех лет были деньги, так называемый первоначальный капитал? Соблазны подстерегали их буквально на каждом шагу. И мороженое за четыре копейки (всего-то!), и конфеты-подушечки (так называемая «Дунькина радость»). Мячик резиновый, маленький – и то, сколько счастья приносил. Валера Дронов знал места, терпеливо копался в разрушенных домах купеческих, а уж церкви-то вообще тогда стояли бесхозные. Ездил в Москву, продавал за гроши свои находки, но капиталу все равно прибавлял и прибавлял. И ведь учил же его один старый друг: чем угодно занимайся, не касайся только трех вещей – золота, оружия и валюты, потому что это дело уже не милиции, а КГБ. Нет, не послушался, загремел к «хозяину», столько времени впустую потерял! Впрочем, впустую ли? Не получилось из него самого собирателя, стал грозой коллекционеров. А теперь вот «глава», «синий», то есть, «блатной», но «глава». Еще неизвестно, кто выше. Впрочем, с Уткиным шутки плохи, предпочел отдать город во власть краснорецким «спортсменам»-бандитам, чем терпеть зарвавшихся местных уркаганов.

«И все-таки, не создать ли в городе

какой-нибудь Клуб юных следопытов, пусть порезвятся новоявленные пионерики, авось, даже если не подземный ход, то что-нибудь все-таки раскопают?»

Почти одновременно с ним принял решение и Юрий «Деникинович» Уткин, который так и не смог уснуть после столь удачно найденного варианта с «копями», вот только ставку он сделал на другое предание: храмы, ушедшие под землю, наподобие китежских, при нашествии татар. Нижнекопьевская панорама, ни больше ни меньше. Историческая оборона города с подземным ходом, через который защитники наносят удар в спину ворогам. Однако те не уменьем, а числом все же побеждают, и тогда три храма местных с главными святынями своими уходят под землю, не переставая звонить в колокола и возвещая затем постоянно о неизбежном скором избавлении от ненавистного иноземного ига.

Осталось только деньги из областной казны выбить, да спонсоров к подобному проекту подключить.

# ГЛАВА ТРЕТЬЯ

*О том, что не все большие дела людьми великими творятся, а и от маленьких людишек бывает иногда какой-никакой прок.*

Родя Славкин был просто ошеломлен набросками высокого начальства. Какой размах! Но главным было другое: впервые в жизни ему самому предстояло в полную силу развернуться. Так и сказал Уткин, передавая ему свои «исторические записки»:

— Ты уж, Родион Касьянович, не скромничай, любые, самые завиральные, идеи только приветствуются. Буду предельно откровенен с тобой, идея о Золотом Кольце с большим трудом пока пробивается, вот я и решил зайти с другого конца. Сделать, что можно, а уж там пусть приезжают, да и судят по готовенькому.

Уткин еще раз, как полководец перед сражением, внимательно обдумал каждый момент предстоящей битвы. Деньги. Деньги будут, и их ожидается достаточно. Торговый комплекс у панорамы, центр развлечений и досуга, растекающийся вдоль стен местного кремля, строительные подряды, воскресающий разом из мертвых гостиничный бизнес, громадный оформительский кус. Всем найдется работа. Фирмы, фирмочки, Юрий Денисович так и видел, как их владельцы, которых он прекрасно знал, выстраиваются перед дверью его кабинета с конвертами в руках, а там денежки, хорошие денежки. Никому он лакомые кусочки просто так не отдаст, деньги ему самому в Москве ой как пригодятся.

И все-таки, не подведет ли кто, не разразится ли какой скандал? Ну, Борю Гридина, гниду эту, если он попробует опять что-то вроде достопамятной Бельгии сотворить, он просто в порошок сотрет. И так пришлось хорошего человека на пенсию отправить, расчистив для Бори место директора музыкального училища, хотя

Гридин Шопена от Шуберта отличить не мог. Но бывают же такие, кто не может отличить Шопена от Шопенгауэра, и ничего, успешно этими самыми шопенгауэрами руководят. Скандал замят, во всем вроде как оказалась виновата Борина любовница, Люська Озерецковская, административная букашка, та еще стерва: хитро, обманув всех и вся, пролезла, израсходовала средства, начальника своего непосредственного подвела.

Что там еще? «Мастера культуры»? Трудятся, трудятся «мастера». Средства городом выделяются, расходуются, где-то и исчезают, конечно. Но здесь соображения больше профилактические: скоро, скоро пойдут настоящие средства, и уж тут никак нельзя допустить, чтобы они уходили в песок.

Строители строят, ремонтники ремонтируют. Если верить бумагам, то город от края до края, вдоль и поперек, жаль только не снизу доверху, по семь раз заасфальтирован, а места есть такие, что только на танке можно проехать, но зато есть и другие места, где хоть губернатор, хоть президент кати, ни одной колдобины не увидишь.

Медицина местная – и лекарств любых и оборудования наиновейшего сверх всякой меры. Как быть иначе? Ведь и самое высокое начальство в городе – такие же простые смертные. Ну не для всех, конечно, такая медицина. Врачи за все взятки дерут, но как иначе их удержать, такого класса врачей? Из главэскулапа местного, Ивана Ивановича Пандюрина, песок уже сыплется, а все еще на должности, но человек испытанный, а можно ли быть уверенным в молодых? Да, мрут люди, как мухи, но везде так. Разговорился он на юбилее каком-то с Женькой Ободиным, специалистом по черепно-мозговым травмам, в школе вместе учились, так тот ему прямо сказал:

– Юр, ну что я могу сделать? Вот поступает ко мне в праздник десять человек, назовем их так — пострадавших, я твердо знаю, что будь у меня достаточно времени, хотя бы времени, я бы не всех десятерых, но восьмерых точно подлатал бы как надо, но даже времени у меня и того нет. За те крохи его, что у меня имеются, я могу только одному человеку вернуть здоровье, но девять остальных за это время копыта отбросят. Что ты сделаешь со мной на следующий день после такого варианта? Выгонишь. Вот я и леплю восемь-десять дураков. Жизнь в них долго еще потом будет теплиться, но пользы от таких «овощей»... разумей сам.

Бизнесмены? Ну, эти все под контролем. Принцип хорошо усвоили, что Бог делиться велел, ну а если по стене кого из них размажут или в подъезде монтировкой по башке стукнут, так за дело, с чего бы просто так? Нет, эти смышленые, все понимают, особенно, какой жирный им предстоит рвать на куски шмат. Ну, кто еще? Бандиты? Одна проблема — денег слишком много у них в руках накопилось. Во все щели лезут, туда порой, куда их совершенно не зовут. Магазины перелетают из рук в руки целыми улицами, заводы и те поделили, а что делать с купленной собственностью толком не знают, думают, что доход сам пойдет, люди будут работать на них, о себе не помышляя, как рабы. А не получается такой вот бандитский социализм. Денежки тают, на крови добытые, есть от чего не просто расстроиться, но даже и озвереть. Нет, блатарей местных Уткин никогда не боялся, не тот уровень. А вот денежками их грех было бы не воспользоваться.

Так и этак до глубокой ночи Уткин прикидывал, но все выходило: можно. Наконец он разродился знаменитой фразой (а как читатель, наверное, успел заметить, был Юрий Денисович человеком образованным) Гришки Отрепьева из «Бориса Годунова» Пушкина: «Но решено: заутра двину рать!»

Для снежного кома достаточно одного

маленького снежочка, но крепенького, добросовестно слепленного, чтобы потом всю махину держал. Таким снежочком должны были стать средства, выделяемые из бюджета области. В следующем году славному Нижнекопьевску должно было исполниться ни мало ни много, а 900 лет. Однако с обычным, формальным, кусочком к намеченным Уткиным планам нечего было и подступаться, нужны были большие, очень большие, средства. Областные мудрецы просили: половина на половину, однако сошлись в итоге на одной трети. Вот эту треть Уткин должен был вернуть уже вполне конкретным людям наличными деньгами — нормальная практика. Как сказал блаженный Августин: «Люби Бога и делай что угодно!» Вот так и здесь: «Расплатись, и потом хоть на голове ходи!»

Уткин приехал из области окрыленный. Не зря он три вечера подряд просидел со Славкиным над проектом в жарких спорах по каждому пункту. Картина действительно получалась ошеломляющей. Фонтан в самом центре города с чудищем-змием о шести головах. Из каждой головы струя льется, вечером с разноцветными подсветками, а внизу — сцены боя местного летописного эпического богатыря Еремы Золотаря с проклятой гидрой. Вот отрубает Ерема змию предпоследнюю, пятую, голову, вот бросается на выручку чудищу жена его одноглавая, но характером наипаскуднейшая. Ранен Ерема, совсем выбился из сил, но одолел он все-таки змиеву супружницу. И уползает чудище посрамленное. А вот и еще одна сцена: змий и старец Прокопий. Ни мечей, ни палиц, укротил настоятель вновь взбесившееся чудище всего только словом Божьим и крестным знамением.

— Так что, там по легенде так и сказано было, что змий наш был о шести головах? — с досадой поморщился Юрий Денисович.

— Нет, конечно, — смутился Родион. — Но,

Юрий Денисович, это общая тенденция русских сказок. Сначала герою приходится сражаться со змеем о трех головах, потом должно быть потруднее задание.

— Не понимаю, зачем нужны на одном туловище три головы? Это ведь как лебедь, рак и щука. Еще есть басня про квартет. Ну а если шесть голов, тут никаких Ерем не надо, любое чудище само сбрендит. Кстати, а что, был такой богатырь на самом деле в наших краях, или опять твои выдумки?

— Был, конечно, — кивнул Родион, и не удержался все-таки от того, чтобы густо не покраснеть. Дело в том, что находясь на посту директора краеведческого музея, он изрядно прошелся по архивам и книжному фонду, все мало-мальски ценное изъяв и унеся домой. Только он один в городе обладал полной информацией о знаменитых земляках, рассчитывая в будущем на монополию по их биографиям. Однако с несколькими редкими книгами он, пожалуй, переборщил. Он черпал из них сведения, которые ничем не мог подтвердить. Пожалуй, следовало бы сейчас как можно скорее вернуть эти книги обратно. – Есть тому письменное подтверждение. Особо отличился он в битве с татарами при защите города, дальше следы его теряются, вроде как был он увезен вглубь Золотой Орды, что с ним потом стало, никому не известно. В книге той, монастырском отчете, намекается на какие-то предшествующие подвиги Еремы, в числе которых, уже по устным преданиям, которые я собираю более пятнадцати лет, есть и сказ о битве Еремы с чудищем-ящером. Конечно, нет никаких сведений о том, что чудовище то было шестиглавое, известно только, что спор их разрешился так называемой боевой ничьей: Ерема ящера не убил, но и тот больше голову (как я понимаю, единственную оставшуюся) не высовывал, народ нижнекопьевский не беспокоил. Что, собственно, всех устроило. Один только раз взбрыкнул, при святом Прокопии, но тот его быстренько в чувство привел. Ну а с тех пор разве что утащит в год сотню-другую ротозеев на дно, так ведь поди докажи, может, сами и утонули по пьяни. Опять же, профилактика – на то, мол, и щука в реке, чтобы карась не дремал.

– А вот золотарь – это что, ассенизатор, что ли? – не унимался, гнул свое Юрий Денисович.

– Собственно, у этого слова три значения, есть и такое, – тяжело вздохнул Славкин. – Конкретно что-то трудно утверждать, но скорее всего Ерема был не ювелиром и не чистильщиком выгребных ям, как вы изволили заметить, а позолотчиком. То бишь простым работягой.

– Звучит двусмысленно. Так что будем делать? Может, лучше переименуем его в Ерему Богатыря?

– Можно, – уклончиво ответил Родион. – Но лучше бы следовать исторической правде.

– Ну, правду я хорошо помню. Еще после

войны ездили по городу такие колымаги, на козлах сидели па-ху-учие человечки, а на котле сзади ведро непременно болталось, которым дерьмо доставали при чистке. Как я понимаю, это все «еремыши», потомки того богатыря? Не получится ли так, что ты подсунешь нам в качестве местного летописного героя говночиста?

Славкин угрюмо промолчал. В остальном обсуждение прошло довольно гладко.

— Я тебя только предупреждаю, Родион Касьянович, — тихо пробормотал в заключение Уткин, — если хоть какие-то детали из этого проекта узнают со стороны, пощады не жди. Не твой кусок. А в остальном выбирай, есть для тебя два места, начальствуй сколько душе угодно: либо здесь же, при администрации, но уже по связям с общественностью, либо директором историко-мемориального комплекса.

— Конечно, директором, — благодарно заерзал на стуле Славкин, буквально истекая угодничеством. — Я человек дела, а трепачей у вас и без меня пруд пруди.

у вас и без меня пруд пруди.

# ГЛАВА ЧЕТВЕРТАЯ

*О том, как можно из «лепех богатырских» сделать конфетку, а миллионы «творити» из воздуха, и вообще, о ловкости рук без какого-либо (Боже, упаси!) мошенства.*

За строительством Уткин сам следил. Пусть дорого, но чтобы качественно. Никаких «евроштучек» из оргалита да пенопласта. Делать так, как делали в старину.

Начали с огромного котлована, который, собственно, и сожрал все областные деньги, но котлован был чем-то конкретным, никак не мог быть «панамою», и деньги на продолжение работ были выбиты уже на федеральном уровне, опять в той же пропорции. Дальше началась цепная реакция, каждый квадратный метр в торговом центре шел на вес золота. Церковь, с подключением патриарха, не митрополита даже, пыталась здесь наложить свою лапу, однако Уткин быстро дал ей укорот. Он понимал, что все надо делать быстро, к празднованию 900-летия все должно быть готово, вот тут-то решение о золотом колечке само собой напрашивалось, равно как и его собственное повышение. Нет, главное – не вовремя смыться, а достойно подняться, не на одну, а даже сразу на несколько ступенек выше.

Никто не устоял в стороне. Дронов, Процент, Витя Шампур готовы были отдать любые деньги, на что Уткин только усмехался: ну теперь лишь бы коготки поглубже увязли, а уж потом, чтобы эти деньги спасти, ребятки ушлые кому угодно голову оторвут. Но окончательно Уткин в себе уверился, когда увидел, что в торг ввязались и краснорецкие «крышевики». Комплекс коттеджей, расположенный в живописном месте возле Прокопьевского монастыря, дотоле, несмотря на все усилия Юрия Денисовича, хиревший день ото дня, вдруг обрел мощную подпитку, участки под застройку шли нарасхват. И опять денежки. Уткин все предусмотрел, даже сеть магазинов стройматериалов, которые принадлежали ему через родственников, негласно. Ему даже жаль стало уезжать, такие перед ним теперь открывались возможности, однако он знал и другое: Россия страна особенная, но, тем не менее, количество денег у человека должно точно соответствовать тому положению, которое он занимает в обществе, иначе либо самому человеку, либо деньгам его несдобровать.

И все же траты были таковы, что дело вот-вот должно было лопнуть, если бы не два обстоятельства, которые на тот момент Уткина спасли. Во-первых, неожиданно, чудесным образом отыскался легендарный подземный ход, а во-вторых, видя безуспешность попыток Юрия Денисовича уговорить московские туристические агентства включить Нижнекопьевск в кое-какие из своих маршрутов, Славкин предложил создать при хиреющей местной автоколонне собственный автопарк, а на его основе и свое турагентство с представительством в Москве. Благо старины вокруг было не объять взглядом, да и отдых на Волге, летом на зеленых стоянках, зимой в лыжных кемпингах, большие перспективы открывал. Были тщательно выверены маршруты, на корню покупались загнивавшие от отсутствия средств пансионаты, кафе, строились мотели, бензозаправки. Со скрипом, но колесо закрутилось, потекли еще денежки. Впрочем, весть о Нижнекопьевских подземных чудесных храмах уже разносилась и разносилась по земле русской, обрастая подробностями. Но совсем уж обрела законченность схема «чудного града» благодаря идее паломничества, давно носившейся в воздухе, но лишь силой природной смекалки Родиона Касьяновича воплотившейся в жизнь. Неважно, где конечный пункт находился: в Загорске,

Боровске, Костроме или иже с ними, главное, чтобы путь через Нижнекопьевск пролегал.

Казалось, выстроено было здание великое, и дороги подведены к нему прямые, широкие, но не в одних дорогах беда российская, издавна ведь говорят.

# ГЛАВА ПЯТАЯ

*Объясняющая, откуда всемирная слава города Нижнекопьевска есть пошла.*

На Валю Попокина еще в детстве неизгладимое впечатление произвела сказка о двух мышах, попавших в кувшин с молоком. Одна мышь поелозила-поелозила коготками по гладкой стенке, да и решила сдаться: пропадать так пропадать, а вот другая держалась до последнего – сучила и сучила лапками, пока не сбила молоко в масло и не выбралась таким образом наружу. Так и Валя, несмотря на всю свою невезучесть, никогда не унывал. Главное – шевелиться, не сидеть сиднем. Вот он и шевелился. Бегал по городу с утра до вечера, вынюхивал, высматривал, и снимал, снимал, снимал. Все в редакции беззастенчиво пользовались собранным им огромным архивом. Ну да газета есть газета – воз такой, что сам не вытянешь, на ком-то – на общественниках, на внештатниках, а в последнее время все больше на собственной выдумке да на Интернете, приходится выезжать.

Слухи о каких-то темных делишках, творящихся на реке возле завода фурнитуры, дошли до Попокина как обычно: по «сарафанно-пиджачному», «народному», радио, и он чисто автоматически, не раздумывая, превратился в заядлого рыбака. Кого уж он хотел там подстеречь: грабителей, браконьеров-взрывателей, производственников-отравителей, одному Богу было известно, но вот уже третий месяц наш герой каждые выходные, в любую погоду, затемно уходил из дома и, затаившись в кустах у самого берега, терпеливо ждал.

Конкурентов у него не было. Кого можно было поймать в здешних местах? Разве что черта. Или какого-нибудь совсем уже неразборчивого в еде ратана. Хотя когда-то здесь водились даже огромнейшие сомы.

Удочку можно было и не распутывать,

крючок на ней был такой величины, что способен был отпугнуть даже акулу, но халтурить Валя ни в чем не привык. Главное – на зацеп не нарваться.

Наладив приманку – увесистый ком хлебного мякиша – и подтянув по воде поплавок, чтобы утопить леску, Валя хряпнул стакан тещиной самогонки, водку дешевую он давно уже только по крайней нужде – в компаниях, употреблял, и тут же смежил веки. Так что происшедшее потом уникальное, переменившее всю его жизнь, событие поначалу показалось ему не более как мультяшным сном.

Динозавр, ни больше ни меньше, не замечая и даже не поворачивая голову в сторону будущей знаменитости, вырос внезапно из воды и медленно зашагал по дну, внимательно глядя себе под ноги. Валя дрожащими руками вынул из рюкзака заранее подготовленный фотоаппарат и на секунду задумался, а как быть со вспышкою? Без нее хана снимку, а с нею ему хана. Как он раньше-то о такой вещи не задумался? Однако долгие изнурительные часы, проведенные возле затона под видом столь непонятной для его жены рыбалки, пересилили все страхи, да и вообще малейшие признаки здравого смысла. Валя щелкал как одержимый, хотя чудовище давно уже повернулось в его сторону и с остервенением шлепало по воде, с вполне явным намерением растерзать потревожившего его фотографа в клочья. Лишь в самый последний момент у Вали хватило ума развернуться на сто восемьдесят градусов и, оставив на берегу весь свой нехитрый рыболовный хлам, помчаться к городу, издавая при этом какие-то жалобные блеющие звуки и сверкая подошвами китайских кроссовок «Адибас».

Павел Жогин задумчиво тасовал в руках глянцевые, еще не успевшие просохнуть фотографии и с недоумением поглядывал на Валентина. «Монтаж! — не было у него никаких сомнений. – Но каков придурок! Эх, а я-то! Знал ведь, что рано или поздно с ним доиграюсь! И все-таки, что же делать?»

Глаза Попокина горели таким воодушевлением, что не было никакого сомнения – он своего не упустит.

– Хороший монтаж, – одобрил, наконец, снимки Жогин, – но, Валек, до первого апреля еще очень далеко, я тебя совсем не о том просил. Ты воспринял мои пожелания слишком буквально. Извини, я немного погорячился. Просто был не в духе. А на самом деле ты неплохой профессионал, даже один из лучших наших работников. Безотказный, дисциплинированный. Я как раз подумывал о том, чтобы выделить тебе небольшую премию.

Однако упрямый Валя пропустил мимо ушей комплименты редактора, ожидая исключительно одного-единственного решения: да или нет.

Жогин снова наморщил лоб. Он понял, что если фотографии не пойдут в завтрашний номер, негативы тут же окажутся в руках Миши Айзенбаума. А уж за тем дело не задержится.

– Хорошо, – кивнул, наконец, Павел Аверкиевич. – Отдай в набор, вот только название должно быть нейтральным: вроде – «Что бы это значило? «Улов» нашего фотокорреспондента Валентина Попокина». Устроит тебя, Валек?

Счастью «Валька» не было предела.

Двойной тираж не помог. Надо сказать, что «Нижнекопьевская правда» долгое время была единственной в городе большой газетой и ей по привычке доверяли. Любые оговорки были бессмысленны, фото есть фото, а «Нижнекопьевская правда» – не столичный «Мегаполис-экспресс». Уже к десяти утра сыскать хоть один завалявшийся экземпляр уникального выпуска в городе было невозможно. Из перечисленных нами лиц, кровно заинтересованных в этой истории, первым увидел разъяренную рожу водяного монстра Родион Славкин и долго сидел, осмысливая, как ему встроить этот отнюдь не «святой» лик в тщательно выписанную им картину. Наконец компьютер в его голове, переворошив кучу вариантов, выдал единственно верное решение: «Монтаж. Провокация». С тем Славкин и отложил злополучный номер в сторону, продолжив работу над очередным отчетом, который он готовился положить на стол Уткину. Сам Юрий Денисович добрался до загадочной фотографии лишь в середине дня, да и то не придал бы ей особого внимания – доложили о произведенном резонансе.

– Ну, круглые идиоты, – в сердцах выругался он, – как всегда вперед батьки… или, что называется, заставь дурака Богу молиться. Ну, икона чудотворная, неожиданно явленная или еще какой знак, но на такую битую карту дело моей жизни поставить. Помощнички! Всех урою.

Он тут же приказал вызвать к нему

Жогина, для скорости даже послал за ним машину с личным шофером. Павел Аверкиевич с самого утра ждал этого вызова, никого не принимая, с тоской глядя в окно, более того — был трезв, как полярник на внезапно оторвавшейся льдине.

С ходу, не ожидая разноса, Жогин раскрыл принесенную с собой папку и выложил перед Уткиным весь комплект фотографий, присовокупив к ним заодно и личное дело Вали Попокина. В заключение он положил перед Юрием Денисовичем справку из судебной экспертизы: никакого монтажа, снимки подлинные.

Уткин понял, что крыть ему нечем, оставалось произнести только сакраментальную, но столь же бесполезную фразу:

— Почему мне предварительно не сообщил?

Жогин беспомощно развел руками: мол, пытался обратить все в шутку, но... злой рок.

– Так, и где эта сволочь? Немедленно ко мне! – рявкнул Уткин, найдя, наконец, на ком можно сорвать злость.

– Нету, нигде нет. На работу не явился. Телефон дома не отвечает. Исчез, просто исчез. Машину посылали. Жену, мать расспрашивали. Тайна. Утром собрался как всегда, позавтракал и благополучно отбыл. Вот только куда?

– И все-таки, Павел Аверкиевич… – попытался было «разрядиться» Юрий Денисович.

Однако они с Жогиным были слишком давно знакомы, слишком хорошо понимали друг друга, не стоило попусту сотрясать воздух – вернее лизоблюда, чем запойный «правдинец», в городе было не сыскать.

– Надо просто знать Валю: ни негативы, ни другие комплекты снимков из него теперь калеными щипцами не вытянешь. Это его звездный час.

– Откуда он передрал все это?

– Ниоткуда. Фото с оригинала. Все

исключается: Интернет, другое издание, компьютерная графика. Проверял. Понимаю, динозавры вымерли, сам изготовил, наверное, Кулибин чертов.

— Что это за место, хоть знаешь? — успокоился, наконец, Уткин, понимая, что не «разряжаться» надо, а действовать.

— Знаю, конечно, — пожал плечами Гурьев. — Затон у завода фурнитуры.

— Да, там и чертей увидеть можно, — пробормотал Уткин. — Ладно, пошлем водолазов.

— Были, были уже водолазы, — кивнул Гурьев, раскладывая перед Юрием Денисовичем другую пачку снимков. — Не нашли ничего.

— Понятно, опять без меня? — вздохнул Уткин.

— Ну, это уж не моя инициатива. Гудалин постарался, начальник спасательных станций. Наверное, чтобы вам доложить. Ну а я просто послал свои лучшие кадры, чтобы конкурентов опередить и историческое событие запечатлеть.

– Ну и как, опередил? – поинтересовался Уткин.

– Опередил, – кивнул Гурьев. – Но вы так и не поняли главного, Юрий Денисович, вам ли не знать, что это за место, но водолазы там ни-че-го не нашли.

Последовала немая сцена, почти как в гоголевском «Ревизоре».

– Совсем охренели! – прокомментировал увиденный снимок Дронов. – Лохи, одно слово, лохи. Один наглый фраер, который и в самом деле оказался хуже танка, весь город на уши поставил.

Два чудища долго еще смотрели друг на друга, пытаясь понять, кто есть кто. Дронов первым отвел взгляд, нужна была дополнительная информация, которой он явно не располагал.

Впрочем, информация не заставила себя долго ждать. Уже на следующий день «Нижнекопьевская пчела» вышла с разворотом, полностью посвященным загадочному чудовищу, включающим в себя все снимки, сделанные Попокиным (куда больше, чем Жогин опубликовал). Коротко сообщалось и о поисках, предпринятых командой спасателей (Миша и здесь не удержался от язвительной шпильки в адрес конкурентов: подробности, мол, ищите в «Нижнекопьевской правде»). Однако небольшая приписка сводила на нет все усилия Жогина – «Пчела» и только «Пчела» сообщала, что на дне Фурнитурного («Чертова») затона не обнаружилось ни-че-го и даже приводилось в подтверждение соответствующее интервью с одним из водолазов, участвовавших в работах. Весь город знал, что Чертов затон до отказа был забит промышленными отходами, что эта клоака отравляла Волгу на несколько десятков километров вниз по течению. Каждый депутат включал в свою предвыборную кампанию пункт о постройке очистных сооружений в этом районе, но положение не менялось, сюда свозились отходы буквально со всех предприятий города, так как местная свалка давно уже не справлялась с навалившимися на нее объемами. Тут-то Валеру Дронова и охватила дрожь.

# ГЛАВА ШЕСТАЯ

*Продолжающая повествовать о приключениях фотокора Валентина Попокина.*

Валя Попокин, ночевавший не дома, где его тщетно пытались разыскать, а в кабинете Миши Айзенбаума, который теперь с него действительно чуть ли не пылинки сдувал, еле дождался выхода сенсационного номера «Пчелы» и тут же, набрав побольше экземпляров, поехал в Москву, чтобы попытаться продать негативы в какое-нибудь столичное, либо, что несравненно лучше, западное, издание за большие деньги. Судьба не могла подобрать лучшей кандидатуры, чтобы раздуть скандал в небольшом русском городе до размеров мировой сенсации. Но кого больше всего огорчила злополучная фотография, так это, разумеется, Сашу Румянцева. Едва начавшаяся «повесть о капитане Копейкине» грозила сойти на нет, еще не дойдя даже до своего кульминационного пункта. Между тем Александр многое за столь короткий срок успел сделать. Операции с утилем еще и во времена социализма были самым прибыльным бизнесом в России. Это единственная область, куда КГБ не совался в силу брезгливости и кажущейся мизерности дел, а МВД всякий раз трусливо поджимало хвост, поскольку здесь убивали любого, кто только подбирался поближе к истине, а убивали в те времена людей, не то, что сейчас, лишь в самых крайних случаях. В условиях начавшегося «стихийного» капитализма перестройка превратилась в перестрелку в первую очередь именно в этой сфере. Люди стали гибнуть за металл (в первую очередь за цветной металл – ранее считавшиеся презренными медь да алюминий) тысячами. Но и кормились возле свалок, даже обыкновенных контейнеров для бытовых отходов, не тысячи, а миллионы. Казалось бы, все было вычищено, вылизано, однако только Румянцев сообразил, где еще не ступала нога новоявленного, «мусорного», старателя. Именно таким путем: водным, он и удрал в прошлый раз с Васей Колобовым от бандитов, именно реки, пруды – любые водоемы, решил превратить в источник своего благосостояния. Да вот попутал бес стилизовать свои миниподлодки, бульдозеры и экскаваторы под своеобразный Парк Юрского периода. Женя Бессонов Кулибина с Черепановым еще в молодости превзошел, да только никому не нужны были его изобретения да проекты, а вот тут появилась возможность развернуться в полную силу. Его экзотическая техника действовала безотказно. Работа находилась всем, сначала вовлекались в нее бывшие сослуживцы, просто коллеги, затем вообще любые военные, члены их семей.

Русла рек очищались и расширялись, любые отходы шли в дело, приносил хорошие деньги даже обыкновенный речной песок. Уже плавали баржи, суда, принадлежавшие новоявленным владельцам, невидимое сражение, разыгравшееся с одной из самых грозных российских мафий: рыбной, было безнадежно проиграно последней. Без суда и следствия бандитов просто топили как котят. По сути, давно уже можно было назвать «капитана Румянцева» и самого бандитом, но как иначе жить в стране, где давно уже ни здравому смыслу, ни элементарной порядочности просто места нет? Сети конфисковались и продавались, рыба вылавливалась и поступала на рынки и в магазины по тем же каналам, которые были отвоеваны у местного пошиба «каморр»-«каморок» и «козюлек»-«коз», икра улетала в другие страны самолетами, уходила судами и подлодками. Но делалось это не хищнически, а на хорошо поставленном промысловом уровне: и мальки разводились, и рыбины кверху брюхом на поверхности не плавали.

Шила в мешке не утаить: информация давно уже должна была просочиться, но деньги на подкупы нужным людям не жалелись, молчание действительно ценилось на вес золота. И вот Валя, «простой русский» дурак, как всегда в России встал поперек наезженной колеи… Отстрелить бы: одним дураком больше, одним меньше, но по дуракам палить – что по воробьям на ветках.

# ГЛАВА СЕДЬМАЯ

*О том, как мало в жизни бывает хорошего да приятного, а вот бедам и напастям в ней несть числа.*

Вздрогнуть Валере Дронову было от чего. Он никак не мог избавиться от впечатления, что с попокинского снимка на него смотрели глаза вовсе не чудища-змия-ящера, а загадочного Нептуна. Авторитет этот появился в Москве совсем недавно, но за пару-тройку недель ухитрился обезглавить всю утильную, а заодно и рыбную мафии. Приставив к ним голову уже другую, свою. Люди похищались из офисов, квартир, коттеджей и исчезали бесследно. От не в меру ретивых «паханов», пытавшихся организовать по сему поводу сходку, мокрого места не осталось. Одни поговаривали, что операция осуществляется на государственном уровне, дабы хоть какие-то дыры в казне залатать, другие грешили на чеченских боевиков, но конкретно никто не знал ничего, даже кличка Нептун была вымышленной, специально придуманной, чтобы хоть как-то непонятное явление обозначить.

Валерию несколько раз намекали, хоть и весьма туманно, что ему пора навести порядок в своих местах, но эти намеки он не воспринимал всерьез, и только сейчас задумался. А не пора ли ему, и в самом деле, пригласить того киллера из Краснорецка, а то и целую бригаду? Однако вряд ли подобный его шаг мог остаться незамеченным, а так ведь недолго и свою голову потерять. Впрочем, одного-то человека уж точно нельзя было оставлять в живых. Это было, кстати, и в интересах самого Нептуна.

Скандал, грозивший разгореться до вселенских масштабов, как-то сам собой зачах. Сверху, как Уткину, так и Дронову лишь погрозили пальчиком: мол, шутите, ребята, да не зашучивайтесь. Сам возмутитель спокойствия со своими снимками и негативами куда-то бесследно исчез. Наверное, на многих его пример подействовал отрезвляюще, и о загадочном происшествии в Чертовом затоне старались больше не упоминать.

Как ни странно, но рассказы местных экскурсоводов о динозавре, пойманном Валей в кадр, лишь увеличили интерес к Нижнекопьевску, пришлось включить в обязательную программу и заезд к злополучному затону, впрочем, вода в нем была теперь настолько чистой, что не грех было в ней и выкупаться. Хоть и боязно, вдруг Нижнекопьевское чудище за ногу на дно утащит. Так и прозвали чудище: Русская Несси. Великолепно расходились футболки, значки, сумки, комплекты фотографий со свирепой, столь напугавшей Валю Попокина, физиономией, появились даже резиновые подобия ящера, рядом с которыми стало модным сниматься на память. И все бы ничего, да опять же…

Валя Попокин с недоумением смотрел на человека, который чуть было не стал его убийцей. Совсем не громила, и на рецедивиста мало похож. Вот только нож, валявшийся возле, красноречиво выдавал намерения киллера. Сам он был настигнут коротким точным ударом кастета в основание черепа. Возможно, жизнь в нем еще теплилась, просто на время он потерял сознание. Но такие подробности Валю совершенно не интересовали. Ясно было одно: его «заказали», но нашлись и другие люди (или человек), которые его спасли (спас). Но еще яснее было другое: нужно было сматываться, и как можно скорее. Валя даже не стал заходить к тетке, в квартире у которой скрывался, он лишь предупредил ее по домофону, что ему на несколько дней нужно уехать обратно домой. Сумку с вещами он решил в другой раз забрать, когда поспокойнее будет, ну а с оптикой он вообще никогда не расставался, она и сейчас была с ним — привычка. «Черт побери! — мысленно выругался Валя. — И как раз в такой день, когда мне удалось снимки пристроить. Неужели меня так и не оставят в покое?» К счастью, у него было еще одно место, где спрятаться: старинная школьная подруга-любовница, которая в очередной, который уже раз, пребывала в разводе. «Приютит, куда она денется, приютит», — подбадривал себя Валя, ощущая, как противно у него сосет под ложечкой — так близко сталкиваться со смертью ему еще не доводилось, разве что взять того динозавра!

Надо сказать, что ни одно столичное издание на Нижнекопьевского ящера не клюнуло:

— Утка! Милости просим с товаром сим в конце марта. А снимочки можете оставить, не пропадут.

— Ну да, вам только палец дай, всю руку оттяпаете, — мрачно усмехался в ответ Попокин, — но вот локти вам скоро точно придется кусать!

Не имел успеха его «товар» и среди иностранных репортеров, они даже не комментировали свое: «Нет, спасибо!», просто мило улыбались. И только одна итальянская бульварная газетенка взяла Валин материал сходу, без колебаний: и текст, и снимки, и негативы, и экземпляры «Пчелы» с «Правдой», заплатив по западным меркам за них сущие гроши, а по Валиному разумению — отвалила ему неплохой куш. Деньги эти жгли карман Попокину, ему так хотелось заявиться с ними домой и устроить семье праздник, да и пребывание у «подруги», как обычно, скоро стало обременять Валентина, требовала она от него в сексе таких штучек, которые Попокин совершенно не переносил. Однако путь в Нижнекопьевск был ему заказан, и потому Валя терпел.

Эх, так и хочется порадеть ухватистому да оборотистому соотечественнику нашему, человеку слова и дела, но ведь, если верить одному небезызвестному классику, в России на тысячу человек непременно приходится один гений и 999... все тех же – «рыцарей плохих дорог». Откуда же им взяться тогда, хорошим дорогам? Юрий Денисович чувствовал себя на седьмом небе, он еще и не задумывался даже, чего бы ему хотелось достигнуть в Москве, но в Нижнекопьевске он покорил высоты, которых не достигал никогда ни один, из топтавших когда-либо сию грешную землю. Однако, так или иначе, отъезд его все близился: и должность в стольном граде была приготовлена, и коттедж в небольшом городке Краснолепске выстроен, оставалось только достойно провести 900-летие родного города и торжественно отчалить в новое плавание. Был и еще один гвоздь: сколько ни крутил в голове Уткин, но так и не мог остановиться на кандидатуре своего преемника. Алексей Конобеев... казалось бы, вариант вполне подходящий, но все детство и юность Лехи прошли в общении с местной шпаной.

Именно через него всегда осуществлялись контакты Уткина с Дроновым, а в последнее время контакты эти были постоянными, слишком много возникало так называемых «узловых» вопросов, а узлы, как известно, нужно распутывать, а не рубить. Родион Славкин? Нет, фигура не того масштаба. Павел Жогин? Язык хорошо подвешен, но не хозяйственник, да к тому же пьянь. Да, как ни крути, а лучше Лехи Конобея...

Леха и огорошил его, кинув распечатку с принтера.

— Ну вот и Валя объявился. А все говорили: убит. Тут он, наш придурок, на самом видном месте красуется, аж на саму Италию вышел.

— Откуда у тебя это? — только и мог спросить изумленный Уткин.

— Ребята, компьютерщики наши, скачали из Интернета, — усмехнулся Леха. — «Попал я в тебя, попал», — подумал он злорадно.

— Да вы не бойтесь, Юрий Денисович, газетенка паршивенькая, куда еще Валя мог такую «дезу» пристроить?

На том и порешили. Однако Интернет – штука великая. Тут же нашелся в Штатах какой-то компьютерный умник, который, воспользовавшись тем, что снимки попокинские были сделаны с близкого расстояния, расшифровал, что Русская Несси вовсе не животного, как все подумали вначале, а искусственного происхождения. Резонанс был огромный. Валины снимки попали в ведущие газеты мира. «Секретное оружие русских», «Русские снова на коне», «Что произойдет, если Русская Несси попадет в руки исламских террористов и объявится в один прекрасный день на Гудзоне?», «Возможно ли установить на Русской Несси тактическое ядерное оружие?» Тут-то Валя и понял, в чем его звездный час.

# ГЛАВА ВОСЬМАЯ

*О том, что любовь всегда побеждает, что никогда нельзя знать наверняка, откуда ждать помощи, и что не бывает Моцартов без Сальери, а вот Сальери-то без Моцартов хоть пруд пруди.*

Как его разыскали в Москве, Валя Попокин ума не мог приложить. Но на пороге стоял разодетый в пух и прах Боря Гридин, как обычно благоухающий дорогим французским одеколоном. За его плечами скромно улыбалась Люся Озерецковская, смешанная некогда с грязью, но сейчас оттертая и прекрасно выглядевшая, его любовница.

– Здравствуй, Валя, – начал без обиняков Борис. – Надеюсь, ты хорошо отдохнул? Теперь пора за работу.

Он вынул из кейса и помахал перед носом Попокина загранпаспортами и авиабилетами.

– Уж извини, что я без согласования с

тобой взял на себя нелегкие и весьма небезопасные обязанности твоего агента, но тебе самому носа наружу показывать сейчас никак нельзя. Что нас ждет? Эксклюзивное интервью с одной из ведущих нью-йоркских газет, именно ей я решил доверить честь первой снять медовую пыльцу с тебя, отсюда все наши деньги, визы. Дальше большая пресс-конференция, потом прокатимся по нескольким городам с лекциями и… сматываемся, хорошенького понемножку, как говорится, не навек же нам там застревать? Ну а пока быстренько переодевайся во что Бог послал, полный марафет наведем на месте. На сборы тебе полчаса. Такси ждет, счетчик щелкает.

Валя был настолько ошеломлен неожиданностью происходящего, что даже рта не мог открыть от изумления. К счастью, «боевая подруга» находилась в это время на работе, и можно было уйти по-английски, не прощаясь. Только в «Боинге» до Вали дошло, как ловко присосался к его славе мерзавец Гридин, да еще опять со своим самоваром не в Тулу, а в самою Америку летит. Впрочем, агент есть агент, никаких договоров они с Борей не заключали, так что, не исключено, что Гридина в Нью-Йорке ждет бо-о-льшой сюрприз.

Однако сюрприз ждал не Борю, а самого Попокина. Уже в редакции «Нью-Йорк таймс» Гридин поспешил заявить, что подозрения относительно нового секретного оружия зародились у него давно после разговора со своей сотрудницей Людмилой Озерецковской. Он решил самолично убедиться в обоснованности ее данных, неделю дежурил по ночам у Чертова затона и хорошо разглядел не одного, а даже нескольких «динозавров». Тогда-то он и понял, что это не живые существа, а секретная новейшая военная новинка. Как работник администрации, он хорошо знал, что происходит в городе, что появление военных здесь не санкционировано, и решил довести сведения о загадочных существах до мировой общественности, засняв их на видеопленку. Однако в Брюсселе пленка у них с мисс Озерецковской была похищена, за ними следили, не дали возможности встретиться ни с журналистами, ни с официальными представителями, а без документального подтверждения в их свидетельствах было бы мало толку. Пришлось уехать несолоно хлебавши.

По возвращении на Родину они оба подверглись преследованиям, и только параллельное расследование, затеянное мистером Попокиным, подлинным народным героем, придало им новых сил в стремлении не допустить очередного витка в гонке вооружений и направить чудо-технику туда, где ей и положено быть – то есть, на благо цивилизации, прогресса и мира во всем мире.

Валя Попокин чуть не задохнулся от возмущения, ему ли как матерому журналюге было не знать истинную подоплеку гридинских похождений, но крыть ему было нечем, выяснять отношения на виду у своих коллег столь высокого статуса было бы полным самоубийством. Поэтому он даже в чем-то решил переплюнуть Гридина: подробно рассказав о динозавре из Чертова затона, а также об обстоятельствах покушения на его личность, он особое внимание уделил тому вопросу, что в условиях разгорающейся войны с международным терроризмом ни в коем случае нельзя допустить, чтобы подобная техника оказалась в руках какого бы ни было рода боевиков.

— Мне очень жаль, но, как очевидец, я должен сообщить вам, что «русские Несси» могут проникать в любые места, хоть как-то связанные с водными артериями, и поражать любые цели, — так закончил он свое выступление.

Однако Боря никак не мог допустить, чтобы его хоть в чем-то обскакали.

— Мы располагаем и другими, не менее важными, сведениями о технике, столь остроумно прозванной: «русские Несси», однако предполагаем в будущем предоставить возможность рассказать о ней самим ее создателям. Если, конечно, они еще живы, – с усмешкой добавил он. – К счастью, есть люди, которые помогают нам и охраняют нас, иначе мы все трое давно уже были бы в царстве теней.

«Да, вот тебе и агент! Чей агент?» – Валя окончательно запутался и понял, что лучше ему с Гридиным объединиться. Все могло быть: и то, что Боря динозавров раньше него видел, и что от смерти Валя только благодаря ему спасся, а уж связь с «теми» людьми – тут возразить вообще было нечего. Люська Озерецковская, с которой Валя, кстати, в школе вместе учился, тоже оказалась на высоте, мило улыбалась, кокетничала, но хватку проявила мертвую: и Боре не позволяла «расслабляться», опробовать на полную катушку местные напитки, и гонорары выбивала для всех троих куда более высокие, чем им самим удалось бы сделать. Однажды, когда она уж очень Борю достала, Гридин отослал ее к Вале в номер. В эту ночь Попокин впервые в своей жизни по-настоящему познал радости секса. «Черт! – думал он, взволнованный, после Люськиного ухода. – Они же меня все обманывали, даже моя Лидка. А я, оказывается, в этом деле совсем не пентюх. Просто надо ко мне с уважением подойти».

Дипломатические отношения России с западным миром в очередной раз испортились, но что это значило для нижнекопьевцев? «Русский Лох-Несс» искали теперь на карте, буклеты, значки, майки оказались как нельзя более кстати. Поток туристов хлынул не только со всех концов России, но и из-за рубежа. О золотом дожде, который пролился тогда на всех в городе от мала до велика, долго еще потом вспоминали с завистью и восхищением: «Да, недаром говорится: кто не успел, тот опоздал!»

# ГЛАВА ДЕВЯТАЯ

*О капитане Рублеве, заветном слове, «речных гезах», русских березах и других приключениях новоявленных Саши Уленшпигеля и Васи Гудзака.*

Вале Попокину так и не удалось узнать, что было правдой, а что ложью в рассказах Гридина и Озерецковской, точнее, было ли там вообще хоть на миллиграмм правды, а уж тем более невозможно было выяснить, кому он обязан своим чудесным спасением. Однако вот что он знал точно: без наглеца Бориса вообще ничего бы не было из того, во что он сейчас окунулся. Ни тугих пачек долларов в кармане, ни модной одежды, ни разинутых ртов людей, собиравшихся на их выступления. Поэтому Попокин был совершенно ошеломлен, когда выяснилось, что им всем троим предстоит срочно уехать. Впрочем, улетали только они двое: Люська, в промежутках между своими походами из номера в номер в гостинице, ухитрилась так очаровать одного богатенького аборигена с Манхеттена, что получила от него все, какие только возможны, авансы и покидать Америку наотрез отказалась.

Больше всего Валя опасался за свою жизнь. Раньше ему просто нечего было терять, оттого он так легкомысленно ко многим вещам и относился. Сейчас он познал не то, чтобы славу, но, по крайней мере, известность, и у него были все основания для максимальной осторожности, граничившей с обыкновенной трусостью. Однако Боря Гнида был тем еще прохиндеем. Назад они ехали с целой оравой газетных и телевизионных журналистов, подстраховав себя этим от любых неожиданностей.

Конечно, Гридин бодрился, не было у него никакой уверенности, что с ним захотят встретиться. Кроме того, россказни болтуна Лехи Конобея о загадочном речном царе-мафиози быстро соединились в воображении Гридина с покушением на Валю Попокина и загадочными ящерами, создав такую картину, в которую лучше было не соваться. И тем не менее, раз уж Валя выкрутился, да еще с б-о-ольшой пользой для себя, значит, и он, Боря Гридин, может здесь чем-нибудь поживиться.

Скандальные похождения новоиспеченного директора музучилища, прославившегося на весь мир и посадившего в лужу его, Юрия Денисовича, не только в родном городе, но и в самых высших инстанциях, поставили Уткина в сложное положение: как быть с зарвавшимся наглецом? Вопрос стоял так же, как и полгода назад, по возвращении Бориса из Бельгии: по роду своей деятельности в администрации города, а еще в силу непреодолимой привычки совать нос, куда не просят, Гридин очень много знал из того, что ни в коем случае не должно было выплыть наружу. Эх, пришибить бы Леху Конобея, неизменного Бориного собутыльника и приятеля по походам в казино и другие злачные места. Язык у Лехи был не просто без костей, в минуты пьяного угара он был похлеще помела, причем более поганого помела Уткин вообще не встречал. Вот и сейчас… Появление же в этой гоп-компании Вали Попокина вообще сулило взрыв похлеще атомного. Сверху требовали, угрожали, настаивали, но, хорошенько поразмыслив, Уткин решил занять в этой драчке свою, особенную, позицию.

Вот почему он встретил очень приветливо свалившуюся па него как снег на голову всесветную журналистскую братию и даже провел в ответ на их просьбу пресс-конференцию с участием всех служб города. Ответы его на вопросы были весьма туманные, первые усилия он предложил сосредоточить на знакомстве с Нижнекопьевском, то есть, предложил изучить место действия. Отменной оказалась и культурная программа, задействованы были все жрицы любви города в возрасте от

13 до 60 лет. На вопрос, будет ли организована встреча с создателями знаменитых РН («Русских Несси»), Уткин ответил утвердительно, хотя ума не мог приложить, как он свое заверение выполнит. Единственное, на что он уповал, что сверху пойдет такое противодействие его «инициативам», что ему будет на кого свалить вину за невыполнение своих обещаний.

Противодействие, действительно, было необычайно мощным. Город заполонили чиновники все мастей, представители спецслужб, не дремала и мафия. Никто не сомневался в появлении в здешних краях загадочного Нептуна, на него как раз и закидывали, все кому не лень, сети.

И все-таки Боре повезло, как везло всегда с его наглостью. Некто капитан Рублев через своих людей вышел на Валю Попокина и заявил, что согласен дать пресс-конференцию самым надежным западным журналистам при условии соблюдения строжайшей секретности. Валя был на седьмом небе от счастья, и прежде всего, горячо за свое спасение капитана Рублева поблагодарил. Тот небрежно кивнул, довершив тем подозрение Попокина о том, что Гридин просто к его славе примазался, а на самом деле никакого отношения ни к капитану Рублеву, а уж тем более, к Нептуну и его людям, не имеет.

Ночью, собравшись в обусловленном месте, журналисты были обряжены в специальные костюмы и отправились в хоромы «речного царя». Они увидели «русских Несси» в полном составе и в действии, побывали в подземном городе, где копошилось много народу, одетых в маски с прорезями для глаз и рта. Снимать же разрешалось сколько угодно и что угодно. Каким-то образом среди приглашенных оказался и Боря Гридин собственной персоной, для него в родном городе никогда и ни в чем не было тайн.

Явившийся «капитан Рублев», тоже в

маске, подробно ответил на все заданные ему вопросы, загадочно промолчав лишь о времени, с которого действует созданная им система, с усмешкой покосившись на Гридина, как видно, разоблачение Бориса вовсе не входило в его планы. В ответ на что, Гридин облегченно вздохнул. «Улыбчивый капитан» представил журналистам своих ближайших помощников: господ Нижинского и Копьева, которые подтвердили, что их деятельность никак не связана с военным ведомством, представляет собой лишь частную инициативу, хотя и является, в сущности, альтернативой совершенно бездарным потугам правительства в области экономики: развитии производства и создании новых рабочих мест. «Вынужденное бегство от глупости и нищеты – у нас просто не было другого выхода», – так они комментировали свои действия.

Естественно, подобная встреча, щедро

снабженная красочными буклетами, цифровым и текстовым материалом, а также съемками и снимками самих журналистов, породила в мире новую сенсацию, которая, однако, вскоре захлебнулась. Как только появился и разнесся по миру термин «речные гезы», сразу был взят за основу тезис, что это дело — внутренняя проблема русских, а значит, и вряд ли заслуживает того излишне раздутого интереса, который к ней проявлен.

Валя Попокин был разочарован: нелегко падать с небес на землю, тем более что Жогин незамедлительно воспользовался возникшей заминкой и поспешил уволить не в меру самостоятельного фотокора из «Нижнекопьевской правды», скептически отнесся и Айзенбаум к давнишней мечте Попокина найти приют в его дружном «улье».

— Поверь моему слову, Валек, еще ничего не закончено. Самое удобное для тебя сейчас — побыть какое-то время фрилансером — «вольным стрелком». Абсолютно ни от кого не зависимым. Только уж меня по части материала не забывай. А насчет места — не сомневайся, такую знаменитость и в Москве сочтут за честь взять в любую газету.

# ГЛАВА ДЕСЯТАЯ

*О сумасшедшем профессоре, знаменитом Ихтиандре, непобедимом речном царе, о воде, воздухе и других стихиях, а также все о тех же, полюбившихся читателю, героях нашей истории.*

«Внутреннее дело» грозило обернуться делом совсем уж местного уровня: все, что для этого требовалось – прихлопнуть муху, нарушившую общественный покой. Для начала Валю Попокина исключили из Союза журналистов, затем местной прокуратурой были заведены уголовные дела на господ Нижинского, Копьева и Рублева. Однако дела были настолько важные, что вскоре они были переданы в самые высокие федеральные сферы, где, как известно, действует правило: «чем больше дерьма, тем ничтожней вина», то бишь, прямая кишка отсутствует совершенно, и человек выходит тем же порядком, что и «вошедши», то есть, чистым, как стеклышко. При условии, конечно, совершенно бешеных, буквально рвущих в клочья карманы, денег, вроде собачек породы бультерьер. Словом, еще одна новинка русских: ах, у вас прекрасные тюрьмы, так вот наш очередной ответ Чемберлену (мир праху его!), наше последнее достижение – тюрьмы вообще не нужны, преступник исправляется в процессе следствия. Точили зуб на руководителей «речных гезов» и спецслужбы, но их не деньги интересовали, а информация: долгожданная возможность хоть что-то доложить наверх.

Свой интерес был и у мафии. В Нижнекопьевск приехало несколько групп боевиков, ничего не оставалось и Дронову как подключиться к данному вопросу. Командовать группой местной молодежи, состоявшей сплошь из наркоманов и отморозков, он доверил Витьку, своему сыну, ну и киллер (еще один, первый, как известно, сам стал жертвой неудачного покушения на Валю Попокина) из Красноречка тоже был приглашен. Расчувствовавшийся тем, что такое огромное внимание приковано во всем мире к его родному городу, Жора Иорданский вызвался сам услуги киллера и оплатить.

И вот тут удивил всех Юрий «Деникинович», проявив не просто даже здравый смысл, а неожиданную строптивость. Он отдал приказ прибывшему областному Спецназу и местному ОМОНу пока, до особых распоряжений, ни во что не вмешиваться, только готовиться и наблюдать. По материалам, полученным в результате пресс-конференции западными журналистами, легко можно было определить места обитания «русских речных гезов», силовики как раз и концентрировались возле этих мест.

Уткин не зря решил предоставить право посолировать бандитам. Во-первых, через представителя капитана Рублева по связям с общественностью (!) Валю Попокина Ю. Д.

был передан буклет с описанием всех его тайных и явных похождений, особенно по части расхищения бюджетных средств на собственные нужды. Во-вторых, зачем подставлять под пули хоть и профессионалов, но, тем не менее, ни в чем не повинных людей?

Бандиты явились, конечно, не с голыми руками, а вооруженные до зубов, на катерах и оснащенные новейшим оборудованием для подводного плавания. Однако эффект был один: не зная броду не суйся в воду, все они бесследно исчезли, так и не сумев ничего понять в действиях загадочного Нептуна. Между тем Нептун не ограничился Нижнекопьевском, он нанес ответный и очень чувствительный удар не только по московским авторитетам, но и по большинству волжских группировок. Уже через два-три дня можно было с уверенностью сказать, за кем осталась победа. «Речные гезы» совершенно открыто раскатывали на захваченных судах по Волге, улюлюкая и показывая голые зады окопавшимся на берегу спецназовцам.

Единственный из наших героев, кого происходящее никаким местом не коснулось, был непотопляемый Боря Гридин. Все с него сходило, как с гуся вода. Более того, воспользовавшись паузой, Боря нанял какого-то то ли сдвинутого, то ли, наоборот, очень продвинутого, профессора, который на полном серьезе, после встречи с капитаном Рублевым, ознакомил в Москве общественность на специально созванной Валей Попокиным пресс-конференции со своим проектом «Две стихии – два образа жизни». Он объявил, что как в свое время роман Алексея Толстого «Гиперболоид инженера Гарина» оказался вовсе не фантастикой, а лишь прозорливым предвидением необычайных возможностей лазера, так и роман другого русского писателя, Александра Беляева, «Человек-амфибия» – доступная каждому реальность наших дней. После несложной операции с применением опять же таки нехитрого оборудования, любой человек мог бы жить как в воде, так и на суше, не делая при этом окончательного выбора. Техника будущего, разработанная лабораторией капитана Рублева и представленная в эскизах, фотоснимках и компьютерной графике, довершала процесс. Завершилась пресс-конференция показом знаменитого фильма «Человек-амфибия» и свежей документальной лентой на ту тему, по которой профессор Линев читал свою лекцию.

Шум в прессе снова поднялся невероятный. Реки, озера – да, здесь, действительно, могло быть «внутреннее дело», однако моря, океаны, их что, тоже русским подарить? Занялся Гридин и другим: отругав Валю за то, что тот изготовил компромат на Юрия «Деникиновича» без его ведома, он полностью переделал буклет, подготовленный для размножения, убрав оттуда все, что могло касаться только Уткина лично и значительно расширив часть, по которой с ним вовлекались в скандал достаточно известные лица на самых разных уровнях. Эту замену он сделал сам, не доверяя Попокину, но и не ведя никаких дополнительных разговоров с нижнекопьевским главой. Впрочем, они и так, без слов, поняли друг друга. Юрий Денисович, решивший и без того идти до конца в своем упрямстве, тут получил возможность полного оправдания в глазах начальства.

Как бы то ни было, Уткин был отстранен от своих обязанностей, формально уйдя на больничный, а бразды правления в городе взял в свои руки Леха Конобеев. Он тут же отдал долгожданную команду, и война с непокорными «гезами» («рвань» в буквальном переводе с голландского. Подробнее можно прочитать в знаменитом романе Шарля де Костера «Легенда об

Уленшпигеле и Ламме Гудзаке, об их доблестных, забавных и достославных деяниях во Фландрии и других краях») началась. Дронов ничем не мог помочь другу, так как все его боевики, в том числе и ненаглядный Витек, исчезли в водовороте предыдущего сражения, поэтому ему оставалось только пассивно наблюдать за ходом событий.

Ответ и на сей раз не заставил себя долго ждать. Уже через несколько часов город в буквальном смысле захлебнулся в собственном дерьме, так как все канализационные выходы оказались заблокированными, то же самое произошло и с водопроводом, вместо домов вода хлынула на улицы, вскоре не стало и электричества. Глубоко ночью последовал очередной сюрприз: казино «Марс», расположенное в живописном месте на Репенских прудах, вместе с Витей Шампуром и всеми своими посетителями, ушло глубоко под землю, как некогда по легенде православные храмы.

Другой «храм» – трехэтажный коттедж Валерия Дронова, наоборот, несколькими часами раньше мощным напором воды был вознесен на воздуся, откуда и рухнул в конце концов на землю, погребя под своими обломками, как местного мафиози, так и всех его охранников, друзей и домочадцев – Бог призвал к себе Дрона как раз в день его рождения. Поговаривали, что и здание местной администрации в любой момент могло развалиться (сложиться), как карточный домик. Загадочный вирус парализовал работу компьютеров. У Лехи Конобея хватило ума взять передышку и сыграть отступление.

# ГЛАВА БЕЗ ЧИСЛА

*Заключительная, вместо Эпилога. (Почти по Гоголю: «Никоторого числа. День был без числа»; «Числа не помню. Месяца тоже не было. Было черт знает что такое». «Записки сумасшедшего»)*

Когда войска вошли в город, улицы опустели, люди собрались в храмах Нижнекопьевска и молились без устали во спасение местных святынь. Невзирая на блокпосты, милицейские и военные кордоны, сюда прорвались паломники со всей России, много было и журналистской братии. Мест в храмах не хватало, заполнены были все паперти, площади, улицы перед ними. Задействованы все священники, даже учащиеся двух здешних семинарий.

«Господи, помилуй!». «Боже, будь милостив к нам, грешным!» «Пресвятая Богородица, спаси нас!» — слышалось отовсюду.

Артиллерия и авиация постарались на

славу: закидали все русло Волги на десятки километров, все местные водоемы, снарядами и бомбами. Волга вышла из берегов, столько в ней вдруг всплыло трупов, однако сопротивления никакого оказано не было. Ничто больше не уходило под землю и не возносилось на воздуся. В ознаменование победы было приказано звонить во все колокола храмам, сначала они звонили тихо, приглушенно, однако затем звон их стал растекаться в полную силу, когда выяснилось, что никаких «гезов» среди выловленных трупов не было обнаружено — одни только воры да бандиты, присланные не только с Москвы и Каспия, а даже с Дальнего Востока и Сахалина.

Капитан Рублев загадочным образом исчез куда-то загодя вместе со всеми своими людьми.


Что же еще можно рассказать в назидание?

Юрий Денисович благополучно отбыл,

куда и планировал, никто ему о проявленной им строптивости никогда не напоминал.

Родион Славкин из администрации ушел, ныне писательствует в местном масштабе, определившись, чтобы больше было свободного времени, в церковные сторожа.

Место Дронова унаследовал Гунявый, только что вернувшийся из заключения известнейший в городе рецедивист, но был вскоре пристрелен тем самым киллером из Краснорецка, а местным «папой» стал в итоге Митя Процент.

Город Нижнекопьевск так и не попал в Золотое колечко, но еще долго действовала созданная Юрием Денисовичем панорама, в заключение экскурсии по которой тихим и страшным голосом рассказывалась история капитана Рублева и созданных им чудовищ, из-за которой, собственно, туристы и приезжали. Но даже избранному главой города, прославившемуся на весь мир, вору-диссиденту Боре Гридину не удалось удержать этот интерес надолго.

Наталкивался он во всем постоянно на какое-то таинственное противостояние сверху. Как видно, слишком многим хотелось стереть в памяти людей любые воспоминания о мятежном городе, «речных гезах» и их предводителе.

Валя Попокин, в очередной раз отличившийся репортажем с места событий при атаке военных и великолепными съемками заполонивших огромную реку трупов, совсем было загрустил, когда неожиданно получил по почте вызов из Америки от миссис Ривер-Озерецковски, после чего отбыл туда без особых размышлений вместе со всем своим выводком, даже тещу прихватил. Вскоре подобный вызов, уже по Валиной инициативе, получил и некто Евгений Русанов, никому не известный предприниматель, уже совсем в другом городе. Получил и задумался: как же такое ему самому раньше в голову не пришло? Поговаривают, что Валя теперь уже не Валя, а Вэл, и фамилия у него тоже совсем другая: не то Поппинс, не то Попкинз, что устроился он не где-нибудь, а в Голливуде, и сам Стивен Спилберг в нем души не чает.

Еще время от времени проскальзывают слухи о том, что в одном укромном местечке Тихого океана появилось загадочное поселение, быстро разросшееся до размеров государства, и никто не знает, что с ним делать, ведь по сложившейся практике поделены только суша и прибрежные акватории, прочие глубины и просторы вроде как никому конкретно и не принадлежат. В «Тихоокеанском Союзе» (что-то вроде древней Атлантиды, только большей частью под водой) нет ни бродяг, ни бедных, все люди сыты, здоровы и счастливы, у них на все хватает времени: и на работу, и на развлечения. Нет там вина, наркотиков, СПИДа и даже табака. Преступность практически вообще сведена к нулю. Огромный подводный и надводный флот с самыми разными портами приписки, ядерное оружие. Однако и этого «тихушникам» мало, ближайшей целью они поставили освоение возможностей нашей неразлучной спутницы – Луны. Хотя вообще-то, может, Луна – это «пушка»? Кто знает, что у них в действительности на уме?

*Нижнекопьевские летописи. 1997 год, 517 год со дня освобождения Руси от татаро-монгольского ига.*

# ДУША «ПОЛЫНЬ»

*повесть*

# 1

Люцин долго с недоумением всматривался в объявление, затем крикнул жене:

— Надюш, ты не знаешь, где мои очки?

Та с явным неудовольствием оторвалась от телевизора, поспешно дожевала кусок пирожка, последнего в лежавшей у нее на коленях тарелке, и проговорила, еще давясь остатками:

— Наверное, на кухне. Там, где телепрограмма лежит. Давай я лучше сама прочту. Что там еще?

Люцин не хотел сначала, но потом все-таки дал газету жене, он немного стыдился того, что дальнозоркость у него стала развиваться не по возрасту слишком рано. Плюс полтора — чепуха, конечно, и тем не менее…

— «Анима, дорого». Ничего не поняла, бред какой-то, — с недоумением между тем пробормотала супруга. — С какой стати тебя это вдруг заинтересовало?

— Да так просто, тоже показалось странным, — поспешил в зародыше прервать расспросы жены Лющин и, прихватив с собой газету, поплелся на кухню за очками.

Все же хоть как-то не излить свое раздражение он не мог.

«Тебе-то вообще ничего не интересно. Только упираться зенками в свои бесконечные сериалы, да желудок набивать, чем ни попадя. И что удивительно, зрит как горный орел. Точнее, орлица. Хотя какая из нее теперь орлица с ее-то пузом? Лежит как бревно, только пыхтит, ворочается, да никак до победного финала дело довести не может».

Лющин полных женщин не любил. Точнее, наверное, просто не мог с ними обращаться. Изобилие в данном случае действовало на него не то, чтобы сверхвозбуждающе, но, во всяком случае, процесс протекал слишком быстро, а иногда потом даже немного побаливала голова. Чем объяснить подобный феномен, он так и не разобрался до конца, однако к жене эротическое влечение (по науке – либидо, для любителей головоломок) потерял то ли в начале, то ли в середине Перестройки. Ему часто снились гибкие, стройные, молодые девушки, но почему-то почти всегда гораздо выше его ростом, а кто понимает, тот знает, как это порой бывает неудобно. Девушки к тому же попадались неопытные, смешливые, донельзя глупые, особенно они подтрунивали над ранней лысиной Виктора: Лющин большс всего на свете терпеть не мог, когда его гладили по голой черепушке, а уж тем более всякого рода поцелуйчиков в нее.

Два таких характерных признака старения организма: дальнозоркость и повышенный интерес к гибкости и стройности, и столь преждевременно в нем: ему ведь только вот-вот должно было стукнуть сорок пять – это не могло не насторожить Виктора. Хотя, в принципе, к женщинам он всегда был неравнодушен: несколько раз даже специфические болезни подхватывал, причем однажды, что уж совсем его поразило — от пионервожатой. Нет, конечно, он тогда был далеко не пионером, но проверять-то все-таки должны подобный контингент! С кем же еще тогда связываться?

А связываться и в самом деле было не с кем. Последние шесть-семь лет, как отрубило. И суть таилась вовсе не в его способностях, способностей-то как раз было хоть отбавляй, просто Люшин как-то незаметно утратил необходимые в таких случаях навыки. Раньше все было просто: два-три слова, любая чушь, главное — завязать разговор, ну а дальше... либо следуешь, куда и следовал — нет контакта, либо... есть контакт! Ну а уж что творилось во время отпусков: в санаториях, в турпоездках, ах, что говорить! Вот это была жизнь! Да и Надюша тогда была порох — тонкая, гибкая, как хворостинка, неутомимая.

Еще ко всему прочему имелась раньше в наличии густая с курчавинкой шевелюра, а с плешкою развился комплекс неполноценности. Виктор знал из эротических газет и журналов, что некоторых женщин лысинка даже возбуждает, но не очень-то верил подобным изданиям, воспринимая их по большей части как юмористические, в которых издатели над своими читателями и не посмеиваются даже, а просто измываются, как хотят. Один раз Люшин решил ответить «ударом на удар» и сочинил несколько историй, совсем уж невероятных и наиглупейших. И что же? Их тут же опубликовали, но гонорара он так и не получил. Теперь-то он понимал, что нужно было прямиком ехать к «обидчикам», глядишь, теперь он был бы заправским бумагомарателем: чего-чего, а врать, придумывать он всегда был большой мастер, а «издания» эти, как ни странно, давно уже прочно встали на ноги и гонорары уж наверняка платили теперь, и немалые.

Но дело было все-таки не в сексе, а вообще в жизни. Жизнь стала какая-то тоскливая, скукоженная, да, в принципе, ее и вообще не было, этой жизни. Тоскуя по прежним временам, Лющин и тосковал больше не по дешевизне цен, а по той легкости и простоте бытия, которых, вероятно, никогда уже не вернуть больше. Что плохого в том, что он любил весело пожить? Застолья по любому поводу, турпоходы с ночевкой в лесу с непременными песнями у костра под гитару. Разговоры в курилке про женщин, и не обязательно про женщин, хоть про политику, да черт бы с ней! Анекдоты, юмор, этого сейчас, вроде бы, наоборот, выше головы, но атмосфера, атмосфера, в которой они «тогда» рассказывались!

И друзья куда-то вдруг разом все подевались: кто в бизнес ушел, пашет, тут уж не до общения, кто ударился в алкоголь. А вот Лющин и пить почти перестал с того времени: это ведь не «сушнячок» какой-нибудь молдавский или болгарский – солнца глоток, веселья исток, и не «Пшеничная» или «Столичная» – теперь-то одна сивуха да ацетон. По улице-то уже идешь – порой ни одного лица знакомого, а прошелся он как-то раз по кладбищу! Инфаркт, инсульт, рак – и ребята вроде нормальные, откуда так рано?

«Анима, дорого». Очки нашлись, лежали как всегда возле настольной лампы, однако ясности они не внесли никакой. Номер телефона, факса, больше ничего, может, какие-нибудь шпионские штучки? Кто-то кому-то что-то передает, а он уши навострил?

– Вить, а что такое «анима»? Я ведь так и не поняла, – неожиданно услышал Люшин голос жены.

– Душа вроде.

– Нет, душа – это «псюхе», я точно знаю, – возразила Надежда, демонстрируя свое гуманитарное образование и познания опытной кроссвордистки.

— Это по-гречески, а тут латынь, — пренебрежительно ответил Виктор. Он и сам кроссворды щелкал как орешки.

— А в каком разделе? — не унималась жена.

— Разделе? Причем тут раздел? Ты имеешь в виду: латынь вульгарная или классическая?

— Нет, я не о том, ты совсем сдвинулся, — жена у Лющина хоть и телом обрюзгла, но мозгами шевелить еще могла. — Они покупают или продают?

— А тебе что за разница? — не понял Лющин вопроса, немного обидевшись на «сдвинувшегося».

— Ну, просто интересно. Все же какой-то разговор, а то ты больше молчишь обычно.

Ну да, разговор. Из тех, что выеденного яйца не стоят. Виктор, впрочем, тут же метнулся взглядом в поисках названия раздела, но нужной страницы, как часто бывало, не оказалось — жена в очередной раз использовала любимое чтиво для того, чтобы завернуть съестное на работу.

«И как только она свинца не боится! – с раздражением подумал Лющин. – Говорят, задницу, и то нельзя подтирать газетой».

Впрочем, он тут же вспомнил, что как раз в одном подобного рода издании некий врач вот это, успевшее стать столь расхожим, утверждение опровергал, говорил, что нет здесь ничего опасного, просто потом могут возникать легкие неприятные ощущения. Хотя, в принципе, куда больше таких ощущений возникает, если пропустить подобное «издание» через голову. Это уже не врач, это Виктор сам придумал, сострил.

А жене в ответ, чтобы отвязаться, он наугад соврал:

– Продают.

– А, значит, не иначе, как черти, – жена была вполне удовлетворена ответом. – Ну, эти, как их – мефистофели!

**2**

– «Анима, дорого». Я по объявлению. Вы покупаете или продаете?

– А разве в газете не ясно было указано? – Голос в трубке насторожился, и Лющин сразу засуетился, не зная, как развеять возникшее против него с первых же минут предубеждение.

– Понимаете, жена... у нее привычка – выдирать страницы из непрочитанной еще газеты. Заворачивает в них обед. Я с ней много раз скандалил по этому поводу, но ей как о стенку горох!

– Обед? – недоуменно переспросил несколько ироничный голос собеседника.

– Ну да, пирожки. Она без них просто жить не может.

– С чем?

– В смысле как «с чем»? – Лющин чувствовал, что ему давно пора вешать трубку, что над ним самым наглым образом насмехаются, но это было не в его правилах:

нельзя хаму не отхамить.

– С чем пирожки? Ах, да, извините, не понял, – Лющин тоже решил прикинуться круглейшим идиотом. – Ну, разные: с рисом, с картошкой, с творогом…

– И как, хорошо получаются? – продолжал издеваться голос, по всей видимости, строя уморительные гримасы, изрядно потешая едва удерживавшихся от гомерического хохота своих товарищей по работе. – Лющин вдруг совершенно отчетливо представил себе эту картину. Наступательный задор в нем несколько поубавился – по всему чувствовалось, что собеседник гораздо опытнее его в подобных играх и Лющину его уж точно не «переидиотить».

– Получаются. Вполне съедобно. И даже очень вкусно, – не нашел он ничего другого в ответ.

– Я бы с удовольствием попробовал. У меня жена… Знаете ли, молодую взял, она ищет другие пути – не через желудок.

Лющин оживился, он внезапно ощутил, что налаживается контакт, что собеседник вовсе не насмехается над ним, а наоборот, как бы стремится разбить лед, делает все для того, чтобы с первых же минут сделать их общение как можно более легким, непринужденным.

– Могу принести. Или даже вообще в гости пригласить. В старину это так и называлось – «на пироги».

Невидимый собеседник смутился, или только сделал вид, что ему вдруг совестно стало:

– Нет, не поймите… Я просто пошутил. Однако вернемся к нашей основной теме. О чем конкретно вы хотели меня спросить?

Лющин почувствовал, что где-то произошел сбой, и все очки, что он с таким трудом набрал, внезапно потеряны.

«Это игра, – неожиданно догадался он. – А в каждой игре, чтобы выпала удача, нужно проявить, прежде всего, не знания, а сообразительность».

– Может, нам все-таки лучше встретиться? – спросил он. – И уж при встрече вы поподробнее мне все обрисуете? Можно не только с пирожками, имеется хорошая настойка домашней выработки.

Собеседник, который кроме хорошего коньяка, наверное, ничего другого не употреблял, скорее всего – поморщился при словосочетании «домашняя выработка», а может, окончательно привел в восторг своих коллег, слушавших их разговор через спикерфон, однако ответил он достаточно деликатно.

– Выпивка, на работе? Совершенно нереально. Ну а для более приватной обстановки мы еще недостаточно знакомы. Вы не ответили на мой вопрос, э…

– Виктор, – поспешил представиться Люшин. – Виктор Владимирович Люшин. Насколько я понимаю, камень преткновения сейчас в том, почему меня вдруг заинтересовало ваше объявление?

– Совершенно верно. Мы с вами

беседуем уже четверть часа, а вы так и не прояснили этот чрезвычайно важный для нас момент.

«Анима» – это душа? – в свою очередь, затаив дыхание, спросил Люшин.

– Ах вот в чем дело! – весело рассмеялся собеседник. – Теперь я, наконец, понял, в чем вы нас подозреваете: что мы тут какие-нибудь люциферы-вельзевулишки и под шумок, бардак, который сейчас повсюду царит, занимаемся здесь скупкой душ? Кстати, это уже невежливо, я так и не представился, даже из вас имя вытянул, а сам... Извольте: Юрий Петрович Гурьев, консультант фирмы «Лайф Соул Энерджи Инкорпорейтед». У нас совместное предприятие.

– С американцами? – не зная, что еще спросить, брякнул наугад Люшин.

– Да. Но не только с американцами, – почему-то сухо пояснил Юрий Петрович. – Израиль, Австралия, Канада, многие страны Европы, СНГ. Однако ближе к сути.

Поясняю: «анима», или «соул», как чаще мы это называем, совсем не предмет наших устремлений. Духовная жизненная энергия – вот что для нас, собственно, по-настоящему интересно. Я достаточно, исчерпывающе, удовлетворил ваше любопытство, Виктор Владимирович?

– Разумеется, – Люшин еще больше заторопился, он почувствовал, что невидимый собеседник вот-вот повесит трубку. – Так вот, я и звоню. По существу дела. «Дорого» – это сколько? – наконец выпалил он фразу, мучившую его с самого начала разговора, и нервно облизал внезапно пересохшие губы.

– Достаточно дорого, – уверил его Гурьев. – Но, как говорится, это зависит… Все везде и всегда решает качество. Однако на сей раз суть даже не в том. Вы, к сожалению, немного опоздали. Мы едва начали свои разработки, а нас уже буквально захлестнул поток желающих. Их оказалось фантастически много. Так что первую группу мы уже сформировали. Когда будет еще набор, не могу сказать. Звоните, или, еще лучше – оставьте свой контактный телефон, я вам тут же сообщу при оказии.

Люшин понял, что его хотят отфутболить и решил идти напролом.

– И все-таки, – сказал он с нажимом, значением в голосе. – Нельзя же просто так, по телефону. Даже если второй набор. Может, нам все-таки лично встретиться, Юрий Петрович, а? Признаюсь, меня очень заинтересовали и вы, и ваша фирма. Может, я все-таки окажусь вам полезен?

На другом конце провода немного поколебались, затем все же последовало долгожданное утвердительное решение.

– Хорошо. Вы, разумеется, правы. Личный контакт – прежде всего. Как вам завтра в двенадцать, удобно будет?

Люшин заколебался.

– Завтра подходит, но вот двенадцать... быть может, лучше вечерком?

– Можно и вечерком, даже лучше

вечерком, – любезно согласился Юрий Петрович. – Однако это будет уже не индивидуальное собеседование, а в группе. Записывайте адрес.

– Нет, нет, – поспешил возразить Лющин. – Давайте лучше тот, первый, вариант. Я отпрошусь. С работы.

# 3

Жене Люшин ничего не стал пока рассказывать о предстоящей встрече, тайком от нее утром положил в сумку светлую рубашку, галстук, дезодорант, одеколон. Он понимал, насколько важно первое впечатление, да и не только первое. В таких местах по одежке и встречают, и провожают. Конечно, его «одежка», не говоря уже о «командирских» часах, могла вызвать только «никакой» взгляд у сведущего человека, но во всяком случае и не совсем он был на бомжа похож. Для тех, кто понимает, главное – стремление.

Юрий Петрович не то, чтобы разочаровал Люшина, но оказался совсем не таким душкой. Во всяком случае, мало общего было с тем впечатлением, которое он производил по телефону. Большие залысины, глубокие морщины на лбу, какая-то неприятная, почти черная, родинка на левой скуле, хотя одет он был безупречно, выбрит и отодеколонен соответственно. Но этот животик, коротковатые ножки, нижняя выпяченная губа – ничего подобного у самого Лющина не было. Хотя он тоже в чем-то производил впечатление колобка, но колобка подтянутого, в меру упитанного, вовсе не обрюзгшего и не брюхастого. Однако голос, вообще манера говорить – о! этому, безусловно, стоило поучиться, проникновенные, обволакивающие оттенки производили еще более сильное действие, чем на расстоянии.

Если сам офис располагался в очень престижном месте – возле спортивного комплекса «Олимпийский», да и на входе Лющину пришлось пройти через жесткий кордон одетых в черную, хорошо подогнанную, униформу, охранников, то внутри он попал в гущу самого настоящего муравейника. Отгороженные лишь прозрачным пластиком места с крутящимися стульями, телефоном, ежедневником, стаканом для карандашей и авторучек –

ничего индивидуального, все предельно стандартизировано, даже наушники и те были одного и того же сочетания цветов – желтого и фиолетового. Что касается комнаты для бесед, то там столы стояли почти вплотную, только пластик с боков был не прозрачным, а того же фирменного (или брендового) цветового сочетания. Без труда можно было различать, о чем говорят соседи, да и тебя слышно было, хоть перейди на шепот, причем не только рядом, но, по меньшей мере, на два-три стола вправо и влево.

Однако никого, впрочем, это не смущало. Несмотря на то, что время и продолжительность встреч соблюдались достаточно четко, в своеобразном «предбаннике» неизменно сидела толпа посетителей, о чем-то бесконечно перешептывавшихся, буквально буравивших входящих и выходящих из кабинета взглядами.

– У нас всего лишь десять минут,

уважаемый Виктор Владимирович. Так что сами определитесь: по каким направлениям вы хотели бы проконсультироваться в первую очередь. Ну а для начала я помогу вам, просто продолжу тот разговор, который мы с вами вчера вели по телефону. Итак, что нас интересует? Духовная жизненная энергия, как я уже сказал. Точнее, ее перераспределение. Понимаете, есть индивидуумы, в которых она буквально хлещет через край, ну вроде вас, как я уже успел заметить, а есть люди, причем очень богатые и значительные порой, которые в трудные минуты своей жизни впадают в настолько глубокие депрессии, испытывают такие жестокие отчаяние и опустошенность, что не только теряют в эти моменты должную работоспособность, но даже вообще всякий интерес к окружающему миру. Такое состояние может быть временным, и после отдыха, той или иной релаксации, тут же исчезает, но бывает, что оно затягивается, приводя к серьезным психическим расстройствам, срывам, и даже… (поверьте, я не шучу) самоубийству. Очень много индивидуумов пытаются найти выход из подобных состояний в алкоголе, драйве (вот модное словечко), наркотиках, и в результате постепенно распадаются как личности, другие идут вроде бы правильным путем: спорт, секс, туризм, юмор, дружеские компании, однако если они «застревают» слишком глубоко, то и это уже не в состоянии их вытащить.

Гурьев внимательно, со значением посмотрел на Люшина, сидевшего напротив с самым беспечным и невозмутимым видом.

— Вы понимаете меня? Хотя бы слушаете? — спросил он иронически.

— Да, конечно, — ответил Виктор. — Что ж тут непонятного? Речь идет всего лишь об энергетическом донорстве. Непонятно только, как вам удалось постичь механизм подобного процесса, я нигде не читал об этом. Ваши права закреплены?

— Разумеется, — кивнул Гурьев и вздохнул

с облегчением: — с вами приятно работать, Виктор Владимирович, вы все усваиваете с полуслова. То есть, отвечая на самые насущные для вас вопросы: мы покупаем и продаем. И то и другое достаточно дорого.

— Ну и как? Идут дела? — поинтересовался Люющин, удивляясь своей не просто непринужденности, а некоторому даже нахальству.

Однако Гурьев и этот его пассаж вытерпел глазом не моргнув:

— Спасибо на добром слове. Прекрасно, прекрасно идут дела. Мы даже не думали, что мы так нужны людям. Представьте себе, к примеру, сколько еще прекрасных стихов сочинили бы Есенин и Маяковский, существуй в то время наша фирма, а Фадеев, Хемингуэй? Я уже не говорю о том, как резко теперь может увеличиться продолжительность жизни вообще творческих людей, насколько более насыщенным и продуктивным станет их дальнейшее творчество.

— Проверьте меня, — неожиданно прервал его излияния Лющин. — Мне кажется, я идеально подхожу для той деятельности, которой вы занимаетесь. Вы только упомянули вначале о нас, людях, в которых жизненная сила бьет через край, но ничего не сказали о наших страданиях. Что, к примеру, делать мне и таким, как я, в этой одурманенной, гадкой стране? Это же крест тяжелейший, непосильный! Я, конечно, понимаю, что проявляю в данном случае непатриотизм, что моя энергия теперь будет уходить в такие места, где ни о какой спячке и слыхом не слыхивали, что, в конце концов, выдержав даже утечку мозгов, утечки «слэна» (Соул Лайф Энерджи) никакая страна, даже такая, как наша, не выдержит, но вы даете мне невероятную возможность отныне жить так, как я хочу, в условиях безграничной личной свободы.

— Концепция независимой жизни, — кивнул в ответ Гурьев, — я удивлен. Вы и о таких вещах слышали?

Лющин хотел было возразить, что он понятия не имеет о подобных материях и совершенно ни к чему ему столь широкую осведомленность приписывать, но вовремя спохватился и многозначительно, важно кивнул.

Гурьев, между тем, несколько секунд в задумчивости смотрел на Виктора, затем вскинул брови:

— Да, признаться, вы меня очень озадачили. Наше время вышло, но я просто обязан дать вам шанс. Действительно, вы вполне заслуживаете индивидуального к вам подхода.

Он написал что-то на листке бумаги и, встав, с явным удовлетворением пожал Лющину на прощание руку.

Администратор офиса, окинув беглым взглядом Виктора и вновь взглянув на выданную ему записку, в силу своей вышколенности не позволил себе даже недоуменно скривить рот, он лишь любезно проводил Лющина до двери в самом конце коридора.

Вот там уже, в отдельном кабинете, было даже слишком просторно. Положив ноги на стол и с наслаждением попыхивая сигареткой, сидел спиной к окну какой-то развязный тип, коротко остриженный, с явно бандитской физиономией и с минуту Виктора бесцеремонно разглядывал. Люшин давно уже решил ни в коем случае ни перед кем в этой непонятной фирме не раболепствовать, не выступать в роли просителя. Он без разрешения сел как раз напротив «типа» и, опять же без разрешения, тоже закурил, пустив оппоненту в лицо основательную затяжку крепчайшей «Примы».

Сработало. «Тип» аж поперхнулся, затем с иронией кивнул:

— Что, батя, на большее денег нет?

— А ты подбрось, «сынок», не откажусь, я не гордый, — совершенно в тон ему отпарировал Люшин.

— Ну, ты, папаня, даешь, юморист, с

эстрады выступать можешь запросто. Ладно, давай вкручивай. Работа есть работа, работа – прежде всего.

– Чего вкручивать-то? – Люшин и здесь с удовольствием бы многозначительно промолчал, но о чем речь он и в самом деле не имел ни малейшего понятия.

– Ну, что можешь продать, вообще предложить, – невозмутимо ответил тип. Кстати, Володя, – он протянул Люшину лапищу, величиной с бульдожью морду.

Люшин боязливо пожал ее, но лапища на удивление оказалась вялой, рыхлой.

– Ладно, не врубишься никак? Тогда расскажи просто о своей жизни. Можешь и соврать, вранье, между прочим, если очень красивое, это даже лучше, чем правда. Больше ценится. Кстати, как ты насчет пивка? Но предупреждаю, у меня только баночное.

– Ну, баночное так баночное, сойдет, – важно ответил Виктор, – хотя лучшее пиво все-таки бочковое. Вот в Чехии…

— Я не был в Чехии... — поспешил прервать его воспоминания Володя, однако было поздно. Только сейчас до Люшина дошло, кого ему напомнил этот тип, кстати, тоже в белом халате. Однажды, в очередной раз намаявшись поутру от сексуальных видений, Виктор решил все-таки обратиться со своими проблемами в платную поликлинику (они тогда только начинали входить в моду). Молодой врач отложил в сторону газету и коротко зевнул, старательно демонстрируя свое внимательнейшее отношение к жалобам пациента. Затем попросил его раздеться, буквально спустить штаны. Бросив равнодушный взгляд на причинное место Люшина, он слегка развернул его, приглашая упереться руками в стену, и бесцеремонно воткнул палец в одно небезызвестное место. Люшин от неожиданности и боли буквально заорал. Собственно, принципиально ничего нового для него в данном факте не было: ему доводилось лежать в стационаре и подобных обследований он пару раз сподобился, но не таким странным способом, а на кушетке, лежа на боку с подтянутыми коленями, оба раза проводила их миловидная медсестра. А тут… Да еще вопросики потом: как у него, мол, с потенцией, сколько раз он подряд в состоянии, смог бы, например, с двумя-тремя женщинами сразу? Люющин так и не понял тогда, был ли врач «голубым» или просто от скуки над ним издевался.

— Ну что ж, простата у вас в порядке, до аденомы еще далеко, совет один — почаще, точнее, порегулярнее занимайтесь сексом. Понимаете, эта детородная жидкость, если ее внутри себя передержать, как соляная кислота становится — все внутри разъесть способна.

И выписал… успокоительное.

— Слушай, батя, — обиженно, между тем, бубнил Володя, — я мысли читать не умею. Ты давай вслух, не стесняйся, растяни во всю ширь гармонь. Может, еще баночку? А я пока аппаратурку настрою, чувствую по зверскому выражению твоего лица, у тебя есть чем поделиться.

«Что ж, это жизнь!» – грустно вздохнув, подумал Виктор. Совсем как тогда, когда он возвращался из платной клиники, еще ощущая тупую боль от только что проделанной с ним неприятной процедуры.

Странно, но как раз перед этим «бандюганом» Лющин раскрылся так, как не исповедовался бы и перед священником.

– Стоп! – вдруг прервал его Володя с лицом, озаренным столь радостной, чуть ли не детской, улыбкой, что совсем перестал походить на уркагана. – Включаю! Вот про этих девок молодых, длинноногих, которым ты не то чтобы ртом, а даже лбом до грудей не можешь достать, как они издеваются над тобой, все норовят на лысину плюнуть или, по крайней мере, ноготком наманикюренным по ней щелкнуть. Или сесть на нее, причем как раз небезызвестным тебе местом, да поерзать, поерзать. Как можно подробнее опиши, а если сможешь, приври еще что-нибудь. Только ничего не замалчивай, не смягчай, все обиды, унижения, весь свой позор, любая ответная каверза, месть, а уж если удача в чем, то хвались, хвались, расписывай свои подвиги до бесконечности.

Он уже с уважением, осторожненько, высвободил из рук Лющина пивную банку, затем усадил его в глубокое кресло, надел на голову шлем с прикрепленным к нему маленьким микрофоном.

— Ладно, готово. Теперь давай как можно поживописнее: с эмоциями, диалогами, криками, вздохами, не просто рассказывай, в образы войди, сыграй сразу несколько ролей, скажем, как Эдди Мерфи в «Чокнутом профессоре», ну а я пока – пойду покурю, не буду тебе мешать. Думаю, минут пятнадцати тебе хватит. Ну а сможешь, выдержишь – можно и больше, не стесняйся. Просто нажми, когда закончишь, вон ту красную кнопку, я моментально появляюсь и сниму с тебя эту хреновину с проводами.

«Ах вы, сволочи! – разозлился Лющин, в

некоторой эйфории еще и от «Хайнекена». – Вам рассказ нужен, я вам сейчас расскажу, такого наваляю, что мало уж точно не покажется».

Он начал с действительного случая в своей жизни, когда давно, еще при незабвенном социализме, он покупал бутылку водки в магазине, а три молоденькие девчонки, «запав» на его туго набитый бумажник (был день получки), долго шли потом за ним, намереваясь заговорить, но Люшин испугался возможного бандитизма, ухватился за первого встреченного им знакомого и шел с ним в его сторону до тех пор, пока девчонки не поняли и не отвязались. Хотя какой тогда, собственно, был бандитизм – просто хотелось акселераткам выпить, покурить, вкусненько поесть, да и позабавиться – почему бы и нет! – с богатеньким, щедрым дяденькой. Этот случай преследовал потом Виктора всю жизнь, он никак не мог простить себе проявленной трусости, а ведь и квартира «холостая» была тогда у него, точнее, мастерская знакомого художника, причем рядом совсем. Ведь коли не хотелось рисковать получкою, вполне можно было договориться на любой другой день. Нет, сейчас он не струсил, в рассказ свой все запихнул: и сожаление, и тоску, и сны свои предрассветные…

Володя, немного раздосадованный тем, что его отсутствие растянулось на добрых полтора часа, мгновенно переменился в лице, взглянув на какой-то счетчик.

— Ну, батя, ты даешь! Действительно, феномен, гигант! Подожди, я сейчас – одна нога здесь, другая там – надо переговорить с начальством. А ты пока расслабься, отдохни после напряженной трудовой деятельности. Может, пивка еще? Как?

Пиво Люшин в пакет положил. «С паршивой овцы хоть шерсти клок!» – мрачно подумал он и мучительно оглянулся по сторонам в поисках туалета. Однако в кабинете его, естественно, не было.

Собственно, Володю, это, как видно, не волновало: за ширмой виднелась раковина как раз на уровне его причиндалов. «Ладно, потерпим, – подумал Люшин, намурлыкивая мысленно рассмешивший его припевчик на мотив «моего милого Августина»: «Ах, мой милый Хайнекен, Хайнекен, Хайнекен! Ах, мой милый Хайнекен, Хайнекен, да!»

Впрочем, вернулся Володя довольно быстро и протянул Люшину гладкий, плотный кусочек картона.

– Ты извини, батя, мы таких денег сразу не выдаем, так что тебе не в кассу, как обычно, а вот по этой карточке будешь получать: там автомат стоит внизу. Но только у нас, нигде больше, карточка эта исключительно для внутреннего пользования.

Карточка карточкой, а в первую очередь Люшин нашел туалет, и лишь потом отправился на поиски злополучного автомата. Подойдя поближе, он вдруг вспомнил, что забыл, точнее специально не взял с собой очки и колебался теперь, в какое именно отверстие и какой стороной сунуть выданный ему кусочек картона. Руки вспотели, машина вполне как-то могла на это неправильно прореагировать. Взмокла и лысина, но вот это вряд ли кого, кроме самого Люшина, могло взволновать.

— Есть проблемы? — послышался вдруг из-за спины Виктора милый девичий голосок.

Люшин от неожиданности вздрогнул и обернулся. И чуть не застонал от осточертевшей ему уже за несколько лет проблемы. Девушка в синей, похожей на аэрофлотовскую, униформе, была необыкновенно любезна и мила, но на две головы выше него.

— Нет проблем, — поспешил уверить ее Виктор.

Однако девушка лукаво улыбнулась, скривила губки и осторожно высвободила карточку из судорожно сжатых пальцев Люшина.

— Сначала «кэш» — наличные, — сказала она, ловко управившись с казавшимся совершенно упертым автоматом. Тот молниеносно любезно выстрелил из себя три купюры. «Сто пятьдесят «баксов»!» — такие цифры Лющин мог и без очков разглядеть. — Теперь, — продолжила девушка, — мы либо кладем это в карман и уходим, либо — тут у нас все виды услуг — можем положить деньги в банк, взять книжку или любую другую карточку, уже не нашу, какую захотите — к примеру, Visa, и вы отныне — богатенький Буратино.

— Ну, не такой уж богатенький, — смущенно пробормотал Лющин, не в силах оторвать глаз от столь любезной «стюардессы», кажется, тоже готовой оказать ему любую услугу, естественно, не у всех на виду, мест укромных она наверняка знала здесь предостаточно.

— Скажите, а как вас зовут?

— Наташа, — с готовностью отозвалась «стюардесса», страстно ожидая продолжения разговора.

Но Лющин только и смог выжать из себя:

– Спасибо, вы приносите удачу!

– Я знаю, – самым недвусмысленным тоном «стюардесса» дала понять, что Лющин не ошибся в своих мыслях о ней. – Всегда рада помочь. Во всем.

Сто пятьдесят долларов, ничего себе! Это, если по курсу перевести, как раз полмесяца корячиться ему на работе. И за что? За какую-то немыслимую фигню, которую никто бы, даже из самых близких его друзей, ни за какие коврижки не стал бы слушать (пытался и не раз уже!). Причем, это еще не вся сумма! Что, интересно, они сделают из его, мягко говоря, фантазий? Порнофильм? Запродадут какому-нибудь выдохшемуся, исписавшемуся сценаристику? Да, уж этому их не учить, такая конторища! Одни охранники чего стоят – форменные мордовороты! А впечатление – будто прямиком из Оксфорда, интеллигентные, вежливые, обходительные.

Первым движением Лющина было поменять три новенькие хрустящие бумажки в ближайшем же валютном пункте, закатить пир на весь мир, показав всем: жене, теще, друзьям, что он, Виктор Лющин, отныне не какая-нибудь тля, посредственность. Пусть и поздновато, но открылся в нем удивительный дар, нашел он новую, не каждому посильную, работенку. Однако поразмыслив, Виктор решил не совершать пока излишне резких телодвижений. За что он больше всего уважал свою Надежду – что она никогда не требовала от него невозможного. Не толкала под пули киллеров в бизнесмены, не призывала торговать на рынке «и в снег, и в зной, и в дождик проливной» или играть в какие-нибудь дурацкие «пирамиды». Она довольствовалась тем, что имела, и к выпечке-то, блинам пристрастилась оттого, что на ананасы да сервелат просто не имела денег, а с ананасов, естественно, толстой бы такой не была. «Что ж, это жизнь, –

привычно вздохнул Виктор. — Зачем развращать человека? Просто скажу, что устроился на одну халтурку в исследовательский центр как раз по тому объявлению, в подробности не стану вдаваться. Ну, тысчонку в месяц добавлю в семейный бюджет — уже будет совсем иная картина. А больше — больше определенно перебор».

Подробности и не понадобились.

— Ну, ты молодец, я горжусь тобой, Лющин, — жена с восхищением чмокнула Виктора в верхнюю часть лба, самос начало его плешки, что только ей дозволялось, поскольку для этого ей приходилось вставать на цыпочки. — А что, Витенька, профинансируешь на радостях мою мечту? Обмыть ведь надо такое начинание!

Пить Виктору не хотелось, но он все-таки «отстегнул» из заначки жене пятьдесят рублей (доллары он по-прежнему предпочитал не разменивать). Но что его совершенно потрясло — жена на эти деньги принесла кило апельсинов. Вот тут Люшину уж точно захотелось выпить. Дура из дур! Они что, дети? Сын, слава Богу, своей семьей живет, зарабатывает столько, сколько им обоим и не снилось. Но Надежду уже было не остановить: она достала из хозяйственного шкафа соковыжималку, два бокала...

— Понимаешь, как в американских фильмах, видеть не могу, как они такое по утрам проделывают. До того заелись, даже ничто консервированное их не устраивает. Жахнут по стаканчику соку из только что очищенного плода с утречка, хлебцем поджаренным захрустят-закусят, и с утра до вечера на работе крутятся, да потом еще задом вертят туда-сюда на какой-нибудь аэробике или дискотеке. Давай и мы с тобой так попробуем, а, Люшин! Зарядимся энергией?

— Так может, с утра и зарядимся, — вяло пробормотал Виктор, — на ночь-то для чего?

— А вот на ночь-то в самый раз и будет! —

с горящими глазами ответила жена.

Напиток был, действительно, что надо. Тем более что Виктор предварительно, не очень-то доверяя американцам, точнее, их фильмам, сыпанул в бокал аж четыре ложки сахара. «И все-таки лучше бы кваску, — подумалось неожиданно Люцину, — на эти деньги литров десять-пятнадцать можно было бы сварганить. А квас, говорят, для кишечника просто незаменимая вещь».

Однако вслух свои мысли он высказывать не стал, не хотел портить настроение Надежде, буквально парившей в облаках. Впрочем, уже через час настроение это как-то само собой стало угасать у нее, а когда они улеглись в постель, ожидая прихода той неземной, бешеной, энергии, Надежда вдруг не выдержала и расплакалась в высшей точке отчаяния.

— Витя, прости меня дуру старую, я так жрать хочу!

— Я тоже! — вздохнул Люцин с облегчением.

Они тут же, среди ночи, нажарили картошечки, сообразили винегретику. Наелись так, что животы буквально трещали. Оттого и сексом занимались, как всегда: Лющин лишь бы поскорее удовлетвориться, жена – терпеливо ожидая, пока он сделает свое дело, еле удерживаясь от того, чтобы до окончания сеанса не захрапеть. Как бы то ни было, впервые за долгое время Лющин спал спокойно – ни одна длинноногая стерва на этот раз его воображение не беспокоила.

**4**

Как ни странно, но наутро, ни с того, ни сего Люцин вдруг действительно почувствовал прилив невиданной энергии. Приемы в Центре почему-то дозволялись не чаще одного раза в неделю, а энергия так и рвалась наружу. Страстно хотелось, неважно с кем, но обязательно поделиться своими впечатлениями или совершить какой-нибудь экстравагантный, не присущий ему, поступок. Однако Люцин был человеком достаточно жизнью битым, да и вообще предпочитал учиться на чужих ошибках. Поделиться впечатлениями? Нет, дудки! Так он и станет рассказывать направо и налево, какой легкий вид заработка ему удалось найти! «Снять» какую-нибудь профессионалку и испытать с ней что-нибудь из радостей разврата — всех его денег на один заход только и хватило бы, а потом что? Жена — да. Надежда, особенно после цитрусовой встряски (от которой она, впрочем, вскоре вынуждена была отказаться, перейдя на всякого рода витаминные салатики), готова была слушать его часами, каждый раз не уставая удивляться: такие деньжищи платят за сущие пустяки.

В общем, Лющин еле дождался следующего сеанса к Володе и красноречив бы на сей раз, как никогда, но тот лишь дико расхохотался, едва прослушав начало новых Лющинских откровений.

— Господи, вот никак в толк не возьму, сколько я здесь работаю, все вы, буквально до единого, от молодого до старика, от профессора до дебила, на одну уду попадаетесь. Все, как один, пытаетесь мне туфту всучить. Ну далась вам эта Наташка! Причем у всех одно и то же: как вы с ней да почти на виду у всех, вот здесь в двух шагах за стеночкой, что она выделывала, да что вы с ней вытворяли... Бать, ты мне, в самом деле, в отцы годишься, но, ты уж прости, я тебя буду отныне Витьком звать. Так вот, Витек, даже пива я тебе за такую хреновину не налью, потому что пивко — тоже за счет фирмы, ну а на сухую у меня духу не хватит тебе ту кассету прокрутить, где я блеял практически слово в слово то же, что и ты сейчас. Да, да, не удивляйся, и я с такой низенькой ступенечки начинал, и ты потом, может, еще выше моего поднимешься. Ну а пока давай работать, Витя, давай работать. Твое счастье, что у меня как раз одно «окошко» через пару часов выпадает, я тебя туда включу.

— Да не могу я, — смущенно пролепетал Лющин. — Мне и так нелегко отпрашиваться с работы. Второй раз никак не отпустят.

Володя развел руками и сразу поскучнел.

— Батя, ты меня извини, но это твои проблемы. Здесь денег даром не платят, это тебе только так показалось на первый раз.

Лющин вышел за дверь, как оплеванный. Да, осечка, но кто ж виноват, он сам слишком легкомысленно отнесся к делу, пришел на встречу совершенно неподготовленным.

Наташа была тут как тут.

— Почему вы такой грустный? Есть проблемы!

Почему бы и нет? Лющин хотел было сначала снять очередную порцию «зелененьких» из автомата, затем вдруг решил, что с Наташей он, назло всем, но обязательно попробует. Пусть влетит ему на работе, но чего туда возвращаться, чтобы потом снова убегать?

«Сеанс» со «стюардессой» прошел почти точка в точку так, как Лющин только что его описывал, вот только удовольствия, подстегиваемого новизной, чувством опасности, не было и в помине. Просто чувство удовлетворения, легкого, неглубокого, в чем-то похожего на то, что он испытывал с женой. Идти после этого к Володе… Нет, уж лучше пропустить этот сеанс.

Совершенно обескураженный, Лющин поплелся к автомату и был окончательно повержен, буквально разбит в пух и прах, когда тот, вместо заветных трех бумажек выкатил ему шестьдесят центов мелочи.

— Я здесь, — Наташа была как всегда рядом в трудную минуту. — Есть вопросы?

У Лющина хватило сил лишь на то, чтобы кивнуть.

— Вы просто забыли чек, по нему всегда можно проконсультироваться, сколько у вас осталось. В данном случае чек говорит о том, что ваша карточка полностью аннулирована.

Лющин, уже не стыдясь своей недавней партнерши, достал очки из кармана и внимательно посмотрел на выданный ему клочок ленты.

— Тысяча шестьсот пятьдесят долларов! — вскричал он ошарашенно, — столько я заработал в первый раз. Этот автомат сошел с ума. Он своровал мои деньги!

Лющин уже, грозно набычившись, хотел было направиться к «обидчику» и преподнести ему пару хороших пинков, но Наташа тихо тронула его за плечо.

— Не может быть. Обычно такого не

случается. Давайте посмотрим. Ага, понятно, вы как всегда, как все, попались на мне. Заплатили большой штраф. Вывод один – больше не попадаться. Не пытайтесь обмануть компьютер, это дохлое дело.

– Ладно, – упрямо боднул головой воздух Лющин, – пусть будет штраф, но откуда вот эта сумма – восемьсот пятьдесят баксов. Может, это за консультации, с которыми вы ко мне с Володей постоянно суетесь, и о которых у меня не было никакого желания вас просить?

– Нет, как раз насчет желания… желание было, – застенчиво поправила несколько растрепавшуюся прическу Наташа. – Это стоимость того, что мы с вами только что проделали.

– Восемьсот пятьдесят долларов! – не удержавшись, закричал Лющин, – да за такие деньги я бы, по меньшей мере, английскую королеву…

– Не надо, – тихо осадила его Наташа, – не надо кричать. Во-первых, что касается королевы – такие услуги вам явно не по зубам, даже на парикмахершу принцессы и то не хватит. А вообще, я бы вам сделала все гораздо дешевле и несравненно приятнее, но я на работе. В такую сумму оценила мой труд фирма, я тут совершенно ни при чем. Надо было предварительно поинтересоваться.

– Я думал, что это вообще бесплатно, – пробормотал Виктор, постепенно смиряясь со своей неудачей.

– Понятно, подарок от фирмы, так сказать – бонус, презент, – усмехнулась Наташа. – Нет-нет, чего-чего, а бесплатных завтраков у нас точно не бывает. Считайте, что вам еще повезло, стоило вам задержаться со мной лишнюю минуту, и счет пошел бы в обратную сторону, а процент у нас накручивается совершенно бешеный. И это справедливо. Вы так не считаете? У нас о-очень солидная организация.

«Да уж, с вами спорить, себе дороже обойдется», – понурил голову Люшин, мысленно прощаясь с деловой атмосферой офиса, которая успела уже ему понравиться, но такие порядки! Он с ужасом представил себе, как «влетел» бы сейчас, и сколько этот проклятый «счетчик» мог бы ему в итоге накрутить. И все-таки природное бойцовское задиристое начало взяло в Люшине верх.

С трудом прорвавшись к Юрию Петровичу, который не имел ни малейшего намерения с ним встречаться, он молча показал ему злополучный клочок бумаги. Однако Гурьев предъявленному чеку нисколько не удивился.

— Да, вы прекрасно выкрутились, Виктор Владимирович, не понимаю, какие проблемы?

— Тут нет гонорара, — силясь сохранить спокойствие, проговорил сквозь зубы Люшин.

— Какого гонорара? За что? — удивился Гурьев.

— Такого, обыкновенного. Раз всякое удовольствие у вас оплачивается, оплатите то словечко, которое я придумал – «слэн», «соул лайф энерджи».

Гурьев искренне расхохотался.

– Вы и тут, опять, повторились, Виктор Владимирович, поздравляю вас. Почему вы так примитивно мыслите – строго по трафарету? Попробуйте вглубь, вширь. Но здесь мы обойдемся без штрафа. Вы пришли с инициативой, она не прошла, без вопросов! Ну а вообще будьте поосторожней. Пока вы в плюсе. Почему бы вам вовремя не выйти из игры?

– «Горная сила», «Сила горных высей», – упрямо выстреливал из себя Люшин. – Что, тоже не подходит?

– Ну почему же... – на этот раз Гурьев задумался. – В этом что-то есть. Не как общее название, конечно, но где-нибудь в рекламе проскочить может. Пятьдесят долларов. Или ничего, но если мне удастся где-нибудь пристроить это, гонорар пополам, что вас больше устраивает?

Люшин многозначительно помолчал,

давая понять, что он рассчитывал на гораздо большую сумму, но, видя, что собеседника ему не провести, угрюмо пробормотал:

– Кэш.

– Кэш так кэш! – радостно воскликнул Гурьев и полез во внутренний карман за бумажником. Затем кинул Лющину банку «Хайнекена» – За начало в нашем сотрудничестве!

Выйдя от Гурьева, Лющин обнаружил, что в волнениях как раз прошло два часа, назначенных ему Володей и решил все-таки наведаться к нему на прием, угостив новоявленного друга подаренным «Хайнекеном», который, как видно, служил здесь разменной монетой.

– Взятка? – нагло ухмыльнулся тот.

– Нет, просто плата за консультацию, – пожал плечами Лющин.

– Чепуха! За консультацию у нас денег не берут. Взятка! – Володино лицо, и так напоминавшее блин, еще больше намаслилось. – В общем, прокололся ты сегодня во всем, Витек. Так сказать, по полной программе. Однако главного ты еще не знаешь, хорошо хоть домой не ушел. Я совет тебе хороший давал: пару часов погулять где-нибудь и подумать. Новая история, новые деньги. Далась тебе эта Наташка! А теперь тебе полагается штраф. За то, что ты заставил фирму потратить на себя столько времени. Штраф немаленький – восемьсот долларов. Плати и уходи, причем плати немедленно. Иначе счетчик, так ты можешь и без квартиры в итоге остаться.

– Да, круто, – согласился Лющин, но спорить не стал, он давно уже понял, что с ним не шутят. – Третий совет требуется: помоги, за мной не задержится.

Володя быстро пощелкал на компьютере, как бы прикидывая, затем выдал: двести долларов.

– Какие двести долларов? – удивленно переспросил Лющин. – Ты так дорого ценишь свои советы?

– Нет, взятка, – покачал головой Володя.

– Я все точно обсчитал: я тут у одного из наших постоянных «воображал» купил сюжет, теперь проведу его как твой, будем считать, что сегодняшний день ты нормально отработал. Все расходы плюс мои комиссионные – меньше уже некуда.

– И я остаюсь ни с чем, – горестно кивнул Люшин.

Володя усмехнулся.

– Ты остаешься при своих, и даже выиграл шестьдесят центов. Так не у каждого получается. Ты просто везунчик. А может, наоборот, талант, прирожденный игрок?

Люшин порадовался своему благоразумию с заветными тремя купюрами и молча протянул деньги Володе.

– И что теперь? – спросил он, боясь услышать еще какой-нибудь неприятный сюрприз.

– Ничего, – пожал плечами Володя. – Свободен. Ты совершенно свободен. Вошел и вышел. И забыл, как страшный сон. Или сохранил, как приятное воспоминание. Или — третий вариант: я жду тебя на следующей неделе, в обычное время. Только не так поздно, как сейчас. И еще помни, тут люди серьезные и очень ценят свое время. Машина, дача, гараж — что-нибудь есть у тебя?

— Нет, только сарайчик маленький да участок под картошку.

— Тогда квартира, — вздохнул Володя, — как я уже сказал. Одно неверное движение — и ты бомжик. Невеселая перспективка?

— Да уж, смех из разряда истерических, — с грустью согласился Люшин.

— Так записывать тебя или не записывать? — нетерпеливо перебил его воздыхания Володя.

— Конечно, записывать, — бодро кивнул Люшин. — Вот только нельзя ли хоть чуть-чуть пораньше? Неделю слишком долго ждать.

— Нет, никак нельзя, порядок такой, — ответил Володя уже с большой долей раздражения. – Но ты, батя, хорошо подумал? Сарайчик-то – хрен с ним, а вот стены родные! Как станешь жене объяснять?

– Жена поймет, – беспечно, с идиотской улыбкой, ответил Лющин. – У меня хорошая жена.

# 5

Собственно, этого Лющин как раз и добивался – переложить ответственность за решение на плечи другого. В данном случае – Надежды. Однако, к его удивлению, жена повела себя иначе, чем он ожидал. Она крепко задумалась. Наконец с горечью в голосе подытожила:

– Плохо.

Лющин вздохнул:

– Ну вот и я говорю, хуже некуда. А так хорошо все начиналось.

Надежда взглянула на него с яростью:

– Я не о том. Плохо то, что ты мне соврал. За стакан апельсинового сока мы чуть было не проср… квартиру. И где бы мы с тобой сейчас обитали? Я-то, по крайней мере, у мамы, а ты, Лющин? И значит, конец нашему браку? Нет, Витенька, ты слишком просто захотел от меня отделаться. А ведь я люблю тебя! Ты забыл об этом? И терять тебя не хочу. Но вообще, это что-то новое в твоем характере: такие деньги зажилить и потратить их на что, точнее, на кого! Витя, сказал бы, что уж так невтерпеж, что ж я, не понимаю, что ли? Я бы тебе Нюрку Фимину привела, Гулливерку эту чертову. За так бы дала! Да еще, глядишь, сама бы бутылку поставила.

Лющина аж передернуло.

– Надя, о чем ты говоришь, у нее же не лицо, а лошадиная морда, у этой Фиминой. Из всех твоих подруг тут самый дохлый вариант, я ее так и зову – «Тетя Лошадь».

– Ах, ты уже всех моих подруг перебрал, – с иронией отозвалась жена. – Надеюсь, только в теории? Впрочем, пусть даже и на практике. С подругами можно. Народ бывалый, проверенный, могут даже чему-то и подучить, а то ты стал совсем однозаходный-одноразовый, Лющин.

– Да ты что! – поперхнулся от недоумения Виктор. – И в самом деле, решила квартирой рискнуть? Чтобы я и дальше продолжал? Ни за что! Тут пирамида, банда, ясно уже. Хорошо еще – удалось ноги унести. Дальше – каюк. Ямку выроют где-нибудь в лесу, не узнаешь даже, куда цветочки приносить.

– Цветочки не понадобятся, – отмела его испуганные причитания жена. – В ямку так вместе. Любовь до гроба, Люющин, сам ведь когда-то клялся, когда соблазнял. Было дело? А терять тебя, повторяю, я не хочу. Ты не подумай, у меня не сегодня глаза открылись: давно заподозрила что-то неладное, даже ходила к врачу. Выпытывала: говорят, у мужиков бывает возраст такой, когда они на этом деле совсем сходят с ума, будто с цепи срываются. Он мне: слишком рано еще, такое обязательно будет, но через пять-десять лет, никак не раньше. Я ему: у него все раньше, чем обычно – и очки и лысина. А он только рассмеялся в ответ: вот как раз лысые-то, говорит, на сей счет, наоборот, самые завернутые, а очки, причем тут очки? Все, что надо, и без них хорошо можно разглядеть. Так и читала в его глазах:

«Хотите покажу?» А ты говоришь, толстая! Кому-то и полные в самый раз. А кому и вообще – любые. Это только ты, Люшин, такой разборчивый. Трудно с тобой! Видишь, даже до квартиры дело дошло. Черт с ней, рискнем. У матери двухкомнатная, тебя она просто обожает, это тебе известно. Даже сама как-то удочку закидывала: скучновато, страшновато, мол, мне одной. Ладно, ближе к делу, Витек, неужели у тебя совсем нет за душой, в самом, что ни на есть загашничке, каких-нибудь забористых воспоминаний? Из молодости хотя бы, из рассказов друзей. Не верю. Такого не может быть.

– Найдется, наверное, – нехотя отозвался Люшин. – Но ты мне все-таки объясни, с чего это вдруг тебя-то во все тяжкие потянуло? Я тебя не узнаю совсем. Алчной ты никогда не была, к приключениям тоже вроде особой тяги не испытывала, и вдруг такой поворот, в твоем-то возрасте!

Надежда обиделась.

– А что мой возраст? Не больше, чем твой. Ты просто привык, Люющин, меня толстой дурой считать, а я таковой никогда не была, от роду. Хотя бы потому, что тебя в мужья, а не кого-нибудь другого, выбрала. Ну а лысинка твоя – лишнее тому подтверждение: глупый волос покидает умную голову. Ты ведь раньше совсем другим был, Витек: обаятельным, веселым, деятельным. С тобой не жизнь была, а разлюли малина. И как отец, и как муж, и просто как друг – выше всяких похвал. А какая компашка у нас сколотилась сразу после свадьбы! В лес на шашлыки, на Голубое озеро купаться, грибы собирать, а гитара, гитара, Люющин, она ведь в твоих руках не умолкала. Понимаешь, кто-то гордится, что муж бизнесмен, политик или артист, а я тобой гордилась, Люющин, оттого как раз, что ты был самым обыкновенным, но таким обыкновенным, каких вообще в жизни наперечет, про кого говорят – душа общества. Ты был моей душой, Люющин, и теперь ей остаешься. И что же получается? Тебе дали щелчок по носу, и ты отступил? Мой муж, Виктор Владимирович Люшин, уполз в нору, затрясшись от страха перед какими-то прохвостами? Где твой ум, Витек? Где твоя природная настырность, сообразительность? Дело не в деньгах, дело в жизни. Тебя обложили со всех сторон, дыхнуть не дают. И жизнь не мила, соответственно. Ну а я, – тут произошло, чего Люшин совсем никак не ожидал – Надежда расплакалась. – Обо мне ты подумал? Ты ведь мой последний шанс. Что мне делать-то без тебя? Да, я не дура, но таких не дур – пруд пруди. И почему я должна отдавать тебя какой-нибудь безмозглой акселератке? Квартира! Причем тут квартира, если у милого друга только одно в голове – как прильнуть к чужой подушке? Нет, даже и не надейся, не отдам я никому ни тебя, ни квартиру нашу. Пусть только сунутся. Двустволку куплю, собаку эту, не помню уж как зовут: ну есть такие, что людей на части разрывают.

Она долго молчала и, так и не дождавшись от мужа какого-либо ответа – настолько Люшин был ошарашен ее неожиданными откровениями, подвела итог:

– Понимаешь, Витек, в чем дело, до меня только сейчас дошло: вот живем мы с тобой в дерьме, как все, и как все страшно этим мучаемся. Жизнь не мила, но умерла-то она прежде внутри, а не вокруг нас. А на самом деле продолжается. Люди любят, ревнуют, женятся, расходятся, взрослеют, детьми, внуками обзаводятся. А мы сидим с тобой возле телевизора как сычи, хорошо хоть газет не читаем, а то совсем бы стали зомби, запрограммированными.

Надежда все больше распалялась, размазывая по лицу дешевую петербургскую тушь вперемежку с нахлынувшими слезами. Ей уже было безразлично, слушает или не слушает ее Люшин, просто необходимо было выговориться.

– Суть одна – мы пытались с тобой, как

могли, отгородиться от всей этой препоганой житейщины, в которую втоптаны, как в грязь, идеалы, законы, жизнь и даже душа человеческая. Но у нас в итоге ничего не получилось. Нас загнали в угол. И, опять же, не в том только суть, черт с ней, в конце концов, с этой резервацией – и в ней можно жить, но возраст, мозги зрелые все равно поднимают в рост: под пули так под пули, под картечь так под картечь. Нет, будем прорываться!

– Куда? – недоуменно спросил Лющин, совсем уже ошалевший от философствований жены. – Куда прорываться-то? Ты что, сбрендила?

– А хотя бы друг к другу, или мало тебе? – огорошила его еще больше ответом Надежда. – Ах ты, кобель, кобелина даже, отмою я все-таки тебя добела. Так что насчет Нюрки: за вечер управишься или мне на всю ночь вроде как к сестре под Калугу смотаться, а на самом деле у матери пересидеть? Только чтобы не так –

«лошадиная морда»! С чувством, с толком, с расстановкой. «Морда»! Да ты ее в бане-то видел? Знаешь, какая у нее кожа гладкая, нежная? А фигура? Никаких складок жировых, и в то же время такие округлости! А уж секретов женских приворотных знает — миллион. Но чтобы и виду не подал — что знал заранее, чтоб руки тряслись у обоих, как будто кур воруете, а я уж сама все подстрою, Фимина на твою плешь давно запала, против такого соблазна не устоит.

**6**

Нет, такого поворота Виктор никак не ожидал: подобная со стороны жены самоотверженность была для него совсем внове. А подумав, и согласился, хотя на душе кошки скребли. Оттого, наверное, и руки тряслись, как задумано было, и душа сладостно замирала. «Эх, Надька, что же ты так — у подруг да не подучиться! А ведь когда-то тоже что-то умела, не лежала как бревно».

Рассказ Лющина, как он всю ночь скакал без седла на огромной, необъезженной белой кобылице, да так и не укротил ее, произвел неизгладимое впечатление на Володю, и, несомненно, сильно поправил материальное положение Лющина, тут Надежда оказалась совершенно права, однако выйдя из кабинета, Виктор почувствовал вдруг внезапную слабость и чуть было не упал, на счастье, тут же подхватили его заботливые руки людей, сидевших в приемной и уложили на кушетку.

Через какое-то время Лющину стало лучше, и он предпочел перебраться в кресло, опасаясь, как бы Володя случайно не выглянул за дверь и не заприметил его в подобном нетранспортабельном состоянии.

— Как вы? — вдруг тихо пропел над его ухом чей-то голос.

Лющин повернулся и увидел перед собой одного из множества человечков, постоянно сновавших в приемной, что-то предлагавших, что-то покупавших.

— Хорошо. Уже в норме, — ответил Лющин, хотя не находил в себе достаточно сил, чтобы встать с кресла и выйти из офиса.

— Вам ничего не нужно? — спросил человечек, пытливо заглядывая Виктору в глаза.

— Нет, ничего. Спасибо, что помогли, дальше я сам.

— Подумайте, — настаивал между тем человечек. — Вам точно, точно ничего не нужно? Вы очень бледны.

– Нет, нет, со мной все в порядке, – поспешил ответить Лющин, опасливо, в очередной раз, покосившись на дверь кабинета Володи. – Хотя, постойте, что вы имеете в виду?

– Энергию, эС-энергию, – теперь уже в свою очередь с недоумением взглянул на него человек. – Попробуйте, вам сразу же станет лучше.

– Что ж, я не прочь, – неожиданно согласился Виктор, почувствовав вновь предательскую слабость.

Человечек быстро достал из кармана какую-то плоскую металлическую коробочку, крутнул на ней маленькую ручку – что-то вроде таймера, и приложил коробочку к тыльной стороне ладони Виктора. Хватило минуты, чтобы Виктор пришел в себя и стряхнул последние остатки недомогания.

– С вас двести баксов, – тихо проговорил человечек.

Лющин неприятно поразился его словам,

но не стал возражать.

— Всегда рад помочь, — прошелестел человечек, пристально глядя Люшину в глаза, как бы проверяя, насколько он уже в форме. — Есть сюжетики, самые что ни на есть забористые, ну а если у вас что на продажу появится — всегда рад буду купить.

Надо сказать, что Люшин давно уже обратил внимание, что в толпе перед кабинетом Володи, на прием, собственно, никто не спешил, люди больше были заняты какими-то своими разговорами, сделками. Теперь смысл этих сделок стал ясен для Люшина. Более того, некоторые люди к Володе и вообще не заходили. Однако для всех них характерно было одно: уж очень они выглядели бледными. Как видно, никакие покупки, продажи не могли удержать ускользающей, загадочной энергии эС. Люшин перед уходом прошмыгнул в туалет и поразился своему прямо-таки неважнецкому виду в зеркале. «Эх, надо было еще пару сотен прибавить, что же я как мертвец совсем», – с сожалением подумал он, но не стал искать человечка, чтобы обратиться к нему вновь с той же просьбой.

Кое-как он добрался до дома и не нашел в себе сил даже поужинать, завалился, изможденный, на диван. Надежда не стала успокаивать мужа или ругать, наоборот, отнеслась к его рассказу чрезвычайно серьезно. «Да, тут что-то не так», – пробормотала она, затем внимательно принялась изучать чек, выданный по карточке Лющину автоматом.

– Ну что там? – нетерпеливо спросил Виктор, который потихоньку начал приходить в себя.

– Осталось кое-что, на первый взгляд даже вполне прилично, но еще два-три захода и все это улетит псу под хвост. Отдых, Лющин, тебе срочно необходим отдых. Скажем, на теплоходе, как тебе?

– На те-пло-хо-о-де! – тут же вспомнилась Виктору Волга-матушка-река. – Да ты знаешь хоть, каких это деньжищ теперь стоит?

— Как раз остатка хватит на твоем счете, — не моргнув глазом ответила жена.

— Ага, — усмехнулся горько Виктор, — а мне тут за мое отсутствие такой штраф навесят, что потом уж лучше самому голову в петлю, чем ждать приговора их Фемиды-Немезиды.

— Ничего, я тебя заменю, — бодро отозвалась Надежда. — Тем более что и замены-то — пару раз всего. Трех недель тебе хватит, ну а там уж ты с новыми силами…

— Заменишь? Ты? — с подозрением оглядел Люшин жену, ревниво соображая, что она такого о себе могла бы преподнести Володе? Вроде бы женился он на ней совершенно в этом деле дурой, да и потом когда? В отпуск чаще всего вместе ездили, разве что потом, после блинов…

— Да, я, а что? — решительно проговорила Надежда, все-таки немного смущаясь под пристальным взглядом Виктора. — Кстати, никто и не возражает, я обо всем уже договорилась.

Она действительно не лгала: Володя сделал вид, что соглашается на подобную замену неохотно, но на самом деле сильно напоминал в тот момент паука, сонно наблюдавшего, как в паутину запутывается в пару к первой еще одна, вторая, мушка.

# 7

Слабости, хвори действительно как рукой сняло. Вдохновленный вымученным вздохом жены: «Ты уж там времени даром не теряй, денежки-то ведь немалые!», Лющин раскрутился сходу на полную катушку. Помня опыт прошлых лет, он больше всего боялся, что женщин будет вдвое-втрое больше, чем мужчин, и они станут следить друг за дружкой, кочевряжиться, но случился как раз тот идеальный вариант, когда соотношение было приблизительно равное, ну а главное – впервые в подобном путешествии Лющин был в каюте один. Как ни странно, начал Виктор с одной из молодых белокурых дылд, искренне в него влюбившейся и даже разругавшейся из-за него со своими закадычными подружками. Лющин и сам был счастлив, хотя глупость партнерши частенько его раздражала. Но не для счастья же он сюда приехал! Нужны были совсем другие впечатления.

Впервые за долгое время, пожалуй, он испытал сильную боль, проклиная жизнь за то, что она с такой легкостью сводит людей и разлучает. Да, с Ларисой у него не было никаких перспектив, с ней он всего лишь терял попусту драгоценное время, но ее ласки… неопытные… но такие нежные губы, казалось бы, совершенно без кожи, обнаженные… гнездышко, казалось бы, специально для него свитое. Лющин вдруг понял впервые, как он за свои три десятка лет отношений с женщинами был не прав, почему многие из них неожиданно от него сбегали. Да потому что в силе мужской, которой он втайне так гордился, вовсе не сила им была нужна, а ласка, бережность, нежность.

Однако некогда было сожалеть. О Ларисе он никому не станет рассказывать, а вот, к примеру, как он затесался в кампанию к двум лесбиянкам, и как они разделали его под орех, чтобы не заносился, вот это история! Или как он познакомился с немолодой уже и далеко не бедной женщиной, которая специально поехала в этот рейс, чтобы избавиться от девственности, но в очередной, и уже который, раз, даже с помощью Люшина, у нее ничего не получилось из этого. Но уж совсем застрял Виктор на логопедичке-шизофреничке, которую развратил и подчинил, казалось, навечно, какой-то сексуальный псих. Люшину казалось порой, что через эту посредническую материальную субстанцию он общается не с человеком даже, а с самым что ни на есть дьяволом, и порой от мыслей таких становилось Виктору жутковато. Он попытался было избавиться от бедной молодой женщины, которую ему искренне было жаль, но, как оказалось, она и запрограммирована была на страдание, постоянно бегала за Виктором, чуть ли не силой затаскивала его к себе в постель. Особенно страшно было наблюдать, когда, совсем уж обессиленный, Люшин откидывался на подушку, а тело рядом, совершенно обезразумленное, продолжало по инерции десять-пятнадцать минут еще совершать те же движения, на которых Виктор остановился, как бы не замечая его отсутствия.

Этот рассказ с невероятно жуткими подробностями Лющин в первую очередь и попытался продать Володе, но на нем-то как раз и погорел. Логопедша оказалась из той же компании, что и он, и чуть-чуть, но все же опередила Лющина во времени. Виктор был в ярости: столько затрат, а в итоге полный провал! Он отчитался полностью, до мельчайших подробностей, перед женой, тут уж было не до ложной скромности и супружеской ревности. Надежда, в свою очередь тоже много что ему порассказала, время даром она, естественно, не теряла. Да Лющин и вообще поначалу не узнал жену: она помолодела лет на пятнадцать, с блеском сочетая в себе свежесть молодости и опытность зрелости. «Коктейль «Надежда», – усмехнулась она в ответ на недоуменный взгляд мужа, – мое собственное изобретение, знал бы ты, сколько я его уже продала, а рецепт храню почище владельцев фирмы по производству кока-колы. Слушай, может, нам вообще вывести тебя из игры? Боюсь, с тобой мы уж точно в пух и прах разоримся. Такую поездку и так проср...! Я думала, у тебя только волос нет на голове, а вижу, там, под черепушкой и извилин последних совсем не осталось. Ладно, давай думать, как будем дальше жить, искать выход из положения. Я заметила одну странную особенность...

– Что измены нам ничего не дают? – спросил понуро Лющин.

– Нет, не то... Ну а насчет измен... может, мы просто изменяем друг другу не с теми, с кем нужно?

Лющин задумался. Да, действительно, жизнь их очень переменилась после того загадочного объявления. Как-то само собой прекратилось их затворничество. Они постоянно либо сами были в гостях, либо приглашали к себе кого-нибудь. А еще дни рождения, вечеринки, свадьбы, деловые и полуофициальные встречи на «работе». И соответствующая атмосфера на этих «раутах», но сколько ни прошло через руки Лющина женщин на этих мероприятиях, все они казались ему не более, как резиновыми куклами. Они все ждали от него чего-нибудь, ничего не давая взамен, все, что только возможно, приберегая для продажи.

— Да, ты права, — отозвался Виктор, наконец. — Я, кажется, понял твою идею. Как тебе такое объявление: «Мужчина, 45/173/68, гуманитарий, без в/п, ищет женщину для встреч не старше его возрастом».

— Подойдет, — кивнула жена. — Вот только давай выбросим слово «гуманитарий» — опять нарвемся на кого-нибудь из своих. Ну а я зайду с другого хода — вступлю в Клуб Одиноких Сердец, кстати, с многообещающим названием «Надежда».

— А встречаться где? — сразу задался практическим решением вопроса Виктор.

— Где-где, у нас дома, конечно. Ну,

естественно, когда больше негде будет. Другой в это время будет по улице гулять или сидеть не дышать в соседней комнате.

Идея не слишком понравилась Лющину, но взамен предложить ему было нечего.


Выручил друг, работавший в газете. Буквально через неделю он вручил Лющину больше полусотни телефонных номеров.

— Слушай, — констатировал он ехидно, — на тебя большой спрос, обычно звонков гораздо меньше бывает. Западают, наверное, на твою лысинку.

— Как же это, интересно, они угадывают, — не понял шутку Лющин, — на расстоянии, что ли?

— Ну, чуют, слетаются как мухи на… мед, — тут уж друг расхохотался, не выдержал. — Ну ты и тормоз! Давно таким стал? Раньше, помню, подобного за тобой не наблюдалось, все на лету схватывал.

Тормоз так тормоз, поневоле затормозишь при такой лавине событий.

Хорошо хоть жена выручает, подстраховывает. Прилично одеться Люшину так и не удалось, одалживаться у друзей не хотелось, а от костюма последнего давно уже остались одни лохмотья. «Да и черт с ним, ясно и так, что я далеко не спонсор».

Первые несколько вечеров он попросту потерял. Как видно, соискательницы приходили, но понаблюдав за Виктором издалека, решали, что на столь паршивой овце даже клоком шерсти не разживешься. Разозленный, Люшин не стал вновь обращаться за советом, поддержкой к жене, уж слишком беспомощным он сам в последнее время себе казался. Он решил разработать собственную схему, наметив три точки для встреч, неподалеку друг от друга и интервал во времени не более часа. Ну а дальше можно еще кому-нибудь позвонить, может быть, даже и набиться в гости. Система со скрипом, но, наконец, заработала.

**8**

В первый же день к облюбованному Люшиным кинотеатру подкатила «Газель», из нее вышла развязная, размалеванная девица. Она озадаченно посмотрела на Люшина:

— Ну, папаня, ты силен! Женщины ему захотелось! А ты знаешь хоть, сколько сейчас она стоит, женщина-то?

— Не знаю и знать не хочу, — захорохорился Виктор, опасливо поглядывая в сторону микроавтобуса и готовый тут же дать деру, как только оттуда выглянет какая-нибудь бандитская рожа. — Я, может, просто желаю поговорить. Так сказать, интересуюсь духовным общением. Что, и это за деньги?

— И это, — охотно подтвердила девица, в которой по грубоватому голосу и кое-каким другим признакам Люшин сразу же заподозрил трансвестита. — Причем это даже дороже. Как понимаешь, языком у нас все владеют, но вот трепаться… Так что, заказывать будешь что-нибудь или как? Хотя, если по твоему «прикиду» судить, ты стодолларовую купюру, наверное, даже во сне не видел, но вдруг ты подпольный миллионер, или вот я читала, что в Америке есть такие нищие, которые целый год деньги копят, чтобы день сорить ими, как какой-нибудь Вандербильт. Так что? Или, может, счетчик тебе включить за ложный вызов?

— Я вас не вызывал, — спокойно ответил Люшин, понимая, что слабину ему в данном случае показывать никак нельзя. — Кстати, что за услуги-то хоть вы мне можете предложить?

— Самые разнообразные, — оживилась трансвеститка. — Сауна с одной, двумя, тремя девочками, девственница из провинции…

— Зашитая в пятый, десятый раз, — ухмыльнулся в тон ему Люшин. — Или вот еще: бритье в парикмахерской с девочкой под столом. На виду у всех и в то же время ни за что не догадаешься. Если хватит сил, девочки — та, что вверху (стрижет) и та, что внизу (тоже стрижет, только деньги), потом местами поменяются.

Сутенер-трансвестит кисло ухмыльнулся.

– Ах, ты из этих… А я уж подумала – мент подосланный. Кстати, Бриджита, приятно познакомиться. – «Он» или «она», черт их там разберет, лениво протянул(а) Виктору наманикюренную ладошку. – Зачем нам посредники, мы могли бы контактировать напрямую, вот тебе сотовый, будем считать, что ты наш консультант, любые новинки особо приветствуются. Оплата любая: в долларах, в рублях, натурой. Я, кстати, тоже в деле, такие штучки знаю, даже тебя удивят.

Лющин сотовый не взял, просто сказал, что подумает. Однако нахальство его и тут сработало: чувствовалось, «крыша» у «Соул Лайфа» была такая, что не только Бриджиту могла в дрожь привести.

Во всяком случае, Лющин вздохнул с облегчением и готов был уже переместиться на другую точку, как вдруг кто-то сзади постучал его по спине.

— Здравствуйте, я Соня, не помните меня?

— Помню, конечно, — кивнул Люшин, — вы уже дважды меня обманывали. Обещали и не приходили. Просыпали, наверное, раз Соня?

— Обещала, но не подходила – так точнее, — ничуть не смутившись, ответила девушка. — Боялась просто, как бы нас вместе эта «Бриджита» не засекла. Здесь, видите ли, ее район, никому не дозволено заниматься тут самодеятельностью.

— А вы вот занимаетесь?

— Не совсем так, — неохотно, поморщившись, ответила Соня. - Зачем мне неприятности? Болезни всякие хватать… Мне учиться надо, вообще нормальной жизнью жить. Просто пусть я буду, как ваша дочь, жить у вас, помогать вам по хозяйству. Причем вы ничего не будете мне платить. Ну, как дочь – кормить, одевать. Я думаю, мы вполне могли бы уложиться в ваш привычный бюджет, я ведь не ленивая.

– Понятно, – кивнул изрядно обалдевший Лющин. – А с женой как же? Что мне, выгнать ее?

– Нет, конечно, – Соня явно за ответом в карман не лезла. – Жена не помеха, даже интересней с женой. Неужели вам не хотелось бы вот так, сразу с двумя? И жене будет хорошо. Я, правда, ничего подобного не пробовала, вообще ничего, но ведь это не сложно, правда, вы подучите меня? Вы как считаете? Я долго крутила в голове и сочла, что это самый лучший вариант: никакой грязи, у меня, наконец, семья – я вообще-то детдомовская. Сразу все – мать, отец, дружочек милый, подружка закадычная, свой угол для жилья. О чем еще можно мечтать? Почти как в рекламе духов: «Все запахи Франции в одном флаконе».

Лющин, давно уже с нетерпением посматривавший на часы, кивнул, лишь бы от новоявленной «дочурки» отвязаться:

– Хорошо, я вам обязательно позвоню.

– О, это самое сложное, – запротестовала

Соня. – Давайте лучше я завтра или послезавтра опять сюда приду. И вы мне ответите: да или нет. У меня большие сложности с телефоном.

– Прекрасно, – Люшин кивнул и побежал трусцой к соседнему супермаркету, хотя уже опаздывал на десять минут, и можно было не спешить, поболтать еще с этой сумасшедшей Соней.

Но «все запахи» действительно были «все запахи». В довершение, «бродяжке-очаровашке», несмотря на все усилия, так и не удалось оттереть от грязи руки и лицо.

Однако это была еще присказка, она просто раздосадовала Виктора, сказка же, которая затем последовала, буквально сразила его наповал. Это, действительно, надо было видеть. Нет, на сей раз никто не рассматривал его из-за угла. Очередная «соискательница по его тело и душу» стояла совершенно открыто, гордо и счастливо улыбаясь. Сегодня, очевидно впервые за много лет, она была совершенно трезвой. Единственное, от чего она не удержалась: пройти мимо попавшихся на ее пути нескольких пустых бутылок, поместив их во всегда имевшийся при себе для таких целей пластиковый пакет. Это было сверх всяких сил «гордячки». Одета она была в самое лучшее (возможно, выпрошенное у подружки) платье, однако все признаки ее «одной, но пламенной страсти» были налицо, точнее, на лице – и опухшие щеки, и немного заплывшие глаза, и особый, красноватый с синевой в некоторых местах, цвет лица, и приветливая – верх обаяния! – улыбка.

Люцин был настолько потрясен возникшим перед ним «мимолетным видением», «гением редкой красоты», что не сумел вовремя сориентироваться и сбежать, а «обаяшка», заметив в руке у Виктора условленную газету, тут же бросилась к нему, путаясь в высоких каблуках, чуть ли не в объятия.

– Это я, Роза, вообще-то меня Клавой зовут, вы узнали мой голос? Вы так любезны были по телефону. Роза – правда, красивый псевдоним? Лучше, во всяком случае, чем абонент № 317. Да, – гордо подтвердила она, – я состою в Клубе Одиноких Сердец. Кроме того, регулярно даю объявления в «Из рук в руки» и другие газеты. Там меня все давно знают и очень хорошо, любезно ко мне относятся. А вы Виктор. Конечно, Виктор. Вам так идет это имя. Вы мне сразу понравились, я вас именно таким как раз себе и представляла. Вижу, вы стоите, и думаю: неужели он? Неужели мне, наконец, так повезло в жизни?

– Что же вы молчите, Виктор? – раздался вдруг сзади блеющий, передразнивающий голос. – Скажите хоть что-нибудь.

Лющин оглянулся в испуге и увидел Соню. Та скрестила руки на груди и смотрела на него с ярко выраженным ехидством: и это та, на которую ты меня променял? Меня, Соню? Мечту всей твоей молодости?

«Роза», в свою очередь, тоже так и присела, чуть не упустив наземь драгоценный пакет и тыкая пальцем в стоявшую напротив девушку:

– Кто это, Виктор? Скажите! Ваша жена? Или дочь? Как же вы были так неосторожны, что дали проследить за собой? Поверьте, мне все равно, что вы не одиноки, любой порядочный мужчина в вашем возрасте женат, это неизбежно, это мне слишком хорошо знакомо, и все-таки, – тут она сорвалась на визг, – кто эта сука? Она что, тоже по объявлению или вы ее специально с собой на поводке таскаете? А? Она вообще – для чего? Если мы сейчас на троих сообразим – она уйдет или с нами останется?

– Я – сука? – Соня даже не возмутилась, она просто тихо удивилась. – Па, и что, ты не защитишь меня? Я, кстати, между прочим, девушка. Де-ву-шка! Пошли домой, па, пошли скорее, или ты еще не понял, кто перед тобой? Это же Клава-Шалава –

«королева помойки». Чемпион по собиранию пустых бутылок. Она их везде, хоть на два метра в землю зарой, чует. Клав, слышь, исчезни, иначе я тебе по пакету сейчас так ногой врежу — на десятку сразу, как минимум, обеднеешь.

— Слушай, и все-таки, ты кто? Ты чего ко мне привязалась? Что-то я тебя среди наших не видела, — воззрилась на свою соперницу Клава, глубоко уязвленная упоминанием и про помойку, и про свои феноменальные особенности, а главным образом, про пакет, и хорошо понимая, что уж раз «королева» так «королева»: последнее слово во всех случаях должно остаться за ней: — Кстати, персик подгнивший, «не таись, открой секрет» — случайно не про тебя этим, как его, Кюхельвухером написано: «Родила ему царица то ли б…, то ли девицу…»?

— Ладно, дамы, — поспешил воспользоваться заминкой Люющин, — я вас обязательно разыщу, а сейчас — па-а-азвольте откланяться!

И он тут же затрусил обратно к кинотеатру, однако не тут-то было: «дамы», моментально объединившись и оживленно, причем в самой нецензурной форме, комментируя поведение Виктора, решительно двинулись за ним. Поняв, что на сегодня его усилия ничем хорошим больше не увенчаются, Виктор остановил такси и, прежде чем захлопнуть за собой дверцу, распрощался с «царицами-девицами» неприличным жестом, ответом на который был такой яростный визг, что шофер в испуге и недоумении зажал уши.

– Гони, – ткнул его в спину Виктор, – они и тебя не пощадят, заодно со мной растерзают.

«Водила» моментально сориентировался и всю дорогу потом Люшина выспрашивал, что с ним случилось, но Виктор хорошо знал, какой болтливый народ таксисты, и не имел никакого желания стать притчей во языцех на всю ближайшую округу.

– Разворачивайся, – неожиданно

переменил он решение, – двойная плата. Обратно к кинотеатру.

Водитель разозлился было, однако потом сообразил, что ему даже повезло.

# 9

Прежде чем выйти из машины, Лющин внимательно огляделся. К счастью, две его неожиданные пассии успели удалиться. Но и другого никого не было. Как бы то ни было, Лющин, несмотря на явную неудачу, поспешил расплатиться с шофером и решил немного прогуляться, чтобы мысленно подвести итог истекшему дню.

— Я так и знала, что вы вернетесь. Хотя, признаться, хотела уже уходить. — Из темноты выступила на свет фигура невысокой, лет сорока, женщины, какой-то совсем ординарной внешности, но пытавшейся хоть немного прихорошиться в ожидании свидания с незнакомым мужчиной. — Кто они?

Лющин посмотрел на газету, которую он еще продолжал по инерции сжимать в руке, и бросил ее в урну. Женщина не то, чтобы разочаровала его, просто ничем не заинтересовала. То, что называется, ни с чем пирог. Хотя, несомненно, и хозяйственная, и положительная, и добродетельная, просто до неодолимой зевоты. Кто она может быть по профессии? Учительница, бухгалтер, воспитательница детского садика?

— Да я их не знаю совсем. Так, явились по объявлению. Одна шизофреничка, другая алкоголичка — феноменальная пара. Судя по всему, я упустил потрясающую «групповуху».

— Да, испугались вы изрядно, так удирали! — усмехнулась «учительница-бухгалтерша-воспитательница».

— А вы бы не испугались? — разозленный, ответил Виктор вопросом на вопрос.

— Ну, я... — замялось было женщина, затем нашла все-таки повод опять поддеть Люшина. — Так скольким же вы сегодня помимо меня назначили встречи? И сколько вам вообще нужно женщин? Вы такой неутомимый мужчина? Кстати, Ирина. Простите, я не представилась, — она протянула Люшину маленькую, немного шершавую от стирки и готовки ладошку.

Лющин рассеянно пожал ее:

– Виктор. – Он постучал себя по черепу. – Видите? Что поделаешь, издалека отпугивает. Вот и изощряюсь, как могу.

– А вы бы сразу так по телефону и предупреждали. Глядишь, и не пришлось бы подолгу попусту топтаться, – все с той же легкой издевкой в голосе посоветовала Ирина.

Лющин устал, выдохся, насмешки «уч-бух-вос-цы» совсем его доконали.

– Кстати, кем вы работаете? – решил он сам перейти в наступление.

– В статистическом центре, сижу за компьютером. А что, это имеет очень большое значение?

– Конечно, – уверенно подтвердил Виктор. – Надо же знать, в какое время мы будем с вами встречаться. – «Точно, – подумал он с невыразимой скукой в глазах, – ну чем не бухгалтер, я почти угадал».

– А вы уверены, что эти встречи у нас

будут? – с интересом спросила женщина. В отличие от Люшина она выглядела бодрой, отдохнувшей, найдя в нем как раз то, что искала: своеобразное средство от скуки. – Кстати, не могли бы вы расшифровать чуть-чуть: «для встреч» – это только секс или еще и что-нибудь другое?

– Все что угодно, – мрачно ответил Виктор. – Только что мне предлагали семейную групповуху с предварительным удочерением, затем лучшее средство от алкоголизма – не пить одному. Каковы будут ваши пожелания?

– Никаких. Я просто хотела удовлетворить свое любопытство. Как вы дошли до жизни такой, чтобы столь откровенно, через газету, сообщить всему городу, что вы, как бы это помягче выразиться, слегка взбудоражены временем мартовских котов? Что, совсем жена опостылела? Или гормоны взбесились, одолели? Нет, правда, я чисто по-человечески...

– Вам что, такое задание на работе дали? Выходит, статистика только хвастается, что знает все?

– Нет, я для себя. Причем тут наука?

– Вы замужем?

– Нет. Подумайте сами, неужели бы я в таком случае к вам пришла? Муж погиб, он был военным, летчиком-испытателем. Дочь тоже вышла замуж за офицера, по гарнизонам мотается. Так что живу я совсем одна. Решала кроссворд в газете, смотрю – тут что-то поинтереснее кроссворда. Я вас чем-нибудь разочаровала?

Люшин посмотрел на часы, время еще было.

«До чего же ты мне осточертела, добродетельная дуреха! – подумал он со злостью, – но ладно, знай наших, я тебе сейчас такую лекцию закачу!»

– Хорошо, – кивнул он терпеливо. – Я, конечно, не обязан удовлетворять чье-то любопытство, но раз уж вы пришли, проявили любезность, почему бы нам не поговорить? Скажите, только честно, вам никогда не хочется? Ну, мужика. Чисто по-женски. Ничего не снится по ночам? Всякая чертовщина, после которой вы с облегчением просыпаетесь.

– Нет, – покачала головой Ирина. – Я просто привыкла. Такая была служба у мужа – постоянные командировки. Представляете, каждая встреча потом – как медовый месяц. Мы просто очень любили друг друга.

– Что ж, в таком случае вам можно только позавидовать.

– Можно было, – уточнила Ирина. – Ну а вы? Неужели вы никого никогда не любили?

– Почему же, любил, – сухо ответил Люшин, разговор уже не просто раздражал его, но даже начинал бесить. – Однако, к сожалению, любовь – это такая редкость. «А сексу хочется всегда». Вас проводить, или вы недалеко живете?

– Недалеко, – сухо подтвердила Ирина. – Прощайте, синьор Казанова. Надеюсь, я вас не слишком утомила?

– Даже и не начинали, – язвительно отозвался Люшин.

– Угу, мне тоже не повезло, – вздохнула в ответ на рассказ Виктора жена, когда тот вернулся домой. – Пошла на вечер «Кому за тридцать», но там больше было кому за пятьдесят. Конкурс – где-то три-четыре дамы на одно место, а «места» эти к девяти часам уже лыка не вязали. Впрочем, была еще троечка завсегдатаев-профессионалов, один ко мне тут же подвалил. Однако когда я стала расспрашивать его, как бы он меня хотел, он тут же сориентировался, взял мою сумочку и крикнул в нее: «Привет редактору!», подумав, наверное, что я из газеты. Кстати, в сумочке у меня действительно был диктофон. Нам никак нельзя без техники, Люшин, надо идти в ногу со временем.

Как назло, на следующий день у Виктора была запланирована очередная встреча с

Володей, и Лющин, не найдя ничего более подходящего, начал что-то бубнить про свою встречу с Соней и ее предложение, которое он вроде как решил принять, посоветовавшись с женой.

– Стоп-стоп-стоп! – неожиданно прервал его Володя.

Лющин замер, чувствуя, что он опять прокололся, причем к тому же и так будучи в минусе. Да, сегодня он был точно не в форме, вымотанный вчерашними неудачами, надо было хоть немного взбодриться, прикупить эС-энергии, хотя Надежда категорически запретила ему впредь это делать, пообещав, что потом все объяснит – сейчас точно не знает, но о чем-то уже начинает догадываться. Поэтому он как баран на новые ворота уставился на лежавшие перед ним пять бумажек по сто долларов.

– Я рискую, – пожал плечами Володя в ответ на его недоуменно-вопросительный взгляд. – Твой вариант может оказаться чистейшей липой. Но что-то в нем есть, я согласен рискнуть.

— М-да, — замялся Люшин, чувствуя, однако, неожиданный прилив бодрости. — Но, просто для интереса, откуда вы знаете, что я это не выдумал?

— Такое трудно выдумать, — мягко, вкрадчиво, в тон ему ответил Володя.

— А зачем же... вы ведь, насколько мне известно, не женаты. — Теперь уже Люшин не недоумевал, а пытался набить цену.

— Вот на ней я как раз и женюсь, — решительно ответил Володя. — Если... — тут он многозначительно поднял палец, — она действительно окажется девушкой.

— Ну, это вряд ли, — засомневался Люшин, вспомнив чумазое личико Сони и ее застиранное платьице. Он тут же спохватился, впрочем, что потерял возможность выбить надбавку, однако было уже поздно. Торг кончился, за пятьсот долларов шиза Соня ушла от Виктора в другие руки.

– Мы их достали, точно, – кивнула в ответ на его сообщение Надежда. – Они уже не знают, что с нами сделать, а наши два счета постоянно растут. Вить, как ты насчет того, чтобы наши жилищные условия улучшить?

– Сначала я должен знать, что ты «поняла», – уклончиво поинтересовался в ответ Лющин.

– Ах, это, – с ухмылкой махнула рукой жена. – Секрет очень прост, мой милый муженечек. Мы не должны опустошать себя. Любые истории, любые фантазии, но только чужие, не наши с тобой. Дошло, наконец? Все, что от нас требуется сейчас – доить и доить кого только можно, а сам секс использовать исключительно лишь для того, чтобы получше разговорить своего партнера. Вот только, Витя, прошу тебя, будь поосторожнее, вокруг столько всякой заразы: и не перечесть. Я здесь тоже кое-что придумала: вот коробочка, которую ты постоянно должен теперь таскать с собой в сумке, она великовата немного, но ничего не поделаешь – зато в ней все, от мазей до полосканий, иначе, сам понимаешь, не спастись. Как говорится, СПИД не дремлет, но и помимо СПИДа развелось столько всякой пакости, а мы ведь с тобой вроде как профессионалы, вот только денег за свои услуги не берем.

– И не платим, – уточнил Виктор.

– Господи, Витя, – покачала головой жена, – последнее дело – связываться с проституткой. Уж там точно не наша клиентура, и в разговоре и во всем прочем ничего нового, жалкий стереотип. Я тут с ними как-то раз всю ночь возле гостиницы простояла, слышал бы ты их треп!

# 10

Однако победное восхождение Лющиных продолжалось недолго. Виктор, собственно, и предвидел какой-нибудь ответный ход со стороны своих то ли противников, то ли начальников, и тем не менее содержанием состоявшейся беседы был изрядно удивлен.

— Такого не может быть! — покачал он головой после «откровений» Юрия Петровича. — Эта тема вечна, бессмертна, она никогда не иссякнет.

— Да, да, вы правы, я совершенно с вами согласен, — развел тот руками, — и в то же время ничего не поделаешь — предложение впервые превысило спрос. Хлынули свежие мозги из сопредельных стран, СНГовенька поднапряглась наша, столько всего понавезли! Уши вянут, щеки багровеют, но нельзя не признать — товар первосортный.

Лющин скептически отмел в сторону восторги своего собеседника.

— Вранье! Ну да черт с вами! Что вы

хотите конкретно от нас с женой, Юрий Петрович? Избавиться? Мы оказались для вас слишком крепкими орешками, так сказать, не по зубам-с?

— Ну что вы, что вы, — замахал тот ладошкой снисходительно. — Во-первых, таких людей не бывает для нас, у нас не только глаз, но и зуб — алмаз. А во-вторых, мы просто предлагаем вам несколько сменить тему. Воспоминания — вот чего нам сейчас острейше не хватает. Любовные, бытовые, пусть даже мечты — это тоже ценно. Но самые острые, самые глубокие — то, что выдумать невозможно. Как, это вам по зубам-с, Виктор Владимирович? Поройтесь, поройтесь-ка в своей памяти, неужто, там не найдется чего-нибудь такого эдакого, чтобы душа замирала? А уж за ценой мы не постоим, расценки здесь непомерно выше. Ну а работа — тьфу! В сущности, никаких изменений. Вот только будете сдавать ее уже непосредственно мне, а не Володе. Так что поздравляю, это ведь повышение, вы так не считаете? Непременно советую обмыть! Хотя сам, к сожалению, не смогу к вам присоединиться. Но когда-нибудь, когда-нибудь, обещаю, мы с вами обязательно выпьем на брудершафт.

Надежда оборвала мужа в самом начале разговора. Она выглядела, на сей раз, непривычно усталой, задумчивой.

— То же самое, слово в слово, — ответила она со вздохом, — а чего ты, собственно, хотел? Мы и так с тобой слишком вознеслись. Вот только падать теперь…

— Расценки более высокие… — в тон ей с тоской произнес Виктор.

— Но и штрафы, соответственно… — докончила его мысль жена. — Что же нам делать, Витек? Драпануть, пока не поздно? Говорят, в любом деле главное — вовремя смыться. Да, но сколько они с нас потребуют отступных? Нам ведь назначена встреча, мы вовремя не отказались от нее. Да и как было отказываться, друг с другом не посоветовавшись? Вить, у тебя вообще совесть есть? Почему в последнее время все я да я? Делаю, решаю. Что, твоя плешь и в самом деле лишь гениальная видимость, точнее, видимость гениальности? Родит она хоть раз что-нибудь или не родит, в конце-то концов? Но что Бог ни делает, все к лучшему — до того мне все эти мужики слюнявые осточертели. Кстати, как я тебе, я ведь полтонны сбросила. А уж в постели теперь такое показать могу, Нюрка-Лошадь от зависти просто удавится.

— Собес, — тихо ответил Люшин, никак не прореагировав на Надеждины заигрывания. — Мы с тобой пойдем работать в собес.

— Собес? — чуть не присела от неожиданности жена. — А что мы там делать будем? Ты хоть знаешь, сколько там платят? Если вообще платят.

— Мы сами будем платить. Что, не поняла еще? Где мы еще возьмем эти проклятые «реминисценции»? Не у голощелок же, акселераток? Или ты хочешь что-нибудь свое предложить? Надолго ли нас в таком случае хватит?

— Что, что ты сказал? — поперхнулась жена.

— А, это по-научному, — отмахнулся Виктор. — «Реминисценции» значит воспоминания… Недавно в «скане» одном попалось. Как говорится, сон в руку.

— Понятно. — Надежда кивнула и тут же бросилась к коробке с магнитофонными записями. — Сколько ты меня за «технику» корил, а я чувствовала, нам это непременно понадобится. Знаешь, сколько здесь помимо секса всего! И главное, совершенно бесплатное, давно нам принадлежит. Ладно, время нельзя терять. Ты дуй в этот свой собес, не забудь также хосписы и прочие больничные заведения, я беру на себя телефон доверия, а пока попытаюсь кое-что из этих задушевных бесед расшифровать.

Колесо завертелось.

— Нет, это пропустим, дай пленку сюда, —

решительно сказал Люшин, услышав столь хорошо знакомый ему голос Ирины.

— Ага, понятно, — вздохнула жена, — я так и думала. А жаль, кстати, тут просто кладезь. Но любовь и не такое способна сотворить с человеком.

— Пленку сюда! — сквозь зубы с самым зверским видом процедил Люшин. — Я не шучу, как видишь.

— Да уж вижу-вижу, — холодно ответила Надежда. — «Любовь, любовь, зачем ты мучаешь меня...». Зачем ты мучаешь меня, Люшин?

— Копии, распечатку, — твердил свое Виктор, не удовлетворившись брошенной ему в лицо кассетой.

Надежда помедлила немного, затем тихо спросила:

— Ты не ответил на мой вопрос. Что теперь со мной будет? Что вы там насчет меня решили?

— Если не отдашь то, что я прошу, я сейчас же уйду, и проблема отпадет сама собой. Если вернешь, обещаю: все останется, как было. Я уже давно думаю об этом, но ни к каким выводам так и не пришел. Понимаешь, я не могу и не хочу делать выбор. Вы мне обе нужны. Ты хочешь нарушить сложившееся положение вещей? Так в себе уверена?

— Но почему же я, Витя, я ведь сменила «партнеров» ничуть не меньше тебя, почему со мной такого не произошло? — Тут Надежда всхлипнула, отвернулась в сторону. — Ты никогда не говорил мне и половины тех нежных слов, что я здесь услышала. Почему, Вить? Я плохо заботилась о тебе?

Виктор молча протянул вперед руку, Надежде ничего не оставалось, как только отдать ему то, что он просил. Люшину вдруг нестерпимо захотелось остаться одному и он, даже не переодевшись, выскочил на улицу. Ирина! Она вдруг представилась Виктору немощной, бледной, такой же «тенью», каких он сотнями, тысячами перевидал перед кабинетами Юрия Петровича и Володи.

Выбрав безлюдное место на какой-то стройке, он долго, зло, с остервенением уничтожал с таким трудом отнятое у Надежды. Отдала ли она ему все или упрятала-таки что-нибудь про запас? Об этом можно было только догадываться, но у Лющина не выходила из памяти сказка о Кощее Бессмертном: «На море на океане есть остров, на том острове дуб стоит, под дубом сундук зарыт, в сундуке – заяц, в зайце – утка, в утке – яйцо, в яйце – иголка, и вот если иголку ту переломить – моя смерть!»

– Так, ну и что будем делать? – спросила Надежда, когда Лющин вернулся домой, и он понял, что вопрос уже не стоял об Ирине, он разрешился сам собой. Проблема была гораздо серьезнее.

Виктор надолго задумался, затем нехотя спросил:

– А у нас есть выбор?

Надежда отрицательно покачала головой:

– Нет. Пирамида есть пирамида. Либо мы карабкаемся вверх, либо гнием внизу и удобряем собой землю. Кончится тем, что к нам придет кто-нибудь другой и осторожненько начнет выспрашивать, как нам живется на белом свете. Что еще, я не знаю. Кто еще придет, кто приходил и что конкретно у нас уже наотнимали.

– Первый раунд мы выиграли, оставляя за собой сонмы теней. Что теперь будет за нами, трупы?

Надежда вздохнула.

– Ты слишком мрачен. Зачем там далеко, точнее – высоко, заглядывать?

– Ладно, – решительно вскинул голову Люющин. – Раз ближе к небу, с хосписов и начнем.


Тактика и здесь была выбрана ими правильно. Юрий Петрович все больше хмурился, но ничего не мог поделать, впредь Люющин промашек больше не совершал.

– Пригласи ее к нам, – как-то сказала

Надежда.

– Кого? – сделал вид, что не понял, Виктор, затем сдался: – Точнее, зачем?

В голосе его прозвучал металл. Он не хотел впредь касаться этой темы.

– Я просто хочу познакомиться с человеком, – угрюмо ответила жена. – Раз уж так получилось, нам надо налаживать отношения.

Люпин был не на шутку встревожен просьбой жены, хотя прекрасно понимал, что объяснение, не слишком приятное для него, рано или поздно должно было последовать.

Впрочем, Надежда вовсе не собиралась выцарапывать своей сопернице глаза – наоборот, она была само обаяние. Она ничего не готовила заранее, предложила Ирине вместе «сочинить» небольшой ужин. Во время приготовления его они мило щебетали, как две неразлучные подружки, однако Виктор слушал их голоса с тревогой: при всем желании он не мог предсказать исхода этой неожиданной вечеринки. Но и о выборе, как и прежде, не шла речь. Надежда, совершенно в последнее время преобразившаяся, помолодевшая, постоянно удивлявшая Люшина своей искусностью и изобретательностью в амурных делах, прекрасно одетая, стройная, источающая аромат дорогих французских духов, не шла ни в какое сравнение ни с той толстухой, на которой еще год назад чуть ли не засыпал Виктор, ни с тихоней Ириной, чистенькой, но совершенно непритязательной, а уж в сексе-то и подавно ничего не смыслящей, постоянно чего-то боящейся, спрашивающей, а можно ли делать это, а это не разврат? И все-таки Ирина, именно Ирина, угловатая, молчаливая, пытавшаяся при первом же удобном случае укрыться за наигранной ироничностью, но в какие-то моменты раскрывавшаяся, становившаяся поистине бесстрашной, затрагивала самые тайные струны сердца Люшина. Выбор? Пусть жизнь и сделает за него выбор, сам он на это никогда не решится, никогда себе подобного выбора не простит.

Как ни странно, новоявленные подруги остались довольны встречей, а может, просто делали вид? И вечер наверняка удался бы на славу, если бы не обычная Надеждина бесцеремонность.

— Ира, — сказала она. — Давай, все разложим по полочкам, раз так получилось. Как ты на это смотришь? Ты к подобному разговору готова?

— Попробую, — жалобно пропищала Ирина. — Я тоже много думала о нас троих, но...

— А они никому не нужны, эти твои думы, — решительно отмела в сторону ее рассуждения Надежда. — Я о другом совсем. Речь не идет уже о моем муже: коли так получилось, я согласна, пусть у нас будет один муж на двоих. Я понимаю, при первом размышлении это звучит дико, но узел настолько крепко затянут в данном случае, что его можно только разрубить. А рубить по живому, кто выиграет от этого? Никто.

Вопрос в другом – в нашей работе. И вот тут разделение невозможно. Если мы вместе, то и дело у нас должно быть одно, общее, все остальное – мелочи: в конце концов, Виктор еще достаточно молод, чтобы удовлетворять нас обеих, а уж нам-то куда легче будет вдвоем хозяйством заниматься. Надо отставить ханжество в сторону, полстраны, если не больше, живет приблизительно так неофициально: нет ни одного порядочного мужика в возрасте Виктора, который помимо жены не имел бы еще двух-трех любовниц. Так что то, как у нас сложилось, будет даже честнее, ну а если у меня еще ко всему прочему появится задушевная подруга в твоем лице, о чем еще можно мечтать? Но дело, дело – это мое условие непременное. Ты, как я поняла, – метнула презрительный взгляд в сторону Виктора Надежда, ни о чем ей из того, чем ты занимаешься, не рассказывал?

– Нет, – почти в один голос воскликнули Ирина и Лющин.

Финал вечера был очень бурным, объяснение запальчивым и слезообильным: Надежда хорошо знала, по какому месту нужно ударить, чтобы добиться своего и стереть соперницу в порошок. Однако она просчиталась: убежав в тот раз, уже через неделю Ирина вернулась, заявив, что тоже на все согласна, лишь бы Виктора не потерять.

# 11

«— Вы знаете, я никогда ни до того, ни впоследствии в течение всей своей жизни не встречал такого: когда она прижималась ко мне в танце, у нее там — ну сами понимаете где — словно костер пылал. Хотя... мне это казалось необычным, возбуждало, но не больше того. Куда больше она меня интересовала как человек. Но она была женой моего друга, и это само собой решало вопрос.

Я думал о ней, даже мечтал, жене в то время я изменял без малейших угрызений совести: не со всеми подряд, но... уж лакомые кусочки точно не пропускал. А вот она влюбилась и влюбилась не на шутку, виной тому были не только наши разговоры (во время танцев на каких-то двух вечеринках), но еще и сам мой друг, который разрекламировал меня, как оригинала, человека начитанного, много путешествовавшего, витавшего преимущественно в сфере духовной. В то время подобное действительно могло кого-то и восхитить. Тем более что и пост я занимал тогда для своего возраста достаточно высокий, престижный.

Что еще? (Небольшая пауза, задумчивое покашливание). Еще я хорошо помню ее снимок, опубликованный в местной газете, с пистолетом в руке — она заняла тогда первое место по стрельбе. Она жила без матери и отца — не спрашивал, не знаю, что с ними случилось — с дедом, заядлым охотником, наверное, он и натренировал ее. Но дело было не в пистолете и не в призе, дело было во взгляде — он как бы приоткрывал завесу над ее личностью: если уж отдаваться чему-то, то без остатка, целиком.

Как я ни пытаюсь с тех пор, не могу восстановить в памяти точное содержание наших бесед. Помнится, я больше развлекал ее, шутил. Говорил что-то о чайке, которая живет в ее душе и просится на свободу (я в то время увлекался Ричардом Бахом, в особенности его «Чайкой по имени Джонатан Ливингстон»), да и вообще язык у меня всегда был хорошо подвешен, хотя... все, что я говорил, в сущности, было правдой — и о ее внешней красоте, и о внутренней цельности, страстном, не способным на компромиссы, характере.

Она выбрала самый простой способ: проследила, каким путем я возвращаюсь с работы и старалась постоянно попадаться мне на глаза. Сначала я ничего не понял, затем... Конечно, речь не шла с моей стороны о каком-то ответном чувстве, но я с удовольствием причислил бы ее к списку своих лучших побед. Но, опять, опять-таки, жена друга! Поэтому я старательно делал вид, что туп, как дерево, ни о чем не догадываюсь, очень любезно с ней раскланивался. Не знаю, сколько времени могло бы так все продолжаться, если бы не досадная случайность.

В тот день к концу работы ко мне

забежал брат, так мы и шли с ним вместе, обсуждая какие-то наши проблемы, пока опять не появилась она. И тут брат неожиданно рассмеялся. Когда я его спросил потом, зачем он это сделал, он проговорил с восхищением:

— Ничего себе взгляд! Такой изменишь — убьет, сразу!

Я спросил его, знает ли он ее, видел ли тот снимок в газете — ничего подобного.

— А что, тут какие-нибудь шуры-муры?

— Были, точнее, могли бы быть, но считай, что ты их в корне зарубил.

— Слушай, давай я ее догоню, все объясню!

Я бы, конечно, мог и сам это сделать, но счел тогда, что произошедшее даже к лучшему: вот такой, «хирургический», финал в наших отношениях, будет наименее болезненным. Однако... эта боль в глазах, краска стыда на лице, не смертельный, но выстрел, безусловно достигший цели. Какой именно? Ах, стоит ли говорить?

*С тех пор я ее практически не встречал, но странно: с годами она все больше выкристаллизовывалась в моих воспоминаниях, затеняя, а порой и вообще стирая в воображении действительных моих любовей и любовниц. Пока не осталась в нем единственным моим упреком, сожалением, но и радостью, как ни странно, тоже. И вроде бы неплохо сложилась моя жизнь, но настоящего, личного, счастья в ней так и не было. Оно могло быть только с ней, теперь я точно знаю. С другом тем я старался не общаться, хотя видел его часто совсем с другими женщинами — как видно, верность жене он не хранил.*

*И вот однажды, совсем недавно, я все-таки решился, встретив его, расспросить, счастлив ли он, как обстоит его семейная жизнь.*

*— Жена? Какую именно из них трех ты имеешь в виду? С первой мы расстались уже через полгода после свадьбы, вторая сейчас где-то в Ростове, с третьей живу недавно,*

но вполне счастлив, хотя часто ревную — она ведь на два десятка лет моложе меня. Ах, эта! Ну, эта вообще с боку припека. Мы и встречались-то с ней совсем чуть-чуть.

Дальше разговор на меня перекинулся:

— Ну а ты? Где ты? Как ты? — Однако я отвечал машинально, совершенно ошеломленный: «Господи! Как же так получилось? Как же я так нелепо поступил тогда? Мимо счастья, мимолетного ли, на всю жизнь ли, пробежал, проскочил».

Да... (Снова молчание, снова покашливание). Мне бы разыскать ее сейчас, но в таком возрасте... Где она, как она? С кем? Что я ей скажу?»


«— Вот вы сейчас смотрите на меня и думаете: типичнейшая алкашка. Да, так оно вроде и выглядит со стороны: «я пью, все мне мало», а поскольку «пить не устала», естественно, сплю с любым, кто в состоянии меня напоить. Нисколько не отрицаю, с одной только, но весьма существенной, разницей: я в любой момент могу это прекратить.

Знаю, вы не верите мне: виду не подаете, но внутри ухмыляетесь скептически — такого, мол, не бывает, от алкоголизма мало кто вылечивается, а уж из женщин так вообще считанные единицы. Так вот, могу поспорить на что угодно, я как раз такая считанная единица и есть.

Хотите, я расскажу вам свою историю? Ну да, вы ведь за этим только и подсели. Ведь не за тем же, чтобы трахнуть меня? Хотя на вид вы все же плюгавенький, пусть и чистенький, пусть и не бомж, не алкаш, все равно. Наверное, журналюга какой-нибудь. Ну да мне без разницы: вы покупатель, у меня есть товар, почему бы нам и не сговориться, верно?

Слушайте, слушайте внимательно, я ведь могу и передумать: перетерплю как-нибудь, обойдусь без лишнего стаканчика. Впрочем, дело не в том: а поймете ли вы меня?

Ну так вот, жил-был один человек: хороший, крепкий, добрый мужик, таких по нынешней жизни редко встретишь. И была у него семья, нормальная семья. У него вообще все было. Не так, чтобы в роскошь, а в необходимость. Была, соответственно, и любовница, да и денежки не переводились. Нет, он не был везунчиком, просто всегда все в жизни тщательно продумывал, просчитывал: выверял буквально каждый свой шаг. Детей вывел в люди, и их, и жену, и себя на всю оставшуюся жизнь обеспечил, а когда приспел срок, сразу на пенсию вышел: фирму продал, обзавелся холостяцкой квартирой, что еще оставалось для полного счастья?

Вы слушаете меня или не слушаете? Тогда подливайте. Периодически. Только в меру, иначе я скопычусь на самом интересном месте. Или, может, как я уже предупреждала, охота пропадет откровенничать.

Что можно сказать? Любовница у него

была действительно от слова «любовь», а не просто подстилка – хранила ему верность все двадцать с лишним лет, что они были вместе. Вначале он не ценил ее, изменял, как и жене, направо и налево, а потом начал все больше и больше к ней прикипать. Не знаю, что здесь было в основе – на самом деле чувство или просто он привык все на много ходов вперед загадывать. Он как-то похвастался мне: мол, моя могилка долго еще после моей смерти без ухода не останется.

Я была достаточно хорошо осведомлена об их отношениях: именно ее я сменила на посту его секретарши. Ей же он помог организовать собственное дело и постоянно заботился о том, чтобы оно процветало. Так же он и со мной поступил, когда продавал нашу фирму, хотя у нас с ним никогда ничего на этой почве не было. Впрочем, не только мне, каждому из нас, тех, кто с ним работал, он дал шанс.

Лишь в одном ему не повезло: казалось

бы, жить им да жить теперь, хоть официально оформив свои отношения, хоть как прежде, однако тут и подстерегло его несчастье – она заболела, рак сожрал ее в считанные месяцы, и на могилку уже ему к ней пришлось ходить.

Вы слушаете меня, Виктор, не знаю уж как вас по отчеству, внимательно слушаете? Так почему же постоянно забываете о своих обязанностях? Тоже мне кавалер!

Хотя... вроде не за что, ничего интересного я вам не рассказала. Действительно, и не такое бывает! Казалось бы, что за напасть? Выход простой – срочно найти замену. Он сначала и пошел по этому пути. Клубы знакомств, картотеки, объявления – он действовал по инерции, не рассуждая, пока вдруг не понял одну глубоко удивившую его вещь: речь шла о любви, а не о любовнице. Интуитивно он только и делал в последние два десятка лет, что расчищал путь к своему счастью, хотя слишком поздно осознал это разумом...

Причем тут я? О, ничего оригинального, так называемый классический треугольник. Да, я всегда любила его. Хотя вышла замуж, детей растила, истово строила, как и он, свое благополучие. И вместе с тем безумно и безнадежно была в него влюблена. Но между нами так ничего и не завязалось, хотя моменты благоприятные предоставлялись чуть ли не каждый день: мы подолгу засиживались на работе.

И вот такое... Нет, нет, я совсем не злорадствовала, но поймите, раз судьба сама так распорядилась... Я долго медлила, выбирала благоприятный момент. И в то же время спешила: больше всего боялась, что он наложит на себя руки, хотя и знала, что не такой он человек.

Как-то я позвонила ему, попросила о встрече. Хотела подбодрить, наше объяснение не было бурным, оно просто казалось естественным, единственным решением вопроса. Ведь жизнь есть жизнь, и ее не переломишь. Он во всем согласился со мною, казалось, был даже счастлив. Тут же начал решать, как помочь мне, моя фирма в то время находилась в упадке, как достать деньги, реорганизовать дело. А у меня тогда вырвалось:

— Господи, да разве этого мне от тебя нужно? Мне любовь от тебя вот такая нужна! Неужели ты не понял? Мужиков много, но кто такая, как я, для них? Кто из них умеет так любить?

Помнится, он кивнул, польщенный...»

Виктор думал уже, что так и не услышит финала этого столь неожиданного рассказа, мучительно соображая, подлить ли в стакан еще водки или уже перебор. Но ничего не понадобилось. К счастью, его собеседнице просто необходимо было выговориться, слишком наболело внутри. Она продолжила.

«— Мы договорились торжественно обставить тот вечер: свечи, музыка, вино французское, была восхитительнейшая ночь. А утром я, вне себя от восторга, потянулась к нему и... обнаружила, что он мертв. «Отказ от дыхания» – нелепейший диагноз! Что не выдержало: сердце, разум?

Пью, да, я пью! Но, скажите, что мне еще делать? Как заполнить иначе образовавшуюся вокруг меня и во мне самой пустоту? Хотя знаю: я должна, просто обязана найти выход. Тот, что он не нашел. И я найду его, выход этот, поверьте. Вот сегодня же и начну. Теперь, когда выговорилась, выкарабкаюсь.

Вы верите в это? Верите? Тогда... вот в залог я отдаю вам самое дорогое, что у меня осталось – эту бумажную красную розу, последний цветок, который он положил на «ее» могилку.

Все, теперь я свободна. Если не скачусь до дурдома. Господи, помоги!»

Иногда пленки, распечатки казались Люцину живыми, как в том случае с

Ириной, и ему хотелось уединиться где-нибудь и жечь их, топтать до полного изнеможения, но всякий раз он сдерживался, приводил себя в норму, все чаще вспоминая в последнее время любимую поговорку своего, недавно преставившегося, соседа по лестничной площадке: «Не жисть, а гуано!» И никакие намеки насчет неправильного ударения не помогали, сосед отвечал неизменно: «Ну, это, может быть, где-нибудь там, а у нас ты и без меня знаешь, через что все делается».

Газета с фотографией, бумажная красная роза – конечно, не в них было дело, а в том, что стояло за ними. И, в сущности, они достались Виктору почти даром: как ни странно, люди стремились – жаждали даже – избавиться от самых дорогих своих воспоминаний, так они их измучили, и просили за них жалкие гроши.

Однако особенно потрясло Люшина, когда в палате для инвалидов «неугасимой чеченской» один молоденький лейтенантик предложил купить у него пластмассовый жетон для прохода в метро.

«– Ну, нашли раритет, – ухмыльнулся Виктор, – понадобится лет сто или двести, чтобы это хоть какую-то ценность обрело. Непонятно только, почему вы его постоянно на груди носите, будто амулет? Если тут какая-нибудь история, я бы купил ее, но именно историю, сам жетон мне совершенно ни к чему.

Парень закрыл глаза, стараясь скрыть наворачивавшиеся на них слезы.

– Да, история есть… Хотя не знаю, покажется ли она вам хоть чуточку занимательной. У меня был потрясающий отец: в лес, на рыбалку – мы всегда были вместе. Особенно мы с ним любили Москву, частенько сюда приезжали. Больше всего отец боялся, что я где-нибудь отстану, потеряюсь. И всегда вешал мне на шею этот жетон:

«В случае чего – встречаемся у

памятника Пушкину, – говорил он, – там-то мы уж точно найдем друг друга».

Парень не выдержал, разрыдался. Лющин долго ждал, пока он успокоится, не решаясь спросить, что было дальше. Наконец парень сам заговорил.

– Когда его убили, я никак не мог придти в себя, потом сломя голову побежал на электричку. Целый день пробродил по Пушкинской площади, повторяя: «Отец, ты многому научил меня в жизни, но почему же... почему ты не сказал мне, что на свете есть такая жестокая и несправедливая штука – смерть!»

Видя, что на сей раз лейтенант замолчал надолго, Виктор кивнул:

– Ясно. Вы в то время оканчивали институт и сразу же после завербовались, чтобы отомстить за отца. Но война не ваше ремесло. Даже амулет не помог вам, хотя жизнь, тем не менее, он вам сохранил. Непонятно другое: почему же теперь вы все-таки хотите продать его?

Парень молча откинул в сторону одеяло, показав Лющину две культяпки вместо ног.

– Помог? Этим? Я сейчас каждый день повторяю себе: «Эх, отец, отец, ты многому научил меня, но почему же ты не сказал мне, что на свете есть такая несправедливая и жестокая штука – жизнь!» Я больше не хочу носить его, возьмите, – проговорил он и со слезами протянул Виктору затертый жетон».

По тому, как лежал парень здесь, заброшенный, неухоженный, видно было, что никому он не нужен, никого у него не осталось. Виктор расплатился с ним тогда по-царски, хотя и понимал, что денег этих хватит ненадолго. «Нет, надо парню помочь, – подумал он, – сам он никак не выкарабкается. Даже в таком состоянии вернуться к нормальной жизни… если столько лет назад это было возможно в случае с тем летчиком: Маресьевым или Мересьевым, почему это не возможно сейчас?»

Надежда считала этот эпизод лучшим из того, что удалось добыть Виктору, она вообще всегда гордилась своим мужем, хотя постоянно во всех жизненных гонках опережала его.

Они в то время долго мучились своей жизнью втроем, не зная, к какому придти варианту: сначала Виктор ночевал то в одной, то в другой квартире, но телефон в подобные вечера не умолкал ни на минуту. В конце концов, они сдались, съехались, наплевав на все пересуды на свой счет, но какое-то время еще удерживались по разным комнатам. Ну а в итоге махнули рукой на все, так и спали втроем, обретя этим долгожданное, непонятное для непосвященных, умиротворение. Может, только это и спасало Люшина от полного отчаяния? Работа на сей раз была каторжная, в кошмарных снах, которые в последнее время буквально преследовали Виктора, он не представлял себя иначе, как в глубоко пропитавшемся кровью, буквально колом стоявшем, фартуке, с огромным тесаком в руках.

– Ничего, ничего, – поддерживала его в такие минуты Надежда. – Это не «жисть», ясно, но там, наверху, неужели они для себя ничего не приберегли, а, Виктор? Думаешь, они такие дураки? Вот и нам туда надо. Вытри сопли, Люющин, мы же сами вывели с тобой, что нам «не совладать с гадиной», что и жить и помирать нам при этом кошмаре, стоит ли повторять уже столько раз решенное и перерешенное?

– Да, ты права, – каждый раз соглашался Виктор, но точки опоры все же не находил.

Их повысили, но опять же с некоторой издевкою: место Юрия Петровича досталось Надежде, а место Володи – Люющину. Все было по справедливости, и все же Виктор не уставал обижаться – жена опять оттеснила его.

# 12

В первый свой рабочий день Виктор встал на два часа раньше, чем нужно, тщательнейше побрился, продумал каждую деталь своего туалета.

— Гуано? — хитро улыбнулся он, оглядев себя со всех сторон в зеркале. — Где гуано?

Однако он пришел в ярость, увидев свою первую посетительницу: беременная «шиза Соня» буквально облизывалась от удовольствия, входя в кабинет. Но и это было не самым сокрушительным сюрпризом, следом за ней перед дверью Люшин увидел красное от стыда лицо Ирины. Только Клавы — королевы помоек — для полной картины здесь не хватало. Что ж, ничего не поделаешь, у всей их семьи дебют. Такое вот тройное начало. Выручил его на сей раз улыбающийся, невыразимо довольный своим очередным повышением, Юрий Петрович.

— Ребята! — радостно воскликнул он, в восхищении потирая руки. — Заканчивайте!

Позже продолжите. Сейчас все в машину, едем наш новый офис смотреть.

Собственно, никакого офиса еще не было. Стояло несокрушимой твердыней огромное здание хорошо знакомой формы: широкое внизу и чуть ли не в шпиль превращавшееся наверху. Вокруг полным ходом шли работы по «благоустройству территории», внутри же, как и снаружи, сооружение было целиком прозрачным, даже перекрытия. В середине столпом стояла как бы колонна из пустоты, по бокам которой летали вверх-вниз неугомонные и тоже прозрачные лифты. А за ними кабинеты и кабинетики, еще не отделанные и не обставленные, ждущие будущих разного ранга начальников и начальничков.

— Как ты думаешь, на каком этаже нас разместят? — с интересом спросила Люшина внезапно появившаяся жена. Ирина лишь поглядывала в их сторону, строго соблюдая субординацию, прогуливаясь под ручку с

Соней, что-то оживленно ей рассказывавшей.

— На третьем, наверное, — пожал плечами Виктор.

— Да, высоко нам еще карабкаться, — задрав голову, вздохнула с грустью Надежда.

— А знаешь, пол здесь ну в точности цвета этого самого… гуана.

— Гуано, — рассеянно поправил ее Лющин. — Сколько раз повторять? Ударение неправильное, слово не склоняется, а уж цвет — так совсем ничего похожего. Да и вообще, если тебе интересно, гуано — это всего лишь удобрение. Нужная, полезная вещь, главное — никакой химии.

Сам он так и не опустил голову, любуясь больше всего верхушкой здания, преломлявшей в себе лучи света как гигантский бриллиант.

— Да, крематорий! — задумчиво проговорила Надежда, присоединяясь к нему взглядом и растирая ладонью онемевший затылок.

– Точно. Хеопсина так хеопсина, – в тон ей отозвался потрясенный, буквально раздавленный необычайным зрелищем, Люющин. – Туда бы еще звезду – ну эту, «полынь», которая – на самый шпиль, как раз не хватает.

Он вдруг вспомнил что-то, поколебался немного, затем достал из кармана потертый жетон на полуистлевшей суровой нитке и, медленно, постепенно наполняясь решимостью, надел его себе на шею.

# СНЫ САТАНЫ

*рассказ*

# 1

Ленчик очнулся от сна и непонимающе пошарил по сторонам взглядом. Было темно, но если он действительно «выплыл», скоро должно рассвести. Он всегда вставал точно за час до рассвета, когда не пребывал в запое, внутренние «ходики» никогда еще его не подводили.

Вот и сейчас что-то из глубины властно толкало его: «Пора, поднимайся!», но Ленчик сдерживал себя, пытаясь разобраться в том хотя бы, где он находится. Главное, чтобы не в тюрьме и не в больнице.

В голове какой-то вязкий ком, он ничего не соображал. Кто-то сопит рядом. Вроде бы, она, Зойка — «маруха-замараха», боевая подруга серых дней и белых мышей, то бишь ночей. Значит, все в порядке, и в самом деле пора принимать вертикальное положение. Заодно и убедимся.

Он спустил ноги с дивана, с трудом разогнул подкашивавшиеся колени и побрел туда, где должна была находиться кухня. Точно, она. Ленчик включил свет и огляделся. Да, замараха, ничего не скажешь. Повсюду валялись залапанные пустые бутылки, в раковине до самого крана грязная посуда, на столе остатки еды. Испуганно шарахнулись врассыпную оживленно шевелившиеся кучки тараканов. На Зойку было не похоже, в общем-то. Видимо, под конец не удержалась и тоже, с ним вместе, вошла в «затяжной прыжок».

Кажется, в этот раз он впервые докатился до белой горячки. Серые, потом белые мыши, бесовщина и прочая дребедень… Ленчик сел на табуретку и сжал ладонями голову. Мучила жажда, хорошо бы чайку соорудить. Наверное, есть где-нибудь заварка, надо поискать по тумбочкам. Впрочем, вряд ли. Вечера два они так чифирили с кем-то, кого Ленчик уже не помнил, а может, и вообще не знал, что какой там чай!

Он, в принципе-то, никогда не бывал

буйным, хоть и старался в периоды подобных «затмений» по возможности нигде на людях не показываться, а тут что-то кричал, кидался к двери, рвал на себе одежду и плакал, плакал. Гонялся по комнате за чертями, какие-то они были совсем маленькие, не больше мизинца, видимо, других по его душу не нашлось, но как тараканов — из всех щелей таращились, рожи корчили. Один особенно наглый, шустрый попался, Ленчик часа полтора пытался согнать его с люстры — кажется, все три плафона разбил.

Врут, наверное, люди, когда говорят после загула: не помню, убей Бог, ничегошеньки не помню. У него, во всяком случае, по-другому было: какие-то очень яркие куски, и кусков таких множество, а вот полную картину и в самом деле не восстановить. Да и зачем утруждаться — все другие расскажут, те, кто видел его со стороны. Интересно, сможет ли Зойка что-нибудь вспомнить?

Надо бы немного перекусить, заставить себя, но что толку: тут же обратно все вытошнит. Ладно, как там говорится: время — деньги. А без денег что человек? Букашка! Раньше он не верил этому, теперь знает точно. «Пора, Ленчик! Праздники кончились, начинаются суровые будни». Он поискал сумки и вздохнул с облегчением — хоть их не пропили и никто не стащил. Сумки были потрепанные, невзрачные, но специально прошитые внутри перегородками для бутылок, ни сантиметра лишнего места.

Он тихо затворил за собой входную дверь, хотя знал: Зойка — из пушки пали над ухом — часов до десяти даже на другой бок не перевернется.

**2**

Выйдя из подъезда, Ленчик наконец почувствовал, что совсем очухался. Донимала сухость во рту, тело ломило, но в голове уже была полная ясность. Даже излишнее возбуждение, руки тряслись, хотелось двигаться, говорить. Он похлопал себя по карманам в поисках курева. Куда там! Ладно, вот тебе и первое испытаньице: не «стрелять» и до «бычков» не опускаться, первую копейку – на сигареты, но пока не сшиб ее – терпи.

Рассвет вот-вот должен был наступить. По шоссе удобнее было добираться, но не хватало ему нарваться на патрульную машину с ментами, лучше дворами как-нибудь.

Пора, пора выплывать. Ему было страшно. Раз он дошел до такого состояния, дальше может случиться что угодно. Вроде как черт пригрезится, он на него с ножом – а на полу та же Зойка в крови плавает. Или еще что-нибудь в том же духе.

Как же с ним такое могло случиться? Со всеми бывает? Но он не такой, как все. Он Ленчик, Ленчик Акимото. Бывший Акимов Леонид Алексеевич. Бывший инженер. Бывший муж, отец, неплохой семьянин. Бывший человек.

Диплом с отличием, ни одного опоздания на работу. Кого это сейчас колышет? Деньги, только деньги мерило всему. Интересно, если бы он так думал прежде, может, и не разошлись бы они с женой? Нет, Ирину честными, «горбатыми», деньгами все равно не удовлетворить. В сравнении с тем, что гребут начальники цехов, директор завода, любые деньги для нее – лишь жалкие гроши. Все равно бы она пилила его, как та старуха из сказки. Господи, что с людьми только произошло? Ненависть, потерянность, зависть – как будто бы других чувств никаких и не осталось на свете.

И все-таки деньги… Без них ему точно не выплыть. С деньгами он Ленчик, Ленчик

Акимото, без денег просто плесень, даже не дерьмо. Почему Акимото? А черт его знает! «Мы с ним были косые-косые, ну как япона мать!» Или вот даже стишок про него сочинили: «Встретил утром Акимото – не попал ты на работу!» Да, у Ленчика водились «шуршики» и тем, кто отдавал долги, всегда можно было у него призанять.

Раньше… это раньше он думал: дно есть дно, и уж если ты туда сверзился, то и не рыпайся. Нет, все не так, все не так на самом деле: «дно» бездонно, не только там, наверху, есть седьмое небо, есть и здесь восьмое и даже десятое дно.

Это раньше ему казалось, что здесь он будет никому не нужен, будет свободен. Как раз, наоборот, там, в прошлом, никто не обращал на него внимания, здесь же он просвечивался неустанно пучеглазым тысячеоким чудищем. Менты, эти проклятые менты, прежде они не удостоили бы его взглядом, а тут буквально охотились за ним. Еще бы, Ленчик не какая-нибудь мразь, у него-то найдется, чем заплатить за вытрезвитель, да можно и так пошмонать – куда ему жаловаться? А сколько любителей выпить на дармовщинку, просто завистников, ворья из тех, что шестерят на зонах, а здесь королями себя преподносят? Даже какой-нибудь чурка, образина чернозадая, и тот норовит втереться перед самым его носом, оттеснить в сторону, будто он не человек совсем, а пустое место.

Черт знает, почему он в этот раз сорвался, ведь он редко бывал в запоях. Может, оттого что сын, увидев его, мимо прошел, застыдился, даже не поздоровался. Может, еще что-нибудь. Какой смысл вспоминать? Важен не повод, важно, что потом произошло.

«Черт-черт-черт-черт! Очухивайся, Ленчик! Очухивайся, так же нельзя!» Он и так выбивался из графика. А расслабляться, запаздывать не было никакой возможности. Нет, он еще поборется. Как там, у Гончарова, Обломов разглагольствовал: «Другой…».

Нет, он, Ленчик, не «другой». Пусть не по Обломову, пусть он давно уже не Акимов Леонид Алексеевич, а Ленчик Акимото, но Ленчик, ниже – ни-ни!

«Черт-черт-черт!» Нет, у него еще пока остались мозги. Ладно, потом про запои, что сейчас делать – было предельно ясно: нужно собрать денег хотя бы на мешок картошки, ну еще чтобы контролеров умаслить в электричке. В Москве менты хитрые, с утра его тревожить не станут, подождут, пока он хотя бы полмешка продаст, иначе придется «натурой» брать, а там и так уже у них, в ментовках, как овощехранилища. Но его и там уважали – гоняли, но не забирали: платил он аккуратно и не торгуясь. Разве что какая-нибудь сволочь заведется на участке, так ведь всегда можно сменить район.

Нет, мозги он еще не пропил, да и лето сейчас, летом только если наипоследний дурак пропадет. Пусть сначала самый крайний вариант – бутылки, дальше – больше, день-два, и он выправится, если только эта шалава Зойка не наделала долгов. Было так раз с другой, правда, «марой». Ему даже «счетчик включили», недели две он никак не мог выпутаться. С тех пор поумнее стал, понял, что из него маленького такого «кабанчика» хотели сделать. Здесь, внизу, все как у больших людей, только в микроскопическом, до смешного искаженном, виде.

По сути, он бомж — к жене в квартиру ведь не попрешься, но так даже лучше, сколько мужиков на его глазах из-за квартир поисчезало. Нет, он и здесь на плаву старался держаться: выбирал какую-нибудь бабу, только-только к пивнушкам скатившуюся, и жил с ней. С бабой все проще — и постирает и пожрать сготовит, да и заразу не подцепишь. С бабой всегда просто, если есть хоть какие-то деньги, а без денег он никогда не бывал.

Пора, пора включаться в работу. Главное сейчас в скорости, в том, чтобы нигде не углубляться, только по «сливкам», только по «сливкам», и как маятник: тик-так, тик-так, туда-сюда. Вот и первая, третья по степени удачливости, из любимых его помоек, к первым двум он, считай, опоздал. «Черт, какой же день сегодня?» Этого он не помнил, а день очень важен. Вот если бы воскресенье, или хотя бы понедельник. Остались ведь еще чудаки, которые работают.

Сюда-то он пришел как раз вовремя: рассвет только забрезжил. Но рассветет очень быстро, мешкать нельзя. В его распоряжении буквально десять, в лучшем случае пятнадцать, минут. Место было удачное: от домов в небольшом отдалении – с одной стороны какой-то склад, с другой будка дворницкая, еще – гаражи самостройные. Конечно, за неделю и тут какой-нибудь самозваный «хозяин» мог объявиться, но вряд ли – здесь обычно Федя заправлял, дворник, с утра к контейнерам никого не подпускал. Злой, как пес, а еще хуже баба с ним – Клавка, бывший штукатур со стройки, язык как бритва. Ленчик вообще на обострения идти не любил, да и вообще предпочитал поменьше «светиться». Как только появлялся кто, он тут же уходил. Днем проще, если баки не опрокидывать, мусор не разбрасывать, никому ты не нужен, но днем лучше по электричкам пошастать или возле палаток у вокзалов. Хорошо хоть со сдачей бутылок нет проблем.

Шесть баков здесь, все на месте. Полны, даже с верхом, да и мусор вроде бы сухой. И никого вокруг. Кажется, улыбаться начала ему фортуна, хорошая примета: как день начнется, так он и сложится. Ленчик обошел сначала вокруг баков, заглянул за кирпичную ограду: не все люди козлы, не все стараются разбить «посуду», чтобы никому не досталась, не все стараются бросить ее как раз в тот контейнер, что погрязней. Сумки набрались быстро, и можно было даже и не упорствовать дальше, но всякий вариант надо отрабатывать до конца. Лишнее можно где-нибудь и припрятать поблизости, а пока он пристроил в кустах добычу, чтобы не засвечиваться с нею и, надев перчатки, быстро прошелся по верхам. Да, живут же люди, ему бы так! Интересно, какое сегодня число месяца? Должно быть, как раз получка. Дело шло споро, но Федя, Федя, вот-вот он должен был появиться.

Ленчик сделал, уже было, шаг в сторону от последнего, шестого, контейнера, как вдруг углядел в нем краешек мешка. Нет, удача и вправду в тот день была фантастической. Уж он эти мешочки хорошо знал: внутри там то, что сдать невозможно — сплошь жестянки и склянки из-под дорогого импортного пива, однако сами мешки совершенно новые, полбутыля за такой, особенно если на рынок отнести, обеспечены. Он трясущимися руками развязал рогожку, даже тесьма была та же, знакомая, и потянул за дно, чтобы всю эту дребедень в тот же бак высыпать. Однако на сей раз мешок оказался непривычно тяжелым.

Ленчик вздрогнул, оглянулся тревожно. Вот так его, тепленьким, взять, а внутри расчлененка, голова-то вряд ли, ну а что-нибудь из других частей – пожалуйста. С ним никогда не случалось, Бог миловал, а ребята рассказывали. А тут еще Федя, Клавка-то обычно позже приходит. Одним словом, неприятностей не оберешься. Нет, уж лучше ноги в руки, от греха подальше. И все-таки…

А вдруг что-то другое? Он тогда век себе не простит. Медлить, однако, нельзя было. Ленчик попытался прощупать содержимое мешка и вздохнул с облегчением, вроде бы, на расчлененку не смахивает: было бы помягче, да либо пятна сверху, либо внутри полиэтилен. Ладно, надо брать, а там видно будет. Ленчик потянул вверх дно мешка, из него тотчас вывалился большой и тоже новехонький рюкзак. «И это вполне, вполне сгодится!»

Он быстро взметнул рюкзак на спину,

еще раз огляделся в испуге, потом нашарил в кустах сумки и на мгновение задумался, куда ему теперь идти. Проще всего – к Зойке, скинуть «товар» и дальше за работу, чего утру пропадать, столь удачно начавшемуся? Но достучишься ли до нее, до Зойки, в таком ее состоянии и в такую рань? Разбудишь соседей. Да и рюкзак, что там в нем? Придется тогда с Зойкой делиться. Нет, лучше ей, пожалуй, не знать. Надо покумекать, осмотреться. Спешить, суетиться в таком деле ни к чему.

У него были свои места заветные. Там в кустах, у ограды детского садика, как раз канавка хорошая. Положить туда добычу, забросать ветками, и снова на охоту. Конечно, кто-то может и проследить, перехватить добытое, но в этом месте такого с ним пока не случалось. Ленчик быстро прошмыгнул между домами, пристроил сумки в канаве, посмотрел на скинутый наземь рюкзак. Черт бы его побрал, этот рюкзак. На что он может пригодиться?

Слишком новый, добротный, будет смотреться на нем, как на корове седло. Впрочем, это сейчас у него, Ленчика, вид как у пугала, а в Москву с огурцами или капустой в самый раз будет. Вот только что там внутри?

Ленчик помедлил: «что если...»? Была у него такая мечта. В самые отчаянные минуты она поддерживала его, выносила на поверхность. Сколько раз он крутил в голове разнообразнейшие варианты сценария. Вот он только на подходе к какой-нибудь помойке, и вдруг бандиты, в масках, возможно, на машине, спасаются от преследования, бросают в мусор туго набитую сумку и удирают дальше. Он, Ленчик, выжидает, пока погоня промчится мимо, достает эту сумку, перекидывает ее небрежно через плечо и удаляется, как ни в чем не бывало. А в сумке пачки денег, глядишь, даже и доллары. Ограбили какую-нибудь сберкассу.

Он сжигает свою одежду, чтобы его не

вычислили по приметам, одевается с головы до ног во все новое. Тратит деньги осторожно, не привлекая внимания. Устраивается на работу, со временем покупает квартиру. Нет, с Ириной он все равно не сойдется, но сыну, Вадику, будет помогать. Хорошо помогать. Чтобы и институт, и все остальное как положено. Начнется новая, нормальная жизнь. И он снова станет человеком. И больше не будет пить. И еще та девчонка, Ленка, если у него будет квартира, они поженятся. У него будет семья, нормальная семья. Деньги ворованные? Да плевать на это! Лишь бы ему не засыпаться. А уж он постарается не засыпаться, только бы Бог послал ему такую милость, самому-то не выкарабкаться.

Он долго оттягивал момент, так не хотелось разочаровываться! Какие уж там деньги, хорошо хоть рюкзаком осчастливили. Наконец медленно стал развязывать тесемки. Камуфляжная куртка, либо целиком костюм — чудеса продолжаются. Он развернул было куртку – великовата, но сойдет вполне... и остолбенел: прямо у его колен тускло чернела выпавшая граната.

Волосы на голове у Ленчика встали дыбом, весь сжавшись, боясь шевельнуться, он ощутил, как поползли вдоль хребта у него холодные капли пота. И казалось, вот-вот кто-то тронет его тихонечко сзади за плечо и с ехидцей спросит над ухом: «Ну что, очень любопытно?»

Минуты две он простоял так, в позе суслика, затем сознание постепенно начало проясняться. Что он, в самом деле: чека на месте, значит, можно и не бояться! Теперь он раскладывал содержимое рюкзака медленно, с крайней осторожностью. Штаны к куртке, но если бы только штаны. Два пистолета «ТТ», запасные обоймы к ним, пять гранат и две бомбы, из них одна с часовым механизмом, другая с дистанционным взрывателем. И все тщательно переложено, упаковано. Силен товар! Вот тебе и доллары! Ленчик присвистнул, но тут же зажал рот ладонью. Если его сейчас здесь прихватить, не отбрешешься, на адвоката денег нет, лет пять схлопочешь как минимум. Что за жизнь! Что же ему так «везет» в последнее время?

Он вытер со лба испарину, только сейчас заметив, что постоянно озирается по сторонам. Что делать? Обратно туда же находку, в мусорный бак? Но народ уже зашевелился, кто-нибудь обязательно заметит его, вспомнит потом, тут ведь не кило картошки. Да еще Федя проклятущий, черт бы его побрал. Здесь прямо и оставить? А пройдутся если по дому напротив, наверняка какая-нибудь бабка – божий одуванчик мучается бессонницей, смотрит неотрывно в окошко, давно уже его заприметила? В речку бросить, в пруду утопить? Кто-нибудь подорвется или пацанам каким, не в меру любознательным, в руки попадет. Думай, думай, Ленчик, есть у тебя еще мозги? Сунуть в рюкзак опять эти финтифлюшки и… куда? Дальше куда? В жизни его только бабы выручали. Благо, баб этих у него сейчас… К Вике, конечно, к кому же еще!

Он подхватил сумки и снова потянулся дворами, старательно избегая вылезать на проезжую часть. Вдруг менты… Впрочем, ну если даже менты. Пусть попробуют забрать его на свою шею. Что потом останется от их машины? Ленчик совершенно отчетливо себе представил, как подходит к нему какой-нибудь салажонок, только после армии, с наглой ухмылкой: «Эй, ты, алкашидзе, поди-ка сюда!» И как он сунет ему в руки гранату с вынутой чекой, и в глаза, в глаза ему посмотрит. «Что же ты, пацан, такой шустрый, а наложил сейчас в штаны?» Сволочи, нет, чтобы бандитов ловить, а только и смотрят, где бы пасть набить, коты зажравшиеся. Впрочем, мать ведь у этого пацана, девушка, а может, и жена, свой пацаненок уже. Чем он виноват? Что он может сделать с бандитом-то? Если такая уж у нас бандитская власть? Куда ему вообще идти при такой безработице? Надо же как-то кормиться, семью содержать.

**3**

Вика долго не открывала дверь, наконец, просунула в щель заспанное лицо в последней попытке от Ленчика отделаться.

— Генка спит. Чего тебе? На бутылку, что ли?

— Да я вроде бы у тебя никогда не занимал.

— Кто знает, может, уже докатился?

— Нет, Вика, я вернулся.

— В который раз?

Она хотела было захлопнуть дверь, но Ленчик успел вставить ногу в проем.

— Соседей разбудим. Я на минутку, ладно? Давай поговорим.

Напоминание о соседях подействовало, Вика нехотя распахнула дверь, отстранилась.

Провела его на кухню. Села на табуретку, зевнула, зябко запахнула халатик.

— Ну, говори, что ты хотел сказать?

— Викуша, ты не обижайся. Ну, я долго отсутствовал... так получилось.

– Однако ты наглец. Как будто я тебя не видела с очередной твоей замухрышкой, это же помойная яма, «за стакан» девочка. Может, еще прикажешь после нее спать с тобой?

Ленчик помялся.

– Ладно, Викуся, я виноват, конечно. Сорвался, еле вот выкарабкался. А спать тебе со мной вовсе не обязательно. Я просто вещички свои у тебя оставлю, а вечером заберу.

Вика вздохнула, поостыла немного.

– Вещички-то хоть не краденые?

Ленчик разозлился.

– Ладно, нет, так нет, хватит шутить!

Он поднялся, вскинул на плечо рюкзак.

Вика поняла, что перегнула палку.

– Хорошо оставляй. И не строй из себя обиженного, сам виноват.

– Исправлюсь, вот те крест, – пообещал беззлобно Ленчик.

Выскочив за дверь, Ленчик, наконец, почувствовал в себе прежнюю уверенность.

Да, времени много потеряно, но что-то еще можно наверстать. Закончив с бутылками, он поработал пару часов на разгрузке, ему отдали должок, к вечеру в карманах ветер уже не гулял. Камуфляжку он продал. Никаких камуфляжек, хотя вещь, конечно, соблазнительная. Лучше, чтобы его в таком виде не примечали, слишком он известная личность. («Слышь, иду и вдруг Акимото в «защитке», не поверишь, прямо Рэмбо, япона мать!»). Всяко может быть: всплывет где-нибудь рюкзачок этот в сводке. Нет, береженого Бог бережет.

Куда теперь? К Зойке? Неплохо бы, но нельзя надолго оставлять без присмотра заветный рюкзачок, а к Зойке с ним заявиться – тюрьма верная. Куда еще можно пойти? Нет, только Викуся и остается, проклятая Викуся, Вечная женщина, как ни крути, а все дороги ведут не в Рим, как во всем мире принято, а именно к ней.

Деньги, расцеловать бы того, кто придумал эти шуршунчики. Ленчик купил торт, бутылочку финской клюквенной водочки, двухлитровку «Доктора Пеппера», пиво «Монарх». Но этого было мало для примирения, он прихватил одну видеокассету и пару аудио, из тех, что Генке очень нравились. Размягчить Вику легче всего было через ее пацана. Денег не осталось даже на трамвай, да когда он на нем в последний раз ездил с билетом-то?

Войдя, он первым делом выложил покупки на кухне и сделал вид, что торопится уходить.

– Ну, ты и лис! – Вика расхохоталась – Тактика питекантропа, но действует безошибочно. Психолог, ничего не скажешь.

Ленчик развел широко руки в стороны и шутовски бухнулся на колени.

– Я же от чистого сердца, Викуся. Прости меня, подлеца!

– Ладно уж, оставайся, – вздохнула Вика. – Но только до утра! Потом чтобы больше ноги твоей здесь не было.

– Ясно, ясно, Викуся, яснее некуда, до

утра, только до утра! – засуетился Ленчик. – Утром, как нечистую силу, еще до рассвета, словно ветром сдует. А что, картошечки свежей, жареной, не найдется у тебя? Можно с огурчиком. Весь день маковой росинки во рту не было.

– Понятно, только скинь ты свое барахло помоечное, знаю, что в перчатках, как аристократ, работаешь, но все равно, Господи, в ванну скорее, как же от тебя несет! Иначе никакой картошки! Забудь!

Клюквенную Ленчик не стал, хотя любил очень, только пива стакан себе и позволил. Смотрел на раскрасневшуюся Вику даже с некоторой завистью.

– Что, сорваться боишься? – спросила та с насмешкой.

– Боюсь, – кивнул Ленчик, – веришь, в этот раз до чертей допился. Никогда такого не было, ты же знаешь. Люстру разбил, из посуды что-то.

Вика так и прыснула от смеха, затем посерьезнела.

— Ленчик, это конец. Дальше либо тюрьма, либо психушка.

— Знаю. Но что делать?

— Жить.

— А как жить?

— В смысле «где»?

— Нет, в смысле «как»?

Вика пожала плечами.

— Ну, тут я тебе ничем не помогу.

— А кто поможет?

— Ты же мужик, кто тебе должен помогать?

— Мужик...

По глазам Генкиным он видел, как доволен тот кассетами. Такая малость для счастья нужна мальчишке. Они с Викой допоздна смотрели видео, потом она постелила ему на раскладушке. Ленчик тут только почувствовал, как он устал, за день набегавшись, но спать ему, конечно, не дали. Больше чем на полчаса Вику не хватило, она проскользнула к нему в темноте, разлохматила голову.

– Пойдем ко мне!

Но и усталость прошла, тело налилось сладостной истомой: ванна, картошечка с огурчиком, теперь вот Викуся – много ли человеку надо?

– Сто раз зарекалась, – лениво запоздало сокрушалась Вика, – так ведь и СПИД, и сифилис, любую заразу можно подцепить. Не разберу я тебя, Леонид – то придешь, то уйдешь. Чего душу травишь? Уж иль к тому иль к другому берегу. Да, наверное, это я во всем виновата: мне бы отшить тебя раз и навсегда. Я ведь молодая еще, вполне могла бы выйти замуж по новой. Ну, не получилось один раз, так не все же мужики – сволочи. Дать объявление в газете, глядишь, какой-нибудь завалященький нашелся бы и по мою душу.

Она замолчала, покосившись, не спит ли он. Но он лежал молча, с открытыми глазами.

– В принципе, я тебя понимаю, Леонид, просто так на душе у тебя. Ты ведь не за себя, ты бы не пропал, за других больной… Я и сама во многом не могу разобраться: вроде бы, и интересней, и свободней жить стало, и нет этой унизительной беготни по магазинам, денег мало, но не в них дело. Просто грязно, гадко, мерзко, душа оплевана. Вроде бы, чем не жизнь, а ничего не надо, ничего не мило, такое впечатление, как будто это не явь, а сон, кошмарный, грязный, мерзкий и гадкий сон. И только один такой сатанинский сон кончается, только просыпаешься с облегчением, что все позади, что ты проснулась, как наваливается новый кошмар, еще более грязный и гадкий. И можно с ума сойти: неужели не будет конца этому, неужели на эту мразь и грязь уйдет вся оставшаяся наша жизнь?

Он не ответил, только молча придвинул ее к себе. Она уткнулась ему в грудь и тут же уснула.

А он почему-то долго не мог сомкнуть глаз. Ладонь продолжала ощущать ребристую тяжесть гранаты. Что могло заставить этих ребят в спешке рядом с домом такой груз выбросить? Это ведь не ерунда какая-нибудь, игрушки серьезные. Пистолеты, гранаты – еще куда ни шло, а вот бомбы такие, не самоделка, наверное, сумасшедшие деньги стоят. Да и за деньги достать не просто – при очень большом желании вполне можно отследить, откуда дровишки. Не надо быть специалистом, чтобы понять такие вещи.

А может, это как раз те же деньги? Та удача, о которой он мечтал в последнее время? Бог смилостивился. Ведь если это хорошо продать, то деньги получатся немалые. Впрочем, на квартиру все равно не хватит, а тогда какой толк – все равно разлетятся, сколько ни насобирай, он уже не один раз в этом убеждался. Хотя... почему не хватит? Квартиры бывают разные, можно самую захудалую, да и еще поднабрать, главное, чтобы был стимул. Вот только кому продать? Не встанешь же с таким «товаром» на рынке?

Тюрьма. Никогда еще он не подходил так близко к этой черте, за которой, по его понятиям, кончалась жизнь. Говорят, и там жить можно, но можно ли там остаться человеком? До сумы он, Ленчик, уже докатился, значит, и здесь немного осталось? Собственно, а на что он надеялся? Все не сразу, все по ступенечкам: сначала бомж, затем алкаш, первый запой, теперь вот черти стали мерещиться, что дальше? Рано или поздно: либо цирроз печени, отек мозга – сколько его «знакомых» так уже сгинули, либо перед смертушкой очередные какие-нибудь адовы круги.

Как-то в электричке он ехал рядом с двумя мужиками. Одеты были более или менее чисто, не совсем уж бомжи, но, чувствуется, из тюрем не вылезали. Но никакой «романтики», никакой бравады. Разговор, как ни странно, шел вокруг того, есть ли у кого какой угол, а есть ли у такого-то телевизор, а вот у этого даже холодильник, но главным образом – как и где можно найти хоть какую-нибудь работу. Ленчик был потрясен тогда, он вдруг увидел, что он не перед чертой, а, по сути, давно пересек ее. Дно есть дно, это на небе не сажают, а здесь, на дне, только шаг в сторону сделай.

Да, риск большой, конечно, но есть ли у него другой какой-нибудь шанс? Шанс на что? Вновь стать человеком? Но разве сейчас он не человек?

Внутренний «хронометр» сработал безотказно. Ленчик встал, на привычном месте нашел свои сумки. Одежда была тоже на месте, но выстиранная, выглаженная.

Викуся выглянула из кухни.

— Иди, поешь чего-нибудь.

Ленчик замялся.

— Да я не хочу.

— Ладно, ладно, не опоздаешь ты на свою «работу», мне же не впервой тебя снаряжать.

Он поковырялся в яичнице, затем ощутил проснувшийся голод. Поел быстро, плотно.

Надо бы побриться, но бритва там осталась, у Зойки. Все там осталось, хорошо, хоть сумки забрал. Вернется ли он к ней? Вряд ли. Надо бы что-то подыскать другое. Если уж баба скатилась до такого, лучше не рисковать.

Вика положила на стол деньги.

— Слушай, мне тут зарплату дали сразу за три месяца. Я знаю, что иначе ты чуть ли не неделю будешь раскручиваться. А так можешь сразу начать.

Мысли у Ленчика лихорадочно заработали.

— Я отдам, — пробормотал он, — с процентами даже отдам.

— Да уж, пожалуйста, — пожала плечами Вика, — иначе мы с Генкой с голоду помрем.

— Я быстро отдам… — кивнул Ленчик, соображая, что ему теперь делать.

— Побриться, прежде всего, — вздохнула Вика, — одеться чуть поприличнее. Но у меня по-прежнему как раз то, что ты не любишь, «первомужнее», что мой бывший впопыхах восемь лет назад оставил.

Ленчик поморщился, кивнул, но потом спохватился.

– Телеги нет, тележка у Зойки.

Вика пожала плечами.

– Ну, это уже твои трудности. Я спать пошла.

Да, это его трудности. Он брился медленно, тщательно, выигрывая время для размышлений. Нет, к Зойке он не пойдет – Зойка ломоть отрезанный. Значит, либо призанять где-нибудь тележку, заплатив за прокат, либо батрачком «двугорбым», верблюдом то бишь, к кому-нибудь за ставку либо за процент.

# 4

Через пару дней тележка у Ленчика уже была своя, собственная, потекли денежки. На рынках он не бывал, поближе к метро выгоднее было обретаться. И вопрос, куда определить содержимое рюкзачка, так и не сдвинулся с места. С «черными» если связаться? Так ведь «кинут»! «Белые» тоже могут «кинуть», а то и «сдадут».

— Привет, Акимото, зазнался, не узнаешь! Когда за вещичками-то придешь?

Во рту Зойкином зияла свежая пробоина — двух передних зубов как не бывало, но улыбалась она так, что от глаз виднелись только щелочки.

Как это она поднялась в такую рань? Видимо, допекла жажда. Или специально пришла, чтобы его отловить? Ленчик покосился на начинавшие прибывать легковушки. Зевать нельзя было, перекупщиков, таких, как он, хватало. Упустишь момент — и «товар» мимо носа уйдет, или пропустишь раннюю, удобную по времени, электричку. Потом не наверстать.

– Привет, чего тебе?

– Что же ты так ушел, даже не попрощался? Хоть бы записку оставил, – сопела Зойка в непритворной обиде, – чем это я тебе стала не мила?

Ленчик промолчал, не находя, что ответить. Грубить не хотелось, и не было времени объяснять.

Зойка сама помогла ему.

– К той вернулся, которая с ребенком?

– Да, Зой, ты уж извини.

– Ну-ну, а я что? А я как?

Ленчик опять виновато промолчал. Ему было даже жаль Зойку, покатилась теперь с горы. А баба неплохая, одна фигура чего стоит. Но это лишь ускорит процесс – на таких всегда спрос, не пропустят, особенно по пьяному делу.

– Неужели жениться надумал? – затаенно спросила, наконец, Зойка.

– Ну, не жениться пока, но... – пожал

плечами Ленчик почти утвердительно.

Зойка удивленно покачала головой.

– Да, ты можешь, верю. Значит, и на мне бы мог?

Она вздохнула, погрустила, затем наморщила лоб, перейдя к главному.

– А ведь ты мне должен остался. Мы остались должны, – уточнила она со значением.

У Ленчика на душе захолонуло. Неужто, и в самом деле, наделал он долгов? Его так и тянуло спросить: сколько? Но Зойке только покажи слабину, будет доить его, как корову.

– Знаю, – ответил он важно и вынул две крупные купюры. – Только ты больше не рыпайся. Я с бабами не дерусь, но для такого случая могу сделать исключение.

По тому, как Зойка среагировала, Ленчик понял, что никакого долга, собственно, и не было, это так просто, Зойка содрала с него «за постой». Ну и ладушки. Впрочем, Зойка тут же сориентировалась, принялась канючить что-то про люстру, посуду.

– Да какая люстра, Зоенька, зайчик, – оборвал ее Акимото, – забыла, кто тебе ее купил? «Посуда»! Не смеши меня!

Он прихватил в руки тележку и уже на ходу бросил Зойке:

– А вещички мои продай, они мне больше не нужны.

Если, конечно от них что-то еще осталось, столько времени прошло. Да, Зойка, Зойка, мара ненаглядная, пошла-покатилась по рукам. Но как-то на Ленчика эта встреча подействовала, он не удержался, на обратном пути крепко «принял», очнулся только к ночи в тупике, где стояла электричка. Тележка, деньги, ботинки – где они? Так и приперся к Вике босой.

Бесполезно. Жизнь кончилась. Неужели кончилась жизнь? А стоит ли? Стоит ли дальше упорствовать? Он никогда не запивал у Вики, старался в такие моменты куда-нибудь от нее перебраться, но идти на сей раз было некуда. Ленчик понимал, что он у края пропасти, и остался ему только один неверный шаг. Выйди за дверь – и все, дальше бездна. В таком его состоянии что-нибудь с ним обязательно произойдет.

Он пил и спал, накачивался медленно, к вечеру как раз доходил до отключки. Не буянил, но чувствовал, что Вике с ним тяжело, и она еле сдерживается, чтобы не указать ему на порог.

– Я понимаю, тебе бы одному сейчас немного побыть, – Вика вздохнула, решившись, наконец, – но нам уйти некуда. На работе отпуск, мать умерла, как ты знаешь, в кино сейчас никто не ходит. А Генку больше никуда не выпрешь, целыми днями в «Денди» играет. Слушай, может, в лес съездим? За грибами. Или ты совсем не в форме?

– Давай лучше в сад.

– В какой сад? Откуда у нас сад? Ты, Леонид, скоро совсем на небо улетишь от своей «дуриловки».

Ну, до «дуриловки» дело еще не дошло,

деньги есть пока.

— Деньги есть, все равно ведь пропью. А так, может, закончу пораньше.

— Ну, тут тебе долго пить. Тут у тебя еще видик, телевизор, приставка для игр вон у пацана. Нет, приставку ты подарил вроде?

Ленчик поморщился.

— Я серьезно. Что ты меня, совсем считаешь... Там я видел объявление в газете. Позвони.

Вика пожала плечами. Погремела посудой. Затем вернулась, потормошила готового вновь погрузиться в сон Ленчика.

— Где газета?

Когда он очнулся, никого в квартире не было. Вика с сыном заявились лишь к вечеру. Она была возбуждена, давилась от хохота.

— Ну, была я там. Такой же, наверное, ханурик, как и ты, хотя и молодцом держится. На работе три года назад участок выделили, а у него до сих пор: заборчик, невесть из чего сляпанный, сарайчик метр на метр, в туалет и то в кусты ходить нужно, и ничего… кроме картошки. Но уже предупредил, что картошка его, картошку он не продаст.

— Вот и хорошо, — кивнул Ленчик, еле удержавшись от того, чтобы не икнуть.

— Что хорошо? Что без картошки? — расхохоталась Вика. — Удачно ты нас сплавить хочешь. Что мы там делать-то будем? Сейчас ведь не весна.

Она вдруг осеклась.

— Понятно. Я дура. Дура по жизни, как ты это называешь.

Ленчик порылся в шкафу, протянул Вике деньги. Подождал, пока Вика их пересчитает.

— Мало?

— Ну, ради такого дела можно и призанять. Только…

Ленчик кивнул.

— Помню. Телевизор, видик, стереомагнитола. Все, что подарил, подарил, а это — по первому требованию. Теперь вот участок еще. В случае чего продаем, деньги делим пропорционально затратам и вложенному труду. Годится?

– Годится. Дело не в деньгах…

– Знаю, знаю. Я тебя просто жизни учу. Ты не виновата, ты учительница, сначала тебе вдалбливали, потом ты сама, до сих пор вдалбливаешь. А жизнь это жизнь, так устроено, она может нравиться или не нравиться, но другой нам не дано.

– Нет, это не жизнь, – упрямо помотала головой Вика.

– Ладно, – махнул рукой Ленчик, – жизнь или не жизнь, но ты и себе и мне делаешь благо. Ты всем этим пока пользуешься, ну а у меня что-то за душой остается. Деньги у меня все равно бы пропали зазря.

Ему надо было спровадить их. Мешали, очень мешали. Все мешало, даже еда. Ленчик часами лежал теперь в какой-то прострации, ничего не видя перед собой. Конец. Всему конец. У него нет больше сил дергаться. Жизнь? Нет, права Вика, это не жизнь. Это даже уже не сон. И нет никакой надежды на то, что это когда-нибудь кончится. Во всяком случае, ему ничего другого не увидать. Деньги, вещи – все ничего, если душа опоганена. Уж лучше вообще веревку на шею. Что в нем, в таком существовании? Может, он просто воспитан неправильно? Забили, как Вике, голову всякой чепухой, так нужно подтянуться, переделать себя. А зачем? Превратиться в скота, людоеда, идти по спинам, по головам?

И изменить что-либо невозможно, слишком далеко уже все зашло. А люди – бараны, которым осталось только превратиться в козлов. И самое простое – из этого кошмара сатанинского уйти. Кто вспомнит о нем? Кому он нужен вообще? Вике? Наверное, у каждого есть такая женщина, к которой мы плетемся, когда идти уже некуда, для которой мы все, а она для нас... Только обычно такие женщины тащатся за нами с самой молодости, а Вика три года назад появилась. Хорошая баба, конечно, чистюля, заботливая, верная, но толку-то что? Или Генка ее, гаденыш. Уж лучше бы волчонком смотрел, а то молчит, а сердцем, внутренне, к нему тянется. Бесполезно. У него есть свой сын.

У Ленчика была одна нехорошая черта: он был совершенно равнодушен к детям. Не понимал, как вокруг восхищаются какими-нибудь их ужимками, лепетом. Только своего ребенка он любил беззаветно, всего себя был готов отдать ему целиком, неразменно. Но его Вадя... сделал вид, что не узнал его. Ничего, глуп пока, разберется со временем. Деньги он им высылает, сколько может. Надо бы и на этот раз послать, зачем он все отдал Вике?

Свести счеты с жизнью — как самонадеянно сказано! Что ты для жизни? Песчинка. Не букашка даже. Ну, нырнешь в черную мглу, круги по воде разойдутся, и как прежде гладь, будто и не было тебя. Нет, он с треском уйдет, с музыкой. С жизнью он не собирается счеты сводить, но счет есть, и по-крупному.

Он достал рюкзак и разложил на полу его содержимое. Продать? Попадется обязательно, а тюрьма… да, для кого-нибудь дом родной, для него тут черта последняя. Рвануть, самому рвануть! Всех слишком много, всех не унести с собой, но даже если десяток, все равно остальным людям хоть чуть-чуть полегче дышать станет. А если найдется сотня, тысяча таких, как он? Неужели не найдется? Круги разойдутся, и снова гладь? На-кася, выкуси! На весь город две, пусть даже три тысячи подлецов. Это ведь не все, это ведь одни и те же воруют, над правдой, добром, Богом изгаляются, хотя каких только рож умильных не строят, какими только робин гудами, борцами, благодетелями, дурачками не прикидываются, а в сути своей просто сила нечистая, которую нет другого выхода, как только истребить. И кто ему эти бомбы послал, как не Божье провидение?

Ленчик вдруг ощутил облегчение.

Посмотрел на руки – впервые за три года они не тряслись. Ленка! Как же он о ней забыл? Но кто такая Ленка? Выдумка его же собственная, миф, мечта. Ну, шел он по улице, поравнялся с девушкой, лет на пятнадцать моложе его. Что-то сказал ей, она рассмеялась. Шли, он молол какую-то чепуху. И она смеялась всем его глупым шуткам. «Слушай Ленок, сейчас кто-нибудь увидит нас, а я такой небритый, бродяга совсем, скажут: ну, Ленка, ты и нашла себе!» – «Ха-ха-ха!»

Дура, еще одна дура, что удивительного? Весь мир стоит на дураках. Но было как-то необыкновенно легко с нею. Он просто так, с кондачка, назначил ей свидание. И она пришла! Вот только он сам не решился подойти к ней. Кто он, и кто она? Он бомж, алкаш, а она девчонка, чистая, нормальная. Он шел за ней, узнал, где она живет. Как пятнадцатилетний сопляк дежурил вечерами возле ее дома, ждал, когда она выйдет. Миф! Кто она? В лучшем случае, такая же, как

Вика. В худшем – все они потом одинаковы: упреки, скандалы, затаенная злость. Те же проблемы: квартира, работа, деньги, этот сумасшедший, ненавистный мир.

Нет, Ленка, лучше поставить тебе памятник. Во имя Прекрасной Дамы, как раньше рыцари, подвиг совершить. Да, рвануть все это к чертовой матери! К японской матери! Ленчик Акимото, Ленчик Камикадзе, не косой, не косой совсем, совершенно трезвый, но очень злой, япона мать, очень злой!

Япона мать! Гады, козлы, сволочи! Сколько вы меня унижали, сколько я из-за вас асфальт лизал. Сколько вы травили меня всякой дрянью в моем отечестве, а я жив еще, и вас с собой унесу.

Мысли неслись по инерции, но все встало на свои места давно уже. Акимов Леонид Алексеевич. Он больше не Ленчик, просто Леонид. Он проверил пистолеты, думал, забыл уже, – сколько лет прошло после армии, но руки – не голова, сразу все вспомнили, едва только металл лег на ладонь. Нашел кусок ткани, соорудил два кармана на внутренней стороне ветровки. Готово! Рассовал по карманам гранаты, рюкзак на место убрал.

Вышел на улицу. Куда теперь? Свести счеты. С кем? Мафия? Ради Бога! Вполне подходяще. Гранату под иномарку, обойму разрядить, если выскочить успеют. Еще иномарка, еще граната. Ноги как-нибудь унесем. Чертовы бандюги, куда они только подевались все? Лишь к вечеру он, наконец, нашел то, что искал: «Вольво» перед коммерческой палаткой и две здоровенные рожи в нем. Другие, наверное, дань собирать пошли.

Точно! Из одной палатки вынырнули, в соседнюю направились. И среди них Кыжа – кто ж его не знает? Гора, только маленькая ростом, заплывшие жиром свиные глазки. Ленчик стал неподалеку, расстегнул куртку. Сами подойдут: кто такой и так далее. Конечно, вообще-то, вооружение у них – не чета его. Из гранатометов на трассе шоферов-дальнобойщиков расстреливают, автоматы – уже вчерашний день. Но на сбор выручки наверняка приехали безоружными, чтобы дурачками прикинуться, если вдруг заметут. А через час выйти из ментовки с ухмыляющимися рожами. Да и кто их заберет? Сколько дней потом менту и его семье жить останется? Тут вам не Москва! Нож в бок – и был ли такой человек?

Но «крутые» лишь мельком взглянули на Ленчика, о чем-то поговорили в машине – не видно было за затемненными стеклами – и не спеша покатили дальше. Ребята солидные или прикидываются такими. Он покрутился немного, но былого куража уже не было, да и мала, мала была его «артиллерия».

Пятеро бандюганов, иномарка – неужели так мало стоит его жизнь? Рыба с головы тухнет. Вот и начнем с головы.

# 5

– Ну, Леня, ты и нашел нам заботу. – Вика была еще более оживленная, радостная, чем обычно. Она поставила в вазу букет из полевых цветов. – Ты у нас теперь барин, у тебя свое имение. Там такая красотища! Слушай, не пора тебе самому туда проехаться? Но тоже нет житья от этих нувоворишей. Было место чудесное – Анина дача называлось, а теперь, видите ли, конезавод. Конезаводчики у нас уже появились, представляешь? Я говорю, дурдом. Но с каким размахом сделано! Можно на пони детям покататься, взрослым поучиться верховой езде. Лень, ты как насчет верховой езды? Слабо тебе?

Она вздохнула, глянула на него просительно.

– Лень, помоги сделать ворота, а? Забор мы кое-как с Генкой осилили. Сколько ты будешь сидеть здесь, как сыч?

Ленчик промолчал.

– Слушай, а ты совсем пить перестал, – радостно болтала Вика, когда они сели за стол, – заметил? Это хорошо.

– А у тебя есть?

Вика осеклась.

– Ну, я, действительно, дура! – пробормотала она и нехотя достала из холодильника початую бутылку клюквенной. Генка бросил вилку и ушел в свою комнату. Но Ленчик и глазом не моргнул.

– Эх, что ж ты раньше-то! Надо было перед едой, а не после.

Вика кисло улыбнулась.

– Давай я еще положу.

– Положи, отчего не положить!

Они думали, что он снова заведется, но Ленчик парой рюмок ограничился. Дал Генке денег на видеокассету, тот принес какую-то комедию, как ни странно, удачную, они хохотали до слез. Но Ленчик как бы раздвоился. Если бы они знали, что это его прощальный вечер! Пусть таким и запомнят его, пусть не думают о нем плохо. Сегодня,

сегодня он смеется, а завтра просто труп. Если можно назвать трупом те ошметки, что от него останутся.

Он поднялся, как обычно, за час до рассвета. Прошмыгнул на кухню, стал не спеша нашивать карманы, крючки. Растолкал Вику пораньше, отправил их.

— Давайте, давайте, погода хорошая! Да и замерь там, какие нужны ворота. Хотя вообще-то, зачем тебе ворота? Калиткой не можешь обойтись?

— Ну, все ворота делают!

— У всех машины, ты что, рассчитываешь, что я тебе еще машину подарю?

Потом долго вертелся перед зеркалом: не выпирает ли откуда? Снова орудовал иголкой, пока, наконец, не хмыкнул удовлетворенно: теперь в самый раз.

Трудно сказать, кому пришла идея отделать то, что называлось «административное здание», плиткой под мрамор к какому-то юбилею, но с тех пор устоялось в городе прочно название: Желтый дом. В вихре перемен первым делом захотелось новоиспеченным деятелям заменить прежнюю плитку на новую, белую, но денег так и не нашлось.

Ленчик ожидал, что его засекут уже на входе, но там, как и прежде, сидел один только скучающий милиционер. И никаких охранников. На него вообще никто не обратил внимания, тем более что он тут же деловито прошмыгнул к лифту. А оттуда бодро прошествовал к заветной приемной. Уж там-то наверняка мент должен был сидеть, но никаких ментов — может, отлучился куда-нибудь? Впрочем, секретарша была жох-баба, почище любого мента. Так и впилась в Ленчика взглядом.

— На прием записаться? Сегодня не приемный день, приходите в четверг.

— Но мне очень нужно.

— Я же сказала: в четверг. И потом, вы уверены, что вам именно к главе, может, лучше к кому-нибудь из его заместителей? По какому вопросу вы хотели бы переговорить?

Она почему-то сразу Ленчика возненавидела, атмосфера между ними все более накалялась, того и гляди выставит его за дверь.

— В чем дело?

— Да вот, Александр Иванович, посетитель к вам, — залебезила секретарша перед неожиданно появившимся в дверях начальством, — я ему сказала, что не приемный день сегодня. Но в четверг... там как раз осталось местечко, если вы не возражаете, я его запишу.

— Мне сейчас нужно.

Александр Иванович внимательно посмотрел на Ленчика, затем шевельнул бровями в недоумении.

— Что же у вас за дело такой неотложности?

— Личное. Просто личное, — пожал плечами Ленчик.

– Хорошо, – просиял неожиданно Александр Иванович, – демократия на то и демократия, чтобы делать иногда исключения из правил. Прошу!

В кабинете он неторопливо снял пиджак, повесил его в шкаф на плечики, но узел галстука ослаблять не стал, деловито расположился в неглубоком крутящемся кресле и побарабанил пальцами по столу.

– Итак, я весь внимание.

Страх прятался в самой глубине глаз, тщательнейше маскировался Александром Ивановичем, но страх был сильный, сродни ужасу, панике. А может, Ленчику просто так показалось? И неожиданно для себя он вдруг размяк, потерял контроль над собой, и начал выкладывать этому продувному мужику всю свою жизнь развалившуюся, обиды, несправедливости, отчаяние. Умом он понимал, что его совсем не в ту сторону понесло, но не мог остановиться. И про работу, и про жену, про сына... Даже с Викой не был так откровенен, есть вещи, которые женщина понять не в состоянии.

Глава лишь на минуту прервал его, передав по селектору секретарше, чтобы на полчаса она его от всех отключила. Затем с тем же вниманием и озабоченностью принялся дальше Ленчика выслушивать. Но, собственно, что было рассказывать? До бесконечности, но об одном и том же. Наконец Ленчик замолчал. Наступила тягостная тишина. Однако глава быстро вышел из неловкого положения.

— Знаешь, а давай выпьем! — предложил он неожиданно. — Так, чисто символически, по наперстку.

Он достал из сейфа початую бутылку коньяка, два резных металлических стаканчика, тарелку с бутербродами, закрыл входную дверь на всякий случай. Ослабил, наконец, узел галстука, затем вообще его снял и аккуратно положил на край стола.

— Не квась носом, Леонид Алексеевич, — медленно проговорил он, махнув стопку. — Не у тебя одного так. Ты думаешь, мне легче? Думаешь, мне не хотелось бы по-человечески пожить? Но нельзя распускать нюни, понимаешь? Ты же мужик, в конце концов. Что же тогда женщинам, детям остается, если мы руки опустим? Петлю на шею? Погибать?

— Но что же делать? Надо ведь что-то делать, — прошептал в отчаянии Ленчик, глотая покорно коньяк, но даже не ощущая его вкуса.

Глава помолчал, пожевал бутерброд с рыбой, затем распрямился в кресле.

— Делать? А ничего не надо делать, — проговорил он со злостью. — Потому что ничего сделать нельзя. Ты не понимаешь, это система, мы против нее бессильны, ни тебе, ни мне, ни тысяче таких, как мы, ее не раздолбать. Шаг влево, шаг вправо — и пуля в лоб. Никаких разговоров. Надо просто ждать.

— Но чего ждать? — вскинулся Ленчик. — Все — страна, душа, совесть, все в пропасть катится. Чего ждать?

– Хорошо, а что ты предлагаешь? В полный рост, наизготовку? Ну, подскажи, может, ты самый умный? Что молчишь? Ну, одного, другого ты на тот свет отправишь, а что дальше?

– Дальше – ни одного подлеца не останется, если мы все встанем как один.

– Ой ли? – Глава усмехнулся. – Ты хоть сам-то веришь в то, что говоришь? Своих не останется, вон их сколько – желтеньких, черненьких, горбоносеньких. Как мухи слетятся... Уйду я, уйдет другой – можешь себе представить, кто на наше место придет?

Он махнул рукой, убрал коньяк и закуску и подсел к Ленчику поближе.

– Ладно, хорош сопли распускать, Леонид. Ну что, поплакались мы с тобой друг другу в жилетку? Но ты ведь не за тем пришел, правда? Тебе помощь нужна.

Ленчик отошел немного от горячности, пожал плечами.

– А что, это разве не помощь? Слово тоже может в трудную минуту, ой как поддержать.

Александр Иванович вздохнул, покачал головой.

– Тоже верно, только где найти слова такие? Чтобы люди сразу все поняли. Если бы такие слова были. А пока… давай-ка лучше по существу. Как я понял, главное для тебя сейчас квартира. Но тут как раз я ничем не могу тебе помочь, сам можешь представить себе, как сейчас с этим. Комнату в коммуналке – и то не надейся. Даже если и подмахну тебе какое-нибудь заявление, меня накажут потом, у тебя отберут.

Он задумался. Затем щелкнул пальцами.

– Вот что я тебе могу предложить: место в общежитии. Нет-нет, погоди, не морщись скептически. Я не паршивая овца, но тут определенно шерсти клок.

– Да кто же мне его даст, это «место»? – усмехнулся Ленчик.

– Это моя забота, – махнул рукой глава. – Я же все-таки власть, или ты забыл? Да, придется тебе опять на завод оформиться.

Будешь числиться, даже суетиться немного. Там по полгода сейчас людям зарплату не платят, кто на тебя будет наседать? Занимайся ты, сколько влезет, этим своим плодово-овощным... бизнесом. Кому ты нужен? Там половина людей так живет. Подожди, я сейчас.

Он нажал кнопку селектора и тотчас преобразился. Лицо его приняло начальственное, беспрекословное выражение. Он раздраженно махнул рукой напрягшемуся было Ленчику: сиди, мол.

— Людмила Григорьевна, соедини-ка меня с Селивановым.

Александр Иванович зажал трубку ладонью и успокоил Ленчика.

— Не бойся, на твой завод обратно я тебя не пошлю. Понимаю. Подберем что-нибудь другое.

В трубке откликнулись, «глава» усмехнулся довольно:

— Да-да, это я, Виктор Прокофьевич. У меня к тебе дело, парень тут сидит хороший, надо бы ему помочь. Койку в общежитии, зачислить куда-нибудь.

Он терпеливо выслушал ворчание на другом конце провода и добавил жестко.

— Я понимаю, все понимаю. Но надо помочь. Это личная просьба, считай так. Нет-нет, не в твои заместители. Он вообще-то инженер, но кем угодно. Зарплата? Тоже не важно. Лишь бы числился. До лучших времен. Своих таких хватает? Тем более… Не бойся, он вас не объест.

Ушлый Виктор Прокофьевич тут же забубнил что-то о нуждах, о трудностях, он и с самого начала ничего не имел против хоть сотни Ленчиков, лишь торговался, минут пять ушло на какую-то занудную болтовню.

Александр Иванович гримасничал, качал головою, делал знаки Ленчику обождать, наконец, со вздохом облегчения положил трубку. Тотчас поскучнел, посерьезнел.

— Ну вот, Леонид Алексеевич, сделал, что мог.

Ленчик понял, что пора ему и честь

знать, встал, поблагодарил, направился к двери.

Глава проводил его, легонько похлопал по плечу.

— Держись, Леонид Алексеевич, не сдавайся. Шанс я тебе дал, если и там сорвешься, пальцем не шевельну больше, чтобы тебя поддержать. Не подведи, одним словом.


Да, ну и сволочь, ну и мужик! Сразу за дверью наступило отрезвление, Ленчик ощутил себя как после гипноза. Как красиво ему зубы заговорили!

Ленчик с достоинством прошагал мимо стола с недоумением рассматривавшей его секретарши. Без заискивания, холодно поблагодарил, сказал: «До свидания!»

У двери в коридор он немного помедлил, сунул руку в карман куртки, сжал там проведенное через специально проделанное отверстие кольцо. Хитрый мужик, кому он на самом деле звонил, интересно? Может, и в самом деле на завод?

Однако в коридоре никого не было. Ничего не значит, стало быть, просто выдержал свою роль до конца, а сейчас трясущимися пальцами тыкает в телефон, кричит во все горло: «Вы что там, совсем расслабились? Спите, а у вас бомбисты-террористы по городу разгуливают. Немедленно ко мне, да ребят поопытнее».

Если учесть, что тут совсем рядом, и машина наготове, то как раз у входа его и встретят.

Он шел медленно, прислушиваясь, не подкрадывается ли кто сзади, замедляя шаг у каждого кабинета. От лифта отказался, неспешно спустился в вестибюль по лестнице, прошел мимо зевающего милиционера, вышел на улицу.

Как обычно, много машин у подъезда, поджидать его могут в любой. Куда теперь? Ленчик вдруг резко забрал вправо, оказавшись во дворе смежного здания. Зачем, он и сам не понял, теперь его могли блокировать сразу с двух сторон.

Хотя к чему, собственно, достаточно проследить за ним и взять тепленьким, врасплох. Тем более что он полностью расшифровался. Имя, фамилия, отчество – вот для чего, оказывается, понадобился тот звонок.

Он не стал садиться в трамвай, там не составило бы труда зажать его, скрутить ему руки, пошел напрямик, дворами. Иногда пережидая, оглядываясь. Нет, никому он, по всей вероятности, не нужен. Плут, хлюст еще тот, этот Александр Иванович. Заметил сразу Ленчикины выпуклости, моментально обо всем догадался, смекнул, если хоть чуть не так себя поведет – в рай, сиюминутно. Впрочем, в ад, скорее. И тихонечко, нежненько себя от смерти, в глаза заглянувшей, уводил, его, Ленчика увещевал, обезвреживал. Да и потом наимудрейше рассудил: глава-герой, раскусил, задержал террориста – на кой ляд ему подобные лавры? Медаль дадут, премию выпишут? В

Москву переведут? Боже упаси! Здесь-то он – голова, а там кто будет? Там своих таких пруд пруди. Не хамит, ворует с толком, с чувством, с расстановкой – комар носа не подточит, такой пенек ничем не выкорчевать. А он еще перед ним душу раскрывал, сопли по столу размазывал.

А впрочем… Ничего не скажешь, молодец мужик, ума палата. Потому он и там, наверху, а ты, Ленчик, здесь, внизу. Все справедливо, как говорится, по Сеньке и шапка. Завод, общежитие, как он его ловко! Да на кой хрен ему, Ленчику, эти общага, завод? Облагодетельствовал, отец родной! Самого бы тебя хотя бы на недельку в цех какой-нибудь погорячей – в обрубку, например! Нельзя? Почему нельзя? Кто ты, барин? Голубых кровей?

Опять обман, опять правда за ними, за этими сволочами. Эх, Ленчик, куда тебе против них! А может, просто ты сам себя обманываешь, накачиваешь? Может, ты просто… струсил? Так, покуражился, чтобы перед самим собой покрасоваться, оправдаться?

«Трус? Нет, я не трус. Я вам покажу, вы меня еще попомните».

Он расстегнул куртку, завел часовой механизм, засек время. Полчаса, пожалуй, хватит. Ему стало страшно и больно, последние в жизни полчаса. Как в калейдоскопе закрутились в памяти наиболее яркие впечатления. Школа, первая любовь, как диплом после окончания института обмывали. Подрабатывали перед этим в каком-то совхозе, и там деньги им выдали одними рублями, почему-то его и троих его друзей это тогда оскорбило, они сложили все деньги в ведро и, недолго думая, заявились с ним… в «Метрополь». Сейчас бы номер не прошел такой, наверное, а тогда всем было весело, официант долго морщился, конечно, но, как говорится, деньги не пахнут, даже если только что от навоза.

Смешно! Дурь такая от смерти в двух шагах вспоминается. Господи, до чего дойти надо, чтобы было… смешно!

Все пути в их проклятом городе ведут либо к Вике, либо к рынку, что на пересечении трамвайных путей. Там ворье, рэкетиры, алкашня, вся рвань человеческая — проехать можно, но пройти никак мимо не дадут. Тут же окликнут, потащат к палаткам, где водка ну просто задарма. Тем более его, Ленчика. Ведь он вдвое, втрое добавит, лишь бы не «Особую техническую», не «Русскую метиловую», не «Столичную посинюшную», а хотя бы «Березку», хотя и в «Березке» той, почитай, все тот же осиновый кол…

Нет, лучше не рисковать, тем более что времени было предостаточно. Ленчик обошел подальше кругом и приблизился, наконец, к цели: череде неказистых частных домиков по правую от рынка сторону. Так и есть, тут они, братцы. Сидят человек тридцать, да не по-людски — на корточках, как в сортире, что-то между собой обсуждают. Саранча! Какого рожна вам здесь надо, кровососы задрипанные, своего отечества, что ли, нет? Лопочут что-то по-своему: шурум-шурум, бурум-бурум. Будет вам сейчас шурум-бурум! На рынках негде встать, хозяйничают, как дома и в голову не придет. Как можно терпеть такое, не татарское же иго? Вроде бы, свободный народ! Попробовал бы он у них так куда-нибудь сунуться! В какой канаве его потом с отрезанной башкой было бы искать?

Ленчик все больше распалял себя, подошел совсем близко. Сунул руку в карман, продел палец в кольцо.

– Эй, ребята, – проговорил он нарочито грубо, хрипло, – закурить не найдется? Угостите, чего вам стоит?

Они тотчас же замолчали, подобрались, кто смотрел с интересом на Ленчика, кто в сторону. Да, вы всегда вместе, друг за друга, в этом ваша сила, но сейчас в этом ваш гроб.

Ответил тот, конечно, кто за старшего. У них иерархия и тщательно, ревностно соблюдается.

– Отчего не найдется? Кури, брат, угощаю, – спокойно ответил Ленчику полноватый пожилой мужчина и протянул ему пачку «Мальборо». Щелкнул зажигалкой. Помахал рукой в ответ на «спасибо» и повернулся к своим как ни в чем не бывало: снова шурум-шурум.

Как ни накручивал себя Ленчик, а злости не было: конкретный обидчик, виновник – где они? Никто ему плохого слова не сказал. Он затянулся сигаретой и поплелся к трамвайной остановке. По пути вдруг вспомнил о часовом механизме, расстегнул куртку, торопливо отсоединил провод.

Да, размазня, ничего не скажешь. Никогда ему не подняться, ни капли в нем гордости, воли. Да и то верно: были бы они у него, не опустился бы он на дно. Что ж, пей – умрешь и не пей – умрешь, а может, как раз так честнее? Если ты не в ладах с этим миром, зачем тебе непременно поднимать его на воздух? С собой самим счеты и сведи, если уж тебе так приспичило.

Он подобрался к крайней палатке, порылся в карманах. Деньги кончились, с трудом он наскреб на что-то совсем непонятное.

# 6

Медленно наступало отрезвление. Ей-богу, что только на него нашло, сумасшествие какое-то. Могли погибнуть невиновные люди, много людей, женщины в том числе, дети. Во имя чего такие жертвы? За что он их приговорил? Та же Людмила Григорьевна эта, пусть мымра, стерва, но какое он право имеет посягать на ее жизнь? Да и самому – на кой хрен пропадать-то? «Есть же у тебя, Леня, мозги?»

Придумаем что-нибудь. А жить надо, хотя бы назло этим паразитам. Жить надо, Ленчик, надо жить.

Он сел в трамвай и тут же ощутил удар по плечу. Вздрогнул, осторожно оглянулся.

– Ленчик! Ты? – Серега Хапок, собственной персоной, сколько выпито-перевыпито с тобой, только сейчас ты совсем ни к чему. – А мы думаем, куда ты делся? Сегодня, ну вот сегодня утром, веришь, тебя вспоминали – где Акимото? Зойка всем раззвонила, что ты ее бросил, к учителке какой-то переметнулся. Да Зойка, лярва, соврет – не дорого возьмет. Видел ее без зубов-то?

И все норовил ударить, ударить его, чуть ли не визжа от восторга. Ленчика пот прошиб, он ужимался и ужимался, буквально вдавливаясь в стенку.

Он представил себе, как, будто в кино, медленно взлетают высоко в воздух оба вагона, разлетаются в клочья, объятые пламенем. Разворачивает рельсы ударной волной, сбиваются всмятку на шоссе рядом автомобили. И люди, люди, кровь, крики, гарь. Эх, Серега, Серега, дурья ты башка! Удар, еще…

Но Серега вдруг отстал. Почувствовал что-нибудь? Или вид Ленчика страшный на него подействовал?

– Слушай, ты, говорят, завязал? Правда, Ленчик? – Он посмотрел на Ленчика с уважением и даже некоторой робостью. – В самом деле, удалось?

Ленчик неопределенно пожал плечами, не в силах поверить: неужели пронесло?

— Да, вижу, — завистливо вздохнул Хапок. — Приоделся, чистенький. Белый человек! Ладно, удачи тебе, — сунул он Ленчику замызганную ладонь.

Повернулся было, но наткнулся взглядом на двух своих товарищей, напряженно следивших за ходом их беседы. Спросил больше для проформы:

— Слушай, раз уж у тебя так все хорошо, может, выручишь старого друга? Горит внутри, не могу, и все трое, как назло, на мели. Не везет весь день, с утра мутимся. Ты же знаешь, за мной не задержится.

И вправду, несмотря на прозвище, Хапок был феноменально честен на отдачу.

— Да нет у меня, — с сожалением протянул Ленчик, постепенно приходя в себя от шока.

— У тебя нет? У Акимото? — Хапок удивился. — Неужто точно насчет учителки?

Ленчик почувствовал, что Серега и дальше будет продолжать охать и удивляться, дабы убедить своих приятелей, что он сделал все что мог, да не получилось, мол, и протянул Хапку бутылку только что приобретенной «косорыловки».

– На вот, держи, чуть не разбил, зараза!

– Ага, а ты хотел от друга утаить, Бог бы тебя и наказал, – Хапок счастливо рассмеялся. – Нальешь?

– Да бери всю.

– Как всю, неужели не жалко? Может, с нами, а, Ленчик? Ребята классные, свои в доску.

Ленчик поморщился.

– Не обижайся, Серега, как-нибудь в другой раз. Но вернешь бутыльцом, не деньгами. Договорились?

– Лады, заметано, командир! – взвизгнул Хапок и повернулся к приятелям, покручивая радостно из-под полы бутылкой.

# 7

Деньги кончились. Надо все начинать сначала. Ленчик переоделся, нашел сумки.

Однако время было не самое удачное для промысла. А может, ему просто в тот день не везло? Заявился он поздно вечером, злой.

– Ты чего такой? И так поздно? – удивилась Вика.

– Деньги кончились.

– Вот и хорошо! – Вика обрадовалась. – А то ты ведь пока до последнего все не растрясешь, не успокоишься. Нам бы помог хоть чуть-чуть! А то эдак раскулачат тебя скоро, совсем ты нас заездил. Тем более что кончились наши каникулы. «Осень, осень, ну давай у листьев спросим...» Как сегодня улов-то?

– Да никак, – хмуро буркнул Ленчик, – на бутылку и то не набралось.

Вика наморщила лоб, затем улыбнулась.

– Эх, Ленчик, а еще говоришь, что у тебя мозги! По одному и тому же кругу ходишь, нового ничего не можешь придумать. А придется тебе, наверное, в сад с нами выбраться. Есть предложение. Там у соседей яблок – девать некуда, на свалку выбрасывают, знаешь, какой в этом году на них урожай… Смекаешь дальше?

– Взять авансом, продать, отдать деньги… – быстро прикинул Ленчик – А поверят в долг-то?

– Спрашиваешь! – протянула Вика. – Такие люди! Муж – военный в отставке, с Дальнего Востока приехали. Мы с ними каждый день вместе чай пьем. Да и у других этого добра завались, так что твори, выдумывай, пробуй, Леонид, свет ты наш, Алексеевич!

– Идея неплохая, – кивнул Ленчик, – надо обмозговать.

– А чего тут мозговать? – немного даже обиделась Вика.

Есть о чем мозговать. Жизнь кончилась, прежняя жизнь кончилась, начинается новая жизнь.

Общага? Почему бы и не общага? Тряхнем стариной. Яблоки, грибы, пусть, на худой конец, капуста, картошка. Поднаберем деньжонок. И Лена… Проверим на прочность: мечта или не мечта? Хорошо, если явь, а нет так… Вика? Дура по жизни… А может, это он сам по жизни… дурак? Нет, только не Вика, в самом крайнем случае Вика, хотя Генке помочь, конечно, обязательно надо. Парень хороший, если не таким ребятам, то кому же учиться?

Вот только с этими финтифлюшками что делать? А очень просто: завтра же, рано утречком, прихватив Генкины удочки для маскировки, лопатку для червей и… в ближайшем же овраге, к чертовой матери, не мудрствуя лукаво. Придет время, отроем.

Да, этак он сам себе, пожалуй, выроет яму. Рано или поздно, но кто-нибудь на его «клад» наткнется. А если он сам за ним вернется, уверен ли он, что никто не будет его там поджидать? Ленчик вдруг представил себе, как склоняется он над своим «добром» и неожиданно наваливается на него кто-то сверху, он вырывается, бежит, широко размахивая руками, вслед пуля, догонит или не догонит? «Беги, Ленчик, беги!»

Нет, он не хочет больше рисковать. Зачем? Это так элементарно – позвонить в милицию: что ж, мол, вы, разгильдяи? Но осторожненько, очень осторожненько, только из телефона-автомата и коротко – краткость сестра таланта – чтобы не засекли. И не дай Бог поддаться любопытству, с бугра издалека посмотреть, как они тот клад выковыривать будут.

Нетушки! На-кася, выкуси. Ищите дурака!

# ПОТУСТОРОННИЙ СТРАННИК

*рассказ*

# 1

— Ты посмотри, везде кровь! Они что, совсем оборзели! Куда я попал? В ночлежку для бомжей? Врач, где врач? Дежурного врача сюда! Немедленно! Я поговорю с этой сволочью! Спился, наверное, вчистую, алкаш несчастный.

Сенин брезгливо сбросил с себя запачканное бурыми пятнами одеяло, но кровь была повсюду: веерными брызгами на стене, мокрыми разводами от ботинок, тапочек на полу. Взглянув на свою грудь, он увидел несколько пулевых ран, кровотечение из которых он тщетно пытался остановить прижатой к ним подушкой.

— Что это? — задрожал он, оторопев. — Сестра! Где сестра? Мне срочно нужна перевязка.

Тут только он обратил внимание на лежавшего, сжавшись в комок, с натянутым до подбородка одеялом, своего соседа.

— А ты чего вылупился? Можешь

объяснить, где я, что вообще здесь происходит?

Однако сосед не спешил отвечать, он, собственно, и не смотрел на Сенина, уперся взглядом в противоположную стену и застыл как в коме, должно быть, от пережитого испуга.

– Сестра там, – кивнул он, наконец, в сторону двери.

Сенин тут же вскочил, сел на кровати, поискал под ногами какую-нибудь обувь. Ему было невыносимо представить себе, что ботинок или тапочек там не найдется и ему придется шагать босиком по скользкому, испачканному полу.

Тапочки нашлись, к счастью. Его тапочки, старые, он их уже год как не носил, но, видимо, жена приходила, принесла кое-какие вещи.

«Почему же она меня отсюда не забрала? Вот сучка! Обрадовалась, наверное, что я того и гляди коньки отброшу? Нет, Верунчик, рано ты взялась меня хоронить».

Но почему же он ничего не помнит? Он что, был без сознания? Что вообще с ним произошло?

Шатаясь, ощущая туман в голове, Сенин кое-как добрел до двери. Задержался в проеме, держась за косяк, мгла в голове не рассеивалась, а ноги уже начали подкашиваться.

— Суки! Суки! Где же вы? — прошептал он в бессильной злобе. Но звонок, должен быть звонок. Не может быть, чтобы здесь даже звонка не было. — Эй, — хрипло окликнул он соседа. — Звонок! Здесь есть звонок? Ты ведь наверняка дольше меня тут лежишь. Должен знать, тебе что, самому не было плохо?

Сосед помялся, затем несколько раз с силой нажал кнопку. Подождав, вновь откинулся на подушку.

— Бесполезно, — сказал он, наконец. — Я уже звонил и не один раз. Никто не приходит.

— Ну-ну, — презрительно кивнул ему Сенин. — А сходить сам ты не догадался?

– Я уже ходил, пройдись ты теперь, – без тени раздражения, даже с элементом сочувствия, ответил сосед и повернулся на бок, лицом к стенке.

– Себе на уме, только бы о себе, – с негодованием пробормотал Владимир. – Все вы только о себе думаете! Я ведь мог подохнуть, а тебе хоть бы что! – с ненавистью бросил он в закутанную одеялом спину. Однако его слова остались без ответа.

Понимая, что надеяться ему не на кого, Сенин выбрался, наконец, в коридор, рассчитывая спросить там, в какой стороне процедурная комната.

Однако коридор зиял пустотой. Крови там было гораздо меньше, лишь все те же следы от протекторов на ботинках. Он пошел наугад – получилось направо, медленно продвигаясь, держась за стену. Подергался в дверь первой попавшейся палаты, но она была заперта, возможно, забаррикадирована. Сенин прислушался, изнутри не доносилось даже легкого шороха, хотя не исключено, что там кто-то находился.

К счастью, направление он выбрал верное. Дверь в процедурную была открыта, но лучше бы ему не заходить туда: автоматными очередями все было разнесено вдребезги, тут же сидела и сестра с остекленевшими глазами, откинувшись на стуле, с бессильно опущенными руками. Рот ее почему-то был оскален, то ли испугом, то ли ненавистью, горло, для верности, от уха до уха перерезано. И опять кровь, лужа крови, по краям которой, пытаясь выбраться, сучили лапками не в меру любопытные мухи.

Сенина затошнило, но силой воли он сдержался, попытался прояснить сознание. Можно было, конечно, поискать кабинет врача, но вряд ли там было лучше. Нет, спасать ему придется себя самому.

Он добрался кое-как до шкафа с медикаментами, стараясь не выпачкать тапочки в крови. Нашел бинты, йод, ножницы, пластырь. С грехом пополам привел в порядок раны, их было шесть. В крохотной процедурной другого стула не было, Сенин так и сидел на кушетке напротив медсестры, каждый раз, при взгляде, пугаясь ее кошмарного вида.

«Все, куда теперь? – подумал он. – Пожалуй, обратно в палату».

Он прихватил с собой еще бинтов, каких-то пузырьков, в одном из которых вполне мог оказаться спирт. С огромным трудом доковылял до своей койки.

– Ну и погром! Что здесь произошло? – спросил он соседа, на этот раз уже гораздо спокойнее. – Как тебя зовут, кстати?

– Вениамин, – сухо отозвался сосед и нехотя приподнялся на локте. Затем сел на постели, свесив к полу худые волосатые ноги. Майка на нем была чистая, но изрядно обветшавшая.

«Вот гад! – с ненавистью подумал Сенин. – С чем же он здесь лежит? Ни единой царапины!»

– Володя, – протянул он насколько мог

приветливо руку. Ничего не поделаешь, надо было налаживать отношения. Но зыбкая дымка вновь растеклась в голове, и Сенин предпочел улечься на койке поверх одеяла. – Что здесь случилось? – повторил он фразу, которая его с самого начала единственно интересовала.

– Одного бизнесмена добивали, четверо в масках ворвались с автоматами. Его только вчера привезли: сначала у подъезда дома на него покушались, но он каким-то чудом остался жив. И оклемался бы: лежал здесь под капельницей, врачи, сестры, нянечки перед ним буквально расстилались.

– Понятно, – зло усмехнулся Сенин, – за деньги-то они зад готовы расцеловать, а так – не достучишься и не докричишься. Ну и где он сейчас, бизнесмен этот чертов – в морг унесли? – Он вдруг смачно выругался: – И что, не замыв ничего, даже не переменив белье, надо было меня именно на эту койку, в эту палату поместить? Они что, думают, управы на них нет? Не на того нарвались, я на кого хочешь найду управу!

Сосед внимательно, с интересом смотрел некоторое время на Сенина, затем усмехнулся.

— Ты что, так и не догадался, кто был тот бизнесмен? Совсем ничего не помнишь? Как тебя на «скорой» привезли, как шприц в вену втыкали? Постой, но ты ведь с женой разговаривал, я сам видел, даже какие-то бумаги ей подписывал, просил что-то сделать, куда-то позвонить. Что, и теперь не вспомнил?

Сенин опешил. В памяти его вдруг возникла приземистая фигура в черной кожаной куртке, холодные спокойные глаза на скуластом лице. Киллер даже не счел нужным воспользоваться шапочкой-маской с прорезями для глаз и рта — слишком был уверен, что выстрелит наверняка. Владимир еще раз прокрутил в памяти тот эпизод, особо задержавшись на черном дуле пистолета, направленном на него в упор. Что его спасло тогда? Бумажник в кармане пиджака? Немного помог, конечно, но, скорее, он просто инстинктивно отклонился в сторону, а в это время как раз подоспел Валя, шофер, не успел отъехать. Кажется, завязалась перестрелка, но не в ней было дело, главное, что «скорая» подоспела вовремя.

«Просчитался ты, сволочь! – подумал Сенин злорадно, вызывая в очередной раз, с еще большей отчетливостью, в памяти скуластое, с рябинками лицо. – Я тебя достану, вычислю, никуда тебе не деться».

Впрочем, может, его даже удалось задержать, или убить – была, ведь точно была, перестрелка. Но что киллер? Исполнитель, пешка. Кто заказчик? И где он сам, Сенин, оплошал, допустил роковую ошибку? Ладно, об этом после, сейчас нужно думать о другом.

– И что же, – проговорил он недоумевающе, – четыре человека лупили по мне почем зря из «калашей» и «узишек», а я остался жив? Такого не бывает. Что-то тут не сходится. Кстати, а ты где в это время обретался? Неужели своими глазами все видел?

Сосед заерзал на кровати.

— Могли бы и меня убить, — после некоторой паузы раздраженно пробурчал он. — Я просто накрылся с головой одеялом. Видел — ничего я не видел!

Сенин взглянул на него с подозрением.

— Не убедил! Заливаешь, мужик! У медсестры — второй рот вместо горла, дальше — не ходил, не смотрел, но могу представить себе, а тебя, что ж, пальцем не тронули? Так-так! На тебе одеяло не бронированное, случайно? Кстати, а откуда ты узнал, что их, убийц этих чертовых, было четверо?

Сосед предпочел отмолчаться, но Сенин и без его помощи сообразил.

— Ага, видел в окно, как они садились в машину? — Он тут же подскочил к подоконнику и удовлетворенно кивнул. — Точно, но, конечно, ни марки, ни номера машины ты не запомнил, да и вообще скажешь, что с кровати не вставал?

Так и не дождавшись ответа, Сенин махнул рукой.

— Ну и черт с тобой! Из какой-нибудь палаты кто-нибудь да что-нибудь наверняка видел. Я ведь не за так, денег дам. Чем ты рискуешь, кому ты нужен?

Сосед ухмыльнулся:

— Да ты не торопись, чего гадать? Сейчас все слетятся: газетчики, милиция. Сразу, без денег, все и выяснится.

— Выяснится. Что они могут выяснить? Ищейки драные. Да и кто им позволит что-либо выяснить? Нет, только я сам, никто кроме меня не станет копать по-настоящему. А ведь они вернутся, сволочи, обязательно вернутся! Как ни крути, а дело им надо доводить до конца, и в третий раз уже никакое везение меня не спасет. Нужно уходить, срочно уходить! От милиции какая помощь — только, наоборот, подставят. Надо затаиться, и затаиться есть где. Вот только как, в чем я отсюда выберусь?

Владимир лихорадочно заметался мыслями. Затем подбежал к шкафу: жена приходила, должна была принести что-нибудь. Так и есть – тренировочный костюм, свитер, ботинки. Для начала вполне достаточно. Сенин быстро оделся и направился было к выходу из палаты, затем вернулся, пошарил в тумбочке: бумажник был на месте, новый бумажник, взамен старого (опять жена), туго набитый, как обычно, и рублями и долларами. Все в порядке.

Он вдруг наткнулся взглядом на наблюдавшего за ним с разинутым ртом соседа.

– Ну что, Веничка, я ухожу, тебе тоже от чистого сердца совет даю: сматывайся отсюда и поживее. Ты свидетель, причем не простой, а главный свидетель, улавливаешь разницу? Видел, не видел – все равно пришьют, так что промедление в данном случае смерти подобно.

Сосед скептически поджал губы.

– Бесполезно. Меня все равно найдут. У меня нет ваших возможностей.

Он почему-то назвал Сенина на «вы», зауважал что ли? Того вдруг осенило: во всех случаях лучше не упускать этого малахольного из поля зрения.

– Ну, так как насчет денег? Мне помощь нужна. За деньги поможешь мне? Я не обману, заплачу, сколько следует. Глядишь, и у тебя «возможности» появятся.

Сосед поколебался немного, затем согласно кивнул: почему бы и нет?

– Ну, тогда чтобы от меня ни на шаг. Давай побыстрее!

Сосед оделся во что-то совсем драненькое – но с первого взгляда не определить. Они выскользнули из палаты и начали пробираться к выходу. Но, как видно, поздно, сирены звучали совсем рядом, с минуты на минуту во двор должны были влететь милицейские машины.

– Давай обратно, придется выбираться

через приемный покой, – сориентировался Владимир. – Только быстро!

Они никого не встретили на пути, везде было тихо, возможно, кто-то и наблюдал за ними из окна, но носа наружу не высунул. Такси подвернулось довольно быстро, однако Сенин не стал рисковать, погнал его в противоположную сторону от того направления, которое ему было нужно. Таксист был парень не промах, с ходу учуял неладное и в памяти надежно их срисовал.

«Да и черт с тобой!» – подумал Сенин. Недалеко от своего дома он остановил машину и расплатился. Долго смотрел на злополучный подъезд и стоявший во дворе «Форд-Чероки», который жена почему-то не загнала в гараж, затем развернулся, махнул «Веничке» и они, не сговариваясь, побежали трусцой, старательно изображая из себя спортсменов, к чадящей, шумной магистрали.

– Теперь только частник, самый вшивенький частник, никакого такси. Ну а потом три-четыре квартала пешком. Проверим в очередной раз, везунчик я или уже нет.

Частник подвернулся довольно быстро.

# 2

Лишь захлопнув за собой бронированную дверь, Сенин вздохнул с облегчением. Об этой его квартире практически никто не знал, она как раз и предназначена была для того, чтобы в случае чего на какой-то период отсидеться, ну а еще – для строго интимных встреч с девушками определенного сорта, не его круга.

– Есть будешь? – спросил он своего новоявленного приятеля, сам внезапно ощутив зверский аппетит.

К счастью, холодильник был набит до отказа. Сенин вынул пиццу-полуфабрикат, добавил сверху побольше сервелата и сунул поднос в микроволновку. Вытащил еще сок, бутылку вина, расставил бокалы. Странно, так странно, но расправляясь с едой, он не ощутил никакого удовольствия от обычно столь приятного для него процесса.

Рука его машинально потянулась к телефону, но, набрав номер жены, он тут же положил трубку обратно.

«Безумие! Сам же ставил определитель, – подумал он. – Кто сказал, что Ирине можно доверять? Что как раз она-то меня и не подставила?»

Нет, он сделает совсем по-другому: те две девчонки – Саша и Даша. В меру глупые, очень веселые, наверняка доступные и, главное, знают о нем только то, что он «новый русский», и что у него денег полный кошелек.

На его звонок тут же откликнулись. Все тот же радостный смех, в меру глуповатый. Как раз то, что нужно, чтобы забыться, снять напряжение.

– Что поделываем? Да ничего не поделываем! Вечером собираемся на дискотеку, завтра же выходной. Приехать? Минуточку! Сейчас Дашутке, подружке, трубку передам.

– Да, алло! Угу, Даша. Саша и Даша, просто запомнить. Приехать? Почему бы и не приехать? Вот только мы на вас,

Владимир Олегович, в обиде. Просто чудо, что мы вас еще не забыли. Сейчас? Нет, только не сейчас. Поближе к вечеру если. Ну, знаете, надо же собраться, в порядок себя привести. Ах, нужно, даже о-о-чень нужно? Ха-ха! Что мне в вас понравилось еще в прошлый раз, Владимир Олегович, – вы такой веселый. Ладно, пусть будет по-вашему, по-«новорусски»: часок на сборы плюс дорога. Подгоняйте такси. Самим взять? Все оплатите? Звучит многообещающе. Нет, таких людей мы никогда не подводим. На вас страна держится, это надо ценить.

Сенин подмигнул Вениамину.

– Ты как насчет продажного секса? Две телочки, я с ними недавно познакомился, стрельнул телефончик, но закрутился, встретиться не пришлось. Но так даже интересней: первый раз в первый класс. Впрочем, класс, конечно, далеко не первый, но молоды, смазливы, тем и привлекательны…

Вениамин заулыбался, довольно хмыкнул:

– Я «за». Кто ж от такого откажется?

– Ну вот и чудненько!

Сенин заглянул еще раз в холодильник, прикидывая, стоит ли сгонять в магазин или и так хватит? Вина, во всяком случае, в баре было предостаточно. Он еще раз покатал в голове все возможные варианты и нашел, что этот, пожалуй, самый удачный: встретились, расстались, деньги – товар, товар – деньги, что еще?

Девушки, к слову, не заставили себя долго ждать. Свое дело они хорошо знали: веселье, веселье, и еще раз веселье. И веселья было хоть отбавляй. Музыка, танцы, водка, видео. Но энтузиазм вскоре стал иссякать в Сенине, и он никак не мог понять отчего. Девушки как девушки, специально разные: одна блондинка пергидрольная, другая – жгучая брюнетка. Обе худышки, стройные, ноги от головы. В своем деле соображающие, на все согласные. И все-таки, зачем он их вызвал? Чтобы забыться? Прогнать липкое чувство страха, до сих пор не оставлявшее его? И эту грязь, кровь в глазах… Нет, он просто празднует, празднует, что остался жив. Такое нельзя не отпраздновать.

Он вдруг почувствовал себя совсем плохо, какой-то резкий отток, ничего не осталось от былого воодушевления. «Шесть пуль. Что это я, с ума сошел? Или просто в горячке? – подумал Сенин. – Надо бы врача. Срочно врача».

– Может нам их выгнать к чертовой матери? – тихо спросил он Вениамина. – Я что-то не в форме. Видимо, переоценил свои силы. Дам денег, пусть убираются. А хочешь, пусть одна останется или даже обе, если управишься. А я, как очухаюсь, к тебе присоединюсь. Кстати, у тебя нет знакомого врача, чтобы он смог сюда подъехать, я что-то все больше и больше раскисаю, того и гляди потеряю сознание.

– Не надо врача, с тобой все нормально, –

так же шепотом ответил ему Вениамин, – просто они подсыпали нам клофелин в кофе, лошадиную дозу. В принципе, мы уже давно должны были бы отключиться, ты посмотри, какие у них удивленные глаза.

– Так, и что же нам теперь делать? – У Сенина внутри все похолодело. – Медлить нельзя, надо их гнать и как можно скорее. Иначе либо мы сдохнем, либо они нас обчистят так, что только обои в квартире останутся.

– Ты уверен, – клюя носом, как будто совершенно пьяный, глубокомысленно осадил его Вениамин, – что там за дверью не стоят наготове бандиты? Я думаю, сегодня нам лучше ни при каких обстоятельствах не открывать дверь.

– Возможно, ты прав, но что дальше? – едва удерживаясь от того, чтобы не заснуть, пробормотал Сенин. – Как будем выбираться? Я смотрю, ты парень не промах, а я думал – тепленький.

Вениамин с минуту поколебался, затем

решительно махнул рукой:

– А, ладно, попросим еще дозу!

Сенин встряхнул головой удивленно:

– Это что, клин клином вышибать?

– Нет, просто подменим чашки. Пусть сами своей гадости попробуют.

Он повернулся к Саше и Даше, извивавшимся в сладострастном танце, но искоса внимательно за пригласившими их мужчинами наблюдавшими, и пьяно дернулся всем телом, как бы передразнивая их:

– Девчонки, как там насчет кофейку еще, не изобразите? Сил никаких нет, так в дрему клонит, у нас обоих, как назло, был сегодня очень тяжелый день. Надо взбодриться! Как следует взбодриться! Зачем иначе мы вас пригласили? Ура, гип-гип! Гип-гип, ура! Веселья, побольше веселья. – Он выхватил из кармана Сенина бумажник и сыпанул вверх долларами. – Фанты, сейчас будем играть в фанты! Пора!

## 3

– Подожди, я ничего не понимаю, – пытался осмыслить происходящее Сенин. – Давай сначала. Мы сумели подменить им чашки, сами смотались в ванную, сунули в рот два пальца, попытались вывести из желудка хоть часть того, что скормили нам эти сучки. Потом вернулись за стол, еще тяпнули, закусили, девчонки вырубились, мы связали им руки и ноги, даже заклеили рот скотчем, затем все-таки не выдержали, отключились сами. Все достаточно ясно, непонятно одно – куда эти «клофелинщицы» в итоге подевались? Я ведь на совесть их вязал.

Он не выдержал, вскочил и, преодолевая сильное головокружение, держась за стены, прошелся по комнатам.

– Нет, бесполезно, не могу врубиться, – потер он виски, вернувшись. – Видео, аудио – все на месте, бумажник тоже. Странные девочки. Допустим, как версию: они очнулись, зубами развязали узлы друг другу. Но потом что? Они должны были по всем статьям либо сами ограбить нас, либо запустить в квартиру бандитов. Может, никакого клофелина и не было, а, Веня, милый? Ты придумал все? Мы перепились, тебе спьяну померещилось. И мы, и девчонки отключились от алкоголя, мы их скрутили ни с того ни с сего, они очнулись, испугались, освободились и сбежали? Так было дело?

Вениамин равнодушно пожал плечами.

– Они просто исчезли.

– Ну да, исчезли, так не бывает, – покачал Сенин головой. – А... черти их драли! Конечно, мы виноваты перед ними, но кто они нам? Неужели мы будем перед ними извиняться? Хотя девчонки были ничего. Мысленно я их уже распределил: я бы взял Сашу, я вообще блондинок предпочитаю. Ну а ты? Что ты скажешь?

Вениамин промолчал.

– Понятно, – кивнул Сенин. – Тебе тоже

нравятся блондинки. Но мы могли бы потом поменяться. Думаешь, они не согласились бы? За деньги согласились бы на что угодно. Хотя, конечно, мы делим шкуру… исчезнувшего медведя. Впрочем, а кто нам мешает? Надо позвонить им опять, может, они уже дома? Извинимся, предложим денег побольше. Можно даже закатиться с ними в ресторан. Ладно, беру все на себя, я сам их уболтаю, твое дело только прийти в норму, очухаться к тому времени, когда они вернутся. А они обязательно вернутся, уверяю тебя. Уж я таких стерв хорошо знаю.

Сенин взял телефонную трубку, набрал по записной книжке номер. Долго слушал протяжные гудки, затем разозлился.

— Слушай, чего это я? Что я на них заторчал? Свет белый клином на них не сошелся, а риск есть риск, ты прав, они вполне могли оказаться наводчицами. Зачем искушать судьбу? Лучше я другим позвоню. Хотя… непонятно все-таки, куда они делись?

– Они не делись, – отрешенно ответил Вениамин. – Я же сказал тебе – их просто не было.

– Как не было? – рассмеялся Сенин. – Опять ты за свое! Саша, Даша, они нам что, померещились? Ты сам помнишь их? Мы, конечно, здорово перебрали, но не могло же нам причудиться одно и то же? Да у меня и нет такого впечатления, будто я перебрал. Слабость, туман в голове, но это не от алкоголя, я просто много крови потерял. А может, действительно, клофелин проклятый? Давай я все-таки кому-нибудь еще позвоню.

– Никто не ответит, – покачал головой Вениамин. – Уже никто не ответит.

– Почему никто? И почему «уже»?

– Потому что нас с тобой нет. И давно. Силы кончились.

– Как это нет? – язвительно улыбнулся Сенин. – И причем тут силы? О чем ты вообще говоришь? С перепоя, что ли?

Вениамин молча протянул Сенину руку, затем попросил его:

– Пожми.

– Руку тебе пожать? – переспросил Сенин. – Зачем? Ты собрался уходить?

Затем вскинул плечи: ладно, и попытался дотронуться до протянутой ему ладони. Но рука его ничего не ощутила. Сенин сделал еще, потом еще одну попытку, но результат был все тот же. Ошеломленный, он надолго замолчал.

– Что это означает? – спросил он, наконец. – Я сплю?

– Нет, просто умер, – спокойно ответил Вениамин.

– Как умер? – ошарашенно попытался уточнить Сенин. – Чушь! И что, я на том свете?

– Что-то вроде того, – подтвердил Вениамин.

Сенин был ошеломлен, он начал хвататься за окружавшие его предметы, потом попытался ощупать себя самого. Результат был неизменен.

– Ты шутишь. Конечно, ты шутишь, –

никак не хотел сдаваться, сопротивлялся сознанием Владимир. – Я просто во сне или в бреду. На операционном столе лежу или опять под капельницей. А ты шутишь. Как я мог умереть?

Он помолчал немного, затем спросил удрученно:

– И давно?

– Что давно? – сделал вид, что не понял вопроса Вениамин.

– Давно я умер?

– Несколько секунд назад.

– Ну, я же говорил! Чушь! Полная чушь! – обрадовался Сенин. – Ты разыгрываешь меня. Ну, у тебя и шуточки, так ведь и инфаркт может хватить!

Он оживился, вздохнул с облегчением, хотел было налить себе вина в бокал, но рука прошла сквозь бутылку, даже не пошевелив ее.

– Это фокусы. Какие-то фокусы. – Сенин на сей раз действительно испугался. – Слушай, хватит дурачиться. Твои розыгрыши мрачноваты. Я вообще не люблю черного юмора. Так что кончай свои шуточки или я рассержусь! – Не получив ответа, он сам продолжил: – Несколько секунд, какие несколько секунд? Подумай, что ты такое несешь? Такси, потом частник, затем звонок мой, еще эти две «клофелинщицы». Мы вырубились, потом очухались, болтаем с тобой черт те о чем, черт те сколько уже. И это все за несколько секунд мы успели? Тут как минимум ушло пять-шесть часов. Пять-шесть часов, ясно тебе? Жаль только я время не засек. Совсем недавно было девять вечера, я точно помню. – Сенин посмотрел на запястье левой руки и залился счастливым идиотским смехом: – Ну вот, смотри, а я думал – ничего не украли. Часы, «котлы» мои ненаглядные, свистнули, а это уже денежки будь здоров.

Он вновь помолчал некоторое время, как бы все более начиная осознавать происходящее, затем проговорил отрешенно:

– Послушай, это ведь здорово. Если я

сознаю, чувствую, разговариваю сейчас с тобой, значит – он существует? Этот другой, загробный, мир?

– Ничего не значит, – скептически возразил Вениамин.

– Как не значит? Не морочь мне голову, вот только куда я попаду теперь: в ад или рай?

Вениамин с интересом посмотрел на Сенина:

– Ну а ты сам как думаешь?

Тот встрепенулся.

– А что? Что я сделал? Чем я плох? Бог, архангелы – я могу оправдаться перед кем угодно. Я участвовал в благотворительных акциях, попечительствовал в фондах, подавал нищим. Ну, обрядов, постов не соблюдал, но всегда советовался с Богом, молился.

– Да, да, понятно, – поддакнул Вениамин, – как же так получилось тогда с киллером-то? И как Бог такое допустил, если ты во всем его слушался?

— Подожди! — разозлился Сенин. — Смеешься надо мной? Ну а ты, сам то ты что за фрукт? Кто ты такой, чтобы судить меня? Как я понял, ты тоже уже отгулял свое? Как с тобой получилось? Из-за меня пострадал? А может, наоборот, как раз из-за тебя я и погиб? Где мы вообще сейчас с тобой находимся?

Как бы в ответ на свои слова, он увидел себя вдруг в той же больничке, в той же палате... Та же кровь на стене, на полу, на одеяле. Раны его зияли, ныли. Вениамин лежал рядом, укрытый до подбородка одеялом, вокруг царила та же зловещая тишина.

# 4

Сенин приподнялся на локте и взглянул в сторону соседа:

— Это правда, что тебя зовут Вениамин?

Тот молча кивнул.

Сенин вздохнул облегченно:

— Мне тут привиделась какая-то чушь. Будто мы убежали отсюда, пытались скрыться, на нас опять было совершено покушение, только по-другому…

— Клетки, — лениво пробормотал сосед, — это просто клетки. В отличие от нас самих — слабаков и трусов, они не сдаются, сражаются до последнего. Даже когда сознание отключено, они продолжают жить, противиться опасности, смерти, ищут выход. Если сознание возвращается, организм уже знает, что делать. Если нет… Может, тебе доводилось когда-нибудь видеть курицу, бегущую с отрубленной головой: ты не задумывался над тем, что в тот момент командует ее ногами? Приблизительно так и у нас с тобой. Вот только будущего у нас нет больше, курица уже не бежит, мы двинулись в обратную сторону. И будем лететь теперь назад с сумасшедшей скоростью.

— Мы, — подозрительно посмотрел на него Сенин. — Почему? Потому что нас расстреляли вместе? Значит, одеяло тебя не спасло? Но где же тогда медсестра, врачи, почему мы не бредем единой толпой? Или они все разбежались как крысы, пытаясь спастись в этих, как ты говоришь, «клетках». Где они, кстати, эти «клетки» твои находятся, в спинном мозгу что ли? Кто ты вообще? Ты ведь так и не сказал мне. Кем ты был при жизни?

— Тобой, — спокойно ответил Вениамин.

— Мной? — Сенин расхохотался. — Да ты просто подослан ко мне, разыгрываешь, мистифицируешь. С какой целью? Меня Владимиром зовут, я уже представлялся тебе. Ты что же, мой ангел-хранитель? Почему тогда ты так плохо меня охранял, допустил такое?

– Кто я? Я и сам не знаю. Знаю просто, что мы одно целое. Именно поэтому мне известно о тебе все, нравится тебе это или нет. Потом, когда закроется для нас уже и настоящее, я приведу какой-нибудь пример, чтобы убедить тебя, или ты сам что-нибудь вспомнишь. Но нужно ли это? Ах, я плохо охранял тебя! Но сколько раз я тебя осаживал, предупреждал, хоть однажды ты послушался моего совета? Или, может, ты мне сейчас скажешь, что не ведаешь, за что тебя убили, что ты не знаком с людьми, которые вдруг ни с того пи с сего пожелали твоей смерти? Это ведь ни для кого не секрет, кто они, но никто и пальцем не пошевелит, чтобы отыскать виновных. Кто же станет отыскивать… свою смерть? И жена твоя будет раскланиваться, любезничать с твоими убийцами, даже заискивать перед ними, потому что они откупят у нее твое дело и не позволят никому другому его продать. Ты молодец – успел подписать бумагу на ее имя. Хотя этим ты просто надеялся спасти свою жизнь, но было поздно. Зачем юлить? Ты хапнул тот заказ, а кусок был слишком велик, вот ты и подавился.

— Кто-то должен был его хапнуть, — угрюмо огрызнулся Сенин, сразу поняв намек соседа, — почему бы и не я? Мы скакали трое на одном уровне, я их на повороте обогнал. Все было по-честному, рано или поздно кто-то должен был вырваться в лидеры. Ты ничего не понимаешь в бизнесе, оттого я и плевал всегда на твои советы. Там свои законы.

— Ну так и я о том же, — пожал плечами Вениамин. — По этому закону ты и должен был умереть. Ты дал взятку, очень большую, тому чиновнику из министерства… Министерства просвещения. Просветитель! Какой важной фигурой ты, наверное, мнил себя тогда, а сам мысленно подсчитывал барыши. Что «повело» тебя тогда? Может быть, твоя фирма находилась на грани банкротства?

– Как раз наоборот, – оживился Сенин, затем осекся, нахмурился, поняв, что он забрел в ловушку. – На грани был один из тех двоих.

– Почему же ты не договорился с третьим, чтобы съесть того, второго?

– Не было времени. Сроки поджимали. Ты не представляешь, какие они алчные, эти чиновники, продажность их не имеет границ. Что ты от меня требуешь? Меня в любой момент могли опередить. Гонки, проклятые гонки!

– Перед кем ты пытаешься выгородить себя? Забываешь, кто я? Они же предлагали тебе договориться, уже после того, как заказ был в твоих руках.

– Ага, и никаких компенсаций! Вот именно «после» – все расходы повисали на мне.

– Наказание за то, что ты вырвался в упряжке, нарушил строй.

– Чепуха! Никто не смеет диктовать условий победителю. Они должны были согласиться на мои варианты.

Вениамин устало махнул рукой.

– Ладно, не буду спорить. Но скажи, тебе никогда не было жаль этих бедных детишек, точнее, их родителей, которых ты столь беззастенчиво обирал, всучивая им втридорога свои учебнички, тетрадки?

Глаза Сенина уже сверкали злостью.

– Что ты понимаешь в этом? Заткнись! Я же тебе сказал: это бизнес! Кого еще обирать? Взрослых? Как ты человеку всучишь то, без чего он может обойтись, да еще втридорога? Его сначала надо в позу развернуть, поставить в условия: нет, и не может быть нигде дешевле. Не я устанавливаю правила. Мы все трое и вся мелкота вокруг нас так делаем, причем, не сговариваясь: стричь надо до шкуры, практически до крови, если бы я стал поступать иначе, я бы не разорился, как многие другие на моем месте, я профессионал, но меня убили бы гораздо раньше. Однако о чем мы говорим, какое это сейчас имеет значение?

— Имеет. Ты думаешь, они не могли дать больше? Могли, но это означало подписать себе смертный приговор. Лидера не должно было быть, повторяю, такой жирный кусок просто надо было поделить.

— Задним умом все крепки, — с досадой отмахнулся Сенин. Затем не выдержал, рассвирепел, он никак не мог допустить, чтобы в таком важном разговоре последнее слово осталось не за ним: — Ладно, объясни мне одну только вещь, хотя бы: с какой стати уже после смерти моей объявились эти «клофелинщицы»? Значит, встреча с ними в мозгу моем подсознательно уже была запрограммирована? И днем раньше, днем позже, но я обязательно бы встретился с ними. Что изменилось бы тогда? Безвинно убиенный я в рай попал? Но где он здесь — рай и где здесь ад, ты видишь их? И где благие — ау! — где недобрые, намерения? Они ничто здесь, убедился теперь? Тут лишь соединение и распад, все остальное лишь следствие соединения или распада.

– Тогда почему же ты так спешил сюда? – с ехидцей усмехнулся Вениамин. – Тебя настолько интересовали здешние причинно-следственные связи?

– А, да заткнись ты! – грубо оборвал Сенин его. – Бога ради, не строй из себя невинного дурачка! Тебе не идет.

Вениамин не ответил ему, он весь сжался, напрягся, глаза его округлились, наполнились ужасом. Сенин не успел даже прислушаться, как зловещая тишина вдруг сменилась топотом ног в коридоре, окриками, выстрелами. В палату вдруг ворвались четверо поджарых людей в масках...

# 5

– Странно, я даже не чувствовал боли, – удивился Владимир, – хотя огонь был поистине ураганным. Кстати, я так и не заметил, как ты выкрутился, эй, Вениамин! На постели тебя точно не было, уж теперь-то я вспомнил, я вообще лежал в палате один.

Однако никто не ответил Сенину. Он вздохнул с облегчением, увидев себя вновь под капельницей, без шести дыр в груди, слыша за дверью голоса, суетливую беготню персонала. Но недолго он радовался, ожил вдруг в памяти злополучный подъезд, затем вновь темнота, и вот он уже сидит в кабинете вместе с Вениамином.

– Что, если я не пойду сегодня ночевать, останусь в офисе? – тихо спросил Сенин. – Все изменится, я останусь жив?

– У тебя был этот шанс, – покачал головой Вениамин. – Ты не воспользовался им. Теперь мы с тобой, как две бескрылые птицы: ничего не можем сделать, совершенно беззащитны.

— Все мы бескрылые птицы, — печально отмахнулся Сенин. — И что же? В этом наша душа? Неужели от нас самих так мало зависит?

Вениамин с досадой отвернулся.

— Что ты хочешь от меня? Таков человек. Нам подарена мысль о жизни вечной, о бессмертии, но что мы сделали для того, чтобы воплотить ее? Молились, постились? В этом мы искали душу? Невелика премудрость — встать на колени, высшая мудрость — с них подняться. И телом, и душой.

Сенин задумчиво покачал головой.

— Теперь я знаю, кто ты. И почему тебя зовут Вениамином. Родителям очень нравилось это имя, но я родился раньше, и меня окрестили по-другому. Ты — мое второе, внутреннее, «я».

— Ангел-хранитель, внутреннее «я», какая разница как называть?..

— Я уже убедился, — как бы не слушая

ставшего вдруг столь близким ему собеседника, продолжил Сенин, – что о многих вещах ты знаешь больше меня, гораздо больше, ты ближе к природе, к Богу. Но как быть с душою? Душа одна у нас или мы разделимся, разделится наша судьба? Ах, как жаль, как жаль, что мы с тобой так поздно сдружились! Может, смысл как раз в том, что нам не дано достичь бессмертия поодиночке? Может, как раз в тебе мои крылья? Одно я точно знаю теперь: душа должна быть чем-то облечена. Вот только чем, ты не скажешь мне?

Так и не получив ответа, он вдруг увидел себя совсем молодым, в аудитории института. Ярко сияло весеннее солнце. Вениамин был рядом, но уж совсем призрачный, едва различимый. Но что Вениамин, Бог с ним, с Вениамином. Рядом сидела Настя, прекрасная Анастасия. И он знал, что сегодня, сегодня она будет его. Они встречались уже полгода, и время расхристанности, раскрепощенности, в том числе и в области тех отношений, которые еще недавно было принято называть самыми сокровенными, подстегивало, буквально бросало их друг к другу. И все проблемы были так легко разрешимы, в одном общежитии так или иначе можно было уединиться: договориться с ребятами – соседями по комнате, сбежать с лекции. Но Настя никак не могла решиться. Дура! Все твердила о какой-то ответственности. Перед кем? Что не хотела бы терять время попусту. Удовольствие, разве оно когда-нибудь бывает попусту? Говорила, что не может в таких условиях, нужно, чтобы полностью можно было бы расслабиться, довериться, не боясь, что кто-нибудь постучится, войдет. Чушь! Принцесса на горошине! Цирлих-манирлих! Сказала бы просто, что он ей не нравится, так ведь нет – жить без тебя не могу!

А потом закрутилось, завертелось все: общага стала как бы продолжением биржи, и уж, несомненно, частью той, внешней, жизни. Не пройдя до конца этажа можно было купить тонны сахара, меди, какого-нибудь китайского барахла, тут же, или на другом этаже, в другом институте или у знакомого брокера перепродать их. Деньги завертелись вокруг совершенно бешеные. Сенин с трудом тогда, исключительно лишь с помощью взяток преподавателям, окончил институт. Некоторые побросали учебу, потом локти кусали, другие, кто с деньгами всплыл, восстанавливались или просто внаглую, без затей, покупали себе диплом. Настя! Тут уже было не до Насти с ее оглядками. Появилась вокруг тьма девочек куда привлекательнее, доступнее, он тогда еще не был отягощен проблемами, был поистине неутомим.

Как там было тогда с его душой?

— Вениамин! — тихо окликнул он. — Ты помнишь Настю?

Но Вениамин не откликался, он вообще исчез из поля зрения. По всей видимости, сил у Сенина уже не хватало на двоих.

Настя! Она довольно быстро вышла замуж, сразу же после окончания института. Муж любил ее, хотя и зарабатывал средне. Не был ни лентяем, ни трудоголиком, большую часть времени проводил в семье…

И все-таки, когда они потом встретились, она была так счастлива, что вышло по ее: что вот только теперь, когда есть все условия… Она буквально исходила нежностью, боготворила Сенина, растворялась в нем, а он лишь позевывал пресыщенно. И встречался с ней больше из любопытства: как же, ведь ни к кому с тех пор, после института, он не испытывал даже чувства легкой влюбленности, что же он в этой невзрачной серятинке нашел? Чем она может удивить его? В постель с ним легла, наверное, только из-за того, что он такой крутой, богатый? Принц, да и только! Видя в мечтах, что исправляют они оба свою ошибку и соединяются, наконец, вместе. Принимала подарки, которые он ей преподносил, как память, а он лишь расплачивался ими. Все прошло мимо: и нежность, и ласки ее. Были они, а вроде как, и не было. Она была счастлива, даже когда все поняла и исчезла, он это счастье упустил, никогда вообще не было у него счастья. Были деньги, жена при связях и, опять же, при деньгах. Хотя… с его стороны была только иллюзия выбора, на самом деле его выбрали. А он? Что он сам? Добрая память ему!

# 6

И опять скачок! Вот он тринадцатилетний мальчик на заснеженном берегу реки, сбежавший в тот вечер от всех и всех презиравший, даже ненавидевший, под звон доносившихся откуда-то по радио новогодних курантов, дававший клятвы посвятить себя борьбе против глупости, черствости, пошлости, несправедливости. Тогда он был один, един со своим alter ego. Или просто был незрел, наивен? Да кому сейчас это интересно? Тот мальчик. Настя. Богу? Но что Богу до него? Вениамину? Но что Вениамин? Легко оставаться благородным, рассуждать о высоких материях за широкой спиной, не думая о деньгах, об угрозе в любой момент быть вышибленным из игры, о постоянном риске оказаться в бессловесной полуживотной массе убогих и увечных, калек физических и духовных, исполненных злобы, зависти, вопиющих о воровстве, мошенничестве, обмане, и живущих, тем не менее, жалкими, издевательскими подачками, бросаемыми чванливыми бонзами с заоблачных высей. Какое это имеет отношение к душе? Но вот я кормил тебя, оберегал, пестовал, и где ты? Именно сейчас, когда я не понимаю многого, когда теряю силы и становится мне все более безразлично, что дальше будет со мной...

Сенин поразился вдруг мысли: почему так легко сдаются люди перед лицом смерти? Разум мешает, губит? Но чем? Надеждой на какую-то химеру, ими же самими выдуманную? Но сколько их, таких химер? Сколько их, разных, которым разные люди по-разному поклоняются, ненавидя, убивая из-за них друг друга? Неужели самому безумному, самому ослепленному человеку это не очевидно? Каким сильным, животным, лишающим рассудка, воли, должен быть страх, чтобы он гнал человека с такой неистовостью по чужим головам, поверженным телам от рая жизни к аду смерти?

Ты видишь, Вениамин, видишь, я тоже не алчный трутень. Я тоже жил чисто, праведно, по-своему боролся. Ты говоришь, что я переступил предел, но для чего? Понял ли ты до конца, почему я сделал это? Деньги? Не только деньги! А может, совсем и не деньги даже влекли меня тогда со страшной, неодолимой силой. Я хотел понять, до конца убедиться в существовании чего-то мерзкого, поганого, смердящего, чему я вроде как продал свою душу, а уперся во все то же — человеческие мозги. Быть может, за это меня и убили? За это знание. Быть может, именно знанием этим я и нарушил правила игры? И я не лгу, не оправдываюсь, говоря это, просто сейчас, пребывая уже трупом, я знаю, верю, понимаю великую истину: я не хочу умирать! Но мне уже не донести эту истину туда, обратно! Хотя, быть может, это и есть то решение, и еще сражается за мою ускользающую жизнь какой-нибудь сдвинутый, твердолобый хирург?

# 7

Сенин забылся, ожидая, что сейчас, сейчас, наверное, он вернется к истокам, к великой тайне – тайне своего рождения. Что там дальше? Вечность? Новая жизнь? Но его пронесло мимо на тысячелетия. Ах, как хотел он увидеть лица своих родителей, благоговейно склонившихся над ним, чувствуя любовь к нему как к величайшему чуду. Вместо этого он услышал рев, крики, мычание, увидел кровь, какие-то смертельные побоища. И внезапно земля вокруг стала совсем голой, как бы соединенной со всей Вселенной. Однако пустоты не было. Копошились густо частицы, атомы, какие-то неведомые сочетания. Исчезли пространство, время, зрение, понятия «внутри» и «отвне» ничего больше не значили. И в то же время (время ли?) все жило, если это можно назвать жизнью, двигалось (хотя вряд ли это было движением).

Вечность или забвение, конец или начало – что ждет его? Сенин уже не понимал этого, лишь одна истина была еще доступна ему, поддерживала или создавала иллюзию поддержки: в мире нет пустоты. Для того крохотного, бесстрашного, что уже даже не клетка вовсе, что больше не принадлежит ему, в мире нет пустоты.

Птицы, бескрылые птицы... Где ты, душа? Ему вдруг показалось, что он тяжело вздохнул, но тяжесть тут же прошла, отпустила. Сменившись легкостью удивительной, невероятной, которой он еще не испытывал никогда...

# КОГДА ДУША С ТЕЛОМ НЕРАЗЛУЧНА



*новая русская сказка*

В некотором царстве, в некотором государстве жили два закадычнейших друга, у них даже имена похожи были: одного Петром Павловичем величали, другого – Павлом Петровичем. Жили-поживали, добра наживали, благо добра в то время глазом было не объять. И вышла промеж ними размолвка. Отчего, почему – да кому ж знать? Они и сами не помнили. Но не помнить-то не помнили, а и не забывали. Да и как забыть, коли рана такая была, что сердце чуть ли не надвое разделила?

Первый-то, Петр, очень страдал, прямо жизнь не в радость ему стала, и все мечтал он с другом помириться. Однако Павел был не таков, время злость в нем не заглушало, а только накапливало, и уж вот-вот должна была желчь его переполниться, а тут как раз и повод подоспел: добра-то много вокруг, а дорожка к нему узкая, никак не разойтись. Им бы как раньше: объединиться, да и вместе пойти, поделив затем добытое, ан нет, дружбе былой конец, как раньше никак не могло получиться.

Сделал Петр последний шаг к примирению, да только Павел его и слушать не захотел: никакого мира – уйди с дороги или пеняй на себя.

Отступить бы Петру, да уж очень он хотел старого друга вернуть, образумить, пожертвовал он львиной долей того, что должен был выручить, да выставил за собой такое войско, что при жадности Павловой никак тому против подобного воинства было не устоять, однако не надо было Петру этого делать.

– Что ж, ты сам решил свою судьбу! – покачал головой Павел Петрович и начал осуществлять то, что давно уже задумал. Вот только злость его до того разрослась, что просто убить бывшего своего неразлучника казалось ему недостаточным. «Жизнь коротка, – говорил он себе, – а после что? Куда я в итоге попаду? Прямехонько в ад, а Петюня наш еще посмеиваться будет потом из рая надо мною».

Призвал он к себе ближайшего помощника и изъявил ему свою волю:

– Человека хочу убить, по-другому никак нельзя, очень уж он мешает нашему делу.

Что ж, убить, так убить, за такие деньги, которые помощник у хозяина своего получал, готов он был голыми руками придушить кого угодно.

– Но не просто убить, а чтобы не только тело, а и душа его погибла. Ни в аду, ни в раю – нигде чтобы ему места не нашлось.

– Да как же так, – растерялся помощник, – сколько живу на свете, а такого не встречал, разве такое возможно? Душа – она ведь бессмертна. Да и зачем вообще такие сложности? Главное – деньги будут наши, а что человек? Тьфу, и нет человека. Что нам душа его, какая нам в ней корысть? Неужто станем мы из-за такой чепухи Бога гневить?

Разозлился Павел, хотел было совсем прогнать помощника с глаз долой, да потом передумал – хоть и дурак тот был, но верный. Где такого сейчас скоро сыщешь? Ведь не отказался же, просто не знает, как сделать. А и то, может, он сам погорячился, невозможного просит? Однако как воротила ни прикидывал, все выходило, что он прав. Или, может, он убедил себя в этом? Что человек без души? Тварь бессловесная. Ни до кого ему не докричаться, некому за него и заступиться. Ведь сколько говорят о том, как люди черту душу продают. С чем же они остаются после?

Столько вопросов выходило, что недолго было и голову сломать, а голова Павлу была нужна для другого дела. Вызвал он тогда главного охранителя своего, вот с кого первый спрос и должен быть в таких вопросах. Охранитель тот тертый был мужик, и в своем деле знал каждый закоулок. Так что и глазом не моргнул, ответ тотчас был у него.

— Можно и так сделать, коли охота есть, но подобный заказ очень дорого будет стоить.

— А ты не беспокойся за меня, — ответил воротила, — что деньги — сор, главное, чтобы желание мое было выполнено.

У охранителя и в мыслях не было возражать.

— Есть такой человек, с любой задачей справится... Сами с ним встретитесь или мне договориться?

Понимал воротила, что лучше все через посредников делать, остаться в стороне, в тени, ан нет — разобрало его любопытство. А может, и не любопытство, холодный расчет: ну как обманут его, наврут с три короба, не полезешь же на тот свет разбираться? Оттуда ведь обратной дороги нет, весь смысл жизни как раз в том и состоит, чтобы не угодить туда раньше времени.

— Сам встречусь, — Павел сказал, а поджилки так и затряслись у него при мысли о подобном зрелище.

Хотя в зрелище том ничего страшного, собственно, и не было. Пришел мужичок, не то чтобы с ноготок, но росточка невеликого, в кепочке, порточки потертые, на два шага отойдет — и в толпе не различишь. Спокойный, деловитый, не из гордецов, но и не из угодливых.

— А что, и вправду способности у тебя такие есть, берешься осуществить?

У Павла даже руки от сладостного предвкушения затряслись: неужто и в самом деле, по его выйдет?

— Берусь, чего ж не взяться, — пожал плечами мужичок, — но только и прошу дорого.

И назвал такую сумму, что у Павла чуть глаза наружу не вылезли. Но промолчал он, подумал, что, в крайнем случае, и на душегубов управа есть, но мужичок как бы прочитал его мысли:

— А вот этого не надо, себе дороже обойдется, жизнь у каждого человека одна, и висит-то она на ниточке. Если цена не по вам, то можем сразу и разойтись, но коли договор заключим, обратной дороги ни у меня, ни у вас уже не будет.

Павел хотел было поторговаться, но затем передумал.

— Ладно, — согласно кивнул он, — как сказано, так пусть будет и сделано.

Но руки душегубу все же не подал, один обмыл сделку, даже охранителя не позвал.

Странное дело — казалось, должен был он после этого успокоиться: и исполнитель надежный, и задаток взял, ан нет, не стало после того дня Павлу спокойствия. Перво-наперво явился ему во сне черт и стал укорять его:

— Что ж ты, родной, какой смысл так неразумно поступать, зачем душу губить, ею куда выгодней да приятней распорядиться можно. Вот у тебя одна душа, а стало бы две: другая жизнь, другие возможности. Подумай сам: одна душа чистая, светлая, другая — черней смолы, и не жалко ее, в любой момент раз плюнуть – от нее избавиться. Глупо, глупо ты поступил, почему у меня совета, помощи не попросил, разве в таких делах полагаются на человека?

Может, оттого, что во сне беседа происходила, может, Павел действительно бесстрашен был, но он лишь усмехнулся в ответ на рассуждения хвостатого:

– Родной? Какой же я тебе родной? Я от человека рожден, а не от вашего бесовского семени! И якшаться с таким сбродом, как вы, не имею никакого намерения.

– Понятно. Значит, не родной? А зачем же тогда вторгаешься в наши пределы? Может, трепки хорошей тебе задать? Это мы вмиг устроим.

Тут Павел и проснулся. Хотел забыть о происшедшем разговоре, да никак не мог: «А может, тот плюгавенький сам черт и есть? Угораздило же меня так вляпаться! Впрочем, что это я? Совсем раскис. Сказано же: обратной дороги нет».

Сын у Петра единственный был. На свет

появился поздно: все знахари-врачи в один голос утверждали, что жена его рожать неспособна. Хотя утверждать-то утверждали, а помощь свою предлагали, от чего Петр Павлович всякий раз отмахивался, про себя посмеиваясь: не верю, мол, такого не может быть, надо просто подождать, дурацкое дело нехитрое. Так по его и вышло. А уж каков был Мишенька! И собой пригож, и ума, способностей в нем было не по летам. А еще был он тихий, ласковый, услада своих родителей.

А подлец-душегуб с живого с него кожу содрал. Походила-походила по дому жена Петра, да и стала заговариваться. Отвезли ее в обитель для тихопомешанных, а она там в буйство впала: все голосила да волосы на себе рвала, такую красавицу, умничку даже самые близкие родственники вскоре перестали узнавать.

Подобного даже Павел Петрович не ожидал, призвал он охранителя и говорит ему:

– Хватит, достаточно, расправу нужно прекратить. Не могу я, понимаешь? Я ведь Мишку на своих руках выпестовал, во все игры с ним переиграл... В чем он провинился передо мной? Ну а Ксюша-краса, жена Петькина, веришь, я же когда-то был влюблен в нее, мы все трое в одном классе учились, да и потом семьями дружили: праздники, отпуска, ни одного выходного порознь. Кто же мог знать, что в эту сторону пойдет удар?

Охранитель побледнел, но был тверд, как скала:

– Я и рад был бы вам помочь, разлюбезный хозяин мой. Но обратной дороги нет, уговор таков был. Стать на пути у подобного нелюдя – верная смерть, и не только для меня, для всех моих друзей, родных, близких. Да и что я, попытайся остановить его сейчас хоть целая рать, ничего не получится, вы же сами так хотели – чтобы лучшего из лучших.

Пожурил Павел Петрович своего

охранителя за трусость, а прогнать и его не прогнал. Сам виноват. Да и что толку прогонять, надо выход искать.

Вот только времени душегуб ему не давал: вдруг пропали разом два верных помощника Петра — его правая рука и рука его левая. Ушли с работы и как в воду канули. А может, и на самом деле в воде затерялся их след? Но если бы только это.

Была у вернейшего и добрейшего Петра Павловича зазноба, кто ж из нас без греха? Души он в ней не чаял, все свои тайны, невзгоды ей доверял, а уж любил-то, любил сверх всякой меры. Нашли ее в ванне утопленной, тут-то Петр Павлович и дрогнул. Охладел он к работе, стал деньги, связи, сделки терять, лишился вскоре всего, даже собственного дома.

Так и жил на улице. И родители его к себе приглашали, да и знакомых, друзей у него было не сосчитать, но никого он не хотел подводить, зная, что смерть тащится за ним по пятам: лучше уж не прятаться, а, наоборот, в полный рост встать – вот он я, один, бей, коси, ежели хочешь.

А у Павла-то Петровича все наоборот: деньги к нему со всех сторон прибывают, со всеми он договаривается, везде долю получает. Улестил и воинство, Петром выстроенное. Вот только жизнь вдруг стала ему не мила. Не выдержал он, в конце концов, снова призвал к себе охранителя. Хочу, говорит, сам поговорить с душегубом, все деньги решают, решу я и этот вопрос. Через полчаса был ответ: «Согласен. Но чтобы при себе была оставшаяся часть обусловленной суммы». Обрадовался Павел Петрович, раз о деньгах речь зашла – сам Бог велел договориться.

Однако душегуб как был, так и остался неумолим:

– Обратной дороги нет. Начатое надо доводить до конца, таков мой принцип.

И какие деньги Павел Петрович сверху ему ни предлагал, так при своем и остался.

Тут уж Павел Петрович совсем разум

потерял, разыскал друга да во всем ему покаялся, затем вынул пистолет и говорит:

— Убей меня!

Но Петр в ответ лишь головой покачал:

— Ты не виноват, Павлуша. Это просто чернота, ненависть, лютая злоба из клетки наружу вырвались. Никому с ними не совладать. Так весь мир и погибнет.

— Как погибнет? Ну а мы-то на что? — обрадовался Павел Петрович, что друг вроде как простил его. — Не молю Бога о снисхождении, знаю, гореть мне в геенне огненной, но мы не сдадимся с тобой, все по-новому, по-иному выстроим. Вот квартира тебе, машина, дело, сотрудники верные, денег кошель. Что желаешь еще? Все выполню.

Но и на день новой жизни не хватило Петра. Ни квартира, ни машина, ни дело — ничто его не прельстило. Полюбилось одно — быть бродягою. Да и то ведь — куда ни пойдет, тут же, откуда ни возьмись, бутылочка стоит да к ней закусочка. А уж компанию не надо и звать, так гурьбой за ним и тащится из всех щелей народец чумазый, пахучий. Да и больше он уже с Павлом Петровичем не откровенничал, как будто забыл его, только улыбался, как и всем вокруг, с необыкновенной добротой и кротостью, вроде как – смотря и не видя.

Но Павел-то Петрович не сдавался и следовал за другом неотступно.

«Тварь бессловесная. Ни до кого ей не докричаться, некому за нее и заступиться», – вспомнил в тот злополучный час Павел свои собственные слова, углядев яркую красную точку, медленно ползущую по обветшалому пиджаку Петра. Не стал он даже оглядываться, все и так ясно было, просто бросился другу на шею и хотел его наземь повалить. Да не тут-то было, Петр выстоял, сжимая крепко друга в объятиях. Пуля, коварная, подпиленная, не просто в спину впилась, а кружиться внутри начала, разрывая на своем пути мышцы, сосуды. Сначала в сердце, потом в голову – так и вошла она, вторая пуля, ничего не понявшему Петру Павловичу прямо в лоб, чуть выше переносицы.

На том бы и сказке конец: жили-были два друга и умерли в один день. Но Павел Петрович выжил, а умер он гораздо позже, и убили его просто, без затей – с двух шагов в затылок. Но это уже, как говорится, совсем другая сказка.

Впрочем, другая ли? Охранитель да заместитель сговорились между собой: «По-другому никак нельзя. Очень уж он мешает нашему делу».

# КТО Я? ОТКУДА Я? И В ЧЁМ МОЙ ПУТЬ?

*автобиографическое эссе*

Нищета, безотцовщина, послевоенное детство без кола и двора бок о бок с отчаянной шпаной.

Хрущовская оттепель. Придуманные любови. Медучилище. Пединститут.

Брежневский маразм. Университеты марксизма-ленинизма. Невыдуманные любови.

Горбачёвский дебилдинг (перестройка). Бандитский капитализм.

Имперская либерия.

Новая, теперь уже пожизненная, нищета.

Как видите, биография моя не представляет собой ничего интересного, поэтому в рассказе о себе ограничусь лишь несколькими цитатами из одного совсем уж заумного своего произведения.

*Хочу предупредить тебя сразу, возлюбленный мой инопланетянин (кому ещё придет в голову читать мои бредни? Только если, не дай Бог, какая-нибудь всемирная катастрофа произойдёт, и совсем на Земле никаких других книг не останется), не жди от меня здесь чего-то глубоко личного, вообще документального. Это рассказ не обо мне, тем более не имеет он ничего общего со столь уважаемым мною жанром автобиографии. Возможно, я огорчу тебя или, уж как минимум, не оправдаю каких-либо твоих надежд, ожиданий, но то, что ты видишь перед собой сейчас – не более, как беллетристика, которую я писал всегда и которой осознанно посвятил всю свою жизнь. Просто, по всей вероятности, ты привык считать, что беллетристика – это выдумка, однако таковой она бывает далеко не всегда. (Господи, и зачем мне только знать, о чём думают инопланетяне?). (Здесь и далее курсивом отмечены цитаты из* автобиографического романа Николая Бредихина «Исповедь одиночки», за исключением случаев, где источник указан явно. – Прим. редактора.)


Писать, как дышать. Жизнь приучила меня обходиться без читателей. Поначалу было больно, обидно, сейчас я очень счастлив такой своей творческой судьбой. Никто не мешал и до сих пор не отвлекает.


Конечно, обидно уходить из этого мира тогда, когда ты только начал что-то понимать в нём. Грех познания – один из самых великих грехов нашей земной юдоли, уж слишком велика плата даже за самую обыкновенную житейскую мудрость, что говорить о том, если ты вдруг вознамерился посягнуть на что-то непреложное, постигнуть какие-то, никому не доступные ранее, великие таинства бытия? Не положено. Мне не положено. Жаль.

*Ничто в России не ценится так дешево, как ум и красота. Но что с ними дальше происходит? Красота, конечно, погибает, а вот ум, он способен постоять за себя, ум во зло обращается – зло либо для самого человека, либо для окружающих его людей.*

*«Спасите интеллект!» родился как-то в моей бестолковой головушке безгласый лозунг, но так и не нашёл продолжения. Деревья, зверушек разных люди уже додумались охранять, защищать, а вот интеллект – что это? Бездна сия может и испугать. Демосу, гумусу куда понятнее и приятнее стандарт, привычная жрачка-жвачка. Хочешь признания – остригись под гребёнку.*

*(Николай Бредихин «Полночное солнце», «Спасите интеллект!»)*

*Всё то гибнет, что исчерпывает себя.*

*(Ведомый Влекущий "Книга Вечной Жизни)*

*Во власти нашей только то, что мы создали, но не то, что мы открыли. Открытое нами само приобретает над нами власть.*

*(Ведомый Влекущий "Книга Вечной Жизни")*


*Свободный человек — прежде всего человек духовный.*

*(Ведомый Влекущий "Книга Вечной Жизни")*


*Миром правят донкихоты.*


*Издательщина для меня — та же поповщина. Хочу общаться с Богом напрямую, а такое удовольствие дорогого стоит. Только нищему и безвестному оно по суме.*


*Литература — такой же бизнес, как и всякий другой. Пока вы кропаете что-нибудь* для себя, это ваше личное дело, но если вы хотите вынести свою рукопись на суд читателей, то она становится обыкновенным товаром. И уж тогда не зевайте – пусть люди смеются над вами, наживаются на вас – сколько угодно, только не дайте им себя обмануть.


В каждом мужчине по отношению к женщине живут два начала: начало похоти и начало любви.


Самые дорогие женщины те, которые ничего не стоят.


Красота женщины – это её умение себя преподнести.


Миф о загадочной женской логике вовсе не женщинами придуман, чтобы за него прятаться, а мужчинами, чтобы не вдумываться.

Любимые уходят, любовь остаётся.


Если бы сердце в нас не бывало порой мудрее разума, мы, наверное, давно бы перестали быть людьми.


Теперь я знаю: одной смерти мало, чтобы двоих людей разлучить.
(Николай Бредихин "Небеса")


В любви всё правда, но нет правды о любви.
(Николай Бредихин "Любовь в Вероне")


Наука мудрости гласит: о некоторых вещах лучше догадываться, чем знать наверняка.


Куда важнее то, куда мы придём в итоге, чем та пристань, с которой мы отправились.


Фига в кармане? А у вас что?

Фига? В кармане? Да нет у меня её, по той простой причине, что у меня и карманов-то нет. Они мне давно без надобности.

# МУТНЫЕ ВОДЫ, РЕКА СОМНЕНИЕ

*повесть*

# ЧАСТЬ ПЕРВАЯ

## ГЛАВА 1

Алексей задумчиво повертел в руках повестку. "Ничего не понимаю. Сборы, какие еще сборы!". Ему казалось, что подобная угроза давно его миновала. Впрочем, военкомат есть военкомат, умом его объять уж точно невозможно, наверняка у них там какие-нибудь недоборы, дополнительные, спущенные сверху, планы. Но, в принципе, у них свои заботы, а у него свои. Какие свои? Кого, собственно, его мелкие, житейские, трудности интересовали? Ах, некому отводить детей в садик! Так какого бога ты их, детей своих, столько наплодил?

Алексей и сам не мог бы объяснить, какого бога. Просто так получилось. Ну, Павел, с ним понятно: зачем, собственно, жениться, если не планируешь иметь потомство, продолжателей своего рода? Нет, тут точно все соответствовало первоначальным прикидкам: год они с

Аленой пожили для себя, проверили еще раз друг друга на совместимость, второй раз съездили вместе отдыхать в отпуск, там и расслабились. С толком, с чувством.

Юля, Юлок… Алексей вот-вот должен был получить квартиру, и три комнаты, конечно, не две. Пришлось проявить прыткость. Они едва успели с Юлком – так сказать, "впрыгнули в последний вагон уходящего поезда". Однако Настя, эта неугомонная Настя, откуда она появилась? Точнее, как?

Уже в тот момент у них начались трудности в материальном плане, жена поставила крест на своей карьере, решили целиком сосредоточиться на служебном росте Алексея, однако с ростом дело сложно продвигалось, и Алексей знал почему, хотя и не откровенничал с женой по этому поводу.

Где-то через год после того, как он после института попал на успевший прикипеть к сердцу завод, его вызвал парторг и намекнул, что есть, мол, возможность отличиться:

вообще, конечно, существуют большие трудности для "инженерно-технических работников", но поскольку он молодой специалист, ему, как говорится, и карты в руки. Карты, партия… Что за игра? Преферанс? Сначала Алексей тупо смотрел в стену, не понимая, о чем, собственно, идет речь, а когда уяснил, то с самым наивным видом отказался. Да, тогда он еще не мог предположить о Насте, хотя вообще-то по природе своей был человеком предусмотрительным и вроде бы они с Аленой все соблюдали, но с Настей, как уже потом Алексей понял, все предусмотрительности были бесполезны, она бы все равно свое взяла.

Вот тут, конечно, черт бы с ней, с партией, точнее, какая разница, коли уж так приперло? Однако парторг оказался человеком на редкость злопамятным, как ни пытался Алексей потом нажать на него сбоку, сверху, снизу, дабы исправить свою ошибку, все его усилия оказывались тщетными.

Когда-то все вокруг были уверены, что уж Алешка-то Подрезов в инженеришках точно долго не задержится, в самое ближайшее время – мастер, затем начальник цеха, ну а дальше как повезет. Но не повезло. Быть может, оттого что он был некомпанейским человеком, а нужно было выпивать, выпивать, закусывать, а главное – говорить потом, говорить. Вот в этом, закусочном, трепе и рождались, как правило, самые неожиданные мысли, принимались самые важные решения. Однако пить надо было не с кем попало, а все с тем же парторгом, с начальством и особенно с членами постоянных комиссий, которые все время что-то проверяли и перепроверяли, среди них-то порой, как золотая крупинка в куче пустой породы, и попадался тот самый-самый нужный человечек. Своего рода "рука", которая в момент "икс" снимала телефонную трубку, да и вообще лучше любой "головы" могла решить любые вопросы. Такой "руки" у Алексея не было. Женат он был вообще по любви... Какие-то институтские друзья? Наверное, не те друзья были, во всяком случае пока из них никто ничего существенного не достиг.

Нельзя было сказать, конечно, что Алексей столь сильно был зациклен на карьере. Бог с ней, с карьерой, но в жизни его появилось вдруг столько дополнительных трудностей, каждодневных пакостей, которые оказались в своем множестве пострашнее тех мельниц, с которыми сражался небезызвестный Дон Кихот Ламанчский. Нет, здесь ему, в этом КБ (Конструкторское Бюро, для тех, кто уже забыл недавнее прошлое, или попросту "ящик"), ничего не светило, и выход был прост и логичен: как можно быстрее подыскать себе новое место работы. Но и с этим вопросом дело обстояло совсем не просто, не говоря уже о том, что КБ было засекреченным. Да и какой-то минимум все же был у него: и зарплата побольше, чем в местах не столь таинственных, загадочных, да и какие-то, пусть самые ничтожные, но отличия: и с садиком по всем трем детям вопрос удалось решить, теперь вот подходила очередь на телефон, и уж полный апофеоз – путевку семейную на лето обещали. Настену только ни в коем случае не надо брать с собой.

– С тремя детьми, сборы, они что там, совсем очумели? – Иной реакции от жены Алексей и не ожидал. – Я им позвоню! Я им все выскажу! Кстати, почему здесь не указан телефон? Да я и без телефона: я им Настьку оставлю на денек, двух часов не выдержат, взмолятся, машину специально, чтобы тебя вернуть, пришлют.

Вот женщины! Как они цепко подмечают детали! Алексей внимательно осмотрел повестку: телефона, действительно, указано не было. Но даже если бы он и был, предположить, чтобы Алена по нему позвонила! Жена Подрезову, несмотря на свое претенциозное имя – Альбина (в переводе с латинского "белая"), и массу глупостей из самых разных гороскопов о якобы присущих этому имени чертах характера и особенностях судьбы, досталась сущая божья коровка, собственно, такими же были его теща и тесть. Хотя тесть подчас, когда его особенно допекали, нацеплял на пиджак ордена, медали и с мукой в сердце отправлялся куда-нибудь на очередной прием: что-то просить, кого-то усовещивать. Иногда помогало. В частности, с телефоном. Того и гляди должен был ускориться процесс.

— Ладно, как-нибудь перекрутимся, — со вздохом сказала Алена, уже засыпая. — Мать попрошу, на работе попробую договориться с начальством. Слушай, а зарплата? Зарплата как?

— Средний заработок. Сдам справку в бухгалтерию, оставлю доверенность, будешь за меня получать, — ответил Алексей сонным голосом.

— Ну а срок? Там ведь срок не указан!

– Срок обычный, три месяца, чего указывать? А может, все-таки попытаться? Трое детей – по-моему, там определенно что-то напутали.

– Вот и выяснишь, – уже совсем погружаясь в объятия Морфея ответила жена. – Отдохнешь там. От нас, по крайней мере.

– Да, хорош отдых. Где-нибудь в палатке в поле. Подъем, отбой, в промежутках кросс с полной выкладкой. Да еще какой-нибудь дебил старшина! Два года: "Стой! Кто идет?" кричал, интересно, чего на сей раз сподоблюсь?

– Ты там того, не балуй, – запоздало напутствовала жена. – Я-то не смогу, а Настена точно глаза тебе выцарапает.

– С кем баловать-то, – совсем без сил огрызнулся Алексей. – Ты что, не знаешь, что такое армия? Там исключительно мужской контингент!

– Ага, рассказывай, а обслуга, а увольнения. Я предупредила, Настьку не обмануть.

## ГЛАВА 2

Староста группы (может, старший сержант или комвзвода), по всей видимости, был тоже из "сборной гвардии", но как ловко, гад, сразу сориентировался, подсуетился – прибыл на день раньше, что ли? – а теперь вот смотрел на Подрезова осовелыми глазками и дышал смачным перегаром – наверное, устроил себе достойные проводы.

– Иди к начальству, мое дело телячье. Может, тебе сразу дадут медаль отца-героя и отправят дальше увеличением народонаселения заниматься. – Он хихикнул своей шутке, оглянувшись на уже притершихся к нему подлипал: каждый понимал, как много от первых дней нахождения здесь зависит. – А может, наоборот, срок продлят, будут гонять, пока вся дурь не выскочит.

Алексей постоял немного в нерешительности перед дверью "начальства", затем все-таки постучал.

– Войдите, – послышался негромкий вежливый голос.

Первое, что поразило Алексея: то, что "начальство" было в штатском, так что он не знал даже, как ему к собеседнику обращаться, в каком тот был звании? Скорее всего, капитан.

На сей раз его выслушали предельно внимательно, однако реакция оказалась той же.

– У всех трудности, товарищ Подрезов. А скоро трудностей, сложностей, заминок, запинок станет еще больше, вообще невпроворот, как же вы собираетесь их решать? Мы как раз и вызвали вас сюда, чтобы вам потом жилось легче. Так сказать, тяжело в ученье... Вас ведь выбрали – вы сознаете? – выбрали, это большая честь. Вы потом все поймете, уж поверьте мне на слово, да еще тысячу раз нас возблагодарите, а пока отдыхайте, устраивайтесь. И будьте внимательны, от каждого шага здесь для вас многое в дальнейшей жизни будет зависеть. Вот приход ко мне ваш – уже первый прокол. А промашек не должно быть. Времени нет вас перековывать, переучивать, нам готовые люди нужны.

Сказать по правде, Алексей мало что уразумел из того, что ему было сказано, но уже спустя полчаса в нерасторопности своей лишний раз получил возможность убедиться. Придя в казарму, он обнаружил, что его место уже занято каким-то здоровенным детиной, а вещи небрежно сброшены на пол, да и попотрошили его чемодан, по всему чувствуется, изрядно. Однако скандал нельзя было поднимать, армейский быт "срочной службы" достаточно хорошо помнился.

"Странно, "дедов" здесь вроде никак не должно быть, раз мы все в один день приехали, – подумал Алексей. – Почему же такой беспредел сразу? Средь бела дня у всех на глазах чужие вещи переворачивать –

чего же дальше ждать? Может, все-таки сходить, вернуться, тому мужику пожаловаться? Нет, отлупят, сволочи, непременно отлупят, накроют одеялом и темную устроят, это уж как пить дать".

Подрезов счел за лучшее промолчать, собрал что осталось из пожиток и пошел искать свободное место. Собственно, какие места – самые настоящие нары в три яруса. А значит, чем ниже лежанка… "Ладно, три месяца не такой уж большой срок, отмучаюсь как-нибудь", – подумал Алексей и нашел все-таки место посередине. Теперь уже, наученный горьким опытом, он никуда с него не отлучался, хотя, как только позвали на обед, он побежал одним из первых, чтобы, опять же таки, "застолбить" стол поприличнее.

Однако и тут ему не повезло, практически все места были заняты.

"И это уже на все три месяца! – с тоской подумалось Подрезову. – Черт побери, как же они успевают-то хоть? Как будто тренировка особая. Ведь все из разных городов, областей приехали, еще несколько часов назад никто друг друга не знал. И вдруг все определились, перезнакомились!".

У Алексея от неприятных предчувствий заныло под ложечкой, он с трудом запихивал в себя жуткую бурду, абы как приготовленную кухонным персоналом (вот еще место, куда он не попал, а следовало бы! Ну что бы и ему на день раньше подсуетиться?), понимая, что ни роптать, ни оставлять что-либо не съеденным здесь не принято. Тем более, что хоть в чем-то ему повезло наконец: он уже хотел было примоститься в самом дальнем углу, как его вдруг окликнули: "Эй, друг, иди сюда, тут стульчик свободный!". Отказываться было глупо, Алексей судорожно вспоминал мельчайшие подробности своего прошлого "служивого" опыта, достаточно откровенно отвечал на вопросы, которые ему задавали товарищи за столом, да и вообще чувствовал себя уже гораздо легче, руководствуясь золотым армейским правилом: "делай, как я, смотри на меня!" Все ели, и он ел, никто не морщился, не костерил поваров последними словами, и он помалкивал.

Однако ближе к отбою Подрезова ждало жестокое разочарование, человек, который окликнул его за столиком, попросил его поменяться с ним местами, точнее "нарами".

"Понятно, услуга за услугу! – разозлился Подрезов. – Да услуги-то уж очень неравноценные".

Конечно, он мог отказаться…

– Послушай, – сказал человек, который за "трапезой" представился Аркадием, – ты не пожалеешь, за мной не задержится. Я просто чуть-чуть запоздал, но кого это интересует? Однако мне с самого верха никак нельзя начинать, вскоре сам поймешь.

"Ладно, черт с ними со всеми. Главное, что первый день – блин горелый, со сковородки слетел, отсчет начался, – думал Алексей, ворочаясь на своем жестком лежбище. – Еще девяносто суток-без-шуток папке твоему осталось оттрубить, Настена. Две тысячи сто шестьдесят часов-на-ногах-сто-пудов, сто двадцать девять тысяч шестьсот минут-на-аркане-ведут, семь миллионов семьсот семьдесят шесть тысяч секунд-становись-во-фрунт. На пальчиках точно не поместится, будем зарубки делать, как Робинзон. И все-таки странно, почему все здесь в штатском, и нам форму никому не выдали?"

## ГЛАВА 3

Форму не выдали и на следующий день. Алексей быстро сообразил, что и тут он оказался не на высоте. Одежда играла свое, как видно очень важное, значение. И в своих застиранных, еще институтских, джинсишках, не говоря уже о рубашке с обтрепанным воротничком и свитере домашней вязки, Подрезов смотрелся жалко. Конечно, попадались чудаки и вообще в тренировочных костюмах, но это было слабым утешением.

Вообще открытий он совершал с каждым часом все больше. К примеру, городок их находился не в лесу и не в поле, а в обыкновенном микрорайоне, ограда и ворота были самые обычные, никакие увольнительные не требовались, можно было в любой момент отлучиться. Вот только куда? Здесь, как и везде, шагу нельзя было ступить без денег. Кино, пиво, из последних достижений – дискотека, на которой местные накачанные дебилы ревниво оберегали прыщавых доморощенных Василис. Так что Настене не имело никакого смысла отращивать коготки.

И вообще, тоска была смертная, хотя день по военной привычке был забит до отказа. Что еще было странно – никакого оружия. Армия! Странная армия! И вместе с тем, когда кто-то из не в меру любопытных посторонних забредал на территорию, к нему тотчас подходил какой-нибудь вежливый типчик, опять же из "сборной", опять же в штатском, говорил тихо какие-то слова и, как ни странно, слов этих бывало достаточно. Да, собственно, и случаи такие бывали диковинной редкостью.

Впрочем, желающие отводили душу и в прекрасно оборудованном тире, и в тренажерном зале, и на тренировочных площадках. Алексей предпочитал отсиживаться в библиотеке, тоже прекрасной, кстати, по всем статьям. Никто не ругал его за это, его предпочтение считалось в порядке вещей, ничем не хуже других. Основное время у курсантов – так в конце концов определился Подрезов, что попал он не на сборы, а на курсы – занимали всякого рода лекции, в основном тоже довольно привычные – о международном положении, о перестройке, гласности, "негативных явлениях прошлого". Но было и кое-что поинтереснее: история и теория мошенничества – как не дать себя обмануть, вовлечь в какие-нибудь махинации, много времени уделялось законодательству, точнее, "дырам" в нем, и особенно, почему-то, иностранным языкам, больше всего английскому.

Собственно, никто никого не принуждал к занятиям, можно было все дни проводить в спортивном зале, но бывать на лекциях считалось престижным и зальчики-аудитории никогда не пустовали. Выбор тем тоже оставался за слушателями, единственным условием, опять же, определялось то, чтобы рабочий день был забит до отказа. Правда, иногда давались какие-нибудь указания сверху, в чем-то сложившийся порядок корректировавшие, и приходилось им подчиняться.

Преодолев первую негативную реакцию, Алексей довольно быстро приспособился к тем условиям, в которых он неожиданно для себя оказался, некоторыми циклами лекционными даже упивался: к примеру, об иностранных трудовом и гражданском кодексах, а уж от компьютера, который казался здесь, при убогости оборудования на его работе, совершенной диковинкой, его вообще невозможно было оторвать.

Тревожило Подрезова лишь одно обстоятельство: вокруг него бурлила очень напряженная, на высшей точке кипения, деятельность, а он был как бы в стороне от нее. Наверное, потому что у него совершенно не было денег, так называемого "первоначального капитала", и он понятия не имел, как им разжиться. Попросить Алену, чтобы она ему какую-нибудь, хоть малую, толику выслала, казалось кощунством, продать с себя ему тем более было нечего. А вокруг шел нескончаемый, не прекращавшийся ни днем ни ночью, торг. Люди перебирались с верхних мест на нижние, или (жизнь есть жизнь!) понуро карабкались наверх. Прибарахлялись или наоборот, натягивали затасканные "треники", разъезжали по городу в автомобилях, при нужде "пользовали" умопомрачительно длинноногих сексапильных девиц.

Очень быстро выяснилось, что за стенами

городка, опять же за деньги, можно было найти что угодно: от ночных баров до казино. Алексей после долгих размышлений пришел к выводу, что готовят их не иначе, как к засылке за границу, однако в отношении себя не строил никаких иллюзий, для шпионских целей он совершенно не подходил.

## ГЛАВА 4

Впрочем, как ни комфортно Алексей чувствовал себя, постепенно обживаясь на непонятных "сборах", он с нетерпением ждал окончания положенного срока, чтобы вернуться домой к семье. Ему было жалко Алену – она наверняка совсем измоталась, да и по детям он здорово скучал. Однако, к его удивлению и даже ярости, когда три месяца истекли, никто и не думал устраивать экзамены, выдавать какие-то свидетельства, устраивать прощальные застолья. Работа шла своим чередом, занятия следовали за занятиями, темы не повторялись, а наоборот, усложнялись. Постоянно вводились новые предметы. В то же время Подрезов успел заметить, что контингент слушателей не оставался неизменным, он постоянно менялся.

Знакомые лица встречались все реже, и с Подрезовым в конце концов стали обращаться почтительно, как со старожилом. Ему даже удалось поменять свой статус: он заслужил-таки среднюю полку на нарах. Аркадий тоже оставался в числе курсантов, только теперь никто не называл его иначе, как Аркадием Владиславовичем, и он входил в так называемую организационную коллегию. Алексею на какой-то момент даже сделалось любопытно: человек практически достиг здесь всего, чего только можно, долго ли он теперь еще тут задержится?

Однако ясно было, что даже в такой ситуации Аркадий смог найти себя. Он внезапно сделался незаменимым: через него проворачивались постоянно какие-то большие темные дела, в которых участвовало, в числе прочих, практически все курсовое начальство. Причем дел этих было множество и выходили они далеко за пределы маленького городка, бездонности которого Подрезов не уставал удивляться, опутывая и пронизывая собой весь Советский Союз и постоянно где-то сплетаясь и переплетаясь с другими подобными щупальцами. Одним из направлений, как Алексей мог догадываться, была игра на деньги по переписке. Смысл вряд ли стоит здесь объяснять, но сущность сводилось к тому же, к чему и во всех играх подобного рода: проигрывал тот, кто подключался последним.

Как бы то ни было, Алексей долго не выдержал и напросился на прием к начальству по поводу дальнейшей своей судьбы. Игорь Викентьевич Гладышев, начальник курсов, как и в прошлый раз, внимательно его выслушал, но в просьбе опять отказал.

– Не беспокойтесь, мы сами вам скажем, когда ваша учеба будет считаться завершенной.

Алексей помялся.

– Но ведь многие уже уехали, я здесь вроде как самый замшелый "дед". Постов никаких не занимаю, общественных нагрузок не несу, какая во мне необходимость?

Гладышев помрачнел, но предпочел уклониться от прямого ответа.

– Мы никак не можем с вами определиться. Есть трудности с вашей аттестацией.

– Трудности? – изумился Алексей. – Трудности со мной? Да я в институте таким "ботаном", зубрилой не был! Хорошо, назначьте мне индивидуальные испытания, я готов сдать любые экзамены. Да будет вам известно: я не пропустил ни одного занятия, усвоил "от и до" весь материал. Хотя здесь почему-то запрещено делать записи.

– Поверьте, мы не сомневаемся в ваших способностях, – едва удерживаясь от того, чтобы не повысить голос, пробрюзжал Игорь Викентьевич, – просто у нас свои критерии, которых вам не понять. Да вам и не нужно понимать. Надо просто набраться терпения.

Терпения! Алексей был возмущен произошедшим разговором до глубины души. Какое еще могло быть с его стороны терпение? Он предельно точно выполнял все предписания, не участвовал ни в каких сделках, ни с кем не ссорился, "грыз науку" так, что того гляди должен был стереть на ней последние зубы, что им еще было надо? Может, они упустили из виду, что у него золотая медаль по школе, красный диплом по институту, еще куча всяких удостоверений и справок, даже в университете марксизма-ленинизма он успел поучиться дважды на разных факультетах. Им вообще в отношении учебы на заводе закрывали любые дыры, и он никогда не роптал. Но тут взбунтовался. Да какое они имеют право!

"А имеют! – нашептывал ему изнутри

кто-то. – Как, интересно, ты заявишься на работе – без справки в бухгалтерию, без "корочки"? Выдерут с тебя деньги за три месяца, да еще уволят по статье. Что ты тогда будешь делать?"

Да, действительно, положение его было незавидное. Даже в просьбе об отпуске, разрешении съездить в выходные на пару дней домой ему было отказано.

"Да и черт с ними! Сколько же мне здесь еще обретаться?" – в конце концов решил наплевать на все доводы Подрезов, собрал вещички и затемно, выбрав подходящий момент, перемахнул через ограду и был таков.

Радости дома не было предела. И Пашка-первоклашка и Юлок так и не отходили от папки, буквально висли на нем. Настена тоже с трудом себя сдерживала, искоса поглядывала на Алексея, делая вид, что страшно занята игрушками-кукляшками, терпеливо дожидаясь своего часа, когда можно будет перевести на себя внимание отца целиком. Алена же не знала, куда усадить Алексея, чем вкусненьким его накормить.

С удовольствием работая челюстями и не переставая улыбаться детишкам, Подрезов узнавал последние новости. Которых было много, но которых, собственно, и не было. На работе все хорошо, зарплату по доверенности жена получала без всяких затруднений. Тесть и теща здоровы, порядок полный и у его родителей. Конечно, не обошлось без постоянных детских болезней, Пашкиных двоек и разбитых коленок и носов, но в остальном "в Багдаде" было на удивление "все спокойно". Только теперь Подрезов обнаружил, в каком бешеном ритме он крутился на "сборах" и окончательно убедился, что его готовили к засылке в другую страну. Что его, к слову, совершенно не привлекало. Деньги, конечно, деньги, да и не просто деньги, а чеки Внешпосылторга, на которые в специализированных магазинах "Березка" можно было купить весьма и весьма заманчивые вещи, но черт с ними, с деньгами, не в них, как говорится, все счастье.

# ГЛАВА 5

За ним пришли ночью. Двое дюжих ребят, которых Алексей хорошо помнил, как добровольных, "сборных", охранников. Они были достаточно вежливы, даже почтительны: не били Алексея, не выворачивали ему рук, просто сказали, чтобы он срочно оделся, их ждет машина.

Алена разволновалась.

– Алексей, что ты натворил? Что случилось? – плакала она, зажимая себе рот платком, чтобы не разбудить детей.

– Просто сбежал, – хмуро буркнул Подрезов. – Очень хотелось с вами увидеться.

– Зачем, Леша? Неужели ты не мог дотерпеть? Что с нами теперь будет? Тебя посадят, да? Посадят?

Алексей и сам невесело рассуждал о своей дальнейшей судьбе. Он никак не ожидал, что система окажется столь расторопной в отношении него, сработает так быстро.

Хмуро ждал он и после, что с ним дальше произойдет, но все делали вид, будто ничего особенного не случилось. Ну, сорвался парень, вернулся обратно, будет ему урок. Никто не собирался сажать Алексея в тюрьму, да и вообще, как он успел заметить, на курсах не было даже карцера. Лишь Аркадий, увидев его, покачал головой.

– Да, слабак ты оказался, парень. За мной кое-какой должок в отношении тебя, поэтому хочу дать тебе совет. Ты опустился на одну ступеньку ниже, а их не так уж много здесь, таких ступенек. Не совершай больше ошибок, иначе когда-нибудь придется локти кусать в бессилии, а ничего выправить уже будет невозможно. Вот возьми, – он протянул Подрезову визитку с номером своего телефона, — может, когда-нибудь понадобится. Парень ты вроде бы неплохой, но еще раз советую: не пытайся перебить плетью обух.

Нельзя сказать, чтобы Алексей испугался предупреждения Аркадия, однако авторитет этого человека был для него слишком велик, чтобы к его словам не прислушаться. Он задумчиво повертел визитку в руках, затем спрятал ее подальше: всякое может случиться. А ведь была у него мысль, прежде чем решиться на ослушание, посоветоваться с Аркадием. Но хорошая мысль, как говорят, всегда приходит слишком поздно.

Подрезов без труда снова вписался в привычный ритм и больше уже не помышлял о побеге. Хотя особенно его возмущала жена: ради нее он решился на такой поступок, а нарвался на осуждение. Впрочем, не исключено, что Алена была права.

Пришел момент и Алексею уезжать, однако оказалось, что учеба его еще не закончена. Он был изрядно напуган этим обстоятельством, но опасения его, к счастью не подтвердились: теперь он был переведен в Москву, получил возможность в выходные бывать дома, так что можно было считать, что самое страшное позади. Его не посадили — даже поощрили, а не наказали, что означало, вполне вероятно, полное прощение его проступка — о чем еще можно было мечтать? А ступенечка… Даже если Аркадий и был прав, Подрезов уже проникся достаточно скептическим настроением в отношении видов на свою, какую бы то ни было, карьеру.

## ГЛАВА 6

Так получилось, что Аркадия перевели вместе с ним, довелось Подрезову однажды даже свидеться со своим парторгом, тот сначала вытаращил глаза от изумления, затем покачал головой скептически: этот-то придурок, мол, интересно, что здесь делает?

Ну а вообще лица тут уже было совершенно бесполезно запоминать, настолько стремительно они менялись. Ни о каких нарах, казармах уже не шла речь, курсы проходили в закрытом пансионате в сосновом бору на берегу реки, условия были самые что ни на есть комфортные, питание на высочайшем уровне.

Алексей приободрился, избавился от терзавших его мрачных мыслей в отношении своей дальнейшей судьбы, дома даже заважничал. Что жена с превеликим удовольствием поощряла. Особенно она радовалась продуктовым наборам, которые Алексей получил теперь право приобретать в спецбуфете. Его немного уязвляло, правда, то, что талоны на пайки были разные, и его талон, соответственно, был не из самых престижных, но утешало и даже вселяло гордость другое: очень многие люди, которые выделялись на предыдущих курсах своей предприимчивостью, хваткостью, сюда не попали, а вот некоторые молчунытугодумы вроде Подрезова вдруг сей чести удостоились. Начальство, видимо, свои, особые, выводы сделало, и справедливость в какой-то мере восторжествовала.

Собственно, здесь, в этом пансионате, Подрезов готов был находиться сколько угодно: сменились не только условия – и предметы были гораздо интереснее, и уровень преподавания на порядок выше. Однако все хорошее когда-нибудь заканчивается: уже через месяц Подрезову вручили справку для бухгалтерии, выдали "корочку", на том и закончилась его "малина".

Алексей вернулся на родной завод в своеобразном ореоле: было известно, что он исхитрился побывать на каких-то весьма престижных курсах, обзавелся там солидной поддержкой, и теперь все вокруг дружно прочили ему скорое повышение. Постепенно уверился в этом и сам Алексей, порой с ехидцей поглядывая на мастодонта-парторга: новые веяния делали его "членство в рядах

КПСС" желательным, но совсем не обязательным. Ведь выбрали же его для такой ответственной учебы и беспартийного!

Однако дни проходили за днями, месяцы за месяцами, а ничего ни вокруг, ни в личной судьбе Алексея так и не менялось. Учеба на странных курсах все более воспринималась им в воспоминаниях как своеобразный отпуск, отдушина, доступная когда-то, а теперь абсолютно недосягаемая. Алексей все чаще корил себя за злополучный опрометчивый поступок, шестым чувством угадывая, что тот сыграл все-таки, а может, и сыграет еще, какое-то свое, роковое, значение в его судьбе. Затем события вдруг закрутились так, что стало не до воспоминаний.

## ЧАСТЬ ВТОРАЯ

## ГЛАВА 1

Подрезов с тоской смотрел на проходивших мимо людей, иногда тонким, неуверенным, срывавшимся от стыда, голоском пытался рекламировать разложенные на асфальте напильники, пассатижи и прочую дребедень. Он больше всего на свете боялся сейчас встретить здесь, на пятачке возле универмага "Первомайский", одним из первых в Москве превратившемся в гигантскую барахолку, кого-нибудь из знакомых: никто бы не поверил, что он не ворует эти напильники на родном заводе, а перекупает их в магазинах. Но что-то надо было делать, как-то выкручиваться. Судьба вдруг повернулась боком не к нему одному: вся страна пустилась в какой-то диковинный, сумасшедший пляс, да и от самой страны, наверное, лишь две трети осталось. Вокруг усиленно что-то воровали, продавали и перепродавали, вот только Алексею, как он ни старался, ни в чем не везло.

Алена не корила мужа, хотя каждый раз после похода по магазинам за продуктами возвращалась с лицом белее мела: цены неслись вскачь со скоростью поистине невообразимой. Испробовав все, Подрезов решился наконец подключить к делу заветный, припасенный на самый что ни на есть крайний случай, шанс, хотя разочарований в последнее время столько испытал, что взял за принцип ничему больше не удивляться и ничем не обольщаться. Визитку Аркадия он берег как зеницу ока, однако когда позвонил по заветному телефону, незнакомый голос ответил ему, что никаких Аркадиев здесь давно не проживает, а на попытки Подрезова что-то дополнительно разузнать, на том конце провода просто повесили трубку.

Казалось все, наступил, причем для него как всегда индивидуально, досрочно, конец света, оставалось только повеситься. Однако учеба на "сборах" чему-то научила Алексея, и он терпеливо принялся распутывать перемещения своего давнишнего "сокурсника". В конце концов его поиски увенчались успехом, но благожелательный (на сей раз!) нежный женский голосок уведомил его, что Аркадий Владиславович Гамов в отъезде, за границей, и вернется лишь через месяц.

Было отчего упасть духом. Тем более, что после горячки поисков Алексей на свежую голову рассудил: собственно, а кто и что он Аркадию? Если прикинуть, сколько времени прошло с тех пор, когда они в последний раз виделись, человек этот далеко ушел, высоко залез, какая для него корысть в каком-то жалком инженеришке?

Ничего не оставалось, как действовать самостоятельно. Наверное, Подрезов никогда бы не решился на что-либо подобное, если бы, опять же, не учеба на приснопамятных курсах. Знания, которые он терпеливо заучивал там, вдруг самым неожиданным образом всплывали в его голове, делали происходящее вокруг и совершенно загадочное для большинства остальных людей, понятным и знакомым.

Первый вывод, к которому он пришел: прошлое никогда не вернется. Нравится ли ему или не нравится то, что обрушилось на его голову как снежный ком, но нужно приспосабливаться, так или иначе, к окружающей действительности. Помогало и здесь все то же армейское правило: "делай как я, смотри на меня". Только надо было смотреть высоко вверх, задрав голову. То, что эти люди наверху ничего не боялись, действовали на виду, воровали без всякого зазрения совести, сначала очень смущало Подрезова, и он чуть было не поддался общей тенденции брюзжания. Однако на брюзжание это могла уйти вся оставшаяся его жизнь, а за спиной у Алексея было четыре разинутых рта, отступать ему было некуда.

Конечно, он переоценил себя. По причине замкнутого своего образа жизни партнерами надежными Алексей так и не обзавелся, на бирже, на рынках он постоянно натыкался на знакомые лица, но своими знаниями никто не расположен был с ним делиться, зато каждый был бы рад оставить его без последних порток, это тоже, к счастью, по курсам, было Алексею достаточно хорошо ведомо. Вообще, еще и еще, лишний раз, в который раз, убеждался он: учеба на "сборах" снабдила его неоценимым опытом, если бы только в коня был корм. Эх, если бы сейчас, хоть на недельку вновь так "собраться"!

Казалось бы, все Алексей делал правильно: взял на себя и на жену кредиты в банке, за которые потом расплачивался пустыми, обесценивавшимися деньгами. Вложил полученный первоначальный капитал в стремительно растущие акции-предъявительские бумаги. Однако вот тот момент, когда "бумаги" эти внезапно рухнули, он пропустил: семья, работа, кому это было интересно? Стоит ли объяснять, что закончилась великая эпопея в итоге тем, что Подрезов не только ничего не приобрел, но еще и навешал себе огромные долги на шею.

В таком состоянии полного отчаяния, уже окончательно решивший на себя руки наложить, он и дозвонился до Гамова.

– А, Леша! – отозвался тот неожиданно благожелательно. – Рад тебе. Хорошо, давай встретимся, поговорим.


## ГЛАВА 2

Встреча была назначена в кафе, из тех новых, кооперативных, что не уступали иному ресторану по интерьеру и обслуживанию, однако приличной случаю одежонки Алексей так и не нашел, еле удалось уговорить швейцара впустить его. Аркадий был не один, долго давал какие-то поручения, инструктировал своих людей, шедших нескончаемой чередой: одни уходили, другие приходили. Наконец он освободился и похлопал Алексея по плечу.

– Извини, что заставил ждать, старик. Последний день я здесь, – сказал он, – завтра съезжаю. Моя "стекляшка", – с гордостью повел он рукой вокруг, – но слишком хлопотно получается с ней в последнее время. Бандиты стали уж слишком ретиво наезжать, чиновники поборами замучили, продаю недешево, но практически за бесценок. Не знаю пока, чем другим стану заниматься, но что я о себе, ты-то как? Надеюсь, нормально устроился? Помню, на курсах ты был таким зубрилой, ничего, наверное, из преподанной науки не забыл?

Алексей, как ни тяжело было ему признаваться, с грустью поведал о своих несчастьях.

– Тоже легко понять, – ничуть не удивился Аркадий, задумчиво попыхивая сигаретой. – Ты ведь ничего не осознал тогда, когда я говорил тебе про ступеньку. А система сработала. Будет и дальше действовать, совсем голову тебе оттяпает, если не поймешь, что к чему.

— Так, и в чем же она, ступенечка? — хмуро поинтересовался Алексей, не в силах скрыть уязвленное самолюбие.

Аркадий пожал плечами.

— А почему, собственно, я должен тебе об этом говорить? Так ли уж я тебе обязан?

— Я расплачусь, — с наигранной уверенностью, срывающимся голосом произнес Подрезов и поспешил откашляться, — пригожусь еще. Я на все готов. Вы моя последняя надежда.

— Что ж, — после некоторого размышления усмехнулся Аркадий, — в принципе, слово не рубль, с хорошим человеком можно и поделиться. Положение изменилось, Алеша, мы живем сейчас совсем в другой стране, в других условиях.

Подрезов досадливо подернул плечом.

— Знаю, на собственной шкуре ощутил уже. Что еще скажете? Что прошлое никогда не вернется? Я не совсем дурачок, многое понимаю, но что-то не срабатывает, что-то я не могу "догнать". Поверьте, я не стал бы беспокоить вас по пустякам, Аркадий Владиславович.

— Хорошо, — посерьезнел Аркадий. — Тогда начнем урок. Ты достаточно пожил на этом свете, имеешь какой-то жизненный опыт. Что ты скажешь на то, что люди не все одинаковы?

— Так определено природой, обществом, — пожал плечами Алексей, — меня достаточно жизнь потрепала в последнее время, чтобы я тешился иллюзиями о всемирном равенстве, а уж тем более, братстве.

— Однако перед Богом мы все равны, — усмехнулся Аркадий.

— Выровняемся после смерти, она так и так всех под одну гребенку подстрижет, — мрачно ответил Алексей. — Хотелось бы поближе к сути.

— К сути? — поднял брови Аркадий. — А суть проста. В каждом обществе — разовью дальше свою мысль — люди как-то разделяются. Как они, кстати, прежде подразделялись, не забыл еще?

– А, ну как же, как же – такое забыть! Крестьяне, рабочие, еще – интеллигенция промеж ними вшивая. Не знаю вот только, куда себя причислял чиновничий аппарат. Это темное дело, столь же загадочное, как тайна "золота партии".

– Чушь, согласен с тобой, но ты не вник в вопрос: может, я недостаточно четко его поставил? Как всегда, во все времена, люди разделялись? Раз уж мы вступили сейчас в благословенный капитализм, это мы должны сознавать достаточно четко, особенно хорошо – чтобы буквально от зубов отлетало. Ладно, не буду мучить тебя, да ты и вправе не согласиться со мной, но я знаю только четыре группы, вида, класса – называй как угодно. Хозяева – эти на самом верху; среди них разновидностей не перечесть: хозяева хозяев, хозяева-собственники и даже хозяева-холуи, да, да, не прикидывайся недоумком, тебе не идет, задницы лижут с утра до ночи всяким бонзам-божкам, а над нами все равно хозяева. Батраки – те кто под ними. И тут кого только нет! От наемника до холопа. Киллер вшивый и тот батрак! Кто там ниже? Категории, да, вот, пожалуй, самое удачное определение, категории – людей, которых и людьми-то трудно назвать, так – рабы, скоты. Как тебе мое разделение?

Алексей угрюмо промолчал.

– Понимаю, – кивнул Аркадий, – это так опять, общие рассуждения. Тебе хотелось бы поконкретнее, поближе знать – чтобы к себе приложить можно было. Ну так вот, хозяина из тебя не получилось, Лешенька. Я тебя предупреждал об этом, но ты продолжал упорствовать, пока не завел себя окончательно в тупик.

Подрезов не смог удержаться от чувства обиды, вспылил.

– Господи, как все просто, но неужели из-за того, что я сбежал тогда, нужно было меня так наказывать? Как я понял, это наказание пожизненное?

– Нет, – покачал головой Аркадий, – ты ничего не понял. Да, твой побег тогда изрядно навредил тебе, и пятно ты им заработал себе несмываемое, однако сейчас ты спрашиваешь совсем о другом меня: как можно стать хозяином? Однако что ты от меня хочешь, Лешенька, не я этот мир придумал – в том-то и вся соль-персоль, вынужден разочаровать тебя: хозяевами не становятся, хозяевами рождаются. Даже холуи из них и то на свет появляются с другим языком: мягким, нежным, не таким шершавым, как у тебя, во всяком случае.

– Ну а что дальше, в других, как вы их назвали, категориях? – не в силах подавить чувство обиды, поинтересовался Алексей. – И там невозможны перемещения?

– Чаще вниз. Скоту стать батраком?.. – Аркадий на секунду задумался. – Наверное, такое возможно, но лишь через поколения.

Алексей кивнул.

– Так, ладно, спасибо за подсказочку.

Дальше я попытаюсь сам вашу мысль развить. Кто я сейчас? Батрак? Нет, не тяну, поскольку у меня нет хозяина. Скот? Тоже не похож, до скота я еще не опустился. Скот, как правило, бессловесен, а я еще говорю, говорю. Раб! Но я не хочу быть рабом!

Аркадий поскучнел, поднялся, побродил взглядом вокруг, стараясь не упустить ни одного знакомого лица, чтобы попрощаться. Последней перед ним возникла физиономия Алексея, и Гамов тотчас протянул ему руку с самой радушной улыбкой.

— Что ж, я надеюсь, Алеша, чем мог, я помог тебе? Ну а нет, так не обессудь! У меня тоже сейчас как раз не самый удачный период в жизни.

Выйдя из кафе, Гамов блаженно улыбнулся приветливому ласковому ветерку и хотел было пройтись немного пешком, но, опасаясь, что Подрезов тотчас же за ним увяжется, потянул на себя дверцу своей неказистой "копейки", "Жигулей" первой модели, если точнее – "ВАЗ-2101". Алексей понял, что шансы его скатились к нулю и, судорожно напрягая ум, не нашел ничего лучшего, как попросить жалобно:

– Может, подбросите меня до метро?

Гамов взглянул на него с удивлением: два шага идти да при такой погоде! Но промолчал, любезно распахнул противоположную дверцу.

Алексей понимал, что осталось только несколько секунд у него, что если сейчас он не переборет себя, не заговорит о каких-нибудь пустяках, не вспомнит смешной эпизод, знакомого, хотя бы, преподавателя, да что угодно и кого угодно, конец – о просьбе уже речь не идет – вообще их шапочной дружбе. Но его несла и несла великая сила инерции.

– Что ж, наверное, вы правы, Аркадий Владиславович, надо посмотреть правде в глаза: я всегда был рабом, я им родился. И мои дети – дети раба. Но еще недавно я был высшим рабом, рабом государственным – илотом…

– Да, у "них", как я сказал, тоже свои градации, – рассеянно, делая вид, что полностью сосредоточился на движении машин по шоссе, согласился Аркадий, – везде борьба. "Борьба за место под солнцем". Ну так мы приехали. Как говорится, всех благ тебе, мой золотой!

– Ладно, – кивнул Алексей, понимая в бессилии, что его игра так и не склеилась. – Что ж, спасибо вам, по крайней мере, за одну замечательную вещь: вы примирили меня со временем.

– Интересно! – оживился Аркадий. – Если можно, хотелось бы знать поконкретнее: каким именно образом?

– Очень просто, – Алексей и в самом деле почувствовал облегчение, будто гора свалилась у него с плеч. – Раз я имею возможность подняться на новый уровень, освободиться от ярма, значит... благословенно это общество?

– Как же, как же! – не на шутку развеселился Аркадий. – Я вижу, ты способен не только брать, но и отдавать. Продолжай! Абсурд! Ты благословляешь это общество? Но ведь в нем воруют, убивают, попирают элементарные человеческие права, как ты можешь одобрять, а уж тем паче восхвалять подобное?

Алексей вздохнул.

— Нет, я так не говорил: и не одобряю и не восхваляю, но... теперь принимаю. Знаю, по крайней мере, чего я в нем хочу. Я желаю, нет, просто жажду, стать батраком, Аркадий Владиславович. Работать на вас! Могу ли я хотя бы мечтать о такой возможности?

— О, такого добра сейчас... — разочарованно скривил пухлые губы Гамов. — Видел, сколько их? Сколько их ко мне подходило? И я всем отказал. Потому что сейчас я хочу отдохнуть, сейчас мне не до дел, сейчас меня интересует совсем другое. — Он поразмышлял немного, увидев, как сразу спал с лица его бывший "сокурсник", и на мгновение поддался чувству жалости. — Хорошо, пусть будет по-твоему, Леша, я предоставлю тебе шанс. Один-единственный, другого не будет. Давай сразу и уговоримся: если ты промахнешься, то никогда больше не то, что не потревожишь меня, но даже малейшим, ничтожным движением не покажешь, что мы были когда-либо знакомы. Итак, ты готов? Хорошо: ну так вот, объясни мне, только раз и навсегда убеди – чем ты лучше других, чтобы я тебя выбрал? Короче, прельсти меня, и завтра же ты у меня служишь! Но только времени минута у нас, и никогда больше впредь, как я уже сказал, она не представится, не повторится.

Алексей побледнел, задумался.

– Что ж, я готов. Чем может быть ценен батрак, чем среди прочих он может выделиться? На мой взгляд, только двумя качествами: высоким профессионализмом и скрупулезной честностью. Вот тогда у него появляется право: право выбирать хозяина, так как он уже представляет собой ценность на рынке труда. Я выбираю вас, считаю за великое благо и честь, если вы возьмете меня, ну а знания, честность – вы ведь достаточно хорошо и давно меня знаете.

Аркадий впервые посерьезнел, поерзал губами на немного обрюзглом плоском лице. Видимо, он не был готов к подобному ответу.

– Что ж, все верно, – сказал он наконец сухо. – Беда одна только – что я сейчас не хозяин, как я уже тебе говорил: у меня нет в данный момент никакого дела, даже в проекте. Попробуй-ка попытать счастья в другом месте, ты действительно производишь впечатление неглупого человека.

Однако Алексей уже почувствовал слабину, теперь от него не так просто было отделаться.

– Аркадий Владиславович, вы не останетесь без дела, я уверен в этом. Ну а пока я согласен заниматься чем угодно. У вас денег нет на зарплату мне – даром буду пахать, как-нибудь выкручусь. Но в итоге все-таки добьюсь своего.

— Ладно, можешь не продолжать, — устало махнул рукой Гамов. — Завтра в девять утра жду тебя здесь, у метро. Только с зарплатой тебе, действительно, придется подождать, милый Леша! Да и вообще хочу предупредить: есть у меня одна страсть, куда периодически все деньги будут улетать — женщины. Я борюсь как могу с этим своим наваждением, но бесполезно — такая наследственность. Вот и главная твоя задача, вытекающая сама собой — хоть чуть-чуть меня на сем поприще сдерживать.

## ГЛАВА 3

Придя домой, Подрезов уже не чувствовал былого воодушевления по поводу достигнутой им победы. Странная классификация, развернутая его недавним собеседником, слишком загоняла Алексея в угол, практически не оставляла ему свободы перемещения. Да, ни рабом, ни скотом желания быть он не испытывал, однако еще меньше хотелось ему, что называется, плевать против ветра.

Так повелось в последнее время, что всякий раз, когда Алексей погрязал в сомнениях, не знал, как ему жить дальше, он приезжал на Лубянскую площадь, выбирал ракурс поудобнее и долго смотрел на пустующий постамент с низвергнутым оттуда Железным Дровосеком. Из порождавшихся этим необычным видом вопросов его особенно занимали два: почему постамент уцелел и… почему он пустует? Большинство его знакомых в толковании подобной неувязки склонялись к мысли, что время все-таки повернет, пусть на какой-то свой отрезок, вспять, и Дровосек непременно взгромоздится на свой "столп" обратно, однако сам Подрезов их уверенности не разделял, он знал то, о чем они и не подозревали: не видать "чисторукому", "хладносердому" Железяке прежних почестей, как своих ушей, памятник стоит давно уже другой, просто он невидим.

Персонажи сменялись на нем постоянно и их было великое множество: то рыженький прибежит, то востроносенький, то гигант килограммов под сто двадцать и фамилией соответствующей, да сколько их было! Однако самый главный из них: седой, дряхлый бомж, которого без бутылки и граненого стакана в руках и представить себе трудно было, никогда никуда, даже по нужде, со своего места не отлучался, и вообще был, как видно, невероятно хитер. "Народная тропа" к нему не зарастала: иные угодливо принимали от него выпивку, другие сами являлись с различными заморскими коньяками да "шампусиками". В принципе, Главный всему предпочитал "отечественную прозрачную", но и из остального ни от чего не отказывался: морщился, но "употреблял".

Хозяин… да, загадочный персонаж этот, каким бы опустившимся, жалким он ни казался, несомненно, был хозяином. Не в смысле рачительности, конечно, скорее в силу глубочайшего своего презрения к людям, среди которых он и людей-то не различал вовсе: исключительно вертелись, простирались ниц перед ним... в лучшем случае челядинцы.

Итак, батрак. Новое качество – как личности его, так и жизни. Подрезов невесело усмехнулся, вспомнив свои недавние переживания по этому поводу. Мечтатель! Мог ли он предположить, что недавние рассуждения Аркадия, казавшиеся ему столь жестокими и циничными, в столкновении с действительностью окажутся детским лепетом, не больше того? Не заметил он батраков в окружении Хозяина: такие люди пока были никому не нужны. И когда понадобятся, неизвестно. А вот на прихвостней, самых разных, высоколобых особенно, спрос был необычайно велик. Да, теоретически Алексей все разложил по полочкам верно: главное – найти хорошего барина, но практически он загонял тем себя в тупик. Как хозяин Гамов неизбежно должен был потерпеть поражение: только сейчас Подрезов понял это, еще раз проанализировав поведение Аркадия на курсах. Дело ведь было не в Гамове, а в том, что бесконечно выше Гамова. Аркадия всегда губило стремление к самостоятельности, наверх он редко смотрел. Однако был ли сейчас у Алексея хоть какой-то выбор? Нет, только вновь встать в конец очереди, в сути своей не ведущей никуда.

# ГЛАВА 4

Кафе, которым еще недавно владел Аркадий, было одним из первых, официально разрешенных. И как другие его коллеги по кооперативному цеху, Аркадий по всем статьям должен был сказочно разбогатеть. Одно из важнейших условий успеха, как Подрезов знал уже по своим не слишком удачным опытам, была скорость, с которой сколачивался первоначальный капитал. Дальше он обрастал уже почти автоматически, как снежный ком, катившийся с горы. В то время еще никто не разорялся, это была так называемая "эпоха ваучера", и лишь когда ваучер сник, многие дутые состояния стали лопаться, как мыльные пузыри. Но Аркадию это не угрожало, он не любил бумаг, все вкладывал исключительно в недвижимость. Алексей поразился, сколько этой недвижимости было еще не проедено и не прогулено Гамовым, и понял, что без зарплаты тут он никак не останется. В чем сразу и убедился, получив за первый месяц тысячу долларов, тут же, после продажи "стекляшки".

Это была более, чем солидная сумма для Подрезова, за которую он готов был и полакействовать. Однако многие из его ожиданий оказались несостоятельными: женщины, особая в отношении них наследственность… ни о каких подпольных публичных домах или "центровых девочках-искусницах-рукодельницах" с самого начала речь не заходила. День вообще для Алексея начинался крайне монотонно: с утра он терпеливо ждал Аркадия в офисе, расшифровывал записи с автоответчика, разбирал почту, отвечал на телефонные звонки. Затем они садились в машину и вроде как бесцельно катались по городу, иногда пешком бродили по центру, по магазинам, спускались в метро. Наметанный взгляд выхватывал "жертву" мгновенно, тотчас начиналась прелюдия сближения. К проституткам Аркадий и в самом деле не испытывал никакого интереса, его любимым контингентом были какие-нибудь заезжие провинциалочки, по достоинству никем не оцененные; неброские, но представлявшие собой чудо природы москвички, иногда из совсем простых, иногда из очень богатых семей. Мог он среди ночи и затесаться на какой-нибудь вокзал, чутьем угадывая, выхватывая из зловонной, плюющейся, сквернословящей кучи малы оборванных чумазых существ, на вид совершенно бесполых, очередной эротический драгоценный камушек.

Надо отдать Гамову должное, он никогда не представлялся ни режиссером кино, ни романтическим бандитом, ни чиновником со связями, но и не скрывал, что достаточно богат, чтобы свою избранницу осчастливить. Никогда не наседал, ничего не ожидал мгновенно, сразу, но работа шла упорная, по принципу конвейера: пока одну девочку отмывали, подлечивали, подкармливали – поднимали медленно, во избежание кессонной болезни, с самого дна наверх, другой, богатенькой, избалованной, дарились цветы, посылались приглашения на концерты, выставки, с третьими только начинался роман, с четвертыми, наоборот, дело входило в завершающую стадию.

График был очень напряженный, и в то же время щадящий, включающий непременный отдых, тут во многом была задача Алексея, с чем он справлялся только благодаря компьютеру. Случались и накладки, конечно, но процент "брака" был относительно невысок и никого не обескураживал. В своих уютных гнездышках, оборудованных специальными приспособлениями, напичканных соответствующей литературой, журналами, видеофильмами, коллекциями рисунков, Аркадий порой добивался от своих избранниц вещей, которые не снились и маркизу де Саду, и в то же время он был совершенно нормально ориентирован: его интересовали исключительно девушки с небольшим сексуальным опытом или вообще без такового от восемнадцати до двадцати пяти лет.

Он был достаточно осторожен, терпелив, последователен, не тянул своих избранниц на ослепительные вершины, но всегда находил способ с лихвой отблагодарить тех, кто ему доверился. К слову сказать "мышки", до удивительного однообразно тихие, скромные, и не претендовали на многое, в большинстве своем были благодарны своему соблазнителю, хотя не обходилось и без эксцессов. И эти случаи Алексею тоже приходилось распутывать, предотвращать. Сам он был в достаточной степени равнодушен к подобным вопросам, семейные радости его вполне удовлетворяли, поэтому одной из проблем здесь было еще и как можно деликатнее отказаться от остатков пирога, которые ему постоянно предлагали.

## ГЛАВА 5

Подрезов уже подумывал, что подобные игры будут продолжаться вечно – вырученные за кафе деньги давно закончились и приходилось кое-что продавать из таких лакомых кусочков, что сердце щемило сожалением – когда однажды, придя в офис, он увидел там шефа уже сидящим в кресле и нетерпеливо его поджидающим.

– Что ж, Алексей, я очень рад, что в тебе не ошибся, достаточно убедился в твоей верности и деловитости, отдыхать вообще хорошо, однако пора нам вновь вернуться к основному нашему занятию: делать деньги. Спешу огорчить тебя: на много лет вперед не жди от меня повышения зарплаты, мы выберем иной путь — веди свой маленький бизнес, вот только не занимайся им, как раньше, самостоятельно, и, ручаюсь, придет момент, когда ты станешь, со своей беспорочностью, богаче меня.

— Заманчивая перспектива! Хоть и с трудом в нее верится. И чем же мы теперь будем заниматься? — с несмелой надеждой поинтересовался Подрезов. Эротомания как таковая уже совершенно осточертела ему.

Алексей пожал плечами.

— Приблизительно тем же, чем незадолго до нашего знакомства занимался ты. Я так понимаю, что у тебя накоплен бесценный опыт, которым грех было бы не воспользоваться.

Алексей протестующе замахал руками.

— Только не это. Боже упаси нас от

подобного опыта. К счастью, масштабы мои были в достаточной степени мизерны, но все равно только благодаря вам я смог наконец расплатиться с долгами. Я не говорил, но дошел до того даже, что мне пришлось заложить квартиру. Сейчас вполне мог бы уже на улице обретаться.

Аркадий с философским спокойствием отмел в сторону всплеск эмоций Подрезова.

— Ничего, отрицательный опыт тоже опыт. Так на чем ты остановился в последний момент? На "МММ"?

— Нет, как раз на "МММ" я бы так не продулся. Мне посчастливилось оказаться на бирже как раз в тот день, когда у них была самая низкая котировка. Если бы я вложил туда последние ошметки, что у меня оставались, то уже через неделю имел бы втрое, но я всадил их в "Телемаркет", "Дока-хлеб", "Гермес", "Токур-золото" и прочую ерунду. Ну и результат получил соответственный...

— Хорошо, ну а как сейчас чувствует себя

знаменитый ваучер? Жив еще?

— Жив, но дышит на ладан. Агонии ему еще на две-три недели. Итак, что мы делаем?

— Продаем все, что у меня есть, вкладываем деньги в акции, исключительно в нефть и газ.

Плевое дело. Плевое и хорошо знакомое. Подрезов с радостью вернулся под своды биржи на Серпуховке. Там у него еще оставались знакомые ребята, так что операция была проведена достаточно четко и без потерь. Дальше работа шла безостановочно. Они заняли доллары под большой процент, и сразу же после "черного вторника" их вернули. "Крутили" деньги по разным банкам, буквально за день-два ускользая перед тем, как они лопались, Аркадий во всем проявлял удивительный нюх. Правило "делай, как я" тоже не подводило, у Алексея зашуршали в кармане крупные купюры. Жену он старался не баловать, но даже те гроши, по его меркам, которые он теперь ей давал, в корне изменили все их существование. Появились кое-какие одежка, обувка у ребят, питание тоже значительно улучшилось.

# ЧАСТЬ ТРЕТЬЯ

# ГЛАВА 1

Алексей часто удивлялся Аркадию: тот давно мог войти в правление какой-нибудь крупной компании, проскочить на достаточно высокую чиновничью должность или заняться большим бизнесом, однако тот упорно продолжал держаться в тени. Даже политика, депутатство его не привлекали. Вскоре последовал очередной загул, выйдя из которого, Аркадий вызвал Подрезова на серьезный разговор.

— Какие будут предложения, Лешенька? Как предполагаешь нам дальше жить?

— Не думаю, чтобы стоило рисковать дальше. Пирог поделен, но пирамида продолжает строиться, теперь уже достигнув гигантских, государственных, масштабов. Только дураку не понятно: мыльный пузырь скоро лопнет. Лучше не дергаться сейчас, дабы не погореть.

— Что ж, ты прав, пожалуй, но и не прав,

одновременно, – задумался Аркадий, – пирог поделен, но никого это не устраивает, в самое ближайшее время следует ожидать его передела. Не сомневаюсь, у нас еще будет много возможностей заработать, однако вся эта мелочевка мне надоела. Я давно ломаю голову над одной идейкой, но только сегодня решил о ней тебе рассказать. Мы работали и работаем со многими людьми и в сфере добывания и в сфере отмывания денег, но лишь одному тебе я доверяю. Ты оказался прав, когда, предлагая свои услуги, убеждал меня, что именно ты мне нужен: как ни странно, среди, казалось бы, безбрежного моря рабочей силы найти верного и надежного помощника крайне сложно, тем более, чтобы этот помощник был с головой. Ты ни разу ни в чем не обманул меня, достаточно снисходительно относился к моим слабостям. Полагаю, что ты и дальше останешься со мной. Однако задачи, которые нам предстоит решать, очень сложные. Вот почему впервые за период работы у меня я предлагаю тебе отпуск. Слетаешь куда-нибудь, хоть на те же Канары, отдохнешь, развеешься, ну а потом за дело.

Подрезов задумался.

— Нельзя ли хотя бы в двух словах объяснить, чем мы дальше будем заниматься? Чтобы загрузить "башню", — решился наконец спросить он, для наглядности постучав себя пальцем по лбу.

— Самым выгодным, что только может быть в настоящее время — технологией воздействия на толпу и на "личность в стаде". Никто сейчас не имеет ни малейшего желания вкладывать в такие стратегические, трудоемкие и дорогостоящие проекты деньги, куда проще и важнее представляется занять такие отсеки, как пресса, телевидение, просвещение, образование, издательский бизнес. Теоретические же изыскания стоят на нуле. Но мы и должны идти с опережением. Хотя бы на шаг. А шаги сейчас в этой области поистине семимильные. Предупреждаю честно:

придется окунуться в такую грязь, в которой нам бывать еще не доводилось, тут даже веками накапливавшиеся знания, вообще наука, имеют чисто свое, прикладное, решение. Чтобы немного прояснить обстановку, предлагаю тебе шуточный курс лекций приблизительно в том духе, в котором нам их читали в свое время на наших блаженной памяти "сборах": дальнейшее развитие философии фаллоса – секс и эротика XXI века; экономическая теория охапки сена перед носом осла – последние изыскания и достижения в этой области; одно из величайших открытий неофрейдизма: подсознательное влечение к дерьму (экскрементам) и его влияние на взаимоотношения между полами и внутри полов. Лидер, вожак, тиран – загадочная смесь в отношении к нему страха, надежды и сексуальной зависимости (то же ли это подсознательное влечение, но в несколько иной, опосредованной, форме?) Как видишь, уйма вопросов, необозримое поле деятельности.

Что ж, не зря говорят, неудачный опыт – тоже опыт. Разбогатев, на сей раз Алексей не стремился к накопительству, предпочитая вкладывать деньги в то, что никакими экспроприациями и жизненными бурями не отнять. Пашка-семиклашка при первой возможности был помещен в престижный частный колледж, там же обреталась с недавних пор и Юлок. Даже Настюха, хоть и ходила в простую школу, попала там в класс для особо одаренных детей, много занимались с ней и индивидуально. Подрезов поставил себе твердой целью, чтобы дети его знали достаточно хорошо три иностранных языка: английский, испанский и французский. Изучением языков, компьютера, основ бизнеса занималась усиленно и его жена. Последний разговор с Аркадием подтолкнул Алексея на давно зревшее в нем решение: настоящее образование и жена и дети его могли получить только за границей. Имевшихся капиталов для этой цели у Подрезова явно не хватало, но он шел ва-банк – насколько хватит, настолько и вытянем. Местом жительства был избран Лондон, туда и отправились Подрезовы вместо того, чтобы жарить спины на Канарских островах. Устраивались основательно: сначала должна была получить университетский диплом Алена, протаптывая дорожку своему дражайшему потомству.

По пути в Москву Алексей все-таки провел неделю на Канарах, стараясь держаться там уединенно, что сделать было крайне сложно – боже мой, сколько же там оказалось русских!

## ГЛАВА 2

– Итак, с чего мы начнем? – поинтересовался Подрезов, обнаружив, что сам Аркадий все дни его отсутствия работал как проклятый, и, собственно, о начале уже не шла речь. – Кстати, отчего такая спешка?

— Ошибка в расчетах, — без тени раздражения ответил Гамов. — В прошлый раз, напутствуя тебя, я был настроен слишком благодушно, но очень скоро с удивлением обнаружил, что не нам одним пришла в голову сия замечательная идея. Нас подвела, как всегда, бедность. Пока мы копили силенки да примеривались, другим были открыты неограниченные кредиты, которые, в свою очередь, создали предпосылки для неограниченных возможностей. Так что хочется или не хочется тебе этого, друг мой, но нам придется изрядно попотеть.

Он на минуту прервался, внимательно глядя на Подрезова и выжидая, какая реакция от Алексея последует и, видя, что тот далек от паники, продолжил:

— Начинаем все заново, из прежних сотрудников, как и планировалось, кроме тебя никто не остается, я их опять всех разогнал. Нам понадобятся новые люди, но я пока не решил, по какой схеме выстраивать с ними отношения.

– В прошлый раз вы в общих чертах ввели меня в курс дела, – не удержался всё-таки Подрезов и перебил друга: – Сейчас хотелось бы знать поконкретнее, чем мы собираемся заняться: производить, продавать, перепродавать?

– Чем мы будем заниматься? – хмыкнул Аркадий. – Виртуальной реальностью, хотя и не только ею – гораздо шире, а вот что с полученным продуктом делать потом? Конечно же – продавать, но как, что именно, я пока оставлю в секрете.

– Понятно, – кивнул Подрезов. – Мы начнем с прошлого?

– Нет, конечно, – поморщился Аркадий, – чем мы иначе закончим? Зауряднейшим шантажом? Как ты успел заметить, я чту законы, причем любые из них, а не только Уголовный кодекс, как любил повторять один небезызвестный тебе литературный персонаж. Вот почему, – тут лицо его неожиданно перекосилось, – выглядит особенно странным такое устоявшееся пренебрежительное отношение ко мне. Сколько я ни катаю в голове эту проблему, никак не могу ее объяснить. Моя страсть… но ее никак нельзя назвать даже пороком. И здесь, как и во всем я ведь ничего не нарушаю. Все девушки, с которыми я имею дело, совершеннолетние, все, что между нами происходит, осуществляется по обоюдному согласию. Ни одна из них не ушла от меня обделенной. А посмотри на них самих, моих злопыхателей: сколько среди них "голубых", педофилов, просто развратников-маразматиков. Что, я должен им уподобиться? Ни за что! Дело есть дело, к нему нужно относиться достаточно серьезно, во всяком случае ничего личного в нем не должно быть. Вот почему, никакого прошлого, даже настоящего, нас интересует исключительно будущее. Суть проста: нас не допускали к власти раньше, не допускают сегодня, но пусть они попробуют завтра без нас обойтись. Я не буду дальше навязывать тебе решения, вопрос "что делать?" не поддается сомнению, а вот "как сделать?" – пора твоему воображению заработать на полную катушку.

Алексей вздохнул, как он ни тщился, никак не мог достаточно глубоко вникнуть в суть дела, перемены были для него слишком неожиданны, новы.

– Понадобится техника, очень много техники... – задумчиво пробормотал он.

– Не проблема, – отмахнулся Аркадий, – сейчас за деньги можно купить все что угодно. А ты догадался уже, наверное, что я намерен привлечь в это дело все свои средства. Хотя и общеизвестно, что нецелесообразно ставить все на одну карту.

– Вы не поняли, – покачал головой Алексей, – понадобятся не АйБиэМы и не Хьюлетт Паккарды, а чисто русские засекреченные технологии, на основе которых будут созданы совершенно новые машины, в которых мы скакнем вперед сразу через поколения. Как я понял, мы будем заниматься отраслями, в которые еще никто не забредал?

— Хорошо, хорошо. К счастью, секретов, под ногами валяющихся, у нас в стране во все времена было хоть отбавляй. Выбор сотрудников?

Алексей пожал плечами.

— Таланты надо брать на корню. Просмотрим в вузах списки "продвинутых-сдвинутых" из ближайших выпусков, отберем тех, кто не сумел хорошо устроиться, предложим царские условия. Но главное — маскировка, предлагаю основать небольшую фирму, занимающуюся разработкой, производством и продажей компьютерных игр. Если учесть нашу российскую бедность и отставание в этой области, дело не очень прибыльное, но тем лучше — меньший будет со стороны бандитов и официальных структур к нам интерес.

Аркадий улыбнулся и радостно потер руками:

— Что ж, я приблизительно так и думал,

только ты внес в мои мысли больше реальности. Настолько, что можно хоть завтра же начинать. Кстати, ожидается много заграничных командировок, в Англию в том числе. Тебя это радует?

Подрезов ничуть не удивился осведомленности шефа насчет своей недавней поездки, но предпочел отделаться ничего не значащей, столь же туманной, фразой:

— Да, предстоит вообще много перемен.


## ГЛАВА 3

Перемены действительно не заставили себя долго ждать, едва только Алексей и Аркадий принялись за воплощение задуманного. Ступив на зыбкую почву нового, "возможного", мира, неожиданно для себя они обнаружили, что он переполнен конкретностями. Если раньше они могли позволить себе неких полупризрачных помощников, которые появлялись и исчезали по мере необходимости, более того, даже любимые "мышки" Аркадия ничем в памяти Подрезова не откладывались, будучи все словно на одно лицо, то уже с первых шагов "Волшебного света", а именно так они назвали свою фирму, в ее двери стали стучаться весьма яркие индивидуальности. Первой из них будто из воздуха материализовалась Анжелика.

Алексей изрядно приуныл, видя, с какой легкостью его хозяина и друга приручили, хотя, в принципе, сам что-то в этом роде предрекал.

— Ты ничего не понимаешь, — отмахивался в ответ на упреки и предупреждения Подрезова Аркадий, — я никогда не встречал ничего подобного, а уж тебе ли не знать, сколько я их, этих "мышек" своих перебрал. Жемчужина, чудесный дар природы!                Необыкновенная чувствительность: все нервы обострены, у нее даже сердце расположено недостаточно глубоко, не так, как у остальных людей. Это, конечно, чревато, но я буду ее беречь. Ты знаешь, я когда-то вывел для себя, что у каждой женщины есть четыре лица: жена, любовница, любимая женщина, друг, и с тех пор жила во мне недосягаемая мечта – увидеть все эти четыре лица одновременно, в одном человеке…

– Ты собираешься жениться на ней, на этой кукле? – удивился Подрезов.

– Кто знает, почему бы и нет? – пожал плечами Аркадий. – Ты ведь женат и ничего, вроде бы счастлив?

– Да, но она ведь подослана, это абсолютно точно. Вот только неизвестно: кем?

– Что ж, возможно ты и тут прав, но что нам делать? Может, обзавестись собственной службой безопасности?

Подрезов даже не усмехнулся.

– От нас только этого и ждут. Могу представить, кто к нам придет в нее.

– Тогда не знаю, чем тебе и угодить, – несколько раздраженно ответил Аркадий.

Никакие доводы не помогали, как ни пытался Подрезов что-нибудь придумать, предпринять, похоже, с "виртуальной" Анжеликой ничего нельзя было поделать. Причем, как ни странно, в чем-то Алексей понимал Гамова: все, что тот собирал раньше по крупицам, перетасовывая множество женщин, теперь Аркадий находил в одной. Да, да, конечно, его бессовестно обманывали, эксплуатируя во многом лишь игру его воображения, но что вообще такое любовь, как не плод воображения, в лучшем случае совместного с другим человеком?

Было и другое: Подрезов раньше как-то не задумывался над подобными вопросами, неутолимый интерес Аркадия к представительницам прекрасного пола воспринимался им исключительно как досадное препятствие, недостаток характера неплохого в общем-то человека, каково же было его удивление, когда, к стыду своему, он обнаружил, что сам попал в аналогичную ситуацию, чувствуя все острее и острее весьма понятное беспокойство. Хотя больше всего он был ошеломлен тем, что при всей своей предусмотрительности неотвратимость подобной проблемы не пришла ему своевременно в голову. Между тем впервые за все время его жизни столь кропотливо, любовно выстроенное им здание подверглось серьезнейшему испытанию. Однако сетовать во всех случаях было поздно, природа, в отсутствии привычного объекта – жены, настойчиво побуждала Подрезова к конкретным действиям, хотя опыта в подобных делах у него не было никакого.

– Слушай, мы тут с Анжеликой собрались в театр, есть лишний билетик, – с преглупейшей улыбкой сказал ему как-то Аркадий, – не хочешь с нами за компанию? Тебе ведь сейчас так одиноко!

Подрезов посидел с полчасика за компьютером, просчитывая возникшую ситуацию, но результат всякий раз выпадал один и тот же: не было никаких сомнений, что Анжелика придет с подругой, что сближение произойдет в тот же вечер, что подруга будет столь же виртуальна и лжива, как и наперсница Аркадия, хотя и внешне и внутренне на нее ожидается совершенно не похожей. Более того, в противоположность его Алене-Альбине она будет стройной длинноногой блондинкой, капризулей, стервозой и даже заявит ему в первый же вечер, что она не сможет встречаться с ним слишком часто, оставляет за собой право уйти от него в любой момент, когда ей заблагорассудится, и вообще превыше всего на свете ценит самостоятельность и свободу, Алексей как раз и устраивает ее тем, что он женат и, стало быть, не будет ни на свободу, ни на самостоятельность эти ее злополучные посягать.

Все сбылось точка в точку, слово в слово, особенно тем, что Изольда (Подрезова совершенно добило это имя) оказалась вовсе не резиновой куклой, а несмотря на возраст (двадцать лет, студентка Ломоносовского университета), особой весьма подкованной в эротических играх, как теоретически, так и практически, чего, как только сейчас ощутил Подрезов, его Алене всю жизнь явно не хватало. Вернее, не хватало ему в ней. Как бы то ни было, у Алексея больше не было ни малейшей возможности посмеиваться над Аркадием, теперь они уже вместе прочно сидели на одном крючке.

— Хорошо, и что же нам теперь делать? — с идиотской ухмылкой рассуждал Гамов. — Бросить все при таком скверном начале и заняться чем-нибудь другим? Бабы тут же исчезнут, мы с тобой втюрились, будем пытаться вернуть их обратно, хотя и прекрасно знаем, что вернутся они только при одном условии. Допустим, что у нас хватит силы воли преодолеть это наваждение и возвратиться к прежнему образу жизни, но чем еще мы с тобой станем заниматься? Возможности заработать шальные деньги еще пару-троечку лет будут сохраняться, но мы все ближе и ближе будем всплывать к поверхности, да и если бы в одних только деньгах был смысл! Нам надо реализовать себя, вот что главное, выявить до конца наши способности, понять, для чего, собственно, мы появились на свет. Или ты не согласен со мной, для тебя важны только деньги?

— Деньги всегда важны, — хмуро отозвался Подрезов, — все блага в жизни дает власть (чего именно: ума, положения — не столь важно), но власть без денег эфемерна.

Аркадий поморщился.

— Понимаю, понимаю. С твоими-то расходами… Сейчас особенно, ты живешь явно не по средствам. Но неужели ты со мной в одной упряжке только из-за денег? Неужели чужды тебе гордость, азарт?

— Риск, добавьте еще! — криво усмехнулся Подрезов. — Чтобы понять меня, нужно вырасти в бедности, даже нищете. Значит, вам этим уже не проникнуться, Аркадий Владиславович. Вы говорили о том, что нужно родиться хозяином. Возможно, вы правы, все мои сестры и братья, родители, дяди и тети учились, старались, мучились, но по большому счету так ничего и не достигли. Я хочу разорвать этот круг, не для себя, для детей, конечно. При подобной цели гроша ломаного в моем представлении не стоят ни гордость, ни азарт. Второй раз в этом веке судьба дарит шанс каждому в России изменить свою жизнь, судьбу, имею ли я право даже не перед собой, а перед своими потомками, упустить его?

Аркадий покачал головой и спросил скептически:

— Что ж, значит я могу быть спокоен за твоей спиной, ты будешь вдвойне, втройне осторожен. Так скажи, в чем же для нас выход, и есть ли он вообще теперь?

— Полагаю, что нет поводов для отчаяния, — попытался смягчить свою резкость Алексей. — Нас впустили в игру, она строится, как всякая игра, по правилам. Мы можем выиграть, а можем и проиграть. Но проиграем во всех случаях, если попытаемся сейчас из игры выйти. Не надо было ее начинать.

Аркадий вздохнул, посмотрел на Подрезова без обычной своей насмешливости.

— Ты хоть знаешь, какова ставка в этой игре?

— Все, — пожал плечами Алексей, — это давно известно. Все, что у нас есть.

— И ты не боишься? — удивился Аркадий. Ответа он так и не получил.

# ГЛАВА 4

Хотя Алексей и был подготовлен сделанными расчетами, он не уставал удивляться, насколько Изольда оказалась полной противоположностью своей подруге (впрочем, подруге ли?). Там, где Анжелика была сама нежность и кротость, Изольда источала грубость и даже цинизм. Ни одно из их с Подрезовым свиданий не проходило без бурных ссор, откровенного вымогательства. "Виртуальная кукла" била по самому уязвимому месту Алексея – подрывала его финансовое благополучие, высасывая и высасывая, как пылесос, из него деньги, то на взятки преподавателям, то на модные тряпки, в которых ей хотелось блеснуть на какой-нибудь дискотеке. Алексей грустно подсчитывал убытки, понимая, что долго ему не протянуть – дивидендов по делу, которое они затеяли, в ближайшем будущем ожидать не приходилось, а прямо попросить у Аркадия повысить зарплату "в связи с изменившимися обстоятельствами" Подрезов не решался.

Между тем, им в достаточной степени везло, фирма довольно быстро сложилась, даже завоевала некоторую популярность. Команда университетских выпускников, уже сформировавшаяся, но прогоревшая с раскруткой, прижилась в "Волшебном свете" идеально, продуцировала идеи, некоторые из которых удавалось даже в условиях России воплотить, иные – продать за границей. Действовала и другая, подводная, часть айсберга: находились таланты, среди них были разные люди, в том числе и много инвалидов. Прямо на квартирах у них, а первое, с чего начинал Аркадий – улучшал жилищные условия своих то ли рабов, то ли работников, устанавливалось новейшее мощное оборудование, но задания давались дробно, кусочками мозаики, целое Гамов никому не доверял. Попытки внедрить сюда "виртуальщиков", "сестричек", а особенно "братишек", то бишь любых клонов Изольды и Анжелики, совершенно не срабатывали, Аркадий и Алексей были безжалостны в отношении результативности: никаких послаблений никому не давали. "Виртуальщиков" было много в штате магазина, но и здесь Алексей держал ухо востро, предотвращая все возможные пакости в зародыше.

Насколько это беспокоило их невидимых противников, Подрезов чувствовал хотя бы по тому, с какой настойчивостью рвалась Изольда на какую-нибудь, по сути, любую, должность в фирме, заразив этой своей идеей даже столь инертную во всем, что не касалось тряпок и секса, Анжелику. Причем Подрезов сознавал, что долговременной атаки Аркадий не выдержит и, стало быть, нужно спешить.

## ГЛАВА 5

Командировки действительно не замедлили последовать. Первая из них начиналась с Лондона и заканчивалась в Лос-Анджелесе. Естественно, Алексей постарался как можно дольше задержаться в Англии. Встреча с семьей долго еще потом заставляла его пыжиться от гордости, но в то же время поселила в его сердце щемящую тоску. Он видел, с какой скоростью улетали его деньги и понимал, насколько велика для него опасность сесть между двух стульев. Все грозило обернуться не просто драмой, а катастрофой: после двух лет соразмерности, здравого смысла, уважения к законам, высокому качеству преподавания, а главное – свободы, разумной свободы, пронизывающей здесь все и вся, вернуться к родному бардаку, не просто на ступеньку, а на несколько ступенек, ниже того уровня, который они могли бы здесь иметь… В жене Подрезов не сомневался, а вот ребята, выдержат ли они столь контрастный душ?

Но он таил глубоко в себе эти мысли, превратив свой приезд в настоящий праздник, как для себя самого, так и для всей своей семьи. Ребята вживались, причем довольно быстро, в новые для них условия. Правила игры, то бишь жизни, были достаточно четкие, определенные, точки опоры действовали безотказно. Жене было гораздо тяжелее. Сказывались возраст, инерция мышления, недостаточное знание языка. Алена постоянно чувствовала в себе какую-то неполноценность, никак не могла обзавестись друзьями даже среди таких же, как и она, "новых русских", много комплексовала на этой почве, не всегда находила взаимопонимание даже с собственными детьми. И тут ей на помощь чаще всего, как ни странно, приходила Настька. Прежде настырная, своевольная, даже эгоцентричная, здесь она совершенно переменилась, несмотря на свой возраст стала как бы капитаном на их утлом суденышке. Постоянно подбадривала мать, поддерживала оптимизм, уверенность в их спайке; когда у Алены вдруг начинало все валиться из рук, брала даже порой в свои крохотные ручонки домашнее хозяйство.

Конечно, и у нее были проблемы: она с нескрываемым восхищением наблюдала за стремительными успехами в учебе своего брата, диву давалась, насколько рано начали формироваться красота, вкус, чего и предположить было невозможно, в Юле, а сама она оставалась приблизительно с тем же багажом, с которым и приехала: и английский ей давался с трудом, постоянно она его коверкала, и походка, манеры ее были неуклюжими, отдавая столь понятной простоватостью. В семье над ней мало посмеивались, а вот в колледже… там дело доходило даже не до шуток, а до злых розыгрышей. Хотя Алексей где-то в глубине души угадывал: не долго Настьке ходить в обличье Гадкого утенка, взлет ее будет стремительнейшим… И сердце его щемило при этих мыслях еще больше: вот этой волшебной песне и предстояло ему наступить на горло.

К невеселым мыслям о дальнейшей судьбе своих чад прибавилось у Алексея еще и сознание того, что он впервые схалтурил: обманул и подвел своего хозяина – слишком много времени провел в туманном Альбионе и слишком мало оставил его на Штаты, хотя следовало бы поступить наоборот. Еще в Москве Подрезов провел большую подготовительную работу, обойдя все представительства фирм, занимавшихся хоть чем-то схожими с их, исследованиями, с другими созвонился и договорился о своем визите. Это открыло ему здесь, на месте, многие двери. Но больше всего поразило Подрезова то, насколько быстро он завоевывал на последовавших затем одна за другой деловых встречах уважение и даже авторитет. Ему достаточно было чуть-чуть приоткрыть покровы их с Аркадием и ребят "Волшебного света" наработок, как лица у собеседников тут же вытягивались, серьезнели и ушки, что называется, лезли ближе к макушке сами собой.

Созвонившись с Аркадием, Подрезов убедил своего хозяина в том, что с продажами лицензий и разработок не следует торопиться, куда дешевле и эффективнее заняться заключением совместных проектов, причем с достаточно быстрой отдачей по ним. Будут и продажи, но тут дело слишком тонкое и важное, чтобы решать какие-либо вопросы из него по телефону.

Гамов, конечно, недовольно хмыкнул,

ознакомившись с отчетом Алексея по первой части маршрута, однако затем лицо его все больше вытягивалось и серьезнело, как незадолго перед тем у его заокеанских коллег.

— Да, сюрприз, — проговорил он наконец со вздохом. — Вот что значит послать профессионала. И даже не просто профессионала, а человека, посвященного практически во все тайны. Знаешь, это новая ступенька, теперь мы можем взлететь гораздо раньше и выше.

Подрезов, вообще-то ожидавший разноса, не замедлил воспользоваться хорошим расположением духа своего хозяина для того, чтобы с самым невинным видом попросить прибавки к зарплате. Точнее даже не прибавки, а того, чтобы увеличить ее (зарплату эту) в разы. Эффект, к сожалению, был не просто неутешительным, а оказался прямо противоположного свойства.

— Об этом не может быть и речи, — сухо оборвал его Гамов. — Я понимаю, жалованье, что я тебе назначил, по всем меркам чисто символическое за тот объем работы, что тебе приходится выполнять, но я ведь предупреждал тебя: твое служение мне непременно должно содержать какой-то, пусть небольшой, элемент жертвенности. Обещаю, у нас еще будет немало возможностей поспекулировать, нагреть руки, но вот насчет повышения оклада… забудь об этом навек. Как и о том, чтобы еще когда-нибудь за счет нашей фирмы побывать в туманном Альбионе. Можешь хоть каждую неделю летать туда, но… за свои кровные.

Подрезов смутно предполагал подобную реакцию на свою просьбу, но вместе с тем резкостью и бескомпромиссностью тона Аркадия был совершенно ошеломлен. Господи, сколько денег должны были принести их фирме хотя бы заключенные им, столь удачные, совместные проекты, а тут какие-то жалкие две-три тысячи долларов. Он усмехнулся на секунду: давно ли он стал оперировать такими "жалкими" суммами, но тут же ринулся в новую атаку.

— Хорошо, но, может, вы позволите мне продать или как-то по-другому использовать часть моих собственных разработок, Аркадий Владиславович? Я бы тогда никогда больше вопроса об увеличении зарплаты и не поднимал, — проговорил Подрезов, не в силах, однако, посмотреть при этом Гамову прямо в глаза.

Аркадий задумался.

— Свой "маленький бизнес"?

— Ну да, конечно, сейчас у многих такое. Ничего не поделаешь, мода. А если быть точнее, вынужденная мера. На которую хозяева закрывают глаза, чтобы поменьше денег работникам платить.

— А не увлечешься ли ты при этом и не залезешь ли в интеллектуальную собственность фирмы? — все так же задумчиво, как бы самого себя, спросил Гамов.

— Полагаю, что вы достаточно убедились в моей честности, Аркадий Владиславович.

Во всяком случае никто вам не помешает в любой момент дать мне пинка под соответствующее место.

– И то верно, – согласился Гамов. – В принципе, можешь считать, что такое согласие мной дано, вот только последний вопрос – что это за разработки?

– Фокусы, – спокойно ответил Алексей. – Обыкновенные фокусы. Ничего серьезного я не собираюсь на продажу выставлять. Я и сам знаю не хуже вас, чем это может быть чревато.

– Ладно, и можно было бы мне увидеть хотя бы один такой фокус? – с любопытством спросил Аркадий, как бы заново открыв для себя человека, друга, которого он, казалось бы, до потрохов уже изучил.

– Почему бы и нет? – ответил Подрезов.

## ГЛАВА 6

Об испытательном полигоне, все

оборудование на котором было смонтировано руками Алексея, расположенном в добротном двухэтажном коттедже с автономной электростанцией, никто не знал, кроме них с Аркадием. Однако эта часть работы и Гамову была незнакома. Впечатление было ошеломляющим, когда он вдруг воочию увидел на экране монитора посреди скопированной до мелочей квартиры Подрезова его самого и столь истощившую, обескровившую его за последнее время Изольду. Началась обычная между ними грубая ссора, которую Аркадий наблюдал сначала с интересом, затем с досадой.

— Слушай, может, хватит? — не выдержал он наконец. — По-моему, не самое лучшее, что можно записать на дискету. Во всяком случае я этот театр уже не раз наблюдал.

— Нет, — покачал головой Алексей, — не могли наблюдать. Это случится только сегодня. Вечером, когда я приду домой.

— Ерунда, не верю, — фыркнул Аркадий. —

Показушничаешь? Хочешь все-таки набить себе цену?

— Хорошо, — пожал плечами Подрезов, — тогда, может, это больше вас убедит?

Он внезапно переменил файл, и Аркадий увидел себя с Анжеликой. Причем в такой интимной позе, что густо покраснел.

— Ты уверен, что нам надо это смотреть дальше? — спросил он с ярко выраженным недовольством.

— Смотреть все равно придется, — равнодушно пожал плечами Подрезов, — не сегодня, так в другой день. В принципе, можете смотреть одни, без меня, я не возражаю. Но вы должны убедиться: то, что вы видите, вам только предстоит, в действительности этого пока еще не было.

— И что, я так и стегну ее плеткой, чуть ли не до крови? И буду хлестать и хлестать? — зло поинтересовался Аркадий.

— Но ведь она совершеннолетняя, и все у вас происходит по обоюдному согласию, — с усмешкой напомнил Подрезов Аркадию его недавние высказывания. – В чем проблема? Лично я не вижу никаких проблем!

– А если я не подчинюсь, не стану делать этого сегодня? – чувствовалось, что Аркадий сюрпризом своего подчиненного изрядно уязвлен.

– Сделаете завтра, куда вы денетесь! – пожал плечами Алексей. Он вновь вернулся к прежнему варианту, их ссора с Изольдой продолжалась, тогда Подрезов вызвал на мониторе вопрос: "Выход?".

– Понятно, зачем я это делаю? – зло спросил он Аркадия. – Вы думали, я просто подшучиваю над вами?

– Понятно, – мрачно ответил Аркадий, увидев возникшее на экране: "Тупик. Выхода нет". А у меня? Как у меня лично, если спросить? Есть выход? – спросил он дрогнувшим голосом. – Нет, лучше не надо, не показывай, я пока ничего не хочу знать об этом.

– Не хотите, не знайте, обойдемся без оракула, попробуйте сделать вывод сами, –

ответил Подрезов и опять поменял файл.

На мониторе вновь возникла квартира Аркадия. Сам он еще сладко спал, Анжелика стояла уже одетая и смотрела на своего любовника с оттенком жалости, даже брезгливости. Такой Аркадию она никогда еще не открывалась. С щемящим сердцем он наблюдал, как его возлюбленная вышла из дома, поймала такси и куда-то поехала. Краски вдруг померкли, люди, еще недавно воспринимавшиеся столь реальными, хоть и схематичными, превратились в какие-то совсем смутные силуэты.

— Не хватает информации, — пояснил Подрезов, — пока не получается это преодолевать.

Как бы то ни было, видение продолжалось. Анжелика вошла в какой-то дом, постучалась в дверь квартиры, где ее как видно давно ждали. Аркадий с чувством нарастающего ужаса выслушал отчет о своем завтрашнем дне с мельчайшими, в том числе интимными, подробностями. Но главное было в другом: адресах их с Алексеем вновь нанятых хакеров и даже кое-какие сведения о выполняемой ими работе. "Где основная база? Так и не выяснила еще?". "Нет". "А если попробовать психотропы? Сумеешь ему подсыпать?". "Не знаю. Ваше дело приказывать, мое дело исполнять. Но как бы их не спугнуть. Я чувствую, что они подошли к чему-то важному, у Подрезова вид именинника. Хотя не исключено, что для Аркадия это сюрприз". "Сюрприз? Черт бы их побрал с их сюрпризами! Но мне приказано пока только наблюдать. Ладно, иди!".

Алексей вызвал на мониторе заставку.

– Представляешь, что было бы, если бы я не настоял на автономной подстанции? Мы давно бы уже обесточили весь район.

– Да, громоздкая машина, – согласился Аркадий, – но ведь и первые компьютеры были величиной со шкаф. Кто это был? Хотя бы догадываешься?

– Не имею ни малейшего представления,

– отрицательно покачал головой Подрезов, – но мы рано или поздно столкнемся с ними нос к носу. Не пора ли нам переключиться на что-нибудь другое? Расходы растут, доходов даже в самой далекой перспективе не предвидится. Вы говорили: продать. Что мы можем сейчас продать? Этим ищейкам только след покажи, а дальше придут волкодавы.

– Только не в фокусах…

– Да, только не в фокусах, – мрачно согласился Подрезов. – Они-то уж никак не могут повлиять на расстановку сил. Обыкновенный бизнес, ну а что не здесь, а в Штатах – излишним патриотизмом сейчас в нашей стране мало кто страдает.

Аркадий посмотрел на Подрезова с прежней задумчивостью.

– Хорошо, я от своего слова не отступаю. Фокусы так фокусы. Однако дело складывается так, что мне и самому без твоих фокусов не обойтись. Наверное, это как раз то, что в последнее время мне столь не хватало. Как я уже говорил, основное направление нашей работы – получить возможность людьми, а в дальнейшем не только отдельными людьми – обществом, манипулировать.

– Высоко метите! Не пора ли остановиться? – мрачно ответил ему Подрезов. – Или хотя бы сбежать отсюда. Не понимаю, откуда в вас такая одержимость?

– Не понимаешь? – Аркадий впервые за все время их знакомства взглянул на Алексея подозрительно. – Что, в самом деле не доходит до тебя: не нам решать, там нам быть или здесь. Семью ты отправил, но сам лучше не рыпайся. До конца нашей работы еще очень далеко. Мы ведь с тобой тоже не вправе решать ключевые вопросы. Я не сумасшедший: прежде чем решиться на подобные исследования, мне пришлось о-очень большой поддержкой заручиться. Усвой хорошенько: мы давно уже не игроки – просто фигурки.

– Но нам заплатят? – упрямо гнул свое

Алексей.

— Заплатят — не заплатят, — не выдержав, вскипел Аркадий. — Тебя только это интересует? Может так случиться, что тебя будет больше интересовать жизнь твоей жены, благополучие твоих детей, этого ты не учитываешь?

Подрезов упрямо покачал головой.

— Раз я батрак, то у меня помимо тех, о которых я уже говорил вам, есть еще одно правило: бесплатно я не работаю. Вы сказали, что мы уже многого достигли. Конечно, мы не тянем и никогда не вытянем на Билла Гейтса, но почему бы нам хотя бы Арком и Алексом не стать? Во всех случаях я не собираюсь дальше слепо им, этим людям, у которых я не служу и, соответственно, ни гроша не получаю, подчиняться. Пусть не обижаются, если я их щелкну по носу: никому не дозволено, к примеру, вмешиваться в мою личную жизнь.

— Ты полагаешь, что тебе удастся порвать с Изольдой, — изумился Аркадий.

– Почему бы и нет? – хмуро переспросил Подрезов.

– А зачем? Ну да, ведь ты с ней постоянно ссоришься. Но, наверное, так нужно тебе, иначе они бы давно другую девчонку прислали. Что ты добьешься своим упрямством, просто поменяешь шило на мыло? Совсем без женщины тебе ведь не обойтись! Надеюсь, ты понял это?

## ГЛАВА 7

Неожиданная привязка злила Алексея, он никогда не думал, что секс для него может оказаться настолько сильной потребностью. Как и всякий мужчина, он и раньше, в отношениях с Аленой, чувствовал охлаждение к единственному объекту своих желаний, однако это проходило у него довольно незаметно, не заслоняя все на свете и уж тем более не превращаясь в навязчивое состояние. Просто вся энергия его уходила сначала в работу, затем в лихорадочное делание денег, которым они с Аркадием никогда не прекращали заниматься. Однако связь с Изольдой бесконечно его унижала, доводила порой до депрессии.

Надо отдать должное, те люди, которые хотели им управлять с помощью нее, все рассчитали достаточно верно. Для Подрезова главным в отношениях между мужчиной и женщиной была любовь, секс как самоцель он не отрицал, но считал разновидностью скотства. Для себя, конечно. Как устраивались другие с этим вопросом, совершенно его не интересовало. Он вообще никогда не совал свой нос в чужие дела, считая глупым отрывать хоть толику времени от решения собственных проблем. И вот сейчас, анализируя свое положение, Подрезов должен был признать, что поймали его на его же собственную уду: любовь была у него — только в союзе с женой он строил и в мечтах и в действительности свое будущее. Именно в силу этой причины он предпочитал иметь в партнершах женщину, в которую он никогда бы не смог влюбиться. Однако с Изольдой и он, и те люди, которые хотели держать его в своих руках, определенно просчитались. Хоть и говорится, что от ненависти до любви только шаг, но ненависть тоже бывает разная. И вот теперь, путем сложных вычислений, Алексей нашел все-таки первопричину – клин лучше всего выбить клином: почему бы ему не поискать женщину, к которой он мог бы испытывать не любовь, конечно, но и не скотство, подлинную страсть?

## ГЛАВА 8

Да, так получилось, что, начиная с первых же своих шагов на новом поприще, Подрезов и Аркадий постоянно ощущали, что находятся под пристальным вниманием людей, которых они даже не знали, кем считать: врагами, противниками или… хозяевами? Такое неведение не могло продолжаться вечно, оно становилось все более и более опасным. Вот почему вопрос Изольды не был отметен Аркадием как сугубо личная Подрезова проблема, он был признан общим и важнейшим на очереди. Прекрасно понимая, что противная сторона сразу же после разрыва с "МГУшницей" немедленно же выставит ей замену, компаньоны решили переместить поиск альтернативы в область самых секретных исследований. Пролистывались сотни эротических журналов, приборы отмечали малейшую реакцию Подрезова на какой-либо объект, добавляя очередной штришок в создаваемом для него портрете. Работа оказалась вполне в духе увлечений Аркадия и необычайно его захватила. Он чувствовал себя как рыба в воде, перемещаясь из книг по психологии в "Пентхаус", из порнокино в древние эротические трактаты. Причин тут много было для подобного интереса: во-первых, это было самое что ни на есть научное исследование, ну а еще немаловажным являлось то обстоятельство, что Гамову хотелось, чтобы рецепт был у него наготове, когда возникнет для него самого возможность ли, или необходимость порвать с Анжеликой.

К счастью, Алексей оказался не безнадежен, как потенциальный Казанова. И теоретически объект, которым он мог бы увлечься, был вскорости вычислен. Но опять же, без Аркадия теория здесь никогда бы не перешла в практику. Как когда-то, они вновь отправились в привычные блуждания, только теперь с несколько иной целью.

## ГЛАВА 9

— Жаль, — Изольда скривила красивый, густо накрашенный ротик. — Ты не сердись на меня, Лесик, у бедной девушки-студентки столько расходов!

— Наверное, я не первый ее объект? — из вежливости, чтобы поддержать разговор, спросил Подрезов.

Изольда посмотрела на него

внимательно, прикидывая, не повредит ли ей излишняя откровенность.

— Не первый. Но будем считать, что первое поражение. Может, расскажешь, как тебе удалось от меня освободиться? Я вроде делала все необходимое, и теоретически, и практически: до потрохов, к примеру, изучила твой характер, старательно имитировала наслаждение. В чем я прокололась? Меня ведь могут просто дисквалифицировать, не в проститутки же мне тогда подаваться, этого добра сейчас пруд пруди, да и все замешано на бандитизме.

— Ты тут ни при чем, — мысленно ругая себя за жалостливость, приоткрыл секрет Алексей, махнув рукой в сторону компьютера: — Техника! Говорят, что против человека ей далеко еще, но тебя во всяком случае она обыграла.

— Ну-ну, — ничуть не поверив его словам, зло кивнула Изольда. — Видела я твою технику! От горшка два вершка. Что ж ты такую маленькую выбрал? По принципу контраста после меня?

Алексей лишь загадочно повел плечами и промолчал.

— А подарочек на прощанье любимой девочке, — спохватившись, засюсюкала вдруг Изольда, — выходное пособие?

Алексей брезгливо поморщился и полез в карман за бумажником.

— От горшка два вершка! — с обидой проговорила вышедшая из спальни после ухода "виртуальной попрошайки" "техника" по имени Александра. — Я что, уродка? Метр шестьдесят два — разве это недостаток для женщины? Просто миниатюрное создание. Кому-то и такие нравятся. Кстати, ты, случайно, не шпион? К тебе женщин подсылают. Или ты сам их используешь в своей работе?

— Нет, я просто ученый, — без малейшего зазрения совести соврал Алексей. — Тебе тоже придется пройти через это — ко всем, кто со мной контактирует, присматриваются.

– Они что, и под юбку ко мне будут заглядывать? – лукаво поинтересовалась Александра, как видно, известие о каких-то слежках, проверках совершенно ее не обеспокоило.

– Могут, вполне в их стиле, – не раздумывая подтвердил Алексей, – предлагаю проверить сейчас же, все ли там в порядке. Так, на всякий случай.

Разговор их вскоре перешел совсем в иную плоскость, и Подрезов вздохнул с облегчением, что наконец столь удачно от Изольды отделался.

# ЧАСТЬ ЧЕТВЕРТАЯ

# ГЛАВА 1

— Допустим, но что это нам дает? — задумчиво проговорил Аркадий. — Что частично подобные технологии вполне могли использоваться еще тридцать лет назад со все нараставшим эффектом, я рискну предположить, но что хотя бы десять лет назад там, наверху, имели такую технику, которой мы сейчас располагаем и на полную катушку применяли ее в действии, в это поверить я никак не могу.

— Вы не учитываете возможности государства и очень богатого государства. С нашими ли жалкими грошами пытаться что-то им противопоставлять? Время гениев-одиночек давно прошло, — возразил Подрезов.

— Чем же ты объяснишь заказ, который мы получили? Предполагалось ведь, что о нас никто ничего не знает, и вдруг так откровенно и даже до циничности наивно: не кейс, не чемодан, а просто картонная коробка, полная пачек долларов. Им даже в голову не пришло, что мы можем отказаться, хотя бы повыламываться: просто принесли деньги и определили срок. Что делать, кстати, ты не решил пока? И еще, ты уверен, что наша система защиты надежная и нас не подслушивают?

Подрезов подумал, затем кивнул.

— Уверен. Хотя кое-что заменить не мешало бы. В этом деле прогресс идет семимильными шагами. Так что вас мучает? Вы сомневаетесь, что мы в состоянии полученное задание выполнить?

— Нет, меня больше интересует заказчик. Кто он? Друг или враг? Как использует схему, которую мы разработаем для него? Если разработаем.

Алексей разозлился.

— Да и черт бы с ним! Кто бы он ни был! Надоело играть вслепую, но и ковыряться в дерьме тоже нет никакого желания. Кроме того, вы совершенно не учитываете того, что мы полностью разорены. Бог нам послал эту коробку, вот только я пальцем не шевельну по проекту, пока не пристрою в надежных местах свалившиеся нам с неба ассигнулечки-ассигнации, все до последней купюры.

Аркадий вздохнул. Затем мрачно кивнул:

— Что ж, наверное, ты прав, у нас действительно нет другого выхода. Каковы у них шансы?

— 5-10 из 100, если пустят дело на самотек, то есть, никаких шансов.

— Окончательный результат?

— Где-то 50 на 50, но придется изрядно потрудиться.

— То есть, мы та малая толика, добавка, которая может решить все дело?

— Пожалуй. Но прежде, чем принять решение, нам придется сегодня, не сходя с места, прояснить вопрос, который мы столько времени старательно отодвигали в сторону.

— Кто нас "ведет"? — пожал плечами

Аркадий. – В принципе, любая группа людей, в руках которой сосредоточена большая сумма денег, доля собственности. Таких групп много сейчас. Что ты сам думаешь по поводу того, какая же конкретно из них "преподнесла нам сюрприз"?

Алексей на минуту задумался.

– Скорее всего, наш заказчик – тот, кто на самом верху, иначе, откуда такие шальные деньги? Дали бы меньше или поторговались, по крайней мере. Мы им не нужны, собственно, у них свой план и, соответственно, давно сформированная, подготовленная команда. Но им нужно исключить все неожиданности. Что им вот эта куча долларов, когда вся государственная казна на кону? Хотя наверняка что-то из нашего проекта они используют. Ну а на 60-70 процентов наши рекомендации просто совпадут, мы не с идиотами имеем дело.

Аркадий провел по лицу дрожащими пальцами, он все никак не мог поверить в реальность происходящего.

– Ты не говоришь о главном, – не смог все-таки сдержать ликования он, – нас признали, как самостоятельную силу, единицу. И довольно значительную. Я добился своего – мы вовсе не холуи теперь, пусть маленькие, но все же хозяева.

– Не обольщайтесь, – пожал плечами Алексей. – Такие коробочки наверняка сейчас развозят по всему городу: пресса, телевидение, пятая колонна в стане противника.

– Банкиры, предприниматели…

– Нет, этих мы порекомендуем по-другому купить. Вздуем проценты по всем займам и облигациям, кто станет против собственных денег голосовать, в том числе и среди населения? Главное – сдержать рынок ценных бумаг, ну и, соответственно, валюту.

– Но ты отдаешь себе отчет в том, во что это выльется через год? – ужаснулся его рекомендациям Аркадий. – Мы ведь не один день с тобой на бирже провели, кое в чем смогли разобраться в свое время.

— Сможем и сейчас, — пожал плечами Подрезов. — Не будем же мы сложа руки сидеть на этой зеленой куче. Предлагаю всадить это все в самый примитив — сберегательные облигации, если выше планку взять — неизбежно засветимся.

— А если они проиграют? На выборах-то, — засомневался Аркадий. — Ведь все это в труху в итоге обратится.

— Значит больше злости, стимула будет нам заниматься тем, что от нас требуют, — с досадой отмахнулся Алексей. — Слушайте, босс, эта Анжелика совсем мозги вам высушила. Кто из нас хозяин — вы или я? Ладно, пойдемте, я вам кое-что покажу. У меня тоже есть небольшие сомнения, хотелось бы их разрешить.

## ГЛАВА 2

Бомж по-прежнему был настороже, он не покидал ни на минуту своего места. Со времени, когда Подрезов в последний раз видел его, он изрядно одряхлел, но еще грозно смотрелся из-за своей массивности. Состав лиц практически весь сменился вокруг него, но лизоблюдов, угодников не поубавилось.

— Похож, удивительно похож, — в изумлении покачал головой Аркадий. — Где ты откопал его?

— Здесь и откопал. А вообще-то он сам кого хочешь откопать и закопать может.

Аркадий покачал головой.

— Не выдержит. Столько не выдержит. Просто не продержится. Он совсем не похож на того дюжего молодца, которым смотрелся еще совсем недавно.

Подрезов внимательно посмотрел на друга, затем вновь перевел взгляд на одуловатое лицо бомжа.

— Что ж, наконец-то слышу от вас дельные мысли. Что будем делать? Ведь это отправная точка нашей работы. Если мы не решим эту проблему, дальше можно не продолжать.

Аркадий пожал плечами.

– Хорошо, что ты сводил меня сюда. Не переживай, я хозяин и беру на себя всю ответственность: не станем решать дилемму, оставим ее как есть – будем рекомендовать, но предупредим, что весь срок не продержится.

Работа увлекла их. Однако когда они установили, смоделировали лицо толпы, то были поражены ее тупостью, доходящей до крайнего идиотизма.

– Нет, так нельзя, – испугался Аркадий. – Время поджимает, конечно, но надо вернуться обратно, перепроверить все расчеты.

– Не надо, – с горечью покачал головой Алексей. – Не надо возвращаться. Хотя в одном мы действительно прокололись. Мы приготовились с тобой капать на мозги, которых давно уже нет и в помине. Я имею ввиду, на уровне так называемого массового сознания. Странная картина получается, согласись: по отдельности это прекрасные милые люди, за исключением ложечки-толечки негодяев, ну а вместе – пещерные то ли питекантропы, то ли австралопитеки, по многу раз оболваненные и переболваненные. Причем, что интересно: нормальному человеку даже недолгое пребывание в клоаке лишь прибавляет ума, толпа же, выкупавшись в ней, вместо того, чтобы рассвирепеть, становится до удивления дерьмово-шелковой. Хочется вам или нет, больно или радостно на душе, а все расчеты мы теперь должны делать исключительно на неандертальцев. Самое беспардонное надувательство, голый обман, ничто другое не ожидает их со стороны государства. Ведь только в государство они по инерции еще верят, во что же еще верить, чтобы не сбрендить окончательно? Как раз на этой вере мы и построим наш расчет. Все старое на свет божий вытащим, что только можно перетряхнуть на новый лад и неожиданно поклонимся. Что это? Возврат к прошлому? Нет, окончательное разрушение. Пусть все песни старые перепоют, фильмами времен царя Гороха закрутим до одури, всех этих артистов-проститутов-проституточек купим по пучку за копеечку. Все придут, все будут рукоплескать, никому не захочется из колоды вылететь. А еще война. Развяжем-ка какую-нибудь войнушку и опять инерция полувековой давности сработает: как в таких условиях без Хозяина? Пропадем! А коней на переправе, как известно, менять не принято.

## ГЛАВА 3

Работа закипела. Впервые, по сути, у них появилось настоящее дело. Надо сказать, что и давление на них резко ослабло, как видно, одни и те же люди в свое время припирали их к стенке и прибегли сейчас к их услугам. Аркадий счел, что приспело самое подходящее время и ему тоже избавиться от подосланной "виртуальщицы" и вернуться к прежнему образу жизни. И опять никто не сопротивлялся этому, даже сама Анжелика или бог ее знает, как там ее на самом деле звали.

Впрочем, иначе, наверное, ничего бы и не вышло, так как работа, за которую они взялись, требовала колоссального напряжения и соответственной разрядки тоже. Чем глубже забирались Аркадий с Подрезовым в суть вопроса, тем больше волосы у них на голове вставали дыбом. Выяснялось множество сюрпризов, которые их просто ошеломляли. Нищета, хаос, брожение умов, беспардонность и безответственность власть предержащих, полная убогость, забитость основной части населения, безоглядное воровство на всех уровнях, фактическое вымирание целой нации, где вынужденная, где подневольная ассимиляция ее на отторгнутых территориях с коренным населением. А главное — поголовная ненависть со стороны чуть ли не всего мира, да что мира — внутри страны и то все отношения были построены на ненависти. Кого еще и когда так ненавидели? Фашистскую Германию? Нет, у нее было много сторонников, ну а сейчас вообще даже о неприязни речь не идет – как можно ненавидеть богатое государство, бескровно отвоевавшее себе первое место в Европе? Древний Рим? Но весь мир через несколько веков склонился в почтении перед латынью и всем латинским. Здесь же никто и никогда не склонит голову, а ненависть обладает огромным разрушительным свойством. Однако подобных задач перед ними не ставили, и Аркадий с Подрезовым лишь упомянули о них в вводной, констатирующей, части.

Они отлично понимали, что от них требуется и перечислением-то занимались исключительно, закидывая удочку на будущее, авось еще в чем-нибудь займут их, в остальном же – купались в совершенном бесстыдстве. По сути, то, что они выстраивали, больше всего напоминало порнографический фильм. Аркадий пребывал в родной стихии и работал как никогда плодотворно, Подрезова же тошнило от всей этой грязи, он никак не мог выработать в себе к ней защитную реакцию, отгородиться равнодушием. Но что делать? Требовалось ни мало ни много, а задурить до изнеможения целую нацию. Цинизм — вот что выбрано было Архимедовым рычагом. Точкой опоры — деньги. Сумасшедшие, лишающие остатков совести, рассудка любого, даже самого пугливого, человека.

Уже потом, отслеживая ход запущенного механизма, превратившего дряхлеющего день ото дня властителя из средоточия всех зол и бед в Спасителя Отечества, Алексей и Аркадий постоянно натыкались на совпадение их разработок с проектом официальной команды поддержки, вот только у тех было еще больше цинизма, на который, собственно, можно было решиться только находясь на самом верху. Затем наступило повсеместное отрезвление, однако игра была сделана, и Подрезов с Аркадием могли с полным правом поздравить себя с тем, что в своих исследованиях они находились на верном пути. О них словно забыли, никто больше не выражал никакого намерения следить за ними, вторгаться в их работу, а уж тем более ими манипулировать. Погасив ГКО и ОФЗ (для тех, кто не помнит: Государственные Краткосрочные Обязательства и Облигации Федерального Займа) и переведя рубли в доллары, они с интересом ждали, когда рухнет возводимая на сей раз не рядовыми жуликами-мошенниками, а на вполне официальном, государственном уровне, пирамида. По вычислениям выходило, что уже через год начнутся серьезные трудности, ну а двух лет пизанской башне никак не устоять, однако многое тут зависело от внешних обстоятельств, которые трудно было предусмотреть. Как бы то ни было, они вовремя сумели затем доллары свои сначала утроить, затем снова удвоить, и тут же поменяли иноземную "зелень" на обесценившиеся донельзя акции.

– Да, вот ты говоришь: уехать, – задумчиво размышлял Аркадий, – но где, в какой стране мы могли бы вот так, ничего не делая, в такой роскоши жить? Да еще будучи при том совершенно незаметными, независимыми, все свое время посвящая любимому делу и, что самое главное, никогда не нарушая при этом закон?

– Воровской закон.

– Что ж поделаешь, – развел руками Аркадий, – если других законов нет? Как-то ведь надо жить. Ты что же, друг, хочешь все-таки плевать против ветра? Да, ветер с помойки, ну и что с того? Так получилось, что все мы, бедные и богатые, униженные и счастливые, живем на одной большой помойке. И никто не хочет этого менять, на помойке всегда, если как следует поковыряться, что-то раскопать можно, а вот если все вокруг вычистить да выкрасить, на что люди будут существовать?

# ГЛАВА 4

Как бы то ни было, а жизнь продолжалась. И очень важно было решить, чем заниматься дальше. Сейчас, когда новые аппетиты были удовлетворены, следовало задуматься о дальнейших шагах в жизни. Тем более, что в четко положенный срок после памятной своей командировки, Алексей со смешанным чувством восторга и озадаченности узнал о появлении еще одного своего отпрыска по имени Питер, ни о каких Петях уже не шла речь. Он не воспринял это как дополнительную материальную нагрузку, но они теперь как команда играли по гораздо более сложной схеме: $2 + 2 + 2$, и это решило его последние колебания. Как ни привлекала его добрая старая Англия, да и вообще Европа, он понимал: ничто не светило здесь его бедным крошкам. Разве что через несколько поколений смогли бы они куда-то пробиться, выйти на достаточно высокий уровень, и среди этих проблем, во всей их сложности, просто добиться гражданства (что само по себе было непросто) выглядело сущим пустячком. Нет, было единственное место на Земле, которое могло бы удовлетворить собой все три составляющие их команды – Лос-Анджелес. И сколько ни прикидывал Подрезов в самых сложных подсчетах, неизменно выпадало в итоге именно это название.

Еще в самом начале их совместной работы с Аркадием, понимая все ее безумие и опасность, Подрезов сразу же поставил крест на себе, главной целью поставив обеспечение нормальной жизни своим детям. Сейчас, с появлением Питера, а точнее пары Питер и Павел, ему вдруг отчаянно захотелось увидеть продолжение начатого им дела, хотя бы до уровня внуков. Он долго ходил вокруг да около, не зная, как начать разговор с Аркадием по поводу задуманной им многоходовой комбинации, однако тот сам помог ему.

– Ну что ж, – радостно потирая руками,

сказал ему Гамов. – Знаешь, дружок, очень долго я к тебе присматривался, и решил в чем-то попробовать пойти по твоему пути. Как ты считаешь, что я в первую очередь должен для этого сделать?

– Наверное, жениться? – догадался Подрезов. – Мне трудно сказать вам что-нибудь по этому поводу, но я готов – мы можем начать поиски уже сегодня.

– Нет необходимости, эта проблема уже решена, – отмахнулся Аркадий и добавил с глупейшей, счастливейшей улыбкой. – Наследник тоже в кармане, точнее – у моей невесты в животе.

– Наследник, не наследница, вы точно знаете? – удивился Подрезов. – Откуда?

– Ну, при современном уровне науки определить это – пара пустяков, – беспечно пощелкал пальцами, как кастаньетами, Аркадий.

– Да, – нахмурился Подрезов. – Но для этого должен быть достаточно большой срок ношения плода. И вы молчали, скрывали от меня такое все это время?

– Не чувствую никакой вины перед тобой в данном случае, – спокойно ответил Аркадий. – Я должен был точно убедиться. А жену мою будущую ты прекрасно знаешь.

– Анжелика? – чуть не упал со стула Подрезов.

– Да, Анжелика, – насторожился Аркадий. – А что тебя в этом смущает. Имеешь что-нибудь возразить?

– Но ведь она оттуда, из органов! – осторожно прокомментировал Подрезов, кляня себя внутренне, понимая, что дело решенное и вряд ли стоит уже сейчас, загодя, портить отношения как со своим работодателем и другом, так и, что куда важнее, с его будущей супругой.

– Причем тут органы? – с недоумением пожал плечами Аркадий. – Ну запугали девчонку, запутали в какие-то махинации, понадобилось много денег, она и не на такое бы согласилась. Потом вышвырнули за ворота, когда пропала в ней необходимость.

Собственно, не вышвырнули, но хотели дальше использовать ее уже без материального стимула, вроде как чисто из патриотических побуждений, да и самим ею попользоваться в полной мере, в свое удовольствие. Но я не стал спорить, не просто вытащил ее оттуда – выкупил, на всех уровнях сполна расплатился.

– Зачем? – со вздохом спросил Подрезов.

– Все очень просто, – совершенно искренне объяснил Аркадий, хотя мог бы и не объяснять. – Я влюбился. Наверное, рано или поздно, такое со мной должно было произойти. Мы встретились снова, ей не было нужды больше притворяться передо мной, а мне ее опасаться, и мы взглянули друг на друга совсем по-иному. Разглядев то, что всегда лежало на поверхности в наших отношениях, но чего мы не замечали прежде. Однако это все личное, ты давно ждешь, когда же я заговорю о деле. Но я действительно был раньше не готов. Теперь я скажу тебе: я больше не могу и не хочу заниматься разрушением. И не оттого, что я морально против этого. Просто перемены здесь диктует логика: все, что можно разрушить, уже разрушено, хотя и инерция мышления и вполне осознанные стремления отдельных, весьма и весьма могущественных, людей будут нацелены на то, чтобы довести этот процесс до конца: не переменить, не уничтожить что-то в России, а стереть ее вообще с лица земли как государство. Отсюда и получается: тенденция на разрушение дальше в той же степени опасна, сколь и бесперспективна. Так что теперь мы с тобой будем строить. Выстраивать и перестраивать модели бегства от смерти, бороться с той же неистовостью за власть над массовым сознанием, но уже с другой стороны, во имя совсем иных целей.

— Вы считаете, из этого тоже можно будет потом что-то продать? — ужаснулся намерениям своего друга Подрезов, понимая всю бесполезность своих усилий, но все же делая слабую попытку вернуть Гамова на грешную землю.

— Продать, продать! — Лицо Аркадия передернула гримаса презрения. — Ты только о деньгах и думаешь. Конечно, почему бы и не продать? Целиком вряд ли кому это окажется по карману, а по частям, сколько угодно. Но я даю тебе время обмозговать все хорошенько.

— Опять отпуск?

— Нет, командировка. Нам многое надо прикупить. А еще больше понадобится совместных финансирований. Я даже с удовольствием кое-что предложил бы на продажу. Нам понадобится очень много денег. Несмотря на все наши последние успехи в этой сфере, гораздо больше, чем у меня есть. Ты хорошо проявил себя в прошлый раз, надеюсь, в этот раз проявишь еще лучше.

— Значит, мое согласие носит чисто формальный характер?

— Пожалуй, что так. Но не совсем так. Ты хорошо знаешь, как я чту законы, но не только те, что записаны на бумаге, а еще и другие, вечные – как бы тебе их представить? – корпоративные, что ли? Так или иначе я всегда их учитываю. К примеру, при всех твоих талантах, при всем моем уважении к тебе, я никогда не смог бы взять тебя в партнеры, даже в неравной доле, то, что мы друзья – ничего не значит в данном случае, в делах суть наших отношений неизменна. Однако я сам себя подсадил. Хронически недоплачивая тебе, точнее вообще даже не оплачивая подчас интеллектуальную собственность, которую ты в наше дело привносил, я оказался в долгу перед тобой и вынужден сам завести теперь речь о нашем партнерстве.

– И что теперь? Что это меняет в наших отношениях? – с недоумением спросил Подрезов.

– Впредь ты будешь работать уже по контракту.

– Нельзя ли все-таки поподробнее?

Гамов замялся:

– Ты помнишь ту коробку? Мы не стали ее делить, целиком вложили в дело. То, что ты наварил на свои деньги – твое, эта часть – наше. Ну а конкретно – ты станешь моим компаньоном. Но не сразу, по истечении контракта.

– Надеюсь, контракт… не бессрочный?

– Конечно, нет. Я не имею ни права, ни желания посягать на твой статус. Допустим, пять лет.

– Три, – сделал слабую попытку поторговаться Подрезов. – Надо учитывать те годы, что мы уже были вместе.

Попытка не прошла.

– Нет, пять. У меня все рассчитано.

– Последний вопрос: как мой "маленький бизнес". Наш уговор остается в силе?

– Да, но только до истечения срока контракта. У партнеров бизнес должен быть один.

Алексею ничего не оставалось, как согласиться, но и таким результатам переговоров он был безмерно рад. Понял или не понял его Аркадий, трудно сказать, но если понял, то только в общих чертах. А он, Подрезов, совсем не дурак. Он вовсе не собирался заниматься в чужой стране глубинными, теоретическими исследованиями, а вот прикладная часть…

## ГЛАВА 5

На следующей же неделе Алена переступила порог компании "Электроникс Артс" с одним весьма интересным предложением. Настолько интересным, что еще в период командировки Алексея ей было выделено отдельное помещение и (что самое важное!) предоставлено право самой набрать штат сотрудников. Корабль отправился в плавание, чего еще Подрезову было желать?

Сначала они все очень тосковали по Англии, причем, как ни странно, больше всех Настена, но потом тоска все больше стала забываться под ворохом новых проблем. Алена явно не тянула в тех заданиях, которые попытался возложить на нее Подрезов, приходилось подолгу ей все расшифровывать, объяснять. Порой Павел соображал куда быстрее матери, и Алексей всю голову сломал над тем, как бы ему решить эту проблему. Сам он провел переговоры и консультации с еще большей пользой, чем в прошлый раз, продолжая удивлять и удивлять специалистов своей осведомленностью. Он начал получать предложения одно заманчивее другого и был в ярости от того, с какой легкостью провел его Аркадий, и каким дураком он был, заключив с ним пресловутый "контракт". И дело тут было вовсе не в "предложениях", Подрезов над большинством из них просто посмеивался, дело было в том, что как раз в тот момент, когда он практически сравнялся с Аркадием в знаниях, он вдруг потерял право распоряжаться самим собой.

Но даже не в том, однако, было самое страшное. А в том, что сумасшествие Гамова углублялось, и он увлекал Подрезова в пропасть вместе с собой. Мысль о самопожертвовании ради своего выводка с течением времени все меньше привлекала Алексея, теперь он видел, что дети его устроены, что им уже обеспечено вполне приличное будущее, и что, находясь вместе с ними и сам раскрывшись, он мог бы и для себя и для них гораздо больше пользы принести. Но прежние установки срабатывали самым неожиданным образом, и Подрезов с досадой обнаруживал, что за любую свою глупость, точнее недомыслие — прошлое, настоящее, будущее ли, приходится неизбежно платить.

С щемящим сердцем Алексей уезжал из купленного в рассрочку коттеджа, в котором дети освоились так быстро, как будто прожили в нем всю жизнь. Вот только Настена, эта ни на кого не похожая Настена, все глаза выплакала в попытках упросить мать отпустить ее с папкой в Москву.

# ЧАСТЬ ПЯТАЯ

## ГЛАВА 1

— Да, ловко вы меня стреножили своим договором, — не удержался от того, чтобы не высказать запоздалую обиду шефу Подрезов, — удивляюсь, как я мог согласиться, оказаться таким придурком?

Аркадий не счел необходимым ответить на претензии Алексея, он лишь озадаченно почесал затылок.

— Никогда не предполагал, что семья отнимает столько сил и средств, да я и сам виноват — слишком разбаловал когда-то свою благоверную, не думал, что со временем это мне может выйти боком.

— Надеюсь, на любовных утехах неприятный сюрприз пока не отразился? — подтрунил Алексей.

— Вопрос с подтекстом? — догадался Аркадий. — В чем он? Как более опытный товарищ, объясни другу!

— Придется обзавестись любовницами, а

это расходную часть не уменьшит, а наоборот, усугубит.

– Невеселая перспективка! – согласился Аркадий. – Что же мне остается? И дальше любить жену! Ну а у тебя как?

Подрезову не хотелось вызывать зависть к своим успехам, поэтому он поспешил перевести разговор на другую тему.

– Итак, раз мы без пяти минут, точнее, лет, компаньоны, может вы просветите меня наконец: что вы задумали? Всерьез заняться политикой?

– Нет, мой замысел гораздо авантюрнее и фантастичнее. На нем действительно очень сложно будет что-то заработать. Но что делать? Ты меня достаточно уже хорошо изучил: я охотник, игрок по натуре, деньги как самоцель совершенно не интересуют меня. Что я задумал? Я решил проникнуть на ту, другую, невидимую сторону нашей жизни, или, как ее называют еще – действительности. Почему-то считается, что эта другая сторона – гадкая, зловещая, темная, но я противоположного мнения, я уже знаю, и никто не разубедит меня в этом: там империя, необозримая империя света. Более того, может, я покажусь тебе сумасшедшим, но я считаю, что имею на это право, своего рода допуск. У тебя нет такого права и нет такого допуска, но со мной ты как раз туда проходишь. – Он протестующе замахал руками и добавил с обычной для него иронией: – нет, ради бога не благодари меня, не надо. Ты столько сделал для меня, должен же я хоть чем-то тебе отплатить?

Подрезова вдруг охватила ярость, смешанная с отчаянием: только сейчас до него стал по-настоящему доходить смысл происходящего. "Другая сторона", "империя света" – в отношении Гамова у Подрезова не присутствовало больше никаких сомнений: Аркадий просто спятил и следовало отныне держаться от него подальше. Но как? Контракт, проклятый контракт, как он мог купиться на такое? Половина от чего, на что бы он мог претендовать? Кукиша в мякише?

Дырки от бублика? Но ясно было и другое: Аркадия от задуманного не отговорить. Проклятые амбиции, сколько они у людей забирают денег, здоровья, просто здравого смысла!

Однако сетовать толку мало было, надо было принимать какие-то конкретные шаги. Решиться на первый из них Алексея подвигла, как ни странно, Александра.

— Я знаю, как ты занят в последнее время, но мне хотелось бы с тобой поговорить об одной вещи, для меня это очень важно, — сказала она однажды, то ли под влиянием чувства, то ли наоборот, тщательно выбрав благоприятный момент.

— Ты беременна? — вопросом на вопрос рассеянно отозвался Подрезов.

— Нет, — ответила она. — А что, это для тебя самое важное?

— Ну, я просто так сказал, — смутился Алексей. — Но сегодня мне действительно не до разговоров, я имею в виду — серьезных. Давай в другой раз, Шурунчик, а?

– Давай, – согласилась Александра и поспешила сменить тему. – Ну и как там Аркадий?

– Аркадий как Аркадий. Все по-прежнему: чудит-с.

"От горшка два вершка"... Когда она внезапно исчезла, Подрезов поначалу не придал этому особого значения. Ну, исчезла – объявится, стоит ли переживать? Может, мать заболела или еще случилось что-нибудь. Алексей вдруг с удивлением обнаружил, что практически ничего об Александре не знает, точнее, не помнит, так как в компьютере на нее имелась основательная база данных – в свое время он достаточно тщательно ее подбирал.

Сбой? Или просто обычная женская уловка, чтобы покрепче к себе его привязать? Ну нет, не пройдет фокус! Подрезов нашел нужный файл и отметил в нем жирным шрифтом черту характера, вынесенную в свое время в ряд основных: "безыскусна". Нет, тут было что-то иное. Что же все-таки? Бунт? Впрочем, ушла, да и бог с нею. Сейчас у него поважнее проблемы.

Однако оказалось почему-то, что эта проблема в итоге стала вдруг самой важной. Во всяком случае на какой-то момент она полностью заслонила собой все остальное. В поисках выхода Подрезов начал с самого простого решения – найти срочно замену. Однако претендентки приходили и уходили, не оставляя после себя ничего, кроме чувства опустошенности. В конце концов до Алексея дошло, что нужно спрятать свою гордость подальше и прежде всего объясниться.


– Ничего не случилось, – спокойно ответила "два вершка" по телефону. – А что могло случиться? Ты просто сказал: "в другой раз", вот я и жду его – "другого раза".

– Ты на меня обиделась?

– Нисколько.

– Тогда в чем проблема, объясни? Тебя не удовлетворяет то, какие у нас отношения, ты хотела бы большего?

– Нет, почему же, меня как раз все устраивает. Я не претендую на твою любовь, потому что знаю, что для тебя нет и не может быть ничего дороже твоей жены и твоих детей. По части интима я тоже давно отказалась от желания заменить тебе собой всех женщин на свете. Так что ты полностью от меня независим, что и было всегда самым важным для тебя в отношениях со мной. Но, при всем при том, с какой стати ты вообразил, что я сама в чем-то от тебя зависима? Вот этого я никак не могу понять. Более того, я как-то оглянулась назад и в ужас пришла: сколько я впустую потеряла времени. Я совсем не росла, а наоборот, как бы все больше и больше к земле пригибалась.

– И что, ты хочешь сказать, что между нами теперь все кончено? – с неожиданной злостью в голосе спросил Подрезов.

– А между нами ничего и не было.

– Не было? Как это не было! – Подрезов даже задохнулся от возмущения. – У тебя что, совсем ум за разум зашел? Ладно, это не телефонный разговор, подожди, я сейчас срочно приеду.

"Проклятье! Опять эти чертовы женские штучки! – продолжал возмущаться в машине Алексей, но все больше остывал, чувствуя свою беспомощность. До него вдруг дошло с неумолимой ясностью, что если Александра точно решила уйти, удержать ее ему не удастся. И он неожиданно развернулся обратно: – Нет, не надо горячиться, эту новую информацию нужно еще переварить".

## ГЛАВА 2

"Все они одинаковы, – думал Подрезов с горечью, – и эта такая же, как Изольда. Только не щипала по мелочам, а, подождав, пока я втянусь в нее, как в болото, тут же потребовала жирный кус".

Хотя, с другой стороны, сколько же он мог брать и брать, ничего взамен не давая? Надо было выбрать для этого совсем круглую дуру, но с дурой неинтересно. Алексей вдруг со стыдом задумался, каким он в последнее время стал в жизни скаредом. Деньги, подарки – так принято, справедливо, разве можно без этого, он же не нищий в конце концов. Но сила инерции есть сила инерции, и чтобы удержать "Шурунчика", он все равно расплатился с нею за счет фирмы, назначив на какую-то специально придуманную для этой цели должность в "Волшебном свете".

Однако Александра, как ни странно, приняла свое назначение всерьез. Вместо того, чтобы просто числиться и получать хорошие деньги, она пришла в ужас от того, что увидела и тут же засучила рукава. Пользуясь полной бесконтрольностью, таланты и душки, бывшие МГУшники давно уже работали на себя, оставляя хозяину лишь самые неходовые идеи и проекты. Даже те разработки, которые велись совместно с американцами, а попросту говоря ими финансировались, втихаря продавались и перепродавались кому ни попадя прямо на корню. Началась череда увольнений. Жалобы дошли и до Аркадия.

– В чем дело? – поинтересовался он у Подрезова. – Что там позволяет себе твоя Крошечка-Хаврошечка?

– Нас обманывали, – со вздохом признался Алексей, – причем безбожно. Пришла пора навести порядок.

Гамов задумался, затем вяло махнул рукой:

– Ладно, пора так пора. Смотри сам, тебе виднее. Но чтобы мои заказы от этого не пострадали: исполнялись точно в срок.

Подрезов кивнул:

– Еще одна из причин, почему мы предприняли чистку. Ваши заказы очень трудоемки, нужно минимизировать наши расходы.

Нужно ли говорить, что Аркадий был полностью удовлетворен этим ответом и снова стал твердить что-то об "империи света", а Алексей, слушая его вполуха, понял, что он впервые друга предает. Именно с этого дня он стал работать почти как те "МГУшные мальчики": не столько на босса, сколько на себя. "Маленький бизнес" потихоньку превратился в основной. Хотя… может быть, просто он поставил себя мысленно не через пять лет, а уже сейчас компаньоном и вел достаточно, по его мнению, честную игру?

Теперь ему не надо было помогать Алене деньгами: благодаря разработкам, идеям, неиссякаемым потокам притекавшим из России, она стремительно продвигалась по служебной лестнице, да и судьба "двух апостолов" – Питера и Пола, тоже уже не вызывала никаких сомнений, для них были загодя подготовлены места, оплачивалась учеба, выдавались стипендии все той же "Электроник Артс".

Золотой дождь, хоть и скупыми каплями не замедлил пролиться и на Александру, что "крошечка" восприняла, как должное: давно, мол, пора. Однако Подрезов теперь посматривал на свою избранницу несколько настороженно: он понимал, что она может уйти от него в любое время и прикидывал, сможет ли он без нее обойтись.

И она ушла, хотя в фирме осталась. Удар был нанесен в самое сердце, но Подрезов почувствовал даже некоторое облегчение.

# ГЛАВА 3

Алексей еще потому так легко перенес расставание со своей пассией, что все больше ощущал неодолимую потребность быть поближе к семье. Для этого он попытался выбить у Гамова представительство в Америке, которое он сам бы и возглавил, однако Аркадий с ходу отмел его неуклюжую попытку одной фразой: "Нет, я тебя понимаю, но пока об этом не может быть и речи, ты мне нужен здесь и сейчас. Мы подошли вплотную к самому важному моменту в наших исследованиях, мне без тебя в них никак не обойтись".

Он задумался, затем махнул рукой:

– Впрочем, зачем откладывать? Я сейчас же тебе все и объясню. Дело в том, что любая идея должна быть философски обоснована. Однако философия – вещь коварная, неконкретная, в каком угодно своем виде заводящая человека в тупик. Между тем, я твердо убежден и повторю тебе в сотый раз уже: наука о человеке столь же точна, как математика. Ты возразишь: и математика лишь относительно точна. Но все в мире относительно, и тем не менее он живет и развивается по совершенно определенным, достаточно четким законам, большая часть из которых нам еще недостаточно ведома. Долгое время и я пребывал в полном тупике, пока не наткнулся на знаменитую tabula rasa Джона Локка. То бишь, "белую бумагу без всяких знаков и идей", "чистую доску", которую вроде бы как личность любой человек представляет собой от рождения и на которую потом, в течение всей жизни, пишутся особенности его мировоззрения и поведенческие тенденции, исходящие из внутреннего и внешнего опыта и, соответственно, среды. Помнится, в институте, как только заходила речь о каком-нибудь крупном ученом, мыслителе, тут же, после краткого перечисления его заслуг, следовал обстоятельный разбор ошибочности его взглядов и создавалось четкое впечатление, что все они в итоге круглые идиоты, поскольку не живут в наше время. А то, любое, прошлое время (не великое социалистическое) – полнейшая архаика. Странно, почему же до сих пор тогда люди читают взахлеб Платона и Аристотеля, почему все больше становится таких людей? Ведь детективы куда интереснее! И, главное, доступнее! Так вот, много размышляя в последнее время над этой "табулой", я понял, что это не доска вовсе, и уж тем более не кристальная, незамутненная. Наоборот, это матрица, где заложено, запрограммировано все лучшее, что есть в человечестве, весь его величайший опыт, идущий напрямую от Бога, от тех времен, точнее, безвременья, вечности, когда само понятие Земля еще и не существовало в природе. Матрица эта, к сожалению, изрядно загажена так называемыми "познаниями" предыдущих поколений, но уж самый большой вред, поистине неизгладимый, огромный, себе причиняет сам человек опять же так называемым жизненным опытом, когда он предает себя, Бога и Вечность буквально каждый день. Я наконец понял свою задачу: очистить здесь где только можно и что можно от всяческой гадости и тем освободить человека, вернуть его к изначальному его предназначению, подарив ему дополнительно еще и иммунитет ко всякого рода шарлатанским выдумкам, сделать его хоть чуть-чуть духовно богаче, счастливее. Я понимаю, конечно, что понятие "матрица" несовершенно, со временем оно заменится более верным, точным определением, я даже сам предпочитаю называть его другим словом: "пропись", но те прикладные открытия, которые я совершу, они не забудутся, не потеряют своей актуальности, как никогда не забудутся Ньютон или Фарадей.

О, господи! Как ни скучно было Подрезову, он старался как можно внимательнее слушать Аркадия, понимая, что перед ним не просто бред сумасшедшего, а очень четкая и уже начавшая воплощаться, жизненная программа, причем так или иначе ему, Алексею, по крайней мере в течение ближайших пяти лет, придется полностью зависеть от нее.

Первый вывод, который он сделал — пришел конец его бесконтрольности, теперь Аркадий с маниакальной дотошностью будет перекрывать малейшие лазейки для утечки их совместных исследований, да и о каком-либо сотрудничестве с другими фирмами уже не может быть и речи. Проект становился предельно засекреченным, в чем был заинтересован и сам Подрезов, поскольку понимал, какое пристальное внимание к ним возникнет, когда хоть малая толика информации просочится вовне о том, чем они на самом деле занимаются. Собственно, частично Алексей успел подготовиться к подобному варианту заранее: его "маленький бизнес" разросся через "надомников" до вполне приличных размеров, жаль только, что "Волшебный свет" из-за не в меру строптивого "Шурунчика" был для него теперь полностью перекрыт. Впрочем, не зря же Бог выдумал деньги, Чичиков тоже в период своей службы в таможне поначалу показал себя злейшим врагом контрабандистов, не исключено, что и Александра впоследствии станет торговать "тайнами" своего шефа налево и направо, лишь бы ему, Подрезову, вовремя к этому моменту подсуетиться.

## ЧАСТЬ ШЕСТАЯ

## ГЛАВА 1

Мир вдруг обрушился для Алексея. Все валилось у него из рук, он ни чем не мог заставить себя заниматься, не в силах понять, как такое могло произойти. Алена, его Альбина, и вдруг ситуация, которая могла закончиться только одним: разводом. Чем этот Крис, Крис Хортон, мог оказаться лучше него? Самого американца понять было не трудно: Алена – божья коровка в сравнении с агрессивными, крикливыми, постоянно чего-то добивающимися аборигенками, но что самое важное – в приложение к ней четверо энергичных, полных оптимизма крепышей, не каких-то там инвалидов, детей не пойми каких родителей, выходцев непонятно из каких стран, но самых что ни на есть вундеркиндов, одаренных каждый в своей области и говоривших свободно в плюс к английскому еще на трех языках. Все –

деньги, усилия, которые Подрезов вложил в этих пятерых самых дорогих для него людей на свете – вдруг пошло прахом. У Алексея было впечатление, что его бессовестнейшим образом обокрали, причем не просто, а в самый ответственный и точно рассчитанный момент. Конечно, в материальном отношении "лос-анджелесские" Подрезовы получали теперь такие возможности для старта, которые Алексей и через десять жизней не смог бы им обеспечить. Все становилось реальным отныне: и Майкрософт для Питера и Пола и Голливуд для Юли и Настены, однако это все уже без него, Алексея. Он не просто оставался с носом по вине предприимчивого американца, но еще и застрял безнадежно в этой дурацкой стране, из которой так истово стремился выбраться. Крис, конечно, пытался как мог загладить свою вину, проявить благородство: он без обиняков предложил Алексею помощь в получении вида на жительство, а затем и американского гражданства, а также престижную работу в одной из принадлежавших ему фирм. Кроме того, в предполагаемом разделе имущества Алексею доставалась немалая доля, как денег, так и собственности. У Подрезова хватило ума не ответить сразу резко отказом на это предложение, жизнь продолжалась, хотя он даже не представлял себе, каким образом возможно было для него разорвать заключенный с Гамовым контракт. Тем более, что он все отчетливее сознавал, что Аркадий давно уже действует не сам по себе: его новый проект требовал таких гигантских финансовых вливаний, что, когда они хлынули мощным потоком, Подрезов без труда представил себе во что они Гамову обошлись. Да и внимательно изучив договор, который он год назад столь легкомысленно подмахнул не глядя, безгранично доверяя Аркадию, Алексей понял, что он составлен опытнейшими юристами, со знанием дела, и уж, конечно, сам Гамов такого бы не предложил. То есть, если учесть, что

Аркадий сдавал теперь свои позиции хозяина, то Подрезов автоматически, тотчас же, превращался из батрака в раба, то есть, в полное ничтожество.

## ГЛАВА 2

Однако когда первая боль улеглась, Алексей, поразмыслив, обнаружил, что ничего неожиданного для него не произошло. Наоборот, все пришло как раз к тому, к чему он стремился. Он сознательно с самого начала принес себя как личность в жертву, заложив тем столь необходимую для старта ступенечку, вот ступенечка и отделилась, а ракета с умопомрачительной скоростью помчалась дальше. И это он предусмотрел. Казалось бы, если взглянуть со стороны, он не выдумал ничего нового, следовал все тому же золотому правилу: делал, как все. Кто-то уехал сразу, достиг или не достиг каких-то успехов там, в чужеземье, но в один прекрасный момент обнаружил, что его дети, как бы и не его дети, говорят, думают, живут, не так, как он. Другие предпочли как раз тот вариант, который выбрал он. Где же он упустил, переборщил, почему же все-таки дети и жена стали вдруг для него чужими? Только теперь до Подрезова дошло: он сам осознанно отталкивал их от себя. Его бизнес был слишком опасен, точнее стал опасен в последнее время по вине Гамова. Так что бог с ней, с первой ступенью, главное, что ракета находилась теперь под надежной защитой достаточно совершенных законов.

Кроме того, несмотря на четкое сознание краха и острое чувство еще только начинавшей маячить на горизонте опасности, Алексей не испытывал никакой депрессии, наоборот, его переполняло чувство неожиданной, непонятной свободы. Хотя… Алена, как же он не заметил в ней процесс такой бурной эволюции? И в то же время факты, предъявленные ее адвокатом Подрезову были бесспорными, он выглядел в свете их не просто неверным мужем, а даже каким-то похотливым козлом. Этого он никак не мог предположить в себе раньше. Влияние Аркадия? Причем тут Аркадий?

"Два апостола" заняли политику невмешательства, отец и мать должны сами разобраться между собой. Правы? Естественно, они были бесконечно правы. Юля... ну она всегда была маменькиной дочкой. Что до Настьки, то она твердо заявила, что останется с отцом. Однако радовало ли это Алексея? Сначала ему надо было как-то перекроить по-новому свою личную жизнь. Однако расторжение договора с Гамовым не просто в мгновение ока делало его нищим, оно ставило под вопрос все его дальнейшее, в том числе и чисто физическое, существование.

Но как же, как же это произошло?

## ГЛАВА 3

Алексей судорожно пытался понять: что

изменилось? Пожалуй, объяснение было только одно: от разрушения они действительно перешли к созиданию. Созидание же чего-то в России – что могло быть смешнее, бесперспективнее и опаснее? Кому оно вообще могло быть нужно?

Их энтузиазм прежде встречал вполне понятное воодушевление со стороны всякого рода хищников, которые тут же принимались растаскивать по норам обломки, остатки после всякого рода "волшебносветовских" микровзрывов, моментально превращая их в звонкую монету, которая в свою очередь тотчас вновь пускалась в оборот, финансируя и провоцируя тем новые разрушения. Пытаясь же что-либо выстроить, Аркадий с Алексеем постоянно наталкивались на вполне конкретные препятствия, весьма ощутимое противодействие.

– Послушайте, зачем нам это? – в последний раз попытался отговорить своего друга Подрезов. – Я как-то сказал вам: то, что мы делаем, продать невозможно, но тогда еще не знал настоящей причины, а она в том, что теперь, на корню, из того, что мы раньше имели, нам уже ничего не принадлежит. Так в чем же мы тогда компаньоны? Предлагаю: давайте аннулируем то наше соглашение и увеличим мне зарплату, так будет честнее, по крайней мере.

Однако Аркадия было не переубедить. Раз за разом он выстраивал все более фантастические и в то же время гениальные по своей простоте схемы, которые в мгновение ока в теории стирали с лица земли сотни фирм, банков, миллионы людей лишали работы, но и расчищали такие горизонты, что у Алексея бегали мурашки по спине. Он совершенно, причем неожиданно для себя, утратил то, временно установившееся, лидерство в их тандеме, Аркадий же как бы обрел второе дыхание.

– Ты прав, но лишь наполовину, а значит, неправ абсолютно. Как ты не можешь осознать: путем разрушения нельзя дальше следовать еще и не оттого, что все разрушено, а оттого, что, как ты сам уже успел заметить, вокруг все поделено и, разрушая, ты посягаешь уже не на нечто мифическое, государственное, общенародное, а на вполне конкретную и приносящую определенный доход чью-то собственность. Число же людей прозревших или уже выросших хищниками постоянно растет. Значит, выхода два: либо передел, борьба, разборки, либо параллельное производство, созидание чего-то нового. А точнее, это один, единый, процесс, который уже приведен в действие и который не упрятать обратно как джинна в бутылку. Ты говоришь, плоды наших исследований продать невозможно, но умный человек с превеликой радостью купит у нас необходимые ему сведения, дурак же просто из обоймы вылетит, с какой стати нам его жалеть? Я совершенно не понимаю причин твоего неожиданного пессимистического настроя, по сути ведь я полностью перешел на твою точку зрения: отныне я не делаю ставку ни на рабов, ни на скотов, ни даже на хозяев. Батрак – вот единственный, кто все на себе вывезет. Как великий Маркс в свое время сделал ставку на пролетариат, так и я делаю ставку не на собственника (как многие делают и ошибаются), а на тебя, то есть на наемного интеллектуала, призывая делать деньги не на сырье и не на недвижимости, а на том, в чем истинная сила русского человека – на его мозгах. Депрессия, апатия – этого ли я ожидал с твоей стороны? В чем дело? В личных твоих неурядицах? В том, что ты связан теперь, работаешь подневольно? Но ведь я же, наоборот, хотел обогатить тебя, какие-то гарантии тебе дать.

– Мы продали хоть что-нибудь? Я имею ввиду за последнее время, – неожиданно прервал словоизлияния друга Алексей.

Тот не выдержал, взорвался, даже рассвирепел.

– Нет. Но какое тебе до этого дело? Ты мой компаньон? Заказчик? Или вдруг стал получать с перебоями зарплату? – Он помолчал, затем устало махнул рукой.

– Ладно, твое дело. Был контракт, считай нет его больше. Ты свободен. Поезжай в Америку, решай там свои дела. Понравится, оставайся. Может, ты и прав, мы слишком долго работали вместе, наши пути неизбежно должны были в конце концов разойтись.

Подрезов искоса посмотрел на человека, который за долгие годы совместной работы стал ему дороже брата.

– И вы действительно не обидитесь на меня, если я уйду. Знаете…

– Не надо объяснений, Алексей, – покачал головой Аркадий. – Я все понимаю, хотя и не считаю, что ты прав. Давай не будем вообще наше расставание хоть как-то комментировать, обставлять. Я считаю, что ты достаточно взрослый человек, чтобы не принимать незрелых решений.

Подрезов даже боялся поверить неожиданной удаче.

– Постойте, постойте, не надо горячиться, – начал он осторожно, делая максимальные усилия, чтобы Гамова не спугнуть. – Речь не идет о каких-то глобальных решениях. Просто вы прекрасно осведомлены, в каком я оказался положении. Что я теряю все, что пытался заработать в последнее время адским трудом. С потерей жены, детей я уже смирился – виноват, не внял в свое время вашим советам, но деньги, собственность. Главным образом, деньги. Вы сами знаете, времена изменились, эпоха шальных капиталов, безоглядных удач – в далеком прошлом, да и с какой стати я должен дарить свои кровные каким-то иностранцам? Мне нужен отпуск, всего только месяц, чтобы привести в Лос-Анжелесе в порядок все свои дела, а не управлюсь, так оставлю там своего представителя, какого-нибудь адвокатишку, он уже доведет дело до конца.

– Месяц, так месяц, – угрюмо кивнул Аркадий. – В конце концов, что может измениться за месяц?

## ГЛАВА 4

– Ты? – удивился Подрезов, обнаружив Александру, хозяйничавшую на кухне его квартиры.

– Да, я, – спокойно ответила та. – Чему ты удивляешься? Ты ведь меня не прогонял, как мне помнится, у меня до сих пор от твоей квартиры ключи. Раздевайся, присаживайся, скоро будем ужинать. А пока, как я поняла, у тебя ко мне куча вопросов?

– Ты вышла замуж... – нерешительно начал Подрезов.

– И уже развелась, – тут же ответила Александра. – Муж оказался кретином и тунеядцем: сидел на моей шее пока мне это не осточертело.

– Ты бросила работу в "Волшебном свете", уехала вообще из России... – продолжал мямлить Алексей.

– Да, я жила в Швейцарии, прекрасная,

кстати, страна. Ничего не выдумывала нового, просто тебя копировала. Ты ведь рассчитывал, что я буду воровать для тебя секреты Аркадия, а зачем мне посредники? Я и сама смогла многое с большой выгодой продать.

— Ну и... — начал успокаиваться, приходить в себя от неожиданности Подрезов.

— Зачем я все это делала? — переспросила Александра. — Просто потому, что я люблю тебя. Давай начистоту, если можешь, если вообще вконец еще не изоврался. Ты ведь всегда считал меня дурой, некой секс-машиной для удовлетворения твоих не очень высоких потребностей в этом вопросе. Ну еще: хлопающей глазами куклой, с которой можно было делиться всеми своими неприятностями, уязвленными амбициями, просто плакаться в жилетку. Впрочем, я, собственно, тебе об этом уже говорила при нашем расставании в прошлый раз. Вот только я от тебя, Подрезов, никуда не уходила, наоборот, сделала последний, отчаянный, шаг, чтобы к тебе наконец приблизиться. Чтобы ты посмотрел на меня другими глазами и понял – я единственный в мире человек, который тебе нужен, который готов сделать для тебя все, и никогда не предаст. Я ушла от тебя только потому, что предвидела твой развод с женой и не хотела, чтобы Альбина-Алена имела в моем лице лишний козырь против тебя. Я даже вышла замуж, зная заранее, что разведусь, чтобы исчезнуть совсем с горизонта. Теперь настала пора мне вернуться. У тебя нет выбора, Подрезов, ты ведь меня любишь, так женись на мне. Там же, в Америке. Я помогу тебе привести в порядок все твои дела. Если ты не хочешь больше иметь детей, у нас их не будет, поживем для себя, я не имею ничего против. Если, наоборот, захочешь, тоже не стану возражать. Как говорится, мала да удала – такого крепыша тебе произведу! Ну и что, дура я после этого или действительно смогу тебе пригодиться?

Подрезов сосредоточенно двигал челюстями, пытаясь осознать происходящее. А был ли у него другой выход?

— Знаю, наслышана уже о твоих похождениях, — продолжала, на сей раз ворчливо, Крошечка. — Всех баб на фирме перетрахал, как с цепи после меня сорвался.

Алексей, застигнутый врасплох столь грубой констатацией факта, густо покраснел. Действительно, он развернулся, что называется, на полную катушку: никого насильно не принуждая, использовал вовсю свое служебное положение, подчас удовлетворяя внезапно возникавшее желание во всех более или менее пригодных для этой цели местах на работе, да и квартира его редко пустовала. Гамов относился к подвигам новоявленного Геракла с явным неодобрением, но терпеливо ждал, когда Подрезов наконец перебесится. Хотя однажды все-таки не выдержал и попытался урезонить друга.

— Слушай, Алеша, есть золотое правило:

заниматься такими вещами... как можно дальше от работы. Я понимаю, конечно: жена ушла, любовница сбежала, но неужели это такая проблема – бабу для встреч найти? Хочешь, я тряхну стариной, помогу тебе?

– Ты уже помог. Только твои расчеты дали сбой на сей раз. Впервые, кстати, за все время, что я тебя знаю.

Гамов посопел обиженно, затем понизил голос, решившись на признание.

– Это не ошибка, Алексей. Я действительно никогда не ошибаюсь в таких делах. Тебе бы все равно кого-нибудь подсунули, а Александра – не самый плохой вариант. Эти люди уже тогда крепко взяли меня за одно место. Осознал наконец, почему я остановился в итоге на Анжелике? Я не предатель, Леша, пойми меня правильно, просто такая у нас игра. Чем я могу замолить свой грех?

В ответ на эту тираду Гамова Алексей тогда лишь молча пожал плечами, сейчас же он смотрел на ничего не подозревающую

Крошечку, гадая, чего она в конце концов добивается? Просто выполняет приказ таинственных хозяев его и Гамова? Сама решила на его горбе "въехать в рай" и оттяпать по меньшей мере половину его имущества? Что ж, и тут теперь ясность – кто кроме нее мог с такой дотошностью и полнотой представить доказательства его супружеской неверности? Действительно любит его? Но был ли у него и в самом деле хоть какой-то выбор? Значит, пора было готовиться не только к поездке, но и еще к одной, весьма обременительной, процедуре: новой свадьбе. Счастью Александры не было предела. Она тут же укатила в Лос-Анджелес, чтобы готовить почву для новой семьи Подрезовых и подбирать себе фату: помимо всего прочего она уговорила Алексея обвенчаться.

## ГЛАВА 5

– Ты на меня не сердишься? – голос

Аркадия по телефону был переполнен счастливой издевкою.

— За что? — недоуменно спросил Подрезов, еще не успев отдышаться, так как едва войдя в квартиру, тут же услышал телефонный звонок — автоответчик он расколошматил под горячую руку сразу после разрыва с Александрой и с тех пор так и не удосужился купить новый.

— За подарок, — радостно хохоча ответил Гамов. — Свадебный. Ну-ка, ну-ка, будь пошустрее, молодожен!

Подрезов растерянно огляделся вокруг и увидел наконец стоявший в дальнем углу манекен в свадебном костюме, дорогих туфлях, великолепной сорочке. Он был весь перевязан лентами, увенчивавшимися пышным бантом. И почему-то изображал негра.

"В Тулу со своим самоваром", — поморщился Алексей, но потом понял, что перед ним творение кого-то из признанных королей русской моды, такого и в Америке не сыскать. Он искренне залюбовался подарком, пытаясь понять, кто автор: Зайцев, Юдашкин, как вдруг негр неожиданно не выдержал, сморгнул. Алексей остолбенел от неожиданности и тут же услышал новый звонок.

– Ну что? Как тебе подарок?

– Юдашкин? – наугад спросил Подрезов.

– Юдашкин, Юдашкин, – подтвердил Гамов.

– А причем тут негр?

– Ну как, ты же в Америку едешь, такой антураж. Ладно, Алеша, ты мне как-то упрек сделал и совершенно справедливый. Как мог я попытался загладить вину перед тобой.

– Скажите, мне можно быть свободной? – неожиданно спросил "негр" тонким женским голоском.

– Негры давно свободны, – от неожиданности Алексей чуть не подпрыгнул на месте. – Я имею ввиду, в Америке.

– А-а, – разочарованно протянула девушка. – Значит, мне еще так постоять?

Сколько? У меня уже все мышцы затекли. Можно мне, по крайней мере не улыбаться? Я подозреваю, что у этих негров совершенно дурацкая улыбка.

– Ладно, свободна, – устало разрешил Подрезов. – А у нас, русских, совершенно идиотские розыгрыши.

Девушка поежилась, собираясь с духом и наконец решилась высказать не слишком приятную для нее просьбу:

– Это не все. Вы не могли бы… раздеть меня? Мне сказали, что если я что-нибудь помну, стоимость тут же вычтут из моего гонорара. А это правда Юдашкин?

– Юдашкин, Юдашкин, – в тон Аркадию подтвердил Подрезов и, принеся вешалку из шкафа, осторожно принялся "негра" разоблачать. Начал он с брюк, соответственно, на что девушка среагировала весьма болезненно, хотя, когда костюм был снят наконец, Алексей расхохотался уже совсем до колик: везде, где пропорции Алексея и "негра" не совпадали, они были выровнены какой-то быстро застывающей пеной черного цвета, и уж тут умора была полная.

— Теперь я точно свободна? — почему-то тихо, заговорщицки, прошептала девушка. — Или вас что-то новое захватило?

— Нет, нет, — поспешил ответить Подрезов. — Я уже достаточно налюбовался.

— А у вас в ванной зеркало есть? — спросила девушка все так же тихо.

— Нет, — ответил Подрезов, — если только на потолке. Но это вам может показаться неудобным. Хотите фото? У меня есть "Поляроид", там, кажется, кадров пять осталось.

— Давайте, — радостно согласилась девушка, — и вы мне их все отдадите?

— Нет, половину.

— Не делится, — грустно покачала головой девушка.

— Что не делится? — в тон ей тихо поинтересовался Подрезов.

— Пять на два не делится.

– Все равно половину. Пятого снимка, я имею в виду. Вам какую: нижнюю или верхнюю?

– Ну зачем же рвать, оставьте лучше себе три, если вам так хочется, в конце концов картотека есть картотека.

И она тут же приняла вычурную позу, которая на удивление оказалась весьма потешной.

– Причем тут картотека, – спросил Подрезов, отщелкав снимки, – вы думаете, что я эротоман и собираю коллекцию?

– Да нет, мне сказали, что вы делаете рекламные ролики на телевидении, пообещали, что если я хорошо этого "негра" сыграю, вы меня обязательно используете где-нибудь в проталкивании сыра, жвачки или вот еще: "Не дай себе зассохнуть!".

– Понятно, – вздохнул Подрезов. Да, давно Гамов так не веселился, такое "сокровище" откопал. – Оставьте свой телефон, я вам обязательно позвоню при случае.

Девушка кивнула, взяла пластиковый пакет со своей одеждой и шмыгнула в ванную. Наконец вернулась оттуда простенькая, невзрачная, с мокрыми волосами.

— Ну ладно, я пошла, — помялась она в затруднении.

— Да, да, идите, — равнодушно ответил Подрезов.

Но девушка продолжала переминаться с ноги на ногу в растерянности.

— Мой гонорар, — решилась наконец напомнить она. — Сто долларов. Аркадий Владиславович сказал, что если все удастся, вы дадите мне сто долларов. Все удалось?

Подрезов вскипел от возмущения. Затем, стараясь успокоиться, порылся в шкафу.

— Фен, — сказал он девушке. — Вам надо просушить волосы.

Затем он потянулся к телефонной трубке. Однако не успел он и слова сказать, как Гамов тут же опередил его:

— Не будь жлобом, Алеша, отдай девушке

гонорарий. Она тебя изрядно повеселила. Да и вообще, приготовься, тут тебе не тот вариант, к которому ты привык. Ухаживание по полной программе: цветы, конфеты, возможно, прогулки при луне. Причем никаких гарантий. Лера, уверен, что ты даже имя ее не догадался спросить, девушка, удастся охмурить – приз твой, а не удастся – значит, пропали даром все твои затраты и усилия. Хороший разгон тебе перед свадьбой, медовый месяц после этого слаще амброзии покажется. Заодно и мебель перестанешь расшатывать на работе. Скажи, зачем было делать ЭТО у МЕНЯ в кабинете, за МОИМ рабочим столом и с МОЕЙ секретаршей? В этом что, какой-нибудь особый шик? Или ты так относишься ко мне как к начальнику? Ладно, помучаешься, знай наших, считай, что я так, по-дружески, тебе "отмстил".

## ГЛАВА 6

Подрезов даже сам удивился себе, каким он вдруг стал ягненком. Его ухаживания сначала повергли Валерию в шок: как-никак Алексей ей чуть ли не в отцы годился, не говоря уже о том, что она была влюблена в одного переростка, но потом в их отношениях что-то стало меняться, особенно после того, как Подрезов предложил ей прокатиться в Америку. Ну туда, где негры. Он поместил ее в одном из коттеджей в Санта-Монике, на который имел право претендовать, предварительно сменив прислугу (негры так негры, хотя сейчас принято говорить: черные). Теперь Валерия могла чувствовать себя почти Скарлет О'Хара из "Унесенных ветром", все время проводя либо в бассейне, либо разъезжая во взятом напрокат автомобиле по Голливуду и высматривая там знаменитостей. Черный как смоль шофер по ее просьбе был в белых перчатках и белом же котелке.

Александра между тем была на седьмом небе от счастья, старалась быть в курсе всех переговоров Алексея, воспринимая его интересы, как свои. Предполагалось, что они будут жить, пусть и в другом районе, но все-таки в Лос-Анджелесе, и Подрезов получит регулярную возможность видеться с детьми.

Ему было страшно интересно увидеть, как дети реагируют на их разрыв с Аленой, однако ни Пол, ни Питер, ни даже Юлия особенно по этому поводу не переживали. Действительно, Крис оказался на редкость мудрым человеком, он сумел все так устроить, что вроде бы никто ничего особо не терял, но приобретал очень много, даже сам Подрезов оказывался совсем в другом статусе. И только Настя… Ах, как она хотела уехать с отцом в Москву! Лишь с большим трудом Алексею удалось убедить ее, что это никогда не поздно сделать.

"Папка, а кто же о тебе там заботиться будет?" — не выходила у Подрезова из головы ее фраза. Действительно, кто? Ах, если бы не контракт проклятый. Но через два года…

– Настюха, когда ты станешь взрослой, никто не в состоянии будет запретить тебе жить у меня, мы снимем такую виллу! – мечтал Подрезов.

– Нет, – грустно покачала головой Настя. – Я ее ненавижу – твою Крошечку. – Папка, взял бы ты лучше в жены меня. В смысле, вообще бы больше никогда не женился. А я бы о тебе заботилась. Замуж за послушного, смирненького американшку вышла, внуков бы тебе нарожала. А, па, подумай! И не горбись ты так, каждый раз тебе говорю, ты же папка мой! Все должны тобой любоваться.

Как и предполагал Подрезов, Валерия, совершенно выбитая из колеи своим неожиданным перемещением из одного мира в другой, не смогла оказать ему достойного сопротивления, неприступная крепость сдалась, а это для Алексея дорогого стоило. Тем более, что Лерочка выказала весьма недюжинные способности в столь неожиданной для нее области: она перевернула все существовавшее дотоле у

Алексея представление о сексе: ОНА УМЕЛА ТКАТЬ ПАУТИНКУ, превратив физкультуру в нескончаемые волны нежности, тончайшей ласки. Подрезов был совершенно потрясен. И первый раз в жизни он не стал ничего просчитывать, отдавшись полностью на волю чувств. Вопреки первоначальным своим планам, он ничего не стал оставлять из недвижимости, кроме того коттеджа в Санта-Монике, все обратив в валюту. В тот день и час, когда Александра торжественно вышагивала к машине, которая должна была отвезти ее к церкви, вся в предвкушении обряда венчания, Алексей и Валерия, уже поженившиеся, сидели в лодке метрах в ста от берега "на острове Таити, где негр Титимити", совершенно голые, украшенные лишь гирляндами цветов, поглядывали на ожидавшее их на берегу бунгало и со слезами на глазах внимали напутствиям видавшего и не такое попика. "Да", "Да", – подтвердили они с волнением и радостью, а затем, отдав воле течения свои "одежды", нырнули в воду и поплыли к своей мечте.

# ЧАСТЬ СЕДЬМАЯ

## ГЛАВА 1

При всем желании Подрезов не мог себе объяснить, отчего так трусливо и подло он поступил с Александрой. Это была как раз та самая ложка дегтя… Ведь у него и в мыслях не было как-то уязвить Крошечку, а уж тем более речь не шла о мести. Наверное, он просто Хаврошечку испугался. Что она вмешается в последний момент и расстроит его с таким трудом начавшее выстраиваться счастье. Что будет потом, он и в голове не держал. В способностях Крошечки он нисколько не сомневался: ей ничего не стоило охмурить какого-нибудь американца, да и сама она чувствовала себя в новой обстановке как рыба в воде. Главным казалось поставить Александру перед свершившимся фактом, от нее убежать, но убежать-то как раз и не удалось…

Предположить какую-то любовь к себе в этом загадочном человеке Подрезов в самом страшном сне не мог, равно как и то, что эта на редкость строптивая "малышка" могла руководствоваться в своем отношении к нему какими-то указаниями сверху. Подрезову определенно отводилась роль ступеньки в ее восхождении к жизненным вершинам, но коли ступенька оказалась гнилой, зачем было так с ней упорствовать?

Уязвленная гордость и вытекающая из нее жажда расплаты? Александра была слишком расчетлива, чтобы поддаться подобным чувствам. Но как бы то ни было, она вернулась, причем не только в Россию, но и под крылышко к Аркадию, сумев убедить его в своей незаменимости. Подрезов с трепетом ожидал от нее каких-либо незамедлительных интриг, однако Крошечка демонстрировала всем своим видом удивительные кротость и послушание. Лишь изредка Алексей ловил на себе ее несколько озадаченный и вместе с тем изучающий взгляд, как бы говоривший о том, что она знает о нем такое, чего никто не ведает, не осмеливается даже подозревать.

Совершенно измученный, Подрезов осознал наконец, что не обретет душевного равновесия до тех пор, пока не разберется в своих отношениях с этими четырьмя источившими его как ржа железо женщинами. Нет, он ни в малой толике не сожалел об Изольде, он был слишком горд, чтобы прельститься "засланной казачкой", первая жена… он далековато отпустил ее от себя, вот и отбили, во всех случаях сетовать на эту тему сейчас было бесполезно. Но вот Александра… Впрочем, даже если Алексей и с отчаяния убежал от нее к Валерушке, направление он выбрал верное, и не сомневался, что нашел здесь своего рода конечную пристань. Со всех сторон, как ни прикидывай, "женский вопрос" был вовсе не праздным в нынешней, а уж тем более в последующей, жизни Подрезова. После женитьбы на "негритянке" у Алексея пропало всякое желание куда-либо уезжать, дважды на одном и том же "горят" только дураки, ему совсем не хотелось повторения истории с Аленой.

Что касается прочих вариантов, было у Алексея подозрение о том, что Александра хочет вклиниться между ним и Гамовым, вытеснить его, занять его место, но Крошечка была слишком хитра, никто не мог даже заподозрить подобное у нее в голове. Заискивая, буквально расстилаясь, перед Аркадием, всему остальному она предпочла нишу, которая Подрезову и даром была не нужна: "чистую доску", "империю света". Можно себе представить воодушевление Аркадия, что он нашел наконец единомышленника (точнее, единомышленницу) в этом вопросе. Подружилась Крошечка и с Анжеликой, чего раньше и в дурном сне нельзя было вообразить.

## ГЛАВА 2

— Бредовая идея. Зачем нам это? — мрачно

проговорил Подрезов.

Аркадий пожал плечами.

– Почему бредовая? Мы участвовали в прошлой гонке и нам хорошо заплатили, отчего бы не поучаствовать и на сей раз?

– Ты собираешься плевать против ветра? Тебя просто сметут.

– Нет, я собираюсь предложить проект, проект становления новой России, которая за четыре года может совершить рывок, который еще ни одна страна в мире не делала. Думаю сорвать на этом хороший куш. В чем твои сомнения?

– Это никому не нужно. А уж тем более никто не даст тебе денег под это.

– Но почему? – искренне удивился Аркадий. – Они что – нищие? Да у них денег куры не клюют. – Он вздохнул: – Как бы то ни было, у меня нет другого выхода. Точнее, средств, чтобы продолжать дальше наши исследования. Все съели предварительные, теоретические, разработки. Ну а не купят, так и черт с ними, распродам, что смогу, по частям. Тем же американцам. Нужно только найти хорошего агента, но это уже по твоей части, опыт у тебя такой – все, что угодно сможешь всучить.

Подрезов счел благоразумным промолчать.

# ГЛАВА 3

Взглянув в сторону памятника, Алексей удивился: бомжа на прежнем месте не было. Кое-кто из его самых надежных, преданных "лизунов" еще терся поблизости, надеясь вписаться в новую свиту, однако подножье пьедестала, вычищенное от грязи и мусора до блеска, оставалось без правителя. И лишь взглянув наверх, Алексей увидел монументальную фигуру доблестного Железного Дровосека. Вот только почему-то, как у Ильфа и Петрова с их знаменитым профессором Тимирязевым, красовался он на коне. А вокруг постамента на тоненьких, смехотворно тощеньких, ножках ходили...

глаза. Были они разные, но все без выражения, вообще какого-либо пристрастия, лишь внимательно наблюдавшие и ни во что не вмешивавшиеся. Впрочем, если раньше на Подрезова никто не обращал внимания, то сейчас его заметили сразу же и тотчас вокруг него сгрудились, ожидая, что он предпримет дальше. Однако Алексею предпринимать было нечего, он уже знал, что увидел то, что давно подозревал и чего давно опасался, равно как и то, что он уже не появится больше здесь никогда. Несколько "глазунов" еще шли за ним по пятам какое-то время и лишь у входа в метро повернули обратно. Уже стоя на эскалаторе, Алексей вздохнул с облегчением, хотя вывод, который он сделал, был для него совершенно не утешителен: да, контракт мог быть и разорван, но эти несколько листков бумаги были единственным, что на данный момент сохраняло ему жизнь.

# ЧАСТЬ ВОСЬМАЯ

## ГЛАВА 1

Траурная церемония, по всем меркам скромно организованная, подходила к концу. Анжелика, как видно, долго дожидалась подходящего момента, чтобы излить Подрезову накипевшую злость.

— Послушайте, Алексей, не могли бы вы мне объяснить в популярной форме: как так получилось, что я осталась с дочерью без гроша в кармане, хотя мой муж по всем статьям был миллионером? Кому как не вам быть в курсе его дел?

Алексей хотел было прикинуться простачком, не понимающим, о чем идет речь, но в конце концов не удержался, вспылил.

— Вы сами лишили себя этих денег. Так получилось, что Аркадий в последнее время очень нуждался в средствах для продолжения своих исследований и поставил на карту все, что у него было. Но все это могло вернуться сторицей, если бы он продал один очень важный и дорогой проект. Вы помогли людям, которые играли против него, на что же вы теперь обижаетесь? У них и просите свою "долю". Может, вы меня подозреваете, что я что-нибудь перекупил? У меня положение сейчас не лучше вашего, я остался не только без средств, но и без работы.

– Те люди… я сижу у них на крючке еще с тех пор, когда мы впервые встретились с Аркадием. Изольда ваша, кстати, тоже так и не сумела от них отвязаться. Вы сами-то их не боитесь, что так прямо мне в глаза обвинения бросаете? Ладно, неужто ничего ценного не посоветуете?

– Нет, – покачал головой Подрезов. – Мой совет – вообще выйдите из этого дела. Пусть даже голышом, но по крайней мере – останетесь целы. Езжайте в Америку, по личному горькому опыту знаю: там большой спрос на русских женщин.

– Трус! – поморщилась Анжелика

презрительно. – Оттого так и семью легко потеряли.

– Нет, не трус, – улыбнулся криво Подрезов. – Но… я боюсь.

Он действительно боялся. Смерть ходила совсем рядом, помахивая косою, многозначительно на него поглядывая, а он не знал, что бы такое предпринять, чтобы она отвязалась. В его глазах еще стояла бесформенная маска на месте лица Аркадия после контрольного выстрела в голову, который не преминул сделать предусмотрительный киллер. Чего теперь ему ждать? И как дальше вести себя? Сидеть тихо, не дергаться, или рискнуть: рвануть завтра же в Штаты?

– А контракт? – послышался вдруг тихий насмешливый голос. – Как же ты, Лешенька, забыл про контракт?

Подрезов повернул голову и увидел по правую сторону от себя сухонького сморщенного старичка с носиком-клювиком, впрочем, достаточно еще бойкого, бодрого, а уж проницательности, отточенности мысли ему и вообще было не занимать.

– Кто вы? – поинтересовался Подрезов. – Читаете мои мысли? Или пришли по мою душу? Быстро, однако!

Старичок заливисто рассмеялся, очень довольный, добродушно погрозив Алексею пальчиком-коготком.

– А чего тянуть? Ты ведь мог сгоряча принять какое-нибудь необдуманное, неверное решение. К примеру, как я уже сказал, забыть про контракт. Разве можно в твоем-то возрасте проявлять такую рассеянность?

Подрезов вздохнул.

– Так я что, достался вам по наследству?

– Да, – кивнул старичок, – со всеми исследованиями, оборудованием и прочим, прочим…

– Понятно, – кивнул Алексей, – а вдове, стало быть, вы показали фигу?

– А она что, – довольно рассмеялся старичок, – тебе жаловалась? Даже угрожала, наверное? Но я ведь предлагал ей… остаться. Не оценила, не поняла. Ха-ха! А много ли мне, в моем возрасте, ласки, внимания надо? Совсем чуть-чуть, уж никак не обременительно. Ты-то вот сразу сообразил, обрадовался, даже обрадовался! А ведь мы знакомы, хорошо знакомы, только как ведь вспомнишь меня, полтора десятка лет, почитай, прошло. Разве ж вспомнишь меня шестидесятилетним!

— Игорь Викентьевич! — тихо ахнул Подрезов. — Вот уж поистине: гора с горой не сходятся, а человек с человеком…

— Ну хорошо, значит, быстрей работать начнем, раз меня помнишь. Хочешь со мной работать, нравлюсь я тебе?

— О, да с вами хоть на край света! — восторженно ответил Подрезов.

Нет, не зря, не зря тогда он побывал на тех курсах. В который раз уже они выручали его.

Он поколебался немного, затем все-таки решился спросить:

— За что же они его? Аркадия-то? Чем он помешал? Или… не рассчитал?

Гладышев помрачнел.

— Те, что в Аркашу стреляли, по себе стреляли. Ну да Бог даст, образумятся. Денег пожалели, думали даром достанется. Хотели ведь и тебя заодно, пришлось вмешаться, показать, кто есть кто. Если любопытно, убийцу твоего покажу с перерезанным горлом.

— Боже упаси! — испуганно поморщился Алексей. — Предпочитаю держаться подальше от подобных зрелищ.

— Вот-вот, и всегда так держись! — одобрил его слова Игорь Викентьевич. — Ну а вообще, для тебя в работе мало что изменится. Зачем нам сворачивать с проторенного пути? Только действовать будем несколько по-иному. Держись меня, со мной не пропадешь, видишь, до каких я седин благополучно дожил? Аркадий тебя недооценивал, зажимал, а может, просто слишком был увлечен своей работой. Как же так, столько лет ты пашешь, как вол, а ни докторской у тебя, ни даже кандидатской! Порядок? Нет, не порядок! Оттого и тянет тебя куда-то на сторону.

— А зарплата? — задал Подрезов свой любимый вопрос. — Как насчет зарплаты?

Старичок посерьезнел, ненадолго задумался.

— Зарплата? Ну, даже такой зарплаты, которая у тебя была, я тебе не могу обещать. Со временем, быть может, и выйдем на прежний уровень, а пока…

— Ага, вот вы и попались, Игорь Викентьевич, — обрадовался Подрезов. — Коли зарплата не может быть прежней, значит и контракт недействителен.

Игорь Викентьевич озадаченно почесал в затылке.

— Да, силен. Как-то придется решать вопрос. Что тебя еще волнует, давай сразу обговорим.

Подрезов кивнул и пристально посмотрел на старичка.

– Самое важное для меня: вы хозяин или так – служите?

– А, понятно, – кивнул старичок. – Хочешь знать, не теряешь ли ты свой статус? Нет, не бойся, я за своим положением тоже зорко слежу, в дерьмо не имею никакого желания скатиться.

Подрезов облегченно вздохнул и радостно потер руками.

– Что ж, вопросов больше нет никаких. Жду с нетерпением больших и сложных заданий. Что у нас на очереди?

– Есть, есть кое-что, – бодро заверил Подрезова Игорь Викентьевич. – Мы будем мудрее, зачем нам самим инициативу проявлять? Станем отныне исключительно по заказам работать. Вот нам и первый из них, от тех людей, кстати, что порешили Гамова. Спрашивается, какой прок им был его убивать? Все равно деньги на бочку, за здорово живешь мы и на четыре кости для них не встанем. Как раз из той области, которой столь интересуешься ты. Хозяева, батраки, рабы и скоты. Загадка! Что-то вроде: козел, волк, лодка, река и капуста. Ну, вспоминай, вспоминай, Алексей! Река, лодка — понятно, но вот козла, волка и капусту надо поодиночке перевезти на другой берег. Начинаем с волка, от капусты даже и кочерыжек не остается. Ну и так далее! Так вот эта последняя категория – скоты: они ничего не решают, ничего не производят, толку никакого от них, а потребляют – немерено. Как, может, сократим поголовье?

– Запросто! – радостно возопил Подрезов. Он был в восторге, что так чудесно для него все нормализовалось. Что он жив и здоров, да еще расчистились перед ним новые горизонты. Из него вдруг как подарки из мешка Деда Мороза, посыпались предложения одно изощреннее другого.

– Погоди, погоди, – вынужден был Игорь Викентьевич его остановить. – Тут тоже меру надо знать. А то ведь такая территория! Природа вакуума не терпит, набегут со всех сторон не человеки – всякого рода зверьки, с этими уже не договоришься, не справишься. Но энтузиазм ценю. Пойдет, чувствую, пойдет у нас дело. Ну а как твоя техника, не подведет? Я ведь человек старомодный, привык все на глазок... Кстати, что ж твоя благоверная без работы сидит. Давай ей задание найдем – разобрать мой архив, меня ведь от прежней должности еще не освободили.

– Спасибо, – по-собачьи преданно заглянул Подрезов своему новообретенному хозяину в глаза – был бы хвост, и хвостом завилял бы, – спасибо вам большое, Игорь Викентьевич, вы так добры ко мне!

– Ну вот, – довольно подвел итог тот. – Значит, мы обо всем договорились?


## ГЛАВА 2

Договорились-то, договорились, да только... Воодушевление, которое Подрезов испытал во время беседы с Гладышевым, быстро сникло. Он внимательно, в который раз уже, перебрал в памяти воспоминания о тех столь запомнившихся курсах. До сих пор многое в них казалось Алексею неразрешимой загадкой. В частности, фигура Игоря Викентьевича. Столь значительную в свое время личность списать на какой-то архив, а потом, наоборот, в возрасте близком к маразматическому так неожиданно вознести? Да и парторга своего бывшего он как-то случайно увидел на митинге "красной" оппозиции, тоже не вписался, или специально заслан? Сердце Подрезова щемило отвратительной, успевшей глубоко угнездиться болью – нет, никакой уверенности в своем будущем у него не было. Контракт? Вот теперь действительно можно начихать на контракт, контракт у него отныне был пожизненный.

Ну а враги не дремали: Александра тут же прибрала к рукам то, от чего столь легкомысленно отказалась Анжелика, то бишь Игоря Викентьевича и ублажала его как могла без устали. Однако, тоже не дура, место Гамова занять не спешила, наоборот, настойчиво толкала под копер Подрезова. Поразмыслив, что выйти из игры для него нет никакой возможности, Алексей с грустью переселился в пустующий кабинет, приняв тем самым неожиданно свалившееся на него наследство.

Собственно, и Гладышев тоже даром время не терял: сколотил штат, выбил для него ставки, какие-то гранты, в обозримом будущем Крошечке светила кандидатская, а Подрезову даже сразу и докторская. Сам Игорь Викентьевич давно уже был и доктором и профессором, но только сейчас получил возможность приблизиться к заветной своей мечте: стать членом-корреспондентом Академии наук. И доктором и профессором без работы, без денег пару раз плюнуть можно оказаться, а тут синекура пожизненная. Вот до этой точки, наверное, Подрезов и мог себя чувствовать в относительной безопасности, для достижения подобной цели он был необходим. Если только Александра не вынет из рукава какого-нибудь, очередного, джокера. Ну а пока, пока ей представилась великолепная возможность повторить недавний Алексея и Леры путь: и в Санта-Монике побывать и на Таити заглянуть.

Оставшись один и вздохнув с облегчением, Подрезов быстро понял однако, что Гладышев был тот еще старичок: за короткий срок ухитрился сдюжить колоссальный объем работы – Алексей был ограничен в своих действиях рамками со всех сторон, в том числе и во времени. Заказанный проект о "сокращении поголовья", как ни странно, и должен был проложить ему путь к вожделенной докторской степени. Цинично? Логично! В процессе подготовки Подрезов получил доступ к такой информации, к таким материалам, статьям, что волосы у него на голове порой вставали дыбом. Однако не убежать, никуда ему отныне не убежать, с каждым днем он все больше убеждался в этом.

Время, да, времени у него действительно было в обрез, он обливался холодным потом, когда вспоминал, с какой яростью Александра восприняла то, что в такой ответственный момент ей необходимо уехать. Конечно, своих людей она расставила, где только могла, еще при Аркадии, но император – император мог быть только один, безраздельный диктатор Империи света. Как ни пыталась в свое время Александра проникнуть в это запределье, ничего у нее не получилось. И не оттого, что Гамов ее туда не пустил, а просто мозгов не хватило. Не хватит и у Гладышева при всей его изощренности. Между тем, именно в этой бредовой идее, ставшей вдруг безбрежной кладовой и заключалось главное богатство Аркадия. Двух императоров не может быть, Гамов сам себе подписал смертный приговор, и у Подрезова никакого желания не было его примеру следовать. Ни за что на свете не возьмет он на себя этот проект, пусть эта бомба так и останется на шее у Крошечки.

Понимал ли Аркадий, что не во благо, а во зло исключительно будет направлено его поразительное открытие? Наверное, понимал, но надеялся удержать его в своих руках. Да вот только слабы, слишком слабы оказались его руки. "Сократить поголовье"… ничего — ни пуль ни бомб не нужно для этого, люди поедят сами себя, и именно оттуда, из запределья хлынет неодолимым, сметающим все на своем пути, потоком черная река. "Чистая" доска, "святая" доска — подспудное знание, фрагментарно, направленно всплыв наверх, окажется пострашнее любой подводной лодки.

Император света. И все-таки: "А был ли мальчик?". Был ли Гамов властелином или только очевидцем, жертвой мощнейшей из стихий? Нет, нельзя думать об этом, слишком опасно. Будем надеяться, что он, Алексей, этой ошибки не повторит.

Подрезов вновь погрузился в

воспоминания. "У меня есть право на это, своего рода допуск, и у тебя он есть, ты проходишь вместе со мной". "Эх, Гамов, Гамов, так у кого же был допуск? И почему ты так настойчиво стремился в последнее время связать меня с собой?"

## ГЛАВА 3

Приехала Настена, свалилась будто снег на голову.

– Папка, я не могу без тебя.

Долго поначалу смотрела с опаской на Леру: сойдутся ли характером, но постепенно оттаяла – у Лерушки да чтобы камень за пазухой, никогда такому не бывать. Жить решили вместе и только вместе, распределили обязанности. Затем Подрезов основательно занялся обустройством дочери: во всем следовал ее пожеланиям, лишь с упорством, настойчивостью их исполнял.

Как ни зарекались Алексей с Лерой

заводить детей, кому-то все-таки невтерпеж оказалось, "в мир входящему", на сестренку, красавицу Настьку посмотреть. Самым любимым развлечением недавних молодоженов стали походы по магазинам товаров для новорожденных, просто так, с прикидкой на будущее.

– Смотри-ка, кино снимают! – дернула как-то раз Алексея Лера за рукав. – Давай постоим. Интересно ведь! Вдруг наш сын или дочь знаменитыми актерами станут.

Подрезов с улыбкой обнаружил, что они неожиданно оказались в районе столь знакомой ему Лубянской площади.

– Я же говорила, здорово!! Названия такие – просто с ума сойти: Гитлерплатц, улица маркиза де Сада, а вот тут еще, вообще финиш – проспект Чикатилло.

Как она могла видеть такое? Никогда подобного дара Алексей за своей новой женой не замечал. Но тут и ему открылось, сподобился. Проносились стремительно по площади танки и бронетранспортеры, ходили взад-вперед с автоматами и гранатометами "слуги Аллаха" с зелеными платками на голове. Да и много кого и чего тут было. Действительно, кино!

## ГЛАВА 4

— Смотри-ка, что я нашла! — с гордостью положила Лера папку перед обожаемым мужем.

— А, интересно, — рассмеялся Подрезов, устало переодеваясь в спортивный костюм, догадавшись, что перед ним его личное дело. — Как работа? Замучила уже, наверное, канцелярщина-то?

— Работа как работа, — пожала плечами Лера. — Никаких помощников, одна весь воз волоку. Знал бы ты, сколько их там, таких папок! Иные страницы настолько ветхие, их и в сканер запускать боязно, кажется — тронь и рассыплются. Но ничего, справляюсь потихоньку. Хорошо хоть догадалась все тщательно пропылесосить, грязь вылизать, иначе давно бы уже валялась с туберкулезом. Однако самое обидное в другом — в том, с каким упорством коротышка твоя рвется на мое место, выжидает просто, когда я выполню за нее всю черную, неблагодарную работу. Господи, надо же, при ее-то возможностях понадобилось вдруг у меня последний кусок хлеба отнимать. Скажи, что, так всю жизнь будет продолжаться? Или мне самой Гладышева охмурить! Кстати, ужин готов, как ты смотришь на это?

— Проголодался как волк! — охотно отозвался Алексей. — И так спину не разгибаю, а тут еще со страхом жду возвращения хозяюшки нашего, после морских ванн и Сашенькиных прелестей он из меня последнее выжмет.

— Да уж, хозяин у нас тот еще, с Гамовым не сравнить, — вздохнула Валерия. — Кстати, об Аркаше — жену его бывшую сегодня встретила, Анжелику. В Штатах, замужем, устроилась прекрасно, приехала мать забирать. А что, Лешенька, может, и нам в эти Штаты опять хоть ненадолго смотаться?

– Будут, будут тебе Штаты, – бодро ответил Подрезов. – Господи! Невидаль какая – Штаты.

Он вслух не стал говорить, а внутренне усмехнулся: все вроде бы, даже тот памятный коттедж в Санта-Монике, отобрали у него новые хозяева, но остались еще, остались зелененькие, на его век во всяком случае вполне хватит. Вот только никому, даже Лере, а может, как раз и в первую очередь Лере, знать об этом не положено. Да и одумаются, задумаются неизбежно любые хозяева, намекнут со вздохом, а может, и не намекнут, прямо скажут: на дворе, мол, капитализм – и об отчизне порадеть надо, и так, чтобы и к пальцам пристало...

После ужина как раз было время и папочку посмотреть – до фильма по телевизору оставалось минут пятнадцать. Алексея тянуло в сон, и он несколько раз пролистал материалы, в которых скрупулезно фиксировался каждый его важный жизненный шаг, не в силах понять, что сбивает его с толку. И лишь в постели его вдруг осенило: литеры, литеры-то не сходятся.

Он тихонько, стараясь не разбудить жену, выскользнул из-под одеяла и прокрался на кухню. Точно, все так и было, как он сообразил: литеры были разные. Буквы, цифры оставались для него загадкой, но код шел один сначала, а затем поменялся. Почему? Когда — можно было логически предположить: обложки были поновее, чем первоначальные документы, значит, когда меняли обложку, поменяли и литер, а впоследствии только им и пользовались. Но что же именно произошло? Ведь сначала его код был идентичен коду его родителей. Надо проверить, хорошенько сверить, попросить Ирину дать ему возможность ознакомиться с другими папками: на Аркадия прежде всего — что он был за человек, может, и на самого Игоря Викентьевича. Может, и на Валерию,

Алену. На Александру особенно, не зря же она с такой напористостью рвется Валерию на ее должности заменить. Ну а главным, главным образом предстояло разобраться все-таки в буквах, цифрах, что конкретно каждая из них означала. Впрочем, мозг с привычной оперативностью проанализировав заложенные данные, уже выдавал догадку: ошибка, самая обыкновенная ошибка! Канцелярская крыса, сволочь какая-то, перепутала, перенесла неправильно. Одна только буковка: "в" вместо "б", а как она все изменила! И не было бы в его жизни ни курсов, ни Аркадия, ни старичка с носиком-клювиком, ни уж тем более Криса Хортона. А что было бы? Завод, все то же место в лаборатории? Алена, дети, нищета?

И все же... то, что произошло, не переменишь, но как ему дальше жить? "Империя света", – вспомнилось вдруг снова Подрезову – мир, в котором не будет ни рабов, ни скотов. Но куда же, интересно, они тогда денутся? "Сократим поголовье"? У Аркадия было задумано совсем по-другому. Однако Император ли он, Алексей, еще пока или уже не Император?

Он достал из кладовки давно пылившийся там ящик с химикалиями и осторожно, высунув язык от прилежности, долго сводил, подправлял эту проклятую "б" в тех, первых, самых ветхих листочках, пока не вышло довольно прилично – только эксперт смог бы отличить.

Ну а там дальше видно будет, что делать. Есть время решать. Главное – он теперь в курсе, кто он на самом деле.

В курсе? Но кто же он, и что ему предопределено отныне? Шутки в сторону насчет императоров-аллигаторов: белая ворона почудней Аркадия или тать, тля, которой действительно вдруг привалила в цепкие лапки нежданная власть?

# ИМПЕРИЯ СВЕТА

*автобиографическое эссе*

*Было время скотское, настало людоедское, что день грядущий нам готовит, что нас дальше ждёт? (май 1995 года). (Здесь и далее курсивом выделены цитаты из автобиографической книги Николая Бредихина «Исповедь одиночки», за исключением случаев, где источник указан явно. – Прим. редактора)*

Моя истинная Родина - Империя света, и всю жизнь я считал (да и до сих пор того же мнения), что мне необыкновенно с этим обстоятельством повезло. В своё время я много путешествовал, но понятия не имею, как там и что за границей. Много ли можно увидеть туристом? Внешний лоск, природу, приветливых, обаятельных людей - по большому счёту это ведь всего лишь красивая, но мало что дающая уму и сердцу, картинка. Знаю я хорошо только одну страну – Россию, и сколько ни изучал языков, преуспел только в одном из них - русском. Больше того - предложи мне сейчас кто-нибудь куда-нибудь съездить, просто так, без денег, отказался бы без раздумий. А когда-то ведь невероятно лёгок был на подъём.

Сколько я себя помню, меня постоянно убеждали, что я избранный, хотя бы за то только, что я советский. Ну а там, в других частях света живут люди либо обездоленные (этим надо помочь, несомненно), либо поганые кровососы-буржуины (здесь не может быть никаких примирений), либо совсем уж круглые дураки (вызволить их из тьмы и оболванивания может только тот свет, который моя Родина как раз собой и олицетворяет).

Я никогда не ходил в октябрятах, пионерах, комсомольцах, но в Коммунистическую партию Советского

Союза вступил осознанно, придя к выводу, что изменить что-либо снаружи невозможно, сделать это можно лишь изнутри.

Изменить? В Империи света? О чём я? Да всё о том же. С самых малых лет я видел вокруг себя слишком много несправедливости, несоответствия, раздвоения, которые считал необходимым срочно устранить.

Я не понимал, к примеру, родившись в деревне, как такая огромная страна, справедливо считавшаяся некогда житницей мира, став вдруг Вселенским Светочем, Оплотом Справедливости, Двигателем Прогресса, каким-то образом, в одночасье, сделалась неспособной элементарно себя прокормить.

Повзрослев, я нашёл причину: рабский труд не может быть эффективным, надо отдать землю крестьянам, как когда-то было обещано, и тогда нам никогда уже не придётся стоять в очереди за колбасой.

Я не понимал, почему рабочий класс стоит в общественной иерархии выше крестьянства. Может, товарищи рабочие сочли вдруг, ни с того ни с сего, что хлеб и прочая еда – пережиток капитализма? Мой желудок говорил мне обратное. Что же получалось: больше, чем Партии, я вынужден был доверять своему… желудку? Долой… Впрочем, подождём, пожалуй. Без желудка человеку никак не обойтись.

Но чего я не понимал совершенно: настолько пренебрежительного, поистине хамского, отношения к интеллигенции. Люди учились, защищали диссертации, двигали вперёд науку, вооружали страну современным оружием, изучали космос, и… числились при этом париями, какой-то совсем уж завшивленной прослойкой.

Поразмыслив, я и здесь нашёл причину. Раб не может ничего двигать, вооружать, изучать, изобретать. Здесь Партии ничего не оставалось другого, как допустить островок свободного труда и свободного человека. Пережиток, гнилое прошлое, но что поделаешь? Придётся потерпеть.

Терпели. Пока терпение не закончилось, и «вшивая прослойка» не размела всё вокруг, оставив в первую очередь себя, любимую, без денег, хлеба и работы.

Как ни странно, ни Рабочий класс, ни Крестьянство не вступились за свою обожаемую Партию, оставив мир без Вселенского Светоча, погрузив и планету, и державу нашу великую в кромешную тьму.

Но это легенда, сказка про очередного Мальчиша-Кибальчиша. С тех давних пор я не только повзрослел, но и значительно поумнел. Как же на самом деле всё происходило?

Представления о прошлом у человека при всём желании не могут возникнуть сами по себе, они неизбежно должны основываться на каких-либо источниках, документах. Мы ведём речь об отрезке времени протяжённостью в целое поколение. То есть, существует уже достаточно большое количество людей, которые не являются участниками или хотя бы очевидцами описываемых событий.

Однако даже и участники, очевидцы, в большинстве своём, лишены возможности утверждать, что их сведения не искажены, а уж тем более – абсолютно достоверны.

В чём причина? Первые два распада сопровождались мировыми войнами, последний (СССР) ограничился войнами локальными, которые многими до сих пор воспринимаются и не войнами даже, а скорее, военными конфликтами.

Основные источники, документы того времени до сих пор засекречены, и по всем существующим на сей счет канонам два десятка лет – слишком короткий срок, чтобы появилась возможность ознакомить с ними широкую общественность.

Вот почему, рассуждая о крушении одной из величайших империй мира, далеко не всегда мы может утверждать что-либо наверняка, неизбежно приходится строить предположения.

К примеру, мы крайне мало знаем о том, как осуществлялось вмешательство в этот процесс извне, но ещё меньше о тех силах, которые действовали в нём изнутри.

И, как ни печально это признать, ясно уже всем и каждому, что наши знаменитые диссиденты (в большинстве своём – действительно, герои), просто использовались, где втёмную, где открыто в этой игре.

Я не историк, поэтому остановлюсь исключительно на глубинных процессах событий того времени. Знаю заранее, что с рассуждениями моими мало кто согласится, ну да я никому своего мнения и не навязываю.

Социализм в корне невозможен без атеизма. Никто никогда не допустил бы (и сейчас не допустит), чтобы какая-нибудь одна из ведущих мировых религий подмяла под себя все остальные. Для этого необходимо было сначала низвергнуть все их вместе взятые (в теории, конечно), а затем изобрести что-то новое, универсальное, присмлемое для всех людей на Земле. Однако ни разрушить ничего не удалось, ни новый Мессия так и не появился. Собственно, как и следовало ожидать.

То есть, в сути своей социализм был обречён изначально. Многим это до сих пор кажется странным, так как, если хорошенько присмотреться, явление это представляет собой чистейшей воды христианский фундаментализм, щедро сдобренный идеями Платона, Томаса Мора, Томмазо Кампанеллы и иже с ними, и пыталось оно воплотить в жизнь идеи, заповеданные нам Спасителем. Но всеобщее равенство, единообразие противоречит самой идее Бога, даже Природа подобного единообразия не может себе позволить. Возврат к исконным религиям был неизбежен, он и разметал, в конце концов, безжалостно в стороны искусственно созданный конгломерат.

Империя развалилась, но империя осталась. Назвать её третьей по счету как-то язык не поворачивается, но то, что мы живём именно в империи, а не в республике, невозможно отрицать.

Хотите доказательств? Пожалуйста.

До сих пор никем не придумано лучшего способа управления людьми, чем метод кнута и пряника. На мой взгляд, на сегодня существуют только три его разновидности:

- кнут и пряник в «джентльменском наборе» – это как раз и есть демократия;

- один только кнут – диктатура, тоталитаризм;

- один только пряник – имперская либерия: беспредел, цинизм, полное пренебрежение, как законами, так и понятиями, поголовное воровство.

Пряники у нас сейчас только для избранных, кнут – тоже строго на любителя. Так что от диктатуры мы убежали, однако вляпались вообще непонятно во что.

Та империя, которую мы имеем сейчас в России, главным образом не национальная (все нации у нас сейчас одинаково бесправны, так что ни одна из них при всём желании у не может превалировать над другой, к слову, - история не знает других мгновение решались все, копившиеся месяцами, вопросы. Ну а Валя… Валя («Не орел! Совсем не орел!») после первой же рюмки впадал либо в жуткое занудство, либо в легкую агрессию. Получал соответственно, даже от женщин. Ну и в вопросах секса, что тоже немаловажно, действовал как петушок: налетал с пылом с жаром, но больше чем на две-три минуты его обычно не хватало.

«Ладно, ладно, я еще вас удивлю, – как обычно бормотал про себя после подобных редакторских разносов Валентин. – Вот уйду к Мишке Айзенбауму, попляшете без меня».

Конечно, никаких шансов попасть в «Нижнекопьевскую пчелу», появившуюся в городе сразу же на гребне перестройки и завоевавшую бешеную популярность, у Вали Попокина не было, там работали профессионалы не чета ему, да и зарабатывали вдвое, а то и втрое больше. И тем не менее Мишка, который в не столь отдаленные времена выше должности спецкора заводской многотиражки ни о чем и мечтать не смел, как-то, уже будучи важным барином, на совещании у местного главы похлопал Валю по спине со словами: «Ну что, Валентин, как дела? Растешь на глазах. Талант у тебя, талант!» Что позволило «простому русскому парню» предположить, что Миша спит и видит его в своей редакции, и что он, Попокин, может в любой момент запросто к нему перебежать. Чего на самом деле, разумеется, и в помине не было.

Жена сразу по Валиному виду поняла, что муж в очередной раз подвергся редакторской порке. А стало быть, все выходные будет где-нибудь пропадать. Ладно, Бог с ним, может, свадьба подвернется или похороны, хоть немного денег подзаработает. Однако на сей раз, Валя удивил ее, заявив, что отправляется на рыбалку. «Рыбалка, на кого? Какая-нибудь выдра, камбала, вобла сушеная?», — вертелась в голове Лиды Попокиной мысль, но проверить ее не было никакой возможности. Встать в такую рань и тащиться за мужем по темноте – после подобных сексуальных фантазий можно было смело записываться в пациенты местной психушки, которая была единственной в городе, но, по странному стечению обстоятельств, среди всех больниц носила номер 6.

– Ты там, если поймаешь чего, не выбрасывай, Соньке будет разнообразие в меню, – решила все-таки поддеть Валю жена, собирая ему харч с вечера. На что Попокин важно кивнул, хотя оба прекрасно знали, что кошка Сонька шарахается в сторону от речной мелкоты, как от автомобильных выхлопов.

Валера Дронов, соответственно своей фамилии носивший вполне приличную кличку Дрон, главарь местных «блатарей», недоуменно взирал на кучу металлолома, доставленную ему его ближайшим советником (читай: консильери, как у сицилийцев) Митей Проценко (Митя Процент) и раздумывал, какую козу сделать своему не в меру ретивому консультанту.

— Ну что, Митя, попал?

— А в чем проблема, Валерий Витальевич? — попытался прикинуться дурачком верный Митя.

— Ну как же, послали парня «туда, не знаю куда», думали, не привезет он «то, не знаю что». А он привез, слышишь, привез! И с долгом полностью расплатился. Это как понимать? И на кой хрен, скажи, мне теперь эти железяки? В металлолом сдать?

Процент не сдавался, намерен был сражаться до последнего.

— Железяки я продам, с прибылью, не извольте беспокоиться.

— Кому? Японцам? Взамен Северных территорий?

— Да нет, клиент уже имеется, солидный, со Старого Арбата, хлам этот пойдет под видом кое-чего, что удалось вынести с подводной лодки «Комсомолец». Глядишь, заказов вообще будет, хоть отбавляй, по меньшей мере, на год вперед.

Дрон уже не знал, то ли ему «врезать по лицу» Проценту, то ли расхохотаться. Да хрен с ним, с Митей, пусть хоть свои деньги выкладывает. И все-таки прокол, явный прокол.

Уже в бане, с парилкой, по-русски, все эти сауны – дребедень финскую, Дронов напрочь отрицал: сердце посадишь, особенно по пьяному делу, и не заметишь как, Валерий тщательно восстанавливал в памяти ход событий, постоянно морщась, так как не нравилось ему, очень не нравилось то, что в последние два года происходило. Раньше все было просто: поделили город на части, которые, собственно, испокон веку были: зачем, скажем, мальчику с Репенки пылить по Рабочему поселку? Действительно, зачем? И пылил мальчик обратно, уже утираясь кровавыми соплями. Но просто так, из принципа. А тут закрутились большие деньги, не надо было ни воровать, ни даже отбирать – сами давали. Благословенное было время. И не хлопотное: и «деревянные», и «зеленые» денежки со всех сторон притекали, прокручивались в пирамидах, банках. Канары, Багамы – отдыхали, сколько душе было угодно и не с кем попало. И дела шли прекрасно, как по маслу, мог бы большим человеком стать. Вон, скажем, Жора Иорданский (не кликуха, фамилия!), один из самых значительных авторитетов в Краснорецке, такими фигурами двигает. А трясется, как осиновый лист. Пожаловался как-то ему, Дрону, при встрече в Москве: «Эх, Валера, и куда меня понесло, никого нет своих, никому я там не доверяю. Таракана убили, Яшка Хорек со мной отказался ехать и, между прочим, не прогадал. Ну а ты как? Некоронованный царь в нашем родном Нижьекопьевске? Ладно, за заботу о матери, брате спасибо. Если что понадобится, только дай знать. Ребята у нас хоть и не сибиряки, а и Белке и Стрелке сразу оба глаза навскидку свинцом заплюют».

Что ж, в жизни все может пригодиться, ни от чего нельзя отказываться. Любую неприятность лучше всего упредить, чем потом расхлебывать. Киллер из Краснорецка — это очень хорошо, хотя сам Жора не вызывал у Дрона никакого почтения. Интеллигент — одно слово! Сынок директрисы самой большой в городе комиссионки, вдруг пошедший по плохой дорожке. Иконки, иностранцы, потом церкви, музеи. Его сподручный, Таракан, прозванный так за свой маленький рост и шустрость, в любые пещеры «алмазные» без мыла пролезал.

— Еще парку, Валерий Витальевич? — уважительно спросила Нюрка Сысоева, лучшая в городе банщица.

По первому зову прилетела она, запыхавшись, из Осенок, за пятнадцать километров, из первого и до сих пор не превзойденного в городе «помывочного» комплекса, радостная, сияющая. Даже перед такой – поблекшей, раздобревшей Сысоихой не мог устоять Дронов, исходил потом, слюнями. И сейчас со сладостным предвкушением перевернулся на спину. «Поддай, поддай, Нюра, парку!»

Поговаривали, что и сынок Нюркин Витька – сын Дрона, да ведь, что называется, слова к делу не пришьешь. Во всяком случае, именно Валерий спас Витька от первой ходки к «хозяину» и даже дал ему «работу» – в хорошую «бригаду» определил.

Потом, в бассейне, никто Дрона не тревожил, это были его лучшие часы. Лишь насладившись полностью прохладной в меру водичкой, он нажимал кнопку, вызывал братву либо девок молодых, ярых, либо просто халдейку с хавкою, то бишь официантку с дорогой, изысканной жратвой.

# ГЛАВА ВТОРАЯ

*О золотом колечке, царском крылечке, колоколах, звонящих из-под земли, индейском вожде, нижнем копье и прочих милых русскому сердцу седой старины преданиях.*

Юрий Денисович Уткин, глава местной администрации, со скукой взирал из президиума на собравшуюся в конференц-зале разношерстную публику. Большой зал, под стать хорошему кинотеатру, был не просто полон, люди стояли в проходах, сидели на ступеньках. Ничего подобного здесь уже лет двадцать как не наблюдалось. «Господи, сколько же их еще осталось! Как только не вымерли!» «С кем вы, мастера культуры?» Действительно, с кем и с чем? «Как живете, караси?» – «Ничего живем, мерси!» Это ведь про вас теперь. Неужели еще придет то время, когда с вами вновь считаться придется? А ведь считались когда-то. Жданов, Суслов, Сталин, умнейшие люди. Да и сейчас, на Западе, попробуй-ка с «этими» не поделиться. Мозги, они всегда мозги, если им что-то не дать, сами возьмут либо такое устроят – чертям тошно станет. Где же у здешних-то «мастеров» мозги, может, совсем другим местом думают?

Этот вопрос даже несколько тревожил Уткина. «А сдюжат ли?» Лица, где испитые, где недокормленные. Вот директор Дворца юного техника (умопомрачительное словосочетание!) сидит в истертых до дыр джинсиках. Никаких других брюк у него нет – это Уткину доподлинно известно. И выхода никакого – премировать брюками неудобно, а дашь деньгами – либо проест с семьей, либо не удержится, самолично пропьет. Есть, конечно, и люди вальяжные, с двойными и даже тройными подбородками, но это «свои». У «этих» мозги, действительно, в нужном месте. Хотя опять же, интересно, о чем думают? Тот же Боря Гридин, вор каких мало на ниве «народного» образования, зачем, спрашивается, нужно было ему ехать в служебную командировку в

Бельгию с любовницей? Особый шик?

Уткин рассеянно слушал доклад своего зама Конобеева. «Оказана честь»… «однако предстоит пройти тщательнейшую аттестацию»… «готовы ли мы? Каждый должен себя спросить: «Готов ли я?»… «появится возможность не только несравненно приукрасить наш город, но и создать дополнительные рабочие места, очень много столь необходимых нашему городу рабочих мест для рабочих рук». Ну, насчет «несравненно приукрасить» – это, без сомнения, перл, но в остальном Леху Конобея учить – только портить. Дальше предстояло Уткину самому выступать, после чего он рассчитывал потихоньку, сославшись на занятость, смыться, однако кое-что на сей раз его удерживало. Буквально, речь заведующего отделом культуры, бывшего директора местного краеведческого музея Родиона Славкина. Быстро сориентировавшись в новых веяниях, Родион издал на средства, выделенные его отделу, книгу под названием «Нижнекопьевские сказания», в которой переврал все, что только можно из местных преданий, однако его «открытия» в корне меняли издавна сложившиеся представления о «городе трех рек». Уткин недаром распорядился пригласить на совещание даже пенсионеров «культурников», дабы знать заранее, что можно было использовать из «достославных» «открытий», а что отнести на счет фантазии автора.

Реакция была на редкость бурной. Однако, приглядевшись, Уткин заметил, что оппонентов у Славкина было не столь уж много, просто страсти вспыхнули сразу и разгорелись не на шутку. К счастью, за спиной крикунов, похоже, никто не стоял из врагов самого Уткина, что было для него немаловажно. Многие, очень многие в городе считали затею с Золотым кольцом предвыборным трюком Юрия Денисовича, но никто даже не подозревал истинных его намерений: друзья Уткина еще по партийному цеху настойчиво звали его в Москву. Уже и должность была ему приготовлена, и площадка для будущего взлета. Но уезжать следовало на коне, достигнув пика в местных масштабах. Даже жену Уткин не посвящал в свои планы, однако на коне или просто на личном автомобиле в Москву он точно отбыть собирался.

— Нижнепрокопьевск, какой может быть Нижнепрокопьевск! Причем тут Прокопьевский монастырь? — особенно эмоционально выступал какой-то бывший учитель истории. — Сменить название родного города, название, которому девять веков! Это профанация! Истинная профанация! И зачем?

Юрий Денисович понял, что заму с возникшей ситуацией не под силу будет справиться, решил самолично вмешаться в разгоревшийся спор.

— К сожалению, у нас нет сейчас достаточно времени, чтобы вдаваться в подробности, но, судя по энтузиазму, который мы наблюдаем в зале, равнодушных к столь долгожданному и чрезвычайно важному моменту в истории нашего города здесь нет. Хочу особо отметить, что инициатива такой важной чести для нашего родного Нижнекопьевска исходит не от местных органов, а конкретно из Москвы и, естественно, согласована со всеми инстанциями, вплоть до Института истории при Академии наук Российской Федерации. Упоминаний и в летописях и в мемуаристике о нашем граде, как вы знаете, предостаточно, вопрос лишь в том, насколько привлекательной мы представим нашу «малую родину» для огромного числа туристов, в том числе и иностранных, в проекте-обосновании, который разрабатывается сейчас администрацией. Что построить, как организовать – тут трудностей нет, мы к этому шли, сами не подозревая о том, целых десять лет. Но сущность, историческое значение, роль в современной культурной жизни России – без вас, собравшихся в этом зале, такой вопрос нам точно не охватить. Поэтому предлагаю продолжить все-таки дебаты по книге Родиона Касьяновича, но очень коротко, избрав в заключение специальный комитет при подготовительной комиссии, который бы особо занялся исторической и культурной частью того проекта, о котором я уже упоминал.

Как и предполагал Уткин, дальше выступления следовали достаточно умеренные: Нижнепрокопьевск, почему бы и не Нижнепрокопьевск? Ведь именно в таком варианте упоминалось дважды (!) название города в летописях, причем самых ранних. Ошибка переписчиков? Ой, ли? А почему бы и не наоборот, дальнейшие упоминания не считать подобной ошибкой?

Капитан второго ранга Румянцев в подводный флот попал по мечте. Начитался в свое время Жюля Верна, Григория

Адамова, Александра Беляева. Да и кто из старшего поколения не бурчал себе под нос популярнейшую песню: «Нам бы, нам бы, нам бы всем на дно…»? «Там бы, там бы, там бы» вина и водки довелось капитану Румянцеву выпить немерено. А сейчас сидел он со своим стариннейшим другом старпомом Васей Колобовым и размышлял, хватит ли одной бутылки для столь ответственного решения, или все-таки стоит новую открыть.

— Не, не, Палыч, — отмел его сомнения Колобов. — Мне точно хорош! Уже не ходок по этой части. Да и чего решать? В прошлый раз уже обо всем переговорили. Я «за», Женька тоже. Будем считать, что принято единогласно. Ты меня, кстати, извини, что я тебя тогда «жлобом» назвал, я понимаю, здесь совсем в другом дело.

С тем и отбыл Василий в родную обитель, жене под бок, а капитан Румянцев в который раз уже долго размышлял, не слишком ли большое дело он затеял, по маленькой бы лучше, по маленькой – по маленькой всегда верней. Но вот как раз по маленькой-то на сей раз и не получалось.

Юрий Денисович задумчиво крутил пальцами авторучку. Он как никто другой понимал, какие выгоды сулило его родному городу драгоценное «золотое колечко». Но и прослыть посмешищем на всю Россию, явив миру новоявленный город Глупов, такого для родного Нижнекопьевска Уткин совсем не желал.

Он еще раз внимательно перелистал злополучные «Сказания». Некоторые из них были знакомы ему с детства. Легенда о подземном ходе, тянувшемся из местного Кремля через Волгу до самого Прокопьевского монастыря, насколько она была вероятна? Совершенно невероятна. Однако чем объяснить столь чудодейственные успехи в обороне родного города, которые всегда сопутствовали нижнекопьевцам? Только один раз был город покорен – татарами, но против той орды всякое сопротивление было бесполезным. Собственно, что интересного могло быть для туриста в этом ходе? Если, к примеру, не только найти его, но и восстановить? А очень интересно. Своего рода аттракцион ужасов. Да наверняка там и клады замурованы, где же еще их было прятать? Ну, насчет названия города – давняя закавыка. Ведь ни Верхнекопьевска, а уж тем более Среднекопьевска на много верст вокруг никогда и в помине не существовало, почему же именно Нижнекопьевск? Изощряясь в фантазиях, доходили даже до предания о древнем индейском вожде по имени Нижнее Копье, от которого, де, в силу необычайной его плодовитости индейской и пошло практически все население здешних краев. Но как могло занести в такую даль этого вождя треклятого в доколумбову-то эпоху? А может, все-таки копи, а не копье? Тогда уж точно ничего постыдного. Добывали здесь руду либо уголь, были и

Верхние копи, да быстро выработались. Хорошее, солидное объяснение, зачем же старца Прокопия сюда приплетать? Монастырь-то в его честь гораздо позже был заложен, да и пещера памятная, в которой тот святой жил, опять же, весьма далеко от сих мест находится. Одна лишь зацепка — миф о чудовище-ящере, которое вроде как с древнейших времен в здешних водах обитало, и с которым Прокопий вел переговоры, сумев окончательно его укротить.

«Все-таки, как ни крути – копи. Научно, логично, какого рожна им еще надо? – с гордостью за свою сообразительность подумал Юрий Денисович. – Тоже мне, краеведы хреновы, до такого простого варианта не могли дотумкать. Пусть теперь попробуют мне эти копи не найти!»

Валерий Дронов тоже, как депутат, присутствовал на встрече с интеллигенцией города, проводимой Уткиным, однако «конференция» произвела на него гнетущее впечатление. «Козлы! Ох, козлы! Мозги с голодухи совсем истончились. Простых вещей не могут придумать. Профессионалов-лохотронщиков что ли подключить? Те такое закрутят!» Однако местный патриотизм все же глубоко сидел в Дронове. Как не поверить в то, что усвоено с самого детства? Подземный ход к Прокопьевскому монастырю! Вот где деньжищи: иконы, утварь ценная! Любой пацан памятных послевоенных лет мог бы через толщу времен в Нижнекопьевске стать миллионером. Старинных книг, монет, поделок всяких без счета вращалось в городе, купить их можно было за сущие гроши. Что говорить о серебряных рублях, полтинниках сталинских, да только откуда у пацанов тех лет были деньги, так называемый первоначальный капитал? Соблазны подстерегали их буквально на каждом шагу. И мороженое за четыре копейки (всего-то!), и конфеты-подушечки (так называемая «Дунькина радость»). Мячик резиновый, маленький – и то, сколько счастья приносил. Валера Дронов знал места, терпеливо копался в разрушенных домах купеческих, а уж церкви-то вообще тогда стояли бесхозные. Ездил в Москву, продавал за гроши свои находки, но капиталу все равно прибавлял и прибавлял. И ведь учил же его один старый друг: чем угодно занимайся, не касайся только трех вещей – золота, оружия и валюты, потому что это дело уже не милиции, а КГБ. Нет, не послушался, загремел к «хозяину», столько времени впустую потерял! Впрочем, впустую ли? Не получилось из него самого собирателя, стал грозой коллекционеров. А теперь вот «глава», «синий», то есть, «блатной», но «глава». Еще неизвестно, кто выше. Впрочем, с Уткиным шутки плохи, предпочел отдать город во власть краснорецким «спортсменам»-бандитам, чем терпеть зарвавшихся местных уркаганов.

«И все-таки, не создать ли в городе

какой-нибудь Клуб юных следопытов, пусть порезвятся новоявленные пионерики, авось, даже если не подземный ход, то что-нибудь все-таки раскопают?»

Почти одновременно с ним принял решение и Юрий «Деникинович» Уткин, который так и не смог уснуть после столь удачно найденного варианта с «копями», вот только ставку он сделал на другое предание: храмы, ушедшие под землю, наподобие китежских, при нашествии татар. Нижнекопьевская панорама, ни больше ни меньше. Историческая оборона города с подземным ходом, через который защитники наносят удар в спину ворогам. Однако те не уменьем, а числом все же побеждают, и тогда три храма местных с главными святынями своими уходят под землю, не переставая звонить в колокола и возвещая затем постоянно о неизбежном скором избавлении от ненавистного иноземного ига.

Осталось только деньги из областной казны выбить, да спонсоров к подобному проекту подключить.

# ГЛАВА ТРЕТЬЯ

*О том, что не все большие дела людьми великими творятся, а и от маленьких людишек бывает иногда какой-никакой прок.*

Родя Славкин был просто ошеломлен набросками высокого начальства. Какой размах! Но главным было другое: впервые в жизни ему самому предстояло в полную силу развернуться. Так и сказал Уткин, передавая ему свои «исторические записки»:

— Ты уж, Родион Касьянович, не скромничай, любые, самые завиральные, идеи только приветствуются. Буду предельно откровенен с тобой, идея о Золотом Кольце с большим трудом пока пробивается, вот я и решил зайти с другого конца. Сделать, что можно, а уж там пусть приезжают, да и судят по готовенькому.

Уткин еще раз, как полководец перед сражением, внимательно обдумал каждый момент предстоящей битвы. Деньги. Деньги будут, и их ожидается достаточно. Торговый комплекс у панорамы, центр развлечений и досуга, растекающийся вдоль стен местного кремля, строительные подряды, воскресающий разом из мертвых гостиничный бизнес, громадный оформительский кус. Всем найдется работа. Фирмы, фирмочки, Юрий Денисович так и видел, как их владельцы, которых он прекрасно знал, выстраиваются перед дверью его кабинета с конвертами в руках, а там денежки, хорошие денежки. Никому он лакомые кусочки просто так не отдаст, деньги ему самому в Москве ой как пригодятся.

И все-таки, не подведет ли кто, не разразится ли какой скандал? Ну, Борю Гридина, гниду эту, если он попробует опять что-то вроде достопамятной Бельгии сотворить, он просто в порошок сотрет. И так пришлось хорошего человека на пенсию отправить, расчистив для Бори место директора музыкального училища, хотя

Гридин Шопена от Шуберта отличить не мог. Но бывают же такие, кто не может отличить Шопена от Шопенгауэра, и ничего, успешно этими самыми шопенгауэрами руководят. Скандал замят, во всем вроде как оказалась виновата Борина любовница, Люська Озерецковская, административная букашка, та еще стерва: хитро, обманув всех и вся, пролезла, израсходовала средства, начальника своего непосредственного подвела.

Что там еще? «Мастера культуры»? Трудятся, трудятся «мастера». Средства городом выделяются, расходуются, где-то и исчезают, конечно. Но здесь соображения больше профилактические: скоро, скоро пойдут настоящие средства, и уж тут никак нельзя допустить, чтобы они уходили в песок.

Строители строят, ремонтники ремонтируют. Если верить бумагам, то город от края до края, вдоль и поперек, жаль только не снизу доверху, по семь раз заасфальтирован, а места есть такие, что только на танке можно проехать, но зато есть и другие места, где хоть губернатор, хоть президент кати, ни одной колдобины не увидишь.

Медицина местная – и лекарств любых и оборудования наиновейшего сверх всякой меры. Как быть иначе? Ведь и самое высокое начальство в городе – такие же простые смертные. Ну не для всех, конечно, такая медицина. Врачи за все взятки дерут, но как иначе их удержать, такого класса врачей? Из главэскулапа местного, Ивана Ивановича Пандюрина, песок уже сыплется, а все еще на должности, но человек испытанный, а можно ли быть уверенным в молодых? Да, мрут люди, как мухи, но везде так. Разговорился он на юбилее каком-то с Женькой Ободиным, специалистом по черепно-мозговым травмам, в школе вместе учились, так тот ему прямо сказал:

– Юр, ну что я могу сделать? Вот поступает ко мне в праздник десять человек, назовем их так – пострадавших, я твердо знаю, что будь у меня достаточно времени, хотя бы времени, я бы не всех десятерых, но восьмерых точно подлатал бы как надо, но даже времени у меня и того нет. За те крохи его, что у меня имеются, я могу только одному человеку вернуть здоровье, но девять остальных за это время копыта отбросят. Что ты сделаешь со мной на следующий день после такого варианта? Выгонишь. Вот я и леплю восемь-десять дураков. Жизнь в них долго еще потом будет теплиться, но пользы от таких «овощей»… разумей сам.

Бизнесмены? Ну, эти все под контролем. Принцип хорошо усвоили, что Бог делиться велел, ну а если по стене кого из них размажут или в подъезде монтировкой по башке стукнут, так за дело, с чего бы просто так? Нет, эти смышленые, все понимают, особенно, какой жирный им предстоит рвать на куски шмат. Ну, кто еще? Бандиты? Одна проблема – денег слишком много у них в руках накопилось. Во все щели лезут, туда порой, куда их совершенно не зовут. Магазины перелетают из рук в руки целыми улицами, заводы и те поделили, а что делать с купленной собственностью толком не знают, думают, что доход сам пойдет, люди будут работать на них, о себе не помышляя, как рабы. А не получается такой вот бандитский социализм. Денежки тают, на крови добытые, есть от чего не просто расстроиться, но даже и озвереть. Нет, блатарей местных Уткин никогда не боялся, не тот уровень. А вот денежками их грех было бы не воспользоваться.

Так и этак до глубокой ночи Уткин прикидывал, но все выходило: можно. Наконец он разродился знаменитой фразой (а как читатель, наверное, успел заметить, был Юрий Денисович человеком образованным) Гришки Отрепьева из «Бориса Годунова» Пушкина: «Но решено: заутра двину рать!»

Для снежного кома достаточно одного

маленького снежочка, но крепенького, добросовестно слепленного, чтобы потом всю махину держал. Таким снежочком должны были стать средства, выделяемые из бюджета области. В следующем году славному Нижнекопьевску должно было исполниться ни мало ни много, а 900 лет. Однако с обычным, формальным, кусочком к намеченным Уткиным планам нечего было и подступаться, нужны были большие, очень большие, средства. Областные мудрецы просили: половина на половину, однако сошлись в итоге на одной трети. Вот эту треть Уткин должен был вернуть уже вполне конкретным людям наличными деньгами — нормальная практика. Как сказал блаженный Августин: «Люби Бога и делай что угодно!» Вот так и здесь: «Расплатись, и потом хоть на голове ходи!»

Уткин приехал из области окрыленный. Не зря он три вечера подряд просидел со Славкиным над проектом в жарких спорах по каждому пункту. Картина действительно получалась ошеломляющей. Фонтан в самом центре города с чудищем-змием о шести головах. Из каждой головы струя льется, вечером с разноцветными подсветками, а внизу — сцены боя местного летописного эпического богатыря Еремы Золотаря с проклятой гидрой. Вот отрубает Ерема змию предпоследнюю, пятую, голову, вот бросается на выручку чудищу жена его одноглавая, но характером наипаскуднейшая. Ранен Ерема, совсем выбился из сил, но одолел он все-таки змиеву супружницу. И уползает чудище посрамленное. А вот и еще одна сцена: змий и старец Прокопий. Ни мечей, ни палиц, укротил настоятель вновь взбесившееся чудище всего только словом Божьим и крестным знамением.

— Так что, там по легенде так и сказано было, что змий наш был о шести головах? — с досадой поморщился Юрий Денисович.

— Нет, конечно, — смутился Родион. — Но,

Юрий Денисович, это общая тенденция русских сказок. Сначала герою приходится сражаться со змеем о трех головах, потом должно быть потруднее задание.

— Не понимаю, зачем нужны на одном туловище три головы? Это ведь как лебедь, рак и щука. Еще есть басня про квартет. Ну а если шесть голов, тут никаких Ерем не надо, любое чудище само сбрендит. Кстати, а что, был такой богатырь на самом деле в наших краях, или опять твои выдумки?

— Был, конечно, — кивнул Родион, и не удержался все-таки от того, чтобы густо не покраснеть. Дело в том, что находясь на посту директора краеведческого музея, он изрядно прошелся по архивам и книжному фонду, все мало-мальски ценное изъяв и унеся домой. Только он один в городе обладал полной информацией о знаменитых земляках, рассчитывая в будущем на монополию по их биографиям. Однако с несколькими редкими книгами он, пожалуй, переборщил. Он черпал из них сведения, которые ничем не мог подтвердить. Пожалуй, следовало бы сейчас как можно скорее вернуть эти книги обратно. – Есть тому письменное подтверждение. Особо отличился он в битве с татарами при защите города, дальше следы его теряются, вроде как был он увезен вглубь Золотой Орды, что с ним потом стало, никому не известно. В книге той, монастырском отчете, намекается на какие-то предшествующие подвиги Еремы, в числе которых, уже по устным преданиям, которые я собираю более пятнадцати лет, есть и сказ о битве Еремы с чудищем-ящером. Конечно, нет никаких сведений о том, что чудовище то было шестиглавое, известно только, что спор их разрешился так называемой боевой ничьей: Ерема ящера не убил, но и тот больше голову (как я понимаю, единственную оставшуюся) не высовывал, народ нижнекопьевский не беспокоил. Что, собственно, всех устроило. Один только раз взбрыкнул, при святом Прокопии, но тот его быстренько в чувство привел. Ну а с тех пор разве что утащит в год сотню-другую ротозеев на дно, так ведь поди докажи, может, сами и утонули по пьяни. Опять же, профилактика – на то, мол, и щука в реке, чтобы карась не дремал.

– А вот золотарь – это что, ассенизатор, что ли? – не унимался, гнул свое Юрий Денисович.

– Собственно, у этого слова три значения, есть и такое, – тяжело вздохнул Славкин. – Конкретно что-то трудно утверждать, но скорее всего Ерема был не ювелиром и не чистильщиком выгребных ям, как вы изволили заметить, а позолотчиком. То бишь простым работягой.

– Звучит двусмысленно. Так что будем делать? Может, лучше переименуем его в Ерему Богатыря?

– Можно, – уклончиво ответил Родион. – Но лучше бы следовать исторической правде.

– Ну, правду я хорошо помню. Еще после

войны ездили по городу такие колымаги, на козлах сидели па-ху-учие человечки, а на котле сзади ведро непременно болталось, которым дерьмо доставали при чистке. Как я понимаю, это все «еремыши», потомки того богатыря? Не получится ли так, что ты подсунешь нам в качестве местного летописного героя говночиста?

Славкин угрюмо промолчал. В остальном обсуждение прошло довольно гладко.

— Я тебя только предупреждаю, Родион Касьянович, — тихо пробормотал в заключение Уткин, — если хоть какие-то детали из этого проекта узнают со стороны, пощады не жди. Не твой кусок. А в остальном выбирай, есть для тебя два места, начальствуй сколько душе угодно: либо здесь же, при администрации, но уже по связям с общественностью, либо директором историко-мемориального комплекса.

— Конечно, директором, — благодарно заерзал на стуле Славкин, буквально истекая угодничеством. — Я человек дела, а трепачей у вас и без меня пруд пруди.

# ГЛАВА ЧЕТВЕРТАЯ

*О том, как можно из «лепех богатырских» сделать конфетку, а миллионы «творити» из воздуха, и вообще, о ловкости рук без какого-либо (Боже, упаси!) мошенства.*

За строительством Уткин сам следил. Пусть дорого, но чтобы качественно. Никаких «евроштучек» из оргалита да пенопласта. Делать так, как делали в старину.

Начали с огромного котлована, который, собственно, и сожрал все областные деньги, но котлован был чем-то конкретным, никак не мог быть «панамою», и деньги на продолжение работ были выбиты уже на федеральном уровне, опять в той же пропорции. Дальше началась цепная реакция, каждый квадратный метр в торговом центре шел на вес золота. Церковь, с подключением патриарха, не митрополита даже, пыталась здесь наложить свою лапу, однако Уткин быстро дал ей укорот. Он понимал, что все надо делать быстро, к празднованию 900-летия все должно быть готово, вот тут-то решение о золотом колечке само собой напрашивалось, равно как и его собственное повышение. Нет, главное – не вовремя смыться, а достойно подняться, не на одну, а даже сразу на несколько ступенек выше.

Никто не устоял в стороне. Дронов, Процент, Витя Шампур готовы были отдать любые деньги, на что Уткин только усмехался: ну теперь лишь бы коготки поглубже увязли, а уж потом, чтобы эти деньги спасти, ребятки ушлые кому угодно голову оторвут. Но окончательно Уткин в себе уверился, когда увидел, что в торг ввязались и краснорецкие «крышевики». Комплекс коттеджей, расположенный в живописном месте возле Прокопьевского монастыря, дотоле, несмотря на все усилия Юрия Денисовича, хиревший день ото дня, вдруг обрел мощную подпитку, участки под застройку шли нарасхват. И опять денежки. Уткин все предусмотрел, даже сеть магазинов стройматериалов, которые принадлежали ему через родственников, негласно. Ему даже жаль стало уезжать, такие перед ним теперь открывались возможности, однако он знал и другое: Россия страна особенная, но, тем не менее, количество денег у человека должно точно соответствовать тому положению, которое он занимает в обществе, иначе либо самому человеку, либо деньгам его несдобровать.

И все же траты были таковы, что дело вот-вот должно было лопнуть, если бы не два обстоятельства, которые на тот момент Уткина спасли. Во-первых, неожиданно, чудесным образом отыскался легендарный подземный ход, а во-вторых, видя безуспешность попыток Юрия Денисовича уговорить московские туристические агентства включить Нижнекопьевск в кое-какие из своих маршрутов, Славкин предложил создать при хиреющей местной автоколонне собственный автопарк, а на его основе и свое турагентство с представительством в Москве. Благо старины вокруг было не объять взглядом, да и отдых на Волге, летом на зеленых стоянках, зимой в лыжных кемпингах, большие перспективы открывал. Были тщательно выверены маршруты, на корню покупались загнивавшие от отсутствия средств пансионаты, кафе, строились мотели, бензозаправки. Со скрипом, но колесо закрутилось, потекли еще денежки. Впрочем, весть о Нижнекопьевских подземных чудесных храмах уже разносилась и разносилась по земле русской, обрастая подробностями. Но совсем уж обрела законченность схема «чудного града» благодаря идее паломничества, давно носившейся в воздухе, но лишь силой природной смекалки Родиона Касьяновича воплотившейся в жизнь. Неважно, где конечный пункт находился: в Загорске,

Боровске, Костроме или иже с ними, главное, чтобы путь через Нижнекопьевск пролегал.

Казалось, выстроено было здание великое, и дороги подведены к нему прямые, широкие, но не в одних дорогах беда российская, издавна ведь говорят.

# ГЛАВА ПЯТАЯ

*Объясняющая, откуда всемирная слава города Нижнекопьевска есть пошла.*

На Валю Попокина еще в детстве неизгладимое впечатление произвела сказка о двух мышах, попавших в кувшин с молоком. Одна мышь поелозила-поелозила коготками по гладкой стенке, да и решила сдаться: пропадать так пропадать, а вот другая держалась до последнего – сучила и сучила лапками, пока не сбила молоко в масло и не выбралась таким образом наружу. Так и Валя, несмотря на всю свою невезучесть, никогда не унывал. Главное – шевелиться, не сидеть сиднем. Вот он и шевелился. Бегал по городу с утра до вечера, вынюхивал, высматривал, и снимал, снимал, снимал. Все в редакции беззастенчиво пользовались собранным им огромным архивом. Ну да газета есть газета – воз такой, что сам не вытянешь, на ком-то – на общественниках, на внештатниках, а в последнее время все больше на собственной выдумке да на Интернете, приходится выезжать.

Слухи о каких-то темных делишках, творящихся на реке возле завода фурнитуры, дошли до Попокина как обычно: по «сарафанно-пиджачному», «народному», радио, и он чисто автоматически, не раздумывая, превратился в заядлого рыбака. Кого уж он хотел там подстеречь: грабителей, браконьеров-взрывателей, производственников-отравителей, одному Богу было известно, но вот уже третий месяц наш герой каждые выходные, в любую погоду, затемно уходил из дома и, затаившись в кустах у самого берега, терпеливо ждал.

Конкурентов у него не было. Кого можно было поймать в здешних местах? Разве что черта. Или какого-нибудь совсем уже неразборчивого в еде ратана. Хотя когда-то здесь водились даже огромнейшие сомы.

Удочку можно было и не распутывать,

крючок на ней был такой величины, что способен был отпугнуть даже акулу, но халтурить Валя ни в чем не привык. Главное – на зацеп не нарваться.

Наладив приманку – увесистый ком хлебного мякиша – и подтянув по воде поплавок, чтобы утопить леску, Валя хряпнул стакан тещиной самогонки, водку дешевую он давно уже только по крайней нужде – в компаниях, употреблял, и тут же смежил веки. Так что происшедшее потом уникальное, переменившее всю его жизнь, событие поначалу показалось ему не более как мультяшным сном.

Динозавр, ни больше ни меньше, не замечая и даже не поворачивая голову в сторону будущей знаменитости, вырос внезапно из воды и медленно зашагал по дну, внимательно глядя себе под ноги. Валя дрожащими руками вынул из рюкзака заранее подготовленный фотоаппарат и на секунду задумался, а как быть со вспышкою? Без нее хана снимку, а с нею ему хана. Как он раньше-то о такой вещи не задумался? Однако долгие изнурительные часы, проведенные возле затона под видом столь непонятной для его жены рыбалки, пересилили все страхи, да и вообще малейшие признаки здравого смысла. Валя щелкал как одержимый, хотя чудовище давно уже повернулось в его сторону и с остервенением шлепало по воде, с вполне явным намерением растерзать потревожившего его фотографа в клочья. Лишь в самый последний момент у Вали хватило ума развернуться на сто восемьдесят градусов и, оставив на берегу весь свой нехитрый рыболовный хлам, помчаться к городу, издавая при этом какие-то жалобные блеющие звуки и сверкая подошвами китайских кроссовок «Адибас».

Павел Жогин задумчиво тасовал в руках глянцевые, еще не успевшие просохнуть фотографии и с недоумением поглядывал на Валентина. «Монтаж! — не было у него никаких сомнений. – Но каков придурок! Эх, а я-то! Знал ведь, что рано или поздно с ним доиграюсь! И все-таки, что же делать?»

Глаза Попокина горели таким воодушевлением, что не было никакого сомнения – он своего не упустит.

– Хороший монтаж, – одобрил, наконец, снимки Жогин, – но, Валек, до первого апреля еще очень далеко, я тебя совсем не о том просил. Ты воспринял мои пожелания слишком буквально. Извини, я немного погорячился. Просто был не в духе. А на самом деле ты неплохой профессионал, даже один из лучших наших работников. Безотказный, дисциплинированный. Я как раз подумывал о том, чтобы выделить тебе небольшую премию.

Однако упрямый Валя пропустил мимо ушей комплименты редактора, ожидая исключительно одного-единственного решения: да или нет.

Жогин снова наморщил лоб. Он понял, что если фотографии не пойдут в завтрашний номер, негативы тут же окажутся в руках Миши Айзенбаума. А уж за тем дело не задержится.

– Хорошо, – кивнул, наконец, Павел Аверкиевич. – Отдай в набор, вот только название должно быть нейтральным: вроде – «Что бы это значило? «Улов» нашего фотокорреспондента Валентина Попокина». Устроит тебя, Валек?

Счастью «Валька» не было предела.


Двойной тираж не помог. Надо сказать, что «Нижнекопьевская правда» долгое время была единственной в городе большой газетой и ей по привычке доверяли. Любые оговорки были бессмысленны, фото есть фото, а «Нижнекопьевская правда» – не столичный «Мегаполис-экспресс». Уже к десяти утра сыскать хоть один завалявшийся экземпляр уникального выпуска в городе было невозможно. Из перечисленных нами лиц, кровно заинтересованных в этой истории, первым увидел разъяренную рожу водяного монстра Родион Славкин и долго сидел, осмысливая, как ему встроить этот отнюдь не «святой» лик в тщательно выписанную им картину. Наконец компьютер в его голове, переворошив кучу вариантов, выдал единственно верное решение: «Монтаж. Провокация». С тем Славкин и отложил злополучный номер в сторону, продолжив работу над очередным отчетом, который он готовился положить на стол Уткину. Сам Юрий Денисович добрался до загадочной фотографии лишь в середине дня, да и то не придал бы ей особого внимания – доложили о произведенном резонансе.

– Ну, круглые идиоты, – в сердцах выругался он, – как всегда вперед батьки… или, что называется, заставь дурака Богу молиться. Ну, икона чудотворная, неожиданно явленная или еще какой знак, но на такую битую карту дело моей жизни поставить. Помощнички! Всех урою.

Он тут же приказал вызвать к нему

Жогина, для скорости даже послал за ним машину с личным шофером. Павел Аверкиевич с самого утра ждал этого вызова, никого не принимая, с тоской глядя в окно, более того — был трезв, как полярник на внезапно оторвавшейся льдине.

С ходу, не ожидая разноса, Жогин раскрыл принесенную с собой папку и выложил перед Уткиным весь комплект фотографий, присовокупив к ним заодно и личное дело Вали Попокина. В заключение он положил перед Юрием Денисовичем справку из судебной экспертизы: никакого монтажа, снимки подлинные.

Уткин понял, что крыть ему нечем, оставалось произнести только сакраментальную, но столь же бесполезную фразу:

— Почему мне предварительно не сообщил?

Жогин беспомощно развел руками: мол, пытался обратить все в шутку, но… злой рок.

– Так, и где эта сволочь? Немедленно ко мне! – рявкнул Уткин, найдя, наконец, на ком можно сорвать злость.

– Нету, нигде нет. На работу не явился. Телефон дома не отвечает. Исчез, просто исчез. Машину посылали. Жену, мать расспрашивали. Тайна. Утром собрался как всегда, позавтракал и благополучно отбыл. Вот только куда?

– И все-таки, Павел Аверкиевич... – попытался было «разрядиться» Юрий Денисович.

Однако они с Жогиным были слишком давно знакомы, слишком хорошо понимали друг друга, не стоило попусту сотрясать воздух – вернее лизоблюда, чем запойный «правдинец», в городе было не сыскать.

– Надо просто знать Валю: ни негативы, ни другие комплекты снимков из него теперь калеными щипцами не вытянешь. Это его звездный час.

– Откуда он передрал все это?

– Ниоткуда. Фото с оригинала. Все

исключается: Интернет, другое издание, компьютерная графика. Проверял. Понимаю, динозавры вымерли, сам изготовил, наверное, Кулибин чертов.

— Что это за место, хоть знаешь? — успокоился, наконец, Уткин, понимая, что не «разряжаться» надо, а действовать.

— Знаю, конечно, — пожал плечами Гурьев. — Затон у завода фурнитуры.

— Да, там и чертей увидеть можно, — пробормотал Уткин. — Ладно, пошлем водолазов.

— Были, были уже водолазы, — кивнул Гурьев, раскладывая перед Юрием Денисовичем другую пачку снимков. — Не нашли ничего.

— Понятно, опять без меня? — вздохнул Уткин.

— Ну, это уж не моя инициатива. Гудалин постарался, начальник спасательных станций. Наверное, чтобы вам доложить. Ну а я просто послал свои лучшие кадры, чтобы конкурентов опередить и историческое событие запечатлеть.

— Ну и как, опередил? — поинтересовался Уткин.

— Опередил, — кивнул Гурьев. — Но вы так и не поняли главного, Юрий Денисович, вам ли не знать, что это за место, но водолазы там ни-че-го не нашли.

Последовала немая сцена, почти как в гоголевском «Ревизоре».

— Совсем охренели! — прокомментировал увиденный снимок Дронов. — Лохи, одно слово, лохи. Один наглый фраер, который и в самом деле оказался хуже танка, весь город на уши поставил.

Два чудища долго еще смотрели друг на друга, пытаясь понять, кто есть кто. Дронов первым отвел взгляд, нужна была дополнительная информация, которой он явно не располагал.

Впрочем, информация не заставила себя долго ждать. Уже на следующий день «Нижнекопьевская пчела» вышла с разворотом, полностью посвященным загадочному чудовищу, включающим в себя все снимки, сделанные Попокиным (куда больше, чем Жогин опубликовал). Коротко сообщалось и о поисках, предпринятых командой спасателей (Миша и здесь не удержался от язвительной шпильки в адрес конкурентов: подробности, мол, ищите в «Нижнекопьевской правде»). Однако небольшая приписка сводила на нет все усилия Жогина – «Пчела» и только «Пчела» сообщала, что на дне Фурнитурного («Чертова») затона не обнаружилось ни-че-го и даже приводилось в подтверждение соответствующее интервью с одним из водолазов, участвовавших в работах. Весь город знал, что Чертов затон до отказа был забит промышленными отходами, что эта клоака отравляла Волгу на несколько десятков километров вниз по течению. Каждый депутат включал в свою предвыборную кампанию пункт о постройке очистных сооружений в этом районе, но положение не менялось, сюда свозились отходы буквально со всех предприятий города, так как местная свалка давно уже не справлялась с навалившимися на нее объемами. Тут-то Валеру Дронова и охватила дрожь.

# ГЛАВА ШЕСТАЯ

*Продолжающая повествовать о приключениях фотокора Валентина Попокина.*

Валя Попокин, ночевавший не дома, где его тщетно пытались разыскать, а в кабинете Миши Айзенбаума, который теперь с него действительно чуть ли не пылинки сдувал, еле дождался выхода сенсационного номера «Пчелы» и тут же, набрав побольше экземпляров, поехал в Москву, чтобы попытаться продать негативы в какое-нибудь столичное, либо, что несравненно лучше, западное, издание за большие деньги. Судьба не могла подобрать лучшей кандидатуры, чтобы раздуть скандал в небольшом русском городе до размеров мировой сенсации. Но кого больше всего огорчила злополучная фотография, так это, разумеется, Сашу Румянцева. Едва начавшаяся «повесть о капитане Копейкине» грозила сойти на нет, еще не дойдя даже до своего кульминационного пункта. Между тем Александр многое за столь короткий срок успел сделать. Операции с утилем еще и во времена социализма были самым прибыльным бизнесом в России. Это единственная область, куда КГБ не совался в силу брезгливости и кажущейся мизерности дел, а МВД всякий раз трусливо поджимало хвост, поскольку здесь убивали любого, кто только подбирался поближе к истине, а убивали в те времена людей, не то, что сейчас, лишь в самых крайних случаях. В условиях начавшегося «стихийного» капитализма перестройка превратилась в перестрелку в первую очередь именно в этой сфере. Люди стали гибнуть за металл (в первую очередь за цветной металл – ранее считавшиеся презренными медь да алюминий) тысячами. Но и кормились возле свалок, даже обыкновенных контейнеров для бытовых отходов, не тысячи, а миллионы. Казалось бы, все было вычищено, вылизано, однако только Румянцев сообразил, где еще не ступала нога новоявленного, «мусорного», старателя. Именно таким путем: водным, он и удрал в прошлый раз с Васей Колобовым от бандитов, именно реки, пруды – любые водоемы, решил превратить в источник своего благосостояния. Да вот попутал бес стилизовать свои миниподлодки, бульдозеры и экскаваторы под своеобразный Парк Юрского периода. Женя Бессонов Кулибина с Черепановым еще в молодости превзошел, да только никому не нужны были его изобретения да проекты, а вот тут появилась возможность развернуться в полную силу. Его экзотическая техника действовала безотказно. Работа находилась всем, сначала вовлекались в нее бывшие сослуживцы, просто коллеги, затем вообще любые военные, члены их семей.

Русла рек очищались и расширялись, любые отходы шли в дело, приносил хорошие деньги даже обыкновенный речной песок. Уже плавали баржи, суда, принадлежавшие новоявленным владельцам, невидимое сражение, разыгравшееся с одной из самых грозных российских мафий: рыбной, было безнадежно проиграно последней. Без суда и следствия бандитов просто топили как котят. По сути, давно уже можно было назвать «капитана Румянцева» и самого бандитом, но как иначе жить в стране, где давно уже ни здравому смыслу, ни элементарной порядочности просто места нет? Сети конфисковались и продавались, рыба вылавливалась и поступала на рынки и в магазины по тем же каналам, которые были отвоеваны у местного пошиба «каморр»-«каморок» и «козюлек»-«коз», икра улетала в другие страны самолетами, уходила судами и подлодками. Но делалось это не хищнически, а на хорошо поставленном промысловом уровне: и мальки разводились, и рыбины кверху брюхом на поверхности не плавали.

Шила в мешке не утаить: информация давно уже должна была просочиться, но деньги на подкупы нужным людям не жалелись, молчание действительно ценилось на вес золота. И вот Валя, «простой русский» дурак, как всегда в России встал поперек наезженной колеи… Отстрелить бы: одним дураком больше, одним меньше, но по дуракам палить – что по воробьям на ветках.

# ГЛАВА СЕДЬМАЯ

*О том, как мало в жизни бывает хорошего да приятного, а вот бедам и напастям в ней несть числа.*

Вздрогнуть Валере Дронову было от чего. Он никак не мог избавиться от впечатления, что с попокинского снимка на него смотрели глаза вовсе не чудища-змия-ящера, а загадочного Нептуна. Авторитет этот появился в Москве совсем недавно, но за пару-тройку недель ухитрился обезглавить всю утильную, а заодно и рыбную мафии. Приставив к ним голову уже другую, свою. Люди похищались из офисов, квартир, коттеджей и исчезали бесследно. От не в меру ретивых «паханов», пытавшихся организовать по сему поводу сходку, мокрого места не осталось. Одни поговаривали, что операция осуществляется на государственном уровне, дабы хоть какие-то дыры в казне залатать, другие грешили на чеченских боевиков, но конкретно никто не знал ничего, даже кличка Нептун была вымышленной, специально придуманной, чтобы хоть как-то непонятное явление обозначить.

Валерию несколько раз намекали, хоть и весьма туманно, что ему пора навести порядок в своих местах, но эти намеки он не воспринимал всерьез, и только сейчас задумался. А не пора ли ему, и в самом деле, пригласить того киллера из Краснорецка, а то и целую бригаду? Однако вряд ли подобный его шаг мог остаться незамеченным, а так ведь недолго и свою голову потерять. Впрочем, одного-то человека уж точно нельзя было оставлять в живых. Это было, кстати, и в интересах самого Нептуна.

Скандал, грозивший разгореться до вселенских масштабов, как-то сам собой зачах. Сверху, как Уткину, так и Дронову лишь погрозили пальчиком: мол, шутите, ребята, да не зашучивайтесь. Сам возмутитель спокойствия со своими снимками и негативами куда-то бесследно исчез. Наверное, на многих его пример подействовал отрезвляюще, и о загадочном происшествии в Чертовом затоне старались больше не упоминать.

Как ни странно, но рассказы местных экскурсоводов о динозавре, пойманном Валей в кадр, лишь увеличили интерес к Нижнекопьевску, пришлось включить в обязательную программу и заезд к злополучному затону, впрочем, вода в нем была теперь настолько чистой, что не грех было в ней и выкупаться. Хоть и боязно, вдруг Нижнекопьевское чудище за ногу на дно утащит. Так и прозвали чудище: Русская Несси. Великолепно расходились футболки, значки, сумки, комплекты фотографий со свирепой, столь напугавшей Валю Попокина, физиономией, появились даже резиновые подобия ящера, рядом с которыми стало модным сниматься на память. И все бы ничего, да опять же…

Валя Попокин с недоумением смотрел на человека, который чуть было не стал его убийцей. Совсем не громила, и на рецедивиста мало похож. Вот только нож, валявшийся возле, красноречиво выдавал намерения киллера. Сам он был настигнут коротким точным ударом кастета в основание черепа. Возможно, жизнь в нем еще теплилась, просто на время он потерял сознание. Но такие подробности Валю совершенно не интересовали. Ясно было одно: его «заказали», но нашлись и другие люди (или человек), которые его спасли (спас). Но еще яснее было другое: нужно было сматываться, и как можно скорее. Валя даже не стал заходить к тетке, в квартире у которой скрывался, он лишь предупредил ее по домофону, что ему на несколько дней нужно уехать обратно домой. Сумку с вещами он решил в другой раз забрать, когда поспокойнее будет, ну а с оптикой он вообще никогда не расставался, она и сейчас была с ним – привычка. «Черт побери! – мысленно выругался Валя. – И как раз в такой день, когда мне удалось снимки пристроить. Неужели меня так и не оставят в покое?» К счастью, у него было еще одно место, где спрятаться: старинная школьная подруга-любовница, которая в очередной, который уже раз, пребывала в разводе. «Приютит, куда она денется, приютит», – подбадривал себя Валя, ощущая, как противно у него сосет под ложечкой – так близко сталкиваться со смертью ему еще не доводилось, разве что взять того динозавра!

Надо сказать, что ни одно столичное издание на Нижнекопьевского ящера не клюнуло:

– Утка! Милости просим с товаром сим в конце марта. А снимочки можете оставить, не пропадут.

– Ну да, вам только палец дай, всю руку оттяпаете, – мрачно усмехался в ответ Попокин, – но вот локти вам скоро точно придется кусать!

Не имел успеха его «товар» и среди иностранных репортеров, они даже не комментировали свое: «Нет, спасибо!», просто мило улыбались. И только одна итальянская бульварная газетенка взяла Валин материал сходу, без колебаний: и текст, и снимки, и негативы, и экземпляры «Пчелы» с «Правдой», заплатив по западным меркам за них сущие гроши, а по Валиному разумению — отвалила ему неплохой куш. Деньги эти жгли карман Попокину, ему так хотелось заявиться с ними домой и устроить семье праздник, да и пребывание у «подруги», как обычно, скоро стало обременять Валентина, требовала она от него в сексе таких штучек, которые Попокин совершенно не переносил. Однако путь в Нижнекопьевск был ему заказан, и потому Валя терпел.

Эх, так и хочется порадеть ухватистому да оборотистому соотечественнику нашему, человеку слова и дела, но ведь, если верить одному небезызвестному классику, в России на тысячу человек непременно приходится один гений и 999... все тех же – «рыцарей плохих дорог». Откуда же им взяться тогда, хорошим дорогам? Юрий Денисович чувствовал себя на седьмом небе, он еще и не задумывался даже, чего бы ему хотелось достигнуть в Москве, но в Нижнекопьевске он покорил высоты, которых не достигал никогда ни один, из топтавших когда-либо сию грешную землю. Однако, так или иначе, отъезд его все близился: и должность в стольном граде была приготовлена, и коттедж в небольшом городке Краснолепске выстроен, оставалось только достойно провести 900-летие родного города и торжественно отчалить в новое плавание. Был и еще один гвоздь: сколько ни крутил в голове Уткин, но так и не мог остановиться на кандидатуре своего преемника. Алексей Конобеев... казалось бы, вариант вполне подходящий, но все детство и юность Лехи прошли в общении с местной шпаной.

Именно через него всегда осуществлялись контакты Уткина с Дроновым, а в последнее время контакты эти были постоянными, слишком много возникало так называемых «узловых» вопросов, а узлы, как известно, нужно распутывать, а не рубить. Родион Славкин? Нет, фигура не того масштаба. Павел Жогин? Язык хорошо подвешен, но не хозяйственник, да к тому же пьянь. Да, как ни крути, а лучше Лехи Конобея…

Леха и огорошил его, кинув распечатку с принтера.

— Ну вот и Валя объявился. А все говорили: убит. Тут он, наш придурок, на самом видном месте красуется, аж на саму Италию вышел.

— Откуда у тебя это? — только и мог спросить изумленный Уткин.

— Ребята, компьютерщики наши, скачали из Интернета, — усмехнулся Леха. — «Попал я в тебя, попал», — подумал он злорадно.

— Да вы не бойтесь, Юрий Денисович, газетенка паршивенькая, куда еще Валя мог такую «дезу» пристроить?

На том и порешили. Однако Интернет – штука великая. Тут же нашелся в Штатах какой-то компьютерный умник, который, воспользовавшись тем, что снимки попокинские были сделаны с близкого расстояния, расшифровал, что Русская Несси вовсе не животного, как все подумали вначале, а искусственного происхождения. Резонанс был огромный. Валины снимки попали в ведущие газеты мира. «Секретное оружие русских», «Русские снова на коне», «Что произойдет, если Русская Несси попадет в руки исламских террористов и объявится в один прекрасный день на Гудзоне?», «Возможно ли установить на Русской Несси тактическое ядерное оружие?» Тут-то Валя и понял, в чем его звездный час.

# ГЛАВА ВОСЬМАЯ

*О том, что любовь всегда побеждает, что никогда нельзя знать наверняка, откуда ждать помощи, и что не бывает Моцартов без Сальери, а вот Сальери-то без Моцартов хоть пруд пруди.*

Как его разыскали в Москве, Валя Попокин ума не мог приложить. Но на пороге стоял разодетый в пух и прах Боря Гридин, как обычно благоухающий дорогим французским одеколоном. За его плечами скромно улыбалась Люся Озерецковская, смешанная некогда с грязью, но сейчас оттертая и прекрасно выглядевшая, его любовница.

– Здравствуй, Валя, – начал без обиняков Борис. – Надеюсь, ты хорошо отдохнул? Теперь пора за работу.

Он вынул из кейса и помахал перед носом Попокина загранпаспортами и авиабилетами.

– Уж извини, что я без согласования с

тобой взял на себя нелегкие и весьма небезопасные обязанности твоего агента, но тебе самому носа наружу показывать сейчас никак нельзя. Что нас ждет? Эксклюзивное интервью с одной из ведущих нью-йоркских газет, именно ей я решил доверить честь первой снять медовую пыльцу с тебя, отсюда все наши деньги, визы. Дальше большая пресс-конференция, потом прокатимся по нескольким городам с лекциями и… сматываемся, хорошенького понемножку, как говорится, не навек же нам там застревать? Ну а пока быстренько переодевайся во что Бог послал, полный марафет наведем на месте. На сборы тебе полчаса. Такси ждет, счетчик щелкает.

Валя был настолько ошеломлен неожиданностью происходящего, что даже рта не мог открыть от изумления. К счастью, «боевая подруга» находилась в это время на работе, и можно было уйти по-английски, не прощаясь. Только в «Боинге» до Вали дошло, как ловко присосался к его славе мерзавец Гридин, да еще опять со своим самоваром не в Тулу, а в самою Америку летит. Впрочем, агент есть агент, никаких договоров они с Борей не заключали, так что, не исключено, что Гридина в Нью-Йорке ждет бо-о-льшой сюрприз.

Однако сюрприз ждал не Борю, а самого Попокина. Уже в редакции «Нью-Йорк таймс» Гридин поспешил заявить, что подозрения относительно нового секретного оружия зародились у него давно после разговора со своей сотрудницей Людмилой Озерецковской. Он решил самолично убедиться в обоснованности ее данных, неделю дежурил по ночам у Чертова затона и хорошо разглядел не одного, а даже нескольких «динозавров». Тогда-то он и понял, что это не живые существа, а секретная новейшая военная новинка. Как работник администрации, он хорошо знал, что происходит в городе, что появление военных здесь не санкционировано, и решил довести сведения о загадочных существах до мировой общественности, засняв их на видеопленку. Однако в Брюсселе пленка у них с мисс Озерецковской была похищена, за ними следили, не дали возможности встретиться ни с журналистами, ни с официальными представителями, а без документального подтверждения в их свидетельствах было бы мало толку. Пришлось уехать несолоно хлебавши.

По возвращении на Родину они оба подверглись преследованиям, и только параллельное расследование, затеянное мистером Попокиным, подлинным народным героем, придало им новых сил в стремлении не допустить очередного витка в гонке вооружений и направить чудо-технику туда, где ей и положено быть – то есть, на благо цивилизации, прогресса и мира во всем мире.

Валя Попокин чуть не задохнулся от возмущения, ему ли как матерому журналюге было не знать истинную подоплеку гридинских похождений, но крыть ему было нечем, выяснять отношения на виду у своих коллег столь высокого статуса было бы полным самоубийством. Поэтому он даже в чем-то решил переплюнуть Гридина: подробно рассказав о динозавре из Чертова затона, а также об обстоятельствах покушения на его личность, он особое внимание уделил тому вопросу, что в условиях разгорающейся войны с международным терроризмом ни в коем случае нельзя допустить, чтобы подобная техника оказалась в руках какого бы ни было рода боевиков.

— Мне очень жаль, но, как очевидец, я должен сообщить вам, что «русские Несси» могут проникать в любые места, хоть как-то связанные с водными артериями, и поражать любые цели, — так закончил он свое выступление.

Однако Боря никак не мог допустить, чтобы его хоть в чем-то обскакали.

— Мы располагаем и другими, не менее важными, сведениями о технике, столь остроумно прозванной: «русские Несси», однако предполагаем в будущем предоставить возможность рассказать о ней самим ее создателям. Если, конечно, они еще живы, — с усмешкой добавил он. — К счастью, есть люди, которые помогают нам и охраняют нас, иначе мы все трое давно уже были бы в царстве теней.

«Да, вот тебе и агент! Чей агент?» – Валя окончательно запутался и понял, что лучше ему с Гридиным объединиться. Все могло быть: и то, что Боря динозавров раньше него видел, и что от смерти Валя только благодаря ему спасся, а уж связь с «теми» людьми – тут возразить вообще было нечего. Люська Озерецковская, с которой Валя, кстати, в школе вместе учился, тоже оказалась на высоте, мило улыбалась, кокетничала, но хватку проявила мертвую: и Боре не позволяла «расслабляться», опробовать на полную катушку местные напитки, и гонорары выбивала для всех троих куда более высокие, чем им самим удалось бы сделать. Однажды, когда она уж очень Борю достала, Гридин отослал ее к Вале в номер. В эту ночь Попокин впервые в своей жизни по-настоящему познал радости секса. «Черт! – думал он, взволнованный, после Люськиного ухода. – Они же меня все обманывали, даже моя Лидка. А я, оказывается, в этом деле совсем не пентюх. Просто надо ко мне с уважением подойти».

Дипломатические отношения России с западным миром в очередной раз испортились, но что это значило для нижнекопьевцев? «Русский Лох-Несс» искали теперь на карте, буклеты, значки, майки оказались как нельзя более кстати. Поток туристов хлынул не только со всех концов России, но и из-за рубежа. О золотом дожде, который пролился тогда на всех в городе от мала до велика, долго еще потом вспоминали с завистью и восхищением: «Да, недаром говорится: кто не успел, тот опоздал!»

# ГЛАВА ДЕВЯТАЯ

*О капитане Рублеве, заветном слове, «речных гезах», русских березах и других приключениях новоявленных Саши Уленшпигеля и Васи Гудзака.*

Вале Попокину так и не удалось узнать, что было правдой, а что ложью в рассказах Гридина и Озерецковской, точнее, было ли там вообще хоть на миллиграмм правды, а уж тем более невозможно было выяснить, кому он обязан своим чудесным спасением. Однако вот что он знал точно: без наглеца Бориса вообще ничего бы не было из того, во что он сейчас окунулся. Ни тугих пачек долларов в кармане, ни модной одежды, ни разинутых ртов людей, собиравшихся на их выступления. Поэтому Попокин был совершенно ошеломлен, когда выяснилось, что им всем троим предстоит срочно уехать. Впрочем, улетали только они двое: Люська, в промежутках между своими походами из номера в номер в гостинице, ухитрилась так очаровать одного богатенького аборигена с Манхеттена, что получила от него все, какие только возможны, авансы и покидать Америку наотрез отказалась.

Больше всего Валя опасался за свою жизнь. Раньше ему просто нечего было терять, оттого он так легкомысленно ко многим вещам и относился. Сейчас он познал не то, чтобы славу, но, по крайней мере, известность, и у него были все основания для максимальной осторожности, граничившей с обыкновенной трусостью. Однако Боря Гнида был тем еще прохиндеем. Назад они ехали с целой оравой газетных и телевизионных журналистов, подстраховав себя этим от любых неожиданностей.

Конечно, Гридин бодрился, не было у него никакой уверенности, что с ним захотят встретиться. Кроме того, россказни болтуна Лехи Конобея о загадочном речном царе-мафиози быстро соединились в воображении Гридина с покушением на Валю Попокина и загадочными ящерами, создав такую картину, в которую лучше было не соваться. И тем не менее, раз уж Валя выкрутился, да еще с б-о-ольшой пользой для себя, значит, и он, Боря Гридин, может здесь чем-нибудь поживиться.

Скандальные похождения новоиспеченного директора музучилища, прославившегося на весь мир и посадившего в лужу его, Юрия Денисовича, не только в родном городе, но и в самых высших инстанциях, поставили Уткина в сложное положение: как быть с зарвавшимся наглецом? Вопрос стоял так же, как и полгода назад, по возвращении Бориса из Бельгии: по роду своей деятельности в администрации города, а еще в силу непреодолимой привычки совать нос, куда не просят, Гридин очень много знал из того, что ни в коем случае не должно было выплыть наружу. Эх, пришибить бы Леху Конобея, неизменного Бориного собутыльника и приятеля по походам в казино и другие злачные места. Язык у Лехи был не просто без костей, в минуты пьяного угара он был похлеще помела, причем более поганого помела Уткин вообще не встречал. Вот и сейчас… Появление же в этой гоп-компании Вали Попокина вообще сулило взрыв похлеще атомного. Сверху требовали, угрожали, настаивали, но, хорошенько поразмыслив, Уткин решил занять в этой драчке свою, особенную, позицию.

Вот почему он встретил очень приветливо свалившуюся па него как снег на голову всесветную журналистскую братию и даже провел в ответ на их просьбу пресс-конференцию с участием всех служб города. Ответы его на вопросы были весьма туманные, первые усилия он предложил сосредоточить на знакомстве с Нижнекопьевском, то есть, предложил изучить место действия. Отменной оказалась и культурная программа, задействованы были все жрицы любви города в возрасте от

13 до 60 лет. На вопрос, будет ли организована встреча с создателями знаменитых РН («Русских Несси»), Уткин ответил утвердительно, хотя ума не мог приложить, как он свое заверение выполнит. Единственное, на что он уповал, что сверху пойдет такое противодействие его «инициативам», что ему будет на кого свалить вину за невыполнение своих обещаний.

Противодействие, действительно, было необычайно мощным. Город заполонили чиновники все мастей, представители спецслужб, не дремала и мафия. Никто не сомневался в появлении в здешних краях загадочного Нептуна, на него как раз и закидывали, все кому не лень, сети.

И все-таки Боре повезло, как везло всегда с его наглостью. Некто капитан Рублев через своих людей вышел на Валю Попокина и заявил, что согласен дать пресс-конференцию самым надежным западным журналистам при условии соблюдения строжайшей секретности. Валя был на седьмом небе от счастья, и прежде всего, горячо за свое спасение капитана Рублева поблагодарил. Тот небрежно кивнул, довершив тем подозрение Попокина о том, что Гридин просто к его славе примазался, а на самом деле никакого отношения ни к капитану Рублеву, а уж тем более, к Нептуну и его людям, не имеет.

Ночью, собравшись в обусловленном месте, журналисты были обряжены в специальные костюмы и отправились в хоромы «речного царя». Они увидели «русских Несси» в полном составе и в действии, побывали в подземном городе, где копошилось много народу, одетых в маски с прорезями для глаз и рта. Снимать же разрешалось сколько угодно и что угодно. Каким-то образом среди приглашенных оказался и Боря Гридин собственной персоной, для него в родном городе никогда и ни в чем не было тайн.

Явившийся «капитан Рублев», тоже в

маске, подробно ответил на все заданные ему вопросы, загадочно промолчав лишь о времени, с которого действует созданная им система, с усмешкой покосившись на Гридина, как видно, разоблачение Бориса вовсе не входило в его планы. В ответ на что, Гридин облегченно вздохнул. «Улыбчивый капитан» представил журналистам своих ближайших помощников: господ Нижинского и Копьева, которые подтвердили, что их деятельность никак не связана с военным ведомством, представляет собой лишь частную инициативу, хотя и является, в сущности, альтернативой совершенно бездарным потугам правительства в области экономики: развитии производства и создании новых рабочих мест. «Вынужденное бегство от глупости и нищеты – у нас просто не было другого выхода», – так они комментировали свои действия.

Естественно, подобная встреча, щедро

снабженная красочными буклетами, цифровым и текстовым материалом, а также съемками и снимками самих журналистов, породила в мире новую сенсацию, которая, однако, вскоре захлебнулась. Как только появился и разнесся по миру термин «речные гезы», сразу был взят за основу тезис, что это дело — внутренняя проблема русских, а значит, и вряд ли заслуживает того излишне раздутого интереса, который к ней проявлен.

Валя Попокин был разочарован: нелегко падать с небес на землю, тем более что Жогин незамедлительно воспользовался возникшей заминкой и поспешил уволить не в меру самостоятельного фотокора из «Нижнекопьевской правды», скептически отнесся и Айзенбаум к давнишней мечте Попокина найти приют в его дружном «улье».

— Поверь моему слову, Валек, еще ничего не закончено. Самое удобное для тебя сейчас — побыть какое-то время фрилансером — «вольным стрелком». Абсолютно ни от кого не зависимым. Только уж меня по части материала не забывай. А насчет места – не сомневайся, такую знаменитость и в Москве сочтут за честь взять в любую газету.

# ГЛАВА ДЕСЯТАЯ

*О сумасшедшем профессоре, знаменитом Ихтиандре, непобедимом речном царе, о воде, воздухе и других стихиях, а также все о тех же, полюбившихся читателю, героях нашей истории.*

«Внутреннее дело» грозило обернуться делом совсем уж местного уровня: все, что для этого требовалось – прихлопнуть муху, нарушившую общественный покой. Для начала Валю Попокина исключили из Союза журналистов, затем местной прокуратурой были заведены уголовные дела на господ Нижинского, Копьева и Рублева. Однако дела были настолько важные, что вскоре они были переданы в самые высокие федеральные сферы, где, как известно, действует правило: «чем больше дерьма, тем ничтожней вина», то бишь, прямая кишка отсутствует совершенно, и человек выходит тем же порядком, что и «вошедши», то есть, чистым, как стеклышко. При условии, конечно, совершенно бешеных, буквально рвущих в клочья карманы, денег, вроде собачек породы бультерьер. Словом, еще одна новинка русских: ах, у вас прекрасные тюрьмы, так вот наш очередной ответ Чемберлену (мир праху его!), наше последнее достижение – тюрьмы вообще не нужны, преступник исправляется в процессе следствия. Точили зуб на руководителей «речных гезов» и спецслужбы, но их не деньги интересовали, а информация: долгожданная возможность хоть что-то доложить наверх.

Свой интерес был и у мафии. В Нижнекопьевск приехало несколько групп боевиков, ничего не оставалось и Дронову как подключиться к данному вопросу. Командовать группой местной молодежи, состоявшей сплошь из наркоманов и отморозков, он доверил Витьку, своему сыну, ну и киллер (еще один, первый, как известно, сам стал жертвой неудачного покушения на Валю Попокина) из Красноречка тоже был приглашён. Расчувствовавшийся тем, что такое огромное внимание приковано во всём мире к его родному городу, Жора Иорданский вызвался сам услуги киллера и оплатить.

И вот тут удивил всех Юрий «Деникинович», проявив не просто даже здравый смысл, а неожиданную строптивость. Он отдал приказ прибывшему областному Спецназу и местному ОМОНу пока, до особых распоряжений, ни во что не вмешиваться, только готовиться и наблюдать. По материалам, полученным в результате пресс-конференции западными журналистами, легко можно было определить места обитания «русских речных гезов», силовики как раз и концентрировались возле этих мест.

Уткин не зря решил предоставить право посолировать бандитам. Во-первых, через представителя капитана Рублева по связям с общественностью (!) Валю Попокина Ю. Д.

был передан буклет с описанием всех его тайных и явных похождений, особенно по части расхищения бюджетных средств на собственные нужды. Во-вторых, зачем подставлять под пули хоть и профессионалов, но, тем не менее, ни в чем не повинных людей?

Бандиты явились, конечно, не с голыми руками, а вооруженные до зубов, на катерах и оснащенные новейшим оборудованием для подводного плавания. Однако эффект был один: не зная броду не суйся в воду, все они бесследно исчезли, так и не сумев ничего понять в действиях загадочного Нептуна. Между тем Нептун не ограничился Нижнекопьевском, он нанес ответный и очень чувствительный удар не только по московским авторитетам, но и по большинству волжских группировок. Уже через два-три дня можно было с уверенностью сказать, за кем осталась победа. «Речные гезы» совершенно открыто раскатывали на захваченных судах по Волге, улюлюкая и показывая голые зады окопавшимся на берегу спецназовцам.

Единственный из наших героев, кого происходящее никаким местом не коснулось, был непотопляемый Боря Гридин. Все с него сходило, как с гуся вода. Более того, воспользовавшись паузой, Боря нанял какого-то то ли сдвинутого, то ли, наоборот, очень продвинутого, профессора, который на полном серьезе, после встречи с капитаном Рублевым, ознакомил в Москве общественность на специально созданной Валей Попокиным пресс-конференции со своим проектом «Две стихии – два образа жизни». Он объявил, что как в свое время роман Алексея Толстого «Гиперболоид инженера Гарина» оказался вовсе не фантастикой, а лишь прозорливым предвидением необычайных возможностей лазера, так и роман другого русского писателя, Александра Беляева, «Человек-амфибия» – доступная каждому реальность наших дней. После несложной операции с применением опять же таки нехитрого оборудования, любой человек мог бы жить как в воде, так и на суше, не делая при этом окончательного выбора. Техника будущего, разработанная лабораторией капитана Рублева и представленная в эскизах, фотоснимках и компьютерной графике, довершала процесс. Завершилась пресс-конференция показом знаменитого фильма «Человек-амфибия» и свежей документальной лентой на ту тему, по которой профессор Линев читал свою лекцию.

Шум в прессе снова поднялся невероятный. Реки, озера – да, здесь, действительно, могло быть «внутреннее дело», однако моря, океаны, их что, тоже русским подарить? Занялся Гридин и другим: отругав Валю за то, что тот изготовил компромат на Юрия «Деникиновича» без его ведома, он полностью переделал буклет, подготовленный для размножения, убрав оттуда все, что могло касаться только Уткина лично и значительно расширив часть, по которой с ним вовлекались в скандал достаточно известные лица на самых разных уровнях. Эту замену он сделал сам, не доверяя Попокину, но и не ведя никаких дополнительных разговоров с нижнекопьевским главой. Впрочем, они и так, без слов, поняли друг друга. Юрий Денисович, решивший и без того идти до конца в своем упрямстве, тут получил возможность полного оправдания в глазах начальства.

Как бы то ни было, Уткин был отстранен от своих обязанностей, формально уйдя на больничный, а бразды правления в городе взял в свои руки Леха Конобеев. Он тут же отдал долгожданную команду, и война с непокорными «гезами» («рвань» в буквальном переводе с голландского. Подробнее можно прочитать в знаменитом романе Шарля де Костера «Легенда об

Уленшпигеле и Ламме Гудзаке, об их доблестных, забавных и достославных деяниях во Фландрии и других краях») началась. Дронов ничем не мог помочь другу, так как все его боевики, в том числе и ненаглядный Витек, исчезли в водовороте предыдущего сражения, поэтому ему оставалось только пассивно наблюдать за ходом событий.

Ответ и на сей раз не заставил себя долго ждать. Уже через несколько часов город в буквальном смысле захлебнулся в собственном дерьме, так как все канализационные выходы оказались заблокированными, то же самое произошло и с водопроводом, вместо домов вода хлынула на улицы, вскоре не стало и электричества. Глубоко ночью последовал очередной сюрприз: казино «Марс», расположенное в живописном месте на Репенских прудах, вместе с Витей Шампуром и всеми своими посетителями, ушло глубоко под землю, как некогда по легенде православные храмы.

Другой «храм» – трехэтажный коттедж Валерия Дронова, наоборот, несколькими часами раньше мощным напором воды был вознесен на воздуся, откуда и рухнул в конце концов на землю, погребя под своими обломками, как местного мафиози, так и всех его охранников, друзей и домочадцев – Бог призвал к себе Дрона как раз в день его рождения. Поговаривали, что и здание местной администрации в любой момент могло развалиться (сложиться), как карточный домик. Загадочный вирус парализовал работу компьютеров. У Лсхи Конобея хватило ума взять передышку и сыграть отступление.

# ГЛАВА БЕЗ ЧИСЛА

*Заключительная, вместо Эпилога. (Почти по Гоголю: «Никоторого числа. День был без числа»; «Числа не помню. Месяца тоже не было. Было черт знает что такое». «Записки сумасшедшего»)*

Когда войска вошли в город, улицы опустели, люди собрались в храмах Нижнекопьевска и молились без устали во спасение местных святынь. Невзирая на блокпосты, милицейские и военные кордоны, сюда прорвались паломники со всей России, много было и журналистской братии. Мест в храмах не хватало, заполнены были все паперти, площади, улицы перед ними. Задействованы все священники, даже учащиеся двух здешних семинарий.

«Господи, помилуй!». «Боже, будь милостив к нам, грешным!» «Пресвятая Богородица, спаси нас!» — слышалось отовсюду.

Артиллерия и авиация постарались на

славу: закидали все русло Волги на десятки километров, все местные водоемы, снарядами и бомбами. Волга вышла из берегов, столько в ней вдруг всплыло трупов, однако сопротивления никакого оказано не было. Ничто больше не уходило под землю и не возносилось на воздусе. В ознаменование победы было приказано звонить во все колокола храмам, сначала они звонили тихо, приглушенно, однако затем звон их стал растекаться в полную силу, когда выяснилось, что никаких «гезов» среди выловленных трупов не было обнаружено — одни только воры да бандиты, присланные не только с Москвы и Каспия, а даже с Дальнего Востока и Сахалина.

Капитан Рублев загадочным образом исчез куда-то загодя вместе со всеми своими людьми.


Что же еще можно рассказать в назидание?

Юрий Денисович благополучно отбыл,

куда и планировал, никто ему о проявленной им строптивости никогда не напоминал.

Родион Славкин из администрации ушел, ныне писательствует в местном масштабе, определившись, чтобы больше было свободного времени, в церковные сторожа.

Место Дронова унаследовал Гунявый, только что вернувшийся из заключения известнейший в городе рецедивист, но был вскоре пристрелен тем самым киллером из Краснорецка, а местным «папой» стал в итоге Митя Процент.

Город Нижнекопьевск так и не попал в Золотое колечко, но еще долго действовала созданная Юрием Денисовичем панорама, в заключение экскурсии по которой тихим и страшным голосом рассказывалась история капитана Рублева и созданных им чудовищ, из-за которой, собственно, туристы и приезжали. Но даже избранному главой города, прославившемуся на весь мир, вору-диссиденту Боре Гридину не удалось удержать этот интерес надолго.

Наталкивался он во всем постоянно на какое-то таинственное противостояние сверху. Как видно, слишком многим хотелось стереть в памяти людей любые воспоминания о мятежном городе, «речных гезах» и их предводителе.

Валя Попокин, в очередной раз отличившийся репортажем с места событий при атаке военных и великолепными съемками заполонивших огромную реку трупов, совсем было загрустил, когда неожиданно получил по почте вызов из Америки от миссис Ривер-Озерецковски, после чего отбыл туда без особых размышлений вместе со всем своим выводком, даже тещу прихватил. Вскоре подобный вызов, уже по Валиной инициативе, получил и некто Евгений Русанов, никому не известный предприниматель, уже совсем в другом городе. Получил и задумался: как же такое ему самому раньше в голову не пришло? Поговаривают, что Валя теперь уже не Валя, а Вэл, и фамилия у него тоже совсем другая: не то Поппинс, не то Попкинз, что устроился он не где-нибудь, а в Голливуде, и сам Стивен Спилберг в нем души не чает.

Еще время от времени проскальзывают слухи о том, что в одном укромном местечке Тихого океана появилось загадочное поселение, быстро разросшееся до размеров государства, и никто не знает, что с ним делать, ведь по сложившейся практике поделены только суша и прибрежные акватории, прочие глубины и просторы вроде как никому конкретно и не принадлежат. В «Тихоокеанском Союзе» (что-то вроде древней Атлантиды, только большей частью под водой) нет ни бродяг, ни бедных, все люди сыты, здоровы и счастливы, у них на все хватает времени: и на работу, и на развлечения. Нет там вина, наркотиков, СПИДа и даже табака. Преступность практически вообще сведена к нулю. Огромный подводный и надводный флот с самыми разными портами приписки, ядерное оружие. Однако и этого «тихушникам» мало, ближайшей целью они поставили освоение возможностей нашей неразлучной спутницы – Луны. Хотя вообще-то, может, Луна – это «пушка»? Кто знает, что у них в действительности на уме?

*Нижнекопьевские летописи. 1997 год, 517 год со дня освобождения Руси от татаро-монгольского ига.*

# ДУША «ПОЛЫНЬ»

*повесть*

# 1

Лющин долго с недоумением всматривался в объявление, затем крикнул жене:

– Надюш, ты не знаешь, где мои очки?

Та с явным неудовольствием оторвалась от телевизора, поспешно дожевала кусок пирожка, последнего в лежавшей у нее на коленях тарелке, и проговорила, еще давясь остатками:

– Наверное, на кухне. Там, где телепрограмма лежит. Давай я лучше сама прочту. Что там еще?

Люшин не хотел сначала, но потом все-таки дал газету жене, он немного стыдился того, что дальнозоркость у него стала развиваться не по возрасту слишком рано. Плюс полтора – чепуха, конечно, и тем не менее…

– «Анима, дорого». Ничего не поняла, бред какой-то, – с недоумением между тем пробормотала супруга. – С какой стати тебя это вдруг заинтересовало?

– Да так просто, тоже показалось странным, – поспешил в зародыше прервать расспросы жены Лющин и, прихватив с собой газету, поплелся на кухню за очками.

Все же хоть как-то не излить свое раздражение он не мог.

«Тебе-то вообще ничего не интересно. Только упираться зенками в свои бесконечные сериалы, да желудок набивать, чем ни попадя. И что удивительно, зрит как горный орел. Точнее, орлица. Хотя какая из нее теперь орлица с ее-то пузом? Лежит как бревно, только пыхтит, ворочается, да никак до победного финала дело довести не может».

Лющин полных женщин не любил. Точнее, наверное, просто не мог с ними обращаться. Изобилие в данном случае действовало на него не то, чтобы сверхвозбуждающе, но, во всяком случае, процесс протекал слишком быстро, а иногда потом даже немного побаливала голова. Чем объяснить подобный феномен, он так и не разобрался до конца, однако к жене эротическое влечение (по науке – либидо, для любителей головоломок) потерял то ли в начале, то ли в середине Перестройки. Ему часто снились гибкие, стройные, молодые девушки, но почему-то почти всегда гораздо выше его ростом, а кто понимает, тот знает, как это порой бывает неудобно. Девушки к тому же попадались неопытные, смешливые, донельзя глупые, особенно они подтрунивали над ранней лысиной Виктора: Лющин больше всего на свете терпеть не мог, когда его гладили по голой черепушке, а уж тем более всякого рода поцелуйчиков в нее.

Два таких характерных признака старения организма: дальнозоркость и повышенный интерес к гибкости и стройности, и столь преждевременно в нем: ему ведь только вот-вот должно было стукнуть сорок пять – это не могло не насторожить Виктора. Хотя, в принципе, к женщинам он всегда был неравнодушен: несколько раз даже специфические болезни подхватывал, причем однажды, что уж совсем его поразило — от пионервожатой. Нет, конечно, он тогда был далеко не пионером, но проверять-то все-таки должны подобный контингент! С кем же еще тогда связываться?

А связываться и в самом деле было не с кем. Последние шесть-семь лет, как отрубило. И суть таилась вовсе не в его способностях, способностей-то как раз было хоть отбавляй, просто Лющин как-то незаметно утратил необходимые в таких случаях навыки. Раньше все было просто: два-три слова, любая чушь, главное — завязать разговор, ну а дальше... либо следуешь, куда и следовал — нет контакта, либо... есть контакт! Ну а уж что творилось во время отпусков: в санаториях, в турпоездках, ах, что говорить! Вот это была жизнь! Да и Надюша тогда была порох — тонкая, гибкая, как хворостинка, неутомимая.

Еще ко всему прочему имелась раньше в наличии густая с курчавинкой шевелюра, а с плешкою развился комплекс неполноценности. Виктор знал из эротических газет и журналов, что некоторых женщин лысинка даже возбуждает, но не очень-то верил подобным изданиям, воспринимая их по большей части как юмористические, в которых издатели над своими читателями и не посмеиваются даже, а просто измываются, как хотят. Один раз Люшин решил ответить «ударом на удар» и сочинил несколько историй, совсем уж невероятных и наиглупейших. И что же? Их тут же опубликовали, но гонорара он так и не получил. Теперь-то он понимал, что нужно было прямиком ехать к «обидчикам», глядишь, теперь он был бы заправским бумагомарателем: чего-чего, а врать, придумывать он всегда был большой мастер, а «издания» эти, как ни странно, давно уже прочно встали на ноги и гонорары уж наверняка платили теперь, и немалые.

Но дело было все-таки не в сексе, а вообще в жизни. Жизнь стала какая-то тоскливая, скукоженная, да, в принципе, ее и вообще не было, этой жизни. Тоскуя по прежним временам, Лющин и тосковал больше не по дешевизне цен, а по той легкости и простоте бытия, которых, вероятно, никогда уже не вернуть больше. Что плохого в том, что он любил весело пожить? Застолья по любому поводу, турпоходы с ночевкой в лесу с непременными песнями у костра под гитару. Разговоры в курилке про женщин, и не обязательно про женщин, хоть про политику, да черт бы с ней! Анекдоты, юмор, этого сейчас, вроде бы, наоборот, выше головы, но атмосфера, атмосфера, в которой они «тогда» рассказывались!

И друзья куда-то вдруг разом все подевались: кто в бизнес ушел, пашет, тут уж не до общения, кто ударился в алкоголь. А вот Лющин и пить почти перестал с того времени: это ведь не «сушнячок» какой-нибудь молдавский или болгарский – солнца глоток, веселья исток, и не «Пшеничная» или «Столичная» – теперь-то одна сивуха да ацетон. По улице-то уже идешь – порой ни одного лица знакомого, а прошелся он как-то раз по кладбищу! Инфаркт, инсульт, рак – и ребята вроде нормальные, откуда так рано?

«Анима, дорого». Очки нашлись, лежали как всегда возле настольной лампы, однако ясности они не внесли никакой. Номер телефона, факса, больше ничего, может, какие-нибудь шпионские штучки? Кто-то кому-то что-то передает, а он уши навострил?

– Вить, а что такое «анима»? Я ведь так и не поняла, – неожиданно услышал Люшин голос жены.

– Душа вроде.

– Нет, душа – это «псюхе», я точно знаю, – возразила Надежда, демонстрируя свое гуманитарное образование и познания опытной кроссвордистки.

— Это по-гречески, а тут латынь, — пренебрежительно ответил Виктор. Он и сам кроссворды щелкал как орешки.

— А в каком разделе? — не унималась жена.

— Разделе? Причем тут раздел? Ты имеешь в виду: латынь вульгарная или классическая?

— Нет, я не о том, ты совсем сдвинулся, — жена у Лющина хоть и телом обрюзгла, но мозгами шевелить еще могла. — Они покупают или продают?

— А тебе что за разница? — не понял Лющин вопроса, немного обидевшись на «сдвинувшегося».

— Ну, просто интересно. Все же какой-то разговор, а то ты больше молчишь обычно.

Ну да, разговор. Из тех, что выеденного яйца не стоят. Виктор, впрочем, тут же метнулся взглядом в поисках названия раздела, но нужной страницы, как часто бывало, не оказалось — жена в очередной раз использовала любимое чтиво для того, чтобы завернуть съестное на работу.

«И как только она свинца не боится! – с раздражением подумал Люшин. – Говорят, задницу, и то нельзя подтирать газетой».

Впрочем, он тут же вспомнил, что как раз в одном подобного рода издании некий врач вот это, успевшее стать столь расхожим, утверждение опровергал, говорил, что нет здесь ничего опасного, просто потом могут возникать легкие неприятные ощущения. Хотя, в принципе, куда больше таких ощущений возникает, если пропустить подобное «изданис» через голову. Это уже не врач, это Виктор сам придумал, сострил.

А жене в ответ, чтобы отвязаться, он наугад соврал:

– Продают.

– А, значит, не иначе, как черти, – жена была вполне удовлетворена ответом. – Ну, эти, как их – мефистофели!

# 2

– «Анима, дорого». Я по объявлению. Вы покупаете или продаете?

– А разве в газете не ясно было указано? – Голос в трубке насторожился, и Люшин сразу засуетился, не зная, как развеять возникшее против него с первых же минут предубеждение.

– Понимаете, жена... у нее привычка – выдирать страницы из непрочитанной еще газеты. Заворачивает в них обед. Я с ней много раз скандалил по этому поводу, но ей как о стенку горох!

– Обед? – недоуменно переспросил несколько ироничный голос собеседника.

– Ну да, пирожки. Она без них просто жить не может.

– С чем?

– В смысле как «с чем»? – Люшин чувствовал, что ему давно пора вешать трубку, что над ним самым наглым образом насмехаются, но это было не в его правилах:

нельзя хаму не отхамить.

— С чем пирожки? Ах, да, извините, не понял, — Лющин тоже решил прикинуться круглейшим идиотом. — Ну, разные: с рисом, с картошкой, с творогом…

— И как, хорошо получаются? — продолжал издеваться голос, по всей видимости, строя уморительные гримасы, изрядно потешая едва удерживавшихся от гомерического хохота своих товарищей по работе. — Лющин вдруг совершенно отчетливо представил себе эту картину. Наступательный задор в нем несколько поубавился — по всему чувствовалось, что собеседник гораздо опытнее его в подобных играх и Лющину его уж точно не «переидиотить».

— Получаются. Вполне съедобно. И даже очень вкусно, — не нашел он ничего другого в ответ.

— Я бы с удовольствием попробовал. У меня жена… Знаете ли, молодую взял, она ищет другие пути — не через желудок.

Люцин оживился, он внезапно ощутил, что налаживается контакт, что собеседник вовсе не насмехается над ним, а наоборот, как бы стремится разбить лед, делает все для того, чтобы с первых же минут сделать их общение как можно более легким, непринужденным.

– Могу принести. Или даже вообще в гости пригласить. В старину это так и называлось – «на пироги».

Невидимый собеседник смутился, или только сделал вид, что ему вдруг совестно стало:

– Нет, не поймите... Я просто пошутил. Однако вернемся к нашей основной теме. О чем конкретно вы хотели меня спросить?

Люцин почувствовал, что где-то произошел сбой, и все очки, что он с таким трудом набрал, внезапно потеряны.

«Это игра, – неожиданно догадался он. – А в каждой игре, чтобы выпала удача, нужно проявить, прежде всего, не знания, а сообразительность».

– Может, нам все-таки лучше встретиться? – спросил он. – И уж при встрече вы поподробнее мне все обрисуете? Можно не только с пирожками, имеется хорошая настойка домашней выработки.

Собеседник, который кроме хорошего коньяка, наверное, ничего другого не употреблял, скорее всего – поморщился при словосочетании «домашняя выработка», а может, окончательно привел в восторг своих коллег, слушавших их разговор через спикерфон, однако ответил он достаточно деликатно.

– Выпивка, на работе? Совершенно нереально. Ну а для более приватной обстановки мы еще недостаточно знакомы. Вы не ответили на мой вопрос, э...

– Виктор, – поспешил представиться Люшин. – Виктор Владимирович Люшин. Насколько я понимаю, камень преткновения сейчас в том, почему меня вдруг заинтересовало ваше объявление?

– Совершенно верно. Мы с вами

беседуем уже четверть часа, а вы так и не прояснили этот чрезвычайно важный для нас момент.

«Анима» — это душа? — в свою очередь, затаив дыхание, спросил Люцин.

— Ах вот в чем дело! — весело рассмеялся собеседник. — Теперь я, наконец, понял, в чем вы нас подозреваете: что мы тут какие-нибудь люциферы-вельзевулишки и под шумок, бардак, который сейчас повсюду царит, занимаемся здесь скупкой душ? Кстати, это уже невежливо, я так и не представился, даже из вас имя вытянул, а сам... Извольте: Юрий Петрович Гурьев, консультант фирмы «Лайф Соул Энерджи Инкорпорейтед». У нас совместное предприятие.

— С американцами? — не зная, что еще спросить, брякнул наугад Люцин.

— Да. Но не только с американцами, — почему-то сухо пояснил Юрий Петрович. — Израиль, Австралия, Канада, многие страны Европы, СНГ. Однако ближе к сути.

Поясняю: «анима», или «соул», как чаще мы это называем, совсем не предмет наших устремлений. Духовная жизненная энергия – вот что для нас, собственно, по-настоящему интересно. Я достаточно, исчерпывающе, удовлетворил ваше любопытство, Виктор Владимирович?

– Разумеется, – Люшин еще больше заторопился, он почувствовал, что невидимый собеседник вот-вот повесит трубку. – Так вот, я и звоню. По существу дела. «Дорого» – это сколько? – наконец выпалил он фразу, мучившую его с самого начала разговора, и нервно облизал внезапно пересохшие губы.

– Достаточно дорого, – уверил его Гурьев. – Но, как говорится, это зависит… Все везде и всегда решает качество. Однако на сей раз суть даже не в том. Вы, к сожалению, немного опоздали. Мы едва начали свои разработки, а нас уже буквально захлестнул поток желающих. Их оказалось фантастически много. Так что первую группу мы уже сформировали. Когда будет еще набор, не могу сказать. Звоните, или, еще лучше – оставьте свой контактный телефон, я вам тут же сообщу при оказии.

Лющин понял, что его хотят отфутболить и решил идти напролом.

– И все-таки, – сказал он с нажимом, значением в голосе. – Нельзя же просто так, по телефону. Даже если второй набор. Может, нам все-таки лично встретиться, Юрий Петрович, а? Признаюсь, меня очень заинтересовали и вы, и ваша фирма. Может, я все-таки окажусь вам полезен?

На другом конце провода немного поколебались, затем все же последовало долгожданное утвердительное решение.

– Хорошо. Вы, разумеется, правы. Личный контакт – прежде всего. Как вам завтра в двенадцать, удобно будет?

Лющин заколебался.

– Завтра подходит, но вот двенадцать... быть может, лучше вечерком?

– Можно и вечерком, даже лучше

вечерком, — любезно согласился Юрий Петрович. — Однако это будет уже не индивидуальное собеседование, а в группе. Записывайте адрес.

— Нет, нет, — поспешил возразить Люшин. — Давайте лучше тот, первый, вариант. Я отпрошусь. С работы.

## 3

Жене Лющин ничего не стал пока рассказывать о предстоящей встрече, тайком от нее утром положил в сумку светлую рубашку, галстук, дезодорант, одеколон. Он понимал, насколько важно первое впечатление, да и не только первое. В таких местах по одежке и встречают, и провожают. Конечно, его «одежка», не говоря уже о «командирских» часах, могла вызвать только «никакой» взгляд у сведущего человека, но во всяком случае и не совсем он был на бомжа похож. Для тех, кто понимает, главное – стремление.

Юрий Петрович не то, чтобы разочаровал Лющина, но оказался совсем не таким душкой. Во всяком случае, мало общего было с тем впечатлением, которое он производил по телефону. Большие залысины, глубокие морщины на лбу, какая-то неприятная, почти черная, родинка на левой скуле, хотя одет он был безупречно, выбрит и отодеколонен соответственно. Но этот животик, коротковатые ножки, нижняя выпяченная губа – ничего подобного у самого Люшина не было. Хотя он тоже в чем-то производил впечатление колобка, но колобка подтянутого, в меру упитанного, вовсе не обрюзгшего и не брюхастого. Однако голос, вообще манера говорить – о! этому, безусловно, стоило поучиться, проникновенные, обволакивающие оттенки производили еще более сильное действие, чем на расстоянии.

Если сам офис располагался в очень престижном месте – возле спортивного комплекса «Олимпийский», да и на входе Люшину пришлось пройти через жесткий кордон одетых в черную, хорошо подогнанную, униформу, охранников, то внутри он попал в гущу самого настоящего муравейника. Отгороженные лишь прозрачным пластиком места с крутящимися стульями, телефоном, ежедневником, стаканом для карандашей и авторучек –

ничего индивидуального, все предельно стандартизировано, даже наушники и те были одного и того же сочетания цветов – желтого и фиолетового. Что касается комнаты для бесед, то там столы стояли почти вплотную, только пластик с боков был не прозрачным, а того же фирменного (или брендового) цветового сочетания. Без труда можно было различать, о чем говорят соседи, да и тебя слышно было, хоть перейди на шепот, причем не только рядом, но, по меньшей мере, на два-три стола вправо и влево.

Однако никого, впрочем, это не смущало. Несмотря на то, что время и продолжительность встреч соблюдались достаточно четко, в своеобразном «предбаннике» неизменно сидела толпа посетителей, о чем-то бесконечно перешептывавшихся, буквально буравивших входящих и выходящих из кабинета взглядами.

– У нас всего лишь десять минут,

уважаемый Виктор Владимирович. Так что сами определитесь: по каким направлениям вы хотели бы проконсультироваться в первую очередь. Ну а для начала я помогу вам, просто продолжу тот разговор, который мы с вами вчера вели по телефону. Итак, что нас интересует? Духовная жизненная энергия, как я уже сказал. Точнее, ее перераспределение. Понимаете, есть индивидуумы, в которых она буквально хлещет через край, ну вроде вас, как я уже успел заметить, а есть люди, причем очень богатые и значительные порой, которые в трудные минуты своей жизни впадают в настолько глубокие депрессии, испытывают такие жестокие отчаяние и опустошенность, что не только теряют в эти моменты должную работоспособность, но даже вообще всякий интерес к окружающему миру. Такое состояние может быть временным, и после отдыха, той или иной релаксации, тут же исчезает, но бывает, что оно затягивается, приводя к серьезным психическим расстройствам, срывам, и даже… (поверьте, я не шучу) самоубийству. Очень много индивидуумов пытаются найти выход из подобных состояний в алкоголе, драйве (вот модное словечко), наркотиках, и в результате постепенно распадаются как личности, другие идут вроде бы правильным путем: спорт, секс, туризм, юмор, дружеские компании, однако если они «застревают» слишком глубоко, то и это уже не в состоянии их вытащить.

Гурьев внимательно, со значением посмотрел на Лющина, сидевшего напротив с самым беспечным и невозмутимым видом.

– Вы понимаете меня? Хотя бы слушаете? – спросил он иронически.

– Да, конечно, – ответил Виктор. – Что ж тут непонятного? Речь идет всего лишь об энергетическом донорстве. Непонятно только, как вам удалось постичь механизм подобного процесса, я нигде не читал об этом. Ваши права закреплены?

– Разумеется, – кивнул Гурьев и вздохнул

с облегчением: — с вами приятно работать, Виктор Владимирович, вы все усваиваете с полуслова. То есть, отвечая на самые насущные для вас вопросы: мы покупаем и продаем. И то и другое достаточно дорого.

— Ну и как? Идут дела? — поинтересовался Лющин, удивляясь своей не просто непринужденности, а некоторому даже нахальству.

Однако Гурьев и этот его пассаж вытерпел глазом не моргнув:

— Спасибо на добром слове. Прекрасно, прекрасно идут дела. Мы даже не думали, что мы так нужны людям. Представьте себе, к примеру, сколько еще прекрасных стихов сочинили бы Есенин и Маяковский, существуй в то время наша фирма, а Фадеев, Хемингуэй? Я уже не говорю о том, как резко теперь может увеличиться продолжительность жизни вообще творческих людей, насколько более насыщенным и продуктивным станет их дальнейшее творчество.

— Проверьте меня, — неожиданно прервал его излияния Лющин. — Мне кажется, я идеально подхожу для той деятельности, которой вы занимаетесь. Вы только упомянули вначале о нас, людях, в которых жизненная сила бьет через край, но ничего не сказали о наших страданиях. Что, к примеру, делать мне и таким, как я, в этой одурманенной, гадкой стране? Это же крест тяжелейший, непосильный! Я, конечно, понимаю, что проявляю в данном случае непатриотизм, что моя энергия теперь будет уходить в такие места, где ни о какой спячке и слыхом не слыхивали, что, в конце концов, выдержав даже утечку мозгов, утечки «слэна» (Соул Лайф Энерджи) никакая страна, даже такая, как наша, не выдержит, но вы даете мне невероятную возможность отныне жить так, как я хочу, в условиях безграничной личной свободы.

— Концепция независимой жизни, — кивнул в ответ Гурьев, — я удивлен. Вы и о таких вещах слышали?

Лющин хотел было возразить, что он понятия не имеет о подобных материях и совершенно ни к чему ему столь широкую осведомленность приписывать, но вовремя спохватился и многозначительно, важно кивнул.

Гурьев, между тем, несколько секунд в задумчивости смотрел на Виктора, затем вскинул брови:

— Да, признаться, вы меня очень озадачили. Наше время вышло, но я просто обязан дать вам шанс. Действительно, вы вполне заслуживаете индивидуального к вам подхода.

Он написал что-то на листке бумаги и, встав, с явным удовлетворением пожал Люшину на прощание руку.

Администратор офиса, окинув беглым взглядом Виктора и вновь взглянув на выданную ему записку, в силу своей вышколенности не позволил себе даже недоуменно скривить рот, он лишь любезно проводил Люшина до двери в самом конце коридора.

Вот там уже, в отдельном кабинете, было даже слишком просторно. Положив ноги на стол и с наслаждением попыхивая сигареткой, сидел спиной к окну какой-то развязный тип, коротко остриженный, с явно бандитской физиономией и с минуту Виктора бесцеремонно разглядывал. Лющин давно уже решил ни в коем случае ни перед кем в этой непонятной фирме не раболепствовать, не выступать в роли просителя. Он без разрешения сел как раз напротив «типа» и, опять же без разрешения, тоже закурил, пустив оппоненту в лицо основательную затяжку крепчайшей «Примы».

Сработало. «Тип» аж поперхнулся, затем с иронией кивнул:

— Что, батя, на большее денег нет?

— А ты подбрось, «сынок», не откажусь, я не гордый, — совершенно в тон ему отпарировал Лющин.

— Ну, ты, папаня, даешь, юморист, с

эстрады выступать можешь запросто. Ладно, давай вкручивай. Работа есть работа, работа – прежде всего.

– Чего вкручивать-то? – Лющин и здесь с удовольствием бы многозначительно промолчал, но о чем речь он и в самом деле не имел ни малейшего понятия.

– Ну, что можешь продать, вообще предложить, – невозмутимо ответил тип. Кстати, Володя, – он протянул Лющину лапищу, величиной с бульдожью морду.

Лющин боязливо пожал ее, но лапища на удивление оказалась вялой, рыхлой.

– Ладно, не врубишься никак? Тогда расскажи просто о своей жизни. Можешь и соврать, вранье, между прочим, если очень красивое, это даже лучше, чем правда. Больше ценится. Кстати, как ты насчет пивка? Но предупреждаю, у меня только баночное.

– Ну, баночное так баночное, сойдет, – важно ответил Виктор, – хотя лучшее пиво все-таки бочковое. Вот в Чехии…

— Я не был в Чехии... — поспешил прервать его воспоминания Володя, однако было поздно. Только сейчас до Люшина дошло, кого ему напомнил этот тип, кстати, тоже в белом халате. Однажды, в очередной раз намаявшись поутру от сексуальных видений, Виктор решил все-таки обратиться со своими проблемами в платную поликлинику (они тогда только начинали входить в моду). Молодой врач отложил в сторону газету и коротко зевнул, старательно демонстрируя свое внимательнейшее отношение к жалобам пациента. Затем попросил его раздеться, буквально спустить штаны. Бросив равнодушный взгляд на причинное место Люшина, он слегка развернул его, приглашая упереться руками в стену, и бесцеремонно воткнул палец в одно небезызвестное место. Люшин от неожиданности и боли буквально заорал. Собственно, принципиально ничего нового для него в данном факте не было: ему доводилось лежать в стационаре и подобных обследований он пару раз сподобился, но не таким странным способом, а на кушетке, лежа на боку с подтянутыми коленями, оба раза проводила их миловидная медсестра. А тут… Да еще вопросики потом: как у него, мол, с потенцией, сколько раз он подряд в состоянии, смог бы, например, с двумя-тремя женщинами сразу? Люшин так и не понял тогда, был ли врач «голубым» или просто от скуки над ним издевался.

— Ну что ж, простата у вас в порядке, до аденомы еще далеко, совет один – почаще, точнее, порегулярнее занимайтесь сексом. Понимаете, эта детородная жидкость, если ее внутри себя передержать, как соляная кислота становится – все внутри разъесть способна.

И выписал… успокоительное.

— Слушай, батя, – обиженно, между тем, бубнил Володя, – я мысли читать не умею. Ты давай вслух, не стесняйся, растяни во всю ширь гармонь. Может, еще баночку? А я пока аппаратурку настрою, чувствую по зверскому выражению твоего лица, у тебя есть чем поделиться.

«Что ж, это жизнь!» – грустно вздохнув, подумал Виктор. Совсем как тогда, когда он возвращался из платной клиники, еще ощущая тупую боль от только что проделанной с ним неприятной процедуры.

Странно, но как раз перед этим «бандюганом» Люшин раскрылся так, как не исповедовался бы и перед священником.

– Стоп! – вдруг прервал его Володя с лицом, озаренным столь радостной, чуть ли не детской, улыбкой, что совсем перестал походить на уркагана. – Включаю! Вот про этих девок молодых, длинноногих, которым ты не то чтобы ртом, а даже лбом до грудей не можешь достать, как они издеваются над тобой, все норовят на лысину плюнуть или, по крайней мере, ноготком наманикюренным по ней щелкнуть. Или сесть на нее, причем как раз небезызвестным тебе местом, да поерзать, поерзать. Как можно подробнее опиши, а если сможешь, приври еще что-нибудь. Только ничего не замалчивай, не смягчай, все обиды, унижения, весь свой позор, любая ответная каверза, месть, а уж если удача в чем, то хвались, хвались, расписывай свои подвиги до бесконечности.

Он уже с уважением, осторожненько, высвободил из рук Люшина пивную банку, затем усадил его в глубокое кресло, надел на голову шлем с прикрепленным к нему маленьким микрофоном.

— Ладно, готово. Теперь давай как можно поживописнее: с эмоциями, диалогами, криками, вздохами, не просто рассказывай, в образы войди, сыграй сразу несколько ролей, скажем, как Эдди Мерфи в «Чокнутом профессоре», ну а я пока – пойду покурю, не буду тебе мешать. Думаю, минут пятнадцати тебе хватит. Ну а сможешь, выдержишь – можно и больше, не стесняйся. Просто нажми, когда закончишь, вон ту красную кнопку, я моментально появляюсь и сниму с тебя эту хреновину с проводами.

«Ах вы, сволочи! – разозлился Лющин, в

некоторой эйфории еще и от «Хайнекена». – Вам рассказ нужен, я вам сейчас расскажу, такого наваляю, что мало уж точно не покажется».

Он начал с действительного случая в своей жизни, когда давно, еще при незабвенном социализме, он покупал бутылку водки в магазине, а три молоденькие девчонки, «запав» на его туго набитый бумажник (был день получки), долго шли потом за ним, намереваясь заговорить, но Люшин испугался возможного бандитизма, ухватился за первого встреченного им знакомого и шел с ним в его сторону до тех пор, пока девчонки не поняли и не отвязались. Хотя какой тогда, собственно, был бандитизм – просто хотелось акселераткам выпить, покурить, вкусненько поесть, да и позабавиться – почему бы и нет! – с богатеньким, щедрым дяденькой. Этот случай преследовал потом Виктора всю жизнь, он никак не мог простить себе проявленной трусости, а ведь и квартира «холостая» была тогда у него, точнее, мастерская знакомого художника, причем рядом совсем. Ведь коли не хотелось рисковать получкою, вполне можно было договориться на любой другой день. Нет, сейчас он не струсил, в рассказ свой все запихнул: и сожаление, и тоску, и сны свои предрассветные…

Володя, немного раздосадованный тем, что его отсутствие растянулось на добрых полтора часа, мгновенно переменился в лице, взглянув на какой-то счетчик.

— Ну, батя, ты даешь! Действительно, феномен, гигант! Подожди, я сейчас — одна нога здесь, другая там — надо переговорить с начальством. А ты пока расслабься, отдохни после напряженной трудовой деятельности. Может, пивка еще? Как?

Пиво Люшин в пакет положил. «С паршивой овцы хоть шерсти клок!» — мрачно подумал он и мучительно оглянулся по сторонам в поисках туалета. Однако в кабинете его, естественно, не было.

Собственно, Володю, это, как видно, не волновало: за ширмой виднелась раковина как раз на уровне его причиндалов. «Ладно, потерпим, – подумал Люшин, намурлыкивая мысленно рассмешивший его припевчик на мотив «моего милого Августина»: «Ах, мой милый Хайнекен, Хайнекен, Хайнекен! Ах, мой милый Хайнекен, Хайнекен, да!»

Впрочем, вернулся Володя довольно быстро и протянул Люшину гладкий, плотный кусочек картона.

– Ты извини, батя, мы таких денег сразу не выдаем, так что тебе не в кассу, как обычно, а вот по этой карточке будешь получать: там автомат стоит внизу. Но только у нас, нигде больше, карточка эта исключительно для внутреннего пользования.

Карточка карточкой, а в первую очередь Люшин нашел туалет, и лишь потом отправился на поиски злополучного автомата. Подойдя поближе, он вдруг вспомнил, что забыл, точнее специально не взял с собой очки и колебался теперь, в какое именно отверстие и какой стороной сунуть выданный ему кусочек картона. Руки вспотели, машина вполне как-то могла на это неправильно прореагировать. Взмокла и лысина, но вот это вряд ли кого, кроме самого Люшина, могло взволновать.

— Есть проблемы? — послышался вдруг из-за спины Виктора милый девичий голосок.

Люшин от неожиданности вздрогнул и обернулся. И чуть не застонал от осточертевшей ему уже за несколько лет проблемы. Девушка в синей, похожей на аэрофлотовскую, униформе, была необыкновенно любезна и мила, но на две головы выше него.

— Нет проблем, — поспешил уверить ее Виктор.

Однако девушка лукаво улыбнулась, скривила губки и осторожно высвободила карточку из судорожно сжатых пальцев Люшина.

— Сначала «кэш» — наличные, — сказала она, ловко управившись с казавшимся совершенно упертым автоматом. Тот молниеносно любезно выстрелил из себя три купюры. «Сто пятьдесят «баксов»!» — такие цифры Лющин мог и без очков разглядеть. — Теперь, — продолжила девушка, — мы либо кладем это в карман и уходим, либо — тут у нас все виды услуг — можем положить деньги в банк, взять книжку или любую другую карточку, уже не нашу, какую захотите — к примеру, Visa, и вы отныне — богатенький Буратино.

— Ну, не такой уж богатенький, — смущенно пробормотал Лющин, не в силах оторвать глаз от столь любезной «стюардессы», кажется, тоже готовой оказать ему любую услугу, естественно, не у всех на виду, мест укромных она наверняка знала здесь предостаточно.

— Скажите, а как вас зовут?

— Наташа, — с готовностью отозвалась «стюардесса», страстно ожидая продолжения разговора.

Но Лющин только и смог выжать из себя:

– Спасибо, вы приносите удачу!

– Я знаю, – самым недвусмысленным тоном «стюардесса» дала понять, что Лющин не ошибся в своих мыслях о ней. – Всегда рада помочь. Во всем.

Сто пятьдесят долларов, ничего себе! Это, если по курсу перевести, как раз полмесяца корячиться ему на работе. И за что? За какую-то немыслимую фигню, которую никто бы, даже из самых близких его друзей, ни за какие коврижки не стал бы слушать (пытался и не раз уже!). Причем, это еще не вся сумма! Что, интересно, они сделают из его, мягко говоря, фантазий? Порнофильм? Запродадут какому-нибудь выдохшемуся, исписавшемуся сценаристику? Да, уж этому их не учить, такая конторища! Одни охранники чего стоят – форменные мордовороты! А впечатление – будто прямиком из Оксфорда, интеллигентные, вежливые, обходительные.

Первым движением Люшина было поменять три новенькие хрустящие бумажки в ближайшем же валютном пункте, закатить пир на весь мир, показав всем: жене, теще, друзьям, что он, Виктор Люшин, отныне не какая-нибудь тля, посредственность. Пусть и поздновато, но открылся в нем удивительный дар, нашел он новую, не каждому посильную, работенку. Однако поразмыслив, Виктор решил не совершать пока излишне резких телодвижений. За что он больше всего уважал свою Надежду – что она никогда не требовала от него невозможного. Не толкала под пули киллеров в бизнесмены, не призывала торговать на рынке «и в снег, и в зной, и в дождик проливной» или играть в какие-нибудь дурацкие «пирамиды». Она довольствовалась тем, что имела, и к выпечке-то, блинам пристрастилась оттого, что на ананасы да сервелат просто не имела денег, а с ананасов, естественно, толстой бы такой не была. «Что ж, это жизнь, –

привычно вздохнул Виктор. — Зачем развращать человека? Просто скажу, что устроился на одну халтурку в исследовательский центр как раз по тому объявлению, в подробности не стану вдаваться. Ну, тысчонку в месяц добавлю в семейный бюджет — уже будет совсем иная картина. А больше — больше определенно перебор».

Подробности и не понадобились.

— Ну, ты молодец, я горжусь тобой, Люшин, — жена с восхищением чмокнула Виктора в верхнюю часть лба, самос начало его плешки, что только ей дозволялось, поскольку для этого ей приходилось вставать на цыпочки. — А что, Витенька, профинансируешь на радостях мою мечту? Обмыть ведь надо такое начинание!

Пить Виктору не хотелось, но он все-таки «отстегнул» из заначки жене пятьдесят рублей (доллары он по-прежнему предпочитал не разменивать). Но что его совершенно потрясло — жена на эти деньги принесла кило апельсинов. Вот тут Люшину уж точно захотелось выпить. Дура из дур! Они что, дети? Сын, слава Богу, своей семьей живет, зарабатывает столько, сколько им обоим и не снилось. Но Надежду уже было не остановить: она достала из хозяйственного шкафа соковыжималку, два бокала…

— Понимаешь, как в американских фильмах, видеть не могу, как они такое по утрам проделывают. До того заелись, даже ничто консервированное их не устраивает. Жахнут по стаканчику соку из только что очищенного плода с утречка, хлебцем поджаренным захрустят-закусят, и с утра до вечера на работе крутятся, да потом еще задом вертят туда-сюда на какой-нибудь аэробике или дискотеке. Давай и мы с тобой так попробуем, а, Лющин! Зарядимся энергией?

— Так может, с утра и зарядимся, — вяло пробормотал Виктор, — на ночь-то для чего?

— А вот на ночь-то в самый раз и будет! —

с горящими глазами ответила жена.

Напиток был, действительно, что надо. Тем более что Виктор предварительно, не очень-то доверяя американцам, точнее, их фильмам, сыпанул в бокал аж четыре ложки сахара. «И все-таки лучше бы кваску, — подумалось неожиданно Люцину, — на эти деньги литров десять-пятнадцать можно было бы сварганить. А квас, говорят, для кишечника просто незаменимая вещь».

Однако вслух свои мысли он высказывать не стал, не хотел портить пастроение Надежде, буквально парившей в облаках. Впрочем, уже через час настроение это как-то само собой стало угасать у нее, а когда они улеглись в постель, ожидая прихода той неземной, бешеной, энергии, Надежда вдруг не выдержала и расплакалась в высшей точке отчаяния.

— Витя, прости меня дуру старую, я так жрать хочу!

— Я тоже! — вздохнул Люцин с облегчением.

Они тут же, среди ночи, нажарили картошечки, сообразили винегретику. Наелись так, что животы буквально трещали. Оттого и сексом занимались, как всегда: Лющин лишь бы поскорее удовлетвориться, жена – терпеливо ожидая, пока он сделает свое дело, еле удерживаясь от того, чтобы до окончания сеанса не захрапеть. Как бы то ни было, впервые за долгое время Лющин спал спокойно – ни одна длинноногая стерва на этот раз его воображение не беспокоила.

## 4

Как ни странно, но наутро, ни с того, ни сего Лющин вдруг действительно почувствовал прилив невиданной энергии. Приемы в Центре почему-то дозволялись не чаще одного раза в неделю, а энергия так и рвалась наружу. Страстно хотелось, неважно с кем, но обязательно поделиться своими впечатлениями или совершить какой-нибудь экстравагантный, не присущий ему, поступок. Однако Лющин был человеком достаточно жизнью битым, да и вообще предпочитал учиться на чужих ошибках. Поделиться впечатлениями? Нет, дудки! Так он и станет рассказывать направо и налево, какой легкий вид заработка ему удалось найти! «Снять» какую-нибудь профессионалку и испытать с ней что-нибудь из радостей разврата – всех его денег на один заход только и хватило бы, а потом что? Жена – да. Надежда, особенно после цитрусовой встряски (от которой она, впрочем, вскоре вынуждена была отказаться, перейдя на всякого рода витаминные салатики), готова была слушать его часами, каждый раз не уставая удивляться: такие деньжищи платят за сущие пустяки.

В общем, Люшин еле дождался следующего сеанса к Володе и красноречив бы на сей раз, как никогда, но тот лишь дико расхохотался, едва прослушав начало новых Люшинских откровений.

— Господи, вот никак в толк не возьму, сколько я здесь работаю, все вы, буквально до единого, от молодого до старика, от профессора до дебила, на одну уду попадаетесь. Все, как один, пытаетесь мне туфту всучить. Ну далась вам эта Наташка! Причем у всех одно и то же: как вы с ней да почти на виду у всех, вот здесь в двух шагах за стеночкой, что она выделывала, да что вы с ней вытворяли... Бать, ты мне, в самом деле, в отцы годишься, но, ты уж прости, я тебя буду отныне Витьком звать. Так вот, Витек, даже пива я тебе за такую хреновину не налью, потому что пивко – тоже за счет фирмы, ну а на сухую у меня духу не хватит тебе ту кассету прокрутить, где я блеял практически слово в слово то же, что и ты сейчас. Да, да, не удивляйся, и я с такой низенькой ступенечки начинал, и ты потом, может, еще выше моего поднимешься. Ну а пока давай работать, Витя, давай работать. Твое счастье, что у меня как раз одно «окошко» через пару часов выпадает, я тебя туда включу.

– Да не могу я, – смущенно пролепетал Люшин. – Мне и так нелегко отпрашиваться с работы. Второй раз никак не отпустят.

Володя развел руками и сразу поскучнел.

– Батя, ты меня извини, но это твои проблемы. Здесь денег даром не платят, это тебе только так показалось на первый раз.

Люшин вышел за дверь, как оплеванный. Да, осечка, но кто ж виноват, он сам слишком легкомысленно отнесся к делу, пришел на встречу совершенно неподготовленным.

Наташа была тут как тут.

– Почему вы такой грустный? Есть проблемы!

Почему бы и нет? Лющин хотел было сначала снять очередную порцию «зелененьких» из автомата, затем вдруг решил, что с Наташей он, назло всем, но обязательно попробует. Пусть влетит ему на работе, но чего туда возвращаться, чтобы потом снова убегать?

«Сеанс» со «стюардессой» прошел почти точка в точку так, как Лющин только что его описывал, вот только удовольствия, подстегиваемого новизной, чувством опасности, не было и в помине. Просто чувство удовлетворения, легкого, неглубокого, в чем-то похожего на то, что он испытывал с женой. Идти после этого к Володе… Нет, уж лучше пропустить этот сеанс.

Совершенно обескураженный, Лющин поплелся к автомату и был окончательно повержен, буквально разбит в пух и прах, когда тот, вместо заветных трех бумажек выкатил ему шестьдесят центов мелочи.

— Я здесь, — Наташа была как всегда рядом в трудную минуту. — Есть вопросы?

У Лющина хватило сил лишь на то, чтобы кивнуть.

— Вы просто забыли чек, по нему всегда можно проконсультироваться, сколько у вас осталось. В данном случае чек говорит о том, что ваша карточка полностью аннулирована.

Лющин, уже не стыдясь своей недавней партнерши, достал очки из кармана и внимательно посмотрел на выданный ему клочок ленты.

— Тысяча шестьсот пятьдесят долларов! — вскричал он ошарашенно, — столько я заработал в первый раз. Этот автомат сошел с ума. Он своровал мои деньги!

Лющин уже, грозно набычившись, хотел было направиться к «обидчику» и преподнести ему пару хороших пинков, но Наташа тихо тронула его за плечо.

— Не может быть. Обычно такого не

случается. Давайте посмотрим. Ага, понятно, вы как всегда, как все, попались на мне. Заплатили большой штраф. Вывод один – больше не попадаться. Не пытайтесь обмануть компьютер, это дохлое дело.

– Ладно, – упрямо боднул головой воздух Лющин, – пусть будет штраф, но откуда вот эта сумма – восемьсот пятьдесят баксов. Может, это за консультации, с которыми вы ко мне с Володей постоянно суетесь, и о которых у меня не было никакого желания вас просить?

– Нет, как раз насчет желания… желание было, – застенчиво поправила несколько растрепавшуюся прическу Наташа. – Это стоимость того, что мы с вами только что проделали.

– Восемьсот пятьдесят долларов! – не удержавшись, закричал Лющин, – да за такие деньги я бы, по меньшей мере, английскую королеву…

– Не надо, – тихо осадила его Наташа, – не надо кричать. Во-первых, что касается королевы – такие услуги вам явно не по зубам, даже на парикмахершу принцессы и то не хватит. А вообще, я бы вам сделала все гораздо дешевле и несравненно приятнее, но я на работе. В такую сумму оценила мой труд фирма, я тут совершенно ни при чем. Надо было предварительно поинтересоваться.

– Я думал, что это вообще бесплатно, – пробормотал Виктор, постепенно смиряясь со своей неудачей.

– Понятно, подарок от фирмы, так сказать – бонус, презент, – усмехнулась Наташа. – Нет-нет, чего-чего, а бесплатных завтраков у нас точно не бывает. Считайте, что вам еще повезло, стоило вам задержаться со мной лишнюю минуту, и счет пошел бы в обратную сторону, а процент у нас накручивается совершенно бешеный. И это справедливо. Вы так не считаете? У нас о-очень солидная организация.

«Да уж, с вами спорить, себе дороже обойдется», – понурил голову Люшин, мысленно прощаясь с деловой атмосферой офиса, которая успела уже ему понравиться, но такие порядки! Он с ужасом представил себе, как «влетел» бы сейчас, и сколько этот проклятый «счетчик» мог бы ему в итоге накрутить. И все-таки природное бойцовское задиристое начало взяло в Люшине верх.

С трудом прорвавшись к Юрию Петровичу, который не имел ни малейшего намерения с ним встречаться, он молча показал ему злополучный клочок бумаги. Однако Гурьев предъявленному чеку нисколько не удивился.

— Да, вы прекрасно выкрутились, Виктор Владимирович, не понимаю, какие проблемы?

— Тут нет гонорара, — силясь сохранить спокойствие, проговорил сквозь зубы Люшин.

— Какого гонорара? За что? — удивился Гурьев.

— Такого, обыкновенного. Раз всякое удовольствие у вас оплачивается, оплатите то словечко, которое я придумал – «слэн», «соул лайф энерджи».

Гурьев искренне расхохотался.

– Вы и тут, опять, повторились, Виктор Владимирович, поздравляю вас. Почему вы так примитивно мыслите – строго по трафарету? Попробуйте вглубь, вширь. Но здесь мы обойдемся без штрафа. Вы пришли с инициативой, она не прошла, без вопросов! Ну а вообще будьте поосторожней. Пока вы в плюсе. Почему бы вам вовремя не выйти из игры?

– «Горная сила», «Сила горных высей», – упрямо выстреливал из себя Люшин. – Что, тоже не подходит?

– Ну почему же… – на этот раз Гурьев задумался. – В этом что-то есть. Не как общее название, конечно, но где-нибудь в рекламе проскочить может. Пятьдесят долларов. Или ничего, но если мне удастся где-нибудь пристроить это, гонорар пополам, что вас больше устраивает?

Люшин многозначительно помолчал,

давая понять, что он рассчитывал на гораздо большую сумму, но, видя, что собеседника ему не провести, угрюмо пробормотал:

– Кэш.

– Кэш так кэш! – радостно воскликнул Гурьев и полез во внутренний карман за бумажником. Затем кинул Лющину банку «Хайнекена» – За начало в нашем сотрудничестве!

Выйдя от Гурьева, Лющин обнаружил, что в волнениях как раз прошло два часа, назначенных ему Володей и решил все-таки наведаться к нему на прием, угостив новоявленного друга подаренным «Хайнекеном», который, как видно, служил здесь разменной монетой.

– Взятка? – нагло ухмыльнулся тот.

– Нет, просто плата за консультацию, – пожал плечами Лющин.

– Чепуха! За консультацию у нас денег не берут. Взятка! – Володино лицо, и так напоминавшее блин, еще больше намаслилось. – В общем, прокололся ты сегодня во всем, Витек. Так сказать, по полной программе. Однако главного ты еще не знаешь, хорошо хоть домой не ушел. Я совет тебе хороший давал: пару часов погулять где-нибудь и подумать. Новая история, новые деньги. Далась тебе эта Наташка! А теперь тебе полагается штраф. За то, что ты заставил фирму потратить на себя столько времени. Штраф немаленький – восемьсот долларов. Плати и уходи, причем плати немедленно. Иначе счетчик, так ты можешь и без квартиры в итоге остаться.

– Да, круто, – согласился Лющин, но спорить не стал, он давно уже понял, что с ним не шутят. – Третий совет требуется: помоги, за мной не задержится.

Володя быстро пощелкал на компьютере, как бы прикидывая, затем выдал: двести долларов.

– Какие двести долларов? – удивленно переспросил Лющин. – Ты так дорого ценишь свои советы?

– Нет, взятка, – покачал головой Володя.

– Я все точно обсчитал: я тут у одного из наших постоянных «воображал» купил сюжет, теперь проведу его как твой, будем считать, что сегодняшний день ты нормально отработал. Все расходы плюс мои комиссионные – меньше уже некуда.

– И я остаюсь ни с чем, – горестно кивнул Лющин.

Володя усмехнулся.

– Ты остаешься при своих, и даже выиграл шестьдесят центов. Так не у каждого получается. Ты просто везунчик. А может, наоборот, талант, прирожденный игрок?

Лющин порадовался своему благоразумию с заветными тремя купюрами и молча протянул деньги Володе.

– И что теперь? – спросил он, боясь услышать еще какой-нибудь неприятный сюрприз.

– Ничего, – пожал плечами Володя. – Свободен. Ты совершенно свободен. Вошел и вышел. И забыл, как страшный сон. Или сохранил, как приятное воспоминание. Или – третий вариант: я жду тебя на следующей неделе, в обычное время. Только не так поздно, как сейчас. И еще помни, тут люди серьезные и очень ценят свое время. Машина, дача, гараж – что-нибудь есть у тебя?

– Нет, только сарайчик маленький да участок под картошку.

– Тогда квартира, – вздохнул Володя, – как я уже сказал. Одно неверное движение – и ты бомжик. Невеселая перспективка?

– Да уж, смех из разряда истерических, – с грустью согласился Люшин.

– Так записывать тебя или не записывать? – нетерпеливо перебил его воздыхания Володя.

– Конечно, записывать, – бодро кивнул Люшин. – Вот только нельзя ли хоть чуть-чуть пораньше? Неделю слишком долго ждать.

– Нет, никак нельзя, порядок такой, – ответил Володя уже с большой долей раздражения. – Но ты, батя, хорошо подумал? Сарайчик-то – хрен с ним, а вот стены родные! Как станешь жене объяснять?

– Жена поймет, – беспечно, с идиотской улыбкой, ответил Люцин. – У меня хорошая жена.

# 5

Собственно, этого Люшин как раз и добивался – переложить ответственность за решение на плечи другого. В данном случае – Надежды. Однако, к его удивлению, жена повела себя иначе, чем он ожидал. Она крепко задумалась. Наконец с горечью в голосе подытожила:

– Плохо.

Люшин вздохнул:

– Ну вот и я говорю, хуже некуда. А так хорошо все начиналось.

Надежда взглянула на него с яростью:

– Я не о том. Плохо то, что ты мне соврал. За стакан апельсинового сока мы чуть было не проср… квартиру. И где бы мы с тобой сейчас обитали? Я-то, по крайней мере, у мамы, а ты, Люшин? И значит, конец нашему браку? Нет, Витенька, ты слишком просто захотел от меня отделаться. А ведь я люблю тебя! Ты забыл об этом? И терять тебя не хочу. Но вообще, это что-то новое в твоем характере: такие деньги зажилить и потратить их на что, точнее, на кого! Витя, сказал бы, что уж так невтерпеж, что ж я, не понимаю, что ли? Я бы тебе Нюрку Фимину привела, Гулливерку эту чертову. За так бы дала! Да еще, глядишь, сама бы бутылку поставила.

Лющина аж передернуло.

– Надя, о чем ты говоришь, у нее же не лицо, а лошадиная морда, у этой Фиминой. Из всех твоих подруг тут самый дохлый вариант, я ее так и зову – «Тетя Лошадь».

– Ах, ты уже всех моих подруг перебрал, – с иронией отозвалась жена. – Надеюсь, только в теории? Впрочем, пусть даже и на практике. С подругами можно. Народ бывалый, проверенный, могут даже чему-то и подучить, а то ты стал совсем однозаходный-одноразовый, Лющин.

– Да ты что! – поперхнулся от недоумения Виктор. – И в самом деле, решила квартирой рискнуть? Чтобы я и дальше продолжал? Ни за что! Тут пирамида, банда, ясно уже. Хорошо еще – удалось ноги унести. Дальше – каюк. Ямку выроют где-нибудь в лесу, не узнаешь даже, куда цветочки приносить.

– Цветочки не понадобятся, – отмела его испуганные причитания жена. – В ямку так вместе. Любовь до гроба, Люшин, сам ведь когда-то клялся, когда соблазнял. Было дело? А терять тебя, повторяю, я не хочу. Ты не подумай, у меня не сегодня глаза открылись: давно заподозрила что-то неладное, даже ходила к врачу. Выпытывала: говорят, у мужиков бывает возраст такой, когда они на этом деле совсем сходят с ума, будто с цепи срываются. Он мне: слишком рано еще, такое обязательно будет, но через пять-десять лет, никак не раньше. Я ему: у него все раньше, чем обычно – и очки и лысина. А он только рассмеялся в ответ: вот как раз лысые-то, говорит, на сей счет, наоборот, самые завернутые, а очки, причем тут очки? Все, что надо, и без них хорошо можно разглядеть. Так и читала в его глазах:

«Хотите покажу?» А ты говоришь, толстая! Кому-то и полные в самый раз. А кому и вообще – любые. Это только ты, Лющин, такой разборчивый. Трудно с тобой! Видишь, даже до квартиры дело дошло. Черт с ней, рискнем. У матери двухкомнатная, тебя она просто обожает, это тебе известно. Даже сама как-то удочку закидывала: скучновато, страшновато, мол, мне одной. Ладно, ближе к делу, Витек, неужели у тебя совсем нет за душой, в самом, что ни на есть загашничке, каких-нибудь забористых воспоминаний? Из молодости хотя бы, из рассказов друзей. Не верю. Такого не может быть.

– Найдется, наверное, – нехотя отозвался Лющин. – Но ты мне все-таки объясни, с чего это вдруг тебя-то во все тяжкие потянуло? Я тебя не узнаю совсем. Алчной ты никогда не была, к приключениям тоже вроде особой тяги не испытывала, и вдруг такой поворот, в твоем-то возрасте!

Надежда обиделась.

– А что мой возраст? Не больше, чем твой. Ты просто привык, Люцин, меня толстой дурой считать, а я таковой никогда не была, от роду. Хотя бы потому, что тебя в мужья, а не кого-нибудь другого, выбрала. Ну а лысинка твоя – лишнее тому подтверждение: глупый волос покидает умную голову. Ты ведь раньше совсем другим был, Витек: обаятельным, веселым, деятельным. С тобой не жизнь была, а разлюли малина. И как отец, и как муж, и просто как друг – выше всяких похвал. А какая компашка у нас сколотилась сразу после свадьбы! В лес на шашлыки, на Голубое озеро купаться, грибы собирать, а гитара, гитара, Люцин, она ведь в твоих руках не умолкала. Понимаешь, кто-то гордится, что муж бизнесмен, политик или артист, а я тобой гордилась, Люцин, оттого как раз, что ты был самым обыкновенным, но таким обыкновенным, каких вообще в жизни наперечет, про кого говорят – душа общества. Ты был моей душой, Люцин, и теперь ей остаешься. И что же получается? Тебе дали щелчок по носу, и ты отступил? Мой муж, Виктор Владимирович Люшин, уполз в нору, затрясшись от страха перед какими-то прохвостами? Где твой ум, Витек? Где твоя природная настырность, сообразительность? Дело не в деньгах, дело в жизни. Тебя обложили со всех сторон, дыхнуть не дают. И жизнь не мила, соответственно. Ну а я, – тут произошло, чего Люшин совсем никак не ожидал – Надежда расплакалась. – Обо мне ты подумал? Ты ведь мой последний шанс. Что мне делать-то без тебя? Да, я не дура, но таких не дур – пруд пруди. И почему я должна отдавать тебя какой-нибудь безмозглой акселератке? Квартира! Причем тут квартира, если у милого друга только одно в голове – как прильнуть к чужой подушке? Нет, даже и не надейся, не отдам я никому ни тебя, ни квартиру нашу. Пусть только сунутся. Двустволку куплю, собаку эту, не помню уж как зовут: ну есть такие, что людей на части разрывают.

Она долго молчала и, так и не дождавшись от мужа какого-либо ответа – настолько Люцин был ошарашен ее неожиданными откровениями, подвела итог:

– Понимаешь, Витек, в чем дело, до меня только сейчас дошло: вот живем мы с тобой в дерьме, как все, и как все страшно этим мучаемся. Жизнь не мила, но умерла-то она прежде внутри, а не вокруг нас. А на самом деле продолжается. Люди любят, ревнуют, женятся, расходятся, взрослеют, детьми, внуками обзаводятся. А мы сидим с тобой возле телевизора как сычи, хорошо хоть газет не читаем, а то совсем бы стали зомби, запрограммированными.

Надежда все больше распалялась, размазывая по лицу дешевую петербургскую тушь вперемежку с нахлынувшими слезами. Ей уже было безразлично, слушает или не слушает ее Люцин, просто необходимо было выговориться.

– Суть одна – мы пытались с тобой, как

могли, отгородиться от всей этой препоганой житейщины, в которую втоптаны, как в грязь, идеалы, законы, жизнь и даже душа человеческая. Но у нас в итоге ничего не получилось. Нас загнали в угол. И, опять же, не в том только суть, черт с ней, в конце концов, с этой резервацией – и в ней можно жить, но возраст, мозги зрелые все равно поднимают в рост: под пули так под пули, под картечь так под картечь. Нет, будем прорываться!

– Куда? – недоуменно спросил Люшин, совсем уже ошалевший от философствований жены. – Куда прорываться-то? Ты что, сбрендила?

– А хотя бы друг к другу, или мало тебе? – огорошила его еще больше ответом Надежда. – Ах ты, кобель, кобелина даже, отмою я все-таки тебя добела. Так что насчет Нюрки: за вечер управишься или мне на всю ночь вроде как к сестре под Калугу смотаться, а на самом деле у матери пересидеть? Только чтобы не так –

«лошадиная морда»! С чувством, с толком, с расстановкой. «Морда»! Да ты ее в бане-то видел? Знаешь, какая у нее кожа гладкая, нежная? А фигура? Никаких складок жировых, и в то же время такие округлости! А уж секретов женских приворотных знает — миллион. Но чтобы и виду не подал — что знал заранее, чтоб руки тряслись у обоих, как будто кур воруете, а я уж сама все подстрою, Фимина на твою плешь давно запала, против такого соблазна не устоит.

# 6

Нет, такого поворота Виктор никак не ожидал: подобная со стороны жены самоотверженность была для него совсем внове. А подумав, и согласился, хотя на душе кошки скребли. Оттого, наверное, и руки тряслись, как задумано было, и душа сладостно замирала. «Эх, Надька, что же ты так — у подруг да не подучиться! А ведь когда-то тоже что-то умела, не лежала как бревно».

Рассказ Лющина, как он всю ночь скакал без седла на огромной, необъезженной белой кобылице, да так и не укротил ее, произвел неизгладимое впечатление на Володю, и, несомненно, сильно поправил материальное положение Лющина, тут Надежда оказалась совершенно права, однако выйдя из кабинета, Виктор почувствовал вдруг внезапную слабость и чуть было не упал, на счастье, тут же подхватили его заботливые руки людей, сидевших в приемной и уложили на кушетку.

Через какое-то время Люшину стало лучше, и он предпочел перебраться в кресло, опасаясь, как бы Володя случайно не выглянул за дверь и не заприметил его в подобном нетранспортабельном состоянии.

— Как вы? — вдруг тихо пропел над его ухом чей-то голос.

Люшин повернулся и увидел перед собой одного из множества человечков, постоянно сновавших в приемной, что-то предлагавших, что-то покупавших.

— Хорошо. Уже в норме, — ответил Люшин, хотя не находил в себе достаточно сил, чтобы встать с кресла и выйти из офиса.

— Вам ничего не нужно? — спросил человечек, пытливо заглядывая Виктору в глаза.

— Нет, ничего. Спасибо, что помогли, дальше я сам.

— Подумайте, — настаивал между тем человечек. — Вам точно, точно ничего не нужно? Вы очень бледны.

– Нет, нет, со мной все в порядке, – поспешил ответить Лющин, опасливо, в очередной раз, покосившись на дверь кабинета Володи. – Хотя, постойте, что вы имеете в виду?

– Энергию, эС-энергию, – теперь уже в свою очередь с недоумением взглянул на него человек. – Попробуйте, вам сразу же станет лучше.

– Что ж, я не прочь, – неожиданно согласился Виктор, почувствовав вновь предательскую слабость.

Человечек быстро достал из кармана какую-то плоскую металлическую коробочку, крутнул на ней маленькую ручку – что-то вроде таймера, и приложил коробочку к тыльной стороне ладони Виктора. Хватило минуты, чтобы Виктор пришел в себя и стряхнул последние остатки недомогания.

– С вас двести баксов, – тихо проговорил человечек.

Лющин неприятно поразился его словам,

но не стал возражать.

— Всегда рад помочь, — прошелестел человечек, пристально глядя Люшину в глаза, как бы проверяя, насколько он уже в форме. — Есть сюжетики, самые что ни на есть забористые, ну а если у вас что на продажу появится — всегда рад буду купить.

Надо сказать, что Лющин давно уже обратил внимание, что в толпе перед кабинетом Володи, на прием, собственно, никто не спешил, люди больше были заняты какими-то своими разговорами, сделками. Теперь смысл этих сделок стал ясен для Люшина. Более того, некоторые люди к Володе и вообще не заходили. Однако для всех них характерно было одно: уж очень они выглядели бледными. Как видно, никакие покупки, продажи не могли удержать ускользающей, загадочной энергии эС. Люшин перед уходом прошмыгнул в туалет и поразился своему прямо-таки неважнецкому виду в зеркале. «Эх, надо было еще пару сотен прибавить, что же я как мертвец совсем», – с сожалением подумал он, но не стал искать человечка, чтобы обратиться к нему вновь с той же просьбой.

Кое-как он добрался до дома и не нашел в себе сил даже поужинать, завалился, изможденный, на диван. Надежда не стала успокаивать мужа или ругать, наоборот, отнеслась к его рассказу чрезвычайно серьезно. «Да, тут что-то не так», – пробормотала она, затем внимательно принялась изучать чек, выданный по карточке Лющину автоматом.

– Ну что там? – нетерпеливо спросил Виктор, который потихоньку начал приходить в себя.

– Осталось кое-что, на первый взгляд даже вполне прилично, но еще два-три захода и все это улетит псу под хвост. Отдых, Лющин, тебе срочно необходим отдых. Скажем, на теплоходе, как тебе?

– На те-пло-хо-о-де! – тут же вспомнилась Виктору Волга-матушка-река. – Да ты знаешь хоть, каких это деньжищ теперь стоит?

— Как раз остатка хватит на твоем счете, — не моргнув глазом ответила жена.

— Ага, — усмехнулся горько Виктор, — а мне тут за мое отсутствие такой штраф навесят, что потом уж лучше самому голову в петлю, чем ждать приговора их Фемиды-Немезиды.

— Ничего, я тебя заменю, — бодро отозвалась Надежда. — Тем более что и замены-то — пару раз всего. Трех недель тебе хватит, ну а там уж ты с новыми силами...

— Заменишь? Ты? — с подозрением оглядел Люшин жену, ревниво соображая, что она такого о себе могла бы преподнести Володе? Вроде бы женился он на ней совершенно в этом деле дурой, да и потом когда? В отпуск чаще всего вместе ездили, разве что потом, после блинов...

— Да, я, а что? — решительно проговорила Надежда, все-таки немного смущаясь под пристальным взглядом Виктора. — Кстати, никто и не возражает, я обо всем уже договорилась.

Она действительно не лгала: Володя сделал вид, что соглашается на подобную замену неохотно, но на самом деле сильно напоминал в тот момент паука, сонно наблюдавшего, как в паутину запутывается в пару к первой еще одна, вторая, мушка.

# 7

Слабости, хвори действительно как рукой сняло. Вдохновленный вымученным вздохом жены: «Ты уж там времени даром не теряй, денежки-то ведь немалые!», Лющин раскрутился сходу на полную катушку. Помня опыт прошлых лет, он больше всего боялся, что женщин будет вдвое-втрое больше, чем мужчин, и они станут следить друг за дружкой, кочевряжиться, но случился как раз тот идеальный вариант, когда соотношение было приблизительно равное, ну а главное – впервые в подобном путешествии Лющин был в каюте один. Как ни странно, начал Виктор с одной из молодых белокурых дылд, искренне в него влюбившейся и даже разругавшейся из-за него со своими закадычными подружками. Лющин и сам был счастлив, хотя глупость партнерши частенько его раздражала. Но не для счастья же он сюда приехал! Нужны были совсем другие впечатления.

Впервые за долгое время, пожалуй, он испытал сильную боль, проклиная жизнь за то, что она с такой легкостью сводит людей и разлучает. Да, с Ларисой у него не было никаких перспектив, с ней он всего лишь терял попусту драгоценное время, но ее ласки… неопытные… но такие нежные губы, казалось бы, совершенно без кожи, обнаженные… гнездышко, казалось бы, специально для него свитое. Лющин вдруг понял впервые, как он за свои три десятка лет отношений с женщинами был не прав, почему многие из них неожиданно от него сбегали. Да потому что в силе мужской, которой он втайне так гордился, вовсе не сила им была нужна, а ласка, бережность, нежность.

Однако некогда было сожалеть. О Ларисе он никому не станет рассказывать, а вот, к примеру, как он затесался в кампанию к двум лесбиянкам, и как они разделали его под орех, чтобы не заносился, вот это история! Или как он познакомился с немолодой уже и далеко не бедной женщиной, которая специально поехала в этот рейс, чтобы избавиться от девственности, но в очередной, и уже который, раз, даже с помощью Люющина, у нее ничего не получилось из этого. Но уж совсем застрял Виктор на логопедичке-шизофреничке, которую развратил и подчинил, казалось, навечно, какой-то сексуальный псих. Люющину казалось порой, что через эту посредническую материальную субстанцию он общается не с человеком даже, а с самым что ни на есть дьяволом, и порой от мыслей таких становилось Виктору жутковато. Он попытался было избавиться от бедной молодой женщины, которую ему искренне было жаль, но, как оказалось, она и запрограммирована была на страдание, постоянно бегала за Виктором, чуть ли не силой затаскивала его к себе в постель. Особенно страшно было наблюдать, когда, совсем уж обессиленный, Люющин откидывался на подушку, а тело рядом, совершенно обезразумленное, продолжало по инерции десять-пятнадцать минут еще совершать те же движения, на которых Виктор остановился, как бы не замечая его отсутствия.

Этот рассказ с невероятно жуткими подробностями Люшин в первую очередь и попытался продать Володе, но на нем-то как раз и погорел. Логопедша оказалась из той же компании, что и он, и чуть-чуть, но все же опередила Люшина во времени. Виктор был в ярости: столько затрат, а в итоге полный провал! Он отчитался полностью, до мельчайших подробностей, перед женой, тут уж было не до ложной скромности и супружеской ревности. Надежда, в свою очередь тоже много что ему порассказала, время даром она, естественно, не теряла. Да Люшин и вообще поначалу не узнал жену: она помолодела лет на пятнадцать, с блеском сочетая в себе свежесть молодости и опытность зрелости. «Коктейль «Надежда», – усмехнулась она в ответ на недоуменный взгляд мужа, – мое собственное изобретение, знал бы ты, сколько я его уже продала, а рецепт храню почище владельцев фирмы по производству кока-колы. Слушай, может, нам вообще вывести тебя из игры? Боюсь, с тобой мы уж точно в пух и прах разоримся. Такую поездку и так проср...! Я думала, у тебя только волос нет на голове, а вижу, там, под черепушкой и извилин последних совсем не осталось. Ладно, давай думать, как будем дальше жить, искать выход из положения. Я заметила одну странную особенность...

– Что измены нам ничего не дают? – спросил понуро Лющин.

– Нет, не то... Ну а насчет измен... может, мы просто изменяем друг другу не с теми, с кем нужно?

Лющин задумался. Да, действительно, жизнь их очень переменилась после того загадочного объявления. Как-то само собой прекратилось их затворничество. Они постоянно либо сами были в гостях, либо приглашали к себе кого-нибудь. А еще дни рождения, вечеринки, свадьбы, деловые и полуофициальные встречи на «работе». И соответствующая атмосфера на этих «раутах», но сколько ни прошло через руки Люшина женщин на этих мероприятиях, все они казались ему не более, как резиновыми куклами. Они все ждали от него чего-нибудь, ничего не давая взамен, все, что только возможно, приберегая для продажи.

— Да, ты права, — отозвался Виктор, наконец. — Я, кажется, понял твою идею. Как тебе такое объявление: «Мужчина, 45/173/68, гуманитарий, без в/п, ищет женщину для встреч не старше его возрастом».

— Подойдет, — кивнула жена. — Вот только давай выбросим слово «гуманитарий» — опять нарвемся на кого-нибудь из своих. Ну а я зайду с другого хода — вступлю в Клуб Одиноких Сердец, кстати, с многообещающим названием «Надежда».

— А встречаться где? — сразу задался практическим решением вопроса Виктор.

— Где-где, у нас дома, конечно. Ну,

естественно, когда больше негде будет. Другой в это время будет по улице гулять или сидеть не дышать в соседней комнате.

Идея не слишком понравилась Лющину, но взамен предложить ему было нечего.


Выручил друг, работавший в газете. Буквально через неделю он вручил Лющину больше полусотни телефонных номеров.

— Слушай, — констатировал он ехидно, — на тебя большой спрос, обычно звонков гораздо меньше бывает. Западают, наверное, на твою лысинку.

— Как же это, интересно, они угадывают, — не понял шутку Лющин, — на расстоянии, что ли?

— Ну, чуют, слетаются как мухи на… мед, — тут уж друг расхохотался, не выдержал. — Ну ты и тормоз! Давно таким стал? Раньше, помню, подобного за тобой не наблюдалось, все на лету схватывал.

Тормоз так тормоз, поневоле затормозишь при такой лавине событий.

Хорошо хоть жена выручает, подстраховывает. Прилично одеться Лющину так и не удалось, одалживаться у друзей не хотелось, а от костюма последнего давно уже остались одни лохмотья. «Да и черт с ним, ясно и так, что я далеко не спонсор».

Первые несколько вечеров он попросту потерял. Как видно, соискательницы приходили, но понаблюдав за Виктором издалека, решали, что на столь паршивой овце даже клоком шерсти не разживешься. Разозленный, Лющин не стал вновь обращаться за советом, поддержкой к жене, уж слишком беспомощным он сам в последнее время себе казался. Он решил разработать собственную схему, наметив три точки для встреч, неподалеку друг от друга и интервал во времени не более часа. Ну а дальше можно еще кому-нибудь позвонить, может быть, даже и набиться в гости. Система со скрипом, но, наконец, заработала.

**8**

В первый же день к облюбованному Люшиным кинотеатру подкатила «Газель», из нее вышла развязная, размалеванная девица. Она озадаченно посмотрела на Люшина:

— Ну, папаня, ты силен! Женщины ему захотелось! А ты знаешь хоть, сколько сейчас она стоит, женщина-то?

— Не знаю и знать не хочу, — захорохорился Виктор, опасливо поглядывая в сторону микроавтобуса и готовый тут же дать деру, как только оттуда выглянет какая-нибудь бандитская рожа. — Я, может, просто желаю поговорить. Так сказать, интересуюсь духовным общением. Что, и это за деньги?

— И это, — охотно подтвердила девица, в которой по грубоватому голосу и кое-каким другим признакам Люшин сразу же заподозрил трансвестита. — Причем это даже дороже. Как понимаешь, языком у нас все владеют, но вот трепаться… Так что, заказывать будешь что-нибудь или как? Хотя, если по твоему «прикиду» судить, ты стодолларовую купюру, наверное, даже во сне не видел, но вдруг ты подпольный миллионер, или вот я читала, что в Америке есть такие нищие, которые целый год деньги копят, чтобы день сорить ими, как какой-нибудь Вандербильт. Так что? Или, может, счетчик тебе включить за ложный вызов?

— Я вас не вызывал, — спокойно ответил Люшин, понимая, что слабину ему в данном случае показывать никак нельзя. — Кстати, что за услуги-то хоть вы мне можете предложить?

— Самые разнообразные, — оживилась трансвеститка. — Сауна с одной, двумя, тремя девочками, девственница из провинции…

— Зашитая в пятый, десятый раз, — ухмыльнулся в тон ему Люшин. — Или вот еще: бритье в парикмахерской с девочкой под столом. На виду у всех и в то же время ни за что не догадаешься. Если хватит сил, девочки — та, что вверху (стрижет) и та, что внизу (тоже стрижет, только деньги), потом местами поменяются.

Сутенер-трансвестит кисло ухмыльнулся.

– Ах, ты из этих… А я уж подумала – мент подосланный. Кстати, Бриджита, приятно познакомиться. – «Он» или «она», черт их там разберет, лениво протянул(а) Виктору наманикюренную ладошку. – Зачем нам посредники, мы могли бы контактировать напрямую, вот тебе сотовый, будем считать, что ты наш консультант, любые новинки особо приветствуются. Оплата любая: в долларах, в рублях, натурой. Я, кстати, тоже в деле, такие штучки знаю, даже тебя удивят.

Лющин сотовый не взял, просто сказал, что подумает. Однако нахальство его и тут сработало: чувствовалось, «крыша» у «Соул Лайфа» была такая, что не только Бриджиту могла в дрожь привести.

Во всяком случае, Лющин вздохнул с облегчением и готов был уже переместиться на другую точку, как вдруг кто-то сзади постучал его по спине.

— Здравствуйте, я Соня, не помните меня?

— Помню, конечно, – кивнул Люцин, – вы уже дважды меня обманывали. Обещали и не приходили. Просыпали, наверное, раз Соня?

— Обещала, но не подходила – так точнее, – ничуть не смутившись, ответила девушка. – Боялась просто, как бы нас вместе эта «Бриджита» не засекла. Здесь, видите ли, ее район, никому не дозволено заниматься тут самодеятельностью.

— А вы вот занимаетесь?

— Не совсем так, – неохотно, поморщившись, ответила Соня. – Зачем мне неприятности? Болезни всякие хватать... Мне учиться надо, вообще нормальной жизнью жить. Просто пусть я буду, как ваша дочь, жить у вас, помогать вам по хозяйству. Причем вы ничего не будете мне платить. Ну, как дочь – кормить, одевать. Я думаю, мы вполне могли бы уложиться в ваш привычный бюджет, я ведь не ленивая.

– Понятно, – кивнул изрядно обалдевший Лющин. – А с женой как же? Что мне, выгнать ее?

– Нет, конечно, – Соня явно за ответом в карман не лезла. – Жена не помеха, даже интересней с женой. Неужели вам не хотелось бы вот так, сразу с двумя? И жене будет хорошо. Я, правда, ничего подобного не пробовала, вообще ничего, но ведь это не сложно, правда, вы подучите меня? Вы как считаете? Я долго крутила в голове и сочла, что это самый лучший вариант: никакой грязи, у меня, наконец, семья – я вообще-то детдомовская. Сразу все – мать, отец, дружочек милый, подружка закадычная, свой угол для жилья. О чем еще можно мечтать? Почти как в рекламе духов: «Все запахи Франции в одном флаконе».

Лющин, давно уже с нетерпением посматривавший на часы, кивнул, лишь бы от новоявленной «дочурки» отвязаться:

– Хорошо, я вам обязательно позвоню.

– О, это самое сложное, – запротестовала

Соня. – Давайте лучше я завтра или послезавтра опять сюда приду. И вы мне ответите: да или нет. У меня большие сложности с телефоном.

– Прекрасно, – Люющин кивнул и побежал трусцой к соседнему супермаркету, хотя уже опаздывал на десять минут, и можно было не спешить, поболтать еще с этой сумасшедшей Соней.

Но «все запахи» действительно были «все запахи». В довершение, «бродяжке-очаровашке», несмотря на все усилия, так и не удалось оттереть от грязи руки и лицо.


Однако это была еще присказка, она просто раздосадовала Виктора, сказка же, которая затем последовала, буквально сразила его наповал. Это, действительно, надо было видеть. Нет, на сей раз никто не рассматривал его из-за угла. Очередная «соискательница по его тело и душу» стояла совершенно открыто, гордо и счастливо улыбаясь. Сегодня, очевидно впервые за много лет, она была совершенно трезвой. Единственное, от чего она не удержалась: пройти мимо попавшихся на ее пути нескольких пустых бутылок, поместив их во всегда имевшийся при себе для таких целей пластиковый пакет. Это было сверх всяких сил «гордячки». Одета она была в самое лучшее (возможно, выпрошенное у подружки) платье, однако все признаки ее «одной, но пламенной страсти» были налицо, точнее, на лице – и опухшие щеки, и немного заплывшие глаза, и особый, красноватый с синевой в некоторых местах, цвет лица, и приветливая – верх обаяния! – улыбка.

Лющин был настолько потрясен возникшим перед ним «мимолетным видением», «гением редкой красоты», что не сумел вовремя сориентироваться и сбежать, а «обаяшка», заметив в руке у Виктора условленную газету, тут же бросилась к нему, путаясь в высоких каблуках, чуть ли не в объятия.

– Это я, Роза, вообще-то меня Клавой зовут, вы узнали мой голос? Вы так любезны были по телефону. Роза – правда, красивый псевдоним? Лучше, во всяком случае, чем абонент № 317. Да, – гордо подтвердила она, – я состою в Клубе Одиноких Сердец. Кроме того, регулярно даю объявления в «Из рук в руки» и другие газеты. Там меня все давно знают и очень хорошо, любезно ко мне относятся. А вы Виктор. Конечно, Виктор. Вам так идет это имя. Вы мне сразу понравились, я вас именно таким как раз себе и представляла. Вижу, вы стоите, и думаю: неужели он? Неужели мне, наконец, так повезло в жизни?

– Что же вы молчите, Виктор? – раздался вдруг сзади блеющий, передразнивающий голос. – Скажите хоть что-нибудь.

Лющин оглянулся в испуге и увидел Соню. Та скрестила руки на груди и смотрела на него с ярко выраженным ехидством: и это та, на которую ты меня променял? Меня, Соню? Мечту всей твоей молодости?

«Роза», в свою очередь, тоже так и присела, чуть не упустив наземь драгоценный пакет и тыкая пальцем в стоявшую напротив девушку:

— Кто это, Виктор? Скажите! Ваша жена? Или дочь? Как же вы были так неосторожны, что дали проследить за собой? Поверьте, мне все равно, что вы не одиноки, любой порядочный мужчина в вашем возрасте женат, это неизбежно, это мне слишком хорошо знакомо, и все-таки, — тут она сорвалась на визг, — кто эта сука? Она что, тоже по объявлению или вы ее специально с собой на поводке таскаете? А? Она вообще — для чего? Если мы сейчас на троих сообразим — она уйдет или с нами останется?

— Я — сука? — Соня даже не возмутилась, она просто тихо удивилась. — Па, и что, ты не защитишь меня? Я, кстати, между прочим, девушка. Де-ву-шка! Пошли домой, па, пошли скорее, или ты еще не понял, кто перед тобой? Это же Клава-Шалава —

«королева помойки». Чемпион по собиранию пустых бутылок. Она их везде, хоть на два метра в землю зарой, чует. Клав, слышь, исчезни, иначе я тебе по пакету сейчас так ногой врежу — на десятку сразу, как минимум, обеднеешь.

— Слушай, и все-таки, ты кто? Ты чего ко мне привязалась? Что-то я тебя среди наших не видела, — воззрилась на свою соперницу Клава, глубоко уязвленная упоминанием и про помойку, и про свои феноменальные особенности, а главным образом, про пакет, и хорошо понимая, что уж раз «королева» так «королева»: последнее слово во всех случаях должно остаться за ней: — Кстати, персик подгнивший, «не таись, открой секрет» — случайно не про тебя этим, как его, Кюхельвухером написано: «Родила ему царица то ли б…, то ли девицу…»?

— Ладно, дамы, — поспешил воспользоваться заминкой Люющин, — я вас обязательно разыщу, а сейчас — па-а-звольте откланяться!

И он тут же затрусил обратно к кинотеатру, однако не тут-то было: «дамы», моментально объединившись и оживленно, причем в самой нецензурной форме, комментируя поведение Виктора, решительно двинулись за ним. Поняв, что на сегодня его усилия ничем хорошим больше не увенчаются, Виктор остановил такси и, прежде чем захлопнуть за собой дверцу, распрощался с «царицами-девицами» неприличным жестом, ответом на который был такой яростный визг, что шофер в испуге и недоумении зажал уши.

— Гони, — ткнул его в спину Виктор, — они и тебя не пощадят, заодно со мной растерзают.

«Водила» моментально сориентировался и всю дорогу потом Люпина выспрашивал, что с ним случилось, но Виктор хорошо знал, какой болтливый народ таксисты, и не имел никакого желания стать притчей во языцех на всю ближайшую округу.

— Разворачивайся, — неожиданно

переменил он решение, – двойная плата. Обратно к кинотеатру.

Водитель разозлился было, однако потом сообразил, что ему даже повезло.

## 9

Прежде чем выйти из машины, Лющин внимательно огляделся. К счастью, две его неожиданные пассии успели удалиться. Но и другого никого не было. Как бы то ни было, Лющин, несмотря на явную неудачу, поспешил расплатиться с шофером и решил немного прогуляться, чтобы мысленно подвести итог истекшему дню.

— Я так и знала, что вы вернетесь. Хотя, признаться, хотела уже уходить. — Из темноты выступила на свет фигура невысокой, лет сорока, женщины, какой-то совсем ординарной внешности, но пытавшейся хоть немного прихорошиться в ожидании свидания с незнакомым мужчиной. — Кто они?

Лющин посмотрел на газету, которую он еще продолжал по инерции сжимать в руке, и бросил ее в урну. Женщина не то, чтобы разочаровала его, просто ничем не заинтересовала. То, что называется, ни с чем пирог. Хотя, несомненно, и хозяйственная, и положительная, и добродетельная, просто до неодолимой зевоты. Кто она может быть по профессии? Учительница, бухгалтер, воспитательница детского садика?

— Да я их не знаю совсем. Так, явились по объявлению. Одна шизофреничка, другая алкоголичка — феноменальная пара. Судя по всему, я упустил потрясающую «групповуху».

— Да, испугались вы изрядно, так удирали! — усмехнулась «учительница-бухгалтерша-воспитательница».

— А вы бы не испугались? — разозленный, ответил Виктор вопросом на вопрос.

— Ну, я... — замялось было женщина, затем нашла все-таки повод опять поддеть Люшина. — Так скольким же вы сегодня помимо меня назначили встречи? И сколько вам вообще нужно женщин? Вы такой неутомимый мужчина? Кстати, Ирина. Простите, я не представилась, — она протянула Люшину маленькую, немного шершавую от стирки и готовки ладошку.

Лющин рассеянно пожал ее:

– Виктор. – Он постучал себя по черепу. – Видите? Что поделаешь, издалека отпугивает. Вот и изощряюсь, как могу.

– А вы бы сразу так по телефону и предупреждали. Глядишь, и не пришлось бы подолгу попусту топтаться, – все с той же легкой издевкой в голосе посоветовала Ирина.

Лющин устал, выдохся, насмешки «уч-бух-вос-цы» совсем его доконали.

– Кстати, кем вы работаете? – решил он сам перейти в наступление.

– В статистическом центре, сижу за компьютером. А что, это имеет очень большое значение?

– Конечно, – уверенно подтвердил Виктор. – Надо же знать, в какое время мы будем с вами встречаться. – «Точно, – подумал он с невыразимой скукой в глазах, – ну чем не бухгалтер, я почти угадал».

– А вы уверены, что эти встречи у нас

будут? – с интересом спросила женщина. В отличие от Лющина она выглядела бодрой, отдохнувшей, найдя в нем как раз то, что искала: своеобразное средство от скуки. – Кстати, не могли бы вы расшифровать чуть-чуть: «для встреч» – это только секс или еще и что-нибудь другое?

– Все что угодно, – мрачно ответил Виктор. – Только что мне предлагали семейную групповуху с предварительным удочерением, затем лучшее средство от алкоголизма – не пить одному. Каковы будут ваши пожелания?

– Никаких. Я просто хотела удовлетворить свое любопытство. Как вы дошли до жизни такой, чтобы столь откровенно, через газету, сообщить всему городу, что вы, как бы это помягче выразиться, слегка взбудоражены временем мартовских котов? Что, совсем жена опостылела? Или гормоны взбесились, одолели? Нет, правда, я чисто по-человечески…

– Вам что, такое задание на работе дали? Выходит, статистика только хвастается, что знает все?

– Нет, я для себя. Причем тут наука?

– Вы замужем?

– Нет. Подумайте сами, неужели бы я в таком случае к вам пришла? Муж погиб, он был военным, летчиком-испытателем. Дочь тоже вышла замуж за офицера, по гарнизонам мотается. Так что живу я совсем одна. Решала кроссворд в газете, смотрю – тут что-то поинтереснее кроссворда. Я вас чем-нибудь разочаровала?

Лющин посмотрел на часы, время еще было.

«До чего же ты мне осточертела, добродетельная дуреха! – подумал он со злостью, – но ладно, знай наших, я тебе сейчас такую лекцию закачу!»

– Хорошо, – кивнул он терпеливо. – Я, конечно, не обязан удовлетворять чье-то любопытство, но раз уж вы пришли, проявили любезность, почему бы нам не поговорить? Скажите, только честно, вам никогда не хочется? Ну, мужика. Чисто по-женски. Ничего не снится по ночам? Всякая чертовщина, после которой вы с облегчением просыпаетесь.

– Нет, – покачала головой Ирина. – Я просто привыкла. Такая была служба у мужа – постоянные командировки. Представляете, каждая встреча потом – как медовый месяц. Мы просто очень любили друг друга.

– Что ж, в таком случае вам можно только позавидовать.

– Можно было, – уточнила Ирина. – Ну а вы? Неужели вы никого никогда не любили?

– Почему же, любил, – сухо ответил Люшин, разговор уже не просто раздражал его, но даже начинал бесить. – Однако, к сожалению, любовь – это такая редкость. «А сексу хочется всегда». Вас проводить, или вы недалеко живете?

– Недалеко, – сухо подтвердила Ирина. – Прощайте, синьор Казанова. Надеюсь, я вас не слишком утомила?

– Даже и не начинали, – язвительно отозвался Люшин.

– Угу, мне тоже не повезло, – вздохнула в ответ на рассказ Виктора жена, когда тот вернулся домой. – Пошла на вечер «Кому за тридцать», но там больше было кому за пятьдесят. Конкурс – где-то три-четыре дамы на одно место, а «места» эти к девяти часам уже лыка не вязали. Впрочем, была еще троечка завсегдатаев-профессионалов, один ко мне тут же подвалил. Однако когда я стала расспрашивать его, как бы он меня хотел, он тут же сориентировался, взял мою сумочку и крикнул в нее: «Привет редактору!», подумав, наверное, что я из газеты. Кстати, в сумочке у меня действительно был диктофон. Нам никак нельзя без техники, Люшин, надо идти в ногу со временем.

Как назло, на следующий день у Виктора была запланирована очередная встреча с

Володей, и Лющин, не найдя ничего более подходящего, начал что-то бубнить про свою встречу с Соней и ее предложение, которое он вроде как решил принять, посоветовавшись с женой.

— Стоп-стоп-стоп! — неожиданно прервал его Володя.

Лющин замер, чувствуя, что он опять прокололся, причем к тому же и так будучи в минусе. Да, сегодня он был точно не в форме, вымотанный вчерашними неудачами, надо было хоть немного взбодриться, прикупить эС-энергии, хотя Надежда категорически запретила ему впредь это делать, пообещав, что потом все объяснит — сейчас точно не знает, но о чем-то уже начинает догадываться. Поэтому он как баран на новые ворота уставился на лежавшие перед ним пять бумажек по сто долларов.

— Я рискую, — пожал плечами Володя в ответ на его недоуменно-вопросительный взгляд. — Твой вариант может оказаться чистейшей липой. Но что-то в нем есть, я согласен рискнуть.

— М-да, — замялся Люшин, чувствуя, однако, неожиданный прилив бодрости. — Но, просто для интереса, откуда вы знаете, что я это не выдумал?

— Такое трудно выдумать, — мягко, вкрадчиво, в тон ему ответил Володя.

— А зачем же... вы ведь, насколько мне известно, не женаты. — Теперь уже Люшин не недоумевал, а пытался набить цену.

— Вот на ней я как раз и женюсь, — решительно ответил Володя. — Если... — тут он многозначительно поднял палец, — она действительно окажется девушкой.

— Ну, это вряд ли, — засомневался Люшин, вспомнив чумазое личико Сони и ее застиранное платьице. Он тут же спохватился, впрочем, что потерял возможность выбить надбавку, однако было уже поздно. Торг кончился, за пятьсот долларов шиза Соня ушла от Виктора в другие руки.

– Мы их достали, точно, – кивнула в ответ на его сообщение Надежда. – Они уже не знают, что с нами сделать, а наши два счета постоянно растут. Вить, как ты насчет того, чтобы наши жилищные условия улучшить?

– Сначала я должен знать, что ты «поняла», – уклончиво поинтересовался в ответ Люшин.

– Ах, это, – с ухмылкой махнула рукой жена. – Секрет очень прост, мой милый муженечек. Мы не должны опустошать себя. Любые истории, любые фантазии, но только чужие, не наши с тобой. Дошло, наконец? Все, что от нас требуется сейчас – доить и доить кого только можно, а сам секс использовать исключительно лишь для того, чтобы получше разговорить своего партнера. Вот только, Витя, прошу тебя, будь поосторожнее, вокруг столько всякой заразы: и не перечесть. Я здесь тоже кое-что придумала: вот коробочка, которую ты постоянно должен теперь таскать с собой в сумке, она великовата немного, но ничего не поделаешь – зато в ней все, от мазей до полосканий, иначе, сам понимаешь, не спастись. Как говорится, СПИД не дремлет, но и помимо СПИДа развелось столько всякой пакости, а мы ведь с тобой вроде как профессионалы, вот только денег за свои услуги не берем.

– И не платим, – уточнил Виктор.

– Господи, Витя, – покачала головой жена, – последнее дело – связываться с проституткой. Уж там точно не наша клиентура, и в разговоре и во всем прочем ничего нового, жалкий стереотип. Я тут с ними как-то раз всю ночь возле гостиницы простояла, слышал бы ты их треп!

# 10

Однако победное восхождение Люшиных продолжалось недолго. Виктор, собственно, и предвидел какой-нибудь ответный ход со стороны своих то ли противников, то ли начальников, и тем не менее содержанием состоявшейся беседы был изрядно удивлен.

— Такого не может быть! — покачал он головой после «откровений» Юрия Петровича. — Эта тема вечна, бессмертна, она никогда не иссякнет.

— Да, да, вы правы, я совершенно с вами согласен, — развел тот руками, — и в то же время ничего не поделаешь — предложение впервые превысило спрос. Хлынули свежие мозги из сопредельных стран, СНГовенька поднапряглась наша, столько всего понавезли! Уши вянут, щеки багровеют, но нельзя не признать — товар первосортный.

Люшин скептически отмел в сторону восторги своего собеседника.

— Вранье! Ну да черт с вами! Что вы

хотите конкретно от нас с женой, Юрий Петрович? Избавиться? Мы оказались для вас слишком крепкими орешками, так сказать, не по зубам-с?

— Ну что вы, что вы, — замахал тот ладошкой снисходительно. — Во-первых, таких людей не бывает для нас, у нас не только глаз, но и зуб — алмаз. А во-вторых, мы просто предлагаем вам несколько сменить тему. Воспоминания — вот чего нам сейчас острейше не хватает. Любовные, бытовые, пусть даже мечты — это тоже ценно. Но самые острые, самые глубокие — то, что выдумать невозможно. Как, это вам по зубам-с, Виктор Владимирович? Поройтесь, поройтесь-ка в своей памяти, неужто, там не найдется чего-нибудь такого эдакого, чтобы душа замирала? А уж за ценой мы не постоим, расценки здесь непомерно выше. Ну а работа — тьфу! В сущности, никаких изменений. Вот только будете сдавать ее уже непосредственно мне, а не Володе. Так что поздравляю, это ведь повышение, вы так не считаете? Непременно советую обмыть! Хотя сам, к сожалению, не смогу к вам присоединиться. Но когда-нибудь, когда-нибудь, обещаю, мы с вами обязательно выпьем на брудершафт.


Надежда оборвала мужа в самом начале разговора. Она выглядела, на сей раз, непривычно усталой, задумчивой.

— То же самое, слово в слово, — ответила она со вздохом, — а чего ты, собственно, хотел? Мы и так с тобой слишком вознеслись. Вот только падать теперь…

— Расценки более высокие… — в тон ей с тоской произнес Виктор.

— Но и штрафы, соответственно… — докончила его мысль жена. — Что же нам делать, Витек? Драпануть, пока не поздно? Говорят, в любом деле главное — вовремя смыться. Да, но сколько они с нас потребуют отступных? Нам ведь назначена встреча, мы вовремя не отказались от нее. Да и как было отказываться, друг с другом не посоветовавшись? Вить, у тебя вообще совесть есть? Почему в последнее время все я да я? Делаю, решаю. Что, твоя плешь и в самом деле лишь гениальная видимость, точнее, видимость гениальности? Родит она хоть раз что-нибудь или не родит, в конце-то концов? Но что Бог ни делает, все к лучшему — до того мне все эти мужики слюнявые осточертели. Кстати, как я тебе, я ведь полтонны сбросила. А уж в постели теперь такое показать могу, Нюрка-Лошадь от зависти просто удавится.

— Собес, — тихо ответил Люшин, никак не прореагировав на Надеждины заигрывания. — Мы с тобой пойдем работать в собес.

— Собес? — чуть не присела от неожиданности жена. — А что мы там делать будем? Ты хоть знаешь, сколько там платят? Если вообще платят.

— Мы сами будем платить. Что, не поняла еще? Где мы еще возьмем эти проклятые «реминисценции»? Не у голощелок же, акселераток? Или ты хочешь что-нибудь свое предложить? Надолго ли нас в таком случае хватит?

— Что, что ты сказал? — поперхнулась жена.

— А, это по-научному, — отмахнулся Виктор. — «Реминисценции» значит воспоминания… Недавно в «скане» одном попалось. Как говорится, сон в руку.

— Понятно. — Надежда кивнула и тут же бросилась к коробке с магнитофонными записями. — Сколько ты меня за «технику» корил, а я чувствовала, нам это непременно понадобится. Знаешь, сколько здесь помимо секса всего! И главное, совершенно бесплатное, давно нам принадлежит. Ладно, время нельзя терять. Ты дуй в этот свой собес, не забудь также хосписы и прочие больничные заведения, я беру на себя телефон доверия, а пока попытаюсь кое-что из этих задушевных бесед расшифровать.

Колесо завертелось.

— Нет, это пропустим, дай пленку сюда, —

решительно сказал Люпцин, услышав столь хорошо знакомый ему голос Ирины.

— Ага, понятно, — вздохнула жена, — я так и думала. А жаль, кстати, тут просто кладезь. Но любовь и не такое способна сотворить с человеком.

— Пленку сюда! — сквозь зубы с самым зверским видом процедил Люпцин. — Я не шучу, как видишь.

— Да уж вижу-вижу, — холодно ответила Надежда. — «Любовь, любовь, зачем ты мучаешь меня...». Зачем ты мучаешь меня, Люпцин?

— Копии, распечатку, — твердил свое Виктор, не удовлетворившись брошенной ему в лицо кассетой.

Надежда помедлила немного, затем тихо спросила:

— Ты не ответил на мой вопрос. Что теперь со мной будет? Что вы там насчет меня решили?

— Если не отдашь то, что я прошу, я сейчас же уйду, и проблема отпадет сама собой. Если вернешь, обещаю: все останется, как было. Я уже давно думаю об этом, но ни к каким выводам так и не пришел. Понимаешь, я не могу и не хочу делать выбор. Вы мне обе нужны. Ты хочешь нарушить сложившееся положение вещей? Так в себе уверена?

— Но почему же я, Витя, я ведь сменила «партнеров» ничуть не меньше тебя, почему со мной такого не произошло? – Тут Надежда всхлипнула, отвернулась в сторону. – Ты никогда не говорил мне и половины тех нежных слов, что я здесь услышала. Почему, Вить? Я плохо заботилась о тебе?

Виктор молча протянул вперед руку, Надежде ничего не оставалось, как только отдать ему то, что он просил. Лющину вдруг нестерпимо захотелось остаться одному и он, даже не переодевшись, выскочил на улицу. Ирина! Она вдруг представилась Виктору немощной, бледной, такой же «тенью», каких он сотнями, тысячами перевидал перед кабинетами Юрия Петровича и Володи.

Выбрав безлюдное место на какой-то стройке, он долго, зло, с остервенением уничтожал с таким трудом отнятое у Надежды. Отдала ли она ему все или упрятала-таки что-нибудь про запас? Об этом можно было только догадываться, но у Лющина не выходила из памяти сказка о Кощее Бессмертном: «На море на океане есть остров, на том острове дуб стоит, под дубом сундук зарыт, в сундуке – заяц, в зайце – утка, в утке – яйцо, в яйце – иголка, и вот если иголку ту переломить – моя смерть!»

– Так, ну и что будем делать? – спросила Надежда, когда Лющин вернулся домой, и он понял, что вопрос уже не стоял об Ирине, он разрешился сам собой. Проблема была гораздо серьезнее.

Виктор надолго задумался, затем нехотя спросил:

– А у нас есть выбор?

Надежда отрицательно покачала головой:

– Нет. Пирамида есть пирамида. Либо мы карабкаемся вверх, либо гнием внизу и удобряем собой землю. Кончится тем, что к нам придет кто-нибудь другой и осторожненько начнет выспрашивать, как нам живется на белом свете. Что еще, я не знаю. Кто еще придет, кто приходил и что конкретно у нас уже наотнимали.

– Первый раунд мы выиграли, оставляя за собой сонмы теней. Что теперь будет за нами, трупы?

Надежда вздохнула.

– Ты слишком мрачен. Зачем там далеко, точнее – высоко, заглядывать?

– Ладно, – решительно вскинул голову Люшин. – Раз ближе к небу, с хосписов и начнем.


Тактика и здесь была выбрана ими правильно. Юрий Петрович все больше хмурился, но ничего не мог поделать, впредь Люшин промашек больше не совершал.

– Пригласи ее к нам, – как-то сказала

Надежда.

– Кого? – сделал вид, что не понял, Виктор, затем сдался: – Точнее, зачем?

В голосе его прозвучал металл. Он не хотел впредь касаться этой темы.

– Я просто хочу познакомиться с человеком, – угрюмо ответила жена. – Раз уж так получилось, нам надо налаживать отношения.

Лющин был не на шутку встревожен просьбой жены, хотя прекрасно понимал, что объяснение, не слишком приятное для него, рано или поздно должно было последовать.

Впрочем, Надежда вовсе не собиралась выцарапывать своей сопернице глаза – наоборот, она была само обаяние. Она ничего не готовила заранее, предложила Ирине вместе «сочинить» небольшой ужин. Во время приготовления его они мило щебетали, как две неразлучные подружки, однако Виктор слушал их голоса с тревогой: при всем желании он не мог предсказать исхода этой неожиданной вечеринки. Но и о выборе, как и прежде, не шла речь. Надежда, совершенно в последнее время преобразившаяся, помолодевшая, постоянно удивлявшая Люшина своей искусностью и изобретательностью в амурных делах, прекрасно одетая, стройная, источающая аромат дорогих французских духов, не шла ни в какое сравнение ни с той толстухой, на которой еще год назад чуть ли не засыпал Виктор, ни с тихоней Ириной, чистенькой, но совершенно непритязательной, а уж в сексе-то и подавно ничего не смыслящей, постоянно чего-то боящейся, спрашивающей, а можно ли делать это, а это не разврат? И все-таки Ирина, именно Ирина, угловатая, молчаливая, пытавшаяся при первом же удобном случае укрыться за наигранной ироничностью, но в какие-то моменты раскрывавшаяся, становившаяся поистине бесстрашной, затрагивала самые тайные струны сердца Люшина. Выбор? Пусть жизнь и сделает за него выбор, сам он на это никогда не решится, никогда себе подобного выбора не простит.

Как ни странно, новоявленные подруги остались довольны встречей, а может, просто делали вид? И вечер наверняка удался бы на славу, если бы не обычная Надеждина бесцеремонность.

— Ира, — сказала она. — Давай, все разложим по полочкам, раз так получилось. Как ты на это смотришь? Ты к подобному разговору готова?

— Попробую, — жалобно пропищала Ирина. — Я тоже много думала о нас троих, но...

— А они никому не нужны, эти твои думы, — решительно отмела в сторону ее рассуждения Надежда. — Я о другом совсем. Речь не идет уже о моем муже: коли так получилось, я согласна, пусть у нас будет один муж на двоих. Я понимаю, при первом размышлении это звучит дико, но узел настолько крепко затянут в данном случае, что его можно только разрубить. А рубить по живому, кто выиграет от этого? Никто.

Вопрос в другом – в нашей работе. И вот тут разделение невозможно. Если мы вместе, то и дело у нас должно быть одно, общее, все остальное – мелочи: в конце концов, Виктор еще достаточно молод, чтобы удовлетворять нас обеих, а уж нам-то куда легче будет вдвоем хозяйством заниматься. Надо отставить ханжество в сторону, полстраны, если не больше, живет приблизительно так неофициально: нет ни одного порядочного мужика в возрасте Виктора, который помимо жены не имел бы еще двух-трех любовниц. Так что то, как у нас сложилось, будет даже честнее, ну а если у меня еще ко всему прочему появится задушевная подруга в твоем лице, о чем еще можно мечтать? Но дело, дело – это мое условие непременное. Ты, как я поняла, – метнула презрительный взгляд в сторону Виктора Надежда, ни о чем ей из того, чем ты занимаешься, не рассказывал?

– Нет, – почти в один голос воскликнули Ирина и Лющин.

Финал вечера был очень бурным, объяснение запальчивым и слезообильным: Надежда хорошо знала, по какому месту нужно ударить, чтобы добиться своего и стереть соперницу в порошок. Однако она просчиталась: убежав в тот раз, уже через неделю Ирина вернулась, заявив, что тоже на все согласна, лишь бы Виктора не потерять.

# 11

«— Вы знаете, я никогда ни до того, ни впоследствии в течение всей своей жизни не встречал такого: когда она прижималась ко мне в танце, у нее там — ну сами понимаете где — словно костер пылал. Хотя... мне это казалось необычным, возбуждало, но не больше того. Куда больше она меня интересовала как человек. Но она была женой моего друга, и это само собой решало вопрос.

Я думал о ней, даже мечтал, жене в то время я изменял без малейших угрызений совести: не со всеми подряд, но... уж лакомые кусочки точно не пропускал. А вот она влюбилась и влюбилась не на шутку, виной тому были не только наши разговоры (во время танцев на каких-то двух вечеринках), но еще и сам мой друг, который разрекламировал меня, как оригинала, человека начитанного, много путешествовавшего, витавшего преимущественно в сфере духовной. В то время подобное действительно могло кого-то и восхитить. Тем более что и пост я занимал тогда для своего возраста достаточно высокий, престижный.

Что еще? (Небольшая пауза, задумчивое покашливание). Еще я хорошо помню ее снимок, опубликованный в местной газете, с пистолетом в руке — она заняла тогда первое место по стрельбе. Она жила без матери и отца — не спрашивал, не знаю, что с ними случилось — с дедом, заядлым охотником, наверное, он и натренировал ее. Но дело было не в пистолете и не в призе, дело было во взгляде — он как бы приоткрывал завесу над ее личностью: если уж отдаваться чему-то, то без остатка, целиком.

Как я ни пытаюсь с тех пор, не могу восстановить в памяти точное содержание наших бесед. Помнится, я больше развлекал ее, шутил. Говорил что-то о чайке, которая живет в ее душе и просится на свободу (я в то время увлекался Ричардом Бахом, в особенности его «Чайкой по имени Джонатан Ливингстон»), да и вообще язык у меня всегда был хорошо подвешен, хотя... все, что я говорил, в сущности, было правдой — и о ее внешней красоте, и о внутренней цельности, страстном, не способным на компромиссы, характере.

Она выбрала самый простой способ: проследила, каким путем я возвращаюсь с работы и старалась постоянно попадаться мне на глаза. Сначала я ничего не понял, затем... Конечно, речь не шла с моей стороны о каком-то ответном чувстве, но я с удовольствием причислил бы ее к списку своих лучших побед. Но, опять, опять-таки, жена друга! Поэтому я старательно делал вид, что туп, как дерево, ни о чем не догадываюсь, очень любезно с ней раскланивался. Не знаю, сколько времени могло бы так все продолжаться, если бы не досадная случайность.

В тот день к концу работы ко мне

забежал брат, так мы и шли с ним вместе, обсуждая какие-то наши проблемы, пока опять не появилась она. И тут брат неожиданно рассмеялся. Когда я его спросил потом, зачем он это сделал, он проговорил с восхищением:

— Ничего себе взгляд! Такой изменишь — убьет, сразу!

Я спросил его, знает ли он ее, видел ли тот снимок в газете — ничего подобного.

— А что, тут какие-нибудь шуры-муры?

— Были, точнее, могли бы быть, но считай, что ты их в корне зарубил.

— Слушай, давай я ее догоню, все объясню!

Я бы, конечно, мог и сам это сделать, но счел тогда, что произошедшее даже к лучшему: вот такой, «хирургический», финал в наших отношениях, будет наименее болезненным. Однако... эта боль в глазах, краска стыда на лице, не смертельный, но выстрел, безусловно достигший цели. Какой именно? Ах, стоит ли говорить?

С тех пор я ее практически не встречал, но странно: с годами она все больше выкристаллизовывалась в моих воспоминаниях, затеняя, а порой и вообще стирая в воображении действительных моих любовей и любовниц. Пока не осталась в нем единственным моим упреком, сожалением, но и радостью, как ни странно, тоже. И вроде бы неплохо сложилась моя жизнь, но настоящего, личного, счастья в ней так и не было. Оно могло быть только с ней, теперь я точно знаю. С другом тем я старался не общаться, хотя видел его часто совсем с другими женщинами — как видно, верность жене он не хранил.

И вот однажды, совсем недавно, я все-таки решился, встретив его, расспросить, счастлив ли он, как обстоит его семейная жизнь.

— Жена? Какую именно из них трех ты имеешь в виду? С первой мы расстались уже через полгода после свадьбы, вторая сейчас где-то в Ростове, с третьей живу недавно, но вполне счастлив, хотя часто ревную — она ведь на два десятка лет моложе меня. Ах, эта! Ну, эта вообще с боку припека. Мы и встречались-то с ней совсем чуть-чуть.

Дальше разговор на меня перекинулся:

— Ну а ты? Где ты? Как ты? — Однако я отвечал машинально, совершенно ошеломленный: «Господи! Как же так получилось? Как же я так нелепо поступил тогда? Мимо счастья, мимолетного ли, на всю жизнь ли, пробежал, проскочил».

Да... (Снова молчание, снова покашливание). Мне бы разыскать ее сейчас, но в таком возрасте... Где она, как она? С кем? Что я ей скажу?»


«— Вот вы сейчас смотрите на меня и думаете: типичнейшая алкашка. Да, так оно вроде и выглядит со стороны: «я пью, все мне мало», а поскольку «пить не устала», естественно, сплю с любым, кто в состоянии меня напоить. Нисколько не отрицаю, с одной только, но весьма существенной, разницей: я в любой момент могу это прекратить.

Знаю, вы не верите мне: виду не подаете, но внутри ухмыляетесь скептически — такого, мол, не бывает, от алкоголизма мало кто вылечивается, а уж из женщин так вообще считанные единицы. Так вот, могу поспорить на что угодно, я как раз такая считанная единица и есть.

Хотите, я расскажу вам свою историю? Ну да, вы ведь за этим только и подсели. Ведь не за тем же, чтобы трахнуть меня? Хотя на вид вы все же плюгавенький, пусть и чистенький, пусть и не бомж, не алкаш, все равно. Наверное, журналюга какой-нибудь. Ну да мне без разницы: вы покупатель, у меня есть товар, почему бы нам и не сговориться, верно?

Слушайте, слушайте внимательно, я ведь могу и передумать: перетерплю как-нибудь, обойдусь без лишнего стаканчика. Впрочем, дело не в том: а поймете ли вы меня?

Ну так вот, жил-был один человек: хороший, крепкий, добрый мужик, таких по нынешней жизни редко встретишь. И была у него семья, нормальная семья. У него вообще все было. Не так, чтобы в роскошь, а в необходимость. Была, соответственно, и любовница, да и денежки не переводились. Нет, он не был везунчиком, просто всегда все в жизни тщательно продумывал, просчитывал: выверял буквально каждый свой шаг. Детей вывел в люди, и их, и жену, и себя на всю оставшуюся жизнь обеспечил, а когда приспел срок, сразу на пенсию вышел: фирму продал, обзавелся холостяцкой квартирой, что еще оставалось для полного счастья?

Вы слушаете меня или не слушаете? Тогда подливайте. Периодически. Только в меру, иначе я скопычусь на самом интересном месте. Или, может, как я уже предупреждала, охота пропадет откровенничать.

Что можно сказать? Любовница у него

была действительно от слова «любовь», а не просто подстилка – хранила ему верность все двадцать с лишним лет, что они были вместе. Вначале он не ценил ее, изменял, как и жене, направо и налево, а потом начал все больше и больше к ней прикипать. Не знаю, что здесь было в основе – на самом деле чувство или просто он привык все на много ходов вперед загадывать. Он как-то похвастался мне: мол, моя могилка долго еще после моей смерти без ухода не останется.

Я была достаточно хорошо осведомлена об их отношениях: именно ее я сменила на посту его секретарши. Ей же он помог организовать собственное дело и постоянно заботился о том, чтобы оно процветало. Так же он и со мной поступил, когда продавал нашу фирму, хотя у нас с ним никогда ничего на этой почве не было. Впрочем, не только мне, каждому из нас, тех, кто с ним работал, он дал шанс.

Лишь в одном ему не повезло: казалось

бы, жить им да жить теперь, хоть официально оформив свои отношения, хоть как прежде, однако тут и подстерегло его несчастье — она заболела, рак сожрал ее в считанные месяцы, и на могилку уже ему к ней пришлось ходить.

Вы слушаете меня, Виктор, не знаю уж как вас по отчеству, внимательно слушаете? Так почему же постоянно забываете о своих обязанностях? Тоже мне кавалер!

Хотя... вроде не за что, ничего интересного я вам не рассказала. Действительно, и не такое бывает! Казалось бы, что за напасть? Выход простой — срочно найти замену. Он сначала и пошел по этому пути. Клубы знакомств, картотеки, объявления — он действовал по инерции, не рассуждая, пока вдруг не понял одну глубоко удивившую его вещь: речь шла о любви, а не о любовнице. Интуитивно он только и делал в последние два десятка лет, что расчищал путь к своему счастью, хотя слишком поздно осознал это разумом...

Причем тут я? О, ничего оригинального, так называемый классический треугольник. Да, я всегда любила его. Хотя вышла замуж, детей растила, истово строила, как и он, свое благополучие. И вместе с тем безумно и безнадежно была в него влюблена. Но между нами так ничего и не завязалось, хотя моменты благоприятные предоставлялись чуть ли не каждый день: мы подолгу засиживались на работе.

И вот такое... Нет, нет, я совсем не злорадствовала, но поймите, раз судьба сама так распорядилась... Я долго медлила, выбирала благоприятный момент. И в то же время спешила: больше всего боялась, что он наложит на себя руки, хотя и знала, что не такой он человек.

Как-то я позвонила ему, попросила о встрече. Хотела подбодрить, наше объяснение не было бурным, оно просто казалось естественным, единственным решением вопроса. Ведь жизнь есть жизнь, и ее не переломишь. Он во всем согласился со мною, казалось, был даже счастлив. Тут же начал решать, как помочь мне, моя фирма в то время находилась в упадке, как достать деньги, реорганизовать дело. А у меня тогда вырвалось:

— Господи, да разве этого мне от тебя нужно? Мне любовь от тебя вот такая нужна! Неужели ты не понял? Мужиков много, но кто такая, как я, для них? Кто из них умеет так любить?

Помнится, он кивнул, польщенный...»

Виктор думал уже, что так и не услышит финала этого столь неожиданного рассказа, мучительно соображая, подлить ли в стакан еще водки или уже перебор. Но ничего не понадобилось. К счастью, его собеседнице просто необходимо было выговориться, слишком наболело внутри. Она продолжила.

«— Мы договорились торжественно обставить тот вечер: свечи, музыка, вино французское, была восхитительнейшая ночь. А утром я, вне себя от восторга, потянулась к нему и... обнаружила, что он мертв. «Отказ от дыхания» – нелепейший диагноз! Что не выдержало: сердце, разум?

Пью, да, я пью! Но, скажите, что мне еще делать? Как заполнить иначе образовавшуюся вокруг меня и во мне самой пустоту? Хотя знаю: я должна, просто обязана найти выход. Тот, что он не нашел. И я найду его, выход этот, поверьте. Вот сегодня же и начну. Теперь, когда выговорилась, выкарабкаюсь.

Вы верите в это? Верите? Тогда... вот в залог я отдаю вам самое дорогое, что у меня осталось – эту бумажную красную розу, последний цветок, который он положил на «ее» могилку.

Все, теперь я свободна. Если не скачусь до дурдома. Господи, помоги!»

Иногда пленки, распечатки казались Люцину живыми, как в том случае с

Ириной, и ему хотелось уединиться где-нибудь и жечь их, топтать до полного изнеможения, но всякий раз он сдерживался, приводил себя в норму, все чаще вспоминая в последнее время любимую поговорку своего, недавно преставившегося, соседа по лестничной площадке: «Не жисть, а гуано!» И никакие намеки насчет неправильного ударения не помогали, сосед отвечал неизменно: «Ну, это, может быть, где-нибудь там, а у нас ты и без меня знаешь, через что все делается».

Газета с фотографией, бумажная красная роза – конечно, не в них было дело, а в том, что стояло за ними. И, в сущности, они достались Виктору почти даром: как ни странно, люди стремились – жаждали даже – избавиться от самых дорогих своих воспоминаний, так они их измучили, и просили за них жалкие гроши.

Однако особенно потрясло Люшина, когда в палате для инвалидов «неугасимой чеченской» один молоденький лейтенантик предложил купить у него пластмассовый жетон для прохода в метро.

«– Ну, нашли раритет, – ухмыльнулся Виктор, – понадобится лет сто или двести, чтобы это хоть какую-то ценность обрело. Непонятно только, почему вы его постоянно на груди носите, будто амулет? Если тут какая-нибудь история, я бы купил ее, но именно историю, сам жетон мне совершенно ни к чему.

Парень закрыл глаза, стараясь скрыть наворачивавшиеся на них слезы.

– Да, история есть… Хотя не знаю, покажется ли она вам хоть чуточку занимательной. У меня был потрясающий отец: в лес, на рыбалку – мы всегда были вместе. Особенно мы с ним любили Москву, частенько сюда приезжали. Больше всего отец боялся, что я где-нибудь отстану, потеряюсь. И всегда вешал мне на шею этот жетон:

«В случае чего – встречаемся у

памятника Пушкину, – говорил он, – там-то мы уж точно найдем друг друга».

Парень не выдержал, разрыдался. Люшин долго ждал, пока он успокоится, не решаясь спросить, что было дальше. Наконец парень сам заговорил.

– Когда его убили, я никак не мог придти в себя, потом сломя голову побежал на электричку. Целый день пробродил по Пушкинской площади, повторяя: «Отец, ты многому научил меня в жизни, но почему же... почему ты не сказал мне, что на свете есть такая жестокая и несправедливая штука – смерть!»

Видя, что на сей раз лейтенант замолчал надолго, Виктор кивнул:

– Ясно. Вы в то время оканчивали институт и сразу же после завербовались, чтобы отомстить за отца. Но война не ваше ремесло. Даже амулет не помог вам, хотя жизнь, тем не менее, он вам сохранил. Непонятно другое: почему же теперь вы все-таки хотите продать его?

Парень молча откинул в сторону одеяло, показав Люцину две культяпки вместо ног.

– Помог? Этим? Я сейчас каждый день повторяю себе: «Эх, отец, отец, ты многому научил меня, но почему же ты не сказал мне, что на свете есть такая несправедливая и жестокая штука – жизнь!» Я больше не хочу носить его, возьмите, – проговорил он и со слезами протянул Виктору затертый жетон».

По тому, как лежал парень здесь, заброшенный, неухоженный, видно было, что никому он не нужен, никого у него не осталось. Виктор расплатился с ним тогда по-царски, хотя и понимал, что денег этих хватит ненадолго. «Нет, надо парню помочь, – подумал он, – сам он никак не выкарабкается. Даже в таком состоянии вернуться к нормальной жизни... если столько лет назад это было возможно в случае с тем летчиком: Маресьевым или Мересьевым, почему это не возможно сейчас?»

Надежда считала этот эпизод лучшим из того, что удалось добыть Виктору, она вообще всегда гордилась своим мужем, хотя постоянно во всех жизненных гонках опережала его.

Они в то время долго мучились своей жизнью втроем, не зная, к какому придти варианту: сначала Виктор ночевал то в одной, то в другой квартире, но телефон в подобные вечера не умолкал ни на минуту. В конце концов, они сдались, съехались, наплевав на все пересуды на свой счет, но какое-то время еще удерживались по разным комнатам. Ну а в итоге махнули рукой на все, так и спали втроем, обретя этим долгожданное, непонятное для непосвященных, умиротворение. Может, только это и спасало Люшина от полного отчаяния? Работа на сей раз была каторжная, в кошмарных снах, которые в последнее время буквально преследовали Виктора, он не представлял себя иначе, как в глубоко пропитавшемся кровью, буквально колом стоявшем, фартуке, с огромным тесаком в руках.

– Ничего, ничего, – поддерживала его в такие минуты Надежда. – Это не «жисть», ясно, но там, наверху, неужели они для себя ничего не приберегли, а, Виктор? Думаешь, они такие дураки? Вот и нам туда надо. Вытри сопли, Люпцин, мы же сами вывели с тобой, что нам «не совладать с гадиной», что и жить и помирать нам при этом кошмаре, стоит ли повторять уже столько раз решенное и перерешенное?

– Да, ты права, – каждый раз соглашался Виктор, но точки опоры все же не находил.

Их повысили, но опять же с некоторой издевкою: место Юрия Петровича досталось Надежде, а место Володи – Люпцину. Все было по справедливости, и все же Виктор не уставал обижаться – жена опять оттеснила его.

# 12

В первый свой рабочий день Виктор встал на два часа раньше, чем нужно, тщательнейше побрился, продумал каждую деталь своего туалета.

– Гуано? – хитро улыбнулся он, оглядев себя со всех сторон в зеркале. – Где гуано?

Однако он пришел в ярость, увидев свою первую посетительницу: беременная «шиза Соня» буквально облизывалась от удовольствия, входя в кабинет. Но и это было не самым сокрушительным сюрпризом, следом за ней перед дверью Люцин увидел красное от стыда лицо Ирины. Только Клавы – королевы помоек – для полной картины здесь не хватало. Что ж, ничего не поделаешь, у всей их семьи дебют. Такое вот тройное начало. Выручил его на сей раз улыбающийся, невыразимо довольный своим очередным повышением, Юрий Петрович.

– Ребята! – радостно воскликнул он, в восхищении потирая руки. – Заканчивайте!

Позже продолжите. Сейчас все в машину, едем наш новый офис смотреть.

Собственно, никакого офиса еще не было. Стояло несокрушимой твердыней огромное здание хорошо знакомой формы: широкое внизу и чуть ли не в шпиль превращавшееся наверху. Вокруг полным ходом шли работы по «благоустройству территории», внутри же, как и снаружи, сооружение было целиком прозрачным, даже перекрытия. В середине столпом стояла как бы колонна из пустоты, по бокам которой летали вверх-вниз неугомонные и тоже прозрачные лифты. А за ними кабинеты и кабинетики, еще не отделанные и не обставленные, ждущие будущих разного ранга начальников и начальничков.

— Как ты думаешь, на каком этаже нас разместят? — с интересом спросила Люшина внезапно появившаяся жена. Ирина лишь поглядывала в их сторону, строго соблюдая субординацию, прогуливаясь под ручку с

Соней, что-то оживленно ей рассказывавшей.

– На третьем, наверное, – пожал плечами Виктор.

– Да, высоко нам еще карабкаться, – задрав голову, вздохнула с грустью Надежда.

– А знаешь, пол здесь ну в точности цвета этого самого… гуана.

– Гуано, – рассеянно поправил ее Люцин. – Сколько раз повторять? Ударение неправильное, слово не склоняется, а уж цвет – так совсем ничего похожего. Да и вообще, если тебе интересно, гуано – это всего лишь удобрение. Нужная, полезная вещь, главное – никакой химии.

Сам он так и не опустил голову, любуясь больше всего верхушкой здания, преломлявшей в себе лучи света как гигантский бриллиант.

– Да, крематорий! – задумчиво проговорила Надежда, присоединяясь к нему взглядом и растирая ладонью онемевший затылок.

– Точно. Хеопсина так хеопсина, – в тон ей отозвался потрясенный, буквально раздавленный необычайным зрелищем, Люцин. – Туда бы еще звезду – ну эту, «полынь», которая – на самый шпиль, как раз не хватает.

Он вдруг вспомнил что-то, поколебался немного, затем достал из кармана потертый жетон на полуистлевшей суровой нитке и, медленно, постепенно наполняясь решимостью, надел его себе на шею.

# СНЫ САТАНЫ

*рассказ*

# 1

Ленчик очнулся от сна и непонимающе пошарил по сторонам взглядом. Было темно, но если он действительно «выплыл», скоро должно рассвести. Он всегда вставал точно за час до рассвета, когда не пребывал в запое, внутренние «ходики» никогда еще его не подводили.

Вот и сейчас что-то из глубины властно толкало его: «Пора, поднимайся!», но Ленчик сдерживал себя, пытаясь разобраться в том хотя бы, где он находится. Главное, чтобы не в тюрьме и не в больнице.

В голове какой-то вязкий ком, он ничего не соображал. Кто-то сопит рядом. Вроде бы, она, Зойка — «маруха-замараха», боевая подруга серых дней и белых мышей, то бишь ночей. Значит, все в порядке, и в самом деле пора принимать вертикальное положение. Заодно и убедимся.

Он спустил ноги с дивана, с трудом разогнул подкашивавшиеся колени и побрел туда, где должна была находиться кухня. Точно, она. Ленчик включил свет и огляделся. Да, замараха, ничего не скажешь. Повсюду валялись залапанные пустые бутылки, в раковине до самого крана грязная посуда, на столе остатки еды. Испуганно шарахнулись врассыпную оживленно шевелившиеся кучки тараканов. На Зойку было не похоже, в общем-то. Видимо, под конец не удержалась и тоже, с ним вместе, вошла в «затяжной прыжок».

Кажется, в этот раз он впервые докатился до белой горячки. Серые, потом белые мыши, бесовщина и прочая дребедень… Ленчик сел на табуретку и сжал ладонями голову. Мучила жажда, хорошо бы чайку соорудить. Наверное, есть где-нибудь заварка, надо поискать по тумбочкам. Впрочем, вряд ли. Вечера два они так чифирили с кем-то, кого Ленчик уже не помнил, а может, и вообще не знал, что какой там чай!

Он, в принципе-то, никогда не бывал

буйным, хоть и старался в периоды подобных «затмений» по возможности нигде на людях не показываться, а тут что-то кричал, кидался к двери, рвал на себе одежду и плакал, плакал. Гонялся по комнате за чертями, какие-то они были совсем маленькие, не больше мизинца, видимо, других по его душу не нашлось, но как тараканов — из всех щелей таращились, рожи корчили. Один особенно наглый, шустрый попался, Ленчик часа полтора пытался согнать его с люстры — кажется, все три плафона разбил.

Врут, наверное, люди, когда говорят после загула: не помню, убей Бог, ничегошеньки не помню. У него, во всяком случае, по-другому было: какие-то очень яркие куски, и кусков таких множество, а вот полную картину и в самом деле не восстановить. Да и зачем утруждаться — все другие расскажут, те, кто видел его со стороны. Интересно, сможет ли Зойка что-нибудь вспомнить?

Надо бы немного перекусить, заставить себя, но что толку: тут же обратно все вытошнит. Ладно, как там говорится: время — деньги. А без денег что человек? Букашка! Раньше он не верил этому, теперь знает точно. «Пора, Ленчик! Праздники кончились, начинаются суровые будни». Он поискал сумки и вздохнул с облегчением — хоть их не пропили и никто не стащил. Сумки были потрепанные, невзрачные, но специально прошитые внутри перегородками для бутылок, ни сантиметра лишнего места.

Он тихо затворил за собой входную дверь, хотя знал: Зойка — из пушки пали над ухом — часов до десяти даже на другой бок не перевернется.

## 2

Выйдя из подъезда, Ленчик наконец почувствовал, что совсем очухался. Донимала сухость во рту, тело ломило, но в голове уже была полная ясность. Даже излишнее возбуждение, руки тряслись, хотелось двигаться, говорить. Он похлопал себя по карманам в поисках курева. Куда там! Ладно, вот тебе и первое испытаньице: не «стрелять» и до «бычков» не опускаться, первую копейку – на сигареты, но пока не сшиб ее – терпи.

Рассвет вот-вот должен был наступить. По шоссе удобнее было добираться, но не хватало ему нарваться на патрульную машину с ментами, лучше дворами как-нибудь.

Пора, пора выплывать. Ему было страшно. Раз он дошел до такого состояния, дальше может случиться что угодно. Вроде как черт пригрезится, он на него с ножом – а на полу та же Зойка в крови плавает. Или еще что-нибудь в том же духе.

Как же с ним такое могло случиться? Со всеми бывает? Но он не такой, как все. Он Ленчик, Ленчик Акимото. Бывший Акимов Леонид Алексеевич. Бывший инженер. Бывший муж, отец, неплохой семьянин. Бывший человек.

Диплом с отличием, ни одного опоздания на работу. Кого это сейчас колышет? Деньги, только деньги мерило всему. Интересно, если бы он так думал прежде, может, и не разошлись бы они с женой? Нет, Ирину честными, «горбатыми», деньгами все равно не удовлетворить. В сравнении с тем, что гребут начальники цехов, директор завода, любые деньги для нее – лишь жалкие гроши. Все равно бы она пилила его, как та старуха из сказки. Господи, что с людьми только произошло? Ненависть, потерянность, зависть – как будто бы других чувств никаких и не осталось на свете.

И все-таки деньги… Без них ему точно не выплыть. С деньгами он Ленчик, Ленчик

Акимото, без денег просто плесень, даже не дерьмо. Почему Акимото? А черт его знает! «Мы с ним были косые-косые, ну как япона мать!» Или вот даже стишок про него сочинили: «Встретил утром Акимото – не попал ты на работу!» Да, у Ленчика водились «шуршики» и тем, кто отдавал долги, всегда можно было у него призанять.

Раньше… это раньше он думал: дно есть дно, и уж если ты туда сверзился, то и не рыпайся. Нет, все не так, все не так на самом деле: «дно» бездонно, не только там, наверху, есть седьмое небо, есть и здесь восьмое и даже десятое дно.

Это раньше ему казалось, что здесь он будет никому не нужен, будет свободен. Как раз, наоборот, там, в прошлом, никто не обращал на него внимания, здесь же он просвечивался неустанно пучеглазым тысячеоким чудищем. Менты, эти проклятые менты, прежде они не удостоили бы его взглядом, а тут буквально охотились за ним. Еще бы, Ленчик не какая-нибудь мразь, у него-то найдется, чем заплатить за вытрезвитель, да можно и так пошмонать – куда ему жаловаться? А сколько любителей выпить на дармовщинку, просто завистников, ворья из тех, что шестерят на зонах, а здесь королями себя преподносят? Даже какой-нибудь чурка, образина чернозадая, и тот норовит втереться перед самым его носом, оттеснить в сторону, будто он не человек совсем, а пустое место.

Черт знает, почему он в этот раз сорвался, ведь он редко бывал в запоях. Может, оттого что сын, увидев его, мимо прошел, застыдился, даже не поздоровался. Может, еще что-нибудь. Какой смысл вспоминать? Важен не повод, важно, что потом произошло.

«Черт-черт-черт-черт! Очухивайся, Ленчик! Очухивайся, так же нельзя!» Он и так выбивался из графика. А расслабляться, запаздывать не было никакой возможности. Нет, он еще поборется. Как там, у Гончарова, Обломов разглагольствовал: «Другой...».

Нет, он, Ленчик, не «другой». Пусть не по Обломову, пусть он давно уже не Акимов Леонид Алексеевич, а Ленчик Акимото, но Ленчик, ниже – ни-ни!

«Черт-черт-черт!» Нет, у него еще пока остались мозги. Ладно, потом про запои, что сейчас делать – было предельно ясно: нужно собрать денег хотя бы на мешок картошки, ну еще чтобы контролеров умаслить в электричке. В Москве менты хитрые, с утра его тревожить не станут, подождут, пока он хотя бы полмешка продаст, иначе придется «натурой» брать, а там и так уже у них, в ментовках, как овощехранилища. Но его и там уважали – гоняли, но не забирали: платил он аккуратно и не торгуясь. Разве что какая-нибудь сволочь заведется на участке, так ведь всегда можно сменить район.

Нет, мозги он еще не пропил, да и лето сейчас, летом только если наипоследний дурак пропадет. Пусть сначала самый крайний вариант – бутылки, дальше – больше, день-два, и он выправится, если только эта шалава Зойка не наделала долгов. Было так раз с другой, правда, «марой». Ему даже «счетчик включили», недели две он никак не мог выпутаться. С тех пор поумнее стал, понял, что из него маленького такого «кабанчика» хотели сделать. Здесь, внизу, все как у больших людей, только в микроскопическом, до смешного искаженном, виде.

По сути, он бомж — к жене в квартиру ведь не попрешься, но так даже лучше, сколько мужиков на его глазах из-за квартир поисчезало. Нет, он и здесь на плаву старался держаться: выбирал какую-нибудь бабу, только-только к пивнушкам скатившуюся, и жил с ней. С бабой все проще — и постирает и пожрать сготовит, да и заразу не подцепишь. С бабой всегда просто, если есть хоть какие-то деньги, а без денег он никогда не бывал.

Пора, пора включаться в работу. Главное сейчас в скорости, в том, чтобы нигде не углубляться, только по «сливкам», только по «сливкам», и как маятник: тик-так, тик-так, туда-сюда. Вот и первая, третья по степени удачливости, из любимых его помоек, к первым двум он, считай, опоздал. «Черт, какой же день сегодня?» Этого он не помнил, а день очень важен. Вот если бы воскресенье, или хотя бы понедельник. Остались ведь еще чудаки, которые работают.

Сюда-то он пришел как раз вовремя: рассвет только забрезжил. Но рассветет очень быстро, мешкать нельзя. В его распоряжении буквально десять, в лучшем случае пятнадцать, минут. Место было удачное: от домов в небольшом отдалении – с одной стороны какой-то склад, с другой будка дворницкая, еще – гаражи самостройные. Конечно, за неделю и тут какой-нибудь самозваный «хозяин» мог объявиться, но вряд ли – здесь обычно Федя заправлял, дворник, с утра к контейнерам никого не подпускал. Злой, как пес, а еще хуже баба с ним – Клавка, бывший штукатур со стройки, язык как бритва. Ленчик вообще на обострения идти не любил, да и вообще предпочитал поменьше «светиться». Как только появлялся кто, он тут же уходил. Днем проще, если баки не опрокидывать, мусор не разбрасывать, никому ты не нужен, но днем лучше по электричкам пошастать или возле палаток у вокзалов. Хорошо хоть со сдачей бутылок нет проблем.

Шесть баков здесь, все на месте. Полны, даже с верхом, да и мусор вроде бы сухой. И никого вокруг. Кажется, улыбаться начала ему фортуна, хорошая примета: как день начнется, так он и сложится. Ленчик обошел сначала вокруг баков, заглянул за кирпичную ограду: не все люди козлы, не все стараются разбить «посуду», чтобы никому не досталась, не все стараются бросить ее как раз в тот контейнер, что погрязней. Сумки набрались быстро, и можно было даже и не упорствовать дальше, но всякий вариант надо отрабатывать до конца. Лишнее можно где-нибудь и припрятать поблизости, а пока он пристроил в кустах добычу, чтобы не засвечиваться с нею и, надев перчатки, быстро прошелся по верхам. Да, живут же люди, ему бы так! Интересно, какое сегодня число месяца? Должно быть, как раз получка. Дело шло споро, но Федя, Федя, вот-вот он должен был появиться.

Ленчик сделал, уже было, шаг в сторону от последнего, шестого, контейнера, как вдруг углядел в нем краешек мешка. Нет, удача и вправду в тот день была фантастической. Уж он эти мешочки хорошо знал: внутри там то, что сдать невозможно — сплошь жестянки и склянки из-под дорогого импортного пива, однако сами мешки совершенно новые, полбутыля за такой, особенно если на рынок отнести, обеспечены. Он трясущимися руками развязал рогожку, даже тесьма была та же, знакомая, и потянул за дно, чтобы всю эту дребедень в тот же бак высыпать. Однако на сей раз мешок оказался непривычно тяжелым.

Ленчик вздрогнул, оглянулся тревожно. Вот так его, тепленьким, взять, а внутри расчлененка, голова-то вряд ли, ну а что-нибудь из других частей – пожалуйста. С ним никогда не случалось, Бог миловал, а ребята рассказывали. А тут еще Федя, Клавка-то обычно позже приходит. Одним словом, неприятностей не оберешься. Нет, уж лучше ноги в руки, от греха подальше. И все-таки...

А вдруг что-то другое? Он тогда век себе не простит. Медлить, однако, нельзя было. Ленчик попытался прощупать содержимое мешка и вздохнул с облегчением, вроде бы, на расчлененку не смахивает: было бы помягче, да либо пятна сверху, либо внутри полиэтилен. Ладно, надо брать, а там видно будет. Ленчик потянул вверх дно мешка, из него тотчас вывалился большой и тоже новехонький рюкзак. «И это вполне, вполне сгодится!»

Он быстро взметнул рюкзак на спину,

еще раз огляделся в испуге, потом нашарил в кустах сумки и на мгновение задумался, куда ему теперь идти. Проще всего – к Зойке, скинуть «товар» и дальше за работу, чего утру пропадать, столь удачно начавшемуся? Но достучишься ли до нее, до Зойки, в таком ее состоянии и в такую рань? Разбудишь соседей. Да и рюкзак, что там в нем? Придется тогда с Зойкой делиться. Нет, лучше ей, пожалуй, не знать. Надо покумекать, осмотреться. Спешить, суетиться в таком деле ни к чему.

У него были свои места заветные. Там в кустах, у ограды детского садика, как раз канавка хорошая. Положить туда добычу, забросать ветками, и снова на охоту. Конечно, кто-то может и проследить, перехватить добытое, но в этом месте такого с ним пока не случалось. Ленчик быстро прошмыгнул между домами, пристроил сумки в канаве, посмотрел на скинутый наземь рюкзак. Черт бы его побрал, этот рюкзак. На что он может пригодиться?

Слишком новый, добротный, будет смотреться на нем, как на корове седло. Впрочем, это сейчас у него, Ленчика, вид как у пугала, а в Москву с огурцами или капустой в самый раз будет. Вот только что там внутри?

Ленчик помедлил: «что если...»? Была у него такая мечта. В самые отчаянные минуты она поддерживала его, выносила на поверхность. Сколько раз он крутил в голове разнообразнейшие варианты сценария. Вот он только на подходе к какой-нибудь помойке, и вдруг бандиты, в масках, возможно, на машине, спасаются от преследования, бросают в мусор туго набитую сумку и удирают дальше. Он, Ленчик, выжидает, пока погоня промчится мимо, достает эту сумку, перекидывает ее небрежно через плечо и удаляется, как ни в чем не бывало. А в сумке пачки денег, глядишь, даже и доллары. Ограбили какую-нибудь сберкассу.

Он сжигает свою одежду, чтобы его не

вычислили по приметам, одевается с головы до ног во все новое. Тратит деньги осторожно, не привлекая внимания. Устраивается на работу, со временем покупает квартиру. Нет, с Ириной он все равно не сойдется, но сыну, Вадику, будет помогать. Хорошо помогать. Чтобы и институт, и все остальное как положено. Начнется новая, нормальная жизнь. И он снова станет человеком. И больше не будет пить. И еще та девчонка, Ленка, если у него будет квартира, они поженятся. У него будет семья, нормальная семья. Деньги ворованные? Да плевать на это! Лишь бы ему не засыпаться. А уж он постарается не засыпаться, только бы Бог послал ему такую милость, самому-то не выкарабкаться.

Он долго оттягивал момент, так не хотелось разочаровываться! Какие уж там деньги, хорошо хоть рюкзаком осчастливили. Наконец медленно стал развязывать тесемки. Камуфляжная куртка, либо целиком костюм — чудеса продолжаются. Он развернул было куртку – великовата, но сойдет вполне... и остолбенел: прямо у его колен тускло чернела выпавшая граната.

Волосы на голове у Ленчика встали дыбом, весь сжавшись, боясь шевельнуться, он ощутил, как поползли вдоль хребта у него холодные капли пота. И казалось, вот-вот кто-то тронет его тихонечко сзади за плечо и с ехидцей спросит над ухом: «Ну что, очень любопытно?»

Минуты две он простоял так, в позе суслика, затем сознание постепенно начало проясняться. Что он, в самом деле: чека на месте, значит, можно и не бояться! Теперь он раскладывал содержимое рюкзака медленно, с крайней осторожностью. Штаны к куртке, но если бы только штаны. Два пистолета «ТТ», запасные обоймы к ним, пять гранат и две бомбы, из них одна с часовым механизмом, другая с дистанционным взрывателем. И все тщательно переложено, упаковано. Силен товар! Вот тебе и доллары! Ленчик присвистнул, но тут же зажал рот ладонью. Если его сейчас здесь прихватить, не отбрешешься, на адвоката денег нет, лет пять схлопочешь как минимум. Что за жизнь! Что же ему так «везет» в последнее время?

Он вытер со лба испарину, только сейчас заметив, что постоянно озирается по сторонам. Что делать? Обратно туда же находку, в мусорный бак? Но народ уже зашевелился, кто-нибудь обязательно заметит его, вспомнит потом, тут ведь не кило картошки. Да еще Федя проклятущий, черт бы его побрал. Здесь прямо и оставить? А пройдутся если по дому напротив, наверняка какая-нибудь бабка – божий одуванчик мучается бессонницей, смотрит неотрывно в окошко, давно уже его заприметила? В речку бросить, в пруду утопить? Кто-нибудь подорвется или пацанам каким, не в меру любознательным, в руки попадет. Думай, думай, Ленчик, есть у тебя еще мозги? Сунуть в рюкзак опять эти финтифлюшки и... куда? Дальше куда? В жизни его только бабы выручали. Благо, баб этих у него сейчас... К Вике, конечно, к кому же еще!

Он подхватил сумки и снова потянулся дворами, старательно избегая вылезать на проезжую часть. Вдруг менты... Впрочем, ну если даже менты. Пусть попробуют забрать его на свою шею. Что потом останется от их машины? Ленчик совершенно отчетливо себе представил, как подходит к нему какой-нибудь салажонок, только после армии, с наглой ухмылкой: «Эй, ты, алкашидзе, поди-ка сюда!» И как он сунет ему в руки гранату с вынутой чекой, и в глаза, в глаза ему посмотрит. «Что же ты, пацан, такой шустрый, а наложил сейчас в штаны?» Сволочи, нет, чтобы бандитов ловить, а только и смотрят, где бы пасть набить, коты зажравшиеся. Впрочем, мать ведь у этого пацана, девушка, а может, и жена, свой пацаненок уже. Чем он виноват? Что он может сделать с бандитом-то? Если такая уж у нас бандитская власть? Куда ему вообще идти при такой безработице? Надо же как-то кормиться, семью содержать.

**3**

Вика долго не открывала дверь, наконец, просунула в щель заспанное лицо в последней попытке от Ленчика отделаться.

— Генка спит. Чего тебе? На бутылку, что ли?

— Да я вроде бы у тебя никогда не занимал.

— Кто знает, может, уже докатился?

— Нет, Вика, я вернулся.

— В который раз?

Она хотела было захлопнуть дверь, но Ленчик успел вставить ногу в проем.

— Соседей разбудим. Я на минутку, ладно? Давай поговорим.

Напоминание о соседях подействовало, Вика нехотя распахнула дверь, отстранилась.

Провела его на кухню. Села на табуретку, зевнула, зябко запахнула халатик.

— Ну, говори, что ты хотел сказать?

— Викуша, ты не обижайся. Ну, я долго отсутствовал... так получилось.

– Однако ты наглец. Как будто я тебя не видела с очередной твоей замухрышкой, это же помойная яма, «за стакан» девочка. Может, еще прикажешь после нее спать с тобой?

Ленчик помялся.

– Ладно, Викуся, я виноват, конечно. Сорвался, еле вот выкарабкался. А спать тебе со мной вовсе не обязательно. Я просто вещички свои у тебя оставлю, а вечером заберу.

Вика вздохнула, поостыла немного.

– Вещички-то хоть не краденые?

Ленчик разозлился.

– Ладно, нет, так нет, хватит шутить!

Он поднялся, вскинул на плечо рюкзак.

Вика поняла, что перегнула палку.

– Хорошо оставляй. И не строй из себя обиженного, сам виноват.

– Исправлюсь, вот те крест, – пообещал беззлобно Ленчик.

Выскочив за дверь, Ленчик, наконец, почувствовал в себе прежнюю уверенность.

Да, времени много потеряно, но что-то еще можно наверстать. Закончив с бутылками, он поработал пару часов на разгрузке, ему отдали должок, к вечеру в карманах ветер уже не гулял. Камуфляжку он продал. Никаких камуфляжек, хотя вещь, конечно, соблазнительная. Лучше, чтобы его в таком виде не примечали, слишком он известная личность. («Слышь, иду и вдруг Акимото в «защитке», не поверишь, прямо Рэмбо, япона мать!»). Всяко может быть: всплывет где-нибудь рюкзачок этот в сводке. Нет, береженого Бог бережет.

Куда теперь? К Зойке? Неплохо бы, но нельзя надолго оставлять без присмотра заветный рюкзачок, а к Зойке с ним заявиться – тюрьма верная. Куда еще можно пойти? Нет, только Викуся и остается, проклятая Викуся, Вечная женщина, как ни крути, а все дороги ведут не в Рим, как во всем мире принято, а именно к ней.

Деньги, расцеловать бы того, кто придумал эти шуршунчики. Ленчик купил торт, бутылочку финской клюквенной водочки, двухлитровку «Доктора Пеппера», пиво «Монарх». Но этого было мало для примирения, он прихватил одну видеокассету и пару аудио, из тех, что Генке очень нравились. Размягчить Вику легче всего было через ее пацана. Денег не осталось даже на трамвай, да когда он на нем в последний раз ездил с билетом-то?

Войдя, он первым делом выложил покупки на кухне и сделал вид, что торопится уходить.

– Ну, ты и лис! – Вика расхохоталась – Тактика питекантропа, но действует безошибочно. Психолог, ничего не скажешь.

Ленчик развел широко руки в стороны и шутовски бухнулся на колени.

– Я же от чистого сердца, Викуся. Прости меня, подлеца!

– Ладно уж, оставайся, – вздохнула Вика. – Но только до утра! Потом чтобы больше ноги твоей здесь не было.

– Ясно, ясно, Викуся, яснее некуда, до

утра, только до утра! – засуетился Ленчик. – Утром, как нечистую силу, еще до рассвета, словно ветром сдует. А что, картошечки свежей, жареной, не найдется у тебя? Можно с огурчиком. Весь день маковой росинки во рту не было.

– Понятно, только скинь ты свое барахло помоечное, знаю, что в перчатках, как аристократ, работаешь, но все равно, Господи, в ванну скорее, как же от тебя несет! Иначе никакой картошки! Забудь!

Клюквенную Ленчик не стал, хотя любил очень, только пива стакан себе и позволил. Смотрел на раскрасневшуюся Вику даже с некоторой завистью.

– Что, сорваться боишься? – спросила та с насмешкой.

– Боюсь, – кивнул Ленчик, – веришь, в этот раз до чертей допился. Никогда такого не было, ты же знаешь. Люстру разбил, из посуды что-то.

Вика так и прыснула от смеха, затем посерьезнела.

— Ленчик, это конец. Дальше либо тюрьма, либо психушка.

— Знаю. Но что делать?

— Жить.

— А как жить?

— В смысле «где»?

— Нет, в смысле «как»?

Вика пожала плечами.

— Ну, тут я тебе ничем не помогу.

— А кто поможет?

— Ты же мужик, кто тебе должен помогать?

— Мужик...

По глазам Генкиным он видел, как доволен тот кассетами. Такая малость для счастья нужна мальчишке. Они с Викой допоздна смотрели видео, потом она постелила ему на раскладушке. Ленчик тут только почувствовал, как он устал, за день набегавшись, но спать ему, конечно, не дали. Больше чем на полчаса Вику не хватило, она проскользнула к нему в темноте, разлохматила голову.

– Пойдем ко мне!

Но и усталость прошла, тело налилось сладостной истомой: ванна, картошечка с огурчиком, теперь вот Викуся – много ли человеку надо?

– Сто раз зарекалась, – лениво запоздало сокрушалась Вика, – так ведь и СПИД, и сифилис, любую заразу можно подцепить. Не разберу я тебя, Леонид – то придешь, то уйдешь. Чего душу травишь? Уж иль к тому иль к другому берегу. Да, наверное, это я во всем виновата: мне бы отшить тебя раз и навсегда. Я ведь молодая еще, вполне могла бы выйти замуж по новой. Ну, не получилось один раз, так не все же мужики – сволочи. Дать объявление в газете, глядишь, какой-нибудь завалященький нашелся бы и по мою душу.

Она замолчала, покосившись, не спит ли он. Но он лежал молча, с открытыми глазами.

– В принципе, я тебя понимаю, Леонид, просто так на душе у тебя. Ты ведь не за себя, ты бы не пропал, за других больной… Я и сама во многом не могу разобраться: вроде бы, и интересней, и свободней жить стало, и нет этой унизительной беготни по магазинам, денег мало, но не в них дело. Просто грязно, гадко, мерзко, душа оплевана. Вроде бы, чем не жизнь, а ничего не надо, ничего не мило, такое впечатление, как будто это не явь, а сон, кошмарный, грязный, мерзкий и гадкий сон. И только один такой сатанинский сон кончается, только просыпаешься с облегчением, что все позади, что ты проснулась, как наваливается новый кошмар, еще более грязный и гадкий. И можно с ума сойти: неужели не будет конца этому, неужели на эту мразь и грязь уйдет вся оставшаяся наша жизнь?

Он не ответил, только молча придвинул ее к себе. Она уткнулась ему в грудь и тут же уснула.

А он почему-то долго не мог сомкнуть глаз. Ладонь продолжала ощущать ребристую тяжесть гранаты. Что могло заставить этих ребят в спешке рядом с домом такой груз выбросить? Это ведь не ерунда какая-нибудь, игрушки серьезные. Пистолеты, гранаты – еще куда ни шло, а вот бомбы такие, не самоделка, наверное, сумасшедшие деньги стоят. Да и за деньги достать не просто – при очень большом желании вполне можно отследить, откуда дровишки. Не надо быть специалистом, чтобы понять такие вещи.

А может, это как раз те же деньги? Та удача, о которой он мечтал в последнее время? Бог смилостивился. Ведь если это хорошо продать, то деньги получатся немалые. Впрочем, на квартиру все равно не хватит, а тогда какой толк – все равно разлетятся, сколько ни насобирай, он уже не один раз в этом убеждался. Хотя... почему не хватит? Квартиры бывают разные, можно самую захудалую, да и еще поднабрать, главное, чтобы был стимул. Вот только кому продать? Не встанешь же с таким «товаром» на рынке?

Тюрьма. Никогда еще он не подходил так близко к этой черте, за которой, по его понятиям, кончалась жизнь. Говорят, и там жить можно, но можно ли там остаться человеком? До сумы он, Ленчик, уже докатился, значит, и здесь немного осталось? Собственно, а на что он надеялся? Все не сразу, все по ступенечкам: сначала бомж, затем алкаш, первый запой, теперь вот черти стали мерещиться, что дальше? Рано или поздно: либо цирроз печени, отек мозга — сколько его «знакомых» так уже сгинули, либо перед смертушкой очередные какие-нибудь адовы круги.

Как-то в электричке он ехал рядом с двумя мужиками. Одеты были более или менее чисто, не совсем уж бомжи, но, чувствуется, из тюрем не вылезали. Но никакой «романтики», никакой бравады. Разговор, как ни странно, шел вокруг того, есть ли у кого какой угол, а есть ли у такого-то телевизор, а вот у этого даже холодильник, но главным образом — как и где можно найти хоть какую-нибудь работу. Ленчик был потрясен тогда, он вдруг увидел, что он не перед чертой, а, по сути, давно пересек ее. Дно есть дно, это на небе не сажают, а здесь, на дне, только шаг в сторону сделай.

Да, риск большой, конечно, но есть ли у него другой какой-нибудь шанс? Шанс на что? Вновь стать человеком? Но разве сейчас он не человек?

Внутренний «хронометр» сработал безотказно. Ленчик встал, на привычном месте нашел свои сумки. Одежда была тоже на месте, но выстиранная, выглаженная.

Викуся выглянула из кухни.

— Иди, поешь чего-нибудь.

Ленчик замялся.

— Да я не хочу.

— Ладно, ладно, не опоздаешь ты на свою «работу», мне же не впервой тебя снаряжать.

Он поковырялся в яичнице, затем ощутил проснувшийся голод. Поел быстро, плотно.

Надо бы побриться, но бритва там осталась, у Зойки. Все там осталось, хорошо, хоть сумки забрал. Вернется ли он к ней? Вряд ли. Надо бы что-то подыскать другое. Если уж баба скатилась до такого, лучше не рисковать.

Вика положила на стол деньги.

— Слушай, мне тут зарплату дали сразу за три месяца. Я знаю, что иначе ты чуть ли не неделю будешь раскручиваться. А так можешь сразу начать.

Мысли у Ленчика лихорадочно заработали.

— Я отдам, — пробормотал он, — с процентами даже отдам.

— Да уж, пожалуйста, — пожала плечами Вика, — иначе мы с Генкой с голоду помрем.

— Я быстро отдам... — кивнул Ленчик, соображая, что ему теперь делать.

— Побриться, прежде всего, — вздохнула Вика, — одеться чуть поприличнее. Но у меня по-прежнему как раз то, что ты не любишь, «первомужнее», что мой бывший впопыхах восемь лет назад оставил.

Ленчик поморщился, кивнул, но потом спохватился.

– Телеги нет, тележка у Зойки.

Вика пожала плечами.

– Ну, это уже твои трудности. Я спать пошла.

Да, это его трудности. Он брился медленно, тщательно, выигрывая время для размышлений. Нет, к Зойке он не пойдет – Зойка ломоть отрезанный. Значит, либо призанять где-нибудь тележку, заплатив за прокат, либо батрачком «двугорбым», верблюдом то бишь, к кому-нибудь за ставку либо за процент.

**4**

Через пару дней тележка у Ленчика уже была своя, собственная, потекли денежки. На рынках он не бывал, поближе к метро выгоднее было обретаться. И вопрос, куда определить содержимое рюкзачка, так и не сдвинулся с места. С «черными» если связаться? Так ведь «кинут»! «Белые» тоже могут «кинуть», а то и «сдадут».

— Привет, Акимото, зазнался, не узнаешь! Когда за вещичками-то придешь?

Во рту Зойкином зияла свежая пробоина — двух передних зубов как не бывало, но улыбалась она так, что от глаз виднелись только щелочки.

Как это она поднялась в такую рань? Видимо, допекла жажда. Или специально пришла, чтобы его отловить? Ленчик покосился на начинавшие прибывать легковушки. Зевать нельзя было, перекупщиков, таких, как он, хватало. Упустишь момент — и «товар» мимо носа уйдет, или пропустишь раннюю, удобную по времени, электричку. Потом не наверстать.

– Привет, чего тебе?

– Что же ты так ушел, даже не попрощался? Хоть бы записку оставил, – сопела Зойка в непритворной обиде, – чем это я тебе стала не мила?

Ленчик промолчал, не находя, что ответить. Грубить не хотелось, и не было времени объяснять.

Зойка сама помогла ему.

– К той вернулся, которая с ребенком?

– Да, Зой, ты уж извини.

– Ну-ну, а я что? А я как?

Ленчик опять виновато промолчал. Ему было даже жаль Зойку, покатилась теперь с горы. А баба неплохая, одна фигура чего стоит. Но это лишь ускорит процесс – на таких всегда спрос, не пропустят, особенно по пьяному делу.

– Неужели жениться надумал? – затаенно спросила, наконец, Зойка.

– Ну, не жениться пока, но... – пожал

плечами Ленчик почти утвердительно.

Зойка удивленно покачала головой.

– Да, ты можешь, верю. Значит, и на мне бы мог?

Она вздохнула, погрустила, затем наморщила лоб, перейдя к главному.

– А ведь ты мне должен остался. Мы остались должны, – уточнила она со значением.

У Ленчика на душе захолонуло. Неужто, и в самом деле, наделал он долгов? Его так и тянуло спросить: сколько? Но Зойке только покажи слабину, будет доить его, как корову.

– Знаю, – ответил он важно и вынул две крупные купюры. – Только ты больше не рыпайся. Я с бабами не дерусь, но для такого случая могу сделать исключение.

По тому, как Зойка среагировала, Ленчик понял, что никакого долга, собственно, и не было, это так просто, Зойка содрала с него «за постой». Ну и ладушки. Впрочем, Зойка тут же сориентировалась, принялась канючить что-то про люстру, посуду.

– Да какая люстра, Зоенька, зайчик, – оборвал ее Акимото, – забыла, кто тебе ее купил? «Посуда»! Не смеши меня!

Он прихватил в руки тележку и уже на ходу бросил Зойке:

– А вещички мои продай, они мне больше не нужны.

Если, конечно от них что-то еще осталось, столько времени прошло. Да, Зойка, Зойка, мара ненаглядная, пошла-покатилась по рукам. Но как-то на Ленчика эта встреча подействовала, он не удержался, на обратном пути крепко «принял», очнулся только к ночи в тупике, где стояла электричка. Тележка, деньги, ботинки – где они? Так и приперся к Вике босой.

Бесполезно. Жизнь кончилась. Неужели кончилась жизнь? А стоит ли? Стоит ли дальше упорствовать? Он никогда не запивал у Вики, старался в такие моменты куда-нибудь от нее перебраться, но идти на сей раз было некуда. Ленчик понимал, что он у края пропасти, и остался ему только один неверный шаг. Выйди за дверь – и все, дальше бездна. В таком его состоянии что-нибудь с ним обязательно произойдет.

Он пил и спал, накачивался медленно, к вечеру как раз доходил до отключки. Не буянил, но чувствовал, что Вике с ним тяжело, и она еле сдерживается, чтобы не указать ему на порог.


– Я понимаю, тебе бы одному сейчас немного побыть, – Вика вздохнула, решившись, наконец, – но нам уйти некуда. На работе отпуск, мать умерла, как ты знаешь, в кино сейчас никто не ходит. А Генку больше никуда не выпрешь, целыми днями в «Денди» играет. Слушай, может, в лес съездим? За грибами. Или ты совсем не в форме?

– Давай лучше в сад.

– В какой сад? Откуда у нас сад? Ты, Леонид, скоро совсем на небо улетишь от своей «дуриловки».

Ну, до «дуриловки» дело еще не дошло,

деньги есть пока.

— Деньги есть, все равно ведь пропью. А так, может, закончу пораньше.

— Ну, тут тебе долго пить. Тут у тебя еще видик, телевизор, приставка для игр вон у пацана. Нет, приставку ты подарил вроде?

Ленчик поморщился.

— Я серьезно. Что ты меня, совсем считаешь... Там я видел объявление в газете. Позвони.

Вика пожала плечами. Погремела посудой. Затем вернулась, потормошила готового вновь погрузиться в сон Ленчика.

— Где газета?

Когда он очнулся, никого в квартире не было. Вика с сыном заявились лишь к вечеру. Она была возбуждена, давилась от хохота.

— Ну, была я там. Такой же, наверное, ханурик, как и ты, хотя и молодцом держится. На работе три года назад участок выделили, а у него до сих пор: заборчик, невесть из чего сляпанный, сарайчик метр на метр, в туалет и то в кусты ходить нужно, и ничего… кроме картошки. Но уже предупредил, что картошка его, картошку он не продаст.

— Вот и хорошо, — кивнул Ленчик, еле удержавшись от того, чтобы не икнуть.

— Что хорошо? Что без картошки? — расхохоталась Вика. — Удачно ты нас сплавить хочешь. Что мы там делать-то будем? Сейчас ведь не весна.

Она вдруг осеклась.

— Понятно. Я дура. Дура по жизни, как ты это называешь.

Ленчик порылся в шкафу, протянул Вике деньги. Подождал, пока Вика их пересчитает.

— Мало?

— Ну, ради такого дела можно и признять. Только…

Ленчик кивнул.

— Помню. Телевизор, видик, стереомагнитола. Все, что подарил, подарил, а это — по первому требованию. Теперь вот участок еще. В случае чего продаем, деньги делим пропорционально затратам и вложенному труду. Годится?

— Годится. Дело не в деньгах…

— Знаю, знаю. Я тебя просто жизни учу. Ты не виновата, ты учительница, сначала тебе вдалбливали, потом ты сама, до сих пор вдалбливаешь. А жизнь это жизнь, так устроено, она может нравиться или не нравиться, но другой нам не дано.

— Нет, это не жизнь, — упрямо помотала головой Вика.

— Ладно, — махнул рукой Ленчик, — жизнь или не жизнь, но ты и себе и мне делаешь благо. Ты всем этим пока пользуешься, ну а у меня что-то за душой остается. Деньги у меня все равно бы пропали зазря.

Ему надо было спровадить их. Мешали, очень мешали. Все мешало, даже еда. Ленчик часами лежал теперь в какой-то прострации, ничего не видя перед собой. Конец. Всему конец. У него нет больше сил дергаться. Жизнь? Нет, права Вика, это не жизнь. Это даже уже не сон. И нет никакой надежды на то, что это когда-нибудь кончится. Во всяком случае, ему ничего другого не увидать. Деньги, вещи – все ничего, если душа опоганена. Уж лучше вообще веревку на шею. Что в нем, в таком существовании? Может, он просто воспитан неправильно? Забили, как Вике, голову всякой чепухой, так нужно подтянуться, переделать себя. А зачем? Превратиться в скота, людоеда, идти по спинам, по головам?

И изменить что-либо невозможно, слишком далеко уже все зашло. А люди – бараны, которым осталось только превратиться в козлов. И самое простое – из этого кошмара сатанинского уйти. Кто вспомнит о нем? Кому он нужен вообще? Вике? Наверное, у каждого есть такая женщина, к которой мы плетемся, когда идти уже некуда, для которой мы все, а она для нас... Только обычно такие женщины тащатся за нами с самой молодости, а Вика три года назад появилась. Хорошая баба, конечно, чистюля, заботливая, верная, но толку-то что? Или Генка ее, гаденыш. Уж лучше бы волчонком смотрел, а то молчит, а сердцем, внутренне, к нему тянется. Бесполезно. У него есть свой сын.

У Ленчика была одна нехорошая черта: он был совершенно равнодушен к детям. Не понимал, как вокруг восхищаются какими-нибудь их ужимками, лепетом. Только своего ребенка он любил беззаветно, всего себя был готов отдать ему целиком, неразменно. Но его Вадя… сделал вид, что не узнал его. Ничего, глуп пока, разберется со временем. Деньги он им высылает, сколько может. Надо бы и на этот раз послать, зачем он все отдал Вике?

Свести счеты с жизнью — как самонадеянно сказано! Что ты для жизни? Песчинка. Не букашка даже. Ну, нырнешь в черную мглу, круги по воде разойдутся, и как прежде гладь, будто и не было тебя. Нет, он с треском уйдет, с музыкой. С жизнью он не собирается счеты сводить, но счет есть, и по-крупному.

Он достал рюкзак и разложил на полу его содержимое. Продать? Попадется обязательно, а тюрьма… да, для кого-нибудь дом родной, для него тут черта последняя. Рвануть, самому рвануть! Всех слишком много, всех не унести с собой, но даже если десяток, все равно остальным людям хоть чуть-чуть полегче дышать станет. А если найдется сотня, тысяча таких, как он? Неужели не найдется? Круги разойдутся, и снова гладь? На-кася, выкуси! На весь город две, пусть даже три тысячи подлецов. Это ведь не все, это ведь одни и те же воруют, над правдой, добром, Богом изгаляются, хотя каких только рож умильных не строят, какими только робин гудами, борцами, благодетелями, дурачками не прикидываются, а в сути своей просто сила нечистая, которую нет другого выхода, как только истребить. И кто ему эти бомбы послал, как не Божье провидение?

Ленчик вдруг ощутил облегчение.

Посмотрел на руки – впервые за три года они не тряслись. Ленка! Как же он о ней забыл? Но кто такая Ленка? Выдумка его же собственная, миф, мечта. Ну, шел он по улице, поравнялся с девушкой, лет на пятнадцать моложе его. Что-то сказал ей, она рассмеялась. Шли, он молол какую-то чепуху. И она смеялась всем его глупым шуткам. «Слушай Ленок, сейчас кто-нибудь увидит нас, а я такой небритый, бродяга совсем, скажут: ну, Ленка, ты и нашла себе!» – «Ха-ха-ха!»

Дура, еще одна дура, что удивительного? Весь мир стоит на дураках. Но было как-то необыкновенно легко с нею. Он просто так, с кондачка, назначил ей свидание. И она пришла! Вот только он сам не решился подойти к ней. Кто он, и кто она? Он бомж, алкаш, а она девчонка, чистая, нормальная. Он шел за ней, узнал, где она живет. Как пятнадцатилетний сопляк дежурил вечерами возле ее дома, ждал, когда она выйдет. Миф! Кто она? В лучшем случае, такая же, как

Вика. В худшем – все они потом одинаковы: упреки, скандалы, затаенная злость. Те же проблемы: квартира, работа, деньги, этот сумасшедший, ненавистный мир.

Нет, Ленка, лучше поставить тебе памятник. Во имя Прекрасной Дамы, как раньше рыцари, подвиг совершить. Да, рвануть все это к чертовой матери! К японской матери! Ленчик Акимото, Ленчик Камикадзе, не косой, не косой совсем, совершенно трезвый, но очень злой, япона мать, очень злой!

Япона мать! Гады, козлы, сволочи! Сколько вы меня унижали, сколько я из-за вас асфальт лизал. Сколько вы травили меня всякой дрянью в моем отечестве, а я жив еще, и вас с собой унесу.

Мысли неслись по инерции, но все встало на свои места давно уже. Акимов Леонид Алексеевич. Он больше не Ленчик, просто Леонид. Он проверил пистолеты, думал, забыл уже, – сколько лет прошло после армии, но руки – не голова, сразу все вспомнили, едва только металл лег на ладонь. Нашел кусок ткани, соорудил два кармана на внутренней стороне ветровки. Готово! Рассовал по карманам гранаты, рюкзак на место убрал.

Вышел на улицу. Куда теперь? Свести счеты. С кем? Мафия? Ради Бога! Вполне подходяще. Гранату под иномарку, обойму разрядить, если выскочить успеют. Еще иномарка, еще граната. Ноги как-нибудь унесем. Чертовы бандюги, куда они только подевались все? Лишь к вечеру он, наконец, нашел то, что искал: «Вольво» перед коммерческой палаткой и две здоровенные рожи в нем. Другие, наверное, дань собирать пошли.

Точно! Из одной палатки вынырнули, в соседнюю направились. И среди них Кыжа – кто ж его не знает? Гора, только маленькая ростом, заплывшие жиром свиные глазки. Ленчик стал неподалеку, расстегнул куртку. Сами подойдут: кто такой и так далее. Конечно, вообще-то, вооружение у них – не чета его. Из гранатометов на трассе шоферов-дальнобойщиков расстреливают, автоматы – уже вчерашний день. Но на сбор выручки наверняка приехали безоружными, чтобы дурачками прикинуться, если вдруг заметут. А через час выйти из ментовки с ухмыляющимися рожами. Да и кто их заберет? Сколько дней потом менту и его семье жить останется? Тут вам не Москва! Нож в бок – и был ли такой человек?

Но «крутые» лишь мельком взглянули на Ленчика, о чем-то поговорили в машине – не видно было за затемненными стеклами – и не спеша покатили дальше. Ребята солидные или прикидываются такими. Он покрутился немного, но былого куража уже не было, да и мала, мала была его «артиллерия».

Пятеро бандюганов, иномарка – неужели так мало стоит его жизнь? Рыба с головы тухнет. Вот и начнем с головы.

# 5

– Ну, Леня, ты и нашел нам заботу. – Вика была еще более оживленная, радостная, чем обычно. Она поставила в вазу букет из полевых цветов. – Ты у нас теперь барин, у тебя свое имение. Там такая красотища! Слушай, не пора тебе самому туда проехаться? Но тоже нет житья от этих нувоворишей. Было место чудесное – Анина дача называлось, а теперь, видите ли, конезавод. Конезаводчики у нас уже появились, представляешь? Я говорю, дурдом. Но с каким размахом сделано! Можно на пони детям покататься, взрослым поучиться верховой езде. Лень, ты как насчет верховой езды? Слабо тебе?

Она вздохнула, глянула на него просительно.

– Лень, помоги сделать ворота, а? Забор мы кое-как с Генкой осилили. Сколько ты будешь сидеть здесь, как сыч?

Ленчик промолчал.

– Слушай, а ты совсем пить перестал, – радостно болтала Вика, когда они сели за стол, – заметил? Это хорошо.

– А у тебя есть?

Вика осеклась.

– Ну, я, действительно, дура! – пробормотала она и нехотя достала из холодильника початую бутылку клюквенной. Генка бросил вилку и ушел в свою комнату. Но Ленчик и глазом не моргнул.

– Эх, что ж ты раньше-то! Надо было перед едой, а не после.

Вика кисло улыбнулась.

– Давай я еще положу.

– Положи, отчего не положить!

Они думали, что он снова заведется, но Ленчик парой рюмок ограничился. Дал Генке денег на видеокассету, тот принес какую-то комедию, как ни странно, удачную, они хохотали до слез. Но Ленчик как бы раздвоился. Если бы они знали, что это его прощальный вечер! Пусть таким и запомнят его, пусть не думают о нем плохо. Сегодня,

сегодня он смеется, а завтра просто труп. Если можно назвать трупом те ошметки, что от него останутся.

Он поднялся, как обычно, за час до рассвета. Прошмыгнул на кухню, стал не спеша нашивать карманы, крючки. Растолкал Вику пораньше, отправил их.

— Давайте, давайте, погода хорошая! Да и замерь там, какие нужны ворота. Хотя вообще-то, зачем тебе ворота? Калиткой не можешь обойтись?

— Ну, все ворота делают!

— У всех машины, ты что, рассчитываешь, что я тебе еще машину подарю?

Потом долго вертелся перед зеркалом: не выпирает ли откуда? Снова орудовал иголкой, пока, наконец, не хмыкнул удовлетворенно: теперь в самый раз.

Трудно сказать, кому пришла идея отделать то, что называлось «административное здание», плиткой под мрамор к какому-то юбилею, но с тех пор устоялось в городе прочно название: Желтый дом. В вихре перемен первым делом захотелось новоиспеченным деятелям заменить прежнюю плитку на новую, белую, но денег так и не нашлось.

Ленчик ожидал, что его засекут уже на входе, но там, как и прежде, сидел один только скучающий милиционер. И никаких охранников. На него вообще никто не обратил внимания, тем более что он тут же деловито прошмыгнул к лифту. А оттуда бодро прошествовал к заветной приемной. Уж там-то наверняка мент должен был сидеть, но никаких ментов — может, отлучился куда-нибудь? Впрочем, секретарша была жох-баба, почище любого мента. Так и впилась в Ленчика взглядом.

— На прием записаться? Сегодня не приемный день, приходите в четверг.

— Но мне очень нужно.

— Я же сказала: в четверг. И потом, вы уверены, что вам именно к главе, может, лучше к кому-нибудь из его заместителей? По какому вопросу вы хотели бы переговорить?

Она почему-то сразу Ленчика возненавидела, атмосфера между ними все более накалялась, того и гляди выставит его за дверь.

— В чем дело?

— Да вот, Александр Иванович, посетитель к вам, — залебезила секретарша перед неожиданно появившимся в дверях начальством, — я ему сказала, что не приемный день сегодня. Но в четверг... там как раз осталось местечко, если вы не возражаете, я его запишу.

— Мне сейчас нужно.

Александр Иванович внимательно посмотрел на Ленчика, затем шевельнул бровями в недоумении.

— Что же у вас за дело такой неотложности?

— Личное. Просто личное, — пожал плечами Ленчик.

– Хорошо, – просиял неожиданно Александр Иванович, – демократия на то и демократия, чтобы делать иногда исключения из правил. Прошу!

В кабинете он неторопливо снял пиджак, повесил его в шкаф на плечики, но узел галстука ослаблять не стал, деловито расположился в неглубоком крутящемся кресле и побарабанил пальцами по столу.

– Итак, я весь внимание.

Страх прятался в самой глубине глаз, тщательнейше маскировался Александром Ивановичем, но страх был сильный, сродни ужасу, панике. А может, Ленчику просто так показалось? И неожиданно для себя он вдруг размяк, потерял контроль над собой, и начал выкладывать этому продувному мужику всю свою жизнь развалившуюся, обиды, несправедливости, отчаяние. Умом он понимал, что его совсем не в ту сторону понесло, но не мог остановиться. И про работу, и про жену, про сына... Даже с Викой не был так откровенен, есть вещи, которые женщина понять не в состоянии.

Глава лишь на минуту прервал его, передав по селектору секретарше, чтобы на полчаса она его от всех отключила. Затем с тем же вниманием и озабоченностью принялся дальше Ленчика выслушивать. Но, собственно, что было рассказывать? До бесконечности, но об одном и том же. Наконец Ленчик замолчал. Наступила тягостная тишина. Однако глава быстро вышел из неловкого положения.

– Знаешь, а давай выпьем! – предложил он неожиданно. – Так, чисто символически, по наперстку.

Он достал из сейфа початую бутылку коньяка, два резных металлических стаканчика, тарелку с бутербродами, закрыл входную дверь на всякий случай. Ослабил, наконец, узел галстука, затем вообще его снял и аккуратно положил на край стола.

– Не квась носом, Леонид Алексеевич, – медленно проговорил он, махнув стопку. – Не у тебя одного так. Ты думаешь, мне легче? Думаешь, мне не хотелось бы по-человечески пожить? Но нельзя распускать нюни, понимаешь? Ты же мужик, в конце концов. Что же тогда женщинам, детям остается, если мы руки опустим? Петлю на шею? Погибать?

— Но что же делать? Надо ведь что-то делать, — прошептал в отчаянии Ленчик, глотая покорно коньяк, но даже не ощущая его вкуса.

Глава помолчал, пожевал бутерброд с рыбой, затем распрямился в кресле.

— Делать? А ничего не надо делать, — проговорил он со злостью. — Потому что ничего сделать нельзя. Ты не понимаешь, это система, мы против нее бессильны, ни тебе, ни мне, ни тысяче таких, как мы, ее не раздолбать. Шаг влево, шаг вправо — и пуля в лоб. Никаких разговоров. Надо просто ждать.

— Но чего ждать? — вскинулся Ленчик. — Все — страна, душа, совесть, все в пропасть катится. Чего ждать?

– Хорошо, а что ты предлагаешь? В полный рост, наизготовку? Ну, подскажи, может, ты самый умный? Что молчишь? Ну, одного, другого ты на тот свет отправишь, а что дальше?

– Дальше – ни одного подлеца не останется, если мы все встанем как один.

– Ой ли? – Глава усмехнулся. – Ты хоть сам-то веришь в то, что говоришь? Своих не останется, вон их сколько – желтеньких, черненьких, горбоносеньких. Как мухи слетятся… Уйду я, уйдет другой – можешь себе представить, кто на наше место придет?

Он махнул рукой, убрал коньяк и закуску и подсел к Ленчику поближе.

– Ладно, хорош сопли распускать, Леонид. Ну что, поплакались мы с тобой друг другу в жилетку? Но ты ведь не за тем пришел, правда? Тебе помощь нужна.

Ленчик отошел немного от горячности, пожал плечами.

– А что, это разве не помощь? Слово тоже может в трудную минуту, ой как поддержать.

Александр Иванович вздохнул, покачал головой.

— Тоже верно, только где найти слова такие? Чтобы люди сразу все поняли. Если бы такие слова были. А пока… давай-ка лучше по существу. Как я понял, главное для тебя сейчас квартира. Но тут как раз я ничем не могу тебе помочь, сам можешь представить себе, как сейчас с этим. Комнату в коммуналке – и то не надейся. Даже если и подмахну тебе какое-нибудь заявление, меня накажут потом, у тебя отберут.

Он задумался. Затем щелкнул пальцами.

— Вот что я тебе могу предложить: место в общежитии. Нет-нет, погоди, не морщись скептически. Я не паршивая овца, но тут определенно шерсти клок.

— Да кто же мне его даст, это «место»? – усмехнулся Ленчик.

— Это моя забота, – махнул рукой глава. – Я же все-таки власть, или ты забыл? Да, придется тебе опять на завод оформиться.

Будешь числиться, даже суетиться немного. Там по полгода сейчас людям зарплату не платят, кто на тебя будет наседать? Занимайся ты, сколько влезет, этим своим плодово-овощным... бизнесом. Кому ты нужен? Там половина людей так живет. Подожди, я сейчас.

Он нажал кнопку селектора и тотчас преобразился. Лицо его приняло начальственное, беспрекословное выражение. Он раздраженно махнул рукой напрягшемуся было Ленчику: сиди, мол.

— Людмила Григорьевна, соедини-ка меня с Селивановым.

Александр Иванович зажал трубку ладонью и успокоил Ленчика.

— Не бойся, на твой завод обратно я тебя не пошлю. Понимаю. Подберем что-нибудь другое.

В трубке откликнулись, «глава» усмехнулся довольно:

— Да-да, это я, Виктор Прокофьевич. У меня к тебе дело, парень тут сидит хороший, надо бы ему помочь. Койку в общежитии, зачислить куда-нибудь.

Он терпеливо выслушал ворчание на другом конце провода и добавил жестко.

— Я понимаю, все понимаю. Но надо помочь. Это личная просьба, считай так. Нет-нет, не в твои заместители. Он вообще-то инженер, но кем угодно. Зарплата? Тоже не важно. Лишь бы числился. До лучших времен. Своих таких хватает? Тем более… Не бойся, он вас не объест.

Ушлый Виктор Прокофьевич тут же забубнил что-то о нуждах, о трудностях, он и с самого начала ничего не имел против хоть сотни Ленчиков, лишь торговался, минут пять ушло на какую-то занудную болтовню.

Александр Иванович гримасничал, качал головою, делал знаки Ленчику обождать, наконец, со вздохом облегчения положил трубку. Тотчас поскучнел, посерьезнел.

— Ну вот, Леонид Алексеевич, сделал, что мог.

Ленчик понял, что пора ему и честь

знать, встал, поблагодарил, направился к двери.

Глава проводил его, легонько похлопал по плечу.

— Держись, Леонид Алексеевич, не сдавайся. Шанс я тебе дал, если и там сорвешься, пальцем не шевельну больше, чтобы тебя поддержать. Не подведи, одним словом.

Да, ну и сволочь, ну и мужик! Сразу за дверью наступило отрезвление, Ленчик ощутил себя как после гипноза. Как красиво ему зубы заговорили!

Ленчик с достоинством прошагал мимо стола с недоумением рассматривавшей его секретарши. Без заискивания, холодно поблагодарил, сказал: «До свидания!»

У двери в коридор он немного помедлил, сунул руку в карман куртки, сжал там проведенное через специально проделанное отверстие кольцо. Хитрый мужик, кому он на самом деле звонил, интересно? Может, и в самом деле на завод?

Однако в коридоре никого не было. Ничего не значит, стало быть, просто выдержал свою роль до конца, а сейчас трясущимися пальцами тыкает в телефон, кричит во все горло: «Вы что там, совсем расслабились? Спите, а у вас бомбисты-террористы по городу разгуливают. Немедленно ко мне, да ребят поопытнее».

Если учесть, что тут совсем рядом, и машина наготове, то как раз у входа его и встретят.

Он шел медленно, прислушиваясь, не подкрадывается ли кто сзади, замедляя шаг у каждого кабинета. От лифта отказался, неспешно спустился в вестибюль по лестнице, прошел мимо зевающего милиционера, вышел на улицу.

Как обычно, много машин у подъезда, поджидать его могут в любой. Куда теперь? Ленчик вдруг резко забрал вправо, оказавшись во дворе смежного здания. Зачем, он и сам не понял, теперь его могли блокировать сразу с двух сторон.

Хотя к чему, собственно, достаточно проследить за ним и взять тепленьким, врасплох. Тем более что он полностью расшифровался. Имя, фамилия, отчество – вот для чего, оказывается, понадобился тот звонок.

Он не стал садиться в трамвай, там не составило бы труда зажать его, скрутить ему руки, пошел напрямик, дворами. Иногда пережидая, оглядываясь. Нет, никому он, по всей вероятности, не нужен. Плут, хлюст еще тот, этот Александр Иванович. Заметил сразу Ленчикины выпуклости, моментально обо всем догадался, смекнул, если хоть чуть не так себя поведет – в рай, сиюминутно. Впрочем, в ад, скорее. И тихонечко, нежненько себя от смерти, в глаза заглянувшей, уводил, его, Ленчика увещевал, обезвреживал. Да и потом наимудрейше рассудил: глава-герой, раскусил, задержал террориста – на кой ляд ему подобные лавры? Медаль дадут, премию выпишут? В

Москву переведут? Боже упаси! Здесь-то он
– голова, а там кто будет? Там своих таких
пруд пруди. Не хамит, ворует с толком, с
чувством, с расстановкой – комар носа не
подточит, такой пенек ничем не
выкорчевать. А он еще перед ним душу
раскрывал, сопли по столу размазывал.

А впрочем… Ничего не скажешь,
молодец мужик, ума палата. Потому он и
там, наверху, а ты, Ленчик, здесь, внизу. Все
справедливо, как говорится, по Сеньке и
шапка. Завод, общежитие, как он его ловко!
Да на кой хрен ему, Ленчику, эти общага,
завод? Облагодетельствовал, отец родной!
Самого бы тебя хотя бы на недельку в цех
какой-нибудь погорячей – в обрубку,
например! Нельзя? Почему нельзя? Кто ты,
барин? Голубых кровей?

Опять обман, опять правда за ними, за
этими сволочами. Эх, Ленчик, куда тебе
против них! А может, просто ты сам себя
обманываешь, накачиваешь? Может, ты
просто… струсил? Так, покуражился, чтобы

перед самим собой покрасоваться, оправдаться?

«Трус? Нет, я не трус. Я вам покажу, вы меня еще попомните».

Он расстегнул куртку, завел часовой механизм, засек время. Полчаса, пожалуй, хватит. Ему стало страшно и больно, последние в жизни полчаса. Как в калейдоскопе закрутились в памяти наиболее яркие впечатления. Школа, первая любовь, как диплом после окончания института обмывали. Подрабатывали перед этим в каком-то совхозе, и там деньги им выдали одними рублями, почему-то его и троих его друзей это тогда оскорбило, они сложили все деньги в ведро и, недолго думая, заявились с ним… в «Метрополь». Сейчас бы номер не прошел такой, наверное, а тогда всем было весело, официант долго морщился, конечно, но, как говорится, деньги не пахнут, даже если только что от навоза.

Смешно! Дурь такая от смерти в двух шагах вспоминается. Господи, до чего дойти надо, чтобы было… смешно!

Все пути в их проклятом городе ведут либо к Вике, либо к рынку, что на пересечении трамвайных путей. Там ворье, рэкетиры, алкашня, вся рвань человеческая – проехать можно, но пройти никак мимо не дадут. Тут же окликнут, потащат к палаткам, где водка ну просто задарма. Тем более его, Ленчика. Ведь он вдвое, втрое добавит, лишь бы не «Особую техническую», не «Русскую метиловую», не «Столичную посинюшную», а хотя бы «Березку», хотя и в «Березке» той, почитай, все тот же осиновый кол…

Нет, лучше не рисковать, тем более что времени было предостаточно. Ленчик обошел подальше кругом и приблизился, наконец, к цели: череде неказистых частных домиков по правую от рынка сторону. Так и есть, тут они, братцы. Сидят человек тридцать, да не по-людски – на корточках, как в сортире, что-то между собой обсуждают. Саранча! Какого рожна вам здесь надо, кровососы задрипанные, своего отечества, что ли, нет? Лопочут что-то по-своему: шурум-шурум, бурум-бурум. Будет вам сейчас шурум-бурум! На рынках негде встать, хозяйничают, как дома и в голову не придет. Как можно терпеть такое, не татарское же иго? Вроде бы, свободный народ! Попробовал бы он у них так куда-нибудь сунуться! В какой канаве его потом с отрезанной башкой было бы искать?

Ленчик все больше распалял себя, подошел совсем близко. Сунул руку в карман, продел палец в кольцо.

— Эй, ребята, — проговорил он нарочито грубо, хрипло, — закурить не найдется? Угостите, чего вам стоит?

Они тотчас же замолчали, подобрались, кто смотрел с интересом на Ленчика, кто в сторону. Да, вы всегда вместе, друг за друга, в этом ваша сила, но сейчас в этом ваш гроб.

Ответил тот, конечно, кто за старшего. У них иерархия и тщательно, ревностно соблюдается.

– Отчего не найдется? Кури, брат, угощаю, – спокойно ответил Ленчику полноватый пожилой мужчина и протянул ему пачку «Мальборо». Щелкнул зажигалкой. Помахал рукой в ответ на «спасибо» и повернулся к своим как ни в чем не бывало: снова шурум-шурум.

Как ни накручивал себя Ленчик, а злости не было: конкретный обидчик, виновник – где они? Никто ему плохого слова не сказал. Он затянулся сигаретой и поплелся к трамвайной остановке. По пути вдруг вспомнил о часовом механизме, расстегнул куртку, торопливо отсоединил провод.

Да, размазня, ничего не скажешь. Никогда ему не подняться, ни капли в нем гордости, воли. Да и то верно: были бы они у него, не опустился бы он на дно. Что ж, пей – умрешь и не пей – умрешь, а может, как раз так честнее? Если ты не в ладах с этим миром, зачем тебе непременно поднимать его на воздух? С собой самим счеты и сведи, если уж тебе так приспичило.

Он подобрался к крайней палатке, порылся в карманах. Деньги кончились, с трудом он наскреб на что-то совсем непонятное.

**6**

Медленно наступало отрезвление. Ей-богу, что только на него нашло, сумасшествие какое-то. Могли погибнуть невиновные люди, много людей, женщины в том числе, дети. Во имя чего такие жертвы? За что он их приговорил? Та же Людмила Григорьевна эта, пусть мымра, стерва, но какое он право имеет посягать на ее жизнь? Да и самому – на кой хрен пропадать-то? «Есть же у тебя, Леня, мозги?»

Придумаем что-нибудь. А жить надо, хотя бы назло этим паразитам. Жить надо, Ленчик, надо жить.

Он сел в трамвай и тут же ощутил удар по плечу. Вздрогнул, осторожно оглянулся.

– Ленчик! Ты? – Серега Хапок, собственной персоной, сколько выпито-перевыпито с тобой, только сейчас ты совсем ни к чему. – А мы думаем, куда ты делся? Сегодня, ну вот сегодня утром, веришь, тебя вспоминали – где Акимото? Зойка всем раззвонила, что ты ее бросил, к учителке какой-то переметнулся. Да Зойка, лярва, соврет – не дорого возьмет. Видел ее без зубов-то?

И все норовил ударить, ударить его, чуть ли не визжа от восторга. Ленчика пот прошиб, он ужимался и ужимался, буквально вдавливаясь в стенку.

Он представил себе, как, будто в кино, медленно взлетают высоко в воздух оба вагона, разлетаются в клочья, объятые пламенем. Разворачивает рельсы ударной волной, сбиваются всмятку на шоссе рядом автомобили. И люди, люди, кровь, крики, гарь. Эх, Серега, Серега, дурья ты башка! Удар, еще…

Но Серега вдруг отстал. Почувствовал что-нибудь? Или вид Ленчика страшный на него подействовал?

– Слушай, ты, говорят, завязал? Правда, Ленчик? – Он посмотрел на Ленчика с уважением и даже некоторой робостью. – В самом деле, удалось?

Ленчик неопределенно пожал плечами, не в силах поверить: неужели пронесло?

— Да, вижу, — завистливо вздохнул Хапок. — Приоделся, чистенький. Белый человек! Ладно, удачи тебе, — сунул он Ленчику замызганную ладонь.

Повернулся было, но наткнулся взглядом на двух своих товарищей, напряженно следивших за ходом их беседы. Спросил больше для проформы:

— Слушай, раз уж у тебя так все хорошо, может, выручишь старого друга? Горит внутри, не могу, и все трое, как назло, на мели. Не везет весь день, с утра мутимся. Ты же знаешь, за мной не задержится.

И вправду, несмотря на прозвище, Хапок был феноменально честен на отдачу.

— Да нет у меня, — с сожалением протянул Ленчик, постепенно приходя в себя от шока.

— У тебя нет? У Акимото? — Хапок удивился. — Неужто точно насчет учителки?

Ленчик почувствовал, что Серега и дальше будет продолжать охать и удивляться, дабы убедить своих приятелей, что он сделал все что мог, да не получилось, мол, и протянул Хапку бутылку только что приобретенной «косорыловки».

– На вот, держи, чуть не разбил, зараза!

– Ага, а ты хотел от друга утаить, Бог бы тебя и наказал, – Хапок счастливо рассмеялся. – Нальешь?

– Да бери всю.

– Как всю, неужели не жалко? Может, с нами, а, Ленчик? Ребята классные, свои в доску.

Ленчик поморщился.

– Не обижайся, Серега, как-нибудь в другой раз. Но вернешь бутыльцом, не деньгами. Договорились?

– Лады, заметано, командир! – взвизгнул Хапок и повернулся к приятелям, покручивая радостно из-под полы бутылкой.

# 7

Деньги кончились. Надо все начинать сначала. Ленчик переоделся, нашел сумки.

Однако время было не самое удачное для промысла. А может, ему просто в тот день не везло? Заявился он поздно вечером, злой.

– Ты чего такой? И так поздно? – удивилась Вика.

– Деньги кончились.

– Вот и хорошо! – Вика обрадовалась. – А то ты ведь пока до последнего все не растрясешь, не успокоишься. Нам бы помог хоть чуть-чуть! А то эдак раскулачат тебя скоро, совсем ты нас заездил. Тем более что кончились наши каникулы. «Осень, осень, ну давай у листьев спросим…» Как сегодня улов-то?

– Да никак, – хмуро буркнул Ленчик, – на бутылку и то не набралось.

Вика наморщила лоб, затем улыбнулась.

– Эх, Ленчик, а еще говоришь, что у тебя мозги! По одному и тому же кругу ходишь, нового ничего не можешь придумать. А придется тебе, наверное, в сад с нами выбраться. Есть предложение. Там у соседей яблок – девать некуда, на свалку выбрасывают, знаешь, какой в этом году на них урожай… Смекаешь дальше?

– Взять авансом, продать, отдать деньги… – быстро прикинул Ленчик – А поверят в долг-то?

– Спрашиваешь! – протянула Вика. – Такие люди! Муж – военный в отставке, с Дальнего Востока приехали. Мы с ними каждый день вместе чай пьем. Да и у других этого добра завались, так что твори, выдумывай, пробуй, Леонид, свет ты наш, Алексеевич!

– Идея неплохая, – кивнул Ленчик, – надо обмозговать.

– А чего тут мозговать? – немного даже обиделась Вика.

Есть о чем мозговать. Жизнь кончилась, прежняя жизнь кончилась, начинается новая жизнь.

Общага? Почему бы и не общага? Тряхнем стариной. Яблоки, грибы, пусть, на худой конец, капуста, картошка. Поднаберем деньжонок. И Лена… Проверим на прочность: мечта или не мечта? Хорошо, если явь, а нет так… Вика? Дура по жизни… А может, это он сам по жизни… дурак? Нет, только не Вика, в самом крайнем случае Вика, хотя Генке помочь, конечно, обязательно надо. Парень хороший, если не таким ребятам, то кому же учиться?

Вот только с этими финтифлюшками что делать? А очень просто: завтра же, рано утречком, прихватив Генкины удочки для маскировки, лопатку для червей и… в ближайшем же овраге, к чертовой матери, не мудрствуя лукаво. Придет время, отроем.

Да, этак он сам себе, пожалуй, выроет яму. Рано или поздно, но кто-нибудь на его «клад» наткнется. А если он сам за ним вернется, уверен ли он, что никто не будет его там поджидать? Ленчик вдруг представил себе, как склоняется он над своим «добром» и неожиданно наваливается на него кто-то сверху, он вырывается, бежит, широко размахивая руками, вслед пуля, догонит или не догонит? «Беги, Ленчик, беги!»

Нет, он не хочет больше рисковать. Зачем? Это так элементарно – позвонить в милицию: что ж, мол, вы, разгильдяи? Но осторожненько, очень осторожненько, только из телефона-автомата и коротко – краткость сестра таланта – чтобы не засекли. И не дай Бог поддаться любопытству, с бугра издалека посмотреть, как они тот клад выковыривать будут.

Нетушки! На-кася, выкуси. Ищите дурака!

# ПОТУСТОРОННИЙ СТРАННИК

*рассказ*

# 1

— Ты посмотри, везде кровь! Они что, совсем оборзели! Куда я попал? В ночлежку для бомжей? Врач, где врач? Дежурного врача сюда! Немедленно! Я поговорю с этой сволочью! Спился, наверное, вчистую, алкаш несчастный.

Сенин брезгливо сбросил с себя запачканное бурыми пятнами одеяло, но кровь была повсюду: веерными брызгами на стене, мокрыми разводами от ботинок, тапочек на полу. Взглянув на свою грудь, он увидел несколько пулевых ран, кровотечение из которых он тщетно пытался остановить прижатой к ним подушкой.

— Что это? — задрожал он, оторопев. — Сестра! Где сестра? Мне срочно нужна перевязка.

Тут только он обратил внимание на лежавшего, сжавшись в комок, с натянутым до подбородка одеялом, своего соседа.

— А ты чего вылупился? Можешь

объяснить, где я, что вообще здесь происходит?

Однако сосед не спешил отвечать, он, собственно, и не смотрел на Сенина, уперся взглядом в противоположную стену и застыл как в коме, должно быть, от пережитого испуга.

— Сестра там, — кивнул он, наконец, в сторону двери.

Сенин тут же вскочил, сел на кровати, поискал под ногами какую-нибудь обувь. Ему было невыносимо представить себе, что ботинок или тапочек там не найдется и ему придется шагать босиком по скользкому, испачканному полу.

Тапочки нашлись, к счастью. Его тапочки, старые, он их уже год как не носил, но, видимо, жена приходила, принесла кое-какие вещи.

«Почему же она меня отсюда не забрала? Вот сучка! Обрадовалась, наверное, что я того и гляди коньки отброшу? Нет, Верунчик, рано ты взялась меня хоронить».

Но почему же он ничего не помнит? Он что, был без сознания? Что вообще с ним произошло?

Шатаясь, ощущая туман в голове, Сенин кое-как добрел до двери. Задержался в проеме, держась за косяк, мгла в голове не рассеивалась, а ноги уже начали подкашиваться.

— Суки! Суки! Где же вы? — прошептал он в бессильной злобе. Но звонок, должен быть звонок. Не может быть, чтобы здесь даже звонка не было. — Эй, — хрипло окликнул он соседа. — Звонок! Здесь есть звонок? Ты ведь наверняка дольше меня тут лежишь. Должен знать, тебе что, самому не было плохо?

Сосед помялся, затем несколько раз с силой нажал кнопку. Подождав, вновь откинулся на подушку.

— Бесполезно, — сказал он, наконец. — Я уже звонил и не один раз. Никто не приходит.

— Ну-ну, — презрительно кивнул ему Сенин. — А сходить сам ты не догадался?

– Я уже ходил, пройдись ты теперь, – без тени раздражения, даже с элементом сочувствия, ответил сосед и повернулся на бок, лицом к стенке.

– Себе на уме, только бы о себе, – с негодованием пробормотал Владимир. – Все вы только о себе думаете! Я ведь мог подохнуть, а тебе хоть бы что! – с ненавистью бросил он в закутанную одеялом спину. Однако его слова остались без ответа.

Понимая, что надеяться ему не на кого, Сенин выбрался, наконец, в коридор, рассчитывая спросить там, в какой стороне процедурная комната.

Однако коридор зиял пустотой. Крови там было гораздо меньше, лишь все те же следы от протекторов на ботинках. Он пошел наугад – получилось направо, медленно продвигаясь, держась за стену. Подергался в дверь первой попавшейся палаты, но она была заперта, возможно, забаррикадирована. Сенин прислушался, изнутри не доносилось даже легкого шороха, хотя не исключено, что там кто-то находился.

К счастью, направление он выбрал верное. Дверь в процедурную была открыта, но лучше бы ему не заходить туда: автоматными очередями все было разнесено вдребезги, тут же сидела и сестра с остекленевшими глазами, откинувшись на стуле, с бессильно опущенными руками. Рот ее почему-то был оскален, то ли испугом, то ли ненавистью, горло, для верности, от уха до уха перерезано. И опять кровь, лужа крови, по краям которой, пытаясь выбраться, сучили лапками не в меру любопытные мухи.

Сенина затошнило, но силой воли он сдержался, попытался прояснить сознание. Можно было, конечно, поискать кабинет врача, но вряд ли там было лучше. Нет, спасать ему придется себя самому.

Он добрался кое-как до шкафа с медикаментами, стараясь не выпачкать тапочки в крови. Нашел бинты, йод, ножницы, пластырь. С грехом пополам привел в порядок раны, их было шесть. В крохотной процедурной другого стула не было, Сенин так и сидел на кушетке напротив медсестры, каждый раз, при взгляде, пугаясь ее кошмарного вида.

«Все, куда теперь? – подумал он. – Пожалуй, обратно в палату».

Он прихватил с собой еще бинтов, каких-то пузырьков, в одном из которых вполне мог оказаться спирт. С огромным трудом доковылял до своей койки.

– Ну и погром! Что здесь произошло? – спросил он соседа, на этот раз уже гораздо спокойнее. – Как тебя зовут, кстати?

– Вениамин, – сухо отозвался сосед и нехотя приподнялся на локте. Затем сел на постели, свесив к полу худые волосатые ноги. Майка на нем была чистая, но изрядно обветшавшая.

«Вот гад! – с ненавистью подумал Сенин. – С чем же он здесь лежит? Ни единой царапины!»

– Володя, – протянул он насколько мог

приветливо руку. Ничего не поделаешь, надо было налаживать отношения. Но зыбкая дымка вновь растеклась в голове, и Сенин предпочел улечься на койке поверх одеяла. – Что здесь случилось? – повторил он фразу, которая его с самого начала единственно интересовала.

– Одного бизнесмена добивали, четверо в масках ворвались с автоматами. Его только вчера привезли: сначала у подъезда дома на него покушались, но он каким-то чудом остался жив. И оклемался бы: лежал здесь под капельницей, врачи, сестры, нянечки перед ним буквально расстилались.

– Понятно, – зло усмехнулся Сенин, – за деньги-то они зад готовы расцеловать, а так – не достучишься и не докричишься. Ну и где он сейчас, бизнесмен этот чертов – в морг унесли? – Он вдруг смачно выругался: – И что, не замыв ничего, даже не переменив белье, надо было меня именно на эту койку, в эту палату поместить? Они что, думают, управы на них нет? Не на того нарвались, я на кого хочешь найду управу!

Сосед внимательно, с интересом смотрел некоторое время на Сенина, затем усмехнулся.

— Ты что, так и не догадался, кто был тот бизнесмен? Совсем ничего не помнишь? Как тебя на «скорой» привезли, как шприц в вену втыкали? Постой, но ты ведь с женой разговаривал, я сам видел, даже какие-то бумаги ей подписывал, просил что-то сделать, куда-то позвонить. Что, и теперь не вспомнил?

Сенин опешил. В памяти его вдруг возникла приземистая фигура в черной кожаной куртке, холодные спокойные глаза на скуластом лице. Киллер даже не счел нужным воспользоваться шапочкой-маской с прорезями для глаз и рта — слишком был уверен, что выстрелит наверняка. Владимир еще раз прокрутил в памяти тот эпизод, особо задержавшись на черном дуле пистолета, направленном на него в упор. Что его спасло тогда? Бумажник в кармане пиджака? Немного помог, конечно, но, скорее, он просто инстинктивно отклонился в сторону, а в это время как раз подоспел Валя, шофер, не успел отъехать. Кажется, завязалась перестрелка, но не в ней было дело, главное, что «скорая» подоспела вовремя.

«Просчитался ты, сволочь! – подумал Сенин злорадно, вызывая в очередной раз, с еще большей отчетливостью, в памяти скуластое, с рябинками лицо. – Я тебя достану, вычислю, никуда тебе не деться».

Впрочем, может, его даже удалось задержать, или убить – была, ведь точно была, перестрелка. Но что киллер? Исполнитель, пешка. Кто заказчик? И где он сам, Сенин, оплошал, допустил роковую ошибку? Ладно, об этом после, сейчас нужно думать о другом.

– И что же, – проговорил он недоумевающе, – четыре человека лупили по мне почем зря из «калашей» и «узишек», а я остался жив? Такого не бывает. Что-то тут не сходится. Кстати, а ты где в это время обретался? Неужели своими глазами все видел?

Сосед заерзал на кровати.

— Могли бы и меня убить, — после некоторой паузы раздраженно пробурчал он. — Я просто накрылся с головой одеялом. Видел — ничего я не видел!

Сенин взглянул на него с подозрением.

— Не убедил! Заливаешь, мужик! У медсестры — второй рот вместо горла, дальше — не ходил, не смотрел, но могу представить себе, а тебя, что ж, пальцем не тронули? Так-так! На тебе одеяло не бронированное, случайно? Кстати, а откуда ты узнал, что их, убийц этих чертовых, было четверо?

Сосед предпочел отмолчаться, но Сенин и без его помощи сообразил.

— Ага, видел в окно, как они садились в машину? — Он тут же подскочил к подоконнику и удовлетворенно кивнул. — Точно, но, конечно, ни марки, ни номера машины ты не запомнил, да и вообще скажешь, что с кровати не вставал?

Так и не дождавшись ответа, Сенин махнул рукой.

— Ну и черт с тобой! Из какой-нибудь палаты кто-нибудь да что-нибудь наверняка видел. Я ведь не за так, денег дам. Чем ты рискуешь, кому ты нужен?

Сосед ухмыльнулся:

— Да ты не торопись, чего гадать? Сейчас все слетятся: газетчики, милиция. Сразу, без денег, все и выяснится.

— Выяснится. Что они могут выяснить? Ищейки драные. Да и кто им позволит что-либо выяснить? Нет, только я сам, никто кроме меня не станет копать по-настоящему. А ведь они вернутся, сволочи, обязательно вернутся! Как ни крути, а дело им надо доводить до конца, и в третий раз уже никакое везение меня не спасет. Нужно уходить, срочно уходить! От милиции какая помощь — только, наоборот, подставят. Надо затаиться, и затаиться есть где. Вот только как, в чем я отсюда выберусь?

Владимир лихорадочно заметался мыслями. Затем подбежал к шкафу: жена приходила, должна была принести что-нибудь. Так и есть – тренировочный костюм, свитер, ботинки. Для начала вполне достаточно. Сенин быстро оделся и направился было к выходу из палаты, затем вернулся, пошарил в тумбочке: бумажник был на месте, новый бумажник, взамен старого (опять жена), туго набитый, как обычно, и рублями и долларами. Все в порядке.

Он вдруг наткнулся взглядом на наблюдавшего за ним с разинутым ртом соседа.

– Ну что, Веничка, я ухожу, тебе тоже от чистого сердца совет даю: сматывайся отсюда и поживее. Ты свидетель, причем не простой, а главный свидетель, улавливаешь разницу? Видел, не видел – все равно пришьют, так что промедление в данном случае смерти подобно.

Сосед скептически поджал губы.

– Бесполезно. Меня все равно найдут. У меня нет ваших возможностей.

Он почему-то назвал Сенина на «вы», зауважал что ли? Того вдруг осенило: во всех случаях лучше не упускать этого малахольного из поля зрения.

– Ну, так как насчет денег? Мне помощь нужна. За деньги поможешь мне? Я не обману, заплачу, сколько следует. Глядишь, и у тебя «возможности» появятся.

Сосед поколебался немного, затем согласно кивнул: почему бы и нет?

– Ну, тогда чтобы от меня ни на шаг. Давай побыстрее!

Сосед оделся во что-то совсем драненькое – но с первого взгляда не определить. Они выскользнули из палаты и начали пробираться к выходу. Но, как видно, поздно, сирены звучали совсем рядом, с минуты на минуту во двор должны были влететь милицейские машины.

– Давай обратно, придется выбираться

через приемный покой, – сориентировался Владимир. – Только быстро!

Они никого не встретили на пути, везде было тихо, возможно, кто-то и наблюдал за ними из окна, но носа наружу не высунул. Такси подвернулось довольно быстро, однако Сенин не стал рисковать, погнал его в противоположную сторону от того направления, которое ему было нужно. Таксист был парень не промах, с ходу учуял неладное и в памяти надежно их срисовал.

«Да и черт с тобой!» – подумал Сенин. Недалеко от своего дома он остановил машину и расплатился. Долго смотрел на злополучный подъезд и стоявший во дворе «Форд-Чероки», который жена почему-то не загнала в гараж, затем развернулся, махнул «Веничке» и они, не сговариваясь, побежали трусцой, старательно изображая из себя спортсменов, к чадящей, шумной магистрали.

– Теперь только частник, самый вшивенький частник, никакого такси. Ну а потом три-четыре квартала пешком. Проверим в очередной раз, везунчик я или уже нет.

Частник подвернулся довольно быстро.

# 2

Лишь захлопнув за собой бронированную дверь, Сенин вздохнул с облегчением. Об этой его квартире практически никто не знал, она как раз и предназначена была для того, чтобы в случае чего на какой-то период отсидеться, ну а еще – для строго интимных встреч с девушками определенного сорта, не его круга.

– Есть будешь? – спросил он своего новоявленного приятеля, сам внезапно ощутив зверский аппетит.

К счастью, холодильник был набит до отказа. Сенин вынул пиццу-полуфабрикат, добавил сверху побольше сервелата и сунул поднос в микроволновку. Вытащил еще сок, бутылку вина, расставил бокалы. Странно, так странно, но расправляясь с едой, он не ощутил никакого удовольствия от обычно столь приятного для него процесса.

Рука его машинально потянулась к телефону, но, набрав номер жены, он тут же положил трубку обратно.

«Безумие! Сам же ставил определитель, – подумал он. – Кто сказал, что Ирине можно доверять? Что как раз она-то меня и не подставила?»

Нет, он сделает совсем по-другому: те две девчонки – Саша и Даша. В меру глупые, очень веселые, наверняка доступные и, главное, знают о нем только то, что он «новый русский», и что у него денег полный кошелек.

На его звонок тут же откликнулись. Все тот же радостный смех, в меру глуповатый. Как раз то, что нужно, чтобы забыться, снять напряжение.

– Что поделываем? Да ничего не поделываем! Вечером собираемся на дискотеку, завтра же выходной. Приехать? Минуточку! Сейчас Дашутке, подружке, трубку передам.

– Да, алло! Угу, Даша. Саша и Даша, просто запомнить. Приехать? Почему бы и не приехать? Вот только мы на вас,

Владимир Олегович, в обиде. Просто чудо, что мы вас еще не забыли. Сейчас? Нет, только не сейчас. Поближе к вечеру если. Ну, знаете, надо же собраться, в порядок себя привести. Ах, нужно, даже о-о-чень нужно? Ха-ха! Что мне в вас понравилось еще в прошлый раз, Владимир Олегович, – вы такой веселый. Ладно, пусть будет по-вашему, по-«новорусски»: часок на сборы плюс дорога. Подгоняйте такси. Самим взять? Все оплатите? Звучит многообещающе. Нет, таких людей мы никогда не подводим. На вас страна держится, это надо ценить.

Сенин подмигнул Вениамину.

– Ты как насчет продажного секса? Две телочки, я с ними недавно познакомился, стрельнул телефончик, но закрутился, встретиться не пришлось. Но так даже интересней: первый раз в первый класс. Впрочем, класс, конечно, далеко не первый, но молоды, смазливы, тем и привлекательны…

Вениамин заулыбался, довольно хмыкнул:

– Я «за». Кто ж от такого откажется?

– Ну вот и чудненько!

Сенин заглянул еще раз в холодильник, прикидывая, стоит ли сгонять в магазин или и так хватит? Вина, во всяком случае, в баре было предостаточно. Он еще раз покатал в голове все возможные варианты и нашел, что этот, пожалуй, самый удачный: встретились, расстались, деньги – товар, товар – деньги, что еще?

Девушки, к слову, не заставили себя долго ждать. Свое дело они хорошо знали: веселье, веселье, и еще раз веселье. И веселья было хоть отбавляй. Музыка, танцы, водка, видео. Но энтузиазм вскоре стал иссякать в Сенине, и он никак не мог понять отчего. Девушки как девушки, специально разные: одна блондинка пергидрольная, другая – жгучая брюнетка. Обе худышки, стройные, ноги от головы. В своем деле соображающие, на все согласные. И все-таки, зачем он их вызвал? Чтобы забыться? Прогнать липкое чувство страха, до сих пор не оставлявшее его? И эту грязь, кровь в глазах… Нет, он просто празднует, празднует, что остался жив. Такое нельзя не отпраздновать.

Он вдруг почувствовал себя совсем плохо, какой-то резкий отток, ничего не осталось от былого воодушевления. «Шесть пуль. Что это я, с ума сошел? Или просто в горячке? – подумал Сенин. – Надо бы врача. Срочно врача».

– Может нам их выгнать к чертовой матери? – тихо спросил он Вениамина. – Я что-то не в форме. Видимо, переоценил свои силы. Дам денег, пусть убираются. А хочешь, пусть одна останется или даже обе, если управишься. А я, как очухаюсь, к тебе присоединюсь. Кстати, у тебя нет знакомого врача, чтобы он смог сюда подъехать, я что-то все больше и больше раскисаю, того и гляди потеряю сознание.

– Не надо врача, с тобой все нормально, –

так же шепотом ответил ему Вениамин, – просто они подсыпали нам клофелин в кофе, лошадиную дозу. В принципе, мы уже давно должны были бы отключиться, ты посмотри, какие у них удивленные глаза.

– Так, и что же нам теперь делать? – У Сенина внутри все похолодело. – Медлить нельзя, надо их гнать и как можно скорее. Иначе либо мы сдохнем, либо они нас обчистят так, что только обои в квартире останутся.

– Ты уверен, – клюя носом, как будто совершенно пьяный, глубокомысленно осадил его Вениамин, – что там за дверью не стоят наготове бандиты? Я думаю, сегодня нам лучше ни при каких обстоятельствах не открывать дверь.

– Возможно, ты прав, но что дальше? – едва удерживаясь от того, чтобы не заснуть, пробормотал Сенин. – Как будем выбираться? Я смотрю, ты парень не промах, а я думал – тепленький.

Вениамин с минуту поколебался, затем

решительно махнул рукой:

– А, ладно, попросим еще дозу!

Сенин встряхнул головой удивленно:

– Это что, клин клином вышибать?

– Нет, просто подменим чашки. Пусть сами своей гадости попробуют.

Он повернулся к Саше и Даше, извивавшимся в сладострастном танце, но искоса внимательно за пригласившими их мужчинами наблюдавшими, и пьяно дернулся всем телом, как бы передразнивая их:

– Девчонки, как там насчет кофейку еще, не изобразите? Сил никаких нет, так в дрему клонит, у нас обоих, как назло, был сегодня очень тяжелый день. Надо взбодриться! Как следует взбодриться! Зачем иначе мы вас пригласили? Ура, гип-гип! Гип-гип, ура! Веселья, побольше веселья. – Он выхватил из кармана Сенина бумажник и сыпанул вверх долларами. – Фанты, сейчас будем играть в фанты! Пора!

– Подожди, я ничего не понимаю, – пытался осмыслить происходящее Сенин. – Давай сначала. Мы сумели подменить им чашки, сами смотались в ванную, сунули в рот два пальца, попытались вывести из желудка хоть часть того, что скормили нам эти сучки. Потом вернулись за стол, еще тяпнули, закусили, девчонки вырубились, мы связали им руки и ноги, даже заклеили рот скотчем, затем все-таки не выдержали, отключились сами. Все достаточно ясно, непонятно одно – куда эти «клофелинщицы» в итоге подевались? Я ведь на совесть их вязал.

Он не выдержал, вскочил и, преодолевая сильное головокружение, держась за стены, прошелся по комнатам.

– Нет, бесполезно, не могу врубиться, – потер он виски, вернувшись. – Видео, аудио – все на месте, бумажник тоже. Странные девочки. Допустим, как версию: они очнулись, зубами развязали узлы друг другу. Но потом что? Они должны были по всем статьям либо сами ограбить нас, либо запустить в квартиру бандитов. Может, никакого клофелина и не было, а, Веня, милый? Ты придумал все? Мы перепились, тебе спьяну померещилось. И мы, и девчонки отключились от алкоголя, мы их скрутили ни с того ни с сего, они очнулись, испугались, освободились и сбежали? Так было дело?

Вениамин равнодушно пожал плечами.

– Они просто исчезли.

– Ну да, исчезли, так не бывает, – покачал Сенин головой. – А... черти их драли! Конечно, мы виноваты перед ними, но кто они нам? Неужели мы будем перед ними извиняться? Хотя девчонки были ничего. Мысленно я их уже распределил: я бы взял Сашу, я вообще блондинок предпочитаю. Ну а ты? Что ты скажешь?

Вениамин промолчал.

– Понятно, – кивнул Сенин. – Тебе тоже

нравятся блондинки. Но мы могли бы потом поменяться. Думаешь, они не согласились бы? За деньги согласились бы на что угодно. Хотя, конечно, мы делим шкуру... исчезнувшего медведя. Впрочем, а кто нам мешает? Надо позвонить им опять, может, они уже дома? Извинимся, предложим денег побольше. Можно даже закатиться с ними в ресторан. Ладно, беру все на себя, я сам их уболтаю, твое дело только прийти в норму, очухаться к тому времени, когда они вернутся. А они обязательно вернутся, уверяю тебя. Уж я таких стерв хорошо знаю.

Сенин взял телефонную трубку, набрал по записной книжке номер. Долго слушал протяжные гудки, затем разозлился.

— Слушай, чего это я? Что я на них заторчал? Свет белый клином на них не сошелся, а риск есть риск, ты прав, они вполне могли оказаться наводчицами. Зачем искушать судьбу? Лучше я другим позвоню. Хотя... непонятно все-таки, куда они делись?

– Они не делись, – отрешенно ответил Вениамин. – Я же сказал тебе – их просто не было.

– Как не было? – рассмеялся Сенин. – Опять ты за свое! Саша, Даша, они нам что, померещились? Ты сам помнишь их? Мы, конечно, здорово перебрали, но не могло же нам причудиться одно и то же? Да у меня и нет такого впечатления, будто я перебрал. Слабость, туман в голове, но это не от алкоголя, я просто много крови потерял. А может, действительно, клофелин проклятый? Давай я все-таки кому-нибудь еще позвоню.

– Никто не ответит, – покачал головой Вениамин. – Уже никто не ответит.

– Почему никто? И почему «уже»?

– Потому что нас с тобой нет. И давно. Силы кончились.

– Как это нет? – язвительно улыбнулся Сенин. – И причем тут силы? О чем ты вообще говоришь? С перепоя, что ли?

Вениамин молча протянул Сенину руку, затем попросил его:

– Пожми.

– Руку тебе пожать? – переспросил Сенин. – Зачем? Ты собрался уходить?

Затем вскинул плечи: ладно, и попытался дотронуться до протянутой ему ладони. Но рука его ничего не ощутила. Сенин сделал еще, потом еще одну попытку, но результат был все тот же. Ошеломленный, он надолго замолчал.

– Что это означает? – спросил он, наконец. – Я сплю?

– Нет, просто умер, – спокойно ответил Вениамин.

– Как умер? – ошарашенно попытался уточнить Сенин. – Чушь! И что, я на том свете?

– Что-то вроде того, – подтвердил Вениамин.

Сенин был ошеломлен, он начал хвататься за окружавшие его предметы, потом попытался ощупать себя самого. Результат был неизменен.

– Ты шутишь. Конечно, ты шутишь, –

никак не хотел сдаваться, сопротивлялся сознанием Владимир. – Я просто во сне или в бреду. На операционном столе лежу или опять под капельницей. А ты шутишь. Как я мог умереть?

Он помолчал немного, затем спросил удрученно:

– И давно?

– Что давно? – сделал вид, что не понял вопроса Вениамин.

– Давно я умер?

– Несколько секунд назад.

– Ну, я же говорил! Чушь! Полная чушь! – обрадовался Сенин. – Ты разыгрываешь меня. Ну, у тебя и шуточки, так ведь и инфаркт может хватить!

Он оживился, вздохнул с облегчением, хотел было налить себе вина в бокал, но рука прошла сквозь бутылку, даже не пошевелив ее.

– Это фокусы. Какие-то фокусы. – Сенин на сей раз действительно испугался. – Слушай, хватит дурачиться. Твои розыгрыши мрачноваты. Я вообще не люблю черного юмора. Так что кончай свои шуточки или я рассержусь! – Не получив ответа, он сам продолжил: – Несколько секунд, какие несколько секунд? Подумай, что ты такое несешь? Такси, потом частник, затем звонок мой, еще эти две «клофелинщицы». Мы вырубились, потом очухались, болтаем с тобой черт те о чем, черт те сколько уже. И это все за несколько секунд мы успели? Тут как минимум ушло пять-шесть часов. Пять-шесть часов, ясно тебе? Жаль только я время не засек. Совсем недавно было девять вечера, я точно помню. – Сенин посмотрел на запястье левой руки и залился счастливым идиотским смехом: – Ну вот, смотри, а я думал – ничего не украли. Часы, «котлы» мои ненаглядные, свистнули, а это уже денежки будь здоров.

Он вновь помолчал некоторое время, как бы все более начиная осознавать происходящее, затем проговорил отрешенно:

– Послушай, это ведь здорово. Если я

сознаю, чувствую, разговариваю сейчас с тобой, значит – он существует? Этот другой, загробный, мир?

– Ничего не значит, – скептически возразил Вениамин.

– Как не значит? Не морочь мне голову, вот только куда я попаду теперь: в ад или рай?

Вениамин с интересом посмотрел на Сенина:

– Ну а ты сам как думаешь?

Тот встрепенулся.

– А что? Что я сделал? Чем я плох? Бог, архангелы – я могу оправдаться перед кем угодно. Я участвовал в благотворительных акциях, попечительствовал в фондах, подавал нищим. Ну, обрядов, постов не соблюдал, но всегда советовался с Богом, молился.

– Да, да, понятно, – поддакнул Вениамин, – как же так получилось тогда с киллером-то? И как Бог такое допустил, если ты во всем его слушался?

— Подожди! — разозлился Сенин. — Смеешься надо мной? Ну а ты, сам то ты что за фрукт? Кто ты такой, чтобы судить меня? Как я понял, ты тоже уже отгулял свое? Как с тобой получилось? Из-за меня пострадал? А может, наоборот, как раз из-за тебя я и погиб? Где мы вообще сейчас с тобой находимся?

Как бы в ответ на свои слова, он увидел себя вдруг в той же больничке, в той же палате… Та же кровь на стене, на полу, на одеяле. Раны его зияли, ныли. Вениамин лежал рядом, укрытый до подбородка одеялом, вокруг царила та же зловещая тишина.

# 4

Сенин приподнялся на локте и взглянул в сторону соседа:

– Это правда, что тебя зовут Вениамин?

Тот молча кивнул.

Сенин вздохнул облегченно:

– Мне тут привиделась какая-то чушь. Будто мы убежали отсюда, пытались скрыться, на нас опять было совершено покушение, только по-другому…

– Клетки, – лениво пробормотал сосед, – это просто клетки. В отличие от нас самих – слабаков и трусов, они не сдаются, сражаются до последнего. Даже когда сознание отключено, они продолжают жить, противиться опасности, смерти, ищут выход. Если сознание возвращается, организм уже знает, что делать. Если нет… Может, тебе доводилось когда-нибудь видеть курицу, бегущую с отрубленной головой: ты не задумывался над тем, что в тот момент командует ее ногами? Приблизительно так и у нас с тобой. Вот только будущего у нас нет больше, курица уже не бежит, мы двинулись в обратную сторону. И будем лететь теперь назад с сумасшедшей скоростью.

— Мы, — подозрительно посмотрел на него Сенин. — Почему? Потому что нас расстреляли вместе? Значит, одеяло тебя не спасло? Но где же тогда медсестра, врачи, почему мы не бредем единой толпой? Или они все разбежались как крысы, пытаясь спастись в этих, как ты говоришь, «клетках». Где они, кстати, эти «клетки» твои находятся, в спинном мозгу что ли? Кто ты вообще? Ты ведь так и не сказал мне. Кем ты был при жизни?

— Тобой, — спокойно ответил Вениамин.

— Мной? — Сенин расхохотался. — Да ты просто подослан ко мне, разыгрываешь, мистифицируешь. С какой целью? Меня Владимиром зовут, я уже представлялся тебе. Ты что же, мой ангел-хранитель? Почему тогда ты так плохо меня охранял, допустил такое?

– Кто я? Я и сам не знаю. Знаю просто, что мы одно целое. Именно поэтому мне известно о тебе все, нравится тебе это или нет. Потом, когда закроется для нас уже и настоящее, я приведу какой-нибудь пример, чтобы убедить тебя, или ты сам что-нибудь вспомнишь. Но нужно ли это? Ах, я плохо охранял тебя! Но сколько раз я тебя осаживал, предупреждал, хоть однажды ты послушался моего совета? Или, может, ты мне сейчас скажешь, что не ведаешь, за что тебя убили, что ты не знаком с людьми, которые вдруг ни с того пи с сего пожелали твоей смерти? Это ведь ни для кого не секрет, кто они, но никто и пальцем не пошевелит, чтобы отыскать виновных. Кто же станет отыскивать… свою смерть? И жена твоя будет раскланиваться, любезничать с твоими убийцами, даже заискивать перед ними, потому что они откупят у нее твое дело и не позволят никому другому его продать. Ты молодец – успел подписать бумагу на ее имя. Хотя этим ты просто надеялся спасти свою жизнь, но было поздно. Зачем юлить? Ты хапнул тот заказ, а кусок был слишком велик, вот ты и подавился.

— Кто-то должен был его хапнуть, — угрюмо огрызнулся Сенин, сразу поняв намек соседа, — почему бы и не я? Мы скакали трое на одном уровне, я их на повороте обогнал. Все было по-честному, рано или поздно кто-то должен был вырваться в лидеры. Ты ничего не понимаешь в бизнесе, оттого я и плевал всегда на твои советы. Там свои законы.

— Ну так и я о том же, — пожал плечами Вениамин. — По этому закону ты и должен был умереть. Ты дал взятку, очень большую, тому чиновнику из министерства... Министерства просвещения. Просветитель! Какой важной фигурой ты, наверное, мнил себя тогда, а сам мысленно подсчитывал барыши. Что «повело» тебя тогда? Может быть, твоя фирма находилась на грани банкротства?

– Как раз наоборот, – оживился Сенин, затем осекся, нахмурился, поняв, что он забрел в ловушку. – На грани был один из тех двоих.

– Почему же ты не договорился с третьим, чтобы съесть того, второго?

– Не было времени. Сроки поджимали. Ты не представляешь, какие они алчные, эти чиновники, продажность их не имеет границ. Что ты от меня требуешь? Меня в любой момент могли опередить. Гонки, проклятые гонки!

– Перед кем ты пытаешься выгородить себя? Забываешь, кто я? Они же предлагали тебе договориться, уже после того, как заказ был в твоих руках.

– Ага, и никаких компенсаций! Вот именно «после» – все расходы повисали на мне.

– Наказание за то, что ты вырвался в упряжке, нарушил строй.

– Чепуха! Никто не смеет диктовать условий победителю. Они должны были согласиться на мои варианты.

Вениамин устало махнул рукой.

— Ладно, не буду спорить. Но скажи, тебе никогда не было жаль этих бедных детишек, точнее, их родителей, которых ты столь беззастенчиво обирал, всучивая им втридорога свои учебнички, тетрадки?

Глаза Сенина уже сверкали злостью.

— Что ты понимаешь в этом? Заткнись! Я же тебе сказал: это бизнес! Кого еще обирать? Взрослых? Как ты человеку всучишь то, без чего он может обойтись, да еще втридорога? Его сначала надо в позу развернуть, поставить в условия: нет, и не может быть нигде дешевле. Не я устанавливаю правила. Мы все трое и вся мелкота вокруг нас так делаем, причем, не сговариваясь: стричь надо до шкуры, практически до крови, если бы я стал поступать иначе, я бы не разорился, как многие другие на моем месте, я профессионал, но меня убили бы гораздо раньше. Однако о чем мы говорим, какое это сейчас имеет значение?

– Имеет. Ты думаешь, они не могли дать больше? Могли, но это означало подписать себе смертный приговор. Лидера не должно было быть, повторяю, такой жирный кусок просто надо было поделить.

– Задним умом все крепки, – с досадой отмахнулся Сенин. Затем не выдержал, рассвирепел, он никак не мог допустить, чтобы в таком важном разговоре последнее слово осталось не за ним: – Ладно, объясни мне одну только вещь, хотя бы: с какой стати уже после смерти моей объявились эти «клофелинщицы»? Значит, встреча с ними в мозгу моем подсознательно уже была запрограммирована? И днем раньше, днем позже, но я обязательно бы встретился с ними. Что изменилось бы тогда? Безвинно убиенный я в рай попал? Но где он здесь – рай и где здесь ад, ты видишь их? И где благие – ау! – где недобрые, намерения? Они ничто здесь, убедился теперь? Тут лишь соединение и распад, все остальное лишь следствие соединения или распада.

– Тогда почему же ты так спешил сюда? – с ехидцей усмехнулся Вениамин. – Тебя настолько интересовали здешние причинно-следственные связи?

– А, да заткнись ты! – грубо оборвал Сенин его. – Бога ради, не строй из себя невинного дурачка! Тебе не идет.

Вениамин не ответил ему, он весь сжался, напрягся, глаза его округлились, наполнились ужасом. Сенин не успел даже прислушаться, как зловещая тишина вдруг сменилась топотом ног в коридоре, окриками, выстрелами. В палату вдруг ворвались четверо поджарых людей в масках…

# 5

– Странно, я даже не чувствовал боли, – удивился Владимир, – хотя огонь был поистине ураганным. Кстати, я так и не заметил, как ты выкрутился, эй, Вениамин! На постели тебя точно не было, уж теперь-то я вспомнил, я вообще лежал в палате один.

Однако никто не ответил Сенину. Он вздохнул с облегчением, увидев себя вновь под капельницей, без шести дыр в груди, слыша за дверью голоса, суетливую беготню персонала. Но недолго он радовался, ожил вдруг в памяти злополучный подъезд, затем вновь темнота, и вот он уже сидит в кабинете вместе с Вениамином.

– Что, если я не пойду сегодня ночевать, останусь в офисе? – тихо спросил Сенин. – Все изменится, я останусь жив?

– У тебя был этот шанс, – покачал головой Вениамин. – Ты не воспользовался им. Теперь мы с тобой, как две бескрылые птицы: ничего не можем сделать, совершенно беззащитны.

— Все мы бескрылые птицы, — печально отмахнулся Сенин. — И что же? В этом наша душа? Неужели от нас самих так мало зависит?

Вениамин с досадой отвернулся.

— Что ты хочешь от меня? Таков человек. Нам подарена мысль о жизни вечной, о бессмертии, но что мы сделали для того, чтобы воплотить ее? Молились, постились? В этом мы искали душу? Невелика премудрость — встать на колени, высшая мудрость — с них подняться. И телом, и душой.

Сенин задумчиво покачал головой.

— Теперь я знаю, кто ты. И почему тебя зовут Вениамином. Родителям очень нравилось это имя, но я родился раньше, и меня окрестили по-другому. Ты — мое второе, внутреннее, «я».

— Ангел-хранитель, внутреннее «я», какая разница как называть?..

— Я уже убедился, — как бы не слушая

ставшего вдруг столь близким ему собеседника, продолжил Сенин, – что о многих вещах ты знаешь больше меня, гораздо больше, ты ближе к природе, к Богу. Но как быть с душою? Душа одна у нас или мы разделимся, разделится наша судьба? Ах, как жаль, как жаль, что мы с тобой так поздно сдружились! Может, смысл как раз в том, что нам не дано достичь бессмертия поодиночке? Может, как раз в тебе мои крылья? Одно я точно знаю теперь: душа должна быть чем-то облечена. Вот только чем, ты не скажешь мне?

Так и не получив ответа, он вдруг увидел себя совсем молодым, в аудитории института. Ярко сияло весеннее солнце. Вениамин был рядом, но уж совсем призрачный, едва различимый. Но что Вениамин, Бог с ним, с Вениамином. Рядом сидела Настя, прекрасная Анастасия. И он знал, что сегодня, сегодня она будет его. Они встречались уже полгода, и время расхристанности, раскрепощенности, в том числе и в области тех отношений, которые еще недавно было принято называть самыми сокровенными, подстегивало, буквально бросало их друг к другу. И все проблемы были так легко разрешимы, в одном общежитии так или иначе можно было уединиться: договориться с ребятами – соседями по комнате, сбежать с лекции. Но Настя никак не могла решиться. Дура! Все твердила о какой-то ответственности. Перед кем? Что не хотела бы терять время попусту. Удовольствие, разве оно когда-нибудь бывает попусту? Говорила, что не может в таких условиях, нужно, чтобы полностью можно было бы расслабиться, довериться, не боясь, что кто-нибудь постучится, войдет. Чушь! Принцесса на горошине! Цирлих-манирлих! Сказала бы просто, что он ей не нравится, так ведь нет – жить без тебя не могу!

А потом закрутилось, завертелось все: общага стала как бы продолжением биржи, и уж, несомненно, частью той, внешней, жизни. Не пройдя до конца этажа можно было купить тонны сахара, меди, какого-нибудь китайского барахла, тут же, или на другом этаже, в другом институте или у знакомого брокера перепродать их. Деньги завертелись вокруг совершенно бешеные. Сенин с трудом тогда, исключительно лишь с помощью взяток преподавателям, окончил институт. Некоторые побросали учебу, потом локти кусали, другие, кто с деньгами всплыл, восстанавливались или просто внаглую, без затей, покупали себе диплом. Настя! Тут уже было не до Насти с ее оглядками. Появилась вокруг тьма девочек куда привлекательнее, доступнее, он тогда еще не был отягощен проблемами, был поистине неутомим.

Как там было тогда с его душой?

— Вениамин! — тихо окликнул он. — Ты помнишь Настю?

Но Вениамин не откликался, он вообще исчез из поля зрения. По всей видимости, сил у Сенина уже не хватало на двоих.

Настя! Она довольно быстро вышла замуж, сразу же после окончания института. Муж любил ее, хотя и зарабатывал средне. Не был ни лентяем, ни трудоголиком, большую часть времени проводил в семье…

И все-таки, когда они потом встретились, она была так счастлива, что вышло по ее: что вот только теперь, когда есть все условия… Она буквально исходила нежностью, боготворила Сенина, растворялась в нем, а он лишь позевывал пресыщенно. И встречался с ней больше из любопытства: как же, ведь ни к кому с тех пор, после института, он не испытывал даже чувства легкой влюбленности, что же он в этой невзрачной серятинке нашел? Чем она может удивить его? В постель с ним легла, наверное, только из-за того, что он такой крутой, богатый? Принц, да и только! Видя в мечтах, что исправляют они оба свою ошибку и соединяются, наконец, вместе. Принимала подарки, которые он ей преподносил, как память, а он лишь расплачивался ими. Все прошло мимо: и нежность, и ласки ее. Были они, а вроде как, и не было. Она была счастлива, даже когда все поняла и исчезла, он это счастье упустил, никогда вообще не было у него счастья. Были деньги, жена при связях и, опять же, при деньгах. Хотя... с его стороны была только иллюзия выбора, на самом деле его выбрали. А он? Что он сам? Добрая память ему!

**6**

И опять скачок! Вот он тринадцатилетний мальчик на заснеженном берегу реки, сбежавший в тот вечер от всех и всех презиравший, даже ненавидевший, под звон доносившихся откуда-то по радио новогодних курантов, дававший клятвы посвятить себя борьбе против глупости, черствости, пошлости, несправедливости. Тогда он был один, един со своим alter ego. Или просто был незрел, наивен? Да кому сейчас это интересно? Тот мальчик. Настя. Богу? Но что Богу до него? Вениамину? Но что Вениамин? Легко оставаться благородным, рассуждать о высоких материях за широкой спиной, не думая о деньгах, об угрозе в любой момент быть вышибленным из игры, о постоянном риске оказаться в бессловесной полуживотной массе убогих и увечных, калек физических и духовных, исполненных злобы, зависти, вопиющих о воровстве, мошенничестве, обмане, и живущих, тем не менее, жалкими, издевательскими подачками, бросаемыми чванливыми бонзами с заоблачных высей. Какое это имеет отношение к душе? Но вот я кормил тебя, оберегал, пестовал, и где ты? Именно сейчас, когда я не понимаю многого, когда теряю силы и становится мне все более безразлично, что дальше будет со мной…

Сенин поразился вдруг мысли: почему так легко сдаются люди перед лицом смерти? Разум мешает, губит? Но чем? Надеждой на какую-то химеру, ими же самими выдуманную? Но сколько их, таких химер? Сколько их, разных, которым разные люди по-разному поклоняются, ненавидя, убивая из-за них друг друга? Неужели самому безумному, самому ослепленному человеку это не очевидно? Каким сильным, животным, лишающим рассудка, воли, должен быть страх, чтобы он гнал человека с такой неистовостью по чужим головам, поверженным телам от рая жизни к аду смерти?

Ты видишь, Вениамин, видишь, я тоже не алчный трутень. Я тоже жил чисто, праведно, по-своему боролся. Ты говоришь, что я переступил предел, но для чего? Понял ли ты до конца, почему я сделал это? Деньги? Не только деньги! А может, совсем и не деньги даже влекли меня тогда со страшной, неодолимой силой. Я хотел понять, до конца убедиться в существовании чего-то мерзкого, поганого, смердящего, чему я вроде как продал свою душу, а уперся во все то же — человеческие мозги. Быть может, за это меня и убили? За это знание. Быть может, именно знанием этим я и нарушил правила игры? И я не лгу, не оправдываюсь, говоря это, просто сейчас, пребывая уже трупом, я знаю, верю, понимаю великую истину: я не хочу умирать! Но мне уже не донести эту истину туда, обратно! Хотя, быть может, это и есть то решение, и еще сражается за мою ускользающую жизнь какой-нибудь сдвинутый, твердолобый хирург?

# 7

Сенин забылся, ожидая, что сейчас, сейчас, наверное, он вернется к истокам, к великой тайне – тайне своего рождения. Что там дальше? Вечность? Новая жизнь? Но его пронесло мимо на тысячелетия. Ах, как хотел он увидеть лица своих родителей, благоговейно склонившихся над ним, чувствуя любовь к нему как к величайшему чуду. Вместо этого он услышал рев, крики, мычание, увидел кровь, какие-то смертельные побоища. И внезапно земля вокруг стала совсем голой, как бы соединенной со всей Вселенной. Однако пустоты не было. Копошились густо частицы, атомы, какие-то неведомые сочетания. Исчезли пространство, время, зрение, понятия «внутри» и «отвне» ничего больше не значили. И в то же время (время ли?) все жило, если это можно назвать жизнью, двигалось (хотя вряд ли это было движением).

Вечность или забвение, конец или начало – что ждет его? Сенин уже не понимал этого, лишь одна истина была еще доступна ему, поддерживала или создавала иллюзию поддержки: в мире нет пустоты. Для того крохотного, бесстрашного, что уже даже не клетка вовсе, что больше не принадлежит ему, в мире нет пустоты.

Птицы, бескрылые птицы… Где ты, душа? Ему вдруг показалось, что он тяжело вздохнул, но тяжесть тут же прошла, отпустила. Сменившись легкостью удивительной, невероятной, которой он еще не испытывал никогда…

# КОГДА ДУША С ТЕЛОМ НЕРАЗЛУЧНА

*новая русская сказка*

В некотором царстве, в некотором государстве жили два закадычнейших друга, у них даже имена похожи были: одного Петром Павловичем величали, другого – Павлом Петровичем. Жили-поживали, добра наживали, благо добра в то время глазом было не объять. И вышла промеж ними размолвка. Отчего, почему – да кому ж знать? Они и сами не помнили. Но не помнить-то не помнили, а и не забывали. Да и как забыть, коли рана такая была, что сердце чуть ли не надвое разделила?

Первый-то, Петр, очень страдал, прямо жизнь не в радость ему стала, и все мечтал он с другом помириться. Однако Павел был не таков, время злость в нем не заглушало, а только накапливало, и уж вот-вот должна была желчь его переполниться, а тут как раз и повод подоспел: добра-то много вокруг, а дорожка к нему узкая, никак не разойтись. Им бы как раньше: объединиться, да и вместе пойти, поделив затем добытое, ан нет, дружбе былой конец, как раньше никак не могло получиться.

Сделал Петр последний шаг к примирению, да только Павел его и слушать не захотел: никакого мира – уйди с дороги или пеняй на себя.

Отступить бы Петру, да уж очень он хотел старого друга вернуть, образумить, пожертвовал он львиной долей того, что должен был выручить, да выставил за собой такое войско, что при жадности Павловой никак тому против подобного воинства было не устоять, однако не надо было Петру этого делать.

– Что ж, ты сам решил свою судьбу! – покачал головой Павел Петрович и начал осуществлять то, что давно уже задумал. Вот только злость его до того разрослась, что просто убить бывшего своего неразлучника казалось ему недостаточным. «Жизнь коротка, – говорил он себе, – а после что? Куда я в итоге попаду? Прямехонько в ад, а Петюня наш еще посмеиваться будет потом из рая надо мною».

Призвал он к себе ближайшего помощника и изъявил ему свою волю:

– Человека хочу убить, по-другому никак нельзя, очень уж он мешает нашему делу.

Что ж, убить, так убить, за такие деньги, которые помощник у хозяина своего получал, готов он был голыми руками придушить кого угодно.

– Но не просто убить, а чтобы не только тело, а и душа его погибла. Ни в аду, ни в раю – нигде чтобы ему места не нашлось.

– Да как же так, – растерялся помощник, – сколько живу на свете, а такого не встречал, разве такое возможно? Душа – она ведь бессмертна. Да и зачем вообще такие сложности? Главное – деньги будут наши, а что человек? Тьфу, и нет человека. Что нам душа его, какая нам в ней корысть? Неужто станем мы из-за такой чепухи Бога гневить?

Разозлился Павел, хотел было совсем прогнать помощника с глаз долой, да потом передумал – хоть и дурак тот был, но верный. Где такого сейчас скоро сыщешь? Ведь не отказался же, просто не знает, как сделать. А и то, может, он сам погорячился, невозможного просит? Однако как воротила ни прикидывал, все выходило, что он прав. Или, может, он убедил себя в этом? Что человек без души? Тварь бессловесная. Ни до кого ему не докричаться, некому за него и заступиться. Ведь сколько говорят о том, как люди черту душу продают. С чем же они остаются после?

Столько вопросов выходило, что недолго было и голову сломать, а голова Павлу была нужна для другого дела. Вызвал он тогда главного охранителя своего, вот с кого первый спрос и должен быть в таких вопросах. Охранитель тот тертый был мужик, и в своем деле знал каждый закоулок. Так что и глазом не моргнул, ответ тотчас был у него.

— Можно и так сделать, коли охота есть, но подобный заказ очень дорого будет стоить.

— А ты не беспокойся за меня, — ответил воротила, — что деньги — сор, главное, чтобы желание мое было выполнено.

У охранителя и в мыслях не было возражать.

— Есть такой человек, с любой задачей справится... Сами с ним встретитесь или мне договориться?

Понимал воротила, что лучше все через посредников делать, остаться в стороне, в тени, ан нет — разобрало его любопытство. А может, и не любопытство, холодный расчет: ну как обманут его, наврут с три короба, не полезешь же на тот свет разбираться? Оттуда ведь обратной дороги нет, весь смысл жизни как раз в том и состоит, чтобы не угодить туда раньше времени.

— Сам встречусь, — Павел сказал, а поджилки так и затряслись у него при мысли о подобном зрелище.

Хотя в зрелище том ничего страшного, собственно, и не было. Пришел мужичок, не то чтобы с ноготок, но росточка невеликого, в кепочке, порточки потертые, на два шага отойдет — и в толпе не различишь. Спокойный, деловитый, не из гордецов, но и не из угодливых.

— А что, и вправду способности у тебя такие есть, берешься осуществить?

У Павла даже руки от сладостного предвкушения затряслись: неужто и в самом деле, по его выйдет?

— Берусь, чего ж не взяться, — пожал плечами мужичок, — но только и прошу дорого.

И назвал такую сумму, что у Павла чуть глаза наружу не вылезли. Но промолчал он, подумал, что, в крайнем случае, и на душегубов управа есть, но мужичок как бы прочитал его мысли:

— А вот этого не надо, себе дороже обойдется, жизнь у каждого человека одна, и висит-то она на ниточке. Если цена не по вам, то можем сразу и разойтись, но коли договор заключим, обратной дороги ни у меня, ни у вас уже не будет.

Павел хотел было поторговаться, но затем передумал.

— Ладно, — согласно кивнул он, — как сказано, так пусть будет и сделано.

Но руки душегубу все же не подал, один обмыл сделку, даже охранителя не позвал.

Странное дело — казалось, должен был он после этого успокоиться: и исполнитель надежный, и задаток взял, ан нет, не стало после того дня Павлу спокойствия. Перво-наперво явился ему во сне черт и стал укорять его:

— Что ж ты, родной, какой смысл так неразумно поступать, зачем душу губить, ею куда выгодней да приятней распорядиться можно. Вот у тебя одна душа, а стало бы две: другая жизнь, другие возможности. Подумай сам: одна душа чистая, светлая, другая — черней смолы, и не жалко ее, в любой момент раз плюнуть – от нее избавиться. Глупо, глупо ты поступил, почему у меня совета, помощи не попросил, разве в таких делах полагаются на человека?

Может, оттого, что во сне беседа происходила, может, Павел действительно бесстрашен был, но он лишь усмехнулся в ответ на рассуждения хвостатого:

– Родной? Какой же я тебе родной? Я от человека рожден, а не от вашего бесовского семени! И якшаться с таким сбродом, как вы, не имею никакого намерения.

– Понятно. Значит, не родной? А зачем же тогда вторгаешься в наши пределы? Может, трепки хорошей тебе задать? Это мы вмиг устроим.

Тут Павел и проснулся. Хотел забыть о происшедшем разговоре, да никак не мог: «А может, тот плюгавенький сам черт и есть? Угораздило же меня так вляпаться! Впрочем, что это я? Совсем раскис. Сказано же: обратной дороги нет».

Сын у Петра единственный был. На свет

появился поздно: все знахари-врачи в один голос утверждали, что жена его рожать неспособна. Хотя утверждать-то утверждали, а помощь свою предлагали, от чего Петр Павлович всякий раз отмахивался, про себя посмеиваясь: не верю, мол, такого не может быть, надо просто подождать, дурацкое дело нехитрое. Так по его и вышло. А уж каков был Мишенька! И собой пригож, и ума, способностей в нем было не по летам. А еще был он тихий, ласковый, услада своих родителей.

А подлец-душегуб с живого с него кожу содрал. Походила-походила по дому жена Петра, да и стала заговариваться. Отвезли ее в обитель для тихопомешанных, а она там в буйство впала: все голосила да волосы на себе рвала, такую красавицу, умничку даже самые близкие родственники вскоре перестали узнавать.

Подобного даже Павел Петрович не ожидал, призвал он охранителя и говорит ему:

– Хватит, достаточно, расправу нужно прекратить. Не могу я, понимаешь? Я ведь Мишку на своих руках выпестовал, во все игры с ним переиграл... В чем он провинился передо мной? Ну а Ксюша-краса, жена Петькина, веришь, я же когда-то был влюблен в нее, мы все трое в одном классе учились, да и потом семьями дружили: праздники, отпуска, ни одного выходного порознь. Кто же мог знать, что в эту сторону пойдет удар?

Охранитель побледнел, но был тверд, как скала:

– Я и рад был бы вам помочь, разлюбезный хозяин мой. Но обратной дороги нет, уговор таков был. Стать на пути у подобного нелюдя – верная смерть, и не только для меня, для всех моих друзей, родных, близких. Да и что я, попытайся остановить его сейчас хоть целая рать, ничего не получится, вы же сами так хотели – чтобы лучшего из лучших.

Пожурил Павел Петрович своего

охранителя за трусость, а прогнать и его не прогнал. Сам виноват. Да и что толку прогонять, надо выход искать.

Вот только времени душегуб ему не давал: вдруг пропали разом два верных помощника Петра – его правая рука и рука его левая. Ушли с работы и как в воду канули. А может, и на самом деле в воде затерялся их след? Но если бы только это.

Была у вернейшего и добрейшего Петра Павловича зазноба, кто ж из нас без греха? Души он в ней не чаял, все свои тайны, невзгоды ей доверял, а уж любил-то, любил сверх всякой меры. Нашли ее в ванне утопленной, тут-то Петр Павлович и дрогнул. Охладел он к работе, стал деньги, связи, сделки терять, лишился вскоре всего, даже собственного дома.

Так и жил на улице. И родители его к себе приглашали, да и знакомых, друзей у него было не сосчитать, но никого он не хотел подводить, зная, что смерть тащится за ним по пятам: лучше уж не прятаться, а, наоборот, в полный рост встать – вот он я, один, бей, коси, ежели хочешь.

А у Павла-то Петровича все наоборот: деньги к нему со всех сторон прибывают, со всеми он договаривается, везде долю получает. Улестил и воинство, Петром выстроенное. Вот только жизнь вдруг стала ему не мила. Не выдержал он, в конце концов, снова призвал к себе охранителя. Хочу, говорит, сам поговорить с душегубом, все деньги решают, решу я и этот вопрос. Через полчаса был ответ: «Согласен. Но чтобы при себе была оставшаяся часть обусловленной суммы». Обрадовался Павел Петрович, раз о деньгах речь зашла – сам Бог велел договориться.

Однако душегуб как был, так и остался неумолим:

– Обратной дороги нет. Начатое надо доводить до конца, таков мой принцип.

И какие деньги Павел Петрович сверху ему ни предлагал, так при своем и остался.

Тут уж Павел Петрович совсем разум

потерял, разыскал друга да во всем ему покаялся, затем вынул пистолет и говорит:

— Убей меня!

Но Петр в ответ лишь головой покачал:

— Ты не виноват, Павлуша. Это просто чернота, ненависть, лютая злоба из клетки наружу вырвались. Никому с ними не совладать. Так весь мир и погибнет.

— Как погибнет? Ну а мы-то на что? — обрадовался Павел Петрович, что друг вроде как простил его. — Не молю Бога о снисхождении, знаю, гореть мне в геенне огненной, но мы не сдадимся с тобой, все по-новому, по-иному выстроим. Вот квартира тебе, машина, дело, сотрудники верные, денег кошель. Что желаешь еще? Все выполню.

Но и на день новой жизни не хватило Петра. Ни квартира, ни машина, ни дело — ничто его не прельстило. Полюбилось одно — быть бродягою. Да и то ведь — куда ни пойдет, тут же, откуда ни возьмись, бутылочка стоит да к ней закусочка. А уж компанию не надо и звать, так гурьбой за ним и тащится из всех щелей народец чумазый, пахучий. Да и больше он уже с Павлом Петровичем не откровенничал, как будто забыл его, только улыбался, как и всем вокруг, с необыкновенной добротой и кротостью, вроде как – смотря и не видя.

Но Павел-то Петрович не сдавался и следовал за другом неотступно.

«Тварь бессловесная. Ни до кого ей не докричаться, некому за нее и заступиться», – вспомнил в тот злополучный час Павел свои собственные слова, углядев яркую красную точку, медленно ползущую по обветшалому пиджаку Петра. Не стал он даже оглядываться, все и так ясно было, просто бросился другу на шею и хотел его наземь повалить. Да не тут-то было, Петр выстоял, сжимая крепко друга в объятиях. Пуля, коварная, подпиленная, не просто в спину впилась, а кружиться внутри начала, разрывая на своем пути мышцы, сосуды. Сначала в сердце, потом в голову – так и вошла она, вторая пуля, ничего не понявшему Петру Павловичу прямо в лоб, чуть выше переносицы.

На том бы и сказке конец: жили-были два друга и умерли в один день. Но Павел Петрович выжил, а умер он гораздо позже, и убили его просто, без затей – с двух шагов в затылок. Но это уже, как говорится, совсем другая сказка.

Впрочем, другая ли? Охранитель да заместитель сговорились между собой: «По-другому никак нельзя. Очень уж он мешает нашему делу».

# КТО Я? ОТКУДА Я? И В ЧЁМ МОЙ ПУТЬ?

*автобиографическое эссе*

Нищета, безотцовщина, послевоенное детство без кола и двора бок о бок с отчаянной шпаной.

Хрущовская оттепель. Придуманные любови. Медучилище. Пединститут.

Брежневский маразм. Университеты марксизма-ленинизма. Невыдуманные любови.

Горбачёвский дебилдинг (перестройка). Бандитский капитализм.

Имперская либерия.

Новая, теперь уже пожизненная, нищета.

Как видите, биография моя не представляет собой ничего интересного, поэтому в рассказе о себе ограничусь лишь несколькими цитатами из одного совсем уж заумного своего произведения.

*Хочу предупредить тебя сразу, возлюбленный мой инопланетянин (кому ещё придет в голову читать мои бредни? Только если, не дай Бог, какая-нибудь всемирная катастрофа произойдёт, и совсем на Земле никаких других книг не останется), не жди от меня здесь чего-то глубоко личного, вообще документального. Это рассказ не обо мне, тем более не имеет он ничего общего со столь уважаемым мною жанром автобиографии. Возможно, я огорчу тебя или, уж как минимум, не оправдаю каких-либо твоих надежд, ожиданий, но то, что ты видишь перед собой сейчас – не более, как беллетристика, которую я писал всегда и которой осознанно посвятил всю свою жизнь. Просто, по всей вероятности, ты привык считать, что беллетристика – это выдумка, однако таковой она бывает далеко не всегда. (Господи, и зачем мне только знать, о чём думают инопланетяне?). (Здесь и далее курсивом отмечены цитаты из* автобиографического романа Николая Бредихина «Исповедь одиночки», за исключением случаев, где источник указан явно. – Прим. редактора.)


*Писать, как дышать. Жизнь приучила меня обходиться без читателей. Поначалу было больно, обидно, сейчас я очень счастлив такой своей творческой судьбой. Никто не мешал и до сих пор не отвлекает.*

*Конечно, обидно уходить из этого мира тогда, когда ты только начал что-то понимать в нём. Грех познания – один из самых великих грехов нашей земной юдоли, уж слишком велика плата даже за самую обыкновенную житейскую мудрость, что говорить о том, если ты вдруг вознамерился посягнуть на что-то непреложное, постигнуть какие-то, никому не доступные ранее, великие таинства бытия? Не положено. Мне не положено. Жаль.*

*Ничто в России не ценится так дешево, как ум и красота. Но что с ними дальше происходит? Красота, конечно, погибает, а вот ум, он способен постоять за себя, ум во зло обращается – зло либо для самого человека, либо для окружающих его людей.*

*«Спасите интеллект!» родился как-то в моей бестолковой головушке безгласый лозунг, но так и не нашёл продолжения. Деревья, зверушек разных люди уже додумались охранять, защищать, а вот интеллект – что это? Бездна сия может и испугать. Демосу, гумусу куда понятнее и приятнее стандарт, привычная жрачка-жвачка. Хочешь признания – остригись под гребёнку.*

*(Николай Бредихин «Полночное солнце», «Спасите интеллект!»)*

*Всё то гибнет, что исчерпывает себя.*

*(Ведомый Влекущий "Книга Вечной Жизни)*

Во власти нашей только то, что мы создали, но не то, что мы открыли. Открытое нами само приобретает над нами власть.

(Ведомый Влекущий "Книга Вечной Жизни")


Свободный человек – прежде всего человек духовный.

(Ведомый Влекущий "Книга Вечной Жизни")


Миром правят донкихоты.


Издательщина для меня – та же поповщина. Хочу общаться с Богом напрямую, а такое удовольствие дорогого стоит. Только нищему и безвестному оно по суме.


Литература – такой же бизнес, как и всякий другой. Пока вы кропаете что-нибудь для себя, это ваше личное дело, но если вы хотите вынести свою рукопись на суд читателей, то она становится обыкновенным товаром. И уж тогда не зевайте – пусть люди смеются над вами, наживаются на вас – сколько угодно, только не дайте им себя обмануть.


В каждом мужчине по отношению к женщине живут два начала: начало похоти и начало любви.


Самые дорогие женщины те, которые ничего не стоят.


Красота женщины – это её умение себя преподнести.


Миф о загадочной женской логике вовсе не женщинами придуман, чтобы за него прятаться, а мужчинами, чтобы не вдумываться.

Любимые уходят, любовь остаётся.


Если бы сердце в нас не бывало порой мудрее разума, мы, наверное, давно бы перестали быть людьми.


Теперь я знаю: одной смерти мало, чтобы двоих людей разлучить.
(Николай Бредихин "Небеса")


В любви всё правда, но нет правды о любви.
(Николай Бредихин "Любовь в Вероне")


Наука мудрости гласит: о некоторых вещах лучше догадываться, чем знать наверняка.


Куда важнее то, куда мы придём в итоге, чем та пристань, с которой мы отправились.


Фига в кармане? А у вас что?

Фига? В кармане? Да нет у меня её, по той простой причине, что у меня и карманов-то нет. Они мне давно без надобности.

# МУТНЫЕ ВОДЫ, РЕКА СОМНЕНИЕ

*повесть*

413

# ЧАСТЬ ПЕРВАЯ

# ГЛАВА 1

Алексей задумчиво повертел в руках повестку. "Ничего не понимаю. Сборы, какие еще сборы!". Ему казалось, что подобная угроза давно его миновала. Впрочем, военкомат есть военкомат, умом его объять уж точно невозможно, наверняка у них там какие-нибудь недоборы, дополнительные, спущенные сверху, планы. Но, в принципе, у них свои заботы, а у него свои. Какие свои? Кого, собственно, его мелкие, житейские, трудности интересовали? Ах, некому отводить детей в садик! Так какого бога ты их, детей своих, столько наплодил?

Алексей и сам не мог бы объяснить, какого бога. Просто так получилось. Ну, Павел, с ним понятно: зачем, собственно, жениться, если не планируешь иметь потомство, продолжателей своего рода? Нет, тут точно все соответствовало первоначальным прикидкам: год они с

Аленой пожили для себя, проверили еще раз друг друга на совместимость, второй раз съездили вместе отдыхать в отпуск, там и расслабились. С толком, с чувством.

Юля, Юлок... Алексей вот-вот должен был получить квартиру, и три комнаты, конечно, не две. Пришлось проявить прыткость. Они едва успели с Юлком – так сказать, "впрыгнули в последний вагон уходящего поезда". Однако Настя, эта неугомонная Настя, откуда она появилась? Точнее, как?

Уже в тот момент у них начались трудности в материальном плане, жена поставила крест на своей карьере, решили целиком сосредоточиться на служебном росте Алексея, однако с ростом дело сложно продвигалось, и Алексей знал почему, хотя и не откровенничал с женой по этому поводу.

Где-то через год после того, как он после института попал на успевший прикипеть к сердцу завод, его вызвал парторг и намекнул, что есть, мол, возможность отличиться:

вообще, конечно, существуют большие трудности для "инженерно-технических работников", но поскольку он молодой специалист, ему, как говорится, и карты в руки. Карты, партия… Что за игра? Преферанс? Сначала Алексей тупо смотрел в стену, не понимая, о чем, собственно, идет речь, а когда уяснил, то с самым наивным видом отказался. Да, тогда он еще не мог предположить о Насте, хотя вообще-то по природе своей был человеком предусмотрительным и вроде бы они с Аленой все соблюдали, но с Настей, как уже потом Алексей понял, все предусмотрительности были бесполезны, она бы все равно свое взяла.

Вот тут, конечно, черт бы с ней, с партией, точнее, какая разница, коли уж так приперло? Однако парторг оказался человеком на редкость злопамятным, как ни пытался Алексей потом нажать на него сбоку, сверху, снизу, дабы исправить свою ошибку, все его усилия оказывались тщетными.

Когда-то все вокруг были уверены, что уж Алешка-то Подрезов в инженеришках точно долго не задержится, в самое ближайшее время – мастер, затем начальник цеха, ну а дальше как повезет. Но не повезло. Быть может, оттого что он был некомпанейским человеком, а нужно было выпивать, выпивать, закусывать, а главное – говорить потом, говорить. Вот в этом, закусочном, трепе и рождались, как правило, самые неожиданные мысли, принимались самые важные решения. Однако пить надо было не с кем попало, а все с тем же парторгом, с начальством и особенно с членами постоянных комиссий, которые все время что-то проверяли и перепроверяли, среди них-то порой, как золотая крупинка в куче пустой породы, и попадался тот самый-самый нужный человечек. Своего рода "рука", которая в момент "икс" снимала телефонную трубку, да и вообще лучше любой "головы" могла решить любые вопросы. Такой "руки" у Алексея не было. Женат он был вообще по любви... Какие-то институтские друзья? Наверное, не те друзья были, во всяком случае пока из них никто ничего существенного не достиг.

Нельзя было сказать, конечно, что Алексей столь сильно был зациклен на карьере. Бог с ней, с карьерой, но в жизни его появилось вдруг столько дополнительных трудностей, каждодневных пакостей, которые оказались в своем множестве пострашнее тех мельниц, с которыми сражался небезызвестный Дон Кихот Ламанчский. Нет, здесь ему, в этом КБ (Конструкторское Бюро, для тех, кто уже забыл недавнее прошлое, или попросту "ящик"), ничего не светило, и выход был прост и логичен: как можно быстрее подыскать себе новое место работы. Но и с этим вопросом дело обстояло совсем не просто, не говоря уже о том, что КБ было засекреченным. Да и какой-то минимум все же был у него: и зарплата побольше, чем в местах не столь таинственных, загадочных, да и какие-то, пусть самые ничтожные, но отличия: и с садиком по всем трем детям вопрос удалось решить, теперь вот подходила очередь на телефон, и уж полный апофеоз – путевку семейную на лето обещали. Настену только ни в коем случае не надо брать с собой.

– С тремя детьми, сборы, они что там, совсем очумели? – Иной реакции от жены Алексей и не ожидал. – Я им позвоню! Я им все выскажу! Кстати, почему здесь не указан телефон? Да я и без телефона: я им Настьку оставлю на денек, двух часов не выдержат, взмолятся, машину специально, чтобы тебя вернуть, пришлют.

Вот женщины! Как они цепко подмечают детали! Алексей внимательно осмотрел повестку: телефона, действительно, указано не было. Но даже если бы он и был, предположить, чтобы Алена по нему позвонила! Жена Подрезову, несмотря на свое претенциозное имя – Альбина (в переводе с латинского "белая"), и массу глупостей из самых разных гороскопов о якобы присущих этому имени чертах характера и особенностях судьбы, досталась сущая божья коровка, собственно, такими же были его теща и тесть. Хотя тесть подчас, когда его особенно допекали, нацеплял на пиджак ордена, медали и с мукой в сердце отправлялся куда-нибудь на очередной прием: что-то просить, кого-то усовещивать. Иногда помогало. В частности, с телефоном. Того и гляди должен был ускориться процесс.

— Ладно, как-нибудь перекрутимся, — со вздохом сказала Алена, уже засыпая. — Мать попрошу, на работе попробую договориться с начальством. Слушай, а зарплата? Зарплата как?

— Средний заработок. Сдам справку в бухгалтерию, оставлю доверенность, будешь за меня получать, — ответил Алексей сонным голосом.

— Ну а срок? Там ведь срок не указан!

– Срок обычный, три месяца, чего указывать? А может, все-таки попытаться? Трое детей – по-моему, там определенно что-то напутали.

– Вот и выяснишь, – уже совсем погружаясь в объятия Морфея ответила жена. – Отдохнешь там. От нас, по крайней мере.

– Да, хорош отдых. Где-нибудь в палатке в поле. Подъем, отбой, в промежутках кросс с полной выкладкой. Да еще какой-нибудь дебил старшина! Два года: "Стой! Кто идет?" кричал, интересно, чего на сей раз сподоблюсь?

– Ты там того, не балуй, – запоздало напутствовала жена. – Я-то не смогу, а Настена точно глаза тебе выцарапает.

– С кем баловать-то, – совсем без сил огрызнулся Алексей. – Ты что, не знаешь, что такое армия? Там исключительно мужской контингент!

– Ага, рассказывай, а обслуга, а увольнения. Я предупредила, Настьку не обмануть.

## ГЛАВА 2

Староста группы (может, старший сержант или комвзвода), по всей видимости, был тоже из "сборной гвардии", но как ловко, гад, сразу сориентировался, подсуетился – прибыл на день раньше, что ли? – а теперь вот смотрел на Подрезова осовелыми глазками и дышал смачным перегаром – наверное, устроил себе достойные проводы.

– Иди к начальству, мое дело телячье. Может, тебе сразу дадут медаль отца-героя и отправят дальше увеличением народонаселения заниматься. – Он хихикнул своей шутке, оглянувшись на уже притершихся к нему подлипал: каждый понимал, как много от первых дней нахождения здесь зависит. – А может, наоборот, срок продлят, будут гонять, пока вся дурь не выскочит.

Алексей постоял немного в нерешительности перед дверью "начальства", затем все-таки постучал.

– Войдите, – послышался негромкий вежливый голос.

Первое, что поразило Алексея: то, что "начальство" было в штатском, так что он не знал даже, как ему к собеседнику обращаться, в каком тот был звании? Скорее всего, капитан.

На сей раз его выслушали предельно внимательно, однако реакция оказалась той же.

– У всех трудности, товарищ Подрезов. А скоро трудностей, сложностей, заминок, запинок станет еще больше, вообще невпроворот, как же вы собираетесь их решать? Мы как раз и вызвали вас сюда, чтобы вам потом жилось легче. Так сказать, тяжело в ученье… Вас ведь выбрали – вы сознаете? – выбрали, это большая честь. Вы потом все поймете, уж поверьте мне на слово, да еще тысячу раз нас возблагодарите, а пока отдыхайте, устраивайтесь. И будьте внимательны, от каждого шага здесь для вас многое в дальнейшей жизни будет зависеть. Вот приход ко мне ваш – уже первый прокол. А промашек не должно быть. Времени нет вас перековывать, переучивать, нам готовые люди нужны.

Сказать по правде, Алексей мало что уразумел из того, что ему было сказано, но уже спустя полчаса в нерасторопности своей лишний раз получил возможность убедиться. Придя в казарму, он обнаружил, что его место уже занято каким-то здоровенным детиной, а вещи небрежно сброшены на пол, да и попотрошили его чемодан, по всему чувствуется, изрядно. Однако скандал нельзя было поднимать, армейский быт "срочной службы" достаточно хорошо помнился.

"Странно, "дедов" здесь вроде никак не должно быть, раз мы все в один день приехали, – подумал Алексей. – Почему же такой беспредел сразу? Средь бела дня у всех на глазах чужие вещи переворачивать –

чего же дальше ждать? Может, все-таки сходить, вернуться, тому мужику пожаловаться? Нет, отлупят, сволочи, непременно отлупят, накроют одеялом и темную устроят, это уж как пить дать".

Подрезов счел за лучшее промолчать, собрал что осталось из пожиток и пошел искать свободное место. Собственно, какие места – самые настоящие нары в три яруса. А значит, чем ниже лежанка… "Ладно, три месяца не такой уж большой срок, отмучаюсь как-нибудь", – подумал Алексей и нашел все-таки место посередине. Теперь уже, наученный горьким опытом, он никуда с него не отлучался, хотя, как только позвали на обед, он побежал одним из первых, чтобы, опять же таки, "застолбить" стол поприличнее.

Однако и тут ему не повезло, практически все места были заняты.

"И это уже на все три месяца! – с тоской подумалось Подрезову. – Черт побери, как же они успевают-то хоть? Как будто тренировка особая. Ведь все из разных городов, областей приехали, еще несколько часов назад никто друг друга не знал. И вдруг все определились, перезнакомились!".

У Алексея от неприятных предчувствий заныло под ложечкой, он с трудом запихивал в себя жуткую бурду, абы как приготовленную кухонным персоналом (вот еще место, куда он не попал, а следовало бы! Ну что бы и ему на день раньше подсуетиться?), понимая, что ни роптать, ни оставлять что-либо не съеденным здесь не принято. Тем более, что хоть в чем-то ему повезло наконец: он уже хотел было примоститься в самом дальнем углу, как его вдруг окликнули: "Эй, друг, иди сюда, тут стульчик свободный!". Отказываться было глупо, Алексей судорожно вспоминал мельчайшие подробности своего прошлого "служивого" опыта, достаточно откровенно отвечал на вопросы, которые ему задавали товарищи за столом, да и вообще чувствовал себя уже гораздо легче, руководствуясь золотым армейским правилом: "делай, как я, смотри на меня!" Все ели, и он ел, никто не морщился, не костерил поваров последними словами, и он помалкивал.

Однако ближе к отбою Подрезова ждало жестокое разочарование, человек, который окликнул его за столиком, попросил его поменяться с ним местами, точнее "нарами".

"Понятно, услуга за услугу! – разозлился Подрезов. – Да услуги-то уж очень неравноценные".

Конечно, он мог отказаться…

– Послушай, – сказал человек, который за "трапезой" представился Аркадием, – ты не пожалеешь, за мной не задержится. Я просто чуть-чуть запоздал, но кого это интересует? Однако мне с самого верха никак нельзя начинать, вскоре сам поймешь.

"Ладно, черт с ними со всеми. Главное, что первый день – блин горелый, со сковородки слетел, отсчет начался, – думал Алексей, ворочаясь на своем жестком лежбище. – Еще девяносто суток-без-шуток папке твоему осталось оттрубить, Настена. Две тысячи сто шестьдесят часов-на-ногах-сто-пудов, сто двадцать девять тысяч шестьсот минут-на-аркане-ведут, семь миллионов семьсот семьдесят шесть тысяч секунд-становись-во-фрунт. На пальчиках точно не поместится, будем зарубки делать, как Робинзон. И все-таки странно, почему все здесь в штатском, и нам форму никому не выдали?"

## ГЛАВА 3

Форму не выдали и на следующий день. Алексей быстро сообразил, что и тут он оказался не на высоте. Одежда играла свое, как видно очень важное, значение. И в своих застиранных, еще институтских, джинсишках, не говоря уже о рубашке с обтрепанным воротничком и свитере домашней вязки, Подрезов смотрелся жалко. Конечно, попадались чудаки и вообще в тренировочных костюмах, но это было слабым утешением.

Вообще открытий он совершал с каждым часом все больше. К примеру, городок их находился не в лесу и не в поле, а в обыкновенном микрорайоне, ограда и ворота были самые обычные, никакие увольнительные не требовались, можно было в любой момент отлучиться. Вот только куда? Здесь, как и везде, шагу нельзя было ступить без денег. Кино, пиво, из последних достижений – дискотека, на которой местные накачанные дебилы ревниво оберегали прыщавых доморощенных Василис. Так что Настене не имело никакого смысла отращивать коготки.

И вообще, тоска была смертная, хотя день по военной привычке был забит до отказа. Что еще было странно – никакого оружия. Армия! Странная армия! И вместе с тем, когда кто-то из не в меру любопытных посторонних забредал на территорию, к нему тотчас подходил какой-нибудь вежливый типчик, опять же из "сборной", опять же в штатском, говорил тихо какие-то слова и, как ни странно, слов этих бывало достаточно. Да, собственно, и случаи такие бывали диковинной редкостью.

Впрочем, желающие отводили душу и в прекрасно оборудованном тире, и в тренажерном зале, и на тренировочных площадках. Алексей предпочитал отсиживаться в библиотеке, тоже прекрасной, кстати, по всем статьям. Никто не ругал его за это, его предпочтение считалось в порядке вещей, ничем не хуже других. Основное время у курсантов – так в конце концов определился Подрезов, что попал он не на сборы, а на курсы – занимали всякого рода лекции, в основном тоже довольно привычные – о международном положении, о перестройке, гласности, "негативных явлениях прошлого". Но было и кое-что поинтереснее: история и теория мошенничества – как не дать себя обмануть, вовлечь в какие-нибудь махинации, много времени уделялось законодательству, точнее, "дырам" в нем, и особенно, почему-то, иностранным языкам, больше всего английскому.

Собственно, никто никого не принуждал к занятиям, можно было все дни проводить в спортивном зале, но бывать на лекциях считалось престижным и зальчики-аудитории никогда не пустовали. Выбор тем тоже оставался за слушателями, единственным условием, опять же, определялось то, чтобы рабочий день был забит до отказа. Правда, иногда давались какие-нибудь указания сверху, в чем-то сложившийся порядок корректировавшие, и приходилось им подчиняться.

Преодолев первую негативную реакцию, Алексей довольно быстро приспособился к тем условиям, в которых он неожиданно для себя оказался, некоторыми циклами лекционными даже упивался: к примеру, об иностранных трудовом и гражданском кодексах, а уж от компьютера, который казался здесь, при убогости оборудования на его работе, совершенной диковинкой, его вообще невозможно было оторвать.

Тревожило Подрезова лишь одно обстоятельство: вокруг него бурлила очень напряженная, на высшей точке кипения, деятельность, а он был как бы в стороне от нее. Наверное, потому что у него совершенно не было денег, так называемого "первоначального капитала", и он понятия не имел, как им разжиться. Попросить Алену, чтобы она ему какую-нибудь, хоть малую, толику выслала, казалось кощунством, продать с себя ему тем более было нечего. А вокруг шел нескончаемый, не прекращавшийся ни днем ни ночью, торг. Люди перебирались с верхних мест на нижние, или (жизнь есть жизнь!) понуро карабкались наверх. Прибарахлялись или наоборот, натягивали затасканные "треники", разъезжали по городу в автомобилях, при нужде "пользовали" умопомрачительно длинноногих сексапильных девиц.

Очень быстро выяснилось, что за стенами

городка, опять же за деньги, можно было найти что угодно: от ночных баров до казино. Алексей после долгих размышлений пришел к выводу, что готовят их не иначе, как к засылке за границу, однако в отношении себя не строил никаких иллюзий, для шпионских целей он совершенно не подходил.

## ГЛАВА 4

Впрочем, как ни комфортно Алексей чувствовал себя, постепенно обживаясь на непонятных "сборах", он с нетерпением ждал окончания положенного срока, чтобы вернуться домой к семье. Ему было жалко Алену – она наверняка совсем измоталась, да и по детям он здорово скучал. Однако, к его удивлению и даже ярости, когда три месяца истекли, никто и не думал устраивать экзамены, выдавать какие-то свидетельства, устраивать прощальные застолья. Работа шла своим чередом, занятия следовали за занятиями, темы не повторялись, а наоборот, усложнялись. Постоянно вводились новые предметы. В то же время Подрезов успел заметить, что контингент слушателей не оставался неизменным, он постоянно менялся.

Знакомые лица встречались все реже, и с Подрезовым в конце концов стали обращаться почтительно, как со старожилом. Ему даже удалось поменять свой статус: он заслужил-таки среднюю полку на нарах. Аркадий тоже оставался в числе курсантов, только теперь никто не называл его иначе, как Аркадием Владиславовичем, и он входил в так называемую организационную коллегию. Алексею на какой-то момент даже сделалось любопытно: человек практически достиг здесь всего, чего только можно, долго ли он теперь еще тут задержится?

Однако ясно было, что даже в такой ситуации Аркадий смог найти себя. Он внезапно сделался незаменимым: через него проворачивались постоянно какие-то большие темные дела, в которых участвовало, в числе прочих, практически все курсовое начальство. Причем дел этих было множество и выходили они далеко за пределы маленького городка, бездонности которого Подрезов не уставал удивляться, опутывая и пронизывая собой весь Советский Союз и постоянно где-то сплетаясь и переплетаясь с другими подобными щупальцами. Одним из направлений, как Алексей мог догадываться, была игра на деньги по переписке. Смысл вряд ли стоит здесь объяснять, но сущность сводилось к тому же, к чему и во всех играх подобного рода: проигрывал тот, кто подключался последним.

Как бы то ни было, Алексей долго не выдержал и напросился на прием к начальству по поводу дальнейшей своей судьбы. Игорь Викентьевич Гладышев, начальник курсов, как и в прошлый раз, внимательно его выслушал, но в просьбе опять отказал.

– Не беспокойтесь, мы сами вам скажем, когда ваша учеба будет считаться завершенной.

Алексей помялся.

– Но ведь многие уже уехали, я здесь вроде как самый замшелый "дед". Постов никаких не занимаю, общественных нагрузок не несу, какая во мне необходимость?

Гладышев помрачнел, но предпочел уклониться от прямого ответа.

– Мы никак не можем с вами определиться. Есть трудности с вашей аттестацией.

– Трудности? – изумился Алексей. – Трудности со мной? Да я в институте таким "ботаном", зубрилой не был! Хорошо, назначьте мне индивидуальные испытания, я готов сдать любые экзамены. Да будет вам известно: я не пропустил ни одного занятия, усвоил "от и до" весь материал. Хотя здесь почему-то запрещено делать записи.

– Поверьте, мы не сомневаемся в ваших способностях, – едва удерживаясь от того, чтобы не повысить голос, пробрюзжал Игорь Викентьевич, – просто у нас свои критерии, которых вам не понять. Да вам и не нужно понимать. Надо просто набраться терпения.

Терпения! Алексей был возмущен произошедшим разговором до глубины души. Какое еще могло быть с его стороны терпение? Он предельно точно выполнял все предписания, не участвовал ни в каких сделках, ни с кем не ссорился, "грыз науку" так, что того гляди должен был стереть на ней последние зубы, что им еще было надо? Может, они упустили из виду, что у него золотая медаль по школе, красный диплом по институту, еще куча всяких удостоверений и справок, даже в университете марксизма-ленинизма он успел поучиться дважды на разных факультетах. Им вообще в отношении учебы на заводе закрывали любые дыры, и он никогда не роптал. Но тут взбунтовался. Да какое они имеют право!

"А имеют! – нашептывал ему изнутри

кто-то. – Как, интересно, ты заявишься на работе – без справки в бухгалтерию, без "корочки"? Выдерут с тебя деньги за три месяца, да еще уволят по статье. Что ты тогда будешь делать?"

Да, действительно, положение его было незавидное. Даже в просьбе об отпуске, разрешении съездить в выходные на пару дней домой ему было отказано.

"Да и черт с ними! Сколько же мне здесь еще обретаться?" – в конце концов решил наплевать на все доводы Подрезов, собрал вещички и затемно, выбрав подходящий момент, перемахнул через ограду и был таков.

Радости дома не было предела. И Пашка-первоклашка и Юлок так и не отходили от папки, буквально висли на нем. Настена тоже с трудом себя сдерживала, искоса поглядывала на Алексея, делая вид, что страшно занята игрушками-кукляшками, терпеливо дожидаясь своего часа, когда можно будет перевести на себя внимание отца целиком. Алена же не знала, куда усадить Алексея, чем вкусненьким его накормить.

С удовольствием работая челюстями и не переставая улыбаться детишкам, Подрезов узнавал последние новости. Которых было много, но которых, собственно, и не было. На работе все хорошо, зарплату по доверенности жена получала без всяких затруднений. Тесть и теща здоровы, порядок полный и у его родителей. Конечно, не обошлось без постоянных детских болезней, Пашкиных двоек и разбитых коленок и носов, но в остальном "в Багдаде" было на удивление "все спокойно". Только теперь Подрезов обнаружил, в каком бешеном ритме он крутился на "сборах" и окончательно убедился, что его готовили к засылке в другую страну. Что его, к слову, совершенно не привлекало. Деньги, конечно, деньги, да и не просто деньги, а чеки Внешпосылторга, на которые в специализированных магазинах "Березка" можно было купить весьма и весьма заманчивые вещи, но черт с ними, с деньгами, не в них, как говорится, все счастье.

## ГЛАВА 5

За ним пришли ночью. Двое дюжих ребят, которых Алексей хорошо помнил, как добровольных, "сборных", охранников. Они были достаточно вежливы, даже почтительны: не били Алексея, не выворачивали ему рук, просто сказали, чтобы он срочно оделся, их ждет машина.

Алена разволновалась.

— Алексей, что ты натворил? Что случилось? – плакала она, зажимая себе рот платком, чтобы не разбудить детей.

— Просто сбежал, – хмуро буркнул Подрезов. – Очень хотелось с вами увидеться.

— Зачем, Леша? Неужели ты не мог дотерпеть? Что с нами теперь будет? Тебя посадят, да? Посадят?

Алексей и сам невесело рассуждал о своей дальнейшей судьбе. Он никак не ожидал, что система окажется столь расторопной в отношении него, сработает так быстро.

Хмуро ждал он и после, что с ним дальше произойдет, но все делали вид, будто ничего особенного не случилось. Ну, сорвался парень, вернулся обратно, будет ему урок. Никто не собирался сажать Алексея в тюрьму, да и вообще, как он успел заметить, на курсах не было даже карцера. Лишь Аркадий, увидев его, покачал головой.

— Да, слабак ты оказался, парень. За мной кое-какой должок в отношении тебя, поэтому хочу дать тебе совет. Ты опустился на одну ступеньку ниже, а их не так уж много здесь, таких ступенек. Не совершай больше ошибок, иначе когда-нибудь придется локти кусать в бессилии, а ничего выправить уже будет невозможно. Вот возьми, — он протянул Подрезову визитку с номером своего телефона, — может, когда-нибудь понадобится. Парень ты вроде бы неплохой, но еще раз советую: не пытайся перебить плетью обух.

Нельзя сказать, чтобы Алексей испугался предупреждения Аркадия, однако авторитет этого человека был для него слишком велик, чтобы к его словам не прислушаться. Он задумчиво повертел визитку в руках, затем спрятал ее подальше: всякое может случиться. А ведь была у него мысль, прежде чем решиться на ослушание, посоветоваться с Аркадием. Но хорошая мысль, как говорят, всегда приходит слишком поздно.

Подрезов без труда снова вписался в привычный ритм и больше уже не помышлял о побеге. Хотя особенно его возмущала жена: ради нее он решился на такой поступок, а нарвался на осуждение. Впрочем, не исключено, что Алена была права.

Пришел момент и Алексею уезжать, однако оказалось, что учеба его еще не закончена. Он был изрядно напуган этим обстоятельством, но опасения его, к счастью не подтвердились: теперь он был переведен в Москву, получил возможность в выходные бывать дома, так что можно было считать, что самое страшное позади. Его не посадили — даже поощрили, а не наказали, что означало, вполне вероятно, полное прощение его проступка — о чем еще можно было мечтать? А ступенечка… Даже если Аркадий и был прав, Подрезов уже проникся достаточно скептическим настроением в отношении видов на свою, какую бы то ни было, карьеру.

## ГЛАВА 6

Так получилось, что Аркадия перевели вместе с ним, довелось Подрезову однажды даже свидеться со своим парторгом, тот сначала вытаращил глаза от изумления, затем покачал головой скептически: этот-то придурок, мол, интересно, что здесь делает?

Ну а вообще лица тут уже было совершенно бесполезно запоминать, настолько стремительно они менялись. Ни о каких нарах, казармах уже не шла речь, курсы проходили в закрытом пансионате в сосновом бору на берегу реки, условия были самые что ни на есть комфортные, питание на высочайшем уровне.

Алексей приободрился, избавился от терзавших его мрачных мыслей в отношении своей дальнейшей судьбы, дома даже заважничал. Что жена с превеликим удовольствием поощряла. Особенно она радовалась продуктовым наборам, которые Алексей получил теперь право приобретать в спецбуфете. Его немного уязвляло, правда, то, что талоны на пайки были разные, и его талон, соответственно, был не из самых престижных, но утешало и даже вселяло гордость другое: очень многие люди, которые выделялись на предыдущих курсах своей предприимчивостью, хваткостью, сюда не попали, а вот некоторые молчунытугодумы вроде Подрезова вдруг сей чести удостоились. Начальство, видимо, свои, особые, выводы сделало, и справедливость в какой-то мере восторжествовала.

Собственно, здесь, в этом пансионате, Подрезов готов был находиться сколько угодно: сменились не только условия – и предметы были гораздо интереснее, и уровень преподавания на порядок выше. Однако все хорошее когда-нибудь заканчивается: уже через месяц Подрезову вручили справку для бухгалтерии, выдали "корочку", на том и закончилась его "малина".

Алексей вернулся на родной завод в своеобразном ореоле: было известно, что он исхитрился побывать на каких-то весьма престижных курсах, обзавелся там солидной поддержкой, и теперь все вокруг дружно прочили ему скорое повышение. Постепенно уверился в этом и сам Алексей, порой с ехидцей поглядывая на мастодонта-парторга: новые веяния делали его "членство в рядах

КПСС" желательным, но совсем не обязательным. Ведь выбрали же его для такой ответственной учебы и беспартийного!

Однако дни проходили за днями, месяцы за месяцами, а ничего ни вокруг, ни в личной судьбе Алексея так и не менялось. Учеба на странных курсах все более воспринималась им в воспоминаниях как своеобразный отпуск, отдушина, доступная когда-то, а теперь абсолютно недосягаемая. Алексей все чаще корил себя за злополучный опрометчивый поступок, шестым чувством угадывая, что тот сыграл все-таки, а может, и сыграет еще, какое-то свое, роковое, значение в его судьбе. Затем события вдруг закрутились так, что стало не до воспоминаний.

# ЧАСТЬ ВТОРАЯ

## ГЛАВА 1

Подрезов с тоской смотрел на проходивших мимо людей, иногда тонким, неуверенным, срывавшимся от стыда, голоском пытался рекламировать разложенные на асфальте напильники, пассатижи и прочую дребедень. Он больше всего на свете боялся сейчас встретить здесь, на пятачке возле универмага "Первомайский", одним из первых в Москве превратившемся в гигантскую барахолку, кого-нибудь из знакомых: никто бы не поверил, что он не ворует эти напильники на родном заводе, а перекупает их в магазинах. Но что-то надо было делать, как-то выкручиваться. Судьба вдруг повернулась боком не к нему одному: вся страна пустилась в какой-то диковинный, сумасшедший пляс, да и от самой страны, наверное, лишь две трети осталось. Вокруг усиленно что-то воровали, продавали и перепродавали, вот только Алексею, как он ни старался, ни в чем не везло.

Алена не корила мужа, хотя каждый раз после похода по магазинам за продуктами возвращалась с лицом белее мела: цены неслись вскачь со скоростью поистине невообразимой. Испробовав все, Подрезов решился наконец подключить к делу заветный, припасенный на самый что ни на есть крайний случай, шанс, хотя разочарований в последнее время столько испытал, что взял за принцип ничему больше не удивляться и ничем не обольщаться. Визитку Аркадия он берег как зеницу ока, однако когда позвонил по заветному телефону, незнакомый голос ответил ему, что никаких Аркадиев здесь давно не проживает, а на попытки Подрезова что-то дополнительно разузнать, на том конце провода просто повесили трубку.

Казалось все, наступил, причем для него как всегда индивидуально, досрочно, конец света, оставалось только повеситься. Однако учеба на "сборах" чему-то научила Алексея, и он терпеливо принялся распутывать перемещения своего давнишнего "сокурсника". В конце концов его поиски увенчались успехом, но благожелательный (на сей раз!) нежный женский голосок уведомил его, что Аркадий Владиславович Гамов в отъезде, за границей, и вернется лишь через месяц.

Было отчего упасть духом. Тем более, что после горячки поисков Алексей на свежую голову рассудил: собственно, а кто и что он Аркадию? Если прикинуть, сколько времени прошло с тех пор, когда они в последний раз виделись, человек этот далеко ушел, высоко залез, какая для него корысть в каком-то жалком инженеришке?

Ничего не оставалось, как действовать самостоятельно. Наверное, Подрезов никогда бы не решился на что-либо подобное, если бы, опять же, не учеба на приснопамятных курсах. Знания, которые он терпеливо заучивал там, вдруг самым неожиданным образом всплывали в его голове, делали происходящее вокруг и совершенно загадочное для большинства остальных людей, понятным и знакомым.

Первый вывод, к которому он пришел: прошлое никогда не вернется. Нравится ли ему или не нравится то, что обрушилось на его голову как снежный ком, но нужно приспосабливаться, так или иначе, к окружающей действительности. Помогало и здесь все то же армейское правило: "делай как я, смотри на меня". Только надо было смотреть высоко вверх, задрав голову. То, что эти люди наверху ничего не боялись, действовали на виду, воровали без всякого зазрения совести, сначала очень смущало Подрезова, и он чуть было не поддался общей тенденции брюзжания. Однако на брюзжание это могла уйти вся оставшаяся его жизнь, а за спиной у Алексея было четыре разинутых рта, отступать ему было некуда.

Конечно, он переоценил себя. По причине замкнутого своего образа жизни партнерами надежными Алексей так и не обзавелся, на бирже, на рынках он постоянно натыкался на знакомые лица, но своими знаниями никто не расположен был с ним делиться, зато каждый был бы рад оставить его без последних порток, это тоже, к счастью, по курсам, было Алексею достаточно хорошо ведомо. Вообще, еще и еще, лишний раз, в который раз, убеждался он: учеба на "сборах" снабдила его неоценимым опытом, если бы только в коня был корм. Эх, если бы сейчас, хоть на недельку вновь так "собраться"!

Казалось бы, все Алексей делал правильно: взял на себя и на жену кредиты в банке, за которые потом расплачивался пустыми, обесценивавшимися деньгами. Вложил полученный первоначальный капитал в стремительно растущие акции-предъявительские бумаги. Однако вот тот момент, когда "бумаги" эти внезапно рухнули, он пропустил: семья, работа, кому это было интересно? Стоит ли объяснять, что закончилась великая эпопея в итоге тем, что Подрезов не только ничего не приобрел, но еще и навешал себе огромные долги на шею.

В таком состоянии полного отчаяния, уже окончательно решивший на себя руки наложить, он и дозвонился до Гамова.

– А, Леша! – отозвался тот неожиданно благожелательно. – Рад тебе. Хорошо, давай встретимся, поговорим.

## ГЛАВА 2

Встреча была назначена в кафе, из тех новых, кооперативных, что не уступали иному ресторану по интерьеру и обслуживанию, однако приличной случаю одежонки Алексей так и не нашел, еле удалось уговорить швейцара впустить его. Аркадий был не один, долго давал какие-то поручения, инструктировал своих людей, шедших нескончаемой чередой: одни уходили, другие приходили. Наконец он освободился и похлопал Алексея по плечу.

– Извини, что заставил ждать, старик. Последний день я здесь, – сказал он, – завтра съезжаю. Моя "стекляшка", – с гордостью повел он рукой вокруг, – но слишком хлопотно получается с ней в последнее время. Бандиты стали уж слишком ретиво наезжать, чиновники поборами замучили, продаю недешево, но практически за бесценок. Не знаю пока, чем другим стану заниматься, но что я о себе, ты-то как? Надеюсь, нормально устроился? Помню, на курсах ты был таким зубрилой, ничего, наверное, из преподанной науки не забыл?

Алексей, как ни тяжело было ему признаваться, с грустью поведал о своих несчастьях.

– Тоже легко понять, – ничуть не удивился Аркадий, задумчиво попыхивая сигаретой. – Ты ведь ничего не осознал тогда, когда я говорил тебе про ступеньку. А система сработала. Будет и дальше действовать, совсем голову тебе оттяпает, если не поймешь, что к чему.

— Так, и в чем же она, ступенечка? — хмуро поинтересовался Алексей, не в силах скрыть уязвленное самолюбие.

Аркадий пожал плечами.

— А почему, собственно, я должен тебе об этом говорить? Так ли уж я тебе обязан?

— Я расплачусь, — с наигранной уверенностью, срывающимся голосом произнес Подрезов и поспешил откашляться, — пригожусь еще. Я на все готов. Вы моя последняя надежда.

— Что ж, — после некоторого размышления усмехнулся Аркадий, — в принципе, слово не рубль, с хорошим человеком можно и поделиться. Положение изменилось, Алеша, мы живем сейчас совсем в другой стране, в других условиях.

Подрезов досадливо подернул плечом.

— Знаю, на собственной шкуре ощутил уже. Что еще скажете? Что прошлое никогда не вернется? Я не совсем дурачок, многое понимаю, но что-то не срабатывает, что-то я не могу "догнать". Поверьте, я не стал бы беспокоить вас по пустякам, Аркадий Владиславович.

— Хорошо, — посерьезнел Аркадий. — Тогда начнем урок. Ты достаточно пожил на этом свете, имеешь какой-то жизненный опыт. Что ты скажешь на то, что люди не все одинаковы?

— Так определено природой, обществом, — пожал плечами Алексей, — меня достаточно жизнь потрепала в последнее время, чтобы я тешился иллюзиями о всемирном равенстве, а уж тем более, братстве.

— Однако перед Богом мы все равны, — усмехнулся Аркадий.

— Выровняемся после смерти, она так и так всех под одну гребенку подстрижет, — мрачно ответил Алексей. — Хотелось бы поближе к сути.

— К сути? — поднял брови Аркадий. — А суть проста. В каждом обществе — разовью дальше свою мысль — люди как-то разделяются. Как они, кстати, прежде подразделялись, не забыл еще?

– А, ну как же, как же – такое забыть! Крестьяне, рабочие, еще – интеллигенция промеж ними вшивая. Не знаю вот только, куда себя причислял чиновничий аппарат. Это темное дело, столь же загадочное, как тайна "золота партии".

– Чушь, согласен с тобой, но ты не вник в вопрос: может, я недостаточно четко его поставил? Как всегда, во все времена, люди разделялись? Раз уж мы вступили сейчас в благословенный капитализм, это мы должны сознавать достаточно четко, особенно хорошо – чтобы буквально от зубов отлетало. Ладно, не буду мучить тебя, да ты и вправе не согласиться со мной, но я знаю только четыре группы, вида, класса – называй как угодно. Хозяева – эти на самом верху; среди них разновидностей не перечесть: хозяева хозяев, хозяева-собственники и даже хозяева-холуи, да, да, не прикидывайся недоумком, тебе не идет, задницы лижут с утра до ночи всяким бонзам-божкам, а над нами все равно хозяева. Батраки – те кто под ними. И тут кого только нет! От наемника до холопа. Киллер вшивый и тот батрак! Кто там ниже? Категории, да, вот, пожалуй, самое удачное определение, категории – людей, которых и людьми-то трудно назвать, так – рабы, скоты. Как тебе мое разделение?

Алексей угрюмо промолчал.

– Понимаю, – кивнул Аркадий, – это так опять, общие рассуждения. Тебе хотелось бы поконкретнее, поближе знать – чтобы к себе приложить можно было. Ну так вот, хозяина из тебя не получилось, Лешенька. Я тебя предупреждал об этом, но ты продолжал упорствовать, пока не завел себя окончательно в тупик.

Подрезов не смог удержаться от чувства обиды, вспылил.

– Господи, как все просто, но неужели из-за того, что я сбежал тогда, нужно было меня так наказывать? Как я понял, это наказание пожизненное?

– Нет, – покачал головой Аркадий, – ты ничего не понял. Да, твой побег тогда изрядно навредил тебе, и пятно ты им заработал себе несмываемое, однако сейчас ты спрашиваешь совсем о другом меня: как можно стать хозяином? Однако что ты от меня хочешь, Лешенька, не я этот мир придумал – в том-то и вся соль-персоль, вынужден разочаровать тебя: хозяевами не становятся, хозяевами рождаются. Даже холуи из них и то на свет появляются с другим языком: мягким, нежным, не таким шершавым, как у тебя, во всяком случае.

– Ну а что дальше, в других, как вы их назвали, категориях? – не в силах подавить чувство обиды, поинтересовался Алексей. – И там невозможны перемещения?

– Чаще вниз. Скоту стать батраком?.. – Аркадий на секунду задумался. – Наверное, такое возможно, но лишь через поколения.

Алексей кивнул.

– Так, ладно, спасибо за подсказочку.

Дальше я попытаюсь сам вашу мысль развить. Кто я сейчас? Батрак? Нет, не тяну, поскольку у меня нет хозяина. Скот? Тоже не похож, до скота я еще не опустился. Скот, как правило, бессловесен, а я еще говорю, говорю. Раб! Но я не хочу быть рабом!

Аркадий поскучнел, поднялся, побродил взглядом вокруг, стараясь не упустить ни одного знакомого лица, чтобы попрощаться. Последней перед ним возникла физиономия Алексея, и Гамов тотчас протянул ему руку с самой радушной улыбкой.

— Что ж, я надеюсь, Алеша, чем мог, я помог тебе? Ну а нет, так не обессудь! У меня тоже сейчас как раз не самый удачный период в жизни.

Выйдя из кафе, Гамов блаженно улыбнулся приветливому ласковому ветерку и хотел было пройтись немного пешком, но, опасаясь, что Подрезов тотчас же за ним увяжется, потянул на себя дверцу своей неказистой "копейки", "Жигулей" первой модели, если точнее – "ВАЗ-2101". Алексей понял, что шансы его скатились к нулю и, судорожно напрягая ум, не нашел ничего лучшего, как попросить жалобно:

– Может, подбросите меня до метро?

Гамов взглянул на него с удивлением: два шага идти да при такой погоде! Но промолчал, любезно распахнул противоположную дверцу.

Алексей понимал, что осталось только несколько секунд у него, что если сейчас он не переборет себя, не заговорит о каких-нибудь пустяках, не вспомнит смешной эпизод, знакомого, хотя бы, преподавателя, да что угодно и кого угодно, конец – о просьбе уже речь не идет – вообще их шапочной дружбе. Но его несла и несла великая сила инерции.

– Что ж, наверное, вы правы, Аркадий Владиславович, надо посмотреть правде в глаза: я всегда был рабом, я им родился. И мои дети – дети раба. Но еще недавно я был высшим рабом, рабом государственным – илотом...

– Да, у "них", как я сказал, тоже свои градации, – рассеянно, делая вид, что полностью сосредоточился на движении машин по шоссе, согласился Аркадий, – везде борьба. "Борьба за место под солнцем". Ну так мы приехали. Как говорится, всех благ тебе, мой золотой!

– Ладно, – кивнул Алексей, понимая в бессилии, что его игра так и не склеилась. – Что ж, спасибо вам, по крайней мере, за одну замечательную вещь: вы примирили меня со временем.

– Интересно! – оживился Аркадий. – Если можно, хотелось бы знать поконкретнее: каким именно образом?

– Очень просто, – Алексей и в самом деле почувствовал облегчение, будто гора свалилась у него с плеч. – Раз я имею возможность подняться на новый уровень, освободиться от ярма, значит… благословенно это общество?

– Как же, как же! – не на шутку развеселился Аркадий. – Я вижу, ты способен не только брать, но и отдавать. Продолжай! Абсурд! Ты благословляешь это общество? Но ведь в нем воруют, убивают, попирают элементарные человеческие права, как ты можешь одобрять, а уж тем паче восхвалять подобное?

Алексей вздохнул.

— Нет, я так не говорил: и не одобряю и не восхваляю, но... теперь принимаю. Знаю, по крайней мере, чего я в нем хочу. Я желаю, нет, просто жажду, стать батраком, Аркадий Владиславович. Работать на вас! Могу ли я хотя бы мечтать о такой возможности?

— О, такого добра сейчас... — разочарованно скривил пухлые губы Гамов. — Видел, сколько их? Сколько их ко мне подходило? И я всем отказал. Потому что сейчас я хочу отдохнуть, сейчас мне не до дел, сейчас меня интересует совсем другое. — Он поразмышлял немного, увидев, как сразу спал с лица его бывший "сокурсник", и на мгновение поддался чувству жалости. — Хорошо, пусть будет по-твоему, Леша, я предоставлю тебе шанс. Один-единственный, другого не будет. Давай сразу и уговоримся: если ты промахнешься, то никогда больше не то, что не потревожишь меня, но даже малейшим, ничтожным движением не покажешь, что мы были когда-либо знакомы. Итак, ты готов? Хорошо: ну так вот, объясни мне, только раз и навсегда убеди – чем ты лучше других, чтобы я тебя выбрал? Короче, прельсти меня, и завтра же ты у меня служишь! Но только времени минута у нас, и никогда больше впредь, как я уже сказал, она не представится, не повторится.

Алексей побледнел, задумался.

– Что ж, я готов. Чем может быть ценен батрак, чем среди прочих он может выделиться? На мой взгляд, только двумя качествами: высоким профессионализмом и скрупулезной честностью. Вот тогда у него появляется право: право выбирать хозяина, так как он уже представляет собой ценность на рынке труда. Я выбираю вас, считаю за великое благо и честь, если вы возьмете меня, ну а знания, честность – вы ведь достаточно хорошо и давно меня знаете.

Аркадий впервые посерьезнел, поерзал губами на немного обрюзглом плоском лице. Видимо, он не был готов к подобному ответу.

– Что ж, все верно, – сказал он наконец сухо. – Беда одна только – что я сейчас не хозяин, как я уже тебе говорил: у меня нет в данный момент никакого дела, даже в проекте. Попробуй-ка попытать счастья в другом месте, ты действительно производишь впечатление неглупого человека.

Однако Алексей уже почувствовал слабину, теперь от него не так просто было отделаться.

– Аркадий Владиславович, вы не останетесь без дела, я уверен в этом. Ну а пока я согласен заниматься чем угодно. У вас денег нет на зарплату мне – даром буду пахать, как-нибудь выкручусь. Но в итоге все-таки добьюсь своего.

– Ладно, можешь не продолжать, – устало махнул рукой Гамов. – Завтра в девять утра жду тебя здесь, у метро. Только с зарплатой тебе, действительно, придется подождать, милый Леша! Да и вообще хочу предупредить: есть у меня одна страсть, куда периодически все деньги будут улетать – женщины. Я борюсь как могу с этим своим наваждением, но бесполезно – такая наследственность. Вот и главная твоя задача, вытекающая сама собой – хоть чуть-чуть меня на сем поприще сдерживать.

## ГЛАВА 3

Придя домой, Подрезов уже не чувствовал былого воодушевления по поводу достигнутой им победы. Странная классификация, развернутая его недавним собеседником, слишком загоняла Алексея в угол, практически не оставляла ему свободы перемещения. Да, ни рабом, ни скотом желания быть он не испытывал, однако еще меньше хотелось ему, что называется, плевать против ветра.

Так повелось в последнее время, что всякий раз, когда Алексей погрязал в сомнениях, не знал, как ему жить дальше, он приезжал на Лубянскую площадь, выбирал ракурс поудобнее и долго смотрел на пустующий постамент с низвергнутым оттуда Железным Дровосеком. Из порождавшихся этим необычным видом вопросов его особенно занимали два: почему постамент уцелел и… почему он пустует? Большинство его знакомых в толковании подобной неувязки склонялись к мысли, что время все-таки повернет, пусть на какой-то свой отрезок, вспять, и Дровосек непременно взгромоздится на свой "столп" обратно, однако сам Подрезов их уверенности не разделял, он знал то, о чем они и не подозревали: не видать "чисторукому", "хладносердому" Железяке прежних почестей, как своих ушей, памятник стоит давно уже другой, просто он невидим.

Персонажи сменялись на нем постоянно и их было великое множество: то рыженький прибежит, то востроносенький, то гигант килограммов под сто двадцать и фамилией соответствующей, да сколько их было! Однако самый главный из них: седой, дряхлый бомж, которого без бутылки и граненого стакана в руках и представить себе трудно было, никогда никуда, даже по нужде, со своего места не отлучался, и вообще был, как видно, невероятно хитер. "Народная тропа" к нему не зарастала: иные угодливо принимали от него выпивку, другие сами являлись с различными заморскими коньяками да "шампусиками". В принципе, Главный всему предпочитал "отечественную прозрачную", но и из остального ни от чего не отказывался: морщился, но "употреблял".

Хозяин… да, загадочный персонаж этот, каким бы опустившимся, жалким он ни казался, несомненно, был хозяином. Не в смысле рачительности, конечно, скорее в силу глубочайшего своего презрения к людям, среди которых он и людей-то не различал вовсе: исключительно вертелись, простирались ниц перед ним... в лучшем случае челядинцы.

Итак, батрак. Новое качество – как личности его, так и жизни. Подрезов невесело усмехнулся, вспомнив свои недавние переживания по этому поводу. Мечтатель! Мог ли он предположить, что недавние рассуждения Аркадия, казавшиеся ему столь жестокими и циничными, в столкновении с действительностью окажутся детским лепетом, не больше того? Не заметил он батраков в окружении Хозяина: такие люди пока были никому не нужны. И когда понадобятся, неизвестно. А вот на прихвостней, самых разных, высоколобых особенно, спрос был необычайно велик. Да, теоретически Алексей все разложил по полочкам верно: главное – найти хорошего барина, но практически он загонял тем себя в тупик. Как хозяин Гамов неизбежно должен был потерпеть поражение: только сейчас Подрезов понял это, еще раз проанализировав поведение Аркадия на курсах. Дело ведь было не в Гамове, а в том, что бесконечно выше Гамова. Аркадия всегда губило стремление к самостоятельности, наверх он редко смотрел. Однако был ли сейчас у Алексея хоть какой-то выбор? Нет, только вновь встать в конец очереди, в сути своей не ведущей никуда.

## ГЛАВА 4

Кафе, которым еще недавно владел Аркадий, было одним из первых, официально разрешенных. И как другие его коллеги по кооперативному цеху, Аркадий по всем статьям должен был сказочно разбогатеть. Одно из важнейших условий успеха, как Подрезов знал уже по своим не слишком удачным опытам, была скорость, с которой сколачивался первоначальный капитал. Дальше он обрастал уже почти автоматически, как снежный ком, катившийся с горы. В то время еще никто не разорялся, это была так называемая "эпоха ваучера", и лишь когда ваучер сник, многие дутые состояния стали лопаться, как мыльные пузыри. Но Аркадию это не угрожало, он не любил бумаг, все вкладывал исключительно в недвижимость. Алексей поразился, сколько этой недвижимости было еще не проедено и не прогулено Гамовым, и понял, что без зарплаты тут он никак не останется. В чем сразу и убедился, получив за первый месяц тысячу долларов, тут же, после продажи "стекляшки".

Это была более, чем солидная сумма для Подрезова, за которую он готов был и полакействовать. Однако многие из его ожиданий оказались несостоятельными: женщины, особая в отношении них наследственность… ни о каких подпольных публичных домах или "центровых девочках-искусницах-рукодельницах" с самого начала речь не заходила. День вообще для Алексея начинался крайне монотонно: с утра он терпеливо ждал Аркадия в офисе, расшифровывал записи с автоответчика, разбирал почту, отвечал на телефонные звонки. Затем они садились в машину и вроде как бесцельно катались по городу, иногда пешком бродили по центру, по магазинам, спускались в метро. Наметанный взгляд выхватывал "жертву" мгновенно, тотчас начиналась прелюдия сближения. К проституткам Аркадий и в самом деле не испытывал никакого интереса, его любимым контингентом были какие-нибудь заезжие провинциалочки, по достоинству никем не оцененные; неброские, но представлявшие собой чудо природы москвички, иногда из совсем простых, иногда из очень богатых семей. Мог он среди ночи и затесаться на какой-нибудь вокзал, чутьем угадывая, выхватывая из зловонной, плюющейся, сквернословящей кучи малы оборванных чумазых существ, на вид совершенно бесполых, очередной эротический драгоценный камушек.

Надо отдать Гамову должное, он никогда не представлялся ни режиссером кино, ни романтическим бандитом, ни чиновником со связями, но и не скрывал, что достаточно богат, чтобы свою избранницу осчастливить. Никогда не наседал, ничего не ожидал мгновенно, сразу, но работа шла упорная, по принципу конвейера: пока одну девочку отмывали, подлечивали, подкармливали – поднимали медленно, во избежание кессонной болезни, с самого дна наверх, другой, богатенькой, избалованной, дарились цветы, посылались приглашения на концерты, выставки, с третьими только начинался роман, с четвертыми, наоборот, дело входило в завершающую стадию.

График был очень напряженный, и в то же время щадящий, включающий непременный отдых, тут во многом была задача Алексея, с чем он справлялся только благодаря компьютеру. Случались и накладки, конечно, но процент "брака" был относительно невысок и никого не обескураживал. В своих уютных гнездышках, оборудованных специальными приспособлениями, напичканных соответствующей литературой, журналами, видеофильмами, коллекциями рисунков, Аркадий порой добивался от своих избранниц вещей, которые не снились и маркизу де Саду, и в то же время он был совершенно нормально ориентирован: его интересовали исключительно девушки с небольшим сексуальным опытом или вообще без такового от восемнадцати до двадцати пяти лет.

Он был достаточно осторожен, терпелив, последователен, не тянул своих избранниц на ослепительные вершины, но всегда находил способ с лихвой отблагодарить тех, кто ему доверился. К слову сказать "мышки", до удивительного однообразно тихие, скромные, и не претендовали на многое, в большинстве своем были благодарны своему соблазнителю, хотя не обходилось и без эксцессов. И эти случаи Алексею тоже приходилось распутывать, предотвращать. Сам он был в достаточной степени равнодушен к подобным вопросам, семейные радости его вполне удовлетворяли, поэтому одной из проблем здесь было еще и как можно деликатнее отказаться от остатков пирога, которые ему постоянно предлагали.

## ГЛАВА 5

Подрезов уже подумывал, что подобные игры будут продолжаться вечно – вырученные за кафе деньги давно закончились и приходилось кое-что продавать из таких лакомых кусочков, что сердце щемило сожалением – когда однажды, придя в офис, он увидел там шефа уже сидящим в кресле и нетерпеливо его поджидающим.

– Что ж, Алексей, я очень рад, что в тебе не ошибся, достаточно убедился в твоей верности и деловитости, отдыхать вообще хорошо, однако пора нам вновь вернуться к основному нашему занятию: делать деньги. Спешу огорчить тебя: на много лет вперед не жди от меня повышения зарплаты, мы выберем иной путь – веди свой маленький бизнес, вот только не занимайся им, как раньше, самостоятельно, и, ручаюсь, придет момент, когда ты станешь, со своей беспорочностью, богаче меня.

– Заманчивая перспектива! Хоть и с трудом в нее верится. И чем же мы теперь будем заниматься? – с несмелой надеждой поинтересовался Подрезов. Эротомания как таковая уже совершенно осточертела ему.

Алексей пожал плечами.

– Приблизительно тем же, чем незадолго до нашего знакомства занимался ты. Я так понимаю, что у тебя накоплен бесценный опыт, которым грех было бы не воспользоваться.

Алексей протестующе замахал руками.

– Только не это. Боже упаси нас от

подобного опыта. К счастью, масштабы мои были в достаточной степени мизерны, но все равно только благодаря вам я смог наконец расплатиться с долгами. Я не говорил, но дошел до того даже, что мне пришлось заложить квартиру. Сейчас вполне мог бы уже на улице обретаться.

Аркадий с философским спокойствием отмел в сторону всплеск эмоций Подрезова.

— Ничего, отрицательный опыт тоже опыт. Так на чем ты остановился в последний момент? На "МММ"?

— Нет, как раз на "МММ" я бы так не продулся. Мне посчастливилось оказаться на бирже как раз в тот день, когда у них была самая низкая котировка. Если бы я вложил туда последние ошметки, что у меня оставались, то уже через неделю имел бы втрое, но я всадил их в "Телемаркет", "Дока-хлеб", "Гермес", "Токур-золото" и прочую ерунду. Ну и результат получил соответственный...

— Хорошо, ну а как сейчас чувствует себя

знаменитый ваучер? Жив еще?

— Жив, но дышит на ладан. Агонии ему еще на две-три недели. Итак, что мы делаем?

— Продаем все, что у меня есть, вкладываем деньги в акции, исключительно в нефть и газ.

Плевое дело. Плевое и хорошо знакомое. Подрезов с радостью вернулся под своды биржи на Серпуховке. Там у него еще оставались знакомые ребята, так что операция была проведена достаточно четко и без потерь. Дальше работа шла безостановочно. Они заняли доллары под большой процент, и сразу же после "черного вторника" их вернули. "Крутили" деньги по разным банкам, буквально за день-два ускользая перед тем, как они лопались, Аркадий во всем проявлял удивительный нюх. Правило "делай, как я" тоже не подводило, у Алексея зашуршали в кармане крупные купюры. Жену он старался не баловать, но даже те гроши, по его меркам, которые он теперь ей давал, в корне изменили все их существование. Появились кое-какие одежка, обувка у ребят, питание тоже значительно улучшилось.

# ЧАСТЬ ТРЕТЬЯ

# ГЛАВА 1

Алексей часто удивлялся Аркадию: тот давно мог войти в правление какой-нибудь крупной компании, проскочить на достаточно высокую чиновничью должность или заняться большим бизнесом, однако тот упорно продолжал держаться в тени. Даже политика, депутатство его не привлекали. Вскоре последовал очередной загул, выйдя из которого, Аркадий вызвал Подрезова на серьезный разговор.

— Какие будут предложения, Лешенька? Как предполагаешь нам дальше жить?

— Не думаю, чтобы стоило рисковать дальше. Пирог поделен, но пирамида продолжает строиться, теперь уже достигнув гигантских, государственных, масштабов. Только дураку не понятно: мыльный пузырь скоро лопнет. Лучше не дергаться сейчас, дабы не погореть.

— Что ж, ты прав, пожалуй, но и не прав,

одновременно, – задумался Аркадий, – пирог поделен, но никого это не устраивает, в самое ближайшее время следует ожидать его передела. Не сомневаюсь, у нас еще будет много возможностей заработать, однако вся эта мелочевка мне надоела. Я давно ломаю голову над одной идейкой, но только сегодня решил о ней тебе рассказать. Мы работали и работаем со многими людьми и в сфере добывания и в сфере отмывания денег, но лишь одному тебе я доверяю. Ты оказался прав, когда, предлагая свои услуги, убеждал меня, что именно ты мне нужен: как ни странно, среди, казалось бы, безбрежного моря рабочей силы найти верного и надежного помощника крайне сложно, тем более, чтобы этот помощник был с головой. Ты ни разу ни в чем не обманул меня, достаточно снисходительно относился к моим слабостям. Полагаю, что ты и дальше останешься со мной. Однако задачи, которые нам предстоит решать, очень сложные. Вот почему впервые за период работы у меня я предлагаю тебе отпуск. Слетаешь куда-нибудь, хоть на те же Канары, отдохнешь, развеешься, ну а потом за дело.

Подрезов задумался.

– Нельзя ли хотя бы в двух словах объяснить, чем мы дальше будем заниматься? Чтобы загрузить "башню", – решился наконец спросить он, для наглядности постучав себя пальцем по лбу.

– Самым выгодным, что только может быть в настоящее время – технологией воздействия на толпу и на "личность в стаде". Никто сейчас не имеет ни малейшего желания вкладывать в такие стратегические, трудоемкие и дорогостоящие проекты деньги, куда проще и важнее представляется занять такие отсеки, как пресса, телевидение, просвещение, образование, издательский бизнес. Теоретические же изыскания стоят на нуле. Но мы и должны идти с опережением. Хотя бы на шаг. А шаги сейчас в этой области поистине семимильные. Предупреждаю честно:

придется окунуться в такую грязь, в которой нам бывать еще не доводилось, тут даже веками накапливавшиеся знания, вообще наука, имеют чисто свое, прикладное, решение. Чтобы немного прояснить обстановку, предлагаю тебе шуточный курс лекций приблизительно в том духе, в котором нам их читали в свое время на наших блаженной памяти "сборах": дальнейшее развитие философии фаллоса – секс и эротика XXI века; экономическая теория охапки сена перед носом осла – последние изыскания и достижения в этой области; одно из величайших открытий неофрейдизма: подсознательное влечение к дерьму (экскрементам) и его влияние на взаимоотношения между полами и внутри полов. Лидер, вожак, тиран – загадочная смесь в отношении к нему страха, надежды и сексуальной зависимости (то же ли это подсознательное влечение, но в несколько иной, опосредованной, форме?) Как видишь, уйма вопросов, необозримое поле деятельности.

Что ж, не зря говорят, неудачный опыт – тоже опыт. Разбогатев, на сей раз Алексей не стремился к накопительству, предпочитая вкладывать деньги в то, что никакими экспроприациями и жизненными бурями не отнять. Пашка-семиклашка при первой возможности был помещен в престижный частный колледж, там же обреталась с недавних пор и Юлок. Даже Настюха, хоть и ходила в простую школу, попала там в класс для особо одаренных детей, много занимались с ней и индивидуально. Подрезов поставил себе твердой целью, чтобы дети его знали достаточно хорошо три иностранных языка: английский, испанский и французский. Изучением языков, компьютера, основ бизнеса занималась усиленно и его жена. Последний разговор с Аркадием подтолкнул Алексея на давно зревшее в нем решение: настоящее образование и жена и дети его могли получить только за границей. Имевшихся капиталов для этой цели у Подрезова явно не хватало, но он шел ва-банк – насколько хватит, настолько и вытянем. Местом жительства был избран Лондон, туда и отправились Подрезовы вместо того, чтобы жарить спины на Канарских островах. Устраивались основательно: сначала должна была получить университетский диплом Алена, протаптывая дорожку своему дражайшему потомству.

По пути в Москву Алексей все-таки провел неделю на Канарах, стараясь держаться там уединенно, что сделать было крайне сложно – боже мой, сколько же там оказалось русских!

## ГЛАВА 2

– Итак, с чего мы начнем? – поинтересовался Подрезов, обнаружив, что сам Аркадий все дни его отсутствия работал как проклятый, и, собственно, о начале уже не шла речь. – Кстати, отчего такая спешка?

– Ошибка в расчетах, – без тени раздражения ответил Гамов. – В прошлый раз, напутствуя тебя, я был настроен слишком благодушно, но очень скоро с удивлением обнаружил, что не нам одним пришла в голову сия замечательная идея. Нас подвела, как всегда, бедность. Пока мы копили силенки да примеривались, другим были открыты неограниченные кредиты, которые, в свою очередь, создали предпосылки для неограниченных возможностей. Так что хочется или не хочется тебе этого, друг мой, но нам придется изрядно попотеть.

Он на минуту прервался, внимательно глядя на Подрезова и выжидая, какая реакция от Алексея последует и, видя, что тот далек от паники, продолжил:

– Начинаем все заново, из прежних сотрудников, как и планировалось, кроме тебя никто не остается, я их опять всех разогнал. Нам понадобятся новые люди, но я пока не решил, по какой схеме выстраивать с ними отношения.

– В прошлый раз вы в общих чертах ввели меня в курс дела, – не удержался все-таки Подрезов и перебил друга: – Сейчас хотелось бы знать поконкретнее, чем мы собираемся заняться: производить, продавать, перепродавать?

– Чем мы будем заниматься? – хмыкнул Аркадий. – Виртуальной реальностью, хотя и не только ею – гораздо шире, а вот что с полученным продуктом делать потом? Конечно же – продавать, но как, что именно, я пока оставлю в секрете.

– Понятно, – кивнул Подрезов. – Мы начнем с прошлого?

– Нет, конечно, – поморщился Аркадий, – чем мы иначе закончим? Зауряднейшим шантажом? Как ты успел заметить, я чту законы, причем любые из них, а не только Уголовный кодекс, как любил повторять один небезызвестный тебе литературный персонаж. Вот почему, – тут лицо его неожиданно перекосилось, – выглядит особенно странным такое устоявшееся пренебрежительное отношение ко мне. Сколько я ни катаю в голове эту проблему, никак не могу ее объяснить. Моя страсть… но ее никак нельзя назвать даже пороком. И здесь, как и во всем я ведь ничего не нарушаю. Все девушки, с которыми я имею дело, совершеннолетние, все, что между нами происходит, осуществляется по обоюдному согласию. Ни одна из них не ушла от меня обделенной. А посмотри на них самих, моих злопыхателей: сколько среди них "голубых", педофилов, просто развратников-маразматиков. Что, я должен им уподобиться? Ни за что! Дело есть дело, к нему нужно относиться достаточно серьезно, во всяком случае ничего личного в нем не должно быть. Вот почему, никакого прошлого, даже настоящего, нас интересует исключительно будущее. Суть проста: нас не допускали к власти раньше, не допускают сегодня, но пусть они попробуют завтра без нас обойтись. Я не буду дальше навязывать тебе решения, вопрос "что делать?" не поддается сомнению, а вот "как сделать?" – пора твоему воображению заработать на полную катушку.

Алексей вздохнул, как он ни тщился, никак не мог достаточно глубоко вникнуть в суть дела, перемены были для него слишком неожиданны, новы.

– Понадобится техника, очень много техники... – задумчиво пробормотал он.

– Не проблема, – отмахнулся Аркадий, – сейчас за деньги можно купить все что угодно. А ты догадался уже, наверное, что я намерен привлечь в это дело все свои средства. Хотя и общеизвестно, что нецелесообразно ставить все на одну карту.

– Вы не поняли, – покачал головой Алексей, – понадобятся не АйБиэМы и не Хьюлетт Паккарды, а чисто русские засекреченные технологии, на основе которых будут созданы совершенно новые машины, в которых мы скакнем вперед сразу через поколения. Как я понял, мы будем заниматься отраслями, в которые еще никто не забредал?

– Хорошо, хорошо. К счастью, секретов, под ногами валяющихся, у нас в стране во все времена было хоть отбавляй. Выбор сотрудников?

Алексей пожал плечами.

– Таланты надо брать на корню. Просмотрим в вузах списки "продвинутых-сдвинутых" из ближайших выпусков, отберем тех, кто не сумел хорошо устроиться, предложим царские условия. Но главное – маскировка, предлагаю основать небольшую фирму, занимающуюся разработкой, производством и продажей компьютерных игр. Если учесть нашу российскую бедность и отставание в этой области, дело не очень прибыльное, но тем лучше – меньший будет со стороны бандитов и официальных структур к нам интерес.

Аркадий улыбнулся и радостно потер руками:

– Что ж, я приблизительно так и думал,

только ты внес в мои мысли больше реальности. Настолько, что можно хоть завтра же начинать. Кстати, ожидается много заграничных командировок, в Англию в том числе. Тебя это радует?

Подрезов ничуть не удивился осведомленности шефа насчет своей недавней поездки, но предпочел отделаться ничего не значащей, столь же туманной, фразой:

— Да, предстоит вообще много перемен.


## ГЛАВА 3

Перемены действительно не заставили себя долго ждать, едва только Алексей и Аркадий принялись за воплощение задуманного. Ступив на зыбкую почву нового, "возможного", мира, неожиданно для себя они обнаружили, что он переполнен конкретностями. Если раньше они могли позволить себе неких полупризрачных помощников, которые появлялись и исчезали по мере необходимости, более того, даже любимые "мышки" Аркадия ничем в памяти Подрезова не откладывались, будучи все словно на одно лицо, то уже с первых шагов "Волшебного света", а именно так они назвали свою фирму, в ее двери стали стучаться весьма яркие индивидуальности. Первой из них будто из воздуха материализовалась Анжелика.

Алексей изрядно приуныл, видя, с какой легкостью его хозяина и друга приручили, хотя, в принципе, сам что-то в этом роде предрекал.

— Ты ничего не понимаешь, — отмахивался в ответ на упреки и предупреждения Подрезова Аркадий, — я никогда не встречал ничего подобного, а уж тебе ли не знать, сколько я их, этих "мышек" своих перебрал. Жемчужина, чудесный дар природы! Необыкновенная чувствительность: все нервы обострены, у нее даже сердце расположено недостаточно глубоко, не так, как у остальных людей. Это, конечно, чревато, но я буду ее беречь. Ты знаешь, я когда-то вывел для себя, что у каждой женщины есть четыре лица: жена, любовница, любимая женщина, друг, и с тех пор жила во мне недосягаемая мечта – увидеть все эти четыре лица одновременно, в одном человеке…

– Ты собираешься жениться на ней, на этой кукле? – удивился Подрезов.

– Кто знает, почему бы и нет? – пожал плечами Аркадий. – Ты ведь женат и ничего, вроде бы счастлив?

– Да, но она ведь подослана, это абсолютно точно. Вот только неизвестно: кем?

– Что ж, возможно ты и тут прав, но что нам делать? Может, обзавестись собственной службой безопасности?

Подрезов даже не усмехнулся.

– От нас только этого и ждут. Могу представить, кто к нам придет в нее.

– Тогда не знаю, чем тебе и угодить, – несколько раздраженно ответил Аркадий.

Никакие доводы не помогали, как ни пытался Подрезов что-нибудь придумать, предпринять, похоже, с "виртуальной" Анжеликой ничего нельзя было поделать. Причем, как ни странно, в чем-то Алексей понимал Гамова: все, что тот собирал раньше по крупицам, перетасовывая множество женщин, теперь Аркадий находил в одной. Да, да, конечно, его бессовестно обманывали, эксплуатируя во многом лишь игру его воображения, но что вообще такое любовь, как не плод воображения, в лучшем случае совместного с другим человеком?

Было и другое: Подрезов раньше как-то не задумывался над подобными вопросами, неутолимый интерес Аркадия к представительницам прекрасного пола воспринимался им исключительно как досадное препятствие, недостаток характера неплохого в общем-то человека, каково же было его удивление, когда, к стыду своему, он обнаружил, что сам попал в аналогичную ситуацию, чувствуя все острее и острее весьма понятное беспокойство. Хотя больше всего он был ошеломлен тем, что при всей своей предусмотрительности неотвратимость подобной проблемы не пришла ему своевременно в голову. Между тем впервые за все время его жизни столь кропотливо, любовно выстроенное им здание подверглось серьезнейшему испытанию. Однако сетовать во всех случаях было поздно, природа, в отсутствии привычного объекта – жены, настойчиво побуждала Подрезова к конкретным действиям, хотя опыта в подобных делах у него не было никакого.

– Слушай, мы тут с Анжеликой собрались в театр, есть лишний билетик, – с преглупейшей улыбкой сказал ему как-то Аркадий, – не хочешь с нами за компанию? Тебе ведь сейчас так одиноко!

Подрезов посидел с полчасика за компьютером, просчитывая возникшую ситуацию, но результат всякий раз выпадал один и тот же: не было никаких сомнений, что Анжелика придет с подругой, что сближение произойдет в тот же вечер, что подруга будет столь же виртуальна и лжива, как и наперсница Аркадия, хотя и внешне и внутренне на нее ожидается совершенно не похожей. Более того, в противоположность его Алене-Альбине она будет стройной длинноногой блондинкой, капризулей, стервозой и даже заявит ему в первый же вечер, что она не сможет встречаться с ним слишком часто, оставляет за собой право уйти от него в любой момент, когда ей заблагорассудится, и вообще превыше всего на свете ценит самостоятельность и свободу, Алексей как раз и устраивает ее тем, что он женат и, стало быть, не будет ни на свободу, ни на самостоятельность эти ее злополучные посягать.

Все сбылось точка в точку, слово в слово, особенно тем, что Изольда (Подрезова совершенно добило это имя) оказалась вовсе не резиновой куклой, а несмотря на возраст (двадцать лет, студентка Ломоносовского университета), особой весьма подкованной в эротических играх, как теоретически, так и практически, чего, как только сейчас ощутил Подрезов, его Алене всю жизнь явно не хватало. Вернее, не хватало ему в ней. Как бы то ни было, у Алексея больше не было ни малейшей возможности посмеиваться над Аркадием, теперь они уже вместе прочно сидели на одном крючке.

— Хорошо, и что же нам теперь делать? — с идиотской ухмылкой рассуждал Гамов. — Бросить все при таком скверном начале и заняться чем-нибудь другим? Бабы тут же исчезнут, мы с тобой втюрились, будем пытаться вернуть их обратно, хотя и прекрасно знаем, что вернутся они только при одном условии. Допустим, что у нас хватит силы воли преодолеть это наваждение и возвратиться к прежнему образу жизни, но чем еще мы с тобой станем заниматься? Возможности заработать шальные деньги еще пару-троечку лет будут сохраняться, но мы все ближе и ближе будем всплывать к поверхности, да и если бы в одних только деньгах был смысл! Нам надо реализовать себя, вот что главное, выявить до конца наши способности, понять, для чего, собственно, мы появились на свет. Или ты не согласен со мной, для тебя важны только деньги?

— Деньги всегда важны, — хмуро отозвался Подрезов, — все блага в жизни дает власть (чего именно: ума, положения — не столь важно), но власть без денег эфемерна.

Аркадий поморщился.

— Понимаю, понимаю. С твоими-то расходами… Сейчас особенно, ты живешь явно не по средствам. Но неужели ты со мной в одной упряжке только из-за денег? Неужели чужды тебе гордость, азарт?

— Риск, добавьте еще! — криво усмехнулся Подрезов. — Чтобы понять меня, нужно вырасти в бедности, даже нищете. Значит, вам этим уже не проникнуться, Аркадий Владиславович. Вы говорили о том, что нужно родиться хозяином. Возможно, вы правы, все мои сестры и братья, родители, дяди и тети учились, старались, мучились, но по большому счету так ничего и не достигли. Я хочу разорвать этот круг, не для себя, для детей, конечно. При подобной цели гроша ломаного в моем представлении не стоят ни гордость, ни азарт. Второй раз в этом веке судьба дарит шанс каждому в России изменить свою жизнь, судьбу, имею ли я право даже не перед собой, а перед своими потомками, упустить его?

Аркадий покачал головой и спросил скептически:

— Что ж, значит я могу быть спокоен за твоей спиной, ты будешь вдвойне, втройне осторожен. Так скажи, в чем же для нас выход, и есть ли он вообще теперь?

— Полагаю, что нет поводов для отчаяния, — попытался смягчить свою резкость Алексей. — Нас впустили в игру, она строится, как всякая игра, по правилам. Мы можем выиграть, а можем и проиграть. Но проиграем во всех случаях, если попытаемся сейчас из игры выйти. Не надо было ее начинать.

Аркадий вздохнул, посмотрел на Подрезова без обычной своей насмешливости.

— Ты хоть знаешь, какова ставка в этой игре?

— Все, — пожал плечами Алексей, — это давно известно. Все, что у нас есть.

— И ты не боишься? — удивился Аркадий. Ответа он так и не получил.

# ГЛАВА 4

Хотя Алексей и был подготовлен сделанными расчетами, он не уставал удивляться, насколько Изольда оказалась полной противоположностью своей подруге (впрочем, подруге ли?). Там, где Анжелика была сама нежность и кротость, Изольда источала грубость и даже цинизм. Ни одно из их с Подрезовым свиданий не проходило без бурных ссор, откровенного вымогательства. "Виртуальная кукла" била по самому уязвимому месту Алексея – подрывала его финансовое благополучие, высасывая и высасывая, как пылесос, из него деньги, то на взятки преподавателям, то на модные тряпки, в которых ей хотелось блеснуть на какой-нибудь дискотеке. Алексей грустно подсчитывал убытки, понимая, что долго ему не протянуть – дивидендов по делу, которое они затеяли, в ближайшем будущем ожидать не приходилось, а прямо попросить у Аркадия повысить зарплату "в связи с изменившимися обстоятельствами" Подрезов не решался.

Между тем, им в достаточной степени везло, фирма довольно быстро сложилась, даже завоевала некоторую популярность. Команда университетских выпускников, уже сформировавшаяся, но прогоревшая с раскруткой, прижилась в "Волшебном свете" идеально, продуцировала идеи, некоторые из которых удавалось даже в условиях России воплотить, иные – продать за границей. Действовала и другая, подводная, часть айсберга: находились таланты, среди них были разные люди, в том числе и много инвалидов. Прямо на квартирах у них, а первое, с чего начинал Аркадий – улучшал жилищные условия своих то ли рабов, то ли работников, устанавливалось новейшее мощное оборудование, но задания давались дробно, кусочками мозаики, целое Гамов никому не доверял. Попытки внедрить сюда "виртуальщиков", "сестричек", а особенно "братишек", то бишь любых клонов Изольды и Анжелики, совершенно не срабатывали, Аркадий и Алексей были безжалостны в отношении результативности: никаких послаблений никому не давали. "Виртуальщиков" было много в штате магазина, но и здесь Алексей держал ухо востро, предотвращая все возможные пакости в зародыше.

Насколько это беспокоило их невидимых противников, Подрезов чувствовал хотя бы по тому, с какой настойчивостью рвалась Изольда на какую-нибудь, по сути, любую, должность в фирме, заразив этой своей идеей даже столь инертную во всем, что не касалось тряпок и секса, Анжелику. Причем Подрезов сознавал, что долговременной атаки Аркадий не выдержит и, стало быть, нужно спешить.

# ГЛАВА 5

Командировки действительно не замедлили последовать. Первая из них начиналась с Лондона и заканчивалась в Лос-Анджелесе. Естественно, Алексей постарался как можно дольше задержаться в Англии. Встреча с семьей долго еще потом заставляла его пыжиться от гордости, но в то же время поселила в его сердце щемящую тоску. Он видел, с какой скоростью улетали его деньги и понимал, насколько велика для него опасность сесть между двух стульев. Все грозило обернуться не просто драмой, а катастрофой: после двух лет соразмерности, здравого смысла, уважения к законам, высокому качеству преподавания, а главное — свободы, разумной свободы, пронизывающей здесь все и вся, вернуться к родному бардаку, не просто на ступеньку, а на несколько ступенек, ниже того уровня, который они могли бы здесь иметь… В жене Подрезов не сомневался, а вот ребята, выдержат ли они столь контрастный душ?

Но он таил глубоко в себе эти мысли, превратив свой приезд в настоящий праздник, как для себя самого, так и для всей своей семьи. Ребята вживались, причем довольно быстро, в новые для них условия. Правила игры, то бишь жизни, были достаточно четкие, определенные, точки опоры действовали безотказно. Жене было гораздо тяжелее. Сказывались возраст, инерция мышления, недостаточное знание языка. Алена постоянно чувствовала в себе какую-то неполноценность, никак не могла обзавестись друзьями даже среди таких же, как и она, "новых русских", много комплексовала на этой почве, не всегда находила взаимопонимание даже с собственными детьми. И тут ей на помощь чаще всего, как ни странно, приходила Настька. Прежде настырная, своевольная, даже эгоцентричная, здесь она совершенно переменилась, несмотря на свой возраст стала как бы капитаном на их утлом суденышке. Постоянно подбадривала мать, поддерживала оптимизм, уверенность в их спайке; когда у Алены вдруг начинало все валиться из рук, брала даже порой в свои крохотные ручонки домашнее хозяйство.

Конечно, и у нее были проблемы: она с нескрываемым восхищением наблюдала за стремительными успехами в учебе своего брата, диву давалась, насколько рано начали формироваться красота, вкус, чего и предположить было невозможно, в Юле, а сама она оставалась приблизительно с тем же багажом, с которым и приехала: и английский ей давался с трудом, постоянно она его коверкала, и походка, манеры ее были неуклюжими, отдавая столь понятной простоватостью. В семье над ней мало посмеивались, а вот в колледже… там дело доходило даже не до шуток, а до злых розыгрышей. Хотя Алексей где-то в глубине души угадывал: не долго Настьке ходить в обличье Гадкого утенка, взлет ее будет стремительнейшим… И сердце его щемило при этих мыслях еще больше: вот этой волшебной песне и предстояло ему наступить на горло.

К невеселым мыслям о дальнейшей судьбе своих чад прибавилось у Алексея еще и сознание того, что он впервые схалтурил: обманул и подвел своего хозяина – слишком много времени провел в туманном Альбионе и слишком мало оставил его на Штаты, хотя следовало бы поступить наоборот. Еще в Москве Подрезов провел большую подготовительную работу, обойдя все представительства фирм, занимавшихся хоть чем-то схожими с их, исследованиями, с другими созвонился и договорился о своем визите. Это открыло ему здесь, на месте, многие двери. Но больше всего поразило Подрезова то, насколько быстро он завоевывал на последовавших затем одна за другой деловых встречах уважение и даже авторитет. Ему достаточно было чуть-чуть приоткрыть покровы их с Аркадием и ребят "Волшебного света" наработок, как лица у собеседников тут же вытягивались, серьезнели и ушки, что называется, лезли ближе к макушке сами собой.

Созвонившись с Аркадием, Подрезов убедил своего хозяина в том, что с продажами лицензий и разработок не следует торопиться, куда дешевле и эффективнее заняться заключением совместных проектов, причем с достаточно быстрой отдачей по ним. Будут и продажи, но тут дело слишком тонкое и важное, чтобы решать какие-либо вопросы из него по телефону.

Гамов, конечно, недовольно хмыкнул,

ознакомившись с отчетом Алексея по первой части маршрута, однако затем лицо его все больше вытягивалось и серьезнело, как незадолго перед тем у его заокеанских коллег.

— Да, сюрприз, — проговорил он наконец со вздохом. — Вот что значит послать профессионала. И даже не просто профессионала, а человека, посвященного практически во все тайны. Знаешь, это новая ступенька, теперь мы можем взлететь гораздо раньше и выше.

Подрезов, вообще-то ожидавший разноса, не замедлил воспользоваться хорошим расположением духа своего хозяина для того, чтобы с самым невинным видом попросить прибавки к зарплате. Точнее даже не прибавки, а того, чтобы увеличить ее (зарплату эту) в разы. Эффект, к сожалению, был не просто неутешительным, а оказался прямо противоположного свойства.

— Об этом не может быть и речи, — сухо оборвал его Гамов. — Я понимаю, жалованье, что я тебе назначил, по всем меркам чисто символическое за тот объем работы, что тебе приходится выполнять, но я ведь предупреждал тебя: твое служение мне непременно должно содержать какой-то, пусть небольшой, элемент жертвенности. Обещаю, у нас еще будет немало возможностей поспекулировать, нагреть руки, но вот насчет повышения оклада... забудь об этом навек. Как и о том, чтобы еще когда-нибудь за счет нашей фирмы побывать в туманном Альбионе. Можешь хоть каждую неделю летать туда, но... за свои кровные.

Подрезов смутно предполагал подобную реакцию на свою просьбу, но вместе с тем резкостью и бескомпромиссностью тона Аркадия был совершенно ошеломлен. Господи, сколько денег должны были принести их фирме хотя бы заключенные им, столь удачные, совместные проекты, а тут какие-то жалкие две-три тысячи долларов. Он усмехнулся на секунду: давно ли он стал оперировать такими "жалкими" суммами, но тут же ринулся в новую атаку.

– Хорошо, но, может, вы позволите мне продать или как-то по-другому использовать часть моих собственных разработок, Аркадий Владиславович? Я бы тогда никогда больше вопроса об увеличении зарплаты и не поднимал, – проговорил Подрезов, не в силах, однако, посмотреть при этом Гамову прямо в глаза.

Аркадий задумался.

– Свой "маленький бизнес"?

– Ну да, конечно, сейчас у многих такое. Ничего не поделаешь, мода. А если быть точнее, вынужденная мера. На которую хозяева закрывают глаза, чтобы поменьше денег работникам платить.

– А не увлечешься ли ты при этом и не залезешь ли в интеллектуальную собственность фирмы? – все так же задумчиво, как бы самого себя, спросил Гамов.

– Полагаю, что вы достаточно убедились в моей честности, Аркадий Владиславович.

Во всяком случае никто вам не помешает в любой момент дать мне пинка под соответствующее место.

— И то верно, — согласился Гамов. — В принципе, можешь считать, что такое согласие мной дано, вот только последний вопрос — что это за разработки?

— Фокусы, — спокойно ответил Алексей. — Обыкновенные фокусы. Ничего серьезного я не собираюсь на продажу выставлять. Я и сам знаю не хуже вас, чем это может быть чревато.

— Ладно, и можно было бы мне увидеть хотя бы один такой фокус? — с любопытством спросил Аркадий, как бы заново открыв для себя человека, друга, которого он, казалось бы, до потрохов уже изучил.

— Почему бы и нет? — ответил Подрезов.

## ГЛАВА 6

Об испытательном полигоне, все

оборудование на котором было смонтировано руками Алексея, расположенном в добротном двухэтажном коттедже с автономной электростанцией, никто не знал, кроме них с Аркадием. Однако эта часть работы и Гамову была незнакома. Впечатление было ошеломляющим, когда он вдруг воочию увидел на экране монитора посреди скопированной до мелочей квартиры Подрезова его самого и столь истощившую, обескровившую его за последнее время Изольду. Началась обычная между ними грубая ссора, которую Аркадий наблюдал сначала с интересом, затем с досадой.

— Слушай, может, хватит? — не выдержал он наконец. — По-моему, не самое лучшее, что можно записать на дискету. Во всяком случае я этот театр уже не раз наблюдал.

— Нет, — покачал головой Алексей, — не могли наблюдать. Это случится только сегодня. Вечером, когда я приду домой.

— Ерунда, не верю, — фыркнул Аркадий. —

Показушничаешь? Хочешь все-таки набить себе цену?

– Хорошо, – пожал плечами Подрезов, – тогда, может, это больше вас убедит?

Он внезапно переменил файл, и Аркадий увидел себя с Анжеликой. Причем в такой интимной позе, что густо покраснел.

– Ты уверен, что нам надо это смотреть дальше? – спросил он с ярко выраженным недовольством.

– Смотреть все равно придется, – равнодушно пожал плечами Подрезов, – не сегодня, так в другой день. В принципе, можете смотреть одни, без меня, я не возражаю. Но вы должны убедиться: то, что вы видите, вам только предстоит, в действительности этого пока еще не было.

– И что, я так и стегну ее плеткой, чуть ли не до крови? И буду хлестать и хлестать? – зло поинтересовался Аркадий.

– Но ведь она совершеннолетняя, и все у вас происходит по обоюдному согласию, – с усмешкой напомнил Подрезов Аркадию его недавние высказывания. – В чем проблема? Лично я не вижу никаких проблем!

– А если я не подчинюсь, не стану делать этого сегодня? – чувствовалось, что Аркадий сюрпризом своего подчиненного изрядно уязвлен.

– Сделаете завтра, куда вы денетесь! – пожал плечами Алексей. Он вновь вернулся к прежнему варианту, их ссора с Изольдой продолжалась, тогда Подрезов вызвал на мониторе вопрос: "Выход?".

– Понятно, зачем я это делаю? – зло спросил он Аркадия. – Вы думали, я просто подшучиваю над вами?

– Понятно, – мрачно ответил Аркадий, увидев возникшее на экране: "Тупик. Выхода нет". А у меня? Как у меня лично, если спросить? Есть выход? – спросил он дрогнувшим голосом. – Нет, лучше не надо, не показывай, я пока ничего не хочу знать об этом.

– Не хотите, не знайте, обойдемся без оракула, попробуйте сделать вывод сами, –

ответил Подрезов и опять поменял файл.

На мониторе вновь возникла квартира Аркадия. Сам он еще сладко спал, Анжелика стояла уже одетая и смотрела на своего любовника с оттенком жалости, даже брезгливости. Такой Аркадию она никогда еще не открывалась. С щемящим сердцем он наблюдал, как его возлюбленная вышла из дома, поймала такси и куда-то поехала. Краски вдруг померкли, люди, еще недавно воспринимавшиеся столь реальными, хоть и схематичными, превратились в какие-то совсем смутные силуэты.

— Не хватает информации, — пояснил Подрезов, — пока не получается это преодолевать.

Как бы то ни было, видение продолжалось. Анжелика вошла в какой-то дом, постучалась в дверь квартиры, где ее как видно давно ждали. Аркадий с чувством нарастающего ужаса выслушал отчет о своем завтрашнем дне с мельчайшими, в том числе интимными, подробностями. Но главное было в другом: адресах их с Алексеем вновь нанятых хакеров и даже кое-какие сведения о выполняемой ими работе. "Где основная база? Так и не выяснила еще?". "Нет". "А если попробовать психотропы? Сумеешь ему подсыпать?". "Не знаю. Ваше дело приказывать, мое дело исполнять. Но как бы их не спугнуть. Я чувствую, что они подошли к чему-то важному, у Подрезова вид именинника. Хотя не исключено, что для Аркадия это сюрприз". "Сюрприз? Черт бы их побрал с их сюрпризами! Но мне приказано пока только наблюдать. Ладно, иди!".

Алексей вызвал на мониторе заставку.

– Представляешь, что было бы, если бы я не настоял на автономной подстанции? Мы давно бы уже обесточили весь район.

– Да, громоздкая машина, – согласился Аркадий, – но ведь и первые компьютеры были величиной со шкаф. Кто это был? Хотя бы догадываешься?

– Не имею ни малейшего представления,

– отрицательно покачал головой Подрезов, – но мы рано или поздно столкнемся с ними нос к носу. Не пора ли нам переключиться на что-нибудь другое? Расходы растут, доходов даже в самой далекой перспективе не предвидится. Вы говорили: продать. Что мы можем сейчас продать? Этим ищейкам только след покажи, а дальше придут волкодавы.

– Только не в фокусах…

– Да, только не в фокусах, – мрачно согласился Подрезов. – Они-то уж никак не могут повлиять на расстановку сил. Обыкновенный бизнес, ну а что не здесь, а в Штатах – излишним патриотизмом сейчас в нашей стране мало кто страдает.

Аркадий посмотрел на Подрезова с прежней задумчивостью.

– Хорошо, я от своего слова не отступаю. Фокусы так фокусы. Однако дело складывается так, что мне и самому без твоих фокусов не обойтись. Наверное, это как раз то, что в последнее время мне столь не хватало. Как я уже говорил, основное направление нашей работы – получить возможность людьми, а в дальнейшем не только отдельными людьми – обществом, манипулировать.

– Высоко метите! Не пора ли остановиться? – мрачно ответил ему Подрезов. – Или хотя бы сбежать отсюда. Не понимаю, откуда в вас такая одержимость?

– Не понимаешь? – Аркадий впервые за все время их знакомства взглянул на Алексея подозрительно. – Что, в самом деле не доходит до тебя: не нам решать, там нам быть или здесь. Семью ты отправил, но сам лучше не рыпайся. До конца нашей работы еще очень далеко. Мы ведь с тобой тоже не вправе решать ключевые вопросы. Я не сумасшедший: прежде чем решиться на подобные исследования, мне пришлось о-очень большой поддержкой заручиться. Усвой хорошенько: мы давно уже не игроки – просто фигурки.

– Но нам заплатят? – упрямо гнул свое

Алексей.

— Заплатят — не заплатят, — не выдержав, вскипел Аркадий. — Тебя только это интересует? Может так случиться, что тебя будет больше интересовать жизнь твоей жены, благополучие твоих детей, этого ты не учитываешь?

Подрезов упрямо покачал головой.

— Раз я батрак, то у меня помимо тех, о которых я уже говорил вам, есть еще одно правило: бесплатно я не работаю. Вы сказали, что мы уже многого достигли. Конечно, мы не тянем и никогда не вытянем на Билла Гейтса, но почему бы нам хотя бы Арком и Алексом не стать? Во всех случаях я не собираюсь дальше слепо им, этим людям, у которых я не служу и, соответственно, ни гроша не получаю, подчиняться. Пусть не обижаются, если я их щелкну по носу: никому не дозволено, к примеру, вмешиваться в мою личную жизнь.

— Ты полагаешь, что тебе удастся порвать с Изольдой, — изумился Аркадий.

– Почему бы и нет? – хмуро переспросил Подрезов.

– А зачем? Ну да, ведь ты с ней постоянно ссоришься. Но, наверное, так нужно тебе, иначе они бы давно другую девчонку прислали. Что ты добьешься своим упрямством, просто поменяешь шило на мыло? Совсем без женщины тебе ведь не обойтись! Надеюсь, ты понял это?

## ГЛАВА 7

Неожиданная привязка злила Алексея, он никогда не думал, что секс для него может оказаться настолько сильной потребностью. Как и всякий мужчина, он и раньше, в отношениях с Аленой, чувствовал охлаждение к единственному объекту своих желаний, однако это проходило у него довольно незаметно, не заслоняя все на свете и уж тем более не превращаясь в навязчивое состояние. Просто вся энергия его уходила сначала в работу, затем в лихорадочное делание денег, которым они с Аркадием никогда не прекращали заниматься. Однако связь с Изольдой бесконечно его унижала, доводила порой до депрессии.

Надо отдать должное, те люди, которые хотели им управлять с помощью нее, все рассчитали достаточно верно. Для Подрезова главным в отношениях между мужчиной и женщиной была любовь, секс как самоцель он не отрицал, но считал разновидностью скотства. Для себя, конечно. Как устраивались другие с этим вопросом, совершенно его не интересовало. Он вообще никогда не совал свой нос в чужие дела, считая глупым отрывать хоть толику времени от решения собственных проблем. И вот сейчас, анализируя свое положение, Подрезов должен был признать, что поймали его на его же собственную уду: любовь была у него — только в союзе с женой он строил и в мечтах и в действительности свое будущее. Именно в силу этой причины он предпочитал иметь в партнершах женщину, в которую он никогда бы не смог влюбиться. Однако с Изольдой и он, и те люди, которые хотели держать его в своих руках, определенно просчитались. Хоть и говорится, что от ненависти до любви только шаг, но ненависть тоже бывает разная. И вот теперь, путем сложных вычислений, Алексей нашел все-таки первопричину – клин лучше всего выбить клином: почему бы ему не поискать женщину, к которой он мог бы испытывать не любовь, конечно, но и не скотство, подлинную страсть?

## ГЛАВА 8

Да, так получилось, что, начиная с первых же своих шагов на новом поприще, Подрезов и Аркадий постоянно ощущали, что находятся под пристальным вниманием людей, которых они даже не знали, кем считать: врагами, противниками или… хозяевами? Такое неведение не могло продолжаться вечно, оно становилось все более и более опасным. Вот почему вопрос Изольды не был отметен Аркадием как сугубо личная Подрезова проблема, он был признан общим и важнейшим на очереди. Прекрасно понимая, что противная сторона сразу же после разрыва с "МГУшницей" немедленно же выставит ей замену, компаньоны решили переместить поиск альтернативы в область самых секретных исследований. Пролистывались сотни эротических журналов, приборы отмечали малейшую реакцию Подрезова на какой-либо объект, добавляя очередной штришок в создаваемом для него портрете. Работа оказалась вполне в духе увлечений Аркадия и необычайно его захватила. Он чувствовал себя как рыба в воде, перемещаясь из книг по психологии в "Пентхаус", из порнокино в древние эротические трактаты. Причин тут много было для подобного интереса: во-первых, это было самое что ни на есть научное исследование, ну а еще немаловажным являлось то обстоятельство, что Гамову хотелось, чтобы рецепт был у него наготове, когда возникнет для него самого возможность ли, или необходимость порвать с Анжеликой.

К счастью, Алексей оказался не безнадежен, как потенциальный Казанова. И теоретически объект, которым он мог бы увлечься, был вскорости вычислен. Но опять же, без Аркадия теория здесь никогда бы не перешла в практику. Как когда-то, они вновь отправились в привычные блуждания, только теперь с несколько иной целью.

## ГЛАВА 9

— Жаль, — Изольда скривила красивый, густо накрашенный ротик. — Ты не сердись на меня, Лесик, у бедной девушки-студентки столько расходов!

— Наверное, я не первый ее объект? — из вежливости, чтобы поддержать разговор, спросил Подрезов.

Изольда посмотрела на него

внимательно, прикидывая, не повредит ли ей излишняя откровенность.

– Не первый. Но будем считать, что первое поражение. Может, расскажешь, как тебе удалось от меня освободиться? Я вроде делала все необходимое, и теоретически, и практически: до потрохов, к примеру, изучила твой характер, старательно имитировала наслаждение. В чем я прокололась? Меня ведь могут просто дисквалифицировать, не в проститутки же мне тогда подаваться, этого добра сейчас пруд пруди, да и все замешано на бандитизме.

– Ты тут ни при чем, – мысленно ругая себя за жалостливость, приоткрыл секрет Алексей, махнув рукой в сторону компьютера: – Техника! Говорят, что против человека ей далеко еще, но тебя во всяком случае она обыграла.

– Ну-ну, – ничуть не поверив его словам, зло кивнула Изольда. – Видела я твою технику! От горшка два вершка. Что ж ты такую маленькую выбрал? По принципу контраста после меня?

Алексей лишь загадочно повел плечами и промолчал.

— А подарочек на прощанье любимой девочке, — спохватившись, засюсюкала вдруг Изольда, — выходное пособие?

Алексей брезгливо поморщился и полез в карман за бумажником.

— От горшка два вершка! — с обидой проговорила вышедшая из спальни после ухода "виртуальной попрошайки" "техника" по имени Александра. — Я что, уродка? Метр шестьдесят два — разве это недостаток для женщины? Просто миниатюрное создание. Кому-то и такие нравятся. Кстати, ты, случайно, не шпион? К тебе женщин подсылают. Или ты сам их используешь в своей работе?

— Нет, я просто ученый, — без малейшего зазрения совести соврал Алексей. — Тебе тоже придется пройти через это — ко всем, кто со мной контактирует, присматриваются.

– Они что, и под юбку ко мне будут заглядывать? – лукаво поинтересовалась Александра, как видно, известие о каких-то слежках, проверках совершенно ее не обеспокоило.

– Могут, вполне в их стиле, – не раздумывая подтвердил Алексей, – предлагаю проверить сейчас же, все ли там в порядке. Так, на всякий случай.

Разговор их вскоре перешел совсем в иную плоскость, и Подрезов вздохнул с облегчением, что наконец столь удачно от Изольды отделался.

# ЧАСТЬ ЧЕТВЕРТАЯ

# ГЛАВА 1

— Допустим, но что это нам дает? — задумчиво проговорил Аркадий. — Что частично подобные технологии вполне могли использоваться еще тридцать лет назад со все нараставшим эффектом, я рискну предположить, но что хотя бы десять лет назад там, наверху, имели такую технику, которой мы сейчас располагаем и на полную катушку применяли ее в действии, в это поверить я никак не могу.

— Вы не учитываете возможности государства и очень богатого государства. С нашими ли жалкими грошами пытаться что-то им противопоставлять? Время гениев-одиночек давно прошло, — возразил Подрезов.

— Чем же ты объяснишь заказ, который мы получили? Предполагалось ведь, что о нас никто ничего не знает, и вдруг так откровенно и даже до циничности наивно: не кейс, не чемодан, а просто картонная коробка, полная пачек долларов. Им даже в голову не пришло, что мы можем отказаться, хотя бы повыламываться: просто принесли деньги и определили срок. Что делать, кстати, ты не решил пока? И еще, ты уверен, что наша система защиты надежная и нас не подслушивают?

Подрезов подумал, затем кивнул.

— Уверен. Хотя кое-что заменить не мешало бы. В этом деле прогресс идет семимильными шагами. Так что вас мучает? Вы сомневаетесь, что мы в состоянии полученное задание выполнить?

— Нет, меня больше интересует заказчик. Кто он? Друг или враг? Как использует схему, которую мы разработаем для него? Если разработаем.

Алексей разозлился.

— Да и черт бы с ним! Кто бы он ни был! Надоело играть вслепую, но и ковыряться в дерьме тоже нет никакого желания. Кроме того, вы совершенно не учитываете того, что мы полностью разорены. Бог нам послал эту коробку, вот только я пальцем не шевельну по проекту, пока не пристрою в надежных местах свалившиеся нам с неба ассигнулечки-ассигнации, все до последней купюры.

Аркадий вздохнул. Затем мрачно кивнул:

— Что ж, наверное, ты прав, у нас действительно нет другого выхода. Каковы у них шансы?

— 5-10 из 100, если пустят дело на самотек, то есть, никаких шансов.

— Окончательный результат?

— Где-то 50 на 50, но придется изрядно потрудиться.

— То есть, мы та малая толика, добавка, которая может решить все дело?

— Пожалуй. Но прежде, чем принять решение, нам придется сегодня, не сходя с места, прояснить вопрос, который мы столько времени старательно отодвигали в сторону.

— Кто нас "ведет"? — пожал плечами

Аркадий. – В принципе, любая группа людей, в руках которой сосредоточена большая сумма денег, доля собственности. Таких групп много сейчас. Что ты сам думаешь по поводу того, какая же конкретно из них "преподнесла нам сюрприз"?

Алексей на минуту задумался.

– Скорее всего, наш заказчик – тот, кто на самом верху, иначе, откуда такие шальные деньги? Дали бы меньше или поторговались, по крайней мере. Мы им не нужны, собственно, у них свой план и, соответственно, давно сформированная, подготовленная команда. Но им нужно исключить все неожиданности. Что им вот эта куча долларов, когда вся государственная казна на кону? Хотя наверняка что-то из нашего проекта они используют. Ну а на 60-70 процентов наши рекомендации просто совпадут, мы не с идиотами имеем дело.

Аркадий провел по лицу дрожащими пальцами, он все никак не мог поверить в реальность происходящего.

– Ты не говоришь о главном, – не смог все-таки сдержать ликования он, – нас признали, как самостоятельную силу, единицу. И довольно значительную. Я добился своего – мы вовсе не холуи теперь, пусть маленькие, но все же хозяева.

– Не обольщайтесь, – пожал плечами Алексей. – Такие коробочки наверняка сейчас развозят по всему городу: пресса, телевидение, пятая колонна в стане противника.

– Банкиры, предприниматели…

– Нет, этих мы порекомендуем по-другому купить. Вздуем проценты по всем займам и облигациям, кто станет против собственных денег голосовать, в том числе и среди населения? Главное – сдержать рынок ценных бумаг, ну и, соответственно, валюту.

– Но ты отдаешь себе отчет в том, во что это выльется через год? – ужаснулся его рекомендациям Аркадий. – Мы ведь не один день с тобой на бирже провели, кое в чем смогли разобраться в свое время.

— Сможем и сейчас, — пожал плечами Подрезов. — Не будем же мы сложа руки сидеть на этой зеленой куче. Предлагаю всадить это все в самый примитив — сберегательные облигации, если выше планку взять — неизбежно засветимся.

— А если они проиграют? На выборах-то, — засомневался Аркадий. — Ведь все это в труху в итоге обратится.

— Значит больше злости, стимула будет нам заниматься тем, что от нас требуют, — с досадой отмахнулся Алексей. — Слушайте, босс, эта Анжелика совсем мозги вам высушила. Кто из нас хозяин — вы или я? Ладно, пойдемте, я вам кое-что покажу. У меня тоже есть небольшие сомнения, хотелось бы их разрешить.

## ГЛАВА 2

Бомж по-прежнему был настороже, он не покидал ни на минуту своего места. Со времени, когда Подрезов в последний раз видел его, он изрядно одряхлел, но еще грозно смотрелся из-за своей массивности. Состав лиц практически весь сменился вокруг него, но лизоблюдов, угодников не поубавилось.

— Похож, удивительно похож, — в изумлении покачал головой Аркадий. — Где ты откопал его?

— Здесь и откопал. А вообще-то он сам кого хочешь откопать и закопать может.

Аркадий покачал головой.

— Не выдержит. Столько не выдержит. Просто не продержится. Он совсем не похож на того дюжего молодца, которым смотрелся еще совсем недавно.

Подрезов внимательно посмотрел на друга, затем вновь перевел взгляд на одуловатое лицо бомжа.

— Что ж, наконец-то слышу от вас дельные мысли. Что будем делать? Ведь это отправная точка нашей работы. Если мы не решим эту проблему, дальше можно не продолжать.

Аркадий пожал плечами.

– Хорошо, что ты сводил меня сюда. Не переживай, я хозяин и беру на себя всю ответственность: не станем решать дилемму, оставим ее как есть – будем рекомендовать, но предупредим, что весь срок не продержится.

Работа увлекла их. Однако когда они установили, смоделировали лицо толпы, то были поражены ее тупостью, доходящей до крайнего идиотизма.

– Нет, так нельзя, – испугался Аркадий. – Время поджимает, конечно, но надо вернуться обратно, перепроверить все расчеты.

– Не надо, – с горечью покачал головой Алексей. – Не надо возвращаться. Хотя в одном мы действительно прокололись. Мы приготовились с тобой капать на мозги, которых давно уже нет и в помине. Я имею ввиду, на уровне так называемого массового сознания. Странная картина получается, согласись: по отдельности это прекрасные милые люди, за исключением ложечки-толечки негодяев, ну а вместе – пещерные то ли питекантропы, то ли австралопитеки, по многу раз оболваненные и переболваненные. Причем, что интересно: нормальному человеку даже недолгое пребывание в клоаке лишь прибавляет ума, толпа же, выкупавшись в ней, вместо того, чтобы рассвирепеть, становится до удивления дерьмово-шелковой. Хочется вам или нет, больно или радостно на душе, а все расчеты мы теперь должны делать исключительно на неандертальцев. Самое беспардонное надувательство, голый обман, ничто другое не ожидает их со стороны государства. Ведь только в государство они по инерции еще верят, во что же еще верить, чтобы не сбрендить окончательно? Как раз на этой вере мы и построим наш расчет. Все старое на свет божий вытащим, что только можно перетряхнуть на новый лад и неожиданно поклонимся. Что это? Возврат к прошлому? Нет, окончательное разрушение. Пусть все песни старые перепоют, фильмами времен царя Гороха закрутим до одури, всех этих артистов-проститутов-проституточек купим по пучку за копеечку. Все придут, все будут рукоплескать, никому не захочется из колоды вылететь. А еще война. Развяжем-ка какую-нибудь войнушку и опять инерция полувековой давности сработает: как в таких условиях без Хозяина? Пропадем! А коней на переправе, как известно, менять не принято.

## ГЛАВА 3

Работа закипела. Впервые, по сути, у них появилось настоящее дело. Надо сказать, что и давление на них резко ослабло, как видно, одни и те же люди в свое время припирали их к стенке и прибегли сейчас к их услугам. Аркадий счел, что приспело самое подходящее время и ему тоже избавиться от подосланной "виртуальщицы" и вернуться к прежнему образу жизни. И опять никто не сопротивлялся этому, даже сама Анжелика или бог ее знает, как там ее на самом деле звали.

Впрочем, иначе, наверное, ничего бы и не вышло, так как работа, за которую они взялись, требовала колоссального напряжения и соответственной разрядки тоже. Чем глубже забирались Аркадий с Подрезовым в суть вопроса, тем больше волосы у них на голове вставали дыбом. Выяснялось множество сюрпризов, которые их просто ошеломляли. Нищета, хаос, брожение умов, беспардонность и безответственность власть предержащих, полная убогость, забитость основной части населения, безоглядное воровство на всех уровнях, фактическое вымирание целой нации, где вынужденная, где подневольная ассимиляция ее на отторгнутых территориях с коренным населением. А главное — поголовная ненависть со стороны чуть ли не всего мира, да что мира — внутри страны и то все отношения были построены на ненависти. Кого еще и когда так ненавидели? Фашистскую Германию? Нет, у нее было много сторонников, ну а сейчас вообще даже о неприязни речь не идет – как можно ненавидеть богатое государство, бескровно отвоевавшее себе первое место в Европе? Древний Рим? Но весь мир через несколько веков склонился в почтении перед латынью и всем латинским. Здесь же никто и никогда не склонит голову, а ненависть обладает огромным разрушительным свойством. Однако подобных задач перед ними не ставили, и Аркадий с Подрезовым лишь упомянули о них в вводной, констатирующей, части.

Они отлично понимали, что от них требуется и перечислением-то занимались исключительно, закидывая удочку на будущее, авось еще в чем-нибудь займут их, в остальном же – купались в совершенном бесстыдстве. По сути, то, что они выстраивали, больше всего напоминало порнографический фильм. Аркадий пребывал в родной стихии и работал как никогда плодотворно, Подрезова же тошнило от всей этой грязи, он никак не мог выработать в себе к ней защитную реакцию, отгородиться равнодушием. Но что делать? Требовалось ни мало ни много, а задурить до изнеможения целую нацию. Цинизм — вот что выбрано было Архимедовым рычагом. Точкой опоры — деньги. Сумасшедшие, лишающие остатков совести, рассудка любого, даже самого пугливого, человека.

Уже потом, отслеживая ход запущенного механизма, превратившего дряхлеющего день ото дня властителя из средоточия всех зол и бед в Спасителя Отечества, Алексей и Аркадий постоянно натыкались на совпадение их разработок с проектом официальной команды поддержки, вот только у тех было еще больше цинизма, на который, собственно, можно было решиться только находясь на самом верху. Затем наступило повсеместное отрезвление, однако игра была сделана, и Подрезов с Аркадием могли с полным правом поздравить себя с тем, что в своих исследованиях они находились на верном пути. О них словно забыли, никто больше не выражал никакого намерения следить за ними, вторгаться в их работу, а уж тем более ими манипулировать. Погасив ГКО и ОФЗ (для тех, кто не помнит: Государственные Краткосрочные Обязательства и Облигации Федерального Займа) и переведя рубли в доллары, они с интересом ждали, когда рухнет возводимая на сей раз не рядовыми жуликами-мошенниками, а на вполне официальном, государственном уровне, пирамида. По вычислениям выходило, что уже через год начнутся серьезные трудности, ну а двух лет пизанской башне никак не устоять, однако многое тут зависело от внешних обстоятельств, которые трудно было предусмотреть. Как бы то ни было, они вовремя сумели затем доллары свои сначала утроить, затем снова удвоить, и тут же поменяли иноземную "зелень" на обесценившиеся донельзя акции.

— Да, вот ты говоришь: уехать, — задумчиво размышлял Аркадий, — но где, в какой стране мы могли бы вот так, ничего не делая, в такой роскоши жить? Да еще будучи при том совершенно незаметными, независимыми, все свое время посвящая любимому делу и, что самое главное, никогда не нарушая при этом закон?

— Воровской закон.

— Что ж поделаешь, — развел руками Аркадий, — если других законов нет? Как-то ведь надо жить. Ты что же, друг, хочешь все-таки плевать против ветра? Да, ветер с помойки, ну и что с того? Так получилось, что все мы, бедные и богатые, униженные и счастливые, живем на одной большой помойке. И никто не хочет этого менять, на помойке всегда, если как следует поковыряться, что-то раскопать можно, а вот если все вокруг вычистить да выкрасить, на что люди будут существовать?

# ГЛАВА 4

Как бы то ни было, а жизнь продолжалась. И очень важно было решить, чем заниматься дальше. Сейчас, когда новые аппетиты были удовлетворены, следовало задуматься о дальнейших шагах в жизни. Тем более, что в четко положенный срок после памятной своей командировки, Алексей со смешанным чувством восторга и озадаченности узнал о появлении еще одного своего отпрыска по имени Питер, ни о каких Петях уже не шла речь. Он не воспринял это как дополнительную материальную нагрузку, но они теперь как команда играли по гораздо более сложной схеме: $2 + 2 + 2$, и это решило его последние колебания. Как ни привлекала его добрая старая Англия, да и вообще Европа, он понимал: ничто не светило здесь его бедным крошкам. Разве что через несколько поколений смогли бы они куда-то пробиться, выйти на достаточно высокий уровень, и среди этих проблем, во всей их сложности, просто добиться гражданства (что само по себе было непросто) выглядело сущим пустячком. Нет, было единственное место на Земле, которое могло бы удовлетворить собой все три составляющие их команды – Лос-Анджелес. И сколько ни прикидывал Подрезов в самых сложных подсчетах, неизменно выпадало в итоге именно это название.

Еще в самом начале их совместной работы с Аркадием, понимая все ее безумие и опасность, Подрезов сразу же поставил крест на себе, главной целью поставив обеспечение нормальной жизни своим детям. Сейчас, с появлением Питера, а точнее пары Питер и Павел, ему вдруг отчаянно захотелось увидеть продолжение начатого им дела, хотя бы до уровня внуков. Он долго ходил вокруг да около, не зная, как начать разговор с Аркадием по поводу задуманной им многоходовой комбинации, однако тот сам помог ему.

– Ну что ж, – радостно потирая руками,

сказал ему Гамов. – Знаешь, дружок, очень долго я к тебе присматривался, и решил в чем-то попробовать пойти по твоему пути. Как ты считаешь, что я в первую очередь должен для этого сделать?

– Наверное, жениться? – догадался Подрезов. – Мне трудно сказать вам что-нибудь по этому поводу, но я готов – мы можем начать поиски уже сегодня.

– Нет необходимости, эта проблема уже решена, – отмахнулся Аркадий и добавил с глупейшей, счастливейшей улыбкой. – Наследник тоже в кармане, точнее – у моей невесты в животе.

– Наследник, не наследница, вы точно знаете? – удивился Подрезов. – Откуда?

– Ну, при современном уровне науки определить это – пара пустяков, – беспечно пощелкал пальцами, как кастаньетами, Аркадий.

– Да, – нахмурился Подрезов. – Но для этого должен быть достаточно большой срок ношения плода. И вы молчали, скрывали от меня такое все это время?

– Не чувствую никакой вины перед тобой в данном случае, – спокойно ответил Аркадий. – Я должен был точно убедиться. А жену мою будущую ты прекрасно знаешь.

– Анжелика? – чуть не упал со стула Подрезов.

– Да, Анжелика, – насторожился Аркадий. – А что тебя в этом смущает. Имеешь что-нибудь возразить?

– Но ведь она оттуда, из органов! – осторожно прокомментировал Подрезов, кляня себя внутренне, понимая, что дело решенное и вряд ли стоит уже сейчас, загодя, портить отношения как со своим работодателем и другом, так и, что куда важнее, с его будущей супругой.

– Причем тут органы? – с недоумением пожал плечами Аркадий. – Ну запугали девчонку, запутали в какие-то махинации, понадобилось много денег, она и не на такое бы согласилась. Потом вышвырнули за ворота, когда пропала в ней необходимость.

Собственно, не вышвырнули, но хотели дальше использовать ее уже без материального стимула, вроде как чисто из патриотических побуждений, да и самим ею попользоваться в полной мере, в свое удовольствие. Но я не стал спорить, не просто вытащил ее оттуда – выкупил, на всех уровнях сполна расплатился.

– Зачем? – со вздохом спросил Подрезов.

– Все очень просто, – совершенно искренне объяснил Аркадий, хотя мог бы и не объяснять. – Я влюбился. Наверное, рано или поздно, такое со мной должно было произойти. Мы встретились снова, ей не было нужды больше притворяться передо мной, а мне ее опасаться, и мы взглянули друг на друга совсем по-иному. Разглядев то, что всегда лежало на поверхности в наших отношениях, но чего мы не замечали прежде. Однако это все личное, ты давно ждешь, когда же я заговорю о деле. Но я действительно был раньше не готов. Теперь я скажу тебе: я больше не могу и не хочу заниматься разрушением. И не оттого, что я морально против этого. Просто перемены здесь диктует логика: все, что можно разрушить, уже разрушено, хотя и инерция мышления и вполне осознанные стремления отдельных, весьма и весьма могущественных, людей будут нацелены на то, чтобы довести этот процесс до конца: не переменить, не уничтожить что-то в России, а стереть ее вообще с лица земли как государство. Отсюда и получается: тенденция на разрушение дальше в той же степени опасна, сколь и бесперспективна. Так что теперь мы с тобой будем строить. Выстраивать и перестраивать модели бегства от смерти, бороться с той же неистовостью за власть над массовым сознанием, но уже с другой стороны, во имя совсем иных целей.

— Вы считаете, из этого тоже можно будет потом что-то продать? — ужаснулся намерениям своего друга Подрезов, понимая всю бесполезность своих усилий, но все же делая слабую попытку вернуть Гамова на грешную землю.

— Продать, продать! — Лицо Аркадия передернула гримаса презрения. — Ты только о деньгах и думаешь. Конечно, почему бы и не продать? Целиком вряд ли кому это окажется по карману, а по частям, сколько угодно. Но я даю тебе время обмозговать все хорошенько.

— Опять отпуск?

— Нет, командировка. Нам многое надо прикупить. А еще больше понадобится совместных финансирований. Я даже с удовольствием кое-что предложил бы на продажу. Нам понадобится очень много денег. Несмотря на все наши последние успехи в этой сфере, гораздо больше, чем у меня есть. Ты хорошо проявил себя в прошлый раз, надеюсь, в этот раз проявишь еще лучше.

— Значит, мое согласие носит чисто формальный характер?

— Пожалуй, что так. Но не совсем так. Ты хорошо знаешь, как я чту законы, но не только те, что записаны на бумаге, а еще и другие, вечные – как бы тебе их представить? – корпоративные, что ли? Так или иначе я всегда их учитываю. К примеру, при всех твоих талантах, при всем моем уважении к тебе, я никогда не смог бы взять тебя в партнеры, даже в неравной доле, то, что мы друзья – ничего не значит в данном случае, в делах суть наших отношений неизменна. Однако я сам себя подсадил. Хронически недоплачивая тебе, точнее вообще даже не оплачивая подчас интеллектуальную собственность, которую ты в наше дело привносил, я оказался в долгу перед тобой и вынужден сам завести теперь речь о нашем партнерстве.

– И что теперь? Что это меняет в наших отношениях? – с недоумением спросил Подрезов.

– Впредь ты будешь работать уже по контракту.

– Нельзя ли все-таки поподробнее?

Гамов замялся:

– Ты помнишь ту коробку? Мы не стали ее делить, целиком вложили в дело. То, что ты наварил на свои деньги – твое, эта часть – наше. Ну а конкретно – ты станешь моим компаньоном. Но не сразу, по истечении контракта.

– Надеюсь, контракт... не бессрочный?

– Конечно, нет. Я не имею ни права, ни желания посягать на твой статус. Допустим, пять лет.

– Три, – сделал слабую попытку поторговаться Подрезов. – Надо учитывать те годы, что мы уже были вместе.

Попытка не прошла.

– Нет, пять. У меня все рассчитано.

– Последний вопрос: как мой "маленький бизнес". Наш уговор остается в силе?

– Да, но только до истечения срока контракта. У партнеров бизнес должен быть один.

Алексею ничего не оставалось, как согласиться, но и таким результатам переговоров он был безмерно рад. Понял или не понял его Аркадий, трудно сказать, но если понял, то только в общих чертах. А он, Подрезов, совсем не дурак. Он вовсе не собирался заниматься в чужой стране глубинными, теоретическими исследованиями, а вот прикладная часть…

## ГЛАВА 5

На следующей же неделе Алена переступила порог компании "Электроникс Артс" с одним весьма интересным предложением. Настолько интересным, что еще в период командировки Алексея ей было выделено отдельное помещение и (что самое важное!) предоставлено право самой набрать штат сотрудников. Корабль отправился в плавание, чего еще Подрезову было желать?

Сначала они все очень тосковали по Англии, причем, как ни странно, больше всех Настена, но потом тоска все больше стала забываться под ворохом новых проблем. Алена явно не тянула в тех заданиях, которые попытался возложить на нее Подрезов, приходилось подолгу ей все расшифровывать, объяснять. Порой Павел соображал куда быстрее матери, и Алексей всю голову сломал над тем, как бы ему решить эту проблему. Сам он провел переговоры и консультации с еще большей пользой, чем в прошлый раз, продолжая удивлять и удивлять специалистов своей осведомленностью. Он начал получать предложения одно заманчивее другого и был в ярости от того, с какой легкостью провел его Аркадий, и каким дураком он был, заключив с ним пресловутый "контракт". И дело тут было вовсе не в "предложениях", Подрезов над большинством из них просто посмеивался, дело было в том, что как раз в тот момент, когда он практически сравнялся с Аркадием в знаниях, он вдруг потерял право распоряжаться самим собой.

Но даже не в том, однако, было самое страшное. А в том, что сумасшествие Гамова углублялось, и он увлекал Подрезова в пропасть вместе с собой. Мысль о самопожертвовании ради своего выводка с течением времени все меньше привлекала Алексея, теперь он видел, что дети его устроены, что им уже обеспечено вполне приличное будущее, и что, находясь вместе с ними и сам раскрывшись, он мог бы и для себя и для них гораздо больше пользы принести. Но прежние установки срабатывали самым неожиданным образом, и Подрезов с досадой обнаруживал, что за любую свою глупость, точнее недомыслие — прошлое, настоящее, будущее ли, приходится неизбежно платить.

С щемящим сердцем Алексей уезжал из купленного в рассрочку коттеджа, в котором дети освоились так быстро, как будто прожили в нем всю жизнь. Вот только Настена, эта ни на кого не похожая Настена, все глаза выплакала в попытках упросить мать отпустить ее с папкой в Москву.

# ЧАСТЬ ПЯТАЯ

## ГЛАВА 1

— Да, ловко вы меня стреножили своим договором, — не удержался от того, чтобы не высказать запоздалую обиду шефу Подрезов, — удивляюсь, как я мог согласиться, оказаться таким придурком?

Аркадий не счел необходимым ответить на претензии Алексея, он лишь озадаченно почесал затылок.

— Никогда не предполагал, что семья отнимает столько сил и средств, да я и сам виноват — слишком разбаловал когда-то свою благоверную, не думал, что со временем это мне может выйти боком.

— Надеюсь, на любовных утехах неприятный сюрприз пока не отразился? — подтрунил Алексей.

— Вопрос с подтекстом? — догадался Аркадий. — В чем он? Как более опытный товарищ, объясни другу!

— Придется обзавестись любовницами, а

это расходную часть не уменьшит, а наоборот, усугубит.

– Невеселая перспективка! – согласился Аркадий. – Что же мне остается? И дальше любить жену! Ну а у тебя как?

Подрезову не хотелось вызывать зависть к своим успехам, поэтому он поспешил перевести разговор на другую тему.

– Итак, раз мы без пяти минут, точнее, лет, компаньоны, может вы просветите меня наконец: что вы задумали? Всерьез заняться политикой?

– Нет, мой замысел гораздо авантюрнее и фантастичнее. На нем действительно очень сложно будет что-то заработать. Но что делать? Ты меня достаточно уже хорошо изучил: я охотник, игрок по натуре, деньги как самоцель совершенно не интересуют меня. Что я задумал? Я решил проникнуть на ту, другую, невидимую сторону нашей жизни, или, как ее называют еще – действительности. Почему-то считается, что эта другая сторона – гадкая, зловещая, темная, но я противоположного мнения, я уже знаю, и никто не разубедит меня в этом: там империя, необозримая империя света. Более того, может, я покажусь тебе сумасшедшим, но я считаю, что имею на это право, своего рода допуск. У тебя нет такого права и нет такого допуска, но со мной ты как раз туда проходишь. – Он протестующе замахал руками и добавил с обычной для него иронией: – нет, ради бога не благодари меня, не надо. Ты столько сделал для меня, должен же я хоть чем-то тебе отплатить?

Подрезова вдруг охватила ярость, смешанная с отчаянием: только сейчас до него стал по-настоящему доходить смысл происходящего. "Другая сторона", "империя света" – в отношении Гамова у Подрезова не присутствовало больше никаких сомнений: Аркадий просто спятил и следовало отныне держаться от него подальше. Но как? Контракт, проклятый контракт, как он мог купиться на такое? Половина от чего, на что бы он мог претендовать? Кукиша в мякише?

Дырки от бублика? Но ясно было и другое: Аркадия от задуманного не отговорить. Проклятые амбиции, сколько они у людей забирают денег, здоровья, просто здравого смысла!

Однако сетовать толку мало было, надо было принимать какие-то конкретные шаги. Решиться на первый из них Алексея подвигла, как ни странно, Александра.

— Я знаю, как ты занят в последнее время, но мне хотелось бы с тобой поговорить об одной вещи, для меня это очень важно, — сказала она однажды, то ли под влиянием чувства, то ли наоборот, тщательно выбрав благоприятный момент.

— Ты беременна? — вопросом на вопрос рассеянно отозвался Подрезов.

— Нет, — ответила она. — А что, это для тебя самое важное?

— Ну, я просто так сказал, — смутился Алексей. — Но сегодня мне действительно не до разговоров, я имею в виду — серьезных. Давай в другой раз, Шурунчик, а?

– Давай, – согласилась Александра и поспешила сменить тему. – Ну и как там Аркадий?

– Аркадий как Аркадий. Все по-прежнему: чудит-с.

"От горшка два вершка"... Когда она внезапно исчезла, Подрезов поначалу не придал этому особого значения. Ну, исчезла – объявится, стоит ли переживать? Может, мать заболела или еще случилось что-нибудь. Алексей вдруг с удивлением обнаружил, что практически ничего об Александре не знает, точнее, не помнит, так как в компьютере на нее имелась основательная база данных – в свое время он достаточно тщательно ее подбирал.

Сбой? Или просто обычная женская уловка, чтобы покрепче к себе его привязать? Ну нет, не пройдет фокус! Подрезов нашел нужный файл и отметил в нем жирным шрифтом черту характера, вынесенную в свое время в ряд основных: "безыскусна". Нет, тут было что-то иное. Что же все-таки? Бунт? Впрочем, ушла, да и бог с нею. Сейчас у него поважнее проблемы.

Однако оказалось почему-то, что эта проблема в итоге стала вдруг самой важной. Во всяком случае на какой-то момент она полностью заслонила собой все остальное. В поисках выхода Подрезов начал с самого простого решения – найти срочно замену. Однако претендентки приходили и уходили, не оставляя после себя ничего, кроме чувства опустошенности. В конце концов до Алексея дошло, что нужно спрятать свою гордость подальше и прежде всего объясниться.


– Ничего не случилось, – спокойно ответила "два вершка" по телефону. – А что могло случиться? Ты просто сказал: "в другой раз", вот я и жду его – "другого раза".

– Ты на меня обиделась?

– Нисколько.

– Тогда в чем проблема, объясни? Тебя не удовлетворяет то, какие у нас отношения, ты хотела бы большего?

— Нет, почему же, меня как раз все устраивает. Я не претендую на твою любовь, потому что знаю, что для тебя нет и не может быть ничего дороже твоей жены и твоих детей. По части интима я тоже давно отказалась от желания заменить тебе собой всех женщин на свете. Так что ты полностью от меня независим, что и было всегда самым важным для тебя в отношениях со мной. Но, при всем при том, с какой стати ты вообразил, что я сама в чем-то от тебя зависима? Вот этого я никак не могу понять. Более того, я как-то оглянулась назад и в ужас пришла: сколько я впустую потеряла времени. Я совсем не росла, а наоборот, как бы все больше и больше к земле пригибалась.

— И что, ты хочешь сказать, что между нами теперь все кончено? — с неожиданной злостью в голосе спросил Подрезов.

— А между нами ничего и не было.

— Не было? Как это не было! — Подрезов даже задохнулся от возмущения. — У тебя что, совсем ум за разум зашел? Ладно, это не телефонный разговор, подожди, я сейчас срочно приеду.

"Проклятье! Опять эти чертовы женские штучки! – продолжал возмущаться в машине Алексей, но все больше остывал, чувствуя свою беспомощность. До него вдруг дошло с неумолимой ясностью, что если Александра точно решила уйти, удержать ее ему не удастся. И он неожиданно развернулся обратно: – Нет, не надо горячиться, эту новую информацию нужно еще переварить".

## ГЛАВА 2

"Все они одинаковы, – думал Подрезов с горечью, – и эта такая же, как Изольда. Только не щипала по мелочам, а, подождав, пока я втянусь в нее, как в болото, тут же потребовала жирный кус".

Хотя, с другой стороны, сколько же он мог брать и брать, ничего взамен не давая? Надо было выбрать для этого совсем круглую дуру, но с дурой неинтересно. Алексей вдруг со стыдом задумался, каким он в последнее время стал в жизни скаредом. Деньги, подарки – так принято, справедливо, разве можно без этого, он же не нищий в конце концов. Но сила инерции есть сила инерции, и чтобы удержать "Шурунчика", он все равно расплатился с нею за счет фирмы, назначив на какую-то специально придуманную для этой цели должность в "Волшебном свете".

Однако Александра, как ни странно, приняла свое назначение всерьез. Вместо того, чтобы просто числиться и получать хорошие деньги, она пришла в ужас от того, что увидела и тут же засучила рукава. Пользуясь полной бесконтрольностью, таланты и душки, бывшие МГУшники давно уже работали на себя, оставляя хозяину лишь самые неходовые идеи и проекты. Даже те разработки, которые велись совместно с американцами, а попросту говоря ими финансировались, втихаря продавались и перепродавались кому ни попадя прямо на корню. Началась череда увольнений. Жалобы дошли и до Аркадия.

– В чем дело? – поинтересовался он у Подрезова. – Что там позволяет себе твоя Крошечка-Хаврошечка?

– Нас обманывали, – со вздохом признался Алексей, – причем безбожно. Пришла пора навести порядок.

Гамов задумался, затем вяло махнул рукой:

– Ладно, пора так пора. Смотри сам, тебе виднее. Но чтобы мои заказы от этого не пострадали: исполнялись точно в срок.

Подрезов кивнул:

– Еще одна из причин, почему мы предприняли чистку. Ваши заказы очень трудоемки, нужно минимизировать наши расходы.

Нужно ли говорить, что Аркадий был полностью удовлетворен этим ответом и снова стал твердить что-то об "империи света", а Алексей, слушая его вполуха, понял, что он впервые друга предает. Именно с этого дня он стал работать почти как те "МГУшные мальчики": не столько на босса, сколько на себя. "Маленький бизнес" потихоньку превратился в основной. Хотя… может быть, просто он поставил себя мысленно не через пять лет, а уже сейчас компаньоном и вел достаточно, по его мнению, честную игру?

Теперь ему не надо было помогать Алене деньгами: благодаря разработкам, идеям, неиссякаемым потокам притекавшим из России, она стремительно продвигалась по служебной лестнице, да и судьба "двух апостолов" – Питера и Пола, тоже уже не вызывала никаких сомнений, для них были загодя подготовлены места, оплачивалась учеба, выдавались стипендии все той же "Электроник Артс".

Золотой дождь, хоть и скупыми каплями не замедлил пролиться и на Александру, что "крошечка" восприняла, как должное: давно, мол, пора. Однако Подрезов теперь посматривал на свою избранницу несколько настороженно: он понимал, что она может уйти от него в любое время и прикидывал, сможет ли он без нее обойтись.

И она ушла, хотя в фирме осталась. Удар был нанесен в самое сердце, но Подрезов почувствовал даже некоторое облегчение.


# ГЛАВА 3

Алексей еще потому так легко перенес расставание со своей пассией, что все больше ощущал неодолимую потребность быть поближе к семье. Для этого он попытался выбить у Гамова представительство в Америке, которое он сам бы и возглавил, однако Аркадий с ходу отмел его неуклюжую попытку одной фразой: "Нет, я тебя понимаю, но пока об этом не может быть и речи, ты мне нужен здесь и сейчас. Мы подошли вплотную к самому важному моменту в наших исследованиях, мне без тебя в них никак не обойтись".

Он задумался, затем махнул рукой:

– Впрочем, зачем откладывать? Я сейчас же тебе все и объясню. Дело в том, что любая идея должна быть философски обоснована. Однако философия – вещь коварная, неконкретная, в каком угодно своем виде заводящая человека в тупик. Между тем, я твердо убежден и повторю тебе в сотый раз уже: наука о человеке столь же точна, как математика. Ты возразишь: и математика лишь относительно точна. Но все в мире относительно, и тем не менее он живет и развивается по совершенно определенным, достаточно четким законам, большая часть из которых нам еще недостаточно ведома. Долгое время и я пребывал в полном тупике, пока не наткнулся на знаменитую tabula rasa Джона Локка. То бишь, "белую бумагу без всяких знаков и идей", "чистую доску", которую вроде бы как личность любой человек представляет собой от рождения и на которую потом, в течение всей жизни, пишутся особенности его мировоззрения и поведенческие тенденции, исходящие из внутреннего и внешнего опыта и, соответственно, среды. Помнится, в институте, как только заходила речь о каком-нибудь крупном ученом, мыслителе, тут же, после краткого перечисления его заслуг, следовал обстоятельный разбор ошибочности его взглядов и создавалось четкое впечатление, что все они в итоге круглые идиоты, поскольку не живут в наше время. А то, любое, прошлое время (не великое социалистическое) – полнейшая архаика. Странно, почему же до сих пор тогда люди читают взахлеб Платона и Аристотеля, почему все больше становится таких людей? Ведь детективы куда интереснее! И, главное, доступнее! Так вот, много размышляя в последнее время над этой "табулой", я понял, что это не доска вовсе, и уж тем более не кристальная, незамутненная. Наоборот, это матрица, где заложено, запрограммировано все лучшее, что есть в человечестве, весь его величайший опыт, идущий напрямую от Бога, от тех времен, точнее, безвременья, вечности, когда само понятие Земля еще и не существовало в природе. Матрица эта, к сожалению, изрядно загажена так называемыми "познаниями" предыдущих поколений, но уж самый большой вред, поистине неизгладимый, огромный, себе причиняет сам человек опять же так называемым жизненным опытом, когда он предает себя, Бога и Вечность буквально каждый день. Я наконец понял свою задачу: очистить здесь где только можно и что можно от всяческой гадости и тем освободить человека, вернуть его к изначальному его предназначению, подарив ему дополнительно еще и иммунитет ко всякого рода шарлатанским выдумкам, сделать его хоть чуть-чуть духовно богаче, счастливее. Я понимаю, конечно, что понятие "матрица" несовершенно, со временем оно заменится более верным, точным определением, я даже сам предпочитаю называть его другим словом: "пропись", но те прикладные открытия, которые я совершу, они не забудутся, не потеряют своей актуальности, как никогда не забудутся Ньютон или Фарадей.

О, господи! Как ни скучно было Подрезову, он старался как можно внимательнее слушать Аркадия, понимая, что перед ним не просто бред сумасшедшего, а очень четкая и уже начавшая воплощаться, жизненная программа, причем так или иначе ему, Алексею, по крайней мере в течение ближайших пяти лет, придется полностью зависеть от нее.

Первый вывод, который он сделал — пришел конец его бесконтрольности, теперь Аркадий с маниакальной дотошностью будет перекрывать малейшие лазейки для утечки их совместных исследований, да и о каком-либо сотрудничестве с другими фирмами уже не может быть и речи. Проект становился предельно засекреченным, в чем был заинтересован и сам Подрезов, поскольку понимал, какое пристальное внимание к ним возникнет, когда хоть малая толика информации просочится вовне о том, чем они на самом деле занимаются. Собственно, частично Алексей успел подготовиться к подобному варианту заранее: его "маленький бизнес" разросся через "надомников" до вполне приличных размеров, жаль только, что "Волшебный свет" из-за не в меру строптивого "Шурунчика" был для него теперь полностью перекрыт. Впрочем, не зря же Бог выдумал деньги, Чичиков тоже в период своей службы в таможне поначалу показал себя злейшим врагом контрабандистов, не исключено, что и Александра впоследствии станет торговать "тайнами" своего шефа налево и направо, лишь бы ему, Подрезову, вовремя к этому моменту подсуетиться.

## ЧАСТЬ ШЕСТАЯ

## ГЛАВА 1

Мир вдруг обрушился для Алексея. Все валилось у него из рук, он ни чем не мог заставить себя заниматься, не в силах понять, как такое могло произойти. Алена, его Альбина, и вдруг ситуация, которая могла закончиться только одним: разводом. Чем этот Крис, Крис Хортон, мог оказаться лучше него? Самого американца понять было не трудно: Алена – божья коровка в сравнении с агрессивными, крикливыми, постоянно чего-то добивающимися аборигенками, но что самое важное – в приложение к ней четверо энергичных, полных оптимизма крепышей, не каких-то там инвалидов, детей не пойми каких родителей, выходцев непонятно из каких стран, но самых что ни на есть вундеркиндов, одаренных каждый в своей области и говоривших свободно в плюс к английскому еще на трех языках. Все –

деньги, усилия, которые Подрезов вложил в этих пятерых самых дорогих для него людей на свете – вдруг пошло прахом. У Алексея было впечатление, что его бессовестнейшим образом обокрали, причем не просто, а в самый ответственный и точно рассчитанный момент. Конечно, в материальном отношении "лос-анджелесские" Подрезовы получали теперь такие возможности для старта, которые Алексей и через десять жизней не смог бы им обеспечить. Все становилось реальным отныне: и Майкрософт для Питера и Пола и Голливуд для Юли и Настены, однако это все уже без него, Алексея. Он не просто оставался с носом по вине предприимчивого американца, но еще и застрял безнадежно в этой дурацкой стране, из которой так истово стремился выбраться. Крис, конечно, пытался как мог загладить свою вину, проявить благородство: он без обиняков предложил Алексею помощь в получении вида на жительство, а затем и американского гражданства, а также престижную работу в одной из принадлежавших ему фирм. Кроме того, в предполагаемом разделе имущества Алексею доставалась немалая доля, как денег, так и собственности. У Подрезова хватило ума не ответить сразу резко отказом на это предложение, жизнь продолжалась, хотя он даже не представлял себе, каким образом возможно было для него разорвать заключенный с Гамовым контракт. Тем более, что он все отчетливее сознавал, что Аркадий давно уже действует не сам по себе: его новый проект требовал таких гигантских финансовых вливаний, что, когда они хлынули мощным потоком, Подрезов без труда представил себе во что они Гамову обошлись. Да и внимательно изучив договор, который он год назад столь легкомысленно подмахнул не глядя, безгранично доверяя Аркадию, Алексей понял, что он составлен опытнейшими юристами, со знанием дела, и уж, конечно, сам Гамов такого бы не предложил. То есть, если учесть, что

Аркадий сдавал теперь свои позиции хозяина, то Подрезов автоматически, тотчас же, превращался из батрака в раба, то есть, в полное ничтожество.

## ГЛАВА 2

Однако когда первая боль улеглась, Алексей, поразмыслив, обнаружил, что ничего неожиданного для него не произошло. Наоборот, все пришло как раз к тому, к чему он стремился. Он сознательно с самого начала принес себя как личность в жертву, заложив тем столь необходимую для старта ступенечку, вот ступенечка и отделилась, а ракета с умопомрачительной скоростью помчалась дальше. И это он предусмотрел. Казалось бы, если взглянуть со стороны, он не выдумал ничего нового, следовал все тому же золотому правилу: делал, как все. Кто-то уехал сразу, достиг или не достиг каких-то успехов там, в чужеземье, но в один прекрасный момент обнаружил, что его дети, как бы и не его дети, говорят, думают, живут, не так, как он. Другие предпочли как раз тот вариант, который выбрал он. Где же он упустил, переборщил, почему же все-таки дети и жена стали вдруг для него чужими? Только теперь до Подрезова дошло: он сам осознанно отталкивал их от себя. Его бизнес был слишком опасен, точнее стал опасен в последнее время по вине Гамова. Так что бог с ней, с первой ступенью, главное, что ракета находилась теперь под надежной защитой достаточно совершенных законов.

Кроме того, несмотря на четкое сознание краха и острое чувство еще только начинавшей маячить на горизонте опасности, Алексей не испытывал никакой депрессии, наоборот, его переполняло чувство неожиданной, непонятной свободы. Хотя… Алена, как же он не заметил в ней процесс такой бурной эволюции? И в то же время факты, предъявленные ее адвокатом Подрезову были бесспорными, он выглядел в свете их не просто неверным мужем, а даже каким-то похотливым козлом. Этого он никак не мог предположить в себе раньше. Влияние Аркадия? Причем тут Аркадий?

"Два апостола" заняли политику невмешательства, отец и мать должны сами разобраться между собой. Правы? Естественно, они были бесконечно правы. Юля… ну она всегда была маменькиной дочкой. Что до Настьки, то она твердо заявила, что останется с отцом. Однако радовало ли это Алексея? Сначала ему надо было как-то перекроить по-новому свою личную жизнь. Однако расторжение договора с Гамовым не просто в мгновение ока делало его нищим, оно ставило под вопрос все его дальнейшее, в том числе и чисто физическое, существование.

Но как же, как же это произошло?

## ГЛАВА 3

Алексей судорожно пытался понять: что

изменилось? Пожалуй, объяснение было только одно: от разрушения они действительно перешли к созиданию. Созидание же чего-то в России – что могло быть смешнее, бесперспективнее и опаснее? Кому оно вообще могло быть нужно?

Их энтузиазм прежде встречал вполне понятное воодушевление со стороны всякого рода хищников, которые тут же принимались растаскивать по норам обломки, остатки после всякого рода "волшебносветовских" микровзрывов, моментально превращая их в звонкую монету, которая в свою очередь тотчас вновь пускалась в оборот, финансируя и провоцируя тем новые разрушения. Пытаясь же что-либо выстроить, Аркадий с Алексеем постоянно наталкивались на вполне конкретные препятствия, весьма ощутимое противодействие.

– Послушайте, зачем нам это? – в последний раз попытался отговорить своего друга Подрезов. – Я как-то сказал вам: то, что мы делаем, продать невозможно, но тогда еще не знал настоящей причины, а она в том, что теперь, на корню, из того, что мы раньше имели, нам уже ничего не принадлежит. Так в чем же мы тогда компаньоны? Предлагаю: давайте аннулируем то наше соглашение и увеличим мне зарплату, так будет честнее, по крайней мере.

Однако Аркадия было не переубедить. Раз за разом он выстраивал все более фантастические и в то же время гениальные по своей простоте схемы, которые в мгновение ока в теории стирали с лица земли сотни фирм, банков, миллионы людей лишали работы, но и расчищали такие горизонты, что у Алексея бегали мурашки по спине. Он совершенно, причем неожиданно для себя, утратил то, временно установившееся, лидерство в их тандеме, Аркадий же как бы обрел второе дыхание.

– Ты прав, но лишь наполовину, а значит, неправ абсолютно. Как ты не можешь осознать: путем разрушения нельзя дальше следовать еще и не оттого, что все разрушено, а оттого, что, как ты сам уже успел заметить, вокруг все поделено и, разрушая, ты посягаешь уже не на нечто мифическое, государственное, общенародное, а на вполне конкретную и приносящую определенный доход чью-то собственность. Число же людей прозревших или уже выросших хищниками постоянно растет. Значит, выхода два: либо передел, борьба, разборки, либо параллельное производство, созидание чего-то нового. А точнее, это один, единый, процесс, который уже приведен в действие и который не упрятать обратно как джинна в бутылку. Ты говоришь, плоды наших исследований продать невозможно, но умный человек с превеликой радостью купит у нас необходимые ему сведения, дурак же просто из обоймы вылетит, с какой стати нам его жалеть? Я совершенно не понимаю причин твоего неожиданного пессимистического настроя, по сути ведь я полностью перешел на твою точку зрения: отныне я не делаю ставку ни на рабов, ни на скотов, ни даже на хозяев. Батрак – вот единственный, кто все на себе вывезет. Как великий Маркс в свое время сделал ставку на пролетариат, так и я делаю ставку не на собственника (как многие делают и ошибаются), а на тебя, то есть на наемного интеллектуала, призывая делать деньги не на сырье и не на недвижимости, а на том, в чем истинная сила русского человека – на его мозгах. Депрессия, апатия – этого ли я ожидал с твоей стороны? В чем дело? В личных твоих неурядицах? В том, что ты связан теперь, работаешь подневольно? Но ведь я же, наоборот, хотел обогатить тебя, какие-то гарантии тебе дать.

– Мы продали хоть что-нибудь? Я имею ввиду за последнее время, – неожиданно прервал словоизлияния друга Алексей.

Тот не выдержал, взорвался, даже рассвирепел.

– Нет. Но какое тебе до этого дело? Ты мой компаньон? Заказчик? Или вдруг стал получать с перебоями зарплату? – Он помолчал, затем устало махнул рукой.

– Ладно, твое дело. Был контракт, считай нет его больше. Ты свободен. Поезжай в Америку, решай там свои дела. Понравится, оставайся. Может, ты и прав, мы слишком долго работали вместе, наши пути неизбежно должны были в конце концов разойтись.

Подрезов искоса посмотрел на человека, который за долгие годы совместной работы стал ему дороже брата.

– И вы действительно не обидитесь на меня, если я уйду. Знаете…

– Не надо объяснений, Алексей, – покачал головой Аркадий. – Я все понимаю, хотя и не считаю, что ты прав. Давай не будем вообще наше расставание хоть как-то комментировать, обставлять. Я считаю, что ты достаточно взрослый человек, чтобы не принимать незрелых решений.

Подрезов даже боялся поверить неожиданной удаче.

– Постойте, постойте, не надо горячиться, – начал он осторожно, делая максимальные усилия, чтобы Гамова не спугнуть. – Речь не идет о каких-то глобальных решениях. Просто вы прекрасно осведомлены, в каком я оказался положении. Что я теряю все, что пытался заработать в последнее время адским трудом. С потерей жены, детей я уже смирился – виноват, не внял в свое время вашим советам, но деньги, собственность. Главным образом, деньги. Вы сами знаете, времена изменились, эпоха шальных капиталов, безоглядных удач – в далеком прошлом, да и с какой стати я должен дарить свои кровные каким-то иностранцам? Мне нужен отпуск, всего только месяц, чтобы привести в Лос-Анжелесе в порядок все свои дела, а не управлюсь, так оставлю там своего представителя, какого-нибудь адвокатишку, он уже доведет дело до конца.

– Месяц, так месяц, – угрюмо кивнул Аркадий. – В конце концов, что может измениться за месяц?

## ГЛАВА 4

– Ты? – удивился Подрезов, обнаружив Александру, хозяйничавшую на кухне его квартиры.

– Да, я, – спокойно ответила та. – Чему ты удивляешься? Ты ведь меня не прогонял, как мне помнится, у меня до сих пор от твоей квартиры ключи. Раздевайся, присаживайся, скоро будем ужинать. А пока, как я поняла, у тебя ко мне куча вопросов?

– Ты вышла замуж… – нерешительно начал Подрезов.

– И уже развелась, – тут же ответила Александра. – Муж оказался кретином и тунеядцем: сидел на моей шее пока мне это не осточертело.

– Ты бросила работу в "Волшебном свете", уехала вообще из России… – продолжал мямлить Алексей.

– Да, я жила в Швейцарии, прекрасная,

кстати, страна. Ничего не выдумывала нового, просто тебя копировала. Ты ведь рассчитывал, что я буду воровать для тебя секреты Аркадия, а зачем мне посредники? Я и сама смогла многое с большой выгодой продать.

— Ну и… — начал успокаиваться, приходить в себя от неожиданности Подрезов.

— Зачем я все это делала? — переспросила Александра. — Просто потому, что я люблю тебя. Давай начистоту, если можешь, если вообще вконец еще не изоврался. Ты ведь всегда считал меня дурой, некой секс-машиной для удовлетворения твоих не очень высоких потребностей в этом вопросе. Ну еще: хлопающей глазами куклой, с которой можно было делиться всеми своими неприятностями, уязвленными амбициями, просто плакаться в жилетку. Впрочем, я, собственно, тебе об этом уже говорила при нашем расставании в прошлый раз. Вот только я от тебя, Подрезов, никуда не уходила, наоборот, сделала последний, отчаянный, шаг, чтобы к тебе наконец приблизиться. Чтобы ты посмотрел на меня другими глазами и понял – я единственный в мире человек, который тебе нужен, который готов сделать для тебя все, и никогда не предаст. Я ушла от тебя только потому, что предвидела твой развод с женой и не хотела, чтобы Альбина-Алена имела в моем лице лишний козырь против тебя. Я даже вышла замуж, зная заранее, что разведусь, чтобы исчезнуть совсем с горизонта. Теперь настала пора мне вернуться. У тебя нет выбора, Подрезов, ты ведь меня любишь, так женись на мне. Там же, в Америке. Я помогу тебе привести в порядок все твои дела. Если ты не хочешь больше иметь детей, у нас их не будет, поживем для себя, я не имею ничего против. Если, наоборот, захочешь, тоже не стану возражать. Как говорится, мала да удала – такого крепыша тебе произведу! Ну и что, дура я после этого или действительно смогу тебе пригодиться?

Подрезов сосредоточенно двигал челюстями, пытаясь осознать происходящее. А был ли у него другой выход?

— Знаю, наслышана уже о твоих похождениях, — продолжала, на сей раз ворчливо, Крошечка. — Всех баб на фирме перетрахал, как с цепи после меня сорвался.

Алексей, застигнутый врасплох столь грубой констатацией факта, густо покраснел. Действительно, он развернулся, что называется, на полную катушку: никого насильно не принуждая, использовал вовсю свое служебное положение, подчас удовлетворяя внезапно возникавшее желание во всех более или менее пригодных для этой цели местах на работе, да и квартира его редко пустовала. Гамов относился к подвигам новоявленного Геракла с явным неодобрением, но терпеливо ждал, когда Подрезов наконец перебесится. Хотя однажды все-таки не выдержал и попытался урезонить друга.

— Слушай, Алеша, есть золотое правило:

заниматься такими вещами... как можно дальше от работы. Я понимаю, конечно: жена ушла, любовница сбежала, но неужели это такая проблема – бабу для встреч найти? Хочешь, я тряхну стариной, помогу тебе?

– Ты уже помог. Только твои расчеты дали сбой на сей раз. Впервые, кстати, за все время, что я тебя знаю.

Гамов посопел обиженно, затем понизил голос, решившись на признание.

– Это не ошибка, Алексей. Я действительно никогда не ошибаюсь в таких делах. Тебе бы все равно кого-нибудь подсунули, а Александра – не самый плохой вариант. Эти люди уже тогда крепко взяли меня за одно место. Осознал наконец, почему я остановился в итоге на Анжелике? Я не предатель, Леша, пойми меня правильно, просто такая у нас игра. Чем я могу замолить свой грех?

В ответ на эту тираду Гамова Алексей тогда лишь молча пожал плечами, сейчас же он смотрел на ничего не подозревающую

Крошечку, гадая, чего она в конце концов добивается? Просто выполняет приказ таинственных хозяев его и Гамова? Сама решила на его горбе "въехать в рай" и оттяпать по меньшей мере половину его имущества? Что ж, и тут теперь ясность – кто кроме нее мог с такой дотошностью и полнотой представить доказательства его супружеской неверности? Действительно любит его? Но был ли у него и в самом деле хоть какой-то выбор? Значит, пора было готовиться не только к поездке, но и еще к одной, весьма обременительной, процедуре: новой свадьбе. Счастью Александры не было предела. Она тут же укатила в Лос-Анджелес, чтобы готовить почву для новой семьи Подрезовых и подбирать себе фату: помимо всего прочего она уговорила Алексея обвенчаться.

## ГЛАВА 5

– Ты на меня не сердишься? – голос

Аркадия по телефону был переполнен счастливой издевкою.

– За что? – недоуменно спросил Подрезов, еще не успев отдышаться, так как едва войдя в квартиру, тут же услышал телефонный звонок – автоответчик он расколошматил под горячую руку сразу после разрыва с Александрой и с тех пор так и не удосужился купить новый.

– За подарок, – радостно хохоча ответил Гамов. – Свадебный. Ну-ка, ну-ка, будь пошустрее, молодожен!

Подрезов растерянно огляделся вокруг и увидел наконец стоявший в дальнем углу манекен в свадебном костюме, дорогих туфлях, великолепной сорочке. Он был весь перевязан лентами, увенчивавшимися пышным бантом. И почему-то изображал негра.

"В Тулу со своим самоваром", – поморщился Алексей, но потом понял, что перед ним творение кого-то из признанных королей русской моды, такого и в Америке не сыскать. Он искренне залюбовался подарком, пытаясь понять, кто автор: Зайцев, Юдашкин, как вдруг негр неожиданно не выдержал, сморгнул. Алексей остолбенел от неожиданности и тут же услышал новый звонок.

– Ну что? Как тебе подарок?

– Юдашкин? – наугад спросил Подрезов.

– Юдашкин, Юдашкин, – подтвердил Гамов.

– А причем тут негр?

– Ну как, ты же в Америку едешь, такой антураж. Ладно, Алеша, ты мне как-то упрек сделал и совершенно справедливый. Как мог я попытался загладить вину перед тобой.

– Скажите, мне можно быть свободной? – неожиданно спросил "негр" тонким женским голоском.

– Негры давно свободны, – от неожиданности Алексей чуть не подпрыгнул на месте. – Я имею ввиду, в Америке.

– А-а, – разочарованно протянула девушка. – Значит, мне еще так постоять?

Сколько? У меня уже все мышцы затекли. Можно мне, по крайней мере не улыбаться? Я подозреваю, что у этих негров совершенно дурацкая улыбка.

– Ладно, свободна, – устало разрешил Подрезов. – А у нас, русских, совершенно идиотские розыгрыши.

Девушка поежилась, собираясь с духом и наконец решилась высказать не слишком приятную для нее просьбу:

– Это не все. Вы не могли бы... раздеть меня? Мне сказали, что если я что-нибудь помну, стоимость тут же вычтут из моего гонорара. А это правда Юдашкин?

– Юдашкин, Юдашкин, – в тон Аркадию подтвердил Подрезов и, принеся вешалку из шкафа, осторожно принялся "негра" разоблачать. Начал он с брюк, соответственно, на что девушка среагировала весьма болезненно, хотя, когда костюм был снят наконец, Алексей расхохотался уже совсем до колик: везде, где пропорции Алексея и "негра" не совпадали, они были выровнены какой-то быстро застывающей пеной черного цвета, и уж тут умора была полная.

— Теперь я точно свободна? — почему-то тихо, заговорщицки, прошептала девушка. — Или вас что-то новое захватило?

— Нет, нет, — поспешил ответить Подрезов. — Я уже достаточно налюбовался.

— А у вас в ванной зеркало есть? — спросила девушка все так же тихо.

— Нет, — ответил Подрезов, — если только на потолке. Но это вам может показаться неудобным. Хотите фото? У меня есть "Поляроид", там, кажется, кадров пять осталось.

— Давайте, — радостно согласилась девушка, — и вы мне их все отдадите?

— Нет, половину.

— Не делится, — грустно покачала головой девушка.

— Что не делится? — в тон ей тихо поинтересовался Подрезов.

— Пять на два не делится.

– Все равно половину. Пятого снимка, я имею в виду. Вам какую: нижнюю или верхнюю?

– Ну зачем же рвать, оставьте лучше себе три, если вам так хочется, в конце концов картотека есть картотека.

И она тут же приняла вычурную позу, которая на удивление оказалась весьма потешной.

– Причем тут картотека, – спросил Подрезов, отщелкав снимки, – вы думаете, что я эротоман и собираю коллекцию?

– Да нет, мне сказали, что вы делаете рекламные ролики на телевидении, пообещали, что если я хорошо этого "негра" сыграю, вы меня обязательно используете где-нибудь в проталкивании сыра, жвачки или вот еще: "Не дай себе зассохнуть!".

– Понятно, – вздохнул Подрезов. Да, давно Гамов так не веселился, такое "сокровище" откопал. – Оставьте свой телефон, я вам обязательно позвоню при случае.

Девушка кивнула, взяла пластиковый пакет со своей одеждой и шмыгнула в ванную. Наконец вернулась оттуда простенькая, невзрачная, с мокрыми волосами.

— Ну ладно, я пошла, — помялась она в затруднении.

— Да, да, идите, — равнодушно ответил Подрезов.

Но девушка продолжала переминаться с ноги на ногу в растерянности.

— Мой гонорар, — решилась наконец напомнить она. — Сто долларов. Аркадий Владиславович сказал, что если все удастся, вы дадите мне сто долларов. Все удалось?

Подрезов вскипел от возмущения. Затем, стараясь успокоиться, порылся в шкафу.

— Фен, — сказал он девушке. — Вам надо просушить волосы.

Затем он потянулся к телефонной трубке. Однако не успел он и слова сказать, как Гамов тут же опередил его:

— Не будь жлобом, Алеша, отдай девушке

гонорарий. Она тебя изрядно повеселила. Да и вообще, приготовься, тут тебе не тот вариант, к которому ты привык. Ухаживание по полной программе: цветы, конфеты, возможно, прогулки при луне. Причем никаких гарантий. Лера, уверен, что ты даже имя ее не догадался спросить, девушка, удастся охмурить – приз твой, а не удастся – значит, пропали даром все твои затраты и усилия. Хороший разгон тебе перед свадьбой, медовый месяц после этого слаще амброзии покажется. Заодно и мебель перестанешь расшатывать на работе. Скажи, зачем было делать ЭТО у МЕНЯ в кабинете, за МОИМ рабочим столом и с МОЕЙ секретаршей? В этом что, какой-нибудь особый шик? Или ты так относишься ко мне как к начальнику? Ладно, помучаешься, знай наших, считай, что я так, по-дружески, тебе "отмстил".

# ГЛАВА 6

Подрезов даже сам удивился себе, каким он вдруг стал ягненком. Его ухаживания сначала повергли Валерию в шок: как-никак Алексей ей чуть ли не в отцы годился, не говоря уже о том, что она была влюблена в одного переростка, но потом в их отношениях что-то стало меняться, особенно после того, как Подрезов предложил ей прокатиться в Америку. Ну туда, где негры. Он поместил ее в одном из коттеджей в Санта-Монике, на который имел право претендовать, предварительно сменив прислугу (негры так негры, хотя сейчас принято говорить: черные). Теперь Валерия могла чувствовать себя почти Скарлет О'Хара из "Унесенных ветром", все время проводя либо в бассейне, либо разъезжая во взятом напрокат автомобиле по Голливуду и высматривая там знаменитостей. Черный как смоль шофер по ее просьбе был в белых перчатках и белом же котелке.

Александра между тем была на седьмом небе от счастья, старалась быть в курсе всех переговоров Алексея, воспринимая его интересы, как свои. Предполагалось, что они будут жить, пусть и в другом районе, но все-таки в Лос-Анджелесе, и Подрезов получит регулярную возможность видеться с детьми.

Ему было страшно интересно увидеть, как дети реагируют на их разрыв с Аленой, однако ни Пол, ни Питер, ни даже Юлия особенно по этому поводу не переживали. Действительно, Крис оказался на редкость мудрым человеком, он сумел все так устроить, что вроде бы никто ничего особо не терял, но приобретал очень много, даже сам Подрезов оказывался совсем в другом статусе. И только Настя… Ах, как она хотела уехать с отцом в Москву! Лишь с большим трудом Алексею удалось убедить ее, что это никогда не поздно сделать.

"Папка, а кто же о тебе там заботиться будет?" – не выходила у Подрезова из головы ее фраза. Действительно, кто? Ах, если бы не контракт проклятый. Но через два года…

– Настюха, когда ты станешь взрослой, никто не в состоянии будет запретить тебе жить у меня, мы снимем такую виллу! – мечтал Подрезов.

– Нет, – грустно покачала головой Настя. – Я ее ненавижу – твою Крошечку. – Папка, взял бы ты лучше в жены меня. В смысле, вообще бы больше никогда не женился. А я бы о тебе заботилась. Замуж за послушного, смирненького америкашку вышла, внуков бы тебе нарожала. А, па, подумай! И не горбись ты так, каждый раз тебе говорю, ты же папка мой! Все должны тобой любоваться.

Как и предполагал Подрезов, Валерия, совершенно выбитая из колеи своим неожиданным перемещением из одного мира в другой, не смогла оказать ему достойного сопротивления, неприступная крепость сдалась, а это для Алексея дорогого стоило. Тем более, что Лерочка выказала весьма недюжинные способности в столь неожиданной для нее области: она перевернула все существовавшее дотоле у

Алексея представление о сексе: ОНА УМЕЛА ТКАТЬ ПАУТИНКУ, превратив физкультуру в нескончаемые волны нежности, тончайшей ласки. Подрезов был совершенно потрясен. И первый раз в жизни он не стал ничего просчитывать, отдавшись полностью на волю чувств. Вопреки первоначальным своим планам, он ничего не стал оставлять из недвижимости, кроме того коттеджа в Санта-Монике, все обратив в валюту. В тот день и час, когда Александра торжественно вышагивала к машине, которая должна была отвезти ее к церкви, вся в предвкушении обряда венчания, Алексей и Валерия, уже поженившиеся, сидели в лодке метрах в ста от берега "на острове Таити, где негр Титимити", совершенно голые, украшенные лишь гирляндами цветов, поглядывали на ожидавшее их на берегу бунгало и со слезами на глазах внимали напутствиям видавшего и не такое попика. "Да", "Да", – подтвердили они с волнением и радостью, а затем, отдав воле течения свои "одежды", нырнули в воду и поплыли к своей мечте.

# ЧАСТЬ СЕДЬМАЯ

# ГЛАВА 1

При всем желании Подрезов не мог себе объяснить, отчего так трусливо и подло он поступил с Александрой. Это была как раз та самая ложка дегтя… Ведь у него и в мыслях не было как-то уязвить Крошечку, а уж тем более речь не шла о мести. Наверное, он просто Хаврошечку испугался. Что она вмешается в последний момент и расстроит его с таким трудом начавшее выстраиваться счастье. Что будет потом, он и в голове не держал. В способностях Крошечки он нисколько не сомневался: ей ничего не стоило охмурить какого-нибудь американца, да и сама она чувствовала себя в новой обстановке как рыба в воде. Главным казалось поставить Александру перед свершившимся фактом, от нее убежать, но убежать-то как раз и не удалось…

Предположить какую-то любовь к себе в этом загадочном человеке Подрезов в самом страшном сне не мог, равно как и то, что эта на редкость строптивая "малышка" могла руководствоваться в своем отношении к нему какими-то указаниями сверху. Подрезову определенно отводилась роль ступеньки в ее восхождении к жизненным вершинам, но коли ступенька оказалась гнилой, зачем было так с ней упорствовать?

Уязвленная гордость и вытекающая из нее жажда расплаты? Александра была слишком расчетлива, чтобы поддаться подобным чувствам. Но как бы то ни было, она вернулась, причем не только в Россию, но и под крылышко к Аркадию, сумев убедить его в своей незаменимости. Подрезов с трепетом ожидал от нее каких-либо незамедлительных интриг, однако Крошечка демонстрировала всем своим видом удивительные кротость и послушание. Лишь изредка Алексей ловил на себе ее несколько озадаченный и вместе с тем изучающий взгляд, как бы говоривший о том, что она знает о нем такое, чего никто не ведает, не осмеливается даже подозревать.

Совершенно измученный, Подрезов осознал наконец, что не обретет душевного равновесия до тех пор, пока не разберется в своих отношениях с этими четырьмя источившими его как ржа железо женщинами. Нет, он ни в малой толике не сожалел об Изольде, он был слишком горд, чтобы прельститься "засланной казачкой", первая жена… он далековато отпустил ее от себя, вот и отбили, во всех случаях сетовать на эту тему сейчас было бесполезно. Но вот Александра… Впрочем, даже если Алексей и с отчаяния убежал от нее к Валерушке, направление он выбрал верное, и не сомневался, что нашел здесь своего рода конечную пристань. Со всех сторон, как ни прикидывай, "женский вопрос" был вовсе не праздным в нынешней, а уж тем более в последующей, жизни Подрезова. После женитьбы на "негритянке" у Алексея пропало всякое желание куда-либо уезжать, дважды на одном и том же "горят" только дураки, ему совсем не хотелось повторения истории с Аленой.

Что касается прочих вариантов, было у Алексея подозрение о том, что Александра хочет вклиниться между ним и Гамовым, вытеснить его, занять его место, но Крошечка была слишком хитра, никто не мог даже заподозрить подобное у нее в голове. Заискивая, буквально расстилаясь, перед Аркадием, всему остальному она предпочла нишу, которая Подрезову и даром была не нужна: "чистую доску", "империю света". Можно себе представить воодушевление Аркадия, что он нашел наконец единомышленника (точнее, единомышленницу) в этом вопросе. Подружилась Крошечка и с Анжеликой, чего раньше и в дурном сне нельзя было вообразить.


## ГЛАВА 2

— Бредовая идея. Зачем нам это? — мрачно

проговорил Подрезов.

Аркадий пожал плечами.

– Почему бредовая? Мы участвовали в прошлой гонке и нам хорошо заплатили, отчего бы не поучаствовать и на сей раз?

– Ты собираешься плевать против ветра? Тебя просто сметут.

– Нет, я собираюсь предложить проект, проект становления новой России, которая за четыре года может совершить рывок, который еще ни одна страна в мире не делала. Думаю сорвать на этом хороший куш. В чем твои сомнения?

– Это никому не нужно. А уж тем более никто не даст тебе денег под это.

– Но почему? – искренне удивился Аркадий. – Они что – нищие? Да у них денег куры не клюют. – Он вздохнул: – Как бы то ни было, у меня нет другого выхода. Точнее, средств, чтобы продолжать дальше наши исследования. Все съели предварительные, теоретические, разработки. Ну а не купят, так и черт с ними, распродам, что смогу, по частям. Тем же американцам. Нужно только найти хорошего агента, но это уже по твоей части, опыт у тебя такой – все, что угодно сможешь всучить.

Подрезов счел благоразумным промолчать.

## ГЛАВА 3

Взглянув в сторону памятника, Алексей удивился: бомжа на прежнем месте не было. Кое-кто из его самых надежных, преданных "лизунов" еще терся поблизости, надеясь вписаться в новую свиту, однако подножье пьедестала, вычищенное от грязи и мусора до блеска, оставалось без правителя. И лишь взглянув наверх, Алексей увидел монументальную фигуру доблестного Железного Дровосека. Вот только почему-то, как у Ильфа и Петрова с их знаменитым профессором Тимирязевым, красовался он на коне. А вокруг постамента на тоненьких, смехотворно тощеньких, ножках ходили…

глаза. Были они разные, но все без выражения, вообще какого-либо пристрастия, лишь внимательно наблюдавшие и ни во что не вмешивавшиеся. Впрочем, если раньше на Подрезова никто не обращал внимания, то сейчас его заметили сразу же и тотчас вокруг него сгрудились, ожидая, что он предпримет дальше. Однако Алексею предпринимать было нечего, он уже знал, что увидел то, что давно подозревал и чего давно опасался, равно как и то, что он уже не появится больше здесь никогда. Несколько "глазунов" еще шли за ним по пятам какое-то время и лишь у входа в метро повернули обратно. Уже стоя на эскалаторе, Алексей вздохнул с облегчением, хотя вывод, который он сделал, был для него совершенно не утешителен: да, контракт мог быть и разорван, но эти несколько листков бумаги были единственным, что на данный момент сохраняло ему жизнь.

# ЧАСТЬ ВОСЬМАЯ

# ГЛАВА 1

Траурная церемония, по всем меркам скромно организованная, подходила к концу. Анжелика, как видно, долго дожидалась подходящего момента, чтобы излить Подрезову накипевшую злость.

— Послушайте, Алексей, не могли бы вы мне объяснить в популярной форме: как так получилось, что я осталась с дочерью без гроша в кармане, хотя мой муж по всем статьям был миллионером? Кому как не вам быть в курсе его дел?

Алексей хотел было прикинуться простачком, не понимающим, о чем идет речь, но в конце концов не удержался, вспылил.

— Вы сами лишили себя этих денег. Так получилось, что Аркадий в последнее время очень нуждался в средствах для продолжения своих исследований и поставил на карту все, что у него было. Но все это могло вернуться сторицей, если бы он продал один очень важный и дорогой проект. Вы помогли людям, которые играли против него, на что же вы теперь обижаетесь? У них и просите свою "долю". Может, вы меня подозреваете, что я что-нибудь перекупил? У меня положение сейчас не лучше вашего, я остался не только без средств, но и без работы.

— Те люди… я сижу у них на крючке еще с тех пор, когда мы впервые встретились с Аркадием. Изольда ваша, кстати, тоже так и не сумела от них отвязаться. Вы сами-то их не боитесь, что так прямо мне в глаза обвинения бросаете? Ладно, неужто ничего ценного не посоветуете?

— Нет, — покачал головой Подрезов. — Мой совет — вообще выйдите из этого дела. Пусть даже голышом, но по крайней мере — останетесь целы. Езжайте в Америку, по личному горькому опыту знаю: там большой спрос на русских женщин.

— Трус! — поморщилась Анжелика

презрительно. – Оттого так и семью легко потеряли.

– Нет, не трус, – улыбнулся криво Подрезов. – Но... я боюсь.

Он действительно боялся. Смерть ходила совсем рядом, помахивая косою, многозначительно на него поглядывая, а он не знал, что бы такое предпринять, чтобы она отвязалась. В его глазах еще стояла бесформенная маска на месте лица Аркадия после контрольного выстрела в голову, который не преминул сделать предусмотрительный киллер. Чего теперь ему ждать? И как дальше вести себя? Сидеть тихо, не дергаться, или рискнуть: рвануть завтра же в Штаты?

– А контракт? – послышался вдруг тихий насмешливый голос. – Как же ты, Лешенька, забыл про контракт?

Подрезов повернул голову и увидел по правую сторону от себя сухонького сморщенного старичка с носиком-клювиком, впрочем, достаточно еще бойкого, бодрого, а уж проницательности, отточенности мысли ему и вообще было не занимать.

– Кто вы? – поинтересовался Подрезов. – Читаете мои мысли? Или пришли по мою душу? Быстро, однако!

Старичок заливисто рассмеялся, очень довольный, добродушно погрозив Алексею пальчиком-коготком.

– А чего тянуть? Ты ведь мог сгоряча принять какое-нибудь необдуманное, неверное решение. К примеру, как я уже сказал, забыть про контракт. Разве можно в твоем-то возрасте проявлять такую рассеянность?

Подрезов вздохнул.

– Так я что, достался вам по наследству?

– Да, – кивнул старичок, – со всеми исследованиями, оборудованием и прочим, прочим…

– Понятно, – кивнул Алексей, – а вдове, стало быть, вы показали фигу?

– А она что, – довольно рассмеялся старичок, – тебе жаловалась? Даже угрожала, наверное? Но я ведь предлагал ей… остаться. Не оценила, не поняла. Ха-ха! А много ли мне, в моем возрасте, ласки, внимания надо? Совсем чуть-чуть, уж никак не обременительно. Ты-то вот сразу сообразил, обрадовался, даже обрадовался! А ведь мы знакомы, хорошо знакомы, только как ведь вспомнишь меня, полтора десятка лет, почитай, прошло. Разве ж вспомнишь меня шестидесятилетним!

— Игорь Викентьевич! — тихо ахнул Подрезов. — Вот уж поистине: гора с горой не сходятся, а человек с человеком…

— Ну хорошо, значит, быстрей работать начнем, раз меня помнишь. Хочешь со мной работать, нравлюсь я тебе?

— О, да с вами хоть на край света! — восторженно ответил Подрезов.

Нет, не зря, не зря тогда он побывал на тех курсах. В который раз уже они выручали его.

Он поколебался немного, затем все-таки решился спросить:

– За что же они его? Аркадия-то? Чем он помешал? Или… не рассчитал?

Гладышев помрачнел.

– Те, что в Аркашу стреляли, по себе стреляли. Ну да Бог даст, образумятся. Денег пожалели, думали даром достанется. Хотели ведь и тебя заодно, пришлось вмешаться, показать, кто есть кто. Если любопытно, убийцу твоего покажу с перерезанным горлом.

– Боже упаси! – испуганно поморщился Алексей. – Предпочитаю держаться подальше от подобных зрелищ.

– Вот-вот, и всегда так держись! – одобрил его слова Игорь Викентьевич. – Ну а вообще, для тебя в работе мало что изменится. Зачем нам сворачивать с проторенного пути? Только действовать будем несколько по-иному. Держись меня, со мной не пропадешь, видишь, до каких я седин благополучно дожил? Аркадий тебя недооценивал, зажимал, а может, просто слишком был увлечен своей работой. Как же так, столько лет ты пашешь, как вол, а ни докторской у тебя, ни даже кандидатской! Порядок? Нет, не порядок! Оттого и тянет тебя куда-то на сторону.

— А зарплата? — задал Подрезов свой любимый вопрос. — Как насчет зарплаты?

Старичок посерьезнел, ненадолго задумался.

— Зарплата? Ну, даже такой зарплаты, которая у тебя была, я тебе не могу обещать. Со временем, быть может, и выйдем на прежний уровень, а пока...

— Ага, вот вы и попались, Игорь Викентьевич, — обрадовался Подрезов. — Коли зарплата не может быть прежней, значит и контракт недействителен.

Игорь Викентьевич озадаченно почесал в затылке.

— Да, силен. Как-то придется решать вопрос. Что тебя еще волнует, давай сразу обговорим.

Подрезов кивнул и пристально посмотрел на старичка.

– Самое важное для меня: вы хозяин или так – служите?

– А, понятно, – кивнул старичок. – Хочешь знать, не теряешь ли ты свой статус? Нет, не бойся, я за своим положением тоже зорко слежу, в дерьмо не имею никакого желания скатиться.

Подрезов облегченно вздохнул и радостно потер руками.

– Что ж, вопросов больше нет никаких. Жду с нетерпением больших и сложных заданий. Что у нас на очереди?

– Есть, есть кое-что, – бодро заверил Подрезова Игорь Викентьевич. – Мы будем мудрее, зачем нам самим инициативу проявлять? Станем отныне исключительно по заказам работать. Вот нам и первый из них, от тех людей, кстати, что порешили Гамова. Спрашивается, какой прок им был его убивать? Все равно деньги на бочку, за здорово живешь мы и на четыре кости для них не встанем. Как раз из той области, которой столь интересуешься ты. Хозяева, батраки, рабы и скоты. Загадка! Что-то вроде: козел, волк, лодка, река и капуста. Ну, вспоминай, вспоминай, Алексей! Река, лодка — понятно, но вот козла, волка и капусту надо поодиночке перевезти на другой берег. Начинаем с волка, от капусты даже и кочерыжек не остается. Ну и так далее! Так вот эта последняя категория – скоты: они ничего не решают, ничего не производят, толку никакого от них, а потребляют – немерено. Как, может, сократим поголовье?

– Запросто! – радостно возопил Подрезов. Он был в восторге, что так чудесно для него все нормализовалось. Что он жив и здоров, да еще расчистились перед ним новые горизонты. Из него вдруг как подарки из мешка Деда Мороза, посыпались предложения одно изощреннее другого.

– Погоди, погоди, – вынужден был Игорь Викентьевич его остановить. – Тут тоже меру надо знать. А то ведь такая территория! Природа вакуума не терпит, набегут со всех сторон не человеки – всякого рода зверьки, с этими уже не договоришься, не справишься. Но энтузиазм ценю. Пойдет, чувствую, пойдет у нас дело. Ну а как твоя техника, не подведет? Я ведь человек старомодный, привык все на глазок… Кстати, что ж твоя благоверная без работы сидит. Давай ей задание найдем – разобрать мой архив, меня ведь от прежней должности еще не освободили.

– Спасибо, – по-собачьи преданно заглянул Подрезов своему новообретенному хозяину в глаза – был бы хвост, и хвостом завилял бы, – спасибо вам большое, Игорь Викентьевич, вы так добры ко мне!

– Ну вот, – довольно подвел итог тот. – Значит, мы обо всем договорились?


## ГЛАВА 2

Договорились-то, договорились, да только… Воодушевление, которое Подрезов испытал во время беседы с Гладышевым, быстро сникло. Он внимательно, в который раз уже, перебрал в памяти воспоминания о тех столь запомнившихся курсах. До сих пор многое в них казалось Алексею неразрешимой загадкой. В частности, фигура Игоря Викентьевича. Столь значительную в свое время личность списать на какой-то архив, а потом, наоборот, в возрасте близком к маразматическому так неожиданно вознести? Да и парторга своего бывшего он как-то случайно увидел на митинге "красной" оппозиции, тоже не вписался, или специально заслан? Сердце Подрезова щемило отвратительной, успевшей глубоко угнездиться болью – нет, никакой уверенности в своем будущем у него не было. Контракт? Вот теперь действительно можно начихать на контракт, контракт у него отныне был пожизненный.

Ну а враги не дремали: Александра тут же прибрала к рукам то, от чего столь легкомысленно отказалась Анжелика, то бишь Игоря Викентьевича и ублажала его как могла без устали. Однако, тоже не дура, место Гамова занять не спешила, наоборот, настойчиво толкала под копер Подрезова. Поразмыслив, что выйти из игры для него нет никакой возможности, Алексей с грустью переселился в пустующий кабинет, приняв тем самым неожиданно свалившееся на него наследство.

Собственно, и Гладышев тоже даром время не терял: сколотил штат, выбил для него ставки, какие-то гранты, в обозримом будущем Крошечке светила кандидатская, а Подрезову даже сразу и докторская. Сам Игорь Викентьевич давно уже был и доктором и профессором, но только сейчас получил возможность приблизиться к заветной своей мечте: стать членом-корреспондентом Академии наук. И доктором и профессором без работы, без денег пару раз плюнуть можно оказаться, а тут синекура пожизненная. Вот до этой точки, наверное, Подрезов и мог себя чувствовать в относительной безопасности, для достижения подобной цели он был необходим. Если только Александра не вынет из рукава какого-нибудь, очередного, джокера. Ну а пока, пока ей представилась великолепная возможность повторить недавний Алексея и Леры путь: и в Санта-Монике побывать и на Таити заглянуть.

Оставшись один и вздохнув с облегчением, Подрезов быстро понял однако, что Гладышев был тот еще старичок: за короткий срок ухитрился сдюжить колоссальный объем работы – Алексей был ограничен в своих действиях рамками со всех сторон, в том числе и во времени. Заказанный проект о "сокращении поголовья", как ни странно, и должен был проложить ему путь к вожделенной докторской степени. Цинично? Логично! В процессе подготовки Подрезов получил доступ к такой информации, к таким материалам, статьям, что волосы у него на голове порой вставали дыбом. Однако не убежать, никуда ему отныне не убежать, с каждым днем он все больше убеждался в этом.

Время, да, времени у него действительно было в обрез, он обливался холодным потом, когда вспоминал, с какой яростью Александра восприняла то, что в такой ответственный момент ей необходимо уехать. Конечно, своих людей она расставила, где только могла, еще при Аркадии, но император – император мог быть только один, безраздельный диктатор Империи света. Как ни пыталась в свое время Александра проникнуть в это запределье, ничего у нее не получилось. И не оттого, что Гамов ее туда не пустил, а просто мозгов не хватило. Не хватит и у Гладышева при всей его изощренности. Между тем, именно в этой бредовой идее, ставшей вдруг безбрежной кладовой и заключалось главное богатство Аркадия. Двух императоров не может быть, Гамов сам себе подписал смертный приговор, и у Подрезова никакого желания не было его примеру следовать. Ни за что на свете не возьмет он на себя этот проект, пусть эта бомба так и останется на шее у Крошечки.

Понимал ли Аркадий, что не во благо, а во зло исключительно будет направлено его поразительное открытие? Наверное, понимал, но надеялся удержать его в своих руках. Да вот только слабы, слишком слабы оказались его руки. "Сократить поголовье"… ничего — ни пуль ни бомб не нужно для этого, люди поедят сами себя, и именно оттуда, из запределья хлынет неодолимым, сметающим все на своем пути, потоком черная река. "Чистая" доска, "святая" доска – подспудное знание, фрагментарно, направленно всплыв наверх, окажется пострашнее любой подводной лодки.

Император света. И все-таки: "А был ли мальчик?". Был ли Гамов властелином или только очевидцем, жертвой мощнейшей из стихий? Нет, нельзя думать об этом, слишком опасно. Будем надеяться, что он, Алексей, этой ошибки не повторит.

Подрезов вновь погрузился в

воспоминания. "У меня есть право на это, своего рода допуск, и у тебя он есть, ты проходишь вместе со мной". "Эх, Гамов, Гамов, так у кого же был допуск? И почему ты так настойчиво стремился в последнее время связать меня с собой?"

## ГЛАВА 3

Приехала Настена, свалилась будто снег на голову.

– Папка, я не могу без тебя.

Долго поначалу смотрела с опаской на Леру: сойдутся ли характером, но постепенно оттаяла – у Лерушки да чтобы камень за пазухой, никогда такому не бывать. Жить решили вместе и только вместе, распределили обязанности. Затем Подрезов основательно занялся обустройством дочери: во всем следовал ее пожеланиям, лишь с упорством, настойчивостью их исполнял.

Как ни зарекались Алексей с Лерой

заводить детей, кому-то все-таки невтерпеж оказалось, "в мир входящему", на сестренку, красавицу Настьку посмотреть. Самым любимым развлечением недавних молодоженов стали походы по магазинам товаров для новорожденных, просто так, с прикидкой на будущее.

— Смотри-ка, кино снимают! — дернула как-то раз Алексея Лера за рукав. — Давай постоим. Интересно ведь! Вдруг наш сын или дочь знаменитыми актерами станут.

Подрезов с улыбкой обнаружил, что они неожиданно оказались в районе столь знакомой ему Лубянской площади.

— Я же говорила, здорово!! Названия такие — просто с ума сойти: Гитлерплатц, улица маркиза де Сада, а вот тут еще, вообще финиш — проспект Чикатилло.

Как она могла видеть такое? Никогда подобного дара Алексей за своей новой женой не замечал. Но тут и ему открылось, сподобился. Проносились стремительно по площади танки и бронетранспортеры, ходили взад-вперед с автоматами и гранатометами "слуги Аллаха" с зелеными платками на голове. Да и много кого и чего тут было. Действительно, кино!

## ГЛАВА 4

— Смотри-ка, что я нашла! — с гордостью положила Лера папку перед обожаемым мужем.

— А, интересно, — рассмеялся Подрезов, устало переодеваясь в спортивный костюм, догадавшись, что перед ним его личное дело. — Как работа? Замучила уже, наверное, канцелярщина-то?

— Работа как работа, — пожала плечами Лера. — Никаких помощников, одна весь воз волоку. Знал бы ты, сколько их там, таких папок! Иные страницы настолько ветхие, их и в сканер запускать боязно, кажется — тронь и рассыплются. Но ничего, справляюсь потихоньку. Хорошо хоть догадалась все тщательно пропылесосить, грязь вылизать, иначе давно бы уже валялась с туберкулезом. Однако самое обидное в другом – в том, с каким упорством коротышка твоя рвется на мое место, выжидает просто, когда я выполню за нее всю черную, неблагодарную работу. Господи, надо же, при ее-то возможностях понадобилось вдруг у меня последний кусок хлеба отнимать. Скажи, что, так всю жизнь будет продолжаться? Или мне самой Гладышева охмурить! Кстати, ужин готов, как ты смотришь на это?

– Проголодался как волк! – охотно отозвался Алексей. – И так спину не разгибаю, а тут еще со страхом жду возвращения хозяюшки нашего, после морских ванн и Сашенькиных прелестей он из меня последнее выжмет.

– Да уж, хозяин у нас тот еще, с Гамовым не сравнить, – вздохнула Валерия. – Кстати, об Аркаше – жену его бывшую сегодня встретила, Анжелику. В Штатах, замужем, устроилась прекрасно, приехала мать забирать. А что, Лешенька, может, и нам в эти Штаты опять хоть ненадолго смотаться?

– Будут, будут тебе Штаты, – бодро ответил Подрезов. – Господи! Невидаль какая – Штаты.

Он вслух не стал говорить, а внутренне усмехнулся: все вроде бы, даже тот памятный коттедж в Санта-Монике, отобрали у него новые хозяева, но остались еще, остались зелененькие, на его век во всяком случае вполне хватит. Вот только никому, даже Лере, а может, как раз и в первую очередь Лере, знать об этом не положено. Да и одумаются, задумаются неизбежно любые хозяева, намекнут со вздохом, а может, и не намекнут, прямо скажут: на дворе, мол, капитализм – и об отчизне порадеть надо, и так, чтобы и к пальцам пристало…

После ужина как раз было время и папочку посмотреть – до фильма по телевизору оставалось минут пятнадцать. Алексея тянуло в сон, и он несколько раз пролистал материалы, в которых скрупулезно фиксировался каждый его важный жизненный шаг, не в силах понять, что сбивает его с толку. И лишь в постели его вдруг осенило: литеры, литеры-то не сходятся.

Он тихонько, стараясь не разбудить жену, выскользнул из-под одеяла и прокрался на кухню. Точно, все так и было, как он сообразил: литеры были разные. Буквы, цифры оставались для него загадкой, но код шел один сначала, а затем поменялся. Почему? Когда — можно было логически предположить: обложки были поновее, чем первоначальные документы, значит, когда меняли обложку, поменяли и литер, а впоследствии только им и пользовались. Но что же именно произошло? Ведь сначала его код был идентичен коду его родителей. Надо проверить, хорошенько сверить, попросить Ирину дать ему возможность ознакомиться с другими папками: на Аркадия прежде всего — что он был за человек, может, и на самого Игоря Викентьевича. Может, и на Валерию,

Алену. На Александру особенно, не зря же она с такой напористостью рвется Валерию на ее должности заменить. Ну а главным, главным образом предстояло разобраться все-таки в буквах, цифрах, что конкретно каждая из них означала. Впрочем, мозг с привычной оперативностью проанализировав заложенные данные, уже выдавал догадку: ошибка, самая обыкновенная ошибка! Канцелярская крыса, сволочь какая-то, перепутала, перенесла неправильно. Одна только буковка: "в" вместо "б", а как она все изменила! И не было бы в его жизни ни курсов, ни Аркадия, ни старичка с носиком-клювиком, ни уж тем более Криса Хортона. А что было бы? Завод, все то же место в лаборатории? Алена, дети, нищета?

И все же... то, что произошло, не переменишь, но как ему дальше жить? "Империя света", – вспомнилось вдруг снова Подрезову – мир, в котором не будет ни рабов, ни скотов. Но куда же, интересно, они тогда денутся? "Сократим поголовье"? У Аркадия было задумано совсем по-другому. Однако Император ли он, Алексей, еще пока или уже не Император?

Он достал из кладовки давно пылившийся там ящик с химикалиями и осторожно, высунув язык от прилежности, долго сводил, подправлял эту проклятую "б" в тех, первых, самых ветхих листочках, пока не вышло довольно прилично – только эксперт смог бы отличить.

Ну а там дальше видно будет, что делать. Есть время решать. Главное – он теперь в курсе, кто он на самом деле.

В курсе? Но кто же он, и что ему предопределено отныне? Шутки в сторону насчет императоров-аллигаторов: белая ворона почудней Аркадия или тать, тля, которой действительно вдруг привалила в цепкие лапки нежданная власть?

# ИМПЕРИЯ СВЕТА

*автобиографическое эссе*

*Было время скотское, настало людоедское, что день грядущий нам готовит, что нас дальше ждёт? (май 1995 года). (Здесь и далее курсивом выделены цитаты из автобиографической книги Николая Бредихина «Исповедь одиночки», за исключением случаев, где источник указан явно. – Прим. редактора)*

Моя истинная Родина - Империя света, и всю жизнь я считал (да и до сих пор того же мнения), что мне необыкновенно с этим обстоятельством повезло. В своё время я много путешествовал, но понятия не имею, как там и что за границей. Много ли можно увидеть туристом? Внешний лоск, природу, приветливых, обаятельных людей - по большому счёту это ведь всего лишь красивая, но мало что дающая уму и сердцу, картинка. Знаю я хорошо только одну страну – Россию, и сколько ни изучал языков, преуспел только в одном из них - русском. Больше того - предложи мне сейчас кто-нибудь куда-нибудь съездить, просто так, без денег, отказался бы без раздумий. А когда-то ведь невероятно лёгок был на подъём.

Сколько я себя помню, меня постоянно убеждали, что я избранный, хотя бы за то только, что я советский. Ну а там, в других частях света живут люди либо обездоленные (этим надо помочь, несомненно), либо поганые кровососы-буржуины (здесь не может быть никаких примирений), либо совсем уж круглые дураки (вызволить их из тьмы и оболванивания может только тот свет, который моя Родина как раз собой и олицетворяет).

Я никогда не ходил в октябрятах, пионерах, комсомольцах, но в Коммунистическую партию Советского

Союза вступил осознанно, придя к выводу, что изменить что-либо снаружи невозможно, сделать это можно лишь изнутри.

Изменить? В Империи света? О чём я? Да всё о том же. С самых малых лет я видел вокруг себя слишком много несправедливости, несоответствия, раздвоения, которые считал необходимым срочно устранить.

Я не понимал, к примеру, родившись в деревне, как такая огромная страна, справедливо считавшаяся некогда житницей мира, став вдруг Вселенским Светочем, Оплотом Справедливости, Двигателем Прогресса, каким-то образом, в одночасье, сделалась неспособной элементарно себя прокормить.

Повзрослев, я нашёл причину: рабский труд не может быть эффективным, надо отдать землю крестьянам, как когда-то было обещано, и тогда нам никогда уже не придётся стоять в очереди за колбасой.

Я не понимал, почему рабочий класс стоит в общественной иерархии выше крестьянства. Может, товарищи рабочие сочли вдруг, ни с того ни с сего, что хлеб и прочая еда – пережиток капитализма? Мой желудок говорил мне обратное. Что же получалось: больше, чем Партии, я вынужден был доверять своему… желудку? Долой… Впрочем, подождём, пожалуй. Без желудка человеку никак не обойтись.

Но чего я не понимал совершенно: настолько пренебрежительного, поистине хамского, отношения к интеллигенции. Люди учились, защищали диссертации, двигали вперёд науку, вооружали страну современным оружием, изучали космос, и… числились при этом париями, какой-то совсем уж завшивленной прослойкой.

Поразмыслив, я и здесь нашёл причину. Раб не может ничего двигать, вооружать, изучать, изобретать. Здесь Партии ничего не оставалось другого, как допустить островок свободного труда и свободного человека. Пережиток, гнилое прошлое, но что поделаешь? Придётся потерпеть.

Терпели. Пока терпение не закончилось, и «вшивая прослойка» не размела всё вокруг, оставив в первую очередь себя, любимую, без денег, хлеба и работы.

Как ни странно, ни Рабочий класс, ни Крестьянство не вступились за свою обожаемую Партию, оставив мир без Вселенского Светоча, погрузив и планету, и державу нашу великую в кромешную тьму.

Но это легенда, сказка про очередного Мальчиша-Кибальчиша. С тех давних пор я не только повзрослел, но и значительно поумнел. Как же на самом деле всё происходило?

Представления о прошлом у человека при всём желании не могут возникнуть сами по себе, они неизбежно должны основываться на каких-либо источниках, документах. Мы ведём речь об отрезке времени протяжённостью в целое поколение. То есть, существует уже достаточно большое количество людей, которые не являются участниками или хотя бы очевидцами описываемых событий.

Однако даже и участники, очевидцы, в большинстве своём, лишены возможности утверждать, что их сведения не искажены, а уж тем более – абсолютно достоверны.

В чём причина? Первые два распада сопровождались мировыми войнами, последний (СССР) ограничился войнами локальными, которые многими до сих пор воспринимаются и не войнами даже, а скорее, военными конфликтами.

Основные источники, документы того времени до сих пор засекречены, и по всем существующим на сей счет канонам два десятка лет – слишком короткий срок, чтобы появилась возможность ознакомить с ними широкую общественность.

Вот почему, рассуждая о крушении одной из величайших империй мира, далеко не всегда мы может утверждать что-либо наверняка, неизбежно приходится строить предположения.

К примеру, мы крайне мало знаем о том, как осуществлялось вмешательство в этот процесс извне, но ещё меньше о тех силах, которые действовали в нём изнутри.

И, как ни печально это признать, ясно уже всем и каждому, что наши знаменитые диссиденты (в большинстве своём – действительно, герои), просто использовались, где втёмную, где открыто в этой игре.

Я не историк, поэтому остановлюсь исключительно на глубинных процессах событий того времени. Знаю заранее, что с рассуждениями моими мало кто согласится, ну да я никому своего мнения и не навязываю.

Социализм в корне невозможен без атеизма. Никто никогда не допустил бы (и сейчас не допустит), чтобы какая-нибудь одна из ведущих мировых религий подмяла под себя все остальные. Для этого необходимо было сначала низвергнуть все их вместе взятые (в теории, конечно), а затем изобрести что-то новое, универсальное, присмлемое для всех людей на Земле. Однако ни разрушить ничего не удалось, ни новый Мессия так и не появился. Собственно, как и следовало ожидать.

То есть, в сути своей социализм был обречён изначально. Многим это до сих пор кажется странным, так как, если хорошенько присмотреться, явление это представляет собой чистейшей воды христианский фундаментализм, щедро сдобренный идеями Платона, Томаса Мора, Томмазо Кампанеллы и иже с ними, и пыталось оно воплотить в жизнь идеи, заповеданные нам Спасителем. Но всеобщее равенство, единообразие противоречит самой идее Бога, даже Природа подобного единообразия не может себе позволить. Возврат к исконным религиям был неизбежен, он и разметал, в конце концов, безжалостно в стороны искусственно созданный конгломерат.

Империя развалилась, но империя осталась. Назвать её третьей по счету как-то язык не поворачивается, но то, что мы живём именно в империи, а не в республике, невозможно отрицать.

Хотите доказательств? Пожалуйста.

До сих пор никем не придумано лучшего способа управления людьми, чем метод кнута и пряника. На мой взгляд, на сегодня существуют только три его разновидности:

- кнут и пряник в «джентльменском наборе» – это как раз и есть демократия;

- один только кнут – диктатура, тоталитаризм;

- один только пряник – имперская либерия: беспредел, цинизм, полное пренебрежение, как законами, так и понятиями, поголовное воровство.

Пряники у нас сейчас только для избранных, кнут – тоже строго на любителя. Так что от диктатуры мы убежали, однако вляпались вообще непонятно во что.

Та империя, которую мы имеем сейчас в России, главным образом не национальная (все нации у нас сейчас одинаково бесправны, так что ни одна из них при всём желании у не может превалировать над другой, к слову, - история не знает других подобных, настолько гениальных, решений национального вопроса), а империя ресурсов. Империя хилая, скособоченная, и ничего до тех пор не выстроится в ней хорошего, пока эту скособоченность не преодолеть.

Преодолеть? Возможно ли такое? Да проще некуда. Было бы желание. Ресурсы ведь разные бывают.

В России главный ресурс, на мой взгляд — интеллектуальный. Он хорош прежде всего тем, что его легко можно перевести и в научный, и в промышленный, и в технологический. Вот только тогда это будет уже не империя. Да и от либерии останутся, соответственно, рожки да ножки.

Это кому-нибудь нужно? Власть имущим, например? Ни для кого ведь не секрет, что всякое богатство в современной России, так или иначе, замешено на воровстве, или уж, как минимум, на злостном укрывательстве от налогов.

Что, не нравится такой вывод? Так может, встряхнёмся от спячки, откажемся от разрушения и перейдём, наконец, к созиданию? Вроде бы давно пора? Ну а коли так, будем исходить в первую очередь из того, что:

*Люди объединяются друг с другом не для того, чтобы впасть в рабство, стать жертвами произвола и насилия, а для того, чтобы стать свободнее. Мера свободы в любой общности, любом союзе та же, что и во всех других сферах – справедливость.*

*(Ведомый Влекущий «Книга Вечной Жизни»)*

Это в теории. А как на практике?

*Неожиданная, буквально с неба свалившаяся, свобода породила не менее неожиданный эффект: медленно, но неотвратимо она принялась разъединять* когда-то великую державу с остальным миром путём деградации и оглупления людей, которые были и остаются в этом процессе невинными жертвами.

"Стадо баранов должно остаться стадом баранов" – всё удалось в этом слогане. С той лишь разницей, что бараны остались, а стадо... разбежалось. Ну а стая волков всегда стая волков.

В своём стремлении к Свободе мы должны сознавать, что в Обществе понятие это находится над понятиями Добра и Зла и, стало быть, способно порождать не только откровения, но и преступления.

(Ведомый Влекущий «Книга Вечной Жизни»)

Ещё мне очень хотелось бы помечтать о том, какой могла бы стать Россия, если бы она отказалась от социализма, но не расплескала ничего, из ею на тот момент достигнутого. Почему так получилось, что вместо того, чтобы резко взмыть ввысь, она низвергнулась в пропасть?

Однако эссе мое автобиографическое и, после долгих нудных и совершенно беспомощных перед окружающей меня действительностью, умствований, продолжу-ка я лучше рассказ о себе.

Начну с того, что та жизнь, которой я жил когда-то, даже в подмётки не годится той, которой я живу сейчас.

Если перевести в доллары, даже по смешному, государственному, курсу (скажем, 70 копеек за американскую денежку) ту пенсию, которую я мог бы иметь тогда и ту, что я имею сейчас, получается, что я даже выиграл вдвое. На самом деле выходит, что проиграл вчетверо. Вы ожидали большего? Нет, мои подсчёты вполне реальны, не один вечер потратил.

Как бы то ни было, но только сейчас я в состоянии по-настоящему оценить судьбу старичков и старушек наших, оказавшихся вдруг в начале «лихих 90-х» без сбережений (практически полностью обесценившихся), с нищенской пенсией, которая по полгода не выплачивалась и инфляцией, галопировавшей с такой скоростью, что на знаменитой гоголевской русской тройке за ней уж точно было не угнаться.

Вот где был голодомор. Эти люди умирали тихо, в состоянии полной безысходности, последствия этого национального бедствия долго ещё будут на нашем генофонде отрыгиваться.

Мне повезло тогда. У меня были силы и возраст, позволившие мне, пусть ценой здоровья, подорванного непомерным физическим трудом, не только самому выжить, но и семью кое-как вытянуть.

Теперь, слава Богу, всё позади. Я

безработный, беззаботный пенсионер, гражданин великой, богатой страны. Моя жизнь – как кино в формате 3D.

Свобода… Тот невероятный объём её, который я сейчас имею, я просто не в состоянии переварить. Мне приходится порой очень долго тужиться, чтобы отправить остатки столь драгоценного продукта вовне. В ожидании, я обычно коротаю время за какой-нибудь газеткой, в которой ни о чём другом, кроме как об этой моей бескрайней, поистине безграничной, свободе и не говорится.

Есть у меня, к примеру, свобода передвижения, заключается она в том, что теоретически я могу съездить в любую страну мира, практически же… а, собственно, на какие шиши?

Или вот ещё: я могу теперь на любом уровне высказывать по любому предмету своё мнение. Ищите дураков! Ученые уже!

Что ещё? Я живу в стране с поистине невероятной гласностью. Меня всегда обо всём предупреждают. С утра, к примеру, мне подробно разъясняют по телевизору, какие продукты питания, как, почему и кем отравлены, днём я иду в магазин, старательно держа в голове полученную информацию, но в итоге всю эту отраву гружу в тележку и везу к кассе, поскольку других продуктов там попросту нет.

Мне говорят, что лекарства у нас в стране сплошь поддельные, что они не увеличивают продолжительность моей жизни, а наоборот, укорачивают её, но я упорно их покупаю и пью годами, поскольку… «так доктор прописал».

С утра до вечера мне поют по телевизору о каких-то невероятных достижениях отечественной медицины, но придя в больницу, я вижу всё тех же хамов и хапуг врачей, допотопное оборудование и бесконечные очереди моих страждущих соплеменников, больше всего на свете желающих избавиться от мук своих, но в глубине души прекрасно сознающих, что сделать это можно только одним способом – поскорее попасть в рай.

Одного моего знакомого ребята долго уговаривали не ложиться на операцию в праздник. Не послушался, ну и как итог: вместо той почки, в которой камень сидел, отрезали здоровую.

Парнишку увезла скорая удалять аппендикс, вернулся без ноги. Хорошо хоть вторую оставили.

Другая «скорая помощь» магнезией (!) человеку так резко давление снизила, что сердце ему вдребезги разнесло. А был он в возрасте, о котором Данте писал в своей

«Божественной комедии»: «Земную жизнь пройдя до половины, Я очутился в сумрачном лесу». 35 лет, такую «половину» имел в виду синьор Алигьери, если кто не знает.

Да таких случаев хватило бы на 1000 и один день рассказывать. Но найдутся ли желающие о них слушать?

Да и вообще - куда проще включить телевизор... Смотрите! Не спите! Последние известия (убийства, катастрофы, пожары, пьяный водитель за рулём иномарки врезался в автобусную остановку, людей положило, как костяшки домино, самолеты падают, теплоходы тонут, склады с военной техникой взрываются)... плавно переходят в криминальную хронику (опять убийства, грабежи, бандиты-налётчики), а на очереди очередной многосерийный (порой по 100-200 серий!) боевик. И... начинайте отсчитывать трупы. Ах, убежать захотели? Пожалуйста! Есть книги, газеты, Интернет, видео DVD, компьютерные игры, которые так и называются – «стрелялки». По моим самым скромным подсчетам за четверть века! в нашей стране давно уже никого в живых не должно остаться - уничтожают, закапывают в землю, сжигают, расчленяют бедное, ни в чём не повинное, население уже по пятому, а то и шестому разу. Ребята, ну знайте меру! Запросто можно сбрендить: дебет с кредитом никак не сходится.

Выглянул я как-то утром из окна квартиры: парнишка у дороги лежит. Кто-то пошёл выгуливать собаку, обнаружил. Конечно, полиция. Конечно, «труповозка». Всё, как полагается. Потом узнал: пришёл парень из армии, готовился пожениться с девчонкой, которая терпеливо ждала его, как положено, шёл от неё, до дома оставалось двадцать-тридцать метров… Кто? За что? Убийцу (убийц) так и не нашли.

Парень с девчонкой сидели-выпивали во

дворе за столиком у всех на виду. Девчонка вдруг стала рассказывать, как её закадычная подруга (невеста) этому парню (жениху) направо и налево изменяет. Парень терпел-терпел, затем отлучился домой ненадолго, вернулся с переделанным травматическим пистолетом и выстрелил новоявленной Шахерезаде прямо в висок. Дочка без матери, муж без жены, мать без дочери, невеста без жениха и 14 (!) лет колонии строгого режима.

Есть желающие ещё послушать? Нет? Ну и ладно. Я и не думал, что кого-то чем-то удивлю. Ничего не скажешь, «поголовье» наше на удивление споро сокращается. Техника не подводит, осечки не дает.


* * *


Империя света, когда это было? Давным-давно. Быльём поросло.

Сейчас? Сейчас… я даже не могу сказать вам с уверенностью, возлюбленные мои читатели, в какой стране я живу (точнее, доживаю свой век). Одно знаю точно: жить с каждым годом (днём, часом) становится всё веселей и веселей…

# СОДЕРЖАНИЕ